# The Heart Beat

HEART PLAYERS 2

ALICE DESMERVEILLES

# The Heart Beat

HEART PLAYERS 2

plumes du Web

Mise en garde :
Ce livre traite de sujets
pouvant heurter la sensibilité des lecteurs.

Liste des Trigger Warning :
Agression sexuelle
Scènes de sexe
Automutilation
Évocation de substances illicites et d'addictions


82700 Montech
www.plumesduweb.com
978-2-38151-153-5

*À Mimi, et à toutes celles qui se reconnaîtront en Ashley.*

*Je dédie ce tome aux cœurs brisés...*

# Prologue

En escalade, certains grimpeurs utilisent un dispositif de sécurité qui les empêche de chuter. Les acrobates, les funambules, les plongeurs... tous se servent de ce qu'on appelle une ligne de vie. Elle se présente sous différentes formes, pourtant elle a toujours le même objectif : ne pas laisser mourir celui qui s'en sert.

Je m'y accrochais plutôt bien, à ma ligne de vie. Elle m'empêchait de partir à la dérive, de dégringoler, de perdre la tête. Mais comme tous ceux qui ont tenté de me tendre la main, je l'ai malmenée. J'ai tiré dessus si fort qu'elle a fini par se rompre, et je me suis sentie aspirée par le vide.

Depuis, je suis en chute libre.

Jusqu'à aujourd'hui, je me demandais si le plongeon en valait la peine. Si la chute vertigineuse valait l'atterrissage catastrophique. Si le pic d'adrénaline ressenti valait l'arrêt du cœur.

J'aurai mis du temps avant d'obtenir les réponses à mes questions. La descente a été si longue que j'ai bien cru pouvoir me raccrocher à quelque chose, à n'importe quoi, *ou à n'importe qui* capable de m'éviter de m'écraser.

Mais c'est trop tard, plus rien n'arrêtera ma course, et je ne peux pas dire que ça me surprend.

Mes talons claquent contre le sol tandis que je parcours la

pièce en long, en large et en travers, creusant sur mon passage de petits trous dans le parquet déjà bien abîmé.

*Je suis folle. Je suis devenue complètement folle.*

Quand est-ce arrivé ? Pendant que je chutais, sans doute. Je n'avais personne à qui me raccrocher, alors j'ai embrassé la démence. Mieux vaut avoir la folie comme amie avant de se fracasser contre le bitume.

Préparez-vous à l'impact, je vous entraîne avec moi ! Dans ma débâcle, mon délabrement, ma déroute, mon écroulement, mon naufrage, mon renversement...

*Je vous emmène visiter les ruines de ce qu'il reste de moi.*

J'ai rarement crié à l'aide, trop fière pour admettre que je pouvais parfois avoir besoin de quelqu'un, mais cette fois, je ne m'en sortirai pas seule.

Un regard vers le corps inerte qui gît derrière le comptoir me le confirme. Mon cœur bat comme les ailes d'un petit colibri, j'ai des sueurs froides lorsque mes yeux se posent sur le blond, dont les cheveux longs cachent la moitié du visage. Il est à plat ventre contre le parquet collant et visqueux.

D'une main moite et tremblante, je saisis mon iPhone à l'écran brisé qui me rappelle franchement ce qu'il reste de mon pauvre cœur. Je fais dérouler mon répertoire, arrive à la lettre « T » et me demande pourquoi c'est à lui que je pense dans une situation aussi dramatique.

*Pourquoi est-ce à lui que j'ai envie de m'accrocher ?*

*Ma ligne de vie...*

Il serait sûrement injuste de dire que Ted Greyson est celui qui m'a poussée dans le vide, mais disons qu'il a grandement aidé à accélérer le processus.

Repenser à lui et à notre histoire suffirait à me mettre à genoux. Je ne lui pardonnerai jamais sa trahison indigeste. Ce seul souvenir me retourne le ventre, je me rattrape de justesse à l'évier en métal rouillé pour contrôler les spasmes de mon estomac vide qui cherche à se déverser quand même. J'inspire lentement, oublie d'expirer quelquefois… et commets l'irréparable…

*Ça sonne.*

La dernière fois que je l'ai vu, il se pavanait au bras d'une top model qu'il a sûrement baisée avant la fin de la soirée. Il vivait plutôt bien le fait de m'avoir réduite en lambeaux, déchirée en mille morceaux…

*Pourquoi se soucierait-il de moi et de mon appel désespéré ?*

— Ashley ? Tout va bien ? répond-il dès la troisième sonnerie.

Si vite que je n'y étais pas préparée. J'en ai le souffle coupé.

— Raconte-moi, insiste-t-il d'une voix inquiète.

Je n'ai encore prononcé aucun mot qu'il se doute déjà que quelque chose ne va pas.

— Parle-moi, dis-moi ce qui t'arrive. Tu ne m'appellerais pas, si t'avais le choix.

*Je n'ai jamais été qu'un énorme S.O.S., mon cœur est en miettes et Ted Greyson est un gigantesque désastre.*

— Je… j'ai besoin de…

*Toi.*

Mais je m'abstiens de le lui dire.

— T'es où ?

— Au *Jazz*… Viens seul… s'il te plaît. Il faut que tu m'aides, je… putain ! reniflé-je, exaspérée par cette voix que je ne reconnais pas, déformée par les sanglots que je tente de ravaler.

— Ne pleure pas… Tu sais que tu me brises le cœur quand tu pleures, Ash. Compte quinze minutes.

J'entends alors le bruit de draps qui se froissent, celui de sa lampe de chevet, qu'il allume certainement, puis la porte du garage, et enfin le moteur de sa voiture.

On dirait qu'il a bondi à l'intérieur.

Une nouvelle crise de larmes plus tard, j'étouffe une énième lamentation dans la paume de ma main.

J'ai l'impression d'avoir évité ça toute ma vie, et maintenant que j'y suis, je n'arrive plus à arrêter quoi que ce soit.

En entendant mes gémissements, il jure entre ses dents.

— Merde ! Putain... Compte plutôt dix minutes, d'accord ?

Je comprends qu'il presse la pédale d'accélérateur au son que produit son moteur. Si j'étais quelqu'un de sensé, je culpabiliserais de le savoir prendre des risques sur les routes glissantes. Mais je suis perverse, tordue et fracassée, au point que tout ce que j'entends, c'est : *il le fait pour toi.*

— Je me dépêche, me rassure-t-il.

— Ne raccroche pas, le supplié-je d'une voix pathétique.

*Je me fais pitié.*

— Je ne raccroche pas, mon cœur, je reste avec toi.

Ce surnom sur sa langue est devenu douloureux à entendre, comme le brusque rappel de ce qu'on a un jour été, de ce qu'on est devenus, et de ce qu'on ne sera plus jamais.

*Ted est mon gigantesque désastre...*

— Parle-moi, je suis là.

— J'ai merdé...

— Quoi que t'aies fait, je suis sûr que ce n'est pas si grave.

*Oh, combien tu as tort...*

— Je crois... je crois que j'ai tué quelqu'un.

# 1

***Ashley, quelques mois plus tôt***

D'un œil torve, je fixe l'enveloppe vieille de vingt-deux ans jaunie par le temps avec la même impression de dégoût qui m'a saisie lorsque je l'ai découverte pour la première fois, il y a une semaine. Comme ces poésies que l'on vous force à apprendre et qui restent coincées dans vos têtes à jamais, je connais le contenu de cette lettre rédigée à la main par cœur. Je l'ai tellement lue que mes yeux ont certainement absorbé un peu de l'encre qui la recouvre.

*Il y a des trahisons qui laissent sur la langue un goût amer et nous empoisonnent à chaque fois qu'on avale notre salive.*

— Tu sais que je suis là, si t'as besoin de parler, hein ? me questionne Liam, interrompant mes pensées obscures.

Elle porte une robe à paillettes qui dévoile ses jambes interminables et moule sa poitrine rebondie à la perfection. Ses boucles lâches caressent mes genoux lorsqu'elle se penche en avant et dépose une marque de rouge à lèvres sur mon front.

— Je n'ai pas besoin de parler, j'ai besoin de faire la fête.

La grande brune roule des yeux si exagérément qu'elle manque de se froisser un muscle.

— C'est une thérapie qu'il te faut, Ash.

— Tu te trompes ! Ce qu'il me faut, c'est un shooter de tequila, un sportif pour une nuit torride et une virée à moto. Alors file chercher mon casque, je t'emmène en boîte de nuit !

Pour conserver un sourire qui a l'air sincère, je ravale cette fameuse salive empoisonnée et réfrène mon envie de hurler à m'en déchirer les cordes vocales.

Je vois bien que Liam désapprouve, mais je m'en fiche. Elle est la première à s'autodétruire pour se sentir mieux, et personne ne lui dit jamais rien. Sa morale et sa thérapie, elle peut se les mettre là où je pense.

Comme à chaque fois, je finis par avoir gain de cause. Liam s'accroche à mes hanches, je zigzague à toute vitesse entre les voitures, un sentiment de liberté gonflant ma poitrine tandis que le vent fouette mon visage et fait virevolter nos cheveux.

Nous arrivons devant *l'Empire*, berceau de mes addictions les plus malsaines, mon night-club préféré et, accessoirement, mon terrain de chasse habituel. Il y a peu de choses auxquelles j'admets être accro : les paillettes, changer de couleur de cheveux à chaque fois que le cœur m'en dit, Ariana Grande, l'alcool et le sexe. Ce soir, je compte combler certaines de mes dépendances pour oublier, au moins un court instant, le contenu d'une lettre qui a mis mon monde sens dessus dessous.

Les basses crachent un son puissant qui se répercute jusque dans mon abdomen, en rythme avec les battements de mon organe vital.

*Boum-boum, boum-boum... Tant qu'il bat, tout va bien.*

— À ta santé, pétasse ! m'exclamé-je en levant mon shooter pour imiter Liam.

— À la tienne ! Et aux pauvres âmes qui auront le malheur de croiser ton chemin, trinque-t-elle.

Sa réplique taquine m'arrache une petite grimace que je dissimule en avalant l'intégralité de mon verre. La brûlure de l'alcool n'est pas désagréable lorsqu'elle dévale mon œsophage avant de mourir dans mon estomac vide.

*Bientôt, je serai assez bourrée pour oublier que le monde va trop vite.*

Afin que je puisse l'entendre malgré le brouhaha ambiant, Liam se penche à mon oreille :

— Les autres sont là.

*Les autres.*

Je jette un coup d'œil en direction du coin VIP et repère Maël Gellman, meilleur ami de Liam et quarterback des Giants, accompagné de ses inséparables : Max O'Donnel, Chris Stanford, Kyllian Johnson et Ted Greyson, eux-mêmes au bras de leur petite amie ou conquête passagère, que je remarque ensuite. Il y a Lily, évidemment. Elle n'allait tout de même pas manquer la soirée organisée à l'occasion du départ de Kyllian, son frère aîné, et de Sarah, sa meilleure amie d'enfance, qui ont décidé de partir faire le tour du monde.

Ensemble. Sans elle.

*Ouais, c'est un sacré bordel !*

Elisa, la nouvelle copine pulpeuse de Chris, est là, elle aussi. Adossée contre la rampe, elle laisse son petit ami remettre une mèche de cheveux derrière son oreille. Je détourne le regard avant d'en voir plus que je ne le souhaite, ignorant la lourdeur qui pèse sur ma poitrine. En vérité, je suis morte de jalousie. Pas que Chris Stanford m'intéresse, mais je ne comprends pas bien ce que cette fille-là... ce que *ces* filles-là ont de plus que moi. Elles sont jolies, c'est sûr. De là à faire fondre trois cœurs sur cinq des célibataires les plus endurcis de New York... Ça me pousse à me questionner : suis-je destinée à n'être pour toujours que le coup d'un soir qu'on oublie trop rapidement ?

— Tu viens ou quoi ? me demande Liam.

— Je vais rester là. Il ne se passe jamais rien de bien intéressant dans leur petit groupe, de toute façon, répliqué-je d'un haussement d'épaules.

— Comme tu veux...

Je me déteste de n'être qu'une garce rongée par l'envie. En voyant Liam s'éloigner vers ses amis, je crève de la rejoindre, de me faire contaminer par leurs sourires et de raconter des blagues légères, comme si rien d'autre ne comptait que l'instant présent. Mais je serai de trop, comme toujours.

Je ne suis bonne qu'à leur tailler une pipe de temps en temps, entre deux entraînements. Maintenant que la plupart sont en couple, je ne sers plus à rien.

Tout le monde croit que j'ai une obsession malsaine pour les joueurs de football américain. Un genre de fétichisme bizarre. Même si j'admets avoir un petit faible pour les sportifs, je fais surtout ça pour emmerder mon père, le coach officiel de l'équipe.

Fred Hawkins ne vit que pour ses joueurs et leurs victoires sur le terrain. Rien ne le satisfait plus que d'entendre hurler les supporters depuis les gradins. Nuit et jour, il consacre son temps à entraîner les Giants, et quand il ne le fait pas, il visionne de vieux matchs pour parfaire sa stratégie. Il les aime plus que moi, il y a longtemps que je me suis fait une raison. Ça m'embêtait, au début. Et puis, j'ai décidé que s'il ne m'accordait pas un peu de son temps, je pouvais très bien le lui voler, même si ça signifiait bécoter certains de ses protégés, les déstabiliser, et contrarier Papa par la même occasion.

Beaucoup pensent que je me suis envoyée en l'air avec toute l'équipe. En vérité, il n'y en a pas eu tant que ça, mais je me fiche de ce qui se raconte. *Du moins, c'est ce dont je me persuade...*

— Qu'est-ce que tu fais ici toute seule, mon cœur ?

Malgré le tapage environnant, la voix de Ted Greyson éclipse tout le reste : rauque, les cordes vocales enrobées de cette même pointe de danger qui coule dans l'encre des tatouages recouvrant sa peau brune.

Les deux coudes en appui contre la surface collante du bar, je lève les yeux pour observer le géant qui me domine de toute sa hauteur. Ted a le sourire typique du sale gosse trop conscient de ses charmes. Sa chemise blanche, suffisamment transparente pour que l'on discerne quelques tatouages au travers, contraste avec sa peau hâlée, qui serait aussi brûlante si je m'autorisais à y promener les doigts. Tout en muscles, sa large carrure me fait me sentir minuscule, et ce n'est rien face au charisme qu'il dégage.

Je réalise que son sourire s'intensifie à mesure que je reluque son corps, alors je me penche sur les traits de son visage : mâchoire carrée dont j'aimerais retracer les contours, nez droit surplombé d'une toute petite bosse qui témoigne des deux ou trois fois où il a été cassé, barbe de trois jours qui lui confère un air sexy en diable, et surtout, deux yeux charbonneux qui semblent cacher tant de secrets...

— J'essaye d'éviter tout ce qui empeste l'amour, avoué-je en désignant le coin VIP d'un geste subtil du menton. Ce n'est pas bon pour ce que j'ai.

Il hausse un sourcil et m'offre une moue insolente capable de mettre n'importe qui à genoux.

— J'aimerais avoir cette chance, réplique-t-il sous le ton de la confession. J'ai envie de vomir tous les matins, au p'tit déj'.

Lily a beau être ma colocataire officielle, elle passe le plus clair de son temps au penthouse, avec Maël et les autres. J'imagine sans mal de quoi ont l'air leurs petits déjeuners, maintenant qu'ils ne sont plus entre mâles dominants – ou une connerie dans le genre. Ce n'est pas tous les jours qu'on observe ses meilleurs amis se transformer en guimauves géantes. Sauf pour Ted et Max, qui vivent cet enfer quotidiennement.

*Leur arrive-t-il, à eux aussi, de se sentir de trop ?*

— Coca ? questionne Ted en tendant sa carte de crédit au barman, qui ignore tous les autres clients.

— Seulement s'il est mixé à du Jack Daniel's.

— Tu connais une autre façon de boire du Coca ?

Le sportif n'est pas du genre bavard, encore moins avec moi. Nous n'avons jamais été amis, pour ne pas dire qu'il me déteste un peu plus que le reste du monde, à qui il ne porte pas grand intérêt non plus. Tout ce qui compte pour lui, c'est son équipe, ses colocataires – et seuls amis à ma connaissance. À chaque fois qu'il m'a surprise avec l'un de ses coéquipiers, il m'a jugée d'un regard mauvais et accusateur. Je n'ai jamais rien pu tirer de Greyson. Peu importe à quel point j'essayais de me rapprocher de lui, il me repoussait plus fort. Parfois, il s'est montré piquant, voire carrément vexant et mauvais à mon égard.

J'ai émis plusieurs théories, l'une d'entre elles étant qu'il n'était pas sorti du placard et, jaloux de ce que je faisais avec ses... *amis*, il me l'a fait payer. Mais Ted ne se prive pas lorsqu'il s'agit de ramener des femmes dans son lit. J'ai dû admettre, à regret, que je ne l'intéressais pas du tout et que ma tête ne lui revenait pas.

Alors, pourquoi cette envie soudaine de partager un verre avec moi ?

— Qu'est-ce que tu me veux ?

Ses yeux sombres rivés dans les miens, il me tend mon verre de Jack-Coca, puis sirote une gorgée du sien. Lorsqu'il essuie d'un revers de manche la petite goutte sucrée qui dévale le long de son menton, je crois voir l'esquisse d'un sourire en coin se dessiner sur ses lèvres charnues.

*Ce que je serais prête à donner pour goûter à ses lèvres...*

— Je me demande si t'as prévu de te foutre en l'air, ou si tu planifies une soirée à laquelle je n'ai pas encore été invité.

— Excuse-moi ?

Il plonge alors sa main aux doigts tatoués dans la poche de son pantalon pour en ressortir une petite boîte orange.

— Y a suffisamment de Xanax pour assommer un cheval. Même Max ne se risquerait pas à commander une telle dose. Alors, suicide ou soirée en perspective ?

— Je ne sais pas de quoi tu parles, me renfrogné-je. Et même si c'était le cas, ça ne te regarde pas !

Il m'offre un air blasé, presque ennuyé.

— Économise ta salive, mon cœur. Ton corps parle pour toi.

Il s'approche dangereusement, me coince entre lui et le bar, les deux bras de part et d'autre de mon corps.

— T'as le souffle court, les pupilles dilatées, je peux presque entendre tes battements erratiques... Qu'est-ce qui te fait dire que je croirai à tes mensonges ?

— Qu'est-ce que tu fous avec mes médicaments ?!

L'armoire à glace recule d'un pas, me laissant respirer.

— Cherche pas trop, tu pourrais ne pas aimer ce que tu vas trouver.

— J'ai déjà payé. Donne-les-moi, et on n'en parle plus.

— Depuis quand tu côtoies Kayden ?

Sa question me prend de court. Maintenant que le nom de mon dealer est dévoilé, je ne peux plus faire semblant de ne pas comprendre. Alors, je croise les bras sur ma poitrine, le temps de réfléchir à un mensonge qui n'arrive jamais. Je finis par cracher une demi-vérité qui écartera peut-être sa curiosité.

— J'ai du mal à trouver le sommeil, ces derniers temps.

— Ton médecin pourrait te prescrire des somnifères. Rien à voir avec ces anxiolytiques.

— J'ai du mal à dormir parce que... parce que je réfléchis trop. Ça te va ?!

Il laisse glisser son regard sur moi, me scannant de haut en bas. Peut-être qu'il cherche à savoir ce qui cloche chez moi – ou peut-être pas.

— Tu ne devrais pas abuser de ces merdes, finit-il par lâcher en me jetant la petite boîte que j'attrape au vol.

— Qu'est-ce que ça peut te foutre ?

Greyson hausse nonchalamment les épaules.

— À titre personnel, pas grand-chose. Mais tu vois, si tu te fous en l'air, c'est Hawkins qui sera dévasté. Il sera sûrement remplacé, le temps de faire son deuil. Et ça me ferait chier. De devoir changer de coach, je veux dire.

*Quel énorme connard !*

Pourtant, son odeur, une pointe de cannabis mélangée au parfum sauvage de Dior, partout autour de moi, me fait tourner la tête.

— Merci, tu diras à Kayden qu'il me livre en mains propres, la prochaine fois.

Un rire cynique dépasse la barrière de ses lèvres insolentes.

— Ton dealer est en prison. Je te suggère d'en trouver un autre, c'est la dernière fois que je fais ça pour toi.

— Pourquoi tu fais ça pour lui ? répliqué-je aussitôt, alors que le monde se met à tourner autour de moi, signe que l'alcool commence à faire son effet...

— Je lui devais un service.

Il y a une voix qui résonne dans ma tête et me hurle que Ted Greyson a besoin d'aide, que s'il l'accepte, je pourrai lui tendre la main.

— Nourrir le chat de son voisin, arroser ses plantes quand il est en vacances, c'est rendre service ! Dealer pour lui, c'est...

Un feu s'allume au fond de ses prunelles.

— Si tu t'inquiètes pour moi, tu n'as qu'à me rendre ce que je viens de te donner, me provoque-t-il.

Instinctivement, mes doigts se resserrent autour de la boîte de pilules.

— Tu n'peux pas ? reprend-il, mauvais. Tu dois vraiment avoir beaucoup de mal à t'endormir, mon cœur.

*Mon cœur*.

Encore et toujours ce surnom doucereux qui sonne dans sa bouche comme une menace à peine voilée. Jamais Ted ne m'appelle par mon prénom. Sûrement parce que je ne compte pas suffisamment pour qu'il me prenne autrement que de haut.

— Je ne suis pas l'un de tes sujets d'étude. Je ne te laisserai pas rentrer dans ma tête ou essayer de me guérir, parce qu'il n'y a que comme ça que t'as l'impression d'exister. Entourée de personnes aussi mal en point que toi, ajoute-t-il.

— Va te faire foutre !

— Sérieusement, Hawkins, c'était la dernière fois. Et t'as intérêt à être discrète, autrement je jure d'en parler à ton père si je te surprends encore à acheter des cachets.

Faut-il que l'on aborde encore les sujets qui fâchent ? *Mon père, cet horrible menteur.*

– T'as des problèmes à gérer et la solution ne se trouve pas dans des pilules magiques, achève-t-il d'un air sombre.

– Rien qui ne te regarde, *Teddy*.

Sa mâchoire se crispe à l'entente du surnom ridicule que je lui jette au visage. Il promène son regard sur moi quelques secondes, puis s'éloigne, rejoignant ses colocataires au coin VIP.

Je remarque alors son expression changer. Comme si rien ne s'était passé, il façonne un sourire plein de sincérité à l'intention de ses amis. Il a l'air si sincère que je pourrais y croire si je ne connaissais pas trop bien ce mécanisme. En surprenant mon regard inquisiteur, qu'il semble désapprouver, il lève son verre dans ma direction pour me porter un toast et fond sur la bouche d'une brune qui accepte volontiers de mélanger sa salive à la sienne.

Comme pour me rappeler que je n'ai jamais réussi à l'avoir, il ne me quitte pas des yeux. Seulement, je refuse de baisser la tête, forcée de contempler leur baiser passionné.

Plus tard, il demandera à la brune de lui dire comment elle se nomme, et elle aura droit au privilège d'être appelée par son prénom.

L'impression que Ted et moi partageons un secret inavouable refuse de me quitter. Personne ne sait pour les comprimés que je prends quand l'alcool ne suffit plus à faire taire le brouhaha incessant de mes pensées, et je doute que l'un de ses amis soit au courant qu'il se transforme en dealer à ses heures perdues.

Le revoilà, ce foutu syndrome du sauveur, avec l'envie irrépressible d'aider les écorchés vifs, les malades du cœur et les brisés par la vie.

Mais moi, j'en ai assez de tendre la main à des gens comme Greyson qui me laissent crever en retour.

# 2

***Ashley***

J'ai parfois l'impression désagréable que ma vie est un film tragique et déchirant que je regarde en boucle, espérant une fin différente à chaque nouveau visionnage. Comme ce type, qui n'a pourtant rien de particulier par rapport à ceux qui l'ont précédé, à qui il n'a fallu qu'un compliment maladroit pour me mettre dans son lit. Alors qu'il nous renverse sur le matelas, le brun échevelé sourit tout contre ma bouche. C'est à ce moment, en général, que je joue au jeu des « peut-être ».

Peut-être tombera-t-il pour moi ?

Peut-être que ce n'est pas qu'un coup d'un soir ?

Peut-être est-ce enfin le bon...

Toujours les mêmes questions, à jamais les mêmes réponses décevantes. Je me déteste d'espérer un nouveau dénouement avec tant de force, mais...

Nos yeux se rencontrent. La connexion fugace entre cet inconnu et moi nourrit l'espoir qui grandit dans mon ventre et me laissera indéniablement déçue. Je suis consciente de mentir à tout le monde, et surtout à moi. Je me berce des mêmes illusions qui font un peu plus mal chaque fois que la vérité les réduit en bouillie.

*Comme toujours.*

Nos vêtements tombent sur le sol.

Nos bouches se rejoignent, nos dents s'entrechoquent et nos salives se mélangent. Mes ongles griffent son dos. Ses mains explorent mon corps.

*Est-ce ça, l'amour dont je rêve ?*

Peut-être un peu. Peut-être en partie. Peut-être des miettes.

Ça en a le goût et l'odeur, et c'est sûrement ce qui s'en rapproche le plus, mais c'est indigeste.

Pour être honnête, je n'y connais pas grand-chose, à l'amour.

Je l'embrasse et sens déjà le regret me prendre aux tripes, menaçant de bondir hors de mon estomac. Doucement, une bile acide grimpe le long de mon œsophage, me brûle la gorge et s'arrête sur ma langue, juste avant qu'elle ne s'enfonce dans sa bouche.

Je voudrais cracher mon dégoût, mais j'imagine ceux qui ont laissé leur empreinte en moi avant lui se délecter de ce spectacle répugnant. Goûter au poison est une vilaine habitude dont je ne parviens plus à me défaire. Comment lui expliquer que ses lèvres sont enrobées d'un espoir qui me rend malade ? Mon souffle se coupe, mes poumons sont douloureux. Mais je suis bonne actrice, je transforme ce mélange informe d'émotions répugnantes en gémissements encourageants.

Je le laisse s'enfoncer en moi.

La culpabilité se déverse dans mon ventre. J'ai presque envie de me plaquer une main sur la bouche pour m'empêcher de vomir. J'en viens à supplier mon estomac de ne pas rendre tout l'alcool que j'ai ingurgité au cours de cette soirée catastrophique.

*Pitié ! Pitié ! Garde tout à l'intérieur. Encore un peu. Ça sera bientôt fini.*

Je ferme les yeux pour oublier que tout ça est dégoûtant, presque autant que je le suis.

J'y connais quasiment rien, mais je suis certaine d'une chose : ça a beau y ressembler, ce n'est pas de l'amour si t'as l'impression d'en crever.

Il – celui dont le nom n'a pas d'importance, parce qu'il est comme tous les autres – se laisse retomber sur le lit. Après avoir joui, il soupire, trop satisfait pour que ça ne m'irrite pas. Il jette la capote sur le sol, piétinant ce qu'il restait de ma fierté au passage.

Pourquoi suis-je blessée, alors que le même scénario se répète inlassablement ? Au fond, il n'y a que leurs visages qui changent.

*Et tout ça pour quoi ? Des miettes d'amour ?*

Après avoir récupéré son souffle, il ramasse ses vêtements éparpillés sur le sol et se rhabille en vitesse.

— C'était sympa.

Son expression embarrassée remplace le souvenir de nos ébats amoureux. Il passe une main dans ses cheveux, fixe un point imaginaire, droit devant lui.

Pourquoi se donner la peine de discuter, alors que je sais ce qu'il attend de moi ?

Je me redresse sur le matelas imprégné de mon odeur. C'est à peu près tout ce qu'il gardera de moi. Une fragrance. Le souvenir d'un orgasme. Le coup d'un soir dont il n'a jamais su le nom, sûrement. Le souvenir heureux d'une fille assez naïve qui lui a permis d'aller le plus loin possible, là où il avait envie de se trouver.

J'ai l'impression d'avoir été utilisée, pourtant, c'est moi qui me suis servie de lui. Moi et mon besoin irrépressible de me sentir compter pour quelqu'un, même si c'est fugace, même si ça sonne faux.

Peut-être qu'on s'est servis l'un de l'autre.

Pour les paumés comme moi, le sexe est une drogue dangereuse. Il m'en faut toujours plus, pour décoller toujours plus haut. Et la redescente fait inévitablement mal, à chaque putain de fois.

Abattue par cette évidence, je me rhabille. Pourtant, consciente de la tournure que prendra ma soirée, je garde en moi l'espoir fou qu'il me demandera de rester.

Je me remets à jouer aux « peut-être ».

Peut-être m'a-t-il trouvée différente ?

Peut-être ai-je bouleversé son monde ?

Ma main en appui sur la poignée, il m'interrompt.

— Attends !

Mon cœur rate un battement, je le fixe, dans l'attente que ce visage sans nom, dont je me fiche pourtant, comble le vide qui m'écrase la poitrine.

*Comment le vide peut-il peser aussi lourd ?*

— N'oublie pas ta veste en cuir.

J'emmerde l'espoir.

Les hauts ne valent jamais les bas qui, irrémédiablement, les suivent. C'est comme escalader l'Everest pour en sauter juste après.

*Ça n'a plus aucun sens...*

Je réalise que les miettes d'amour qu'on veut bien me jeter ne suffisent plus à nourrir mon cœur affamé. Cette fois, je décide de déchirer la bobine et d'écrire une fin nouvelle. Une fin qui me rendra heureuse.

Je m'en fais la promesse : le prochain qui me touchera sera fou amoureux de moi.

Je suis restée sous l'eau brûlante jusqu'à ce qu'elle refroidisse, j'ai frotté ma peau à me la faire rougir et j'ai vidé le flacon de savon liquide. Pourtant, je me sens toujours aussi sale. Les mains de mon dernier coup ont laissé des traces qu'une douche ne suffira pas à effacer.

Vêtue d'un simple peignoir molletonné, une serviette enroulée autour de mes cheveux, je me sers un verre de vin rouge avant de me laisser retomber sur le canapé, épuisée. Je parcours mon petit appartement du regard, ravie d'avoir opté pour un trois-pièces cosy dans lequel j'ai éparpillé – mais avec goût – toutes mes affaires. Je n'avais pas besoin de plus grand, j'ai horreur de me sentir trop petite dans un endroit trop vide et trop grand. D'ailleurs, je déteste ce qui est trop bien rangé, ça me donne l'impression qu'il fait froid. C'est pourquoi rien ne l'est jamais dans mon bordel organisé. Mes murs sont couverts de posters, souvent des groupes de musique dont j'ai un jour idolâtré les membres. Sur ma table basse, trois briquets à l'effigie de Bob Marley s'entassent dans un pot en terre cuite. Quelques guirlandes lumineuses sont suspendues au-dessus du canapé et un énorme fauteuil de pin-up trône dans un coin, pas loin du vieux téléphone rouge. Obsédée par les babioles, je réalise que j'ai ramené quelque chose pour alimenter mon intérieur à chacun de mes voyages, chacune de mes sorties. Mon appartement n'est qu'un ramassis de souvenirs heureux qui n'ont de sens que pour moi.

L'arrivée inattendue de Lily me fait sursauter. D'instinct, je resserre les pans de mon peignoir.

— Tu as oublié que je vivais ici ? questionne la blonde en penchant la tête sur le côté.

— Les cafards voient plus souvent cet appartement que toi...

— Tu n'avais pas réglé ce problème de cafard ?! s'étrangle-t-elle presque, horrifiée.

Je me contente de hausser les épaules en avalant une gorgée de mon vin rouge. Nous n'avons jamais été infestées par les cafards, mais cette blague douteuse a duré un poil trop longtemps pour que je lui avoue, l'air de rien, que j'avais dit ça afin de la faire chier.

— Je te manque, c'est ça ? demande-t-elle, taquine.

— Sûrement pas !

Lily et moi en colocation, ce n'était pas prévu.

Je voulais arrondir les fins de mois, mon job en tant que serveuse me rapportait tout juste assez, et je refusais de réclamer quoi que ce soit à mon père, qui aurait sauté sur l'occasion pour me rappeler que je ne sais rien faire sans lui. J'avais des critères bien précis, aucun qui ne corresponde à la personnalité de Lily Johnson, ma colocataire psychorigide qui cherchait à prendre un peu d'indépendance. Je m'attendais à vouloir lui arracher les cheveux après vingt-quatre heures de cohabitation, néanmoins j'admets que sa présence ne me dérange pas autant que je le pensais. Souvent absente, en compagnie des Giants, et accessoirement de son petit ami, elle voit plus la chambre de Maël que ma chambre d'amis. Et si je suis honnête, lorsqu'elle ne se met pas en tête de ranger ce qui « traîne » et qu'elle évite les questions indiscrètes auxquelles je n'ai pas envie de répondre, elle est plutôt... marrante.

— Tu sais, commence-t-elle sur un ton de reproche, la moindre des choses, quand on abandonne ses amis en boîte, c'est de prévenir.

Les deux mains sur les hanches, sourcils blonds froncés et expression boudeuse, elle tape du pied sur le sol d'une façon que je trouve presque comique. Son attitude de mère poule ne me surprend plus, même si je ne comprends pas bien pourquoi j'y ai droit, moi qui ne me montre jamais moins que désagréable avec elle.

— Tu t'inquiètes... pour moi ? demandé-je, incrédule.

Je saisis l'éclair de compassion qui traverse ses grands yeux verts, juste avant qu'elle ne fixe une expression mesquine sur son visage de poupée Barbie.

— Bien sûr. Qui payera la deuxième partie du loyer si jamais tu meurs ?

— J'ai compris, princesse. Tu ne devais pas passer la nuit avec Sarah et ton frère ?

Elle et Sarah étaient inséparables, jusqu'à ce que la brune à lunettes rondes se décide à partir explorer les quatre coins du monde en compagnie du frangin de Barbie. Lily le vit moyennement bien, raison pour laquelle j'ai du mal à saisir pourquoi elle ne passe pas la nuit au penthouse, elle qui n'a aucun scrupule à se montrer envahissante.

Je regrette ma question à l'instant où ses yeux se remplissent de larmes.

— Pitié... Ne me force pas à te faire un câlin.

— Je leur ai déjà fait mes adieux, et j'ai assez pleuré comme ça. Les regarder partir me ferait trop de mal.

Elle parle d'adieux déchirants et de leur départ comme s'ils n'allaient jamais revenir.

— Tu vas regretter de ne pas être là, demain..., déclaré-je en buvant une gorgée de mon vin rouge.

Elle me fusille du regard et réplique aussi sec :

— Tu bois trop...

— On peut savoir qui a demandé ton avis ?

— Tu vois comme c'est désagréable ? plaisante-t-elle. Mais sérieusement, qu'est-ce qui te met dans cet état ? T'es encore plus grincheuse que d'habitude, et j'ignorais que c'était possible...

Discuter de tout ce qui pourrit chez moi n'a jamais été mon truc, c'est pourquoi je tente de dévier du sujet qui me fâche.

— Tu veux pas qu'on s'envoie en l'air, plutôt ?

Ça m'amuse de la voir rougir à chaque fois que je parviens à la mettre mal à l'aise. C'est l'une de mes nouvelles activités préférées.

— T'es comme Maël, qui raconte des blagues de merde à chaque fois qu'il n'a pas le courage de parler.

Comprenant qu'elle ne lâchera pas l'affaire de sitôt, je ravale cette salive empoisonnée pour la énième fois. Tandis que mes yeux tombent sur l'enveloppe, mes ongles s'enfoncent dans ma peau, marquant la paume de ma main de petits croissants de lune.

— Toute ma vie a été construite sur un mensonge, soufflé-je.

Le dire à voix haute devrait soulager ma poitrine du poids qui l'écrase, mais ça ne fait qu'infecter la plaie purulente que mon père m'a laissée. Fred Hawkins n'a jamais été du genre père idéal. Il n'a même pas été capable d'être bon. Je le connais froid, distant, et injuste parfois. Absent, surtout. Mais j'ignorais jusqu'alors qu'il faisait partie des menteurs de la pire espèce, de ceux à qui vous confiez votre cœur pour le retrouver tout abîmé.

— Quel mensonge ?

Il y a des trahisons qui brûlent si fort qu'elles saturent l'oxygène que nous inspirons. Résignée, je pousse un soupir et lui désigne la lettre qui repose sur ma table basse d'un geste du menton.

— Fais-toi ton propre avis, mais ne m'oblige pas à en parler.

En m'offrant un sourire rassurant, elle dépose sa main sur la mienne et déplie la lettre, la découvrant pour la première fois. J'aimerais ne pas avoir envie de me gratter la peau à chaque fois qu'elle me touche comme si nous étions les meilleures amies du monde.

*J'aimerais qu'elle ne me touche pas du tout.*

Ligne après ligne qu'elle déshabille de son regard vert sapin, elle découvre les vérités que ma mère a couchées sur ce papier, vingt-deux ans plus tôt. J'ai haï les 30 novembre toute ma vie, portant le poids d'une culpabilité trop lourde pour les frêles épaules d'une enfant persuadée qu'elle était responsable du décès de sa maman, morte en couches. C'est ce que mon père m'a toujours raconté, les médecins n'auraient rien pu faire...

*Ce sale menteur !*

Dans cette lettre, Rosa – parce que c'est ainsi qu'elle se nomme – m'explique les raisons de son abandon. Une mère trop jeune et dépressive qui a préféré me fuir. Elle me demande de la retrouver, si un jour je me décide à lui pardonner, selon ses mots. Mais je n'ai qu'un nom et quatre ans de retard, puisque Papa aurait dû me remettre son message à mes dix-huit ans.

J'aurais préféré qu'elle soit morte, car la vérité me donne l'impression de faire un saut depuis le sommet d'un nuage tandis que les vérités que je pensais acquises volent en éclats.

*Depuis, je chute, toujours un peu plus vite, toujours un peu plus bas.*

Mon père, quant à lui, n'a même pas été fichu de se sentir désolé, si ce n'est de s'être fait démasquer. Il jure qu'il aurait dû brûler cette lettre et qu'il me l'a cachée dans le seul but de me protéger, sans même avoir conscience que c'est de lui que j'ai besoin d'être secourue.

Je l'aime trop tandis qu'il ne m'aime jamais assez, et je ne peux pas m'en empêcher parce qu'ils sont tout ce que j'ai, lui et ses contre-vérités.

Lily finit par plier le morceau de papier avant de le ranger délicatement dans l'enveloppe.

— Tu vas la retrouver ?

Ses doigts recouvrent les miens et je me dis, l'espace d'une toute petite seconde, que ce n'est pas si désagréable d'avoir une amie à qui tenir la main.

Et puis, je me ressaisis, bien consciente qu'elle ne cherche qu'une copine de substitution, maintenant que la sienne se barre. Je la lui arrache pour attraper mon verre de vin que je porte à mes lèvres.

Pas assez rapidement pour empêcher la blonde de me l'ôter.

— Je crois, ouais, finis-je par lui dire, mon regard assassin posé sur elle.

— Je vais t'aider. À retrouver ta mère. Tu peux compter sur moi.

Je ne réponds rien, laissant le calme s'éterniser entre nous, jusqu'à ce qu'il se transforme en un silence gênant.

— Lily ?

— Humm ?

— La prochaine fois que tu m'ôtes mon verre de la bouche, je te fous à la porte.

Ça la fait rire, comme si je n'étais pas vraiment sérieuse.

# 3

### *Ted*

*Allez, putain ! Je t'attends !*

L'odeur nauséabonde de bois humide et de transpiration qui imprègne les vestiaires m'agresse les narines. Mes coéquipiers sont euphoriques, comme à chaque fois que nous nous apprêtons à jouer un match important face à des supporters déchaînés dans les gradins.

*Je t'en prie, viens !*

Théo se ronge les ongles, Alex récite dans sa tête une prière silencieuse et Maël trépigne d'impatience, lui qui ne vit presque que pour ça. Je pensais que c'était le cas pour moi aussi, mais rien ne me vient. Ni stress ni excitation. Pas même une toute petite étincelle pour secouer ce qui sommeille en moi.

Mais elle n'arrive plus depuis longtemps. Je me demande à quel point je vais encore devoir repousser mes limites, si je vais même réussir à trouver de nouveaux subterfuges pour...

*Ressentir quelque chose.*

— Je te dis que je ne peux pas jouer les couilles pleines ! Ça ne m'est jamais arrivé, un truc pareil !

Voilà précisément une éternité que Max O'Donnel me fait chier avec ses conneries. Je sens le début d'une migraine battre sous mes tempes.

— Qu'est-ce que tu me racontes, putain ?! T'avais qu'à te

branler tout à l'heure ! finis-je par répliquer face à son air insistant.

Il me fusille d'un de ces regards noirs dont lui seul détient le secret.

— Figure-toi que je ne fais ça que sous la douche, Greyson. Et qui accaparait la salle de bains, ce matin ? Lily ! L'ESPÈCE DE SUCCUBE QUI APPARTIENT À MON MEILLEUR POTE ! s'époumone-t-il.

Mes intentions envers Max alternent régulièrement entre l'envie de lui enfoncer mon poing dans la figure et celle de me fendre la poire avec lui. Il faut dire qu'il a un sacré paquet de conneries en stock ! Je l'aimais bien, avant qu'il ne me colle aux baskets comme un vieux chewing-gum, car il se sentait délaissé par son meilleur ami. Depuis que Maël Gellman se tape Barbie, Max a décrété que je le remplaçais.

— Ma branlette porte-bonheur ! Comment je fais pour jouer, sans ma branlette porte-bonheur ?! répète-t-il.

— Tu pouvais pas avoir un putain de bracelet comme les autres pour te porter chance ?

Curieux et intrigué, cet abruti attachant penche la tête sur le côté.

— T'as un bracelet, toi ?

— Non, parce que je n'ai pas besoin de grigri, de magie vaudou ou d'une putain de branlette pour savoir que je suis un bon joueur !

J'ai conscience que ma mauvaise humeur me rend exécrable et qu'il n'y est pour rien. C'est pourquoi j'ajoute, d'un ton qui se veut encourageant :

— Et toi non plus, t'as pas besoin de ça.

Max, mon coéquipier et colocataire d'un an mon aîné, agit la plupart du temps comme un adolescent hors de contrôle. Mais bon, j'imagine que comme nous tous, il cache un truc sordide derrière ses comportements immatures.

Lorsqu'il m'offre une moue boudeuse, je sais que je vais me

farcir ce sale gosse toute la journée. Il s'apprête d'ailleurs à me dire quelque chose quand la porte des vestiaires s'ouvre à la volée sur le coach qui semble remonté.

La mine sévère, Hawkins s'exprime enfin :

– Contrôle anti-dopage. Vous allez tous y passer, ces enfoirés viennent au pire moment. Alors, s'il y a quelque chose que je dois savoir, dites-le maintenant !

La voilà enfin, l'étincelle que j'attendais. Elle naît dans ma poitrine et se transforme rapidement en brasier ardent, avant de couler dans mes veines sous forme de feu liquide. Une sueur froide dévale ma colonne vertébrale et de petits picotements chatouillent le bout de mes doigts.

*Tu m'avais tant manqué, ma chère amie l'adrénaline...*

J'ai toujours excellé dans l'art de me sortir des situations compliquées. Seulement, cette fois, je ne trouve aucune issue.

*Je suis fait comme un putain de rat !*

En bon capitaine, Maël nous questionne du regard, Max et moi. La lâcheté ne fait pas partie de la liste de mes défauts, et de toute façon, mentir ne ferait que retarder ce que les analyses diront pour moi.

La suspension me pend au nez et il n'y a rien que je puisse faire pour l'éviter.

– Désolé, les gars, avoué-je. Je crois que vous allez finir la saison sans moi...

Les visages déconfits de mes coéquipiers me font marrer.

*Comme s'ils ne savaient pas que je fume de l'herbe !*

Je n'ai jamais touché aux drogues dures, je suis bien placé pour savoir ce que peut engendrer une addiction à cette merde. Moi, c'est à l'adrénaline que je me shoote ! Mais il est devenu difficile de me faire ressentir quoi que ce soit, ces derniers temps.

Et je me souviens que Max touche parfois aussi à de sales drogues. Je l'interroge du regard.

– Étonnement, je suis *clean*..., annonce-t-il.

C'est bien, je suis content pour lui. Il a suffisamment d'emmerdes comme ça.

— Comment on va faire sans toi ? me demande-t-il.

Je hausse les épaules en laissant échapper un rire nerveux.

— Faut croire que j'aurais dû enfiler un putain de bracelet, en fin de compte...

J'aimerais ne pas accorder d'importance à la suspension qui m'attend et à ma nouvelle mauvaise image qui fera sans doute la une des journaux. J'ai amassé suffisamment d'argent pour vivre confortablement jusqu'à la fin de ma vie. Je pourrais me contenter de ça et tirer une croix sur ma carrière, mais sans le football et ces abrutis qui partagent mon appartement, je finirais par péter les plombs. Mon goût pour le risque m'enverrait certainement en prison, dans une cellule annexe à celle de Kay.

Le regard du coach ne me quitte pas lorsqu'il exige, d'une voix mesurée :

— Que tout le monde sorte des vestiaires. Toi, tu restes là.

Immobile, les bras ballants et le cœur battant, j'attends une remontrance qui met si longtemps à arriver que je me demande si je ne suis pas plongé dans un cauchemar, finalement.

*Je vais me réveiller.*

— Tu penses pouvoir te hisser par la fenêtre ?

Médusé, je laisse glisser mon regard au-delà des casiers en bois que le départ précipité de mes coéquipiers a laissés désordonnés. J'observe alors la petite fenêtre, à environ un mètre du sol.

— Me hisser, ça devrait aller.

J'ai déjà escaladé plus haut et plus dangereux. En revanche, je ne suis pas certain de parvenir à me faufiler dans ce petit espace.

— Fais en sorte que ça passe, exige-t-il, sûrement parce que ses pensées ont pris le même cheminement que les miennes.

Je suis prêt à tout, même à me briser les quatre membres pour ramper hors de ce vestiaire si ça me permet d'esquiver les prises de sang.

— Qu'est-ce que t'as pris, et en combien de temps penses-tu pouvoir en débarrasser ton système ?

— Un peu de weed, c'est tout. Une semaine devrait suffire.

Hawkins m'offre un hochement de tête trahissant sa satisfaction.

— T'étais malade ce matin et tu n'es jamais venu, c'est clair ?

— Ouais, Coach.

— Tu me dois tout, parce que je risque tout pour toi, tu comprends ?

C'est clair comme de l'eau de roche, personne ne s'aventure à frauder sans rien espérer en retour. Œil pour œil, dent pour dent. Un service pour un autre, c'est ainsi que le monde tourne.

— Alors, vas-y, casse-toi.

Par-dessus son épaule, il me jette un dernier regard, lourd de sous-entendus. Alors qu'il quitte les vestiaires pour de bon, je me demande si ce qu'il attend de moi n'est pas pire que ce à quoi je tente d'échapper mais, trop occupé à fuir, je n'ai pas le temps de m'interroger.

*Si peu pour la lâcheté...*

J'ai souvent surpris Ashley Hawkins en train de me mater. Toujours une seconde de trop : celle qui sépare le simple regard amical de l'œillade impudique. Il arrive que je la contemple, moi aussi, et lorsqu'elle le remarque, je me contente de lui exprimer toute la haine qu'elle m'inspire.

Elle est persuadée que je ne suis qu'un connard misogyne avec un siècle de retard sur la façon dont je perçois les femmes, qui font bien ce qu'elles veulent de leur sexualité. Il faut dire que je l'ai confortée dans cette idée, uniquement parce que la pousser à croire ce mensonge me dérange moins que la vérité, dégoûtante et nauséabonde, qui raconte qu'Ashley est le reflet terni de tout ce que j'ai un jour détesté chez moi.

En frottant ma peau sous l'eau brûlante, je touche les microcoupures qui entachent mon épiderme et repense à cette nana aux mèches rouges, à sa langue bien pendue et à ses yeux en amande qui réclament l'aide que sa bouche, trop fière et insolente, refuse de demander. Et je me questionne : comment vais-je sortir du merdier dans lequel notre entraîneur m'a fourré ?

— Il veut que tu te fasses sa fille ?! s'étrangle-t-il presque, ébahi. Mais, ça n'a aucun sens ?!

Max, qui s'est permis d'entrer dans la salle de bains sous prétexte que je suis son nouveau meilleur ami – selon ses termes –, tire le rideau de douche sans me demander mon avis. Ses yeux se posent sur mon corps, descendent sur la partie basse de mon anatomie.

Il pourrait porter « Indécence » en deuxième prénom, ça ne surprendrait personne. Sa photo suffirait à expliquer les termes « envahissant » et « casse-bonbons ».

Excédé, je me pince l'arête du nez et gronde son nom pour le réprimander.

— O'Donnel... putain !

Il lève les mains en l'air pour abdiquer, une moue mi-mesquine mi-désolée scotchée à son visage.

— Excuse-moi, c'est plus fort que moi. Tu cachais un sacré machin sous tes joggings épais, dis-moi.

Alors qu'il continue à me charrier, je m'imagine lire l'épitaphe qui décorerait sa pierre tombale :

*« Max O'Donnel, un ami et un frère,*
*Tragiquement assassiné par son ami*
*Parce qu'il a eu l'audace de le mater sous la douche. »*

— Tes conneries vont te perdre un jour, mec. Tu le sais, ça ?

Il se contente de hausser les épaules sans se défaire de son expression amusée.

— Alors, raconte ! Qu'est-ce que Hawkins t'a dit, exactement ? Tu vas pouvoir rejouer bientôt ? Mike Hudson t'a remplacé, c'est sûrement à cause de lui qu'on a perdu, d'ailleurs. Maël était hors de lui, t'aurais dû voir ça... J'arrive toujours pas à croire que le coach te demande un truc aussi... *tordu.*

Je me concentre sur les lèvres de mon ami qui tentent tant bien que mal de suivre le cheminement de ses pensées expéditives. Je crois que Max est incapable de poser une question à la fois ou de formuler une pensée cohérente après l'autre.

— Après mon entrevue avec Hawkins, je me suis rendu chez le médecin, dont l'arrêt maladie d'une semaine proscrit toute prise de sang en dehors du cadre médical. En revanche, j'aurai droit aux tests ensuite, je vais donc... arrêter de fumer. Pour éliminer le THC[1].

Max hoche la tête rapidement pour m'encourager à poursuivre. Parfois, je me demande s'il ne s'injecte pas du sucre dans les veines, il a toujours l'air comme un de ces gosses hyperactifs qui ne se nourrissent qu'aux bonbons.

— Je pourrai donc jouer samedi prochain, à condition que les résultats reviennent négatifs. Concernant Hudson, j'ai regardé le match depuis mon téléphone et j'admets qu'il n'est pas très bon.

Je ne suis pourtant pas du genre à dénigrer le jeu de mes coéquipiers, mais j'ai du mal à saisir le choix de notre entraîneur, alors qu'il y avait bien meilleur sur le banc des remplaçants.

— Hawkins m'a clairement fait comprendre que je lui devrais un service s'il m'aidait à échapper aux contrôles des Stups'. J'ai été surpris quand il m'a appelé après le match pour me demander...

— De te faire sa fille ? achève Max.

— Ce n'est pas exactement ce qu'il a suggéré.

En vérité, le coach m'a implicitement demandé d'ôter une idée de la tête d'Ashley, qui vient d'apprendre que sa mère est en vie. Pour une raison que j'ignore, il ne veut pas qu'elle la retrouve. Désespéré, il est prêt à jouer avec les sentiments de sa fille et son besoin irrépressible de se sentir aimée.

---

[1] Le THC, pour tétrahydrocannabinol, est un composé organique, principal constituant du cannabis, qui confère à ce dernier ses propriétés psychotropes.

En se servant de moi. Comme si mes rejets incessants n'allaient pas mettre la puce à l'oreille de sa gamine. Comme si elle était assez stupide pour laisser un homme se mettre en travers de son chemin et la détourner de son objectif.

Je pensais que si Ashley avait toujours cherché à attirer l'attention de son père, c'était parce qu'elle était capricieuse. En analysant la demande tordue de l'entraîneur, je me dis que ça n'a vraiment pas dû être facile, d'être élevée par un manipulateur.

— Ouais, enfin, c'est pareil. Il sait très bien qu'elle a toujours eu un faible pour toi. Tout le monde le sait. C'est une putain d'enflure !

Ce que Max considère comme un béguin innocent m'apparaît de nouveau comme un caprice. Tout ce qu'Ashley veut ressemble à ce qu'on lui refuse. Si j'avais cédé à la seconde où elle a posé les yeux sur moi, ça ferait bien longtemps qu'elle se serait défaite de cette idée de merde.

— Ash est loin d'être un ange, mais elle ne mérite pas ça, poursuit-il, l'énervement déformant ses traits.

Ils se considèrent plus ou moins amis tous les deux, une manière comme une autre de décrire leur relation ambiguë, basée sur des parties de jambes en l'air occasionnelles.

— Personne ne mérite... Putain, O'Donnel ! Regarde-moi dans les yeux, ou casse-toi d'ici !

Le coin de sa bouche se soulève pour m'offrir un rictus insolent.

— Je pensais en avoir une grosse, tu sais ? Mais en voyant ta queue, j'ai l'impression qu'il s'agit d'une personne à part entière. Il serait malpoli de l'ignorer...

*Pourquoi c'est une bonne idée d'être ami avec Max, déjà ?*

Il chasse sa bêtise d'un geste de la main pour se concentrer sur notre discussion.

— Bon, et alors ? Je suppose que tu lui as dit que c'était hors de question, que tu ne jouais pas avec les petits cœurs fragiles et tu lui as balancé que c'était un enfoiré de première, en prime ?

Alors que l'eau ruisselle sur ma peau, un silence s'installe, perdure, puis s'éternise pour dévoiler tout ce que je n'ai pas besoin de formuler à voix haute. Max, lui, se contente de me dévisager, horrifié lorsqu'il comprend.

Je mords la partie inférieure de ma joue pour m'empêcher de vomir le dégoût qui me tord les tripes. J'essaye tant bien que mal d'oublier que je ne suis qu'un connard égoïste.

— J'y crois pas..., souffle-t-il.

— Pour ma défense, Hawkins a menacé de ruiner ma réputation si je parlais à quiconque de notre arrangement. Il me virera de l'équipe, aussi.

Je ne dis pas à Max que je ne suis pas le seul que le coach a inclus dans son petit jeu sordide. Il détient des images compromettantes de Max, Maël, et même Lily, rachetées au prix fort à des paparazzis pourris jusqu'aux os. Et il n'hésitera pas, si c'est ce qu'il faut pour me convaincre de mettre des bâtons dans les roues de sa fille.

J'étais persuadé que l'équipe était tout ce qui comptait pour lui, mais apparemment, il détient des secrets plus importants encore, du genre de ceux qu'on préfère garder enterrés à jamais.

— Putain ! s'exclame-t-il en se passant la main dans les cheveux. On ne peut pas se contenter de Mike Hudson, mec...

— Ouais... Il a loupé tellement d'occasions que j'ai arrêté de compter.

Max semble réfléchir à toute vitesse.

— C'est quoi le plan ? Tu retrouves Ashley et après, quoi ? Tu lui ponds un discours du genre : « On s'en fout de ta mère, je suis là, moi ! » ? Ça ne marchera jamais.

Je fais non de la tête.

— Je dois être plus malin que ça. Tout ce que j'ai à faire, c'est me rapprocher d'elle, suffisamment pour qu'elle me fasse confiance et me parle de sa mère. En parallèle, je tiens le coach informé de ses recherches, si toutefois elle trouve quelque chose, et l'éloigne d'éventuelles pistes. Tu vois ? Même pas besoin de lui briser le cœur.

Max pouffe comme si je venais de raconter la blague la plus drôle du siècle.

– T'as repoussé ses avances tellement de fois qu'elle pensait que t'étais de l'autre bord, et tu la regardes comme si tu rêvais d'embrocher sa tête sur un pic à glace, ça m'étonnerait qu'elle croie que tu rêves de devenir son ami, tout à coup.

Derrière ses plaisanteries se cachent quelques vérités qui ne me faciliteront pas la tâche.

Certains pourraient penser que si j'ai résisté aux charmes de la fille du coach aussi longtemps, c'est parce qu'elle n'est pas à mon goût. Mais c'est justement parce qu'elle me plaît. *Beaucoup trop*.

Des tatouages qui marquent sa peau à ses tenues extravagantes, en passant par les mèches rouges qui colorent ses cheveux noirs, Ashley Hawkins est tout à fait mon genre de femme. Il y a quelque chose dans son attitude de *bad girl* qui m'a toujours attiré vers elle, et si je ne me suis pas laissé aller, c'est parce que je sais reconnaître une putain de bombe à retardement quand j'en vois une. J'ai senti arriver le nid à problèmes à la seconde où j'ai posé les yeux sur elle pour la première fois.

Ashley Hawkins fait partie de ceux qui n'ont aucune idée de ce qu'ils cherchent et veulent tout à la fois sans jamais se satisfaire de rien.

Ça résonne trop en moi pour que j'ignore la petite voix dans ma tête qui me supplie de rester loin d'elle.

On aurait sûrement passé du bon temps, accrochés aux bras écorchés de l'autre, on aurait partagé nos déviances le temps d'oublier ce qui cloche dans nos vies respectives. Elle m'aurait sans doute parlé de son père, responsable de ses comportements à risque et de ses addictions malsaines, parce qu'il ne faut pas être un génie pour comprendre que la majorité de ses problèmes viennent de lui.

Je me souviens avoir surpris une conversation entre elle et le coach, un jour. Elle lui avait confié avoir été touchée de manière inappropriée par l'un des joueurs : Andy Anderson. Hawkins lui avait craché qu'elle ferait mieux d'arrêter d'essayer d'attirer l'attention.

J'ai cru que la brune allait s'effondrer, mais ce n'est pas son genre. Elle a simplement redressé le menton et s'en est allée la tête haute, juste avant de s'enfermer dans les toilettes dans lesquelles je l'ai écoutée pleurer tandis qu'elle ramassait les miettes de son cœur.

Andy se souvient parfaitement du nez fracturé que lui ont causé mes phalanges, comme il se remémore sans doute mes exigences lorsque je l'ai convaincu de quitter l'équipe, deux ans plus tôt.

Pour les autres, le départ précipité d'Anderson ne connaît aucune explication. Personne n'en a jamais rien su, je ne cherche pas à jouer les héros.

Toujours est-il qu'Ashley Hawkins n'est qu'une fautrice de troubles qui sème le désordre partout où elle met les pieds.

— Elle reste facile à séduire, pensé-je à voix haute.

Quand on saigne, on accepte volontiers celui qui offre un pansement pour cacher la plaie, et je ne connais rien de plus facile à manipuler qu'un cœur bien abîmé.

— Oh, vous pouvez baiser, c'est sûr. Au-delà de ça, ne te fais pas trop d'illusions. Ashley ne parle pas de sa vie privée, encore moins avec ses plans cul.

— T'es en train de me dire que je ne pourrai pas arriver à la faire craquer ?

Je sors de la douche, enroule une serviette autour de ma taille.

— C'est exactement ce que je te dis. Écoute, mec. Contrairement à toi, j'ai déjà couché avec elle et je te garantis qu'elle ne parle pas. C'est arrivé genre cinq ou six fois entre nous, et je ne peux même pas te dire ce qu'elle aime bien manger, ou juste... quelle est sa couleur préférée !

Ses certitudes m'agacent, chatouillent mon ego démesuré qui ne demande qu'à bondir.

— J'ai toujours obtenu n'importe quoi de n'importe qui...

Je sors de la salle de bains, Max sur les talons.

— Sans vouloir en faire des caisses, je suis plutôt un très bon coup, et en plus, je ne suis pas un connard, ajoute-t-il. Bon, OK, je ne suis pas du genre « Tiens, si on discutait de nos enfances traumatisantes » juste après avoir baisé, mais je ne suis pas non plus le type qui se barre en courant.

— Et alors ? demandé-je en enfilant un ensemble composé d'un large sweat et d'un jogging assorti.

Max pousse un soupir, presque exaspéré par mon entêtement.

— Et alors, je passe toujours un peu de temps avec mes conquêtes. Ne serait-ce que pour discuter de la météo. Et je n'ai aucun mal à prendre une fille dans mes bras si c'est ce dont elle a envie. Mais Ashley ? Elle bondit hors du lit à chaque fois et s'empresse de se rhabiller pour me claquer la porte au nez.

— On dirait presque que ça te vexe, plaisanté-je. Si ça se trouve, t'es pas aussi bon que tu le penses...

Amusé, il pince les lèvres pour réprimer un rire.

— Bien sûr, ça doit être pour ça qu'elle est revenue cinq ou six fois, lâche-t-il, insolent.

Je lève les yeux au ciel, me dirige vers le salon où je m'avachis sur le canapé, Max toujours à mes côtés.

— Oublie cette idée de merde, reprend-il. Elle ne te confiera rien du tout, je suis prêt à le parier.

Parfois, je me demande si Max et moi ne sommes pas devenus amis pour titiller les vices de l'autre. Tandis qu'il cherche perpétuellement une distraction, je suis en quête de sensations fortes.

Je me déteste un peu quand je réplique :

— Qu'est-ce que t'es prêt à parier ?

Sa bouche s'incurve pour m'offrir un sourire espiègle qui

confirme ce que je savais déjà : on ne devrait pas être amis, c'est aussi dangereux que de mettre un bidon d'essence près du feu.

– T'as un mois. Si elle ne t'a rien dit sur sa mère d'ici là, je veux ta moto.

Je hausse un sourcil interrogateur.

– Pourquoi tu voudrais ma moto ? T'as même pas le permis...

Il hausse les épaules.

– C'est un truc de *bad boy*. Ça attire les filles.

– Si je gagne, je veux ta chambre.

Sans rien répliquer, il sort son téléphone de la poche de son survêtement et compose un numéro.

– Je m'inscris pour passer le permis moto, explique-t-il, sourire en coin, persuadé d'avoir déjà gagné.

*Ashley Hawkins, c'est ton cœur que je vise.*

Si son père est un véritable enfoiré, je crois que je suis pire.

# 4

## *Ashley*

Mon père n'a pas apprécié que je veuille quitter le domicile familial, encore moins le job de serveuse que j'ai dû me trouver pour me permettre de payer le loyer onéreux d'un appart situé en plein cœur de New York.

En y repensant, Fred Hawkins n'a jamais vraiment approuvé aucune de mes décisions, qu'elles soient réfléchies ou non, mais je dois bien admettre que je ne m'attendais pas à une réaction aussi virulente lorsque je lui ai annoncé que j'allais travailler pour le *Jazz,* ce bar mal fréquenté de la Myrtle Avenue qui porte le même nom ringard que son propriétaire. Il faut avouer qu'il empeste les vapeurs d'alcool émanant du parquet collant typique des samedis soir, quand les étudiants se mélangent aux prostituées, aux motards et aux dealers, habitués de l'endroit qu'ils considèrent comme leur tanière. Et c'est ce que j'aime le plus ici : aucun jugement n'est toléré. Jazz, mon patron, aime le rappeler : peu lui importe que tu sois une pute, un ex-taulard ou un étudiant fauché, du moment que tu respectes son bistrot.

Et c'est précisément ce qui déplaît à papa, lui qui n'arrête pas de me répéter que je ne suis qu'une « petite serveuse » qui prend des risques inutiles dans un « petit bar miteux ».

À ses yeux, je représente une minable qui travaille avec des plus lamentables que moi.

Une lourdeur tombe sur ma poitrine, comme à chaque fois que je me surprends à espérer qu'on s'entende mieux, lui et moi. J'espérais qu'en déménageant, les choses s'arrangeraient. Son autorité écrasante, qui contraste avec son éternelle lassitude, commençait à me détruire de l'intérieur.

*Il faut parfois avoir le courage d'amputer nos membres gangrenés.*

Alors, je suis partie, mais rien n'a changé...

Une voix derrière le bar m'arrache à mes pensées :

— Juste une bière, ma jolie.

J'ai envie de lever les yeux au ciel, cependant je me retiens de le faire parce qu'Archi est sympa. Ce n'est pourtant pas écrit sur son front, il n'est pas non plus l'un des habitués du bar, comme ceux que j'ai appris à appréhender. Si je connais son nom, et que j'imagine que c'est un bon gars, c'est parce que j'ai laissé traîner mon oreille alors que je débarrassais la table voisine de la sienne. En revanche, les types qui l'accompagnent mériteraient de goûter à la batte en métal que je cache sous la caisse, derrière le comptoir.

Ces abrutis n'arrêtent pas de nous mater, ma collègue et moi. Je me retiens de leur offrir un vilain geste du doigt en retour.

Mais Archi est sympa, alors je fais mine de ne pas avoir entendu le surnom ridicule dont il vient de m'affubler et me penche pour récupérer une bière fraîche dans le frigo, avant de la décapsuler d'un coup de briquet.

— Ça te fera huit dollars, s'il te plaît.

Il baisse les yeux, les joues rougies par ce qu'il s'apprête à me demander.

— Et combien, si je veux que tu m'accordes un rendez-vous ?

Mon client est loin d'être vilain. Bien que son visage poupon le fasse paraître plus jeune qu'il ne l'est certainement, je connais pas mal de filles qui seraient à genoux face à ses cheveux blond polaire et son sourire timide. Dans le genre propre sur lui qui porte des vêtements bien repassés et de beaux yeux céruléens, il n'est pourtant pas mon style.

Les bras en appui contre la surface en bois, je me penche en avant, au plus près de son visage.

— La drague, c'est pas trop ton truc, hein..., murmuré-je.

Il rougit de plus belle, secoue négativement la tête avant de me tendre sa carte de crédit.

— Je suis vraiment désolé... C'était complètement inapproprié.

Le groupe avec qui il est venu nous dévisage en gloussant. Archi baisse la tête, prêt à se cacher sous le bar pour fuir l'humiliation.

— Ils croient que je ne pourrai jamais sortir avec quelqu'un comme toi... et je me disais... Laisse tomber, j'ai un peu trop bu, et je pensais : qui ne tente rien n'a rien, tu vois ?

*Qu'il est trognon !*

Attendrie, je me munis d'un bloc de post-it et d'un stylo.

— Écoute, Archi. J'ai récemment décidé de faire une pause avec les hommes. Tes potes sont des idiots, et si je ne l'étais pas, moi aussi, je sortirais volontiers avec toi, le rassuré-je en lui tendant le post-it décoré de mon écriture.

Le visage du blond s'illumine aussitôt.

— C'est vraiment ton numéro ?

En jetant un regard en direction de ses amis, je constate qu'ils ont l'air au moins aussi surpris que mon jeune client.

— Non, mais personne n'a besoin de le savoir, pas vrai ?

— Je crois que je suis amoureux...

J'étouffe un petit rire dans mon poing. Si tomber amoureux de moi était si facile, je n'en serais pas là.

Je n'encaisse pas sa commande, il m'a déjà offert un sourire. Je le regarde s'éloigner, la poitrine gonflée d'un sentiment de légèreté.

— Si tu persistes à ne pas faire payer ceux qui se montrent gentils avec toi, mon bar court à sa perte, me gronde Jazz, mon ronchon de patron.

— T'en fais pas, je payerai pour Archi... peut-être.

Il me met une petite tape derrière la tête, mais ne parvient pas à me cacher son expression amusée.

— Pourquoi je ne t'ai pas encore virée ? T'es une plaie, putain !

Je hausse les épaules, une moue insolente collée au visage.

— T'es comme tous ceux de ton espèce, tu ne réfléchis pas assez.

— Les hommes sont si bêtes ?

— Les hommes, oui. Avec un tout petit h minuscule, de la taille de leur cerveau...

Il secoue la tête, un peu désespéré.

— Regarde cette foule ! Tout ça parce que ces deux grands cons ont décidé d'entrer dans mon bar...

C'est vrai qu'il y a du monde, ce soir. Prise par mon service éreintant, je n'avais pas réalisé à quel point. Je suis le regard de Jazz, au-delà des tables de billard, posées à côté de la pièce réservée aux joueurs de poker dont la fumée des cigarettes couvre le pub d'un voile grisâtre qui empeste le tabac froid. Malgré la lumière tamisée des néons rouges, je parviens à repérer les deux gigantesques joueurs des Giants venus perturber ma tranquillité.

L'un d'eux m'a retiré ma petite culotte un nombre de fois trop important pour que je n'en sois pas embarrassée, l'autre n'en a jamais fait assez.

Comme le miel attire les mouches, Max et Ted attirent les regards et toute l'attention est dirigée vers eux.

— Mais qu'est-ce qu'ils viennent foutre ici, bon sang ? ronchonne Jazz.

Je n'ai jamais vraiment cherché à comprendre pourquoi mon patron a en horreur le football américain, et sa réaction m'aurait certainement fait sourire si je n'étais pas aussi étonnée de les trouver ici. Loin de l'univers branché et huppé qu'affectionne Max. Loin de l'adrénaline à laquelle se shoote Ted, ou peu importe ce qu'il fait pour rentrer de ses sorties mystérieuses couvert de sueur, d'hématomes et d'écorchures.

Malheureusement pour moi, lorsque la terre humide et le sang séché se mélangent à son odeur, c'est comme s'il se parfumait d'un aphrodisiaque irrésistible.

Je remarque Kelly, ma collègue peu farouche, s'approcher de leur table, calepin en main et mine sévère. En effectuant de grands gestes, elle chasse les curieux, mais surtout les curieuses, en particulier celles qui tirent discrètement sur leur débardeur pour mettre en valeur leur décolleté. Mais qui suis-je pour les blâmer ? La plupart des femmes qui traînent ici sont complètement fauchées et, en plus d'être dotés du genre de beauté qui fait fuir les petites culottes, O'Donnel et Greyson sont connus pour peser des millions sur le terrain.

En prime, ils sont célibataires.

Un petit sourire en coin retrousse les lèvres charnues de Ted tandis qu'il scanne ma collègue de son regard sombre. Je me mets à la regarder, moi aussi, et j'ai honte d'envier ses formes vertigineuses, celles qui plaisent tant au métis qui raffole des grosses poitrines et des fessiers fermes dont sont pourvues la majorité de ses conquêtes. Je dévisage ma collègue avec un œil nouveau, un œil jaloux. Je m'attarde sur ses couettes hautes, attachées par des élastiques fuchsia dont la couleur contraste avec sa chevelure noire aux reflets bleutés, sur ses yeux marron chaud sublimés d'un petit trait d'eye-liner, et sur son teint de porcelaine dépourvu de la moindre tache, de la moindre cicatrice, de la moindre imperfection.

Greyson lui fait signe de se pencher vers lui, je peux presque entendre le palpitant de Kelly s'emballer, sensible au charisme magnétique de son interlocuteur dont les paroles parviennent à lui rosir les joues.

Il en faut pourtant beaucoup pour la faire rougir...

*Boum-boum, boum-boum.*

À moins que ce ne soit mon propre cœur que ce charmeur vicieux parvienne à faire chanter pour lui.

Le sourire de Ted s'intensifie quand il surprend mon regard

insistant. Je détourne la tête pour croiser celui de Kelly, affichant un air contrarié tandis qu'elle revient vers le bar.

— Ils ont exigé que tu les serves, m'explique-t-elle, penaude.

Bien que surprise, je me force à réprimer le sourire perfide qui menace de dévoiler à ma collègue à quel point je raffole de ces petits jeux malsains, et combien je crève d'obtenir un peu d'attention. Malgré mes nouvelles résolutions, je ne peux pas m'empêcher de me sentir... spéciale. C'est d'un pathétique qui me retourne l'estomac, et je dois me forcer à lever les yeux au ciel pour prétendre que leur exigence m'agace.

— Ils abusent, putain ! Pour qui ils se prennent ?

À cet instant, je me surprends à paraître sincère.

— Carrément, soutient Jazz.

Un soupir las s'échappe d'entre les jolies lèvres roses de Kelly.

— Je suppose que c'est jackpot pour toi, ce soir, ne peut-elle s'empêcher d'ajouter.

— Crois-moi, je les connais bien, et il vaut mieux en rester loin.

Un sourire moqueur déforme ses traits de poupée.

— Je parlais des pourboires, Ash. J'espère qu'ils t'en laisseront un conséquent, m'explique-t-elle en m'offrant un clin d'œil, avant de me plaquer son bloc-notes sur le ventre. Allez, vas-y !

— Rends-moi fier et ruine-les, m'encourage mon patron.

*Oh, crois-moi, je compte bien leur prendre tout ce qu'ils sont prêts à donner. Parce que personnellement, quoi qu'ils soient venus chercher, je ne leur en offrirai pas une miette...*

En arrivant à leur table, je suis frappée par leurs physiques, si diamétralement opposés l'un de l'autre que c'en est déroutant.

Max O'Donnel est le visage d'ange que les plus grandes marques s'arrachent. Pour son faciès, dépourvu de la moindre imperfection, pour sa peau lisse, aussi pâle qu'un lait crémeux et aussi douce qu'un tissu de satin. Pour ses lèvres roses, marquées d'un arc de Cupidon qui exacerbe l'impression qu'on a de regarder une divinité. À vrai dire, Max est si parfait que sa beauté pourrait être ennuyante s'il ne possédait pas cette paire d'yeux d'un gris tempétueux qui tire vers le bleu pâle sous la lumière des journées pluvieuses. C'est le contraste frappant entre son sourire, qui creuse une fossette adorable dans sa joue gauche, et la détresse colorant ses iris d'une nuance unique, qui lui offre le titre de plus belle gueule de la bande. Il attire toujours le même genre de femmes, des filles fragiles qui se blessent sur les morceaux tranchants de son âme brisée.

— Salut, Ashley, me lance-t-il d'un air faussement innocent.

*Et il adore ça.* Les regarder se détruire pour lui. Il leur prend tout jusqu'à ce qu'il n'en reste rien, satisfait d'être parvenu à leur faire croire qu'il n'était qu'un bon garçon un peu triste qui avait besoin de réconfort. Il sourit, tout le temps, de ce même air innocent qu'il me sert à l'instant, comme si derrière ce visage angélique ne se cachait pas le plus grand manipulateur que cette terre ait porté.

— Qu'est-ce qui vous amène ici ? demandé-je d'un ton professionnel, sans parvenir à atténuer l'agacement qui perce dans ma voix.

Je n'ai pas la force de jouer avec eux, pas en ce moment, alors que mon monde vole en éclats et que je suis si faible que je pourrais bien succomber à l'envie tangible de renouer avec mes mauvaises habitudes.

— Bonjour à toi aussi, mon cœur, lance Greyson en m'offrant un rictus amusé, mais insolent.

Mes yeux rencontrent les siens, d'un noir abyssal qui pousse ses proies à s'égarer dans son regard sombre, alors qu'elles tentent d'y trouver un peu de lumière.

Là où certaines fantasment sur la beauté chaste, pure et douce qui n'appartient qu'à Max, les plus téméraires préfèrent se perdre sur le territoire dangereux de Ted. Je fais partie de cette dernière catégorie. De celles, trop aventurières, qui ne cherchent pas à annihiler mais à comprendre la noirceur qui émane de lui.

De celles qui ne rêvent que de tracer sa mâchoire anguleuse pour en imprimer les contours du bout des doigts. De celles qui n'ont pas peur de se brûler et qui en redemandent. De celles qui espèrent que l'encre noire des tatouages qui marquent son corps les mènera, à l'instar d'une carte, là où il a été fait, sculpté des mains d'un artiste torturé. Je suis de celles qui ont envie de se frotter à lui, d'explorer les vices qui transpirent par tous les pores de sa peau café au lait, si belle, si abîmée...

Dans son obscurité, elles perdent leur lumière, mais elles s'en fichent. Parce que Ted Greyson a ce truc en plus, ce parfum d'adrénaline et de frissons, comme ceux qui naissent sur vos bras lorsqu'il vous murmure de terribles idées à l'oreille.

— Vous passez votre commande ou on reste là, à se dévisager toute la nuit ? insisté-je.

— Deux cafés et une part de gâteau, m'annonce Max.

Un instant, je me demande pourquoi ces deux grands fêtards, qui ont pour habitude de siffler des bouteilles de vodka dans des coins VIP branchés, ont choisi de boire du café un samedi soir.

Mais je refuse de leur poser la question et ravale ma curiosité.

— Vous prendrez autre chose ?

— Toi, juste après ton service, réplique Ted, avec une arrogance qui me donne envie de lui effacer son petit sourire.

Max étouffe un rire dans son poing. Je les fusille du regard, prête à briser la règle que Jazz m'a imposée et qui consiste à ne jamais frapper les clients de son pub.

— Je te demande pardon ?

Mes joues s'échauffent, mon cœur s'emballe.

*À quoi il joue, putain ?!*

Greyson croise les bras sur son torse, une expression amusée collée au visage.

— N'aie pas l'esprit aussi tordu, Hawkins. Je passe te prendre après le service, c'est tout ce que je te propose, explique-t-il, la tête légèrement penchée en arrière pour m'offrir un regard obséquieux.

Je ne suis pas stupide au point d'ignorer le sous-entendu sexuel caché derrière sa proposition chaste. Il n'empêche que ça n'a aucun sens ! La dernière fois qu'on s'est vus, il menaçait de révéler à mon père qu'il m'arrive de prendre quelques somnifères… que j'achète illégalement.

Et le voilà qui flirte avec moi… C'est une facette de sa personnalité qu'il ne m'avait jamais laissé entrevoir.

— Tu veux sortir avec moi, dis-je, hébétée.

— Je *vais* sortir avec toi, acquiesce-t-il.

Je suis partagée entre l'envie de le gifler et celle de lui enfoncer son ego démesuré jusqu'au fond de la gorge. En temps normal, je lui aurais sûrement répliqué un truc qui l'aurait fait taire pour de bon, mais je suis si estomaquée que ma répartie a foutu le camp, m'abandonnant avec deux des plus grands joueurs que je connaisse – et je ne parle pas uniquement de football.

— Qu'est-ce que tu cherches, au fond ? Une fille un peu facile à mettre dans ton lit, un plan cul régulier, une épaule sur laquelle pleurer ? Peut-être une pipe ? T'as sonné à la mauvaise porte, j'ai fait vœu de chasteté. Dis-moi, à quel jeu tordu t'es en train de jouer ?

Il hausse les sourcils, affichant un air réellement surpris.

— Tu places la barre très haut, Hawkins ! La façon dont tu t'estimes, c'est… vraiment beau à voir, crache-t-il d'un ton où perce l'ironie. Je n'ai pas parlé de sexe, mais si t'en veux tant que ça, on peut toujours s'arranger. Avant, ou après, c'est toi qui vois, seulement ça ne change rien au fait que moi, c'est un rendez-vous que je veux.

Face à lui, Max se racle bruyamment la gorge.

— J'attends toujours mon café… et le service laisse à désirer. Je ne suis pas du genre à laisser un mauvais avis sur Tripadvisor, mais…

Il s'interrompt face à mon regard meurtrier et m'offre en retour une moue amusée.

Je m'enfuis plus que je ne m'éloigne de leur table pour préparer leurs boissons chaudes. Les clients éméchés qui m'interpellent sur mon passage m'agacent plus qu'à mon habitude, certainement parce que je suis trop chamboulée par ce qu'il vient de se passer. Mes mains tremblent lorsque je m'empare des petites tasses en verre, je ne comprends pas ce qui m'arrive et je dois m'appuyer contre le comptoir une seconde pour reprendre mes esprits.

Je suis terrifiée par l'envie qui me tiraille le bas-ventre, celle qui exige que je me jette dans les bras de Ted à la recherche de ce que je n'y trouverai pas.

Je suis tombée amoureuse de tous ceux avec qui je suis sortie, de tous ceux qui m'ont indéniablement laissée déçue, un peu plus vide à chaque fois, jusqu'à ce qu'il ne reste de moi qu'une âme creuse, ou du moins, que je me mette à prétendre que c'est ce que je suis.

Jouer les insensibles et les filles qui ne s'attachent pas, c'est plus facile que d'admettre qu'on crève d'être aimée et qu'on passe notre temps à se faire rejeter.

Mais c'est fini tout ça : les déceptions, les pleurs étouffés dans mon oreiller, les façades et les mensonges. J'ai raccroché, je n'en veux plus, c'est trop dur et ça fait mal à en crever ! Alors, pourquoi suis-je à deux doigts de renouer avec mes démons ?

Il serait si facile de céder à la tentation, juste une fois, une dernière, juste cette nuit...

Une bile acide tapisse ma langue rien que d'imaginer les conséquences d'une énième connerie.

*Terminé, les miettes d'amour !*

Je prends une grande inspiration, ferme les yeux un instant, une seconde, un petit bout d'éternité durant lequel je me souviens de Thomas, mon premier amoureux. J'avais cinq ans et je lui tenais la main à chaque fois que la maîtresse exigeait que l'on se range deux par deux, jusqu'au jour où, sans l'ombre d'un remords, il m'a trahie avec Sophie, me laissant seule dans les rangs. Une trahison qui me reste encore en travers de la gorge, mais que le souvenir de ma vengeance amoindrit. Thomas pleurait à chaudes larmes lorsque je lui ai volé Sophie, ma première amoureuse. Elle a fini par me briser le cœur, elle aussi, et c'est ainsi qu'a débuté la boucle infernale dans laquelle je suis coincée.

*Dans laquelle* j'étais *coincée.*

Parce que c'est terminé !

L'histoire ne se répétera plus, j'ai brûlé le livre, il n'en reste que des cendres, et je refuse que la nouvelle soit un mauvais remake de la précédente.

C'est sur cette certitude que j'apporte leur café, l'esprit plus tranquille que lorsque je les ai quittés, un peu plus tôt.

Les tasses tremblent et quelques gouttes s'en échappent quand je les dépose avec force devant les insupportables Giants que je dévisage d'un œil neuf.

*Non, je n'ai plus envie de recoller ses ailes à l'ange déchu, et je n'ai pas la moindre volonté de danser en enfer avec le diable, non plus.*

— Ça fera trois cent cinquante dollars, annoncé-je.

Tous deux écarquillent les yeux.

Insensible, je tends la machine vers le métis qui pince les lèvres pour masquer son amusement.

— Trois cent soixante, maintenant. L'inflation, c'est le fléau de l'humanité. Vous devriez vous dépêcher...

— Pour deux cafés ?! À ce prix-là, il a intérêt à me refiler un orgasme gustatif, putain ! s'offusque Max.

Presque amusée par ses conneries, je me retiens de glousser et tapote mes longs ongles sur la table dans un geste qui trahit mon impatience.

— Bah, allez ! C'était ton idée de venir ici, mon pote. Je ne vais quand même pas t'inviter, ajoute-t-il. N'empêche, Tripadvisor va entendre parler de moi, cet établissement craint, je n'ai même pas eu ma part de gâteau aux pommes...

Greyson sort sa carte de crédit, l'air peu ennuyé, comme s'il se fichait de dépenser une somme aussi démesurée.

— Chéri, les cafés ne sont pas si chers, c'est le précieux temps que vous m'avez fait perdre qui l'est, expliqué-je à l'intention de Max.

— Et un rendez-vous avec toi, ça me coûterait combien ? ajoute Ted, après avoir tapé son code sur la machine.

*C'est pas vrai, dites-moi que je rêve ?!*

C'est la deuxième fois ce soir qu'on me propose de l'argent pour passer du temps avec moi, je vais me vexer, si ça continue...

— Dites-moi, j'ai l'air d'être une *escort girl ?*

Il hausse les épaules, passe doucement sa langue sur sa lèvre inférieure.

— Moi, je ne sous-entends rien, mon cœur. C'est toi qui viens de dire que ton temps coûtait de l'argent.

Agacée et, je l'admets, à pas grand-chose de lui en coller une qu'il n'est pas près d'oublier, je tourne les talons pour mettre le plus de distance entre lui et moi. Mais Ted ne l'entend pas de cette oreille et empoigne fermement mon poignet, qui paraît ridiculement petit, enfermé dans sa grande main.

— Tu me connais assez pour savoir que je ne partirai pas d'ici avant d'avoir eu ce que je veux.

Son ton trop sérieux et un brin autoritaire devrait m'encourager à prendre mes jambes à mon cou. Non, vraiment, son attitude dominatrice ne devrait pas me plaire autant, et je me déteste un peu plus d'être aussi... tordue.

*Qu'est-ce qui ne va pas chez moi, putain ?!*

— Dans ce cas, je devrais peut-être appeler la police, rétorqué-je, la bouche sèche.

Ses yeux, lorsqu'ils se posent sur mes lèvres une seconde de trop avant de se replanter dans les miens, semblent dire : « Essaye, pour voir. Je te mets au défi... »

— Ah ouais ? Et pour quel motif ?

— Oh, je ne sais pas... Harcèlement ? Ou peut-être parce que tu te permets de me toucher sans mon consentement ?

Ce dernier point le perturbe plus que je ne l'aurais imaginé. Tous les muscles de son corps se tendent, au point qu'il resserre involontairement sa prise autour de mon poignet, contracte les mâchoires et immédiatement me relâche, croisant les bras sur son torse. Sa position fait ressortir ses muscles saillants recouverts d'encre noire, et je ne suis pas loin de lui baver dessus.

— C'est marrant, moi, je n'ai jamais appelé personne quand t'essayais de me sauter dans les vestiaires, réplique-t-il, mauvais.

Je suis presque sûre que ma grimace non équivoque en dit plus sur mon embarras que ma bouche ne le fera jamais.

Après une grande inspiration, je tente d'apaiser la situation, mais surtout, de dévier la conversation d'un sujet que je n'ai pas du tout envie d'aborder.

— Écoute, Greyson... Je ne sais pas à quoi tu joues, et j'aurais probablement joué avec toi si t'étais venu me voir plus tôt. Mais tu arrives trop tard.

Il m'examine comme s'il cherchait à savoir si ma bouche exprime réellement ce que je pense, et je déteste ça. Un sourire amusé incurve ses lèvres pleines, je retiens mon souffle.

— Ouais ? Qu'est-ce qui a changé ?

— Disons que t'es tout à fait ma tasse de thé, mais à partir de maintenant, je ne boirai que du champagne.

Max ne prend pas la peine de retenir son éclat de rire, alors que tous deux se dévisagent d'un regard qui me prouve qu'ils partagent une conversation silencieuse, secrète, comme s'ils avaient l'élément qui me manque pour comprendre leurs œillades complices.

Et ça me met mal à l'aise, parce que j'ai l'impression qu'ils se payent ma tête. J'ai horreur d'être le dindon de la farce.

— O'Donnel pense que tu ne tomberas jamais amoureuse de moi, m'explique Ted, comme s'il avait lu dans mes pensées.

Coup dans le cœur, ego brisé, les éclats de ma fierté retombent sur le sol en un fracas assourdissant.

– Mmmh... Je l'avais prévenu qu'il n'aurait aucune chance, intervient Max, plantant ses deux yeux gris dans les miens.

– Mais on sait tous les deux que O'Donnel se trompe... N'est-ce pas, mon cœur ?

Oh... Comme j'aimerais le défaire de ce petit air satisfait, lui ôter son trop-plein d'assurance. Oui, j'en rêve. Mais je ne joue pas, je ne joue plus...

*Du champagne, meuf...*

– Je me ferais un plaisir de briser ton ego monstrueux, si seulement j'avais encore du temps à perdre. Du sucre, dans ton café ?

– C'est pas la seule chose que Ted ait de monstrueux..., ajoute Max pendant que son ami le foudroie du regard.

– S'il te plaît, oui. Ça aidera peut-être à faire passer ton amertume...

– Je vous souhaite une bonne soirée, n'oubliez pas de laisser un pourboire, dis-je avant de m'éloigner, le cœur battant, les nerfs en pelote.

Je termine mon service aux alentours de deux heures du matin et suis surprise de voir que Ted est toujours là, en train de jouer une partie de billard avec l'une des blondes aguicheuses de tout à l'heure. Placé derrière elle, il lui murmure des choses à l'oreille qui la font sourire tandis qu'il lui apprend à tenir la queue en bois entre ses mains délicates et un peu maladroites, si l'on s'en réfère à ses piètres performances. Cependant, elle n'est pas là pour ça, elle se fiche d'apprendre à jouer. Elle, ce qu'elle espère, c'est que son nom s'inscrive sur le tableau de chasse du joueur.

Ça ne devrait pas m'agacer, c'est un peu nul d'être jalouse dans ces circonstances, mais je n'y peux rien si mon cerveau est cassé.

– J'ai parié ma chambre que tu ne craquerais pas, tu sais ?

Je remarque tout juste Max. Adossé contre le mur, il porte un verre d'alcool à ses lèvres. Il ne sourit pas, pourtant ses yeux sont malicieux, comme à chaque fois qu'il a quelque chose de tordu derrière la tête.

— S'il te plaît, Ashley, brise-le un peu pour moi.

Je le dévisage, horrifiée, mais pas surprise par ses propos scandaleux. Après tout, on se connaît, lui et moi, assez bien pour savoir que nous sommes aussi toxiques que la morsure d'un serpent venimeux.

*Brise-le, pour moi.*

Parce que blesser les autres, si c'est dans son intérêt, c'est OK. Se blesser soi-même, si c'est lui qui vous le demande de sa voix enchanteresse, aussi puissante que le chant envoûtant des sirènes, c'est normal.

Max est comme ça, le pire et le meilleur à la fois. Ce qui le rend dangereux, c'est qu'il cache très bien sa face sombre, tellement que les autres le prennent pour un pauvre animal sans défense. J'aurais pu tomber dans ce piège aussi facilement que le renard qui se prend les pattes dans celui du chasseur, si seulement je ne savais pas quel prédateur se cache derrière cette bouille innocente.

— J'ai d'autres chats à fouetter, chaton. Mais t'es plutôt bon pour ça, tu n'as pas besoin de moi.

J'ai d'autres priorités, comme celle que je repousse depuis la découverte d'une certaine lettre.

— Il t'a énervée, reprend-il.

Ce n'est pas une question.

— Tellement que j'ai envie de lui enfoncer cette queue de billard dans le...

Je m'interromps en réalisant que j'ai mordu à l'hameçon un peu vite....

— Garde ça pour plus tard, j'ai une meilleure idée...

Ted a blessé mon ego, ce soir, et l'appel du jeu est trop grand pour que je puisse y résister. J'envoie mes nouvelles résolutions voler par la fenêtre, bien consciente qu'avoir Max comme allié est la pire idée au monde.

— Dis toujours...

D'un geste du menton, il désigne son pote, toujours collé au cul de sa blonde.

— On joue une partie ?

*Après tout... je risque quoi ?*

# 5

***Ted***

— On joue contre vous, Max est mon binôme, annonce Ashley d'un regard provocateur qui ne me laisse pas indifférent.

Ses cheveux noirs aux mèches rouge vif sont relevés en une queue-de-cheval haute dont la pointe ondulée chatouille le dos de son tee-shirt Metallica.

En l'observant, je constate nos différences.

Sa peau laiteuse, aussi pâle qu'un clair de lune, contraste avec mon teint métissé, comme si elle fuyait le soleil, à l'instar d'une créature nocturne.

Pour la première fois, je m'attarde sur les tatouages qui parsèment ses bras, ils semblent avoir été posés là sans corrélation entre eux. Pourtant, et même s'ils ne signifient rien pour moi, j'ai la sensation qu'elle sait exactement pourquoi ils sont là. Un ourson en peluche tient compagnie au serpent qui s'enroule autour de son poignet, juste à côté de quatre lettres dont la signification m'apparaît comme une évidence : GPWR, pour Girl Power.

Je souris doucement et m'aventure plus bas, sur son ventre plat au nombril percé d'un petit diamant, sur son short moulant et sur ses jambes, striées de marques rouges, qu'elle ne prend même pas la peine de cacher, qui longent ses cuisses avant de se dérober sous ses cuissardes en cuir. Trop régulières pour être accidentelles, ses marques ont sans doute été creusées à la lame de rasoir.

Parce qu'elle est trop fière pour demander l'aide que ses balafres réclament pour elle. Mais personne n'entend jamais cet appel désespéré. À moins que tout le monde se fiche du sort d'Ashley, qui n'est qu'une paumée parmi les paumées, une insignifiante perte de temps qui finira bien par se remettre toute seule.

En rencontrant ses yeux noisette, plus doux qu'elle ne le sera jamais, j'ai soudain envie de gerber. Mes propres cicatrices se mettent à brûler sous mes tatouages, menacent de s'échapper pour dévoiler à cette diablesse assumée les faiblesses que je m'évertue à cacher.

Je la déteste de s'abandonner à la douleur pour se sentir mieux, je la hais d'admettre aussi facilement ce qui cloche chez elle et de nous prouver à tous la vérité qu'on refuse d'entendre : le monde laisse bien crever les égarés comme nous.

C'est sur cette constatation nauséabonde que je détourne enfin le regard de cette fille qui n'arrête jamais de crier à l'aide.

Parce que je ne vaux pas mieux que le reste.

Parce que je fais semblant de ne pas voir.

Parce que c'est plus facile comme ça.

– Tu m'envoies chier depuis tout à l'heure. J'y gagne quoi, moi, à jouer contre toi ? la provoqué-je.

En appui contre sa queue en bois, Ashley penche la tête tout en me dévisageant d'un regard lubrique, avec un irrésistible petit sourire en coin.

– Tu voulais un rendez-vous, non ? Eh bien, c'est un *date*.

Je lui offre un rire sans joie, amoindri par la musique assourdissante que crachent toujours les haut-parleurs du *Jazz*.

Je n'aime pas ce bar.

Plus honnêtement, je n'aime pas que la fille du coach y travaille, sûrement pour tous ces yeux vicieux qui lorgnent sur la paire de fesses que son vêtement moule un poil trop bien, si vous voulez mon avis.

— C'est loin d'être un *date*, mais je m'en contenterai...

Je rassemble les boules au centre de la table de billard, à l'intérieur du triangle en plastique, et reporte mon attention sur Ashley.

— ... pour l'instant, ajouté-je. Si ma coéquipière et moi remportons la partie, tu m'accorderas un autre rendez-vous, un vrai.

— Et si c'est nous qui gagnons, tu me fous la paix pour toujours.

Je suis à peu près sûr de gagner, puisque je ne joue que pour ça, toutefois, je n'oublie pas ma mission première, celle qui consiste à extirper les informations qui m'intéressent de sa petite tête.

Alors, j'assure mes arrières et ajoute une règle supplémentaire.

— À chaque fois que je rentre une boule dans le trou, tu dois répondre à l'une de mes questions. Aucun joker.

— Et vice-versa, dans ce cas, rétorque-t-elle sans prendre le temps de réfléchir.

C'est dommage, elle vient de se griller, même si je n'avais pas besoin d'une quelconque confirmation pour savoir qu'elle s'intéressait à moi, quoi qu'elle en dise. Mon rictus satisfait semble la décontenancer une seconde durant laquelle sa queue vacille.

Mais Ashley excelle lorsqu'il s'agit de masquer ses émotions. Elle se reprend vite, l'air de rien, tandis que j'acquiesce.

— On ne va quand même pas jouer avec la serveuse ?! s'exclame la blonde éméchée qui me colle aux baskets comme un vieux chewing-gum dont je n'arrive pas à me débarrasser.

— Comment tu t'appelles, déjà ? intervient Max d'un ton charmeur qui rosit les joues de notre nouvelle amie.

Il se penche en avant et replace une mèche rebelle derrière l'oreille de la blonde, qui inspire brusquement avant de se reprendre :

— Euh... Ruby ?

— Eh bien, Ruby, on sait à peu près tout ce qu'il y a à savoir sur toi. Reste à ta place et oublie ce ton dédaigneux... Maintenant, reprend-il, on va enfin pouvoir se mettre à jouer ? À moins que vous préfériez qu'on baise tous ensemble. À trop parler de boules, de trous et de queues, je commence à être tendu, si vous voyez ce que je veux dire...

La garce aux mèches rouges rit doucement, puis tape dans la main de Max, complice.

— Ashley est une amie, ajouté-je. Si ça te dérange, libre à toi de partir...

— Non, non... Ça va. Mais tu m'aideras, hein ? Tu sais à quel point je suis nulle à ce jeu..., susurre Ruby, qui passe ses ongles manucurés le long de mon bras, recouvrant ma peau de frissons désagréables.

*Ne me touche pas.*

Mais je ne peux pas le dire à voix haute, au risque que quelqu'un comprenne, alors je me tais, les épaules raidies malgré moi, et expire doucement par la bouche pour calmer la nausée que me provoque son contact non désiré.

Ashley me dévisage, la tête inclinée sur le côté, comme si elle cherchait à résoudre un problème mathématique. Ça me met mal à l'aise et, alors que je pense qu'elle va se servir de ce qu'elle a cru comprendre contre moi, elle reprend la parole :

— « Amis », c'est vite dit ! Et puis, c'est très nettement exagéré. Pour reprendre les mots de Teddy, disons plutôt que j'ai « essayé de le sauter dans les vestiaires » un sacré paquet de fois !

Sa collègue lui apporte un shooter qu'elle avale d'une traite, interrompant son discours le temps d'assimiler la brûlure que l'alcool lui laisse à l'œsophage.

— Mais t'inquiète pas trop, je n'ai jamais été à son goût. Enfin, c'est ce que je croyais, jusqu'à ce qu'il se mette à me supplier de sortir avec lui, déblatère-t-elle avec une langue aussi aiguisée que la lame d'un sabre japonais.

*Dire qu'elle est persuadée que je ne la trouve pas attirante...* Ça me paraît fou qu'elle ne se soit rendu compte de rien. Non seulement Ashley est à mon goût, mais en plus, elle est sérieusement dangereuse pour les carapaces épaisses – mais pas indestructibles – comme celle dont je me sers pour me protéger. C'est en partie parce qu'on est taillés dans la même pierre, même si sculptés différemment, que je suis resté loin d'elle aussi longtemps.

Je saurais exactement quoi, et comment le lui dire pour la faire craquer, je n'aurais qu'à lui murmurer des promesses irréalisables au creux de l'oreille à la manière d'un charmeur de serpent.

Mais je ne le ferai pas.

Parce qu'il reste un peu de bon en moi, bien que je n'aie ni la morale résistante à toute épreuve de Maël ni la bonté d'âme de Chris.

Je suis à mi-chemin entre le connard et l'égoïste incurable, cependant, il y a des limites que je refuse de franchir.

Je ne veux pas lui mentir plus que nécessaire. Alors, j'admets :

– Si j'ai toujours refusé de coucher avec toi, Hawkins, c'est parce que tu me plais trop. Les folles comme toi me terrifient. T'es le bidon d'essence et je suis l'allumette, mon cœur... Pas besoin d'être un génie pour comprendre que c'est une expérience à ne pas reproduire à la maison.

Abasourdie, elle ouvre la bouche, de laquelle s'échappe sa stupéfaction silencieuse. Satisfait, et surtout fier de lui avoir cloué le bec avec une moitié de vérité, je lui souris.

Ruby est agréable, malléable et chaude comme la braise lorsqu'elle se penche en avant, ses fesses plaquées contre la bosse de mon pantalon.

Je ne devrais pas parler d'elle comme ça, comme si elle n'était qu'un corps à ma disposition, un moyen, perfide et toxique, d'atteindre ma cible à mèches rouges.

Mais ses seins compressés par son corset trop serré s'écrasent sur le rebord de la table de billard. Sa queue en bois est tenue fermement entre ses mains délicates aux ongles longs, et sa chaleur est agréable quand je me penche sur elle pour l'aider à viser l'une des boules.

Deux d'entre elles atteignent leur cible et ma délicieuse partenaire à l'odeur sucrée me frappe dans les mains, excitée comme si elle ne me servait pas d'appât.

Et ça fonctionne, puisqu'Ashley tente de masquer son irritation en enchaînant les shooters, qu'elle partage avec Max.

Ce dernier me dévisage d'un air qui me dit : « J'ai tout compris, mon pote ! Et moi aussi, j'aime jouer… »

— Il me semble que j'ai droit à deux questions, mon cœur…

Parce que mon ami me nargue avec une expression empreinte de perversité, je ne peux m'empêcher de repenser à ce qu'il m'a avoué, en me disant qu'elle était si secrète sur sa vie privée qu'il ne connaissait même pas sa couleur fétiche.

— C'est le rouge ? Ta couleur préférée, précisé-je.

Ashley croise les bras sur sa poitrine, une moue mi-amusée mi-surprise par ce que je viens de lui demander. En vérité, je la crois simplement soulagée de devoir répondre à quelque chose d'aussi facile.

Max, lui, a très bien compris pourquoi je posais la question. Je le vois à son sourire, celui qui signifie que la course est lancée et qu'il vient de trouver une nouvelle distraction.

— Parmi tout ce que t'aurais pu me demander, tu t'arrêtes sur un truc aussi… banal ? s'amuse-t-elle.

— Hmm, ne me tente pas trop, il y a plein d'autres choses sur lesquelles j'ai envie de m'arrêter…

Elle fuit mon regard, se racle la gorge et répond finalement :

— Ouais, c'est le rouge. Finissons-en, avec ta seconde question, c'est la dernière que je te laisserai. Choisis-la avec soin.

— Les règles sont les règles : un point, une question. D'ailleurs, ma deuxième est la suivante : où tu veux que je t'emmène, quand j'aurai remporté la partie ?

Elle semble à nouveau surprise que je ne m'immisce pas dans sa sphère privée. De toute façon, quel intérêt de lui poser des questions auxquelles elle mentirait ? Elle n'a jamais été du genre à respecter les règles.

— Tu ne gagneras pas, affirme-t-elle.

Hésitante, elle mord dans sa lèvre alors qu'elle réfléchit.

— Mais théoriquement parlant, puisque t'attends une réponse... J'en sais rien. Je suppose que j'aimerais que tu me surprennes ?

Je n'ai pas réalisé à quel moment on s'était rapprochés, à l'instar de deux aimants qui s'attirent indéniablement. Ses tétons durcis au travers de son large tee-shirt frôlent mon torse, elle ne se rend compte de rien. Son odeur atypique, un mélange chimique de sa laque pour cheveux, du chewing-gum rose qu'elle mâche à longueur de temps et de son parfum à la vanille nous enveloppe tous les deux dans une bulle électrique.

Elle se met sur la pointe des pieds, mais je dois tout de même me pencher pour lui permettre de me murmurer à l'oreille :

— J'aimerais que tu m'emmènes là où tu seras capable de faire battre mon cœur un peu plus vite. Tu crois que tu saurais faire ça ?

La suavité dans sa voix et sa proposition qui n'a rien de décent me donnent envie de la coucher sur le billard, là, maintenant, pour lui prouver à quel point je peux faire battre son cœur.

*Jusqu'à frôler la tachycardie.*

Jusqu'à ce qu'il implose et retombe en lambeaux à mes pieds.

J'en oublie presque mon arrangement avec le coach et ne recouvre mes esprits que lorsqu'elle s'éloigne pour jouer son tour.

En se penchant en avant, je remarque trois types un peu louches, accoudés au bar, verres de whisky dans les mains. Ils n'arrêtent pas de mater Ashley d'une manière qui me donne envie de vomir, surtout si l'on considère qu'ils ont au moins l'âge de son père.

Une colère sourde gronde à l'intérieur de mon ventre, je ne contrôle pas ma réaction et me glisse derrière elle, déposant ma main au creux de ses reins dans un geste possessif qui, je l'espère, dissuadera ces connards de continuer à la regarder comme si elle n'était qu'un morceau de chair fraîche.

Et je me souviens d'une des raisons qui m'ont tenu à distance ces deux dernières années.

La tenue ne justifie pas le viol, et d'ailleurs, rien n'amoindrit les actions répréhensibles des violeurs, ce n'est pas ce que je dis. Mais Ashley attire les regards, cherche à capter l'attention. Si elle ne fait rien de mal, il y a bien des hommes mal intentionnés pour qui elle fait une proie facile.

Et elle me tuerait de penser comme ça, seulement ce petit bout de femme, bien qu'autonome et loin d'être fragile, capable de se défendre physiquement, ne sera jamais aussi forte qu'une ordure qui chercherait à s'en prendre à elle.

Ouais, elle me frapperait si je le pensais à voix haute.

— Si tu cherches à me déconcentrer, ça ne fonctionne pas. Ôte tes sales pattes de là, me gronde-t-elle.

Et voilà le problème. Elle n'est pas prête à l'admettre.

— Ne te méprends pas, je gagnerai à la loyale. Je protège ton cul, là.

Elle jette un coup d'œil par-dessus son épaule, repère la bande de motards indiscrets et me fusille d'un regard mauvais.

— Je suis capable de protéger mon cul toute seule. T'es quoi, un homme préhistorique ? Un mâle alpha ? Bouge. De. Là.

Elle ne veut pas de ma protection. Ni de celle des autres.

Parce qu'Ashley ne compte que sur elle-même, puisque tous refusent de répondre à ses appels à l'aide silencieux, pourquoi attendrait-elle d'eux qu'ils la protègent ?

Max arrive à m'interpeller d'un coup d'épaule tandis que sa partenaire tente de faire entrer une deuxième boule, trop concentrée pour écouter notre conversation.

— Tu parles de ces trois-là ? T'as un train de retard, mon

pote. Ils la dévisagent depuis qu'ils sont entrés dans le bar.

Je suis certain qu'il cherche à m'emmener sur un terrain glissant, parce qu'il n'y a rien que Max apprécie plus que de manipuler ses amis.

– Elle n'est pas comme les autres, chuchote-t-il, tu ne peux pas être le héros en qui elle ne croit plus depuis des siècles... Mais tu peux lui laisser croire qu'elle est sa propre sauveuse.

Une étincelle vicieuse s'allume au fond de ses yeux gris, un sourire mauvais étire ses lèvres qui n'ont d'innocentes que l'apparence et, avant de s'éloigner, il ajoute :

– Tu ne me regardes pas assez, Greyson...

Alors, je l'observe comme il me le conseille, et je comprends.

Il ne la touche jamais vraiment, se contentant de la frôler, comme par accident. Pourtant, il sait ce qu'il fait en l'attirant d'un côté à l'autre de la table pour la protéger du regard dangereux des hommes, sans qu'elle se rende compte un instant de son stratagème.

Mais ce n'est pas tout.

Il l'encourage, la valorise et gagne sa confiance, un mot calculé après l'autre. Il murmure à son oreille des blagues qui la font sourire, mais pas d'une voix séductrice.

Jamais d'une voix séductrice.

En réalité, il se comporte tout sauf comme un homme qui la courtise, parce que Max sait que ces manières ne marcheront jamais avec Ashley Hawkins.

Et ça fonctionne si bien qu'au bout d'un moment, celle qui ne se laisse jamais toucher saute dans ses bras, emportée par l'euphorie du jeu, inconsciente du prédateur qui rôde autour d'elle. Je me demande si les trois gars du bar ne valent pas mieux, finalement, que celui qui la tient dans ses bras et me sourit d'un air perfide.

Non, Max ne lui ferait jamais de mal, pas comme ça, pas comme tous ces connards. Mais il n'a aucun scrupule à jouer un rôle et à la manœuvrer pour qu'elle pense comme il le souhaite.

Et finalement, toutes ces femmes qui rampent à ses pieds, le cœur en miettes, ne connaissent que ce qu'il leur fait miroiter. Amoureuses d'une illusion qui n'existe pas et n'existera jamais.

*On sait comment faire, quoi dire, et comment le dire.*

Mais moi, ça me donne envie de vomir et je refuse de jouer à son jeu tordu.

Ashley se racle la gorge.

— Alors, euh… Je vais aller droit au but : qui est Kayden pour toi ?

Jusqu'ici, on se contentait de questions bateaux pour tâter le terrain, cependant je me doutais qu'elle finirait par entrer dans le vif du sujet. Je n'aurais jamais dû l'épargner en lui demandant sa putain de couleur préférée.

— Mon plus vieil ami, dis-je en lui arrachant la queue de billard des mains.

*Ce n'est pas tout à fait un mensonge…*

— J'ai encore droit à une question ! exige-t-elle en me reprenant la canne avec laquelle elle pourrait bien décider de me frapper si je ne la contente pas.

Je soupire, résigné.

La pauvre doit s'interroger au sujet de ma relation avec son dealer depuis que je l'ai servie à sa place.

— Pourquoi tu vends sa drogue ? T'es riche, ne me dis pas que t'as besoin d'argent. Et la vérité ! Je sais qu'il est en prison, je veux savoir pourquoi c'est toi qu'il envoie.

Ashley ne demande pas, elle exige.

Face à mon silence, son regard se radoucit tandis qu'elle questionne d'une voix teintée d'inquiétude :

— Tu as de gros soucis ?

Ouais, je traîne une tonne de merdes derrière moi, comme un boulet accroché à ma cheville, en plus lourd et plus puant.

— J'ai couché avec sa copine, il n'a pas trop aimé, expliqué-je. Je lui étais redevable, mais c'est terminé.

Un silence tombe entre nous. Elle me dévisage comme si

j'étais le roi des ordures. Et non, je n'ai pas menti, là non plus.

— Alors, vous... n'êtes plus amis ?

— T'as épuisé tes questions, mon cœur.

J'entre une nouvelle boule, avec l'envie qui me tiraille de creuser aussi profondément qu'elle tente de le faire.

Je suis tellement pris dans cette espèce de guerre aux questions que j'en viens à oublier l'existence de Max et Ruby.

Elle croise les bras sur sa poitrine, prête à recevoir le coup auquel elle s'attend.

Mais il n'arrive jamais.

J'ai appris à lire son corps, dont le langage crie les vérités qui se muent en mensonges en remontant sur sa langue. Sa posture m'indique qu'elle est fermée à toute discussion, sur la défensive.

*On sait quoi faire, quoi dire et comment le dire...*

— Confie-moi un secret. Quelque chose d'inavouable que tu n'as jamais osé dire à personne.

Je lui offre le choix qu'elle ne mérite pas, celui de me mentir.

Et la surprise se lit sur son visage. Ses épaules se détendent, elle laisse glisser ses bras le long de son corps.

Loin de se laisser décontenancer, elle renfile ce masque d'indifférence qu'elle porte comme une seconde peau et avoue :

— Quand j'étais petite, je voulais être une princesse.

Ashley pense sans doute avoir gagné en révélant une information qu'elle considère sans importance, mais elle se trompe. Derrière ses airs de femme forte que rien n'atteint se cache le cœur d'une petite fille dont le rêve est aussi commun et cliché que celui d'être une princesse délivrée de son donjon par le prince charmant, suffisamment courageux pour vaincre le dragon qui la retient prisonnière.

Vu la vitesse avec laquelle elle avale ses shooters rose bonbon, je ne la laisserai pas rentrer seule en voiture. Et puisque Ruby et Max se sont mis à se rouler des pelles, aussi éméchés l'un que l'autre, je joue les adultes responsables en sirotant mon verre de Coca.

— Pourquoi tu n'as jamais voulu de moi ? demande-t-elle d'une voix presque timide.

— Je te l'ai déjà dit, Hawkins. Toi et ton instabilité, vous me faites peur. J'avais le choix entre mettre le plus de distance possible entre toi et moi, ou te balancer contre le mur pour te faire crier mon nom jusqu'à ce que t'en perdes la voix.

Je lui cloue le bec pour la deuxième fois de la soirée, avance d'un pas vers elle en tâtant le terrain pour voir si elle me laisse l'approcher. Elle me fusille du regard, mais ne recule pas. Alors, je me penche à son oreille et ajoute :

— T'as une jolie voix, mon cœur, ça serait dommage.

Ses joues prennent une légère teinte rosée, cependant je ne saurais dire si c'est moi ou l'alcool qui lui fait cet effet.

Un sourire victorieux se dessine sur mes lèvres.

— Qu'est-ce qui a changé, alors ?

*Et merde !*

C'est l'espoir qui résonne dans sa voix, et l'attente que je lis dans ses yeux noisette qui me ramènent à mon accord avec son père, me poussant à lui dire :

— Tout, je crois...

C'est un premier mensonge, mais je ne m'amuserai pas à les compter. En vérité, je passe une si bonne soirée que j'avais presque oublié.

Je remporte la partie avec Ruby.

Et puisqu'elle est sur le point de se taper mon pote sur la table, autant dire que ce n'est pas grâce à elle.

— Alors... où est-ce que tu m'emmènes ?

Je ne saurais dire si c'est l'alcool ou la soirée que nous avons partagée, mais elle semble moins réticente, tout à coup. Je ne l'aurais pas laissé rentrer seule dans cet état, de toute façon.

— Tu veux toujours que je fasse battre ton cœur plus vite ?

Elle hoche vivement la tête, excitée à l'idée de découvrir quelque chose de nouveau.

— Tu me fais confiance ? demandé-je en arquant un sourcil.

Elle me répond par un éclat de rire.

— Évidemment que non, mec !

— Cool. O'Donnel, tu restes baiser ici ou tu te ramènes ?

Comme s'il était capable de tolérer qu'Ashley et moi passions la soirée sans lui !

Il décolle sa bouche de celle de Ruby, s'excuse maladroitement et vient poser un bras sur l'épaule d'Ashley.

— T'es certain que tu ne veux pas rester ici ? Tu risques de lui manquer... plaisante cette dernière.

— Et abandonner mes deux nouveaux meilleurs copains ? Sûrement pas !

Ça fait des lustres que je n'ai pas été le responsable de la bande, j'ai hâte de voir ce que ça va donner !

Je me sens comme un père qui dépose ses enfants à l'école pour leur première rentrée scolaire.

*Mais je ne les emmène pas vraiment à l'école...*

# 6

## *Ashley*

Je n'ai aucune idée de l'heure qu'il est lorsque je prends conscience de ma chute. À quatre pattes sur le trottoir, les mains à plat sur le béton humide, j'essaye de me rappeler comment c'est arrivé. J'ai parfois des absences lorsque je force sur l'alcool, et ce soir, tout tourne trop vite autour de moi pour que je parvienne à remettre les images de cette soirée chaotique dans le bon ordre.

Mais je suis bornée, j'essaye quand même.

Le bar, la musique, notre partie de billard et la décision stupide que j'ai prise, celle de les suivre jusqu'au bout de la nuit parce que je n'ai pas le courage de rentrer seule et d'affronter le moment fatidique où mes éclats de rire se changeront en sanglots désespérés.

Je crois que je me suis pris le talon sur le trottoir.

J'ai trébuché.

Les paumes de mes mains me picotent et la peau fine de mes genoux est écorchée, mais je n'ai pas mal, pas vraiment, pas quand mon corps est anesthésié par la vodka que j'ai ingurgitée.

— Qu'est-ce qu'on fait ? s'inquiète Max, à côté de moi.

— On la ramène chez elle, réplique Greyson.

*Non !* tenté-je de hurler, mais ma voix s'écrase derrière mes lèvres scellées.

*Pitié, ne me laissez pas seule, j'ai encore trop de regrets à noyer dans des cocktails...*

Ted s'accroupit, les avant-bras en appui sur ses genoux repliés. Ses yeux sombres me transpercent la boîte crânienne, à l'instar de tisons brûlants qui trifouillent mes méninges pour dénicher mes pires secrets.

J'aimerais détourner le regard, mais son expression s'adoucit lorsque, d'un geste parfaitement maîtrisé, il me soulève pour me remettre sur mes deux jambes, instables et flageolantes. Je tomberais certainement une nouvelle fois s'il ne tenait pas mes mains, dont il observe les paumes. La pulpe de son pouce caresse l'endroit autour de ma peau meurtrie et mon cœur explose en un millier de petits morceaux.

Parce qu'il me regarde comme s'il était prêt à prendre soin de moi – et je réalise que Ted, malgré toutes les horreurs qu'il m'a dites par le passé, m'a toujours dévisagée avec cet air-là.

— Tu t'es blessée, dit-il sur un ton détaché qui contraste avec ses gestes, aussi rustres qu'attentionnés. Ça va aller ?

Un sourire chatouille la commissure de mes lèvres, je ne pourrais pas affirmer qu'il est sincère, mais je crois qu'il en a l'air.

— Même pas mal ! répliqué-je d'une voix un peu pâteuse.

Il roule des yeux et je me dis que j'aimerais bien les voir se révulser jusqu'à l'arrière de son crâne pour une autre raison que l'exaspération qui déforme ses traits.

— Porte-la jusqu'à ma voiture, ordonne-t-il.

Aussitôt, Max pose un genou à terre dans une position presque chevaleresque et m'invite à grimper sur ses épaules. Parce que ça m'amuse, je m'exécute et me surprends à rire plusieurs fois.

— C'est un kidnapping ! gloussé-je, lorsqu'il m'allonge sur la banquette arrière.

L'odeur du cuir qui se dégage de l'habitacle se mélange à celle des effluves floraux, fruités et terreux du cannabis.

J'en ai l'eau à la bouche.

Max cède la place à son acolyte, qui tient deux rouleaux de bandages. Sans dire un mot, il m'aide à m'asseoir contre l'un des dossiers, saisit mes membres blessés et entreprend de me soigner, une main soutenant la mienne, l'autre déroulant la bande blanche dont l'une des extrémités est coincée entre ses lèvres charnues.

Le sol se dérobe sous mes pieds. Je regrette de ne pas avoir de quoi chasser les images obscènes qui défilent sous mes paupières en cet instant, de quoi faire fuir les pensées qui m'accablent lorsqu'il me dévisage avec cet air. Celui-là même qui me pousse à chercher un peu de réconfort sous les draps du premier venu.

— C'est grave, docteur ? demandé-je en papillonnant des cils.

Il esquisse un sourire, alors que je remarque ses grandes mains envelopper les miennes.

Je suis certaine que Ted donne les meilleurs câlins, ceux qui nous protègent de tout, même de nous.

— C'est absolument dramatique, vous risquez de vous en sortir..., murmure-t-il.

Je déglutis, déconcertée par la dextérité avec laquelle il me bande les mains avant d'arracher un morceau de sparadrap qu'il tranche avec les dents.

— Oh, si grave que ça, hein ?

Il hoche doucement la tête, puis s'empare de mon second membre abîmé.

— Mmmh... vous êtes aussi complètement torchée...

— Ne seraient-ce pas les symptômes dont tout le monde souffre le samedi soir ?

— Absolument, confirme-t-il, avant d'ajouter tout bas : mais personne ne s'enfile l'équivalent d'une bouteille de vodka juste pour s'amuser.

Ted observe son travail, satisfait. L'espace d'un instant, je pense qu'il va déposer un bisou magique sur mes mains bandées, et je regrette qu'il ne le fasse pas lorsqu'il se contente de dire :

— Allez, petite guerrière, on rentre.

— Non !

Je m'en veux d'avoir l'air aussi désespérée.

— Non..., répété-je plus doucement. Pas encore.

Max, assis sur le siège passager avant, me jette un regard inquiet par-dessus son épaule. La tête légèrement penchée sur le côté, il m'étudie. Je ne sais pas trop ce qu'il conclut à la suite de son analyse, mais il finit par me jeter une petite bouteille d'eau.

— Bois ça, ça devrait passer.

L'hésitation transparaît sur les traits du beau brun à la peau marron, mais il finit par hausser les épaules et enfonce la clef dans le contact, presse la pédale d'accélérateur si fort que mon dos heurte le siège en cuir.

— On ne rentre pas tout de suite, hein ?

— Non, me dit Ted. On ne rentre pas tout de suite.

Alors que je marmonne les paroles obscènes de *Under the influence* de Chris Brown – qui, soit dit en passant, se trompe quelquefois – mon téléphone vibre contre ma cuisse. Le trajet et la bouteille d'eau que m'a offert Max m'ont aidée à dégriser, je parviens à déchiffrer le nom de celle qui tente de me joindre.

— Lily ?

— Il est trois heures du matin ! s'exclame-t-elle sur un ton de reproche, étonnamment maternel. T'es où ? Avec qui ? D'où provient ce vacarme ? Et pourquoi tu ne rentres pas chez nous ?

Je suis trop bourrée pour intégrer ses questions, Lily parle trop vite. Je retiens qu'elle dit « chez nous », et ça me fait quelque chose au cœur, à mi-chemin entre le picotement et la chaleur agréable.

— Tu es... à l'appart' ?

Un petit gloussement lui échappe.

— Combien de fois vais-je devoir te rappeler que je vis ici, moi aussi ? Et que je m'inquiète quand tu ne rentres pas ?

C'est justement son inquiétude qui m'écrase la poitrine, je me sens à l'étroit dans mon propre corps, oppressée par ce que sa phrase sous-entend implicitement.

— Il faut que t'arrêtes de faire ça, murmuré-je d'une voix étranglée.

Silence.

Soupirs.

— Je ne peux pas, Ashley. Je tiens à toi, et ouais, il m'arrive de m'en faire pour ton joli petit cul ! Contrairement à toi, mon cœur n'est pas fait de pierre !

— Je ne remplacerai pas Sarah, je ne suis ni petite ni fragile, et je ne te laisserai pas faire de moi une amie de substitution.

Je regrette de les avoir laissé s'échapper à l'instant où ces paroles passent le seuil de mes lèvres. Mais c'est ça, le problème des mots : qu'ils soient doux ou empoisonnés, une fois lancés, on ne peut plus les rattraper.

— Je suis avec Ted... et Max, relancé-je, en réalisant qu'un silence gênant s'éternise entre nous.

— Et c'est censé nous rassurer ? entends-je Maël marmonner.

Lily lui répond quelque chose que je ne saisis pas, puis son petit ami prend le relais.

— Salut, Ash !

— Salut, Gellman... Alors, comme ça, tu t'invites chez moi ?

— Mmmh, c'est Lily qui m'a invité, *nuance*. Ne me tente pas, ou je fouine dans tes affaires.

Je lève les yeux au ciel et, bien qu'il ne puisse pas me voir, je suis certaine qu'il le devine.

— Qu'est-ce que tu fous avec Ted ? Je m'inquiétais pour lui, je n'ai pas eu de nouvelles depuis qu'il a quitté les vestiaires d'une manière plutôt...

Il semble chercher le bon mot.

— *... peu conventionnelle*.

Mes sourcils se froncent sous le coup de l'incompréhension. J'ai beau me concentrer et fouiller dans mes souvenirs, je ne crois pas que les garçons m'aient confié quoi que ce soit à ce sujet.

— De quoi tu parles ? finis-je par demander.

— Il ne t'a rien dit ?

*Non.*

Tout ce qu'il m'a dit, c'est qu'il désirait sortir avec moi, que tout avait changé pour une raison que j'ignore et que j'avais toujours été « trop » à son goût. Ted n'a fait que remettre en doute chacune de mes certitudes le concernant, et je n'ai ni la force mentale ni les capacités d'affronter ce genre d'emmerdes pour le moment.

— Tu me le passes ?

Je me fais la réflexion que mon téléphone fait office de joint que l'on se passe d'ami en ami, et je ris bêtement en y pensant.

Greyson agrippe mon cellulaire et le cale à son oreille.

— Ouais, tout va bien… Je me suis arrangé avec le coach. J'ai un arrêt maladie d'une semaine, ils me testeront ensuite…

Il me lance un regard amusé par le rétroviseur central et m'offre un clin d'œil d'une arrogance sans nom.

— Je jure de ne pas abîmer notre mascotte… à moins qu'elle ne me le demande. Oh, ça va, je rigole ! Ouais, je prends soin de Max… Mais je te rappelle quand même que cet idiot sait prendre ses décisions tout seul, comme un grand… Oui, Papa, ironise-t-il. Passe le bonsoir à Lily !

Ce qui m'amuse le plus, à part le fait qu'il vienne de lui raccrocher au nez – parce qu'ils n'en ont rien à faire d'être polis –, c'est que Maël et Lily se soient aussi bien trouvés.

*Les voilà prêts à rejoindre le club des parents, insupportables et névrosés !*

— Il s'inquiète pour Max et toi parce que vous êtes avec moi, dit-il en me tendant mon téléphone. Pourtant, c'est vous qui ne savez pas comment vous tenir.

À peine ai-je récupéré mon téléphone qu'il se remet à sonner, et sans surprise, il s'agit de Lily.

*Encore.*

— Je t'ai promis de t'aider dans tes recherches, tu te souviens ?

Comment l'oublier, alors que mon cœur loupe un ou deux battements lorsqu'elle évoque le sujet de ma mère.

— J'ai trouvé quelque chose, reprend-elle. C'est pour ça que je t'appelais, à la base.

*Pas maintenant, pas maintenant, pas maintenant...*

Pas quand je me sens si bien, le cerveau et le cœur anesthésiés...

Telle une monumentale gifle, la réalité me percute de plein fouet. Les mensonges échappés de la bouche de mon père tournent autour de moi et je vacille, heureuse d'être assise et de ne pas pouvoir perdre l'équilibre. Une bile épaisse et nauséabonde se dépose sur l'arrière de ma langue lorsque je croise le regard intrigué de Greyson dans le rétroviseur central. Intéressé par notre conversation, il baisse le son que crachent les haut-parleurs.

Je regrette qu'il ne soit curieux à mon sujet que lorsqu'on aborde mes faiblesses.

— En tant que bon homme d'affaires, mon père avait des contacts. Figure-toi que lui et le sénateur étaient proches. J'ai pu lui passer un coup de fil afin qu'il me mette en relation avec le maire de New York, qui a fouiné dans les archives de la ville. Ça lui a pris du temps, mais grâce au nom que tu m'as donné, il se pourrait qu'on ait retrouvé ta grand-mère maternelle.

Je suis figée un instant par cette information qui pourrait révéler une nouvelle vérité à laquelle je ne suis pas préparée.

— Elle est vivante ?

— Je ne sais pas... Lucia Maria Alfieri, de son nom complet. Originaire d'Italie, en Sicile, elle s'est installée à New York avec son mari peu de temps avant d'avoir ta mère. Elle a demandé son visa et la double nationalité juste après.

— Papa disait qu'elle était décédée... Je croyais qu'il ne me restait personne de ce côté de la famille, mais il se pourrait qu'il ait menti là-dessus aussi...

— Je sais, admet-elle. Mais tu n'es pas toute seule, je te le promets. Tu savais, pour tes origines italiennes ?

Je remue la tête lentement de gauche à droite avant de réaliser qu'elle ne peut pas me voir. Mais la blonde n'attend pas vraiment de réponse de ma part, de toute manière.

— Je n'aurais jamais deviné ! poursuit-elle. Tu es si pâle ! Enfin, on s'en fiche. Je t'apporterai les photocopies des documents que j'ai trouvés lundi, à la fac. On déjeune ensemble ?

Je n'ai pas le temps d'acquiescer qu'elle reprend :

— J'espère que ça t'aidera, vraiment.

Choquée par ces nouvelles informations, je ne trouve rien d'autre à faire que de la remercier, et j'aimerais le faire mille fois. En acceptant cette colocation, je pensais qu'on finirait par s'entretuer, ou plus précisément, que je finirais par l'étouffer avec l'un des appareils dont elle se sert pour concocter ses boissons détox verdâtres et écœurantes.

J'étais loin de me douter qu'elle deviendrait une amie, qui plus est, sur laquelle je peux compter.

— Merci, princesse...

Je peux entendre son sourire, parce que Lily ne sait pas être heureuse en silence. Pour autant, elle ne dit rien, se contentant de savourer cette petite victoire, elle qui s'est mis en tête qu'elle parviendrait à m'apprivoiser avant la fin de l'année.

Elle m'a comparée à un animal sauvage, un jour, et j'admets l'avoir déjà mordue par le passé.

— De rien, passe-moi mon grand frère, maintenant.

Je ne réagis pas, attendant qu'elle réalise l'absurdité qui vient de lui échapper. Si je suis la copine de substitution, je crois bien que Max joue le rôle de son grand frère.

Un peu gênée, elle se racle la gorge bruyamment et ajoute :

— Tu veux bien ne pas répéter à Max ce que je viens de dire ?

J'acquiesce et tends le téléphone à O'Donnel, avec qui elle échange une ribambelle d'insultes plus farfelues les unes que les autres. Je crois entendre le joueur des Giants la traiter de « vieille pousse de soja moisie », tout ça muni d'un diabolique petit sourire en coin.

Tous deux entretiennent une relation particulière. Un genre d'ami-ennemi qui n'a de sens que pour eux, mais qui fonctionne, puisqu'ils prennent sans cesse la défense de l'autre lorsque celui-ci est absent.

J'ai entendu Max dire qu'il pourrait tuer pour Lily, mais cette dernière n'en saura jamais rien, puisqu'elle ne le voit que comme le meilleur ami de son mec, jaloux et agaçant.

Lorsqu'il raccroche et que je n'ai plus de distraction sur laquelle me focaliser, mes pensées se mélangent pour former un gros nœud impossible à démêler. Ted a dû répéter une bonne centaine de fois : « Si tes pensées font trop de bruit, noie-les ! »

– Mes pensées ont appris à nager, murmuré-je tout bas, persuadée qu'ils ne m'entendent pas.

Cet idiot ne sait pas que l'alcool ne suffit plus à noyer mes soucis. Remarque, peut-être que si, finalement. Peut-être bien que ça ne contente plus ses démons non plus, et que c'est pour cette raison qu'il s'enfume le cerveau.

Mais c'est ça, le truc : nos problèmes ne peuvent être ignorés, noyés ou assassinés. Ils sont trop résistants. Nos subterfuges ne font que les endurcir, et en tentant de leur échapper, on leur permet de revenir plus forts.

Lorsqu'on a quitté le bar en début de soirée, j'admets avoir haussé les sourcils en rencontrant la pancarte en bois peinte à la main qui indiquait « Lieu de rendez-vous pour les pèlerins ».

Face à mon regard interrogateur, Ted a simplement levé les épaules en m'expliquant :

– Cette blague est si vieille que je ne sais plus vraiment qui l'a lancée, ni d'où ça vient.

L'usine désaffectée ne payait pas de mine, mais lorsque nous avons passé la grande porte métallique qui grinçait dans ses gonds, j'ai eu l'impression de pénétrer dans un univers parallèle. De la musique s'échappait des grosses basses, disposées un peu partout dans cette grande pièce aux murs tagués. Dans un coin, une cage dans laquelle deux immenses individus se bagarraient sous les acclamations d'une foule qui ne réclamait que les coups et le sang.

Je me suis demandé si Ted participait parfois à ce genre de combat clandestin, mais je n'ai pas eu le courage de lui hurler ma question.

J'ai vu des billets de banque passer de main en main, de la poudre blanche se faire emballer dans des pochons en plastique, et des chiens attachés à de grosses chaînes métalliques qui devaient peser si lourd sur leur pauvre nuque...

Il n'y avait pratiquement que des hommes là-dedans, je crois que c'est ce qui m'a mise le plus mal à l'aise.

Je me sens mieux ici, de l'autre côté du bâtiment que l'on vient de traverser.

La pluie s'accumule sur le macadam et forme une surcouche brillante sur laquelle se reflètent les engins qui nous entourent. Voitures sportives, motos de courses, buggies ou kartings, il y a des bêtes à moteurs pour tous ceux qui en raffolent.

J'ai le palpitant qui s'emballe et la tête qui tourne face aux couleurs vives, aux motifs psychédéliques et phosphorescents qui décorent les pare-chocs de certaines carcasses mécaniques, dont les pièces ont souvent été modifiées pour produire un maximum de bruit et permettre aux moteurs d'être plus puissants.

On dit qu'il ne faut pas juger un livre à sa couverture et que l'habit ne fait pas le moine, seulement ces gens-là n'ont pas l'air de se préparer au moindre pèlerinage, et ils n'ont certainement pas la tête de ceux qui s'apprêtent à mener une quête spirituelle. À moins que cette dernière se fasse grâce aux substances illicites, à l'alcool et aux émanations chimiques des bombes de peinture dont se sert une gamine qui s'amuse à dessiner sur les murs de l'usine désaffectée.

— Alors... c'est *ça* qui t'occupe les samedis soir ?

D'un air ennuyé, Ted remue la tête de gauche à droite.

— Pas tous les samedis, non. Il y a bien des jours où je dispute des matchs... Je n'en reviens pas d'avoir amené une fille ici..., ajoute-t-il pour lui-même.

Ça me gonfle, cette façon qu'il a d'insister sur le mot qui commence par un F, comme si ça le débectait...

— Hey ! intervient Max. Ashley a plus de couilles que Gellman et Stanford réunis !

— Mmmh, je n'ai jamais dit le contraire..., réplique Greyson avec son éternelle nonchalance, tandis qu'il me lance un regard en biais.

— Alors, c'est quoi le problème ? demandé-je en posant mes mains sur mes hanches, comme si ça allait le convaincre d'arrêter de me traiter telle une moins que rien.

Ses yeux glissent sur ma poitrine une seconde de trop pour que je puisse l'ignorer, un sourire s'incruste sur ses lèvres charnues juste avant qu'il n'ouvre la bouche pour s'expliquer, et...

— Salut, Cass ! lance-t-il à la personne qui se tient apparemment derrière mon épaule.

Ladite Cass jaillit de derrière moi, bondit sur Ted en faisant virevolter ses ondulations blondes. Il la prend dans ses bras, la fait tournoyer dans les airs et dépose un baiser sur sa tempe.

Quelque chose se serre dans ma poitrine. Pas seulement parce qu'elle est belle à en crever, dans son petit short en jean et son crop-top blanc qui me laisse entrevoir la couleur de ses tétons, tant le tissu est transparent, mais surtout parce qu'il la dévisage avec tendresse. Et je serais prête à vendre un rein pour qu'on me regarde comme ça.

*Juste une fois, pour voir ce que ça fait.*

— Prêt à mourir, Greyson ? demande-t-elle lorsque ses pieds touchent à nouveau le sol.

— Toujours, tu me connais.

Un sourire malicieux s'invite sur les lèvres de Cass.

— Et pour le Cannonball Run, tu y as réfléchi ?

— Le quoi ? demandé-je, intéressée.

La blonde semble enfin remarquer ma présence et détache son regard du métis suffisamment longtemps pour que je puisse admirer l'azur parfait de ses yeux. Elle avale la distance entre nous et m'offre le plus ravissant des sourires.

— Salut ! Je suis Cassandra, mais personne ne m'appelle comme ça. Tu peux m'appeler Cass, ou Cassie, même si je préfère le premier !

J'observe les doigts fins sur la main frêle qu'elle me tend, remarque ses ongles rongés et les petites peaux arrachées sur un côté de son pouce.

— Je m'appelle Ashley, finis-je par dire en lui rendant sa poignée de main. Mais toi, tu peux m'appeler comme tu veux, parce que t'es carrément incroyable.

Tout en offrant un regard brillant à Ted, Cass admet :

— Je l'adore déjà ! On la garde, celle-là. D'ailleurs, ça me fait plaisir que tu amènes quelqu'un d'autre que Max, sans vouloir t'offenser...

Max hausse alors les épaules.

— Le Cannonball Run, c'est *la* course à ne pas manquer, m'explique-t-elle. Un raid automobile sur routes ouvertes, sans limitations de vitesse, sans règles, si ce n'est celle de traverser le pays le plus vite possible. D'est en ouest, de New York à la Californie !

— Waouh ! m'exclamé-je, à la fois excitée et impressionnée. Ça a l'air incroyable. Et dangereux...

Cass éclate de rire.

— Tu parles que c'est dangereux !

— Et... tu vas participer ? demandé-je à l'intention de Ted.

Ce dernier me dévisage avec une intensité qui jette une faiblesse dans mes deux jambes.

— Il y a presque trois mille miles à parcourir, je n'ai aucune chance d'y arriver seul, m'explique-t-il.

— Mouais..., répliqué-je d'un ton dubitatif. Ça sonne comme

la phrase d'un perdant qui n'aurait eu aucune chance, même avec un acolyte !

Greyson ne répond rien, mais je remarque ses lèvres s'étirer pour former un sourire en coin d'une arrogance insupportable. Un grand gaillard posté à côté d'une moto l'interpelle et Ted nous fausse compagnie pour le rejoindre. Je ne peux pas m'empêcher de remarquer à quel point le grand joueur des Giants semble dans son élément, comme s'il faisait partie de ce décor anarchiste. Maintenant que je l'observe, je me dis qu'il est la pièce qu'il manquait au tableau, peut-être même en est-il le maître ou le créateur.

Je fuis cette pensée effrayante en me concentrant sur la voix de Max qui me sort de mes rêveries.

— En fait... Ted l'a déjà gagnée, par le passé.

Je me retiens d'ouvrir la bouche pour ne pas avouer ma surprise et, je l'admets, mon admiration.

Hors de question que Max, et surtout Cass, qui entretient une relation avec Greyson dont je ne saisis pas encore les enjeux, réalisent que je *fangirl*[2] plus que d'ordinaire sur le métis aux innombrables facettes.

— C'est vrai, complète la blonde. Mais il n'était pas tout seul ! Il ne l'aurait jamais fait sans mon mec...

Cet aveu vient de faire remonter Cassandra très haut sur l'échelle des personnes que j'estime. *Elle a un mec !* Pote avec Ted, qui plus est. Et Max a répété les règles obscures de son *bro code* suffisamment de fois pour que je sois au courant qu'on ne touche pas à la meuf de son pote.

Enfin... ça, c'est si je décide d'ignorer ce que m'a avoué Ted en début de soirée sur ce qu'il a fait à Kayden.

— Et ce soir, c'est quoi, les enjeux ? demandé-je pour détourner la conversation d'un sujet qui me met un peu mal à l'aise.

---

[2] Verbe décrivant une femme qui se comporte de façon compulsive ou exagérément excitée face à une situation ou une personne.

— C'est juste une course amicale, m'apprend-elle.

— Qui rapporte quand même un peu plus de quarante mille dollars, ajoute Max.

Je ferme les yeux, tentant de rejeter l'appel du risque et du jeu qui murmure, ou plutôt, qui vrombit à mes oreilles. Les pneus qui crissent sur le sol lisse me disent : « Tu en as envie ! » Les acclamations du public qui proviennent de l'intérieur du bâtiment m'encouragent : « Fais-le ! »

Je cligne des paupières, revenant à la réalité tandis que les phares des grosses voitures m'éblouissent. J'analyse mon environnement pour la énième fois. Mon père flipperait à mort s'il me trouvait là. Ou peut-être qu'il s'en ficherait. J'ai hâte de le découvrir lorsque je lui raconterai ce que j'ai fait de ma soirée !

— Je veux en être ! m'exclamé-je soudain.

— Ça, c'est absolument hors de question..., murmure une voix grave dont le souffle caresse l'arrière de mon oreille.

Un rush d'adrénaline parcourt mes veines et force mon cœur à galoper vite à l'intérieur de ma poitrine. Je suis soulagée que le bruit des moteurs et celui de la pluie s'écrasant sur les carrosseries métalliques camouflent celui qui trahit mon trouble. Pourtant, lorsque je rencontre le regard pétillant et énigmatique de Ted, je suis persuadée qu'il l'a saisi quand même.

Cherchant à reprendre contenance, et déterminée à ne pas m'asseoir sur ce qu'il reste de ma fierté, je croise les bras sur ma poitrine et redresse le menton pour affronter sa moue insolente.

— Et pourquoi ça, *Teddy* ? C'est mon vagin qui pose problème ?

Il écarquille les yeux avant de m'offrir un rire sans joie.

— Épouse-moi ! s'exclame Cass, les yeux brillants.

— Le problème, reprend Ted, c'est que tu tenais à peine debout en sortant du bar. Il faudrait me passer sur le corps pour que je te laisse monter dans une voiture. Et de toute façon, tu n'as aucun véhicule à ta disposition.

Il marque un point. Ma moto est restée au *Jazz,* et je suis venue avec eux. En ce qui concerne mon taux d'alcoolémie, je *sais* que je peux gérer.

– Oh, tu t'inquiètes pour moi ? demandé-je, faussement attendrie. C'est mignon... C'est peut-être toi, finalement, qui tomberas amoureux le premier...

Max et Cass rient de notre échange, mais je refuse de lâcher du regard le métis aux yeux ténébreux.

Le monde se met à tourner un peu plus vite autour de moi tandis que Ted avance d'un pas dans ma direction, avalant la distance sécuritaire que je maintenais entre nous. Son parfum me paraît légèrement différent ce soir, il sent le danger à plein nez et je suis envoûtée, comme une camée qui réclame sa prochaine dose – bien qu'elle soit déjà en train de se shooter.

– Tu parles trop pour une fille dont le cœur s'emballe, alors que je ne l'ai même pas encore touchée.

*Je le savais, putain !*

Cependant, je refuse de me laisser décontenancer.

– Tu sais, je suis toujours la même. En plus bourrée, et un poil défoncée, dis-je en saisissant le joint que Cassie vient d'allumer.

J'inspire une bouffée que je lui crache au visage avant de le rendre à ma nouvelle amie.

– Je suis simplement plus chaude et honnête que mon moi d'il y a quelques heures. Là, tout de suite, ce sont tes lèvres douces et pulpeuses que je rêverais de sentir se poser sur ma peau et qui me font de l'effet, Greyson. Ne confonds pas envie et amour, ton petit cœur ne m'intéresse pas. Et si tu tombes amoureux, je te jetterai comme tous les autres. Ne te méprends pas en pensant que j'éprouverai le moindre scrupule à te pousser du haut d'une falaise pour me délecter du son que feront tes os en se brisant.

– Intéressant... Tu serais prête à le parier ?

Toujours des enjeux et des mises en garde plus ou moins tordues. Pour Ted Greyson, la vie n'est qu'une immense succession de paris risqués.

Et j'en ai ma claque qu'il pense être le maître de tous les jeux.

— Quoi donc, que je te briserai le cœur la première ? Que je ne tomberai jamais amoureuse d'un type comme toi, qui prend tout pour acquis ?

Il me tend la main, je la fixe avec appréhension avant de la saisir.

— Tu vas devoir m'accorder un deuxième rendez-vous, si tu veux jouer à ça...

*Pourquoi ai-je l'impression de m'être fait avoir ?* J'ai le sentiment d'avoir été aspirée dans le terrier du lapin blanc dans Alice au pays des merveilles et de tomber, tomber, tomber...

Mais tant pis si c'est exactement ce qu'il attendait de moi et si je me suis retrouvée exactement là où il voulait m'emmener. Je lui montrerai que sur un échiquier, la Reine aussi a son importance.

— Seulement si tu me laisses faire cette course.

Surpris d'avoir été piégé par sa proie, Ted serre les mâchoires.

— Ma moto est prête ? demande-t-il au grand gaillard de tout à l'heure qui essuie ses mains pleines de cambouis sur son jean troué.

Ce dernier acquiesce d'un hochement de tête.

— Va chercher mon casque. Pour elle.

— Tout de suite ! réplique Cass.

— Tu vas me prêter ta moto ? demandé-je, les yeux brillants d'excitation.

Ted m'offre un regard en biais.

— Non, mon cœur. Tu vas monter derrière moi.

*Boum-boum, boum-boum.*

Font les battements de mon cœur brisé. Mais je suis trop bourrée pour m'en soucier.

# 7

***Ted***

Je devais avoir douze ans quand Kayden m'a tendu ma première bière. Je me souviens avoir trouvé le goût amer, m'être forcé à vider le contenu de la bouteille en verre quand même parce qu'on m'avait appris qu'il est malpoli de refuser ce qu'on nous offre. Kay a toujours été de ceux qu'on voit de loin, qu'on admire ou qu'on craint, mais pour qui on ne peut pas s'empêcher d'éprouver la fascination qu'exercent les leaders dans son genre. De ceux qu'on suit jusqu'au bout du monde, dans le meilleur, et surtout – souvent – dans le pire. Il n'y a qu'à regarder autour de nous pour constater que même de l'autre côté des barreaux, il continue à gérer le gang qu'il a créé. Et j'ai la certitude que les six mois de taule qu'il lui reste à tirer ne suffiront pas à le changer. C'est ainsi qu'il a toujours vécu, en marge de la société, lui qui ne respecte que ses propres lois.

À côté de moi, Cassie sourit tristement, les yeux injectés de sang. Elle non plus, elle ne changera pas, même si elle a les moyens de se sortir de là. Parce que son monde à elle se limite à un seul être, enfermé dans une prison sous haute surveillance. Et elle a beau l'avoir fait cocu avec la moitié des hommes qui se trouvent ici, cherchant un peu de réconfort dans leurs bras pour oublier que l'amour de sa vie ne la protège pas, ça ne suffit jamais à la convaincre de partir. Cassie préfère s'égarer avec

Kayden que de retrouver son chemin toute seule.

Elle lève sa bouteille de vodka, avale une grosse lampée d'alcool non dilué et dit :

— Si tes pensées font trop de bruit...

— Noie-les, achevé-je, l'amertume de cette fausse vérité au bord des lèvres.

Je ne sais pas quand j'ai commencé à me persuader que cette connerie était vraie, mais l'alcool n'a jamais été la solution à quoi que ce soit, si ce n'est à repousser mes problèmes au lendemain, quand le brouillard épais se dissipe pour me révéler mes démons, toujours un peu plus gros et affamés que la veille.

La vérité, c'est que, comme Ashley le murmurait plus tôt, mes pensées ont appris à nager. Cette conviction résonne en moi et je sais maintenant pourquoi cette meuf m'a toujours effrayé. À chaque fois que ses yeux rencontrent les miens, j'entrevois les débris de son cœur fracassé, ces morceaux chauds et sanguinolents qu'on s'évertue à cacher derrière des putains de mantras philosophiques du genre : « Si tes pensées font trop de bruits, noie-les ! »

J'espère qu'elle ne perçoit pas à quel point je suis mort à l'intérieur, j'en viens même à vouloir lui crever cette paire d'yeux qui voit toujours plus loin que la surface.

Nos âmes écorchées ne survivront pas à cette rencontre, j'en ai la certitude.

Les gens brisés ne devraient pas traîner ensemble, mais plutôt se taper Maël Gellman, pour le bien de l'humanité.

— Où est ton casque ? me demande Ashley, qui se débat pour attacher le sien.

Je ne lui propose pas mon aide, c'est une grande fille qui s'en sort toujours toute seule.

— Sur ta tête...

Elle enfourche ma moto, se retrouve dans une position qui met en valeur sa cambrure naturelle, et la vision de cette fille sur mon engin dans son short moulant et ses cuissardes en cuir m'envoie des images obscènes que j'ai envie de courir confesser.

– Tu plaisantes ? T'es complètement irresponsable ! Et s'il nous arrive malheur ?! T'as envie de m'infliger la vision de ton cerveau en bouillie sur le bas-côté de la route ?

Un petit rire m'échappe malgré moi. Je ne sais pas comment elle fait, mais elle parvient à me faire sourire, même quand je suis d'une humeur de merde.

– Vu la vitesse à laquelle je prévois de rouler, casque ou non, si on tombe, on est morts. Ne t'en fais pas, je ferai attention à ce que tu ne survives pas, je ne voudrais surtout pas que les images de mon « cerveau en bouillie » te provoquent des cauchemars.

Mes mots claquent dans la nuit et percutent Ashley si fort que sa respiration se bloque une seconde de trop dans sa cage thoracique. Anxieuse, elle essuie ses mains moites sur ses cuisses et se racle la gorge.

*Je l'envie de ressentir ce genre de frissons. Ouais, je suis fou de jalousie.*

Je lui explique ensuite comment fonctionne le dispositif placé à l'intérieur du casque pour que l'on puisse communiquer.

Alors que je m'apprête à retirer la béquille de ma moto, je l'observe une dernière fois. Ses mèches rouges dépassent du casque, dont elle a abaissé la visière, et l'obscurité ne me permet plus de plonger dans ses jolis yeux noisette.

– Si tu as peur, tu peux encore descendre, tu sais ? Je ne te jugerai pas.

C'est ma conscience qui me hurle que c'est une mauvaise idée, qu'elle a trop bu et que cette course que je connais comme ma poche est trop dangereuse pour une meuf comme elle, dont la fierté ne lui permettra pas de s'accrocher à moi aussi fort qu'elle le devrait.

– Hors de question, mec. J'y suis, j'y reste !

J'entends le sourire dans sa voix et je grimpe finalement devant elle. Elle se crispe dans mon dos, puis gigote, hésite à ajuster sa position sur la selle. Finalement, je sens sa chaleur lorsque sa poitrine se colle contre mon dos. L'instant d'après, elle expire et enfonce ses mains dans les poches de mon sweat.

— Pourquoi tu fais ça ? demande-t-elle, alors que je rejoins les autres sur la ligne de départ improvisée.

Nous sommes une vingtaine de coureurs, aujourd'hui, et je les connais tous. Sans Ashley, je gagnerais les yeux fermés. Néanmoins, puisqu'elle est là, je décide de ne pas y aller à fond, parce qu'étrangement, je n'ai pas envie de la tuer.

— J'en sais rien... Pour l'adrénaline, je suppose ?

Mais c'est un mensonge, je ne la ressens plus depuis longtemps. Il n'y a qu'en frôlant la mort que je parviens à frissonner un peu, et ça n'arrivera définitivement pas ce soir.

Nos supporters se mettent à hurler des encouragements, quelques nanas s'amusent avec des fumigènes colorés et je me perds dans la contemplation de cette fumée opaque, violette et malodorante qui, lorsqu'elle se dissipe, révèle Cass au milieu de la route, en short et en talons, agitant deux petits drapeaux.

— T'as pas l'air sûr de toi, pour un mec qui s'apprête à nous propulser droit vers la mort...

— Et toi, pas assez inquiète, pour quelqu'un qui pense qu'on va mourir.

Son corps est secoué par son rire nerveux, elle est si proche que je perçois contre moi les battements erratiques de son cœur de menteuse.

— C'est une bonne façon de mourir, explique-t-elle, collée au dos du mec le plus sexy que je connaisse.

Un sourire s'invite sur mes lèvres, je lui accorde au moins ça.

— Tu crois qu'on devrait s'embrasser ? la taquiné-je. Tu sais, juste au cas où ça finirait mal.

Par-dessus le tissu de mon sweat, elle pince la peau qui recouvre mes côtes.

— Ferme-la, et concentre-toi ! Je veux gagner cette putain de course ! Au fait... pourquoi avoir insisté sur le fait que tu n'invites jamais de femmes, ici ?

Sa question me prend de court, je ne l'ai pas vue venir. Pas le temps non plus de préparer la réponse adéquate qui la ferait fondre. Alors j'improvise à moitié, crache un mensonge qui se rapproche trop de la vérité.

– Je n'ai rien contre, mais je les emmène au ciné, d'habitude. Ou chez moi, directement. C'est plus pratique pour baiser.

– Je vois. Et ils osent prétendre que le romantisme est mort ?!

– On sait tous les deux qu'un ciné t'aurait ennuyée et que t'aurais refusé de t'envoyer en l'air.

Elle resserre sa prise, s'accrochant à moi un peu plus fort. C'est inconscient, mais ça en dit tellement sur son petit cœur fragile. Mon comportement me donne envie de gerber, et c'est précisément ce que je fais. Je continue à dégobiller les paroles qu'elle rêve d'entendre.

– Mais t'es pas une femme comme les autres, pas vrai ? Toi, t'es différente, Hawkins. T'as ce truc en plus, celui qui nous pousse à sortir des sentiers battus. Tu forces les hommes à changer leurs habitudes...

Sa poitrine s'abaisse. Se soulève. S'abaisse. Se soulève.

C'est l'espoir qui grandit en elle et qui finira par l'achever.

– Alors ouais, ça m'a surpris. Je n'aurais jamais pensé ramener une fille, ici. Tu garderas le secret sur cet endroit, je peux te faire confiance ?

En vérité, je n'en ai rien à foutre. Kayden a un accord tacite avec les flics véreux du coin, personne ne vient jamais mettre le nez dans ses petites affaires. C'est en sortant du territoire qu'il s'est fait prendre.

Mais l'illusion que je tente de donner fonctionne, je le sens dans ses battements rapides qui se répercutent contre mon dos.

Ashley ne dit rien pendant un long moment. Et lorsqu'elle le fait, je *sais* que personne ne la blessera autant que moi.

– T'as raison, admet-elle. C'est bien mieux qu'un ciné...

Le temps n'est plus aux conversations, les choses sérieuses commenceront lorsque Cass lèvera lentement ses deux drapeaux. En les abaissant, elle annoncera le début de la course.

L'air devient plus épais, chacune de mes respirations se fait plus laborieuse que la précédente, les murmures cessent, et tout le monde retient son souffle. Des frissons parcourent ma peau, chatouillent le bout de mes doigts qui sont prêts à tourner la poignée droite pour nous propulser sur la route glissante.

J'ai l'impression de revivre ma première course, de ressentir les mêmes choses que cette première fois, lorsque Kayden m'accusait de vouloir jouer dans la cour des grands. À bien y réfléchir, c'est peut-être la seule chose sensée qu'il m'ait jamais dite.

Cass annonce le départ, les moteurs crachent ce bruit caractéristique qui résonne mélodieusement à mes oreilles. Ashley resserre sa prise, laisse échapper un cri strident qui nous surprend tous les deux et se plaque plus fort contre moi.

C'est peut-être nos deux corps entrés en collision qui me font ressentir la course dix fois plus intensément que d'habitude.

Tout est différent.

L'euphorie que je ressens est nouvelle, les battements de mon cœur si puissants que j'ai la sensation qu'il pourrait bondir hors de ma poitrine. La ville défile à toute vitesse sous mes yeux ébahis, et quand Ashley rit, je me surprends à sourire, *encore*.

Je bifurque si brusquement à gauche que la moto manque de toucher le sol, et les doigts de ma nouvelle acolyte agrippent naturellement l'intérieur de mes poches.

Pourtant, rien n'a changé. C'est la même course, la même route et les mêmes compétiteurs. New York est fidèle à elle-même, éclairée par les mêmes étoiles artificielles, celles qui proviennent des mêmes buildings.

C'est elle, la nouveauté. Son poids sur la selle, ses mains sur mon corps et ses cheveux emportés par le vent. Chacun de ses cris me provoque des décharges d'adrénaline, et en un rien de temps, je suis accro. J'en veux encore. Et je n'en aurai jamais assez.

À presque 130 miles/h[3], je passe un pont qui nous fait traverser l'Hudson River. L'eau est agitée par la pluie, ce soir, et les lucioles qui volent habituellement sur les berges ont disparu. Un faux mouvement de ma part – ou de la sienne, d'ailleurs – et on se retrouve par-dessus bord. Toutefois, et je ne saurais pas l'expliquer, je lui fais confiance. Je me sens en osmose et l'impression que nous partageons un seul et même corps refuse de me quitter. D'ailleurs, je réalise que depuis le début, je vis la course à travers ses yeux.

— Plus vite, tonne Ashley ! Ils nous rattrapent !

Un regard dans le rétro me confirme qu'elle a raison, une voiture nous talonne. Je pourrais accélérer, mais elle a pris en assurance depuis le début de la course et se tient à peine à moi.

— T'es sourd ? PLUS VIIIIIIITEEE ! me hurle-t-elle.

Seulement, je crois que comme moi, Ashley n'en a pas grand-chose à foutre de mourir. Ne sommes-nous pas dans l'âge où la vie se croque à pleines dents ?

D'une main, je parviens à atteindre la sienne, dans la poche centrale de mon sweat. Je la guide vers mon ventre et l'encourage à s'approcher de moi.

— Tiens-toi, Hawkins. Accroche-toi à moi, bien plus fort.

— Pourquoi ?! me demande-t-elle d'une voix emportée par une bourrasque.

— Parce que je n'ai pas envie de te perdre en cours de route. Contente-toi de t'accrocher comme si ta vie en dépendait, OK ?

Elle ne me répond pas, mais s'exécute. Ses bras s'enroulent autour de ma taille, et elle me serre aussi fort qu'elle en est capable. Rassuré, j'accélère et emprunte une ruelle si étroite qu'on pourrait croire que les murs se referment sur nous. Derrière, la voiture sportive s'arrête brusquement, ils sont coincés.

Je prends conscience de son parfum à la vanille qui se mélange aux vapeurs d'essence et à celui des routes mouillées.

---

[3] Dans le système métrique, cela représente environ 209 km/h.

*C'est elle qui rend cette course différente.*

— On va gagner ! La ligne d'arrivée est juste au bout de la route ! s'extasie-t-elle.

— Un peu vexé que tu aies douté, mais je survivrai, répliqué-je sous les acclamations de nos supporters tandis que nous remportons la course. Je laisse la moto décélérer tranquillement sur quelques encablures, avant de rebrousser chemin.

Tandis que nous revenons vers la ligne d'arrivée, elle laisse échapper un petit rire avant de crier :

— Surtout, ne bouge pas !

— Et où veux-tu que j'aille ?

Ce n'est pas comme si je comptais sauter en marche...

Lorsque ses mains quittent mon ventre et que je comprends ce qu'elle tente de faire, il est déjà trop tard. Ses ongles pointus s'enfoncent dans mon épaule et laisseront indéniablement des marques en forme de croissant de lune, comme pour me rappeler cette soirée hors du temps où, l'espace d'un instant, j'ai oublié que rien n'était réel. Téméraire – ou stupide –, elle tente de placer un pied sur la selle, un bras perpendiculaire à son corps pour se donner un semblant d'équilibre. Alors que je la sais accroupie sur la selle glissante, je retiens mon souffle.

— Descends de là, s'il te plaît, dis-je doucement pour ne pas la brusquer.

Mais elle ne m'écoute pas et se redresse sur ses jambes. À présent, elle se tient debout, les mains en appui sur ma nuque. Le moindre freinage un peu abrupt suffirait à l'envoyer valser et je ne respire plus, en proie à une panique que je ne parviens pas tout à fait à maîtriser. Mon cœur loupe quelques battements, je suis suspendu aux moindres de ses gestes et je me surprends même à prier pour que tout se passe bien.

Ses mains se détachent de mon corps et je me dis qu'elle est encore plus timbrée que moi, qu'elle n'en a définitivement rien à foutre de mourir.

— Je vole ! s'enthousiasme-t-elle.

*Ouais, vers le paradis, putain !*

On rejoint finalement l'arrivée sous les acclamations d'une foule en délire que j'entends à peine. Les battements de mon cœur ralentissent à mesure que la moto décélère, et lorsque nous nous arrêtons enfin, ils sont quasiment revenus à la normale.

Ashley rit. Elle rit à s'en décrocher la mâchoire, victime d'un fou rire hystérique. Euphorique, elle tremble et ne parvient pas à s'arrêter.

C'est Cassie qui l'aide finalement à sauter de la selle.

— T'as été absolument in-croy-able !

— On me le dit souvent, se vante-t-elle.

Lorsque ses rires se tarissent, elle se tourne vers moi. Ses mains tremblent lorsqu'elle essaye d'ôter son casque, et cette fois, je lui file un coup de main.

— Complètement ravagée..., murmuré-je en découvrant ses yeux brillants, ses joues rougies et ses cheveux décoiffés.

*Et ce sourire... putain !*

Je ne l'avais encore jamais vue sourire aussi fort, aussi *vrai*.

— Alors... Qu'est-ce que tu comptes faire des quarante mille dollars que tu as remportés grâce à moi ?

J'arque un sourcil tandis qu'elle m'assène un coup d'épaule, complice.

— Grâce à toi, hein ?

— Hey ! Si je ne t'avais pas dit d'accélérer au bon moment... Et si je n'avais pas suivi le mouvement quand on a tourné à gauche... D'ailleurs, c'était complètement dingue ! T'as vu comme on a frôlé le béton ? J'ai presque vu des étincelles !

Son excitation est palpable, et j'ai la certitude que personne ce soir ne parviendra à lui ôter son sourire.

— Ils sont à toi.

— Pardon ?!

C'est de l'argent sale, et je ne prends jamais un centime de ce que je gagne ici, mais puisqu'elle mérite de vivre l'expérience à fond...

— Tu rigoles, non ? Et puis, d'où il vient, tout cet argent ? C'est fou ! Je ne peux pas… On fait moitié-moitié ?

— Des paris, lui explique Cass. Kayden a lancé ça, il y a genre… dix ans ? Maintenant, nos courses sont filmées et postées en direct sur le *dark web*. Enfin, ne pose pas trop de questions, l'argent est à toi.

Ashley me dévisage un instant, et je jurerais qu'elle attend mon approbation. Je l'encourage d'un hochement de tête et elle saisit l'enveloppe que lui tend mon amie.

— Ton monde est carrément plus dérangé que le mien, plaisante-t-elle. J'espère quand même que t'es pas en train de m'acheter pour espérer un second rendez-vous !

— Ça fonctionne ?

Elle entrouvre l'enveloppe, observe les liasses froissées des dizaines de milliers de dollars malpropres qu'elle vient d'acquérir.

— Putain, ouais ! Je reviens sur tous mes principes : vive le patriarcat et les humains à queue qui pensent pouvoir acquérir les femmes grâce à leurs énoooooormes porte-monnaie !

Cass éclate de rire et moi, je sais qu'elle n'en pense pas un mot. Toutes ces années à la côtoyer dans les vestiaires m'ont appris une chose : il n'y a pas plus féministe qu'Ashley Hawkins. Elle est du genre à poster ses idées sur les réseaux sociaux, à organiser des manifestations et à partir à l'autre bout du monde pour aider les femmes qui souffrent encore sous le contrôle des hommes. Il y a deux ans, elle est allée secourir des adolescentes qui étaient menacées de se faire exciser.

— Mmmh, j'imagine que pour ce prix-là, j'ai au moins droit à une pipe. Non ?

Shootée à l'adrénaline, elle ne parvient même pas à me répliquer un truc bien senti.

— Tu n'entres pas vraiment dans la catégorie des mecs qui méritent que je leur accorde ce genre d'attention. Tu n'écoutes jamais quand on te parle ?

– Non, désolé. J'étais trop occupé à imaginer tes lèvres autour de ma…

Elle plaque sa main sur ma bouche pour m'empêcher de terminer ma phrase et, accessoirement, pour camoufler mon sourire idiot.

– T'es une grande malade, meuf ! intervient Max, qui était planqué je ne sais où.

Il l'attrape par les hanches, la fait tourner dans les airs et tous deux rient aux éclats.

– Viens par là que je tombe amoureux. Au diable, Greyson !

Et ils se bidonnent, encore et encore…

*Les gens brisés ne devraient pas traîner ensemble…*

# 8

## *Ted*

De l'eau goutte de mes cheveux noirs qui me retombent dans les yeux après la douche glacée que je me suis forcé à subir. Les mains fermement accrochées à la céramique du lavabo, je dévisage mon reflet, cherchant à chasser la nausée qu'apportent les souvenirs dont je n'arrive pas à me débarrasser.

La culpabilité m'écrase et pèse si lourd sur mes épaules que l'entraînement m'a paru plus difficile que d'habitude.

Arrêt maladie ou non, il était hors de question que je me passe de sport. Ne pas jouer le prochain match est une chose, manquer les entraînements en est une autre. Si les gars ont paru surpris de me voir, aucun d'entre eux n'a osé faire preuve d'indiscrétion en posant les questions qui brûlaient leurs lèvres restées closes.

Je leur en suis reconnaissant, c'est toujours un peu humiliant d'admettre que j'ai dû m'échapper. Je jette un œil à cette maudite fenêtre par-dessus mon épaule avant de me concentrer de nouveau sur le faciès balafré que me renvoie le miroir.

J'ai une barbe de trois jours qui me confère un petit air négligé, des cernes boursouflés sous les yeux, et je parais franchement paumé. J'ai beau chercher, je ne comprends pas ce qui a poussé Ashley à m'en dire plus sur sa mère et, si elle m'a qualifié de « mec le plus sexy qu'elle ait jamais rencontré », je ne crois pas que je doive ses aveux à mon physique, mais plutôt à l'alcool qu'elle a ingurgité, à la façon dont je l'ai manipulée, et à Max, qui brillait par son absence en fin de soirée. C'est peut-être le dangereux mélange de tout ça qui l'a finalement convaincue.

Quant à moi, j'ai agi comme une pauvre merde en lui crachant à la figure qu'elle était débile de rechercher quelqu'un qui n'en avait définitivement rien à foutre d'elle. Je me dégoûte, mais ce n'est pas nouveau. Ce n'est pas non plus la première fois que je me sers des faiblesses d'une femme pour obtenir ce que je veux.

Des images de Cass et du désespoir qu'elle portait à même la peau ce soir-là s'invitent dans ma tête. Je manque d'envoyer mes remords gicler jusque dans le siphon. Un étau se resserre autour de mon cœur, mes muscles se contractent, je suis à deux doigts de faire une putain de crise d'angoisse ! Heureusement, je peux compter sur mes coéquipiers pour me changer les idées...

— Fiche-moi la paix, O'Donnel ! grogne Chris, bougon.

C'est étrange de le voir d'aussi mauvais poil, lui qui empeste la bonne humeur à des kilomètres d'habitude, tant et si bien qu'il pourrait s'être échappé d'un Disney à la con. À bien y réfléchir, Chris ne tire la tronche que lorsqu'il lui arrive de mal dormir. Il tient beaucoup à respecter son cycle de sommeil et à comater au moins huit heures consécutives par nuit. Pourtant, depuis ce matin, il tire la gueule. Maintenant que j'y pense, il n'a même pas sifflé son habituel refrain au petit déj' et a laissé la moitié du smoothie verdâtre que lui a préparé Lily – qui n'était pas plus dégueu que d'ordinaire.

— Sérieux ? Mais tu rigoles toujours à mes blagues ! Même les plus douteuses..., s'offusque Max.

— Ouais, bah pas aujourd'hui. Je ne suis pas d'humeur. Et si tu regardais autre chose que ton petit nombril, tu l'aurais remarqué, s'agace Chris en attachant ses cheveux châtain clair pour créer son sempiternel *half bun*.

Pas vexé pour un sou, Max plisse ses yeux gris, l'air un brin amusé. Un sourire étire à présent ses lèvres, il pose une main sur l'épaule de Chris, compatissant.

— Allez, dis-moi ce qui ne va pas.

— Non.

— Mais si, mon grand ! insiste Max. Raconte à tonton pourquoi tu fais la gueule.

Comme si le poids qui lui pesait s'envolait tout à coup, les épaules de Chris s'affaissent tandis qu'il laisse échapper un long et douloureux soupir.

— Je me suis disputé avec Elisa, admet-il.

— Je le savais ! s'exclame Maël. Laisse-moi deviner... Elle t'a forcé à regarder une comédie dramatique et s'est moquée parce que tu as la larme facile ?

Chris le fusille du regard, notre quarterback pince les lèvres pour retenir son sourire.

— Pas du tout. Le samedi, c'est le jour des colis, explique-t-il.

Perplexes, je crois que nous fronçons tous les sourcils de la même manière. Agacé que nous ne comprenions pas, Chris souffle.

— Les marques de cosmétiques lui envoient des colis, elle les ouvre tous les samedis. Elle filme des *unboxing* pour ses abonnés, les essais, etc.

C'est vrai qu'Elisa est une influenceuse beauté dont le compte Instagram comptabilise presque deux cent mille *followers*.

— Et alors ? Elle a reçu des produits pas très écolos et ça t'a mis en rogne ? tenté-je.

Cette fois, je jurerais avoir entendu Chris grogner.

*Ouais, il vient de me grogner dessus.*

— Mais laissez-moi m'exprimer, à la fin ! Bon, elle a réceptionné une nouvelle palette de fards à paupières et s'est mis en tête de l'essayer sur moi.

Max plaque carrément une main sur ses lèvres pour ne pas rire, Maël ne se retient plus et moi, je tente de lui remonter le moral...

— Il ne faut pas te sentir émasculé pour si peu ! Des tas d'hommes utilisent des produits de beauté, tu sais ? Max, par exemple, il luit comme un ver à chaque fois qu'il a un nouveau shooting photo. Tu crois que c'est l'état de sa peau au naturel ?

— C'est vrai, renchérit O'Donnel. Parfois, Betty m'applique une crème un peu teintée qui me donne un air super frais ! En plus, elle sent bon. Il n'y a pas de quoi...

— Mais c'est pas ça, putain ! J'ai une peau de pêche, de grandes paupières et des lèvres juteuses. Je suis le modèle parfait et ça ne me pose pas de problème. Surtout qu'elle me laisse lui peloter les fesses durant tout le processus.

Chris baisse la tête, l'air réellement abattu. Je rencontre les yeux de Maël qui semble aussi perdu et perplexe que moi. Discrètement, il hausse les épaules l'air de me dire : « Mec, je n'y comprends rien non plus ! »

— Tout se passait pour le mieux. Assise à califourchon sur mes genoux, elle admirait le joli vert fumé qui mettait en valeur mon regard scandinave. Vous auriez dû voir ça, un vrai chef-d'œuvre !

Je suis prêt à parier que mes colocs auraient payé aussi cher que moi pour voir ça, d'ailleurs...

— Et puis, elle est passée aux lèvres. C'est là que ça a dégénéré. Quand elle m'a dit que ma « bouche en cul de poule » n'était pas faite pour être maquillée.

Un silence de plomb tombe sur les vestiaires quelques instants, avant que Max et Maël ne partent dans un fou rire intarissable.

— Vous vous rendez compte ?! Une bouche en cul de poule ! Et le pire ? C'est qu'elle a raison. Regardez...

Pour que l'on comprenne mieux, Chris nous offre une moue indescriptible et drôle qui restera à jamais gravée dans ma mémoire. Nos rires ne l'amusent pas, loin de là.

— Moquez-vous tant que vous voulez, à cause d'elle, j'ai écopé d'un complexe que j'ignorais avoir ! Et cette peste a refusé de s'excuser ensuite, clamant haut et fort que je n'étais qu'un capricieux susceptible.

– C'est horrible ! ironise Max en prenant son ami dans ses bras pour le réconforter. Vraiment, je suis désolé que ta bouche ressemble au cul d'une poule.

– Va te faire foutre ! Vous ne savez pas ce que ça fait, aux pauvres gens comme moi.

– Elisa est vraiment une vilaine copine, ajouté-je. Tu crois qu'un chirurgien pourrait arranger ça ? Tes lèvres, je veux dire...

Vexé, mon ami se fait la malle en claquant la porte des vestiaires aussi fort que possible. Quant à Max et Maël, ils essuient des larmes dans le coin de leurs yeux.

L'hilarité qu'il vient de déclencher m'a presque fait oublier la raison de ma morosité. Voilà pourquoi j'adore Chris Stanford. Parce que le truc le plus tragique, le plus dramatique et le plus triste qu'il ait jamais eu à affronter dans la vie, c'est d'être né avec une bouche en cul de poule.

– Ça me manque, ce genre de conneries, déclare Maël lorsque les rires se tarissent enfin.

– Si tu passais un peu moins de temps avec Lily, c'est sûr qu'on rirait plus souvent, reproche Max, qui ne rate jamais une occasion de lui rappeler que ça le fait chier de ne plus être la distraction numéro une du quarterback.

– T'abuses...

– Ah ouais ? Prouve-le.

– Bon, OK. Ce soir, c'est poker, ça te va ? Entre couilles et cul de poule.

Satisfait, Max acquiesce.

– Je vais téléphoner à Lily, déclare ce dernier. Lui dire qu'elle peut inviter les filles au penthouse et faire une soirée pyjama, ou que sais-je. Un truc qui la tiendra loin de nous un moment.

Moi, j'aime bien cette gamine et ses smoothies énergisants. Elle me fait penser à ces mamans qu'on rencontre lors des matchs pour ado, celles qui préparent des goûters trop sains pour leurs enfants qui ne rêvent que de gâteaux au chocolat. Dans ce scénario, Lily est la maman et Chris, Maël, Max et moi, ses sales gosses.

Finalement, O'Donnel et Gellman quittent les vestiaires. J'attendais que tout le monde soit parti pour discuter avec le coach Hawkins, qui patiente dans son bureau.

Avachi sur le dossier de son fauteuil en cuir, les yeux rivés sur les distinctions qui décorent le mur du fond de la pièce, le coach m'adresse à peine un regard lorsqu'il demande :

— Ashley t'a confié quelque chose d'intéressant ?

J'avance d'un pas vers lui, plante les paumes de mes mains sur son bureau en acajou et lui offre toute la méprise dont je suis capable dans un sourire aussi faux que celui qu'affiche sa fille la plupart du temps.

— Ouais. Que vous remportez officiellement le titre de père le plus négligent de la décennie, mais je ne vous apprends rien...

Un rire nasal lui échappe, il plante ses yeux bleus dans les miens.

— Alors, tu abandonnes, comprend-il. Toi, le joueur froid qui ne ressent jamais rien, ni la peur sur le terrain ni la douleur d'un placage... Elle n'a eu qu'à battre des cils d'un air innocent et pouf !

Mes mâchoires se serrent si fort que je suis surpris de ne pas me briser une molaire.

— Trouvez-vous quelqu'un d'autre pour exécuter cette mission tordue.

— Je vois...

Sans demander mon reste, je fais demi-tour, mon sac de sport sur l'épaule. Mais en ouvrant la porte, la menace du coach me fige :

— C'est dommage... Elle est plutôt jolie, cette Cassandra. Pas certain que l'orange mette sa fine silhouette en valeur.

Mes doigts se crispent sur la poignée, je referme la porte.

— Quoi que vous pensiez savoir sur elle, oubliez-le.

Médisant, Fred Hawkins me sourit d'un air pervers, le regard empreint de menaces à peine voilées.

– Trafic d'armes à feu, implication dans un gang, courses illégales... et la liste s'allonge. Je veux bien essayer d'oublier, mais je ne suis pas certain que les autorités tirent un trait aussi facilement que ça sur le dossier que je leur ai préparé.

Mon air meurtrier ne lui ôte pas son sourire satisfait, bien au contraire.

– Ah... vu la tête que tu tires, je crois que j'ai enfin déniché ta faiblesse. Je savais que les femmes étaient le talon d'Achille des hommes, mais quand même ! Son cœur est déjà pris, Greyson. N'as-tu donc aucun honneur ?

J'aimerais lui retourner la question, il est clair que cette vermine ne connaît pas grand-chose au respect, et n'a certainement rien d'honorable. Mais mon sang se glace dans mes veines et me statufie.

– Si vous touchez à un seul cheveu de...

– C'est donc ça. J'ai vu juste. Je pensais que menacer tes amis suffirait, honnêtement. Max risque sa réputation, je pourrais le faire virer de l'équipe, anéantir son image publique, mais ça ne te suffisait pas ?

Mes poings se serrent sans que je leur en donne l'autorisation et je dois user de toute ma force mentale pour ne pas fracasser le visage du coach.

– Je sais ce que tu ressens, Ted, crois-moi. L'amour est un poison, tu t'en rends compte, à présent.

Ma respiration se coince quelque part dans ma cage thoracique, des perles de sueur dévalent ma colonne vertébrale et je suis écrasé dans ce corps devenu trop étroit pour le torrent d'émotions négatives qu'il tente de contenir.

Je ne ressens pas ce genre de choses pour Cass, pas comme il l'entend. Je ne suis ni amoureux ni épris d'elle, même s'il est vrai qu'on s'est déjà laissé aller à des ébats charnels que je regrette aujourd'hui.

Ouais, on a baisé. Fort. Et c'était bon jusqu'au petit matin, jusqu'à ce que le goût de la trahison remplace celui de la transpiration et de nos corps imbriqués l'un dans l'autre, jusqu'à ce que les regrets prennent le dessus...

Mais je n'en suis jamais tombé amoureux et c'est bien dommage, ça aurait pu la sauver.

– Je fais ça pour le bien d'Ashley. On n'est pas obligés d'en arriver aux menaces. Ton amoureuse ne risque rien tant que tu me racontes tout.

*Pour le bien d'Ashley.*

Comment cet enfoiré peut-il dire ça, alors même que sa fille lui réclame depuis toujours l'attention qu'il refuse de lui octroyer ? En plus d'être un égoïste, Fred est un menteur doublé d'un manipulateur qui n'hésite visiblement pas à user de ses contacts pour obtenir les informations qui lui servent à me faire chanter.

Mais je repense à Ashley, et mon palpitant se serre d'une douloureuse façon. Les entailles sur nos cœurs ne font pas de nous de mauvaises personnes. La douleur, qu'on se l'inflige ou qu'on se la prenne en pleine face, n'est pas responsable de nos mauvais comportements. C'est la façon dont on s'en remet qui est déterminante. Quand je regarde Ashley, j'ai envie de lui demander quelles sont ses fêlures, et comment elle a fait pour cicatriser. Je ne la juge pas, chacun sa méthode pour aller mieux. Une chose est sûre : une garce comme elle, ça ne se fabrique pas en un jour. Et le processus pour en arriver là a dû lui faire un mal de chien !

Je blâme celui qui me fait face pour ce qu'elle est devenue, en partie.

Mon corps agit pour moi lorsque je réalise que j'empoigne fermement le col de sa chemise. La pointe de ses pieds touche à peine le sol et je l'écrase contre le mur. Une plainte étouffée s'échappe d'entre ses lèvres sèches, ma respiration est saccadée, signe que je me retrouve dans cet endroit, sombre et insalubre où seule la vue de son sang parviendrait à me calmer.

Mais je ne fais rien. Je ferme les yeux et me concentre pour ne pas le tuer, chasse les images sanglantes des souvenirs dansants sous mes paupières closes et finalement, je le relâche.

— Je te demande simplement de l'occuper le temps que je retrouve sa mère, c'est tout, se justifie-t-il d'une voix enrouée. C'est si dur que ça, d'être ami avec ma fille ?

L'œil mauvais, je le dévisage, lui insufflant toute la haine qu'il m'inspire. J'espère qu'à travers mon regard meurtrier, il perçoit les scénarios terrifiants qui se jouent dans ma tête, ceux dans lesquels le coach Hawkins tient le rôle de la victime, et moi... du bourreau.

Être ami avec Ashley n'est pas difficile, c'est impossible. Parce que la Ashley dont il parle n'est tout simplement plus là. Et je me demande s'il a la moindre idée de ce qu'est devenue sa fille, ou s'il vit dans le déni, persuadé qu'elle lui reviendra.

— Vous savez..., dis-je d'une voix calme, je n'en ai jamais eu grand-chose à foutre, de passer pour le méchant. Ça m'est égal qu'elle le pense, elle aussi, quand elle apprendra la vérité.

Le coach ouvre la bouche, mais je ne lui laisse pas l'occasion d'intervenir...

— Oh, elle l'apprendra. Ça, c'est une certitude. Pourtant, moi, je ne serai que le méchant d'un chapitre, celui qui marque, mais qui ne tue pas. Qu'en est-il de vous, Coach ? Que pensera-t-elle de vous, lorsqu'elle apprendra que celui qu'elle aime le plus au monde est en vérité le vilain de son histoire ?

— Elle me pardonnera, elle l'a toujours fait.

*Le déni, donc... mais pour lui pardonner, il faudrait déjà qu'elle lui survive.*

— Allyson Johnson l'aide dans ses recherches. Vous devriez vous renseigner sur la blonde de votre quarterback, mon petit doigt me dit que son agenda est plein de ressources...

Il s'apprête à me remercier, mais je l'en empêche une nouvelle fois d'un signe de la main, et quitte le bureau sans rien ajouter.

# 9

## *Ashley*

Il existe des démons qui ne disparaissent jamais vraiment, peu importe à quel point on essaye de s'en débarrasser. Ils sont toujours là, dans un coin de la pièce, invisibles aux yeux du monde, mais perceptibles pour nous. Les miens sont évidents, presque palpables quand je sens leurs mains pétrir mon corps. Elles remontent sur mon cou et m'enserrent la trachée, à tel point que respirer devient laborieux.

Leurs griffes laissent des marques sur mon âme, qu'elles déchiquettent sans éprouver le moindre scrupule. À l'intérieur, je m'effondre et tombe en lambeaux. Mais j'imagine que d'un point de vue externe, j'ai l'air de tenir debout. Mes jambes flageolent et tremblent parfois, c'est vrai. Pourtant, je tiens le coup, putain !

— Ash ! Ash ? Tu m'écoutes ?

Je relève la tête pour rencontrer l'inquiétude dans les yeux vert sapin de ma colocataire. Les mains veineuses aux griffes crochues de mes monstres s'éloignent et peu à peu, je reviens parmi les vivants. Je retrouve l'ouïe, d'abord, c'est toujours la partie la moins agréable. Les éclats de voix des étudiants qui déjeunent entre amis me percutent alors la boîte crânienne. *Qu'est-ce que je fous ici, déjà ?*

J'ai un peu forcé sur les somnifères, hier soir. J'ai la bouche pâteuse et du mal à me concentrer, mais ça m'apparaît petit à petit : je me suis rendue à la cafétéria universitaire pour rejoindre Lily qui détient des informations cruciales sur Lucia Maria Alfieri, ma grand-mère maternelle, *apparemment*.

— C'est tout ce que j'ai pu récolter à son sujet, m'annonce-t-elle en poussant une pochette rose bonbon face à moi.

Ma main tremble lorsque j'étudie les documents, je prie pour que Lily ne remarque pas l'état fragile dans lequel je me trouve.

Un jour, je crois que je n'arriverai plus à me cacher. Bientôt, je finirai par ne plus tenir sur mes deux jambes, j'en ai la certitude. Je suis l'immeuble abandonné qui ne tient plus que grâce à Dieu. Je m'effondrerai comme un château de cartes balayé par le vent.

Je me demande qui sera là pour me ramasser, si quelqu'un voudra même me tendre la main, et si je serai capable de la saisir.

Je balaye les papiers que la blonde est allée récupérer à la mairie, puis l'observe du coin de l'œil. Elle a noué ses longueurs en une queue-de-cheval basse qui lui donne un air studieux. De son sac à bandoulière, elle tire deux boîtes hermétiques en verre et dépose l'une d'entre elles face à moi.

— Ne me remercie pas, j'ai cuisiné tard hier soir. J'étais stressée par toute cette histoire, OK ? Faire des lasagnes, ça me détend.

Je souris en coin, tout en la jaugeant avec une expression taquine.

— T'as déjà pensé à consulter ?

Elle me fusille d'un regard noir avant de caler le coin de sa serviette en tissu dans le col de son tee-shirt. Minutieusement, elle dépose une petite goutte de désinfectant dans le creux de sa main et sourit, satisfaite, jusqu'à ce qu'elle tombe sur mes lèvres pincées qui retiennent un fou rire.

— Quoi que t'aies envie de dire, abstiens-toi. Maintenant, mange. Ça va refroidir, ajoute-t-elle d'une voix encourageante.

— Je n'ai pas le moindre appétit, les rires des étudiants heureux me nouent l'estomac. Ça pue trop le bonheur, ici.

— Au temps pour moi ! La prochaine fois, je te donnerai rendez-vous au cimetière. Les gens sont plutôt calmes, dans ce genre d'endroit.

— En voilà une bonne idée !

*J'adore faire chier cette fille.*

Je n'ai pas menti, je n'ai absolument pas faim, mais la gentillesse de son geste me force à agripper ma fourchette. Et je ne le regrette pas, car ses lasagnes sont absolument délicieuses. Pourtant, je ne lui dis pas, je n'ai jamais été douée avec les compliments.

Lily souffle, prend une bouchée, puis tapote sa serviette sur un coin de sa bouche. Cette fois, j'éclate de rire.

— Écoute, princesse. Je t'aime bien, mais j'ai une réputation à tenir. Tu veux bien arrêter de te comporter aussi... bizarrement, quand on est ensemble à la fac ?

Évidemment, je parviens à l'agacer. Et j'adore ça, putain ! Maël Gellman doit vraiment s'éclater avec elle.

— Je t'emmerde, Hawkins ! Tu veux parler de réputation avec moi, vraiment ? Tu veux savoir ce que les gens disent sur toi, Ash ?!

J'arque un sourcil interrogateur.

— Que t'es une délinquante, meuf ! Ce ne sont que des bruits de couloir, mais...

Elle se penche en avant, parle plus doucement.

— T'aurais brûlé les yeux d'un type lors d'un TP de chimie. Volontairement !

Le coin de ma lèvre se retrousse pour lui offrir un sourire équivoque.

— Pitié... Dis-moi que ce ne sont que des rumeurs ! ajoute-t-elle sur un ton suppliant.

Je hausse les épaules.

— D'accord. Ce ne sont que des rumeurs.

Ses yeux s'arrondissent sous le choc, je l'entends marmonner quelque chose qui ressemble à « Oh, seigneur... ».

— Il n'en a gardé aucune séquelle ! me justifié-je.

Enfin, presque aucune... Neil se souvient parfaitement de ce jour où, en pleins travaux pratiques, il me provoquait, la main dans le caleçon. Je n'avais qu'une petite fiole d'acide citrique sous le coude. Il en a fait toute une histoire, alors qu'il a suffi de lui plonger la tête sous l'eau pour que tout rentre dans l'ordre. Mon prof a cru à l'accident involontaire, évidemment !

*Et Neil a retenu la leçon.*

— Bon... alors ? T'as trouvé quelque chose d'intéressant pour te mettre sur la piste ? Un indice ? Un témoin à interroger ? Des potentiels suspects ? me questionne-t-elle.

— On n'enquête pas sur un meurtre, tu sais ?

Elle hausse les épaules.

— J'ai toujours adoré le Cluedo !

J'étudie encore les documents, déposant une petite trace de sauce tomate sur l'une des feuilles, ce qui force Lily à grimacer. L'esprit plus clair que tout à l'heure, je me mets à réfléchir comme la détective pour laquelle Lily semble me prendre.

— Eurêka ! m'exclamé-je.

— Quoi ? Qu'est-ce que t'as trouvé ? s'impatiente mon amie.

Je sors mon téléphone et tape à toute vitesse l'adresse que je viens de trouver dans mon GPS.

— Elle ne vit plus ici, j'ai déjà vérifié..., m'annonce-t-elle.

— Je sais. Depuis les années 2000, tu me l'as déjà dit.

— Alors, pourquoi tu...

— Ma mère est forcément allée au lycée, et puisqu'ils vivaient dans ces logements sociaux, j'imagine qu'on peut enlever de notre liste les lycées privés alentour, ce qui nous laisse... le Eleanor Roosevelt High ! Et, coïncidence... c'est là qu'est allé mon père.

Les yeux de Lily s'illuminent d'une lueur victorieuse.

— Tu penses qu'ils se sont rencontrés là-bas et qu'on pourrait obtenir des renseignements sur ta mère ? Waouh, tu dois être sacrément meilleure que moi au Cluedo !

Je ris doucement.

— C'est juste une théorie, mais puisqu'on ne sait pas où se trouve ma grand-mère pour l'interroger, c'est la seule piste qu'on ait. Et elle vaut la peine de creuser un peu.

Lily hoche vivement la tête.

— Ça serait tellement plus simple si ton père acceptait de répondre à tes questions. Il a toujours refusé de te parler d'elle ?

Je hoche la tête d'un air triste que je ne parviens pas à masquer.

Je jette un œil à l'horloge qui m'indique que je ferais mieux de me dépêcher d'engloutir ces lasagnes si je ne veux pas être en retard. Mon déjeuner est interrompu par la sonnerie du téléphone de Lily, qui décroche en soupirant théâtralement.

— Qu'est-ce que tu me veux, O'Donnel ?... Une soirée poker ? Mais c'est génial !... Oh... entre mecs... Je suis avec Ashley, je vais lui proposer... Oui, j'ai capté que vous ne vouliez pas de moi, pas besoin d'insister ! Je ne vous dérangerai pas... Ouais, c'est ça ! Salut !

Quand elle raccroche, elle semble furieuse.

— J'organise une soirée pyjama, ça te dit ?

— Euh...

— Max prévoit une soirée poker avec les garçons. Il ne me veut pas dans leurs pattes et m'a conseillé de faire quelque chose de mon côté.

Je pense qu'en vérité, et malgré leur relation chien et chat, Max s'inquiète beaucoup pour la petite copine de son meilleur ami. Depuis que Sarah est partie faire le tour du monde, Lily reste accrochée à Maël comme une moule à son rocher. S'il est pour elle une bouée de sauvetage, j'ai bien peur qu'un jour, il se sente un peu étouffé. Néanmoins, j'ai confiance en Maël, je suis certaine qu'il saura la guider lorsqu'elle sera prête à entendre certaines vérités. Pour l'instant, il se laisse faire, parce qu'il sait que c'est exactement ce dont elle a besoin. Elle a de la chance de l'avoir, si c'était quelqu'un d'autre, de moins patient et de moins amoureux, comment ferait-elle ? Survivrait-elle à l'abandon de la personne devenue le centre de son univers ?

— Je crois surtout que Max a peur de te laisser seule...

— Je sais, soupire-t-elle. Il s'inquiète tout le temps, mais il ne le dit jamais vraiment. C'est comme ça, on préfère prétendre qu'on se déteste plutôt que d'admettre qu'au fond, on s'aime bien. Bon, alors, t'as un joli pyjama ?

Je lève les yeux au ciel.

Pour être honnête, moi non plus, je n'ai pas envie qu'elle se sente seule.

— Ouais, je dois avoir ça quelque part. Enfin, normalement, je dors à poil ! Ça ne te dérange pas si je débarque nue ?

— Je t'en prie, ne fais pas ça !

La discussion reprend une tournure légère, elle me parle surtout de son copain, l'homme parfait selon elle, même si elle ne lui dira jamais à voix haute. Je suis contente pour elle, seulement je m'en veux de ressentir cette pointe de jalousie qui fait de moi la pire amie du monde. On parle de Ted, aussi, et je lui raconte notre soirée en détail. À la fin de mon monologue, elle promet de m'aider à détruire l'orgueilleux joueur de football. Je lui réponds que je ne suis pas certaine d'avoir *encore* du temps à perdre avec lui.

Les dernières paroles qu'il m'a lâchées l'autre soir en me déposant chez moi me reviennent en mémoire et je ressens de nouveau cette envie de l'étriper.

*— Tu te lances à la recherche d'une personne qui t'a déçue avant même de te rencontrer.*

*— Tu ne crois pas aux secondes chances ? ai-je demandé, blessée de n'être réduite qu'à une idiote pleine d'espoir.*

*— Les gens ne changent pas, Hawkins. Ils le prétendent pour te plaire, c'est tout. Et tu ne vois rien ! Ça fait de toi la personne la plus stupide que je connaisse.*

*J'ai serré les poings et détaché ma ceinture, prête à rejoindre mon appartement.*

*— Je préfère les remords aux regrets, Greyson. Mieux vaut être déçue plutôt que de regretter toute ma vie de ne pas avoir essayé.*

*Ses yeux aussi noirs que deux morceaux de charbon se sont assombris d'une teinte supplémentaire, le genre de couleur qui n'existe que dans les cauchemars. Je pouvais sentir la colère et l'incompréhension s'échapper par tous les pores de sa peau brune aux reflets chauds.*

*— T'aimes ta mère avant même d'avoir cherché à la connaître, a-t-il affirmé. Et c'est exactement pour ça que tu portes le poids de ton cœur brisé.*

*Sa tirade m'a fait si mal que j'ai fermé les paupières pour encaisser le coup. D'un autre côté, j'ai eu l'impression qu'enfin, quelqu'un comprenait que, parfois, le vide pèse trop lourd.*

*— T'attends des autres qu'ils t'aiment autant que tu le fais. Ils ne le méritent même pas !*

*J'ai ouvert la portière de sa BMW, et juste avant de m'échapper, j'ai soufflé une vérité ravageuse du bout des lèvres :*

*— Plutôt mourir d'un cœur qui s'est brisé à force d'aimer mille fois trop fort que de périr sans jamais avoir aimé du tout.*

Je laisse mes souvenirs amers rejoindre le placard trop plein de mes déceptions et bondis dans le présent qui s'écoule tellement vite qu'en jetant un nouveau coup d'œil à l'horloge, je réalise que, finalement, j'ai fini par être en retard.

— OK, meuf, dis-je en essuyant mes mains sales sur mon tee-shirt avant de me lever à la hâte. On se voit ce soir !

Abandonnant mes couverts sur la table, je ne m'attarde pas sur l'expression outrée de ma nouvelle colocataire.

— Où files-tu comme ça, jeune fille ?!

— J'ai rendez-vous avec mon père !

Et ces derniers temps, il m'accorde si peu de sa personne que je refuse de manquer une seconde des reproches acerbes qui m'attendent certainement sur le coin de la table de son café préféré.

*Poc !*

La bulle de chewing-gum rose soufflée par ma bouche m'éclate sur le nez lorsque j'arrive devant la petite cafétéria. À travers les baies vitrées, je repère les cheveux poivre et sel de mon père, les lignes du journal qu'il étudie se reflétant dans le bleu profond de ses yeux. Il est concentré, et j'aurais juré qu'il ne m'avait pas entendue arriver, jusqu'à ce qu'il me dise sur un ton de reproche, sans relever la tête de son article :

— Tu es en retard.

Je mâche sans relâche, tentant de masquer ma déception, puis m'installe sur la banquette confortable, avachie contre le dossier, bras croisés sur ma poitrine pour parer les coups qu'il s'apprête à me donner.

Il replie son journal, plante enfin son regard dans le mien.

— Tiens-toi droite, Ashley.

*Brise-toi la colonne !*

Néanmoins, je me redresse et m'exécute, prouvant encore une fois le pouvoir que mon père exerce sur moi. Satisfait, l'ombre d'un sourire caresse ses lèvres.

— Comment va ma petite fille préférée ?

C'est bête, mais mon cœur exécute un saut périlleux dans ma poitrine à l'entente de ce surnom ridicule qu'il ne me sert que trop rarement à mon goût. Quand j'étais « petite fille », je m'amusais à chercher mon père dans tout ce qu'il ne me donnait pas. Dans les sourires qu'il ne m'offrait pas, les berceuses qu'il ne me chantait pas, les histoires qu'il ne me contait pas... et la liste est interminable, puisque tout ce qu'il me sert, tout ce qu'il m'a toujours servi, c'est cet air renfrogné, et l'odeur âcre de la déception qui émane de lui dès qu'il pose les yeux sur moi.

— Comment crois-tu que je me sente, alors que tu n'as jamais rien fait d'autre que de me mentir ?

À peine surpris par mon ton empreint de reproches, Fred hausse un sourcil.

– Oh, je t'en prie ! Ravale ta rancœur et cesse de te comporter comme une fillette, ce n'est pas comme ça que je t'ai élevée.

Un rire jaune s'enfuit de ma gorge.

– Tu m'as si bien élevée, Papa. Je suis presque certaine que tu ne sais même pas quel cursus je suis.

– Tu étudies les mathématiques.

– La chimie.

– Bonnet blanc, blanc bonnet..., souffle-t-il, exaspéré.

Je maltraite mon chewing-gum, mastiquant l'amertume que je me retiens de cracher au visage de mon père.

– Je vais me commander une part de tarte au citron, ça te dit ?

– J'ai déjà mangé, réponds-je sèchement.

Son regard s'assombrit tandis qu'il étudie mon corps d'une moue circonspecte.

– Tu as encore maigri...

– Bon sang ! C'est bon ? Tu n'en as pas assez de m'accabler de reproches ? J'étouffe, putain !

Il avale une gorgée de patience en dégustant son liquide noir et fumant.

– Si tu refuses que je fasse des commentaires sur ton poids, peut-être devrais-tu porter des jupes un peu moins courtes. Essaye les pantalons, pour changer...

– Si ça te gêne tant, pourquoi n'essayes-tu pas de t'arracher les yeux à la petite cuillère ? Au moins, tu n'aurais plus à t'infliger la vue écœurante de ta plus grande déception.

Une ombre emplie de remords passe rapidement sur son visage avant qu'il ne se reprenne en secouant doucement la tête. Un sourire perfide s'invite alors sur ses lèvres.

– J'aime bien ta coiffure, dit-il en observant mes deux nattes collées. Ça me rappelle quand t'étais gamine. Tu voulais absolument que je reproduise une coupe que t'avais repérée dans un magazine. J'avais tellement emmêlé tes cheveux qu'on avait fini par les couper !

Le manipulateur atteint son but, mon cœur se met à crier son amour et je me déteste de me sentir attendrie par l'un de ces quelques souvenirs heureux que je protège et chéris plus que ma vie. Pourtant, je suis une femme forte et je le sais. Ma carapace est indestructible, mes sentiments à l'abri dans un coffre-fort jeté à la mer il y a des années. Aucun homme et aucune femme sur terre ne saurait le déterrer là où il se trouve, à plusieurs miles sous les profondeurs. Aucun, sauf Fred Hawkins, à qui il suffit d'ouvrir la bouche en m'offrant un compliment ridicule pour me transformer en gamine au cœur chamallow.

— J'avais tellement peur que tu m'en veuilles de couper des mèches de tes longs cheveux..., poursuit-il. Mais tu m'as dit que ce n'était pas grave, que tu ne m'en voulais pas.

Évidemment. Il aurait pu me faire une Britney en rasant mon crâne que je l'aurais toujours vénéré. Tant qu'il m'accordait un peu d'amour, de temps à autre.

— J'adorerais remuer le passé, mais sache que j'ai des questions à te poser. Tu ne me feras pas dévier de mon objectif, Fred.

Un rire sincère secoue sa poitrine et juste comme ça, je dois user de toutes mes forces pour continuer à le détester.

— Pourquoi ne jamais m'avoir parlé de Maman ?

Soupir las, nouvelle gorgée de café et regard hanté...

— Ah, je vois qu'on est passés à la familiarité ! C'est « Maman », maintenant ?

Son ton tranchant de médisance m'assène un coup dans le ventre. Je mâche plus fort, souffle une nouvelle bulle pour feindre un air détaché.

— Cette femme n'a rien d'une mère, Ashley. Une génitrice fourbe, c'est tout ce qu'elle est !

— Alors, raconte-moi, bon sang ! Si elle est aussi horrible que tu le dis, explique-moi, pourquoi ?! Que je puisse enfin tourner la page !

De son index et de son pouce, Fred se pince l'arête du nez, dans l'espoir de chasser la migraine qui le menace et qui porte certainement mon nom.

– Je t'en prie, Papa..., insisté-je. Parle-moi d'elle, juste un peu. Dis-moi quelque chose, n'importe quoi... Vous étiez au lycée ensemble, pas vrai ? C'est comme ça que vous vous êtes rencontrés. Les dates coïncident et...

Ses sourcils se froncent de mécontentement tandis qu'il m'interrompt d'une voix forte.

– Comment tu sais ça ?!

Un sourire vainqueur étire mes lèvres.

– Donc, j'ai vu juste.

Il souffle, frustré.

– Oui. Bravo, Ashley. J'espère que ça t'avance de le savoir. Tu sais quoi ? Je ne t'ai jamais parlé d'elle parce qu'il n'y a rien à raconter. J'avais seize ans, elle était belle, j'en suis tombé amoureux. Elle a détruit ma vie en anéantissant mes chances de devenir joueur pro, et elle s'est barrée en nous abandonnant tous les deux. Fin de l'histoire, Ash. Je n'ai rien à te raconter de plus, j'espère que ces révélations serviront ta petite enquête inutile.

Affaissé par un mélange de ressentiments, le visage de mon père s'assombrit. Il semble si triste qu'il vole un morceau de mon cœur et je me dis que Greyson et lui ont peut-être raison. Si elle est responsable du malheur de Fred, de cette blessure profonde qui entaille son âme et qui refuse de cicatriser, alors je ne devrais pas avoir envie de la rencontrer. Si tout est sa faute, alors... alors rien.

Je mords ma lèvre inférieure, forçant la manipulation de mon père hors de ma tête. Qu'il dise vrai ou non, je dois m'en assurer. C'est le problème des menteurs, on ne peut jamais leur faire confiance.

– Je te promets, il a escaladé et s'est enfui par la fenêtre comme s'il avait fait ça toute sa vie ! s'esclaffe-t-il.

Mon rire fait écho à celui de mon père, qui comme à son habitude, ne se détend que lorsqu'il me parle de ses précieux joueurs.

– C'est sûr que ça devait être drôle à voir. Avec son mètre quatre-vingt-dix-sept et presque quatre-vingt-dix kilos, je me demande comment il est parvenu à faire cet exploit. Tu penses qu'il s'est enduit de beurre, pour que ça glisse ?

Fred éclate encore de rire, une larme de joie au bord de l'œil.

– Il en aurait été capable, je te le jure !

La légèreté de notre conversation retire un poids de mes épaules. Mon père est doué pour parler de ce qui n'a pas d'importance, et moi, trop accro à ses sourires pour refuser de jouer le jeu. De jouer la comédie. Mais peu importe, puisque nous sommes bons acteurs, personne n'a besoin de savoir que notre complicité s'arrête après le tomber de rideau...

# 10

## Ted

*Cass est particulièrement belle ce soir. Je l'ai toujours trouvée séduisante, mais là, c'est différent. Pour la première fois depuis que Kayden est entré en prison, elle ne pleure pas. Enfin, c'est quand même la troisième fois qu'il récidive, alors je suppose qu'elle a pris l'habitude. J'imagine que les promesses qu'il lui a faites, toutes ces fois où il a juré qu'il changerait, ne comptent plus.*

Les seules promesses que Kay respecte sont celles qu'il jure de ne pas tenir.

*— J'ai fait mes valises, m'informe-t-elle dans un murmure peu convaincant.*

*J'observe les alentours, leur appartement est vide, quelques cartons s'entassent dans un coin de la pièce principale. Il n'y en a pas tant que ça, Kay n'aime pas s'encombrer d'objets, dans le cas où il devrait fuir. Il ne reste que Cassie, ses regrets et ses larmes, qui ont séché sur ses joues.*

*Assise sur le canapé d'angle abîmé par les crocs de leur doberman qu'elle caresse, elle insiste :*

*— Je m'en vais, Ted. Pour de vrai, cette fois, je te le jure.*

Non, elle ne partira pas. Ses pieds sont cloués ici, maintenus par des chaînes invisibles qui la relient à Kayden.

*C'est aussi triste que tragique, mais je n'ai pas le courage de lui dire que je ne la crois pas, alors je me contente de hocher la tête.*

*— Pourquoi m'avoir fait venir, Cass ?*

*— Je viens de te le dire, je me barre d'ici ! J'en ai marre de ce trou à rat, marre de pleurer toutes les nuits pour un homme qui ne revient pas.*

Pour un homme qui n'a jamais été à toi.

*— Je voulais dire au revoir, c'est tout.*

*— Et tu iras où ?*

*Je ne sais plus ce qu'elle m'a répondu, la première fois que je lui ai posé la question, mais elle n'a jamais pris le moindre billet d'avion. Ni pour Rio, ni pour Berlin, ni pour Tokyo. Dans son imagination, on a fait le tour de toutes les grandes villes du monde, tous les deux. Plus jeune, je la croyais vraiment quand elle me promettait qu'on finirait par s'enfuir. Mais j'ai grandi, et elle est partie sans partir, avec de moins en moins de conviction.*

*C'est pourquoi je ne la crois plus lorsqu'elle plante ses deux grandes billes bleues dans les miennes et qu'elle dit :*

*— Londres. Il paraît que la bouffe est à chier, mais j'ai toujours rêvé de voir Buckingham Palace. Et pas sur un écran plat à la con ! Tu viens avec moi ?*

*L'hésitation transperce dans sa question.*

*Kay, Cass et moi, on a grandi ensemble. Mais je suis le seul à avoir évolué, parce que Kayden promet de changer et ne change pas, Cassie jure de partir, mais ne part pas, et moi... je ne sais pas bien ce que je fous encore avec eux. J'appartiens désormais à un monde qu'ils ne connaîtront jamais, je suis riche à ne plus savoir quoi faire de mon fric et ils refusent que je leur en donne.*

*— Je peux te prêter de l'argent, tu sais ? Tu peux aller où tu veux, je te soutiendrai.*

*— C'est hors de question, putain !*

*— Pourquoi tu ne me laisses pas t'aider, hein ? m'énervé-je.*

*— Parce que c'est à nous de le faire ! s'emporte-t-elle à son tour.*

*Je recule d'un pas, surpris par son éclat de voix. Je n'ai jamais aimé ceux qui crient et ce, depuis tout petit. On m'a tellement hurlé dessus que j'en ai perdu la voix, et je ne l'ai retrouvée que trop tard.*

*Tout à coup, je me souviens. La première fois que Cassie m'a demandé où je voulais qu'on se barre, c'est moi qui lui ai répondu, et ça a été mes premiers mots depuis des lustres : le Ghana, là où sont mes origines. Là où repose le corps de mon père, dans un cimetière bordé d'irokos et de palmiers à huile.*

*— Excuse-moi, je suis sur les nerfs, ce n'est pas facile de... tout quitter comme ça.*

*— Tu ne quittes pas grand-chose...*

*— Mais il est tout pour moi.*

Je sais, Cass. C'est le refrain trop triste et répétitif de ta vie de merde. Crois-moi, je le sais.

*Elle se lève du canapé, faisant fuir son doberman qui se rue dans la pièce d'à côté. En ouvrant son frigo, je constate qu'il ne contient plus que de l'alcool, et je suis content que dans cette fausse tentative de fuite, elle ait au moins décidé qu'elle n'emporterait pas son poison avec elle.*

*— On fête ça ensemble ?*

*— Quoi donc ? demandé-je, tandis qu'elle décapsule la bouteille de tequila que je leur ai rapportée de Rio.*

*Moi, j'ai voyagé partout où Cass aurait aimé aller. Je ne suis pas coincé avec eux, mais quelque chose me retient quand même. Que je le veuille ou non, ils sont ma première famille. Celle qu'on ne choisit pas, mais qui s'impose à nous. Celle à qui on se raccroche quand on est sur le point de se faire aspirer par le vide.*

*— Bah... mon départ.*

*— Tu ne partiras pas, dis-je doucement pour ne pas la blesser d'une vérité qu'elle n'acceptera jamais.*

*Un soupir de lassitude s'échappe de ses lèvres pleines. Par habitude, elle se met à grignoter les petites peaux qu'elle arrache sur un côté de son pouce.*

*— Ferme-la et fais semblant. Je préfère ça plutôt que d'admettre que je bois pour oublier mon mec en taule.*

*Alors, je lui pique la bouteille des mains, porte le goulot à mes lèvres et en bois une gorgée.*

*— Aux âmes esseulées !*

*— À ceux qui noient leurs pensées ! ajoute-t-elle.*

Et qui se réconfortent sur l'oreiller.

Des souvenirs douloureux plantés comme des pics sur mon cœur, je déambule entre les murs en béton de cette prison froide et insalubre.

J'avais déjà le moral dans les chaussettes à l'entraînement, pourtant c'est encore pire depuis la virée en ferry que j'ai dû me farcir, puisque le centre de détention de Rikers Island n'est accessible que par l'eau. Sans compter les kilomètres que j'ai dû parcourir pour arriver dans le Queens, là où m'attendait le bateau.

L'odeur nauséabonde de renfermé me file la gerbe, mais je sais que je finirai par m'y accommoder d'ici quelques minutes.

Je jette un œil aux papiers d'identité qu'on m'a réclamés à l'entrée de la prison, comme si je n'étais pas venu voir mon frère des dizaines de fois. Comme si nos similitudes ne se voyaient pas sur nos visages. À en croire Cassie, on se ressemble comme deux gouttes d'eau. Elle dit souvent que Kayden reflète ce que je serai dans quelques années, sans se douter que c'est l'un de mes pires cauchemars.

Le mec de la sécurité se tourne vers moi, m'envoyant un regard qui m'indique que je ne suis pas assez rapide pour lui. Il est presque quatre heures de l'après-midi, je suppose qu'il a hâte que les visites se terminent afin de rentrer chez lui.

Après une fouille corporelle effectuée avec soin, il m'ouvre la porte de la salle des visiteurs que je connais par cœur. Éclairés par des néons blancs, ces murs gris ne renferment que douleur et tristesse, et n'ont définitivement rien d'accueillant.

Je me demande si ce n'est pas fait exprès pour que les temps de rencontre avec nos proches soient écourtés par la morosité dont les lieux sont empreints. Mais les prisonniers vivent la temporalité différemment de nous. Quand deux heures de visite nous paraissent interminables, il ne s'agit pour eux que d'un court instant hors du temps.

Alors, je prends mon mal en patience et force un sourire sur mon visage, lorsque j'aperçois Kayden derrière les vitres sales et poussiéreuses qui nous séparent.

Son visage est dévoré par la fatigue, qui creuse des cernes impressionnants sous ses yeux rougis. Sa peau marron chaud a égaré son éclat, lui laissant un teint terne et grisonnant. Le bandana noir qu'il a noué autour de sa tête lui donne un air de pirate qui fait remonter quelques souvenirs heureux de cette course qu'on a gagnée à deux. Les initiales CBR y sont cousues en doré. Je perds rapidement mon sourire en constatant qu'il s'est amaigri depuis la dernière fois. Les poils noirs d'une barbe courte parsèment ses joues, amplifiant l'air de mauvais garçon que mon aîné de dix ans me renvoie.

Un sourire qui n'atteint pas ses yeux dévoile une rangée de dents blanches, et quand je m'installe face à lui, il attrape aussitôt le combiné. Je mets un moment à l'imiter, sûrement parce que je ne sais jamais par où commencer. Je m'attarde sur le petit tatouage qui marque sa pommette, juste sous son œil gauche : le symbole de son gang.

— Ça faisait longtemps, j'ai cru que t'avais décidé de me laisser pourrir ici.

— Le orange te donne une mine affreuse, répliqué-je. Heureusement qu'il ne te reste que quelques mois à tirer…

Un rire nasal lui échappe, il se laisse aller contre le dossier de la chaise métallique peu confortable.

— Comment va-t-elle ? finit-il par demander, avant que le silence pesant ne s'éternise.

— Tu n'auras qu'à lui poser la question, la prochaine fois qu'elle te rendra visite.

Persuadés d'être unis contre le monde, envers et contre tout, Cassie et Kayden ne se sont jamais vraiment quittés. Ils n'arrivent pas à se rendre leur liberté respective, mais ils ne savent pas comment s'aimer non plus. Pourtant, et contrairement à moi, qui ne garde que peu de souvenirs de leur vie à deux, mon frère se rappelle parfaitement l'idylle qui unissait nos parents. Il m'a tant conté cette histoire que je la connais par cœur. Celle d'une géologue américaine tombée amoureuse d'un ingénieur pétrolier ghanéen. Leur relation s'est achevée de façon abrupte, leur passion ensevelie sous les roches et la poussière du glissement de terrain qui a mis un terme à leur existence. C'est ainsi que Kayden et moi nous sommes retrouvés baladés de familles d'accueil en foyers. Quant à Cassie, je l'ai rencontrée le premier. Les services sociaux se sont occupés du cas de sa mère camée et ont saisi cette petite fille mal nourrie dans l'espoir de lui offrir une vie meilleure.

Ils ne se doutaient pas que c'est au foyer qu'elle rencontrerait mon frère, qui trempait déjà dans de sales affaires. Elle croyait trouver un refuge entre ses bras, sans se douter qu'ils finiraient par l'étouffer.

— J'aimerais qu'elle ne vienne pas, cette fois, admet-il d'un air sombre.

— Elle viendra, affirmé-je avec certitude.

Parce qu'elle est incapable de faire autrement, comme Kayden qui ne la repoussera jamais, même s'il est conscient de détruire l'amour de sa vie. C'est l'histoire tragique de deux âmes meurtries, aussi abîmées l'une que l'autre, mais néanmoins complémentaires.

Le temps s'écoule, nous parlons surtout de moi, de ma débauche, de mes mauvaises habitudes qui ont la vie dure. Lui n'a pas grand-chose à me raconter que ses mains écorchées et ses hématomes ne disent pas pour lui.

— ... alors, tu baises toujours tout ce qui bouge, tu continues à jouer la star et à dépenser tout ton fric dans des futilités ? Un vrai *golden boy* ! me taquine-t-il avec un sourire en coin. Je hausse les épaules.

— Ris autant que tu veux. Moi, au moins, je suis dehors...

Il pouffe, puis pose une main sur la vitre qui nous sépare.

— T'es vraiment un enfoiré, tu sais ? Mais tu me manques déjà ! J'ai envie de te faire un câlin ! s'exclame-t-il en frappant de sa paume la paroi transparente.

Je finis par poser ma main au même endroit, une boule de culpabilité obstruant ma gorge.

— Ce qu'on est niais, putain ! dis-je en esquissant une grimace dégoûtée. J'ai l'impression d'être dans une mauvaise série à l'eau de rose.

Un nouveau rire lui échappe.

— D'ailleurs, tu n'as toujours pas trouvé ta seconde moitié ?

Sa question camoufle à peine son inquiétude. Il se demande sûrement si Cass et moi avons récidivé depuis qu'il est enfermé ici. Kayden Greyson ne manque jamais l'opportunité de me faire culpabiliser.

— Parce que je donnais l'impression de chercher ?

Le coin de ses lèvres se retrousse pour m'offrir un sourire carnassier.

— Pas vraiment...

— C'est toi qui m'as dit de prendre ce que j'avais à prendre et de ne rien attendre de personne, tu te souviens ?

Son visage se referme. À son tour de se faire broyer par les remords.

— Ouais... T'as raison d'écouter les conseils d'un mec qui passe son temps derrière les barreaux.

Il n'a pas tort, cependant ce n'est pas comme si je prenais son avis en compte, de toute façon. Grâce à lui et à sa copine, je sais qu'amour ne rime que rarement avec fin heureuse, et ça ne me donne pas envie d'essayer.

L'envie de dégueuler contre la vitre me prend lorsque je pense soudain aux questions que j'ai à lui poser.

— Ashley Hawkins, ça te dit quelque chose ?

Intrigué, il hausse un sourcil à l'arcade défoncée.

— Pourquoi ? demande-t-il en se penchant en avant, signe que je viens d'éveiller sa curiosité.

— Contente-toi de répondre, exigé-je.

— Une étudiante bien foutue avec un petit cul bombé ?

— Ouais...

— Des mèches rouges, une moto tout-terrain et une sacrée grande gueule ? Non... ça ne me dit rien du tout.

Je soupire, agacé par son comportement puéril qui m'amuse quand même, au fond.

— Combien de fois tu lui as vendu tes merdes ?

Kayden se renfrogne, sévère. Une lueur mauvaise passe dans son regard noir et me plonge des années plus tôt, lorsque ses poings se chargeaient de faire mon éducation.

— Ça fait un moment, admet-il.

— T'envoies tes gars faire le sale boulot, d'habitude, pourtant elle n'a jamais vu que toi, pourquoi ? Avoue que tu savais très bien qu'elle était la fille de mon coach.

Je n'ai pas besoin qu'il me confirme pour comprendre.

— Je ne sais pas à quel jeu malsain tu t'adonnes avec elle, mais quand tu sortiras d'ici, tu l'oublieras.

Il lève les mains en l'air, sur la défensive. Si Ashley l'a un jour intéressé, c'est uniquement parce qu'il l'associait à l'équipe, et donc à moi. Et Kayden ne peut pas s'empêcher de me contrôler, même maintenant qu'on ne fait plus partie du même monde.

— Calme-toi, *golden boy*. Je n'ai jamais rien tenté avec ta copine, moi...

— Ce n'est pas ma copine. Reste loin d'elle, à partir de maintenant !

*Elle a assez d'un Greyson pour chambouler son quotidien...*

On se fusille du regard quelques instants avant qu'il ne baisse les armes. C'est fini, je ne suis plus un petit garçon à la recherche d'un modèle, je n'ai plus peur de ses accès de colère. J'ai appris à me battre, à rendre coup pour coup, et j'ai enfin compris que mon grand frère était loin d'être un exemple.

*Il n'a jamais su aimer correctement. Ni Cassie. Ni lui-même. Ni son petit frère.*

— T'as recommencé, hein ? À gérer mon business à la place de ma meuf. Tu n'as rien à faire chez moi, Ted.

C'est à moi de lui rire au nez, à présent.

— Ouais, parce que Cass gère tellement bien ! C'est si respectable de ta part, de lui laisser toute ta merde à chaque fois que tu te fais enfermer.

— Fais attention...

Je me redresse, le provoquant d'un regard noir.

— Sinon quoi, Kay ? Mmmh ? Qu'est-ce que tu vas faire ?

— Je t'interdis d'agir comme si elle t'appartenait ! Tu n'as pas à la protéger, putain !

Je le laisse s'énerver et réaliser qu'il est impuissant, puis lui balance une vérité qui le ronge depuis des années.

— Il faut bien que quelqu'un le fasse...

Et je vois les regrets et les remords tordre son visage, la douleur se peindre sur ses traits durcis par la vie qu'il s'est choisie. Mais aujourd'hui, ça ne me fait plus rien. Pas même un pincement au cœur.

Mes yeux se posent sur le tatouage en italique qui entoure son poignet : *Coupable d'exister*.

Non, Kay. Tu n'es pas une victime de la vie, tu n'es que le bourreau de tes rêves avortés, l'unique responsable des cauchemars que tu t'infliges.

Le garde nous annonce que les deux heures sont écoulées, je sens mes épaules s'affaisser d'un soulagement qui ne me culpabilise plus. Mon frère défait le nœud serré de son bandana, et le confie au surveillant pénitentiaire.

— Tu devrais participer à la Cannonball Run, cette année, en souvenir du bon vieux temps. Garde-le, je te l'offre.

Je hoche la tête, les lèvres pincées.

En quittant la prison, j'ai envie de me faire du mal pour oublier. Envie de rouler trop vite sur les routes glissantes, de fumer à m'en faire éclater les poumons, de baiser à en oublier comment je m'appelle.

Mon téléphone m'indique l'arrivée d'un message alors que je grille un feu par inadvertance. Je découvre la ribambelle de textos qui proviennent presque tous de Max.

**[Les filles viennent d'arriver ! Devine qui est là ?]**

**[Bon, OK. Le suspense a assez duré. Ash, c'est elle qui est là.]**

**[Tu fais quoi, putain ? Je m'ennuie. Tu veux quoi, sur ta pizza ?]**

**[Si tu ne te dépêches pas de rentrer, je tente ma chance avec Hawkins. PS : Elle porte un pyjama !]**

L'un d'eux provient de Lily.

**[On t'attend pour commander, mais j'ai faim. Mon ventre gargouille. PS : Max est insupportable !]**

Un autre du quarterback :

**[Mon meilleur pote n'arrête pas de geindre. Apparemment, tu lui manques. Je crois qu'il est amoureux. Dépêche-toi de rentrer !]**

Et Max, encore...

**[Ashley a repoussé mes avances. Rentre, tu me manques...]**

Je décide de ne répondre à aucun d'entre eux, je serai de retour bientôt. Ils sont habitués à mes absences, je peux compter sur eux pour abandonner lorsque je ne leur donnerai pas de quoi étancher leur curiosité.

J'avais presque oublié la soirée poker de ce soir. Et

apparemment, Lily a invité toutes ses copines au penthouse, y compris Ashley.

Moi qui cherchais de quoi me distraire... j'en connais une qui fera l'affaire.

# 11

***Ashley***

Si un jour, je décidais de me marier, j'embaucherais Lily sans l'ombre d'un doute. Cette meuf s'est clairement trompée de vocation. Je la vois bien mieux en organisatrice évènementielle qu'en blouse chirurgicale. Je n'arrive vraiment pas à l'imaginer en train de triturer des cœurs, les mains badigeonnées du sang de quelqu'un d'autre.

*Beurk.*

Toujours est-il que Lily ne plaisante pas lorsqu'il s'agit d'organiser une soirée pyjama. C'est tout juste si je reconnais le salon du penthouse. Le canapé d'angle a été poussé dans le fond de la pièce pour laisser la place à de jolis poufs molletonnés multicolores couverts de plaids, d'oursons en peluche et de magazines de mode en tout genre. Des guirlandes rose bonbon décorent les hauts plafonds, la lumière est tamisée et changeante, allant du orange foncé au rouge coucher de soleil. Il y a même un bar à cocktails amovible en bois qui a été installé. Je nous vois déjà, à parler de tout et de rien, raconter des vacheries sur les copains des filles tandis qu'ils seront absents.

*Heat waves* des Glass Animals résonne dans le salon, enveloppant la pièce d'une douce mélodie.

Un petit rire moqueur m'échappe lorsque je repère Maël, des dizaines de crèmes et de cosmétiques dans les bras. Derrière lui, une Lily essoufflée et transpirante. L'organisation de cette soirée en un temps record a dû l'épuiser.

Tandis que son copain dépose les soins de beauté, un sourire amusé flotte sur ses lèvres, et elle se laisse choir sur l'un des poufs, non sans oublier de pousser un soupir de soulagement. Elle relève alors le visage vers Maël, qui lui présente la paume de sa main afin qu'elle frappe dedans.

— Bien joué, meuf, lui lance-t-il.

— Merci... à... toi..., réplique-t-elle à bout de souffle. Salut... Ash...

Je glousse gentiment.

Elle m'annonce qu'elle a besoin d'une douche et nous ordonne, à Maël et moi, d'accueillir les prochaines invitées, puisque je suis la première arrivée.

— Alors... Vous avez acheté tout ça aujourd'hui ?

Le brun hausse un sourcil, se dirige vers le frigo américain et en sort deux bières fraîches avant de m'en tendre une que j'accepte volontiers.

— Mmmh, ouais. Je suis allé la chercher après ses cours, en rentrant de l'entraînement.

— Elle avait besoin de toi pour faire du shopping ?

Il ricane.

— De ma carte de crédit, surtout.

— C'est mignon... Cessez avec vos effusions de sentiments, vous allez me faire vomir.

Un sourire carnassier fend son visage de faux mauvais garçon.

— Ouais, bien sûr... Je vais jouer le jeu comme tout le monde et faire genre que je te crois.

Pour toute réponse, je lui offre un clin d'œil, déçue de constater que mon armure est suffisamment transparente aux yeux de Maël Gellman pour qu'il puisse se rendre compte que ouais, j'ai bel et bien un cœur.

Il saigne parfois, mais il cicatrise.

Il est nécrosé par endroits, mais il bat.

*Et tant qu'il bat, tout va bien.*

Quarante-cinq minutes plus tard, le penthouse est au complet, *ou presque*. Assise en tailleur sur une couverture, je badigeonne le visage de Lily d'une mixture verte à l'avocat. J'ai repoussé les avances de Max tant de fois que je ne peux m'empêcher de jeter un coup d'œil derrière mon épaule pour vérifier qu'il n'est pas en train de mater mon...

— Max !

Comme un enfant pris en flagrant délit, il fixe le plafond et sifflote, l'air de rien. Maël en profite pour lui asséner une petite tape à l'arrière de la nuque avant de dévisager sa copine d'un air interloqué.

— Quel sort as-tu jeté à ma meuf, sorcière, pour transformer Lily en toast végétarien ?!

Curieuse, ma colocataire tente d'enlever un concombre posé sur son œil droit, mais je lui tape gentiment sur la main pour l'en empêcher. Au même moment, Chris trempe son doigt dans le pot et goûte la mixture. Heureusement que la blonde n'a pas vu ça, elle l'aurait accusé d'avoir déposé ses bactéries dans son masque fait maison.

— Mouais... J'ai connu mieux, comme sauce.

— Ce n'est pas une sauce ! gronde Lily. Ashley l'a préparé pour moi. Pas vrai ?

Max se penche vers moi, et me murmure à l'oreille :

— C'est marrant, le pot de guacamole a disparu du frigo. Tu n'aurais quand même pas osé, hein, Ash ?

Je pince mes lèvres, retenant mon éclat de rire. O'Donnel, quant à lui, n'essaye même pas de s'en empêcher. Il explose d'un rire rauque tandis que Maël lui lance un paquet de tortillas. Aveuglée par ses morceaux de concombre, Lily ne réalise même pas que les garçons savourent son masque sur leurs chips.

— Vous êtes les pires amis du monde, gémit-elle en ouvrant la bouche. Donnez-m'en un !

*Ou peut-être que si, finalement...*

Liam s'accroupit à côté de Lily.

— Désolée, ma chérie, mais t'es délicieuse, s'excuse-t-elle en croquant dans un morceau de concombre, lui redonnant la vue.

Partis dans un fou rire inarrêtable, personne ne se retourne lorsque les portes de l'ascenseur s'ouvrent sur le dernier arrivé. Pas même Max, qui se languissait de revoir son prince pas si charmant. L'hilarité de mes amis masque les notes de musique que je ne perçois qu'à peine, pourtant, j'entends nettement les bruits de pas du loup solitaire qui s'approche par-derrière. Un frisson dévale mon épine dorsale, une chaleur étouffante colore mes joues et mon cœur se creuse une planque quelque part dans mon estomac.

*Je pensais qu'il ne viendrait plus.*

*J'espérais qu'il viendrait quand même.*

*Je regrette qu'il soit là.*

Mon odorat se délecte de ce parfum boisé, mon corps réagit à cette odeur de danger, agissant comme une drogue dure sur ma carcasse de camée. Le goût du risque se répand sur ma langue, je déglutis malgré moi.

Vu la façon dont on s'est quittés la dernière fois, je ne peux m'empêcher d'avoir l'air surprise lorsqu'il s'accroupit à mes côtés, saisit l'une de mes tresses et la fait glisser entre ses doigts. J'imagine sans mal son sourire carnassier de prédateur fendre son visage, mais je refuse de lui accorder un regard.

Parce que je lui en veux.

Parce que je ne porte pas mon armure.

Dépourvu de la moindre trace de maquillage, mon visage me semble nu, ma carapace vulnérable.

Et je ne veux pas qu'un homme voie en moi autre chose qu'une femme désirable.

— J'aime bien, souffle-t-il en relâchant ma natte.

Et, juste comme ça, il s'éloigne. Elisa, Chris et Liam le saluent, Max lui saute dans les bras, lui révèle à quel point il lui a manqué. Maël lui demande où il était. Évidemment, Ted ne répond que par un haussement d'épaules et un regard noir qui dissuade tout le monde de poursuivre l'interrogatoire. Enfin, tout le monde, sauf Lily.

— On t'attendait pour commander à manger. À cause de toi, Ashley a eu le temps de me badigeonner de guacamole. Tu pourrais au moins t'excuser ! Jouer les mecs mystérieux, c'est tellement dépassé.

J'étouffe un rire moqueur dans mon poing, tout en continuant d'étaler de la mixture sur le visage de la blonde.

— Ah ouais ?

— Oui, confirme Lily. Ce qui marche, en ce moment, c'est les golden retrievers. Plus personne ne veut des dobermans.

Chris éclate de rire en offrant une tape de compassion sur l'épaule de Maël, qui grimace d'un mécontentement feint.

— C'est comme ça que tu me vois ?

— Le plus fidèle de tous !

— Et moi, je suis quoi ? demande Max.

— Un affreux petit bichon frisé qui ne cesse jamais d'aboyer de sa voix stridente !

Cette dernière boutade amuse la galerie.

— Et moi, alors ?

Lily réfléchit intensément.

— Toi, Ashley... tu es un chat noir.

— Je porte malheur ?

— Tu n'hésites pas à sortir les griffes ! Mais ça, c'est surtout depuis que tu te laisses influencer par le doberman et le bichon frisé.

— Ne t'en fais pas, c'est la dernière fois que je sortais avec eux. Je vais me contenter de ronronner, au chaud dans mon panier.

Ted penche la tête sur le côté, une lueur de défi éclairant ses yeux charbonneux :

— C'est faux. Et... on sait tous que Hawkins n'a besoin de

l'aide de personne, et surtout pas de la mienne pour jouer la garce.

C'en est trop de ses provocations, de son petit air suffisant et de sa condescendance. J'éclate.

— C'est faux ?! Mais d'où sors-tu cette arrogance ?

— Allez, tu vas me faire croire que tu ne t'es pas amusée ?

— Je l'admets, ouais. Uniquement parce que vous m'avez divertie. Tu ne maîtrises rien, *Teddy*. Et surtout pas moi. Je me suis servie de toi, mais il est temps que je retourne à ma coupe de champagne.

Un silence de plomb s'abat sur la pièce, comme à chaque fois que nous nous lançons dans des provocations venimeuses. C'est comme ça depuis toujours : il aboie, je griffe.

— Ah... C'est vrai, j'oubliais ton récent alcoolisme. Il n'empêche que si je le voulais vraiment, tu me supplierais pour un peu de thé.

Je me redresse sur mes jambes, décidant d'affronter ses deux abysses foncés. Malgré sa taille et sa carrure imposante, je ne me laisse pas intimider. Face à lui, je respire sa condescendance et la lui crache au visage.

— Qui t'a fait croire que t'étais un tombeur ? Celles avec qui t'es sorti ?

Il arque un sourcil, je ne lui laisse pas l'opportunité de se défendre.

— Te faire des filles affamées qui se sont servies de toi pour combler le creux de leur estomac vide, ça ne fait pas de toi un séducteur avéré, juste une proie facile. Et tu ne m'intéresses pas.

Rougissante, Elisa tente un raclement de gorge pour nous ramener parmi eux. Seulement, à peine ouvre-t-elle la bouche pour protester que Greyson l'interrompt.

— Je peux avoir qui je veux, quand je veux.

— Tu ne peux pas m'avoir, *moi*.

Mon buste monte et descend à mesure que ma respiration s'accélère. Son regard retrace mes courbes, perfore ma peau laiteuse. Que voit-il lorsqu'il me découvre sans armure ? Quel secret infâme mes lèvres dépourvues de gloss lui racontent-elles ? Quelle vérité obscène mon regard allégé en mascara lui révèle-t-il ?

— C'est parce que je n'ai pas encore essayé, *mon cœur*.

— Bon, écoutez, ce masque au guacamole commence à me brûler, j'ai du jus de concombre dans les yeux, et franchement, j'aimerais bien aller me rincer. Est-ce que quelqu'un va enfin m'aider ?!

Nous nous tournons d'un même mouvement de tête vers la blonde qui agite ses bras devant elle dans l'espoir que quelqu'un lui porte secours. Alors que Maël lui tend la main, je bondis sur Lily et l'aide à se relever, voyant là une manière d'échapper au loup.

— Allez, princesse. On va nettoyer tout ça, déclaré-je en entraînant mon amie derrière moi.

# 12

***Ashley***

Ted Greyson n'est pas du genre bavard. On dirait toujours qu'il compte ses mots, comme s'il avait peur d'en manquer, d'arriver à court de répartie ou de s'essouffler. Pourtant, chacune de ses phrases est aussi percutante que les plaquages qu'il inflige à ses adversaires. Il observe, réfléchit, et n'ouvre la bouche que lorsqu'il est sûr d'impacter, d'atteindre sa cible ou de remporter la partie. Avec ses amis et colocataires, il est différent. Il a moins peur de se tromper. Sa langue peut fourcher, et même s'il épuise son stock de mots, il compte sur ses inséparables pour parler à sa place et exprimer ses pensées.

Je crois que c'est ça, la véritable amitié.

Ce soir, il m'observe en silence. Assis à côté de moi, il m'étudie sous toutes les coutures, cherchant un moyen de les faire sauter pour m'atteindre.

*Qu'est-ce que tu me veux, hein ?*

– Écoute, chéri. Je n'ai rien dit de mal. Ta bouche en cul de poule n'impacte absolument pas ta beauté nordique. Peut-on changer de sujet, maintenant ? se lamente Elisa. Aide plutôt Lily à déballer les tacos pour tout le monde.

Vexé, Chris se renfrogne.

– Fais-le, toi ! C'est un truc de nana, non ? De s'occuper de mettre la table.

Sa répartie est aussi petite que le pois chiche qu'abrite son crâne d'australopithèque. Chris Stanford agrémente sa contrariété d'une réplique sexiste qui jette un froid sur l'assemblée. Pourtant, ce n'est pas un mauvais garçon, et je sais, le connaissant, qu'il ne pensait pas à mal... En revanche, je ne tolérerai pas ce genre de commentaire. D'un sourire sardonique, je lui rétorque :

— Dans ce cas, j'imagine que tu exerces ton rôle d'homme à la perfection. Que t'entretiens Elisa, et que tu partiras à la guerre comme un *vrai* homme si elle éclate.

Puis je me tourne vers le visage ravi de sa copine.

— Il te fait l'amour quand tu es sage ? demandé-je, sarcastique.

Vaincu, Chris grimace et saisit les tacos qu'il distribue à chacun de nous en bougonnant un « Donne-moi ça ! ». Sa façon d'agiter le drapeau blanc face à une ennemie qui possède de plus longues griffes que lui, je suppose.

Alors que les discussions légères reprennent de part et d'autre de la table, je remarque les épaules de Ted être secouées d'un petit ricanement silencieux.

— Quoi ?

— Tu me fais rire, c'est tout.

Sa main brûlante glisse sur ma cuisse à la peau glacée, je me fige, le souffle coupé par ce contraste surprenant de température.

*Il analyse, observe, cherche à faire sauter mes coutures... À s'introduire par mes fêlures.*

— Dis-moi, t'as été sage, aujourd'hui ?

Le sous-entendu me fait contracter la mâchoire.

— Jamais, tu le sais bien.

— Tant mieux, réplique-t-il. Je les préfère indisciplinées.

Je le dévisage, poings serrés, cherchant désespérément à lui faire avaler son ego démesuré. Je sens la brûlure de ses doigts se promener vers l'intérieur de ma cuisse.

*Je veux qu'ils disparaissent.*

*Je veux qu'ils restent là pour toujours.*

La pulpe de son pouce effleure une boursouflure violacée, puis une autre, vestiges de mes nuits tourmentées durant lesquelles seule la douleur parvenait à me faire oublier. Je redresse le menton, je n'ai pas à en avoir honte. Je n'ai jamais cherché à cacher mes scarifications.

– C'est ce qu'on risque, quand on couche avec des femmes mariées ! éclate Lily, qui rebondit sur l'histoire rocambolesque que nous raconte Max, celle d'un jour où il s'est fait mettre à la porte, tout nu.

Je mime un sourire, bois une gorgée d'eau, cherche à occuper mes mains. Je fais tout, sauf lui demander d'arrêter de caresser mes vilaines cicatrices.

*Et bon sang, pourquoi est-ce que je ne lui demande pas d'arrêter ?*

Greyson se penche vers moi, sans cesser de torturer ces foutues coutures dont il essaye de se débarrasser.

*Tu cherchais le moyen de briser mon armure ? Tu y es. Vas-y, fais sauter mes points de suture et affranchis-moi de mes sentiments destructeurs.*

– Tu as trouvé ? me demande-t-il à voix basse.

– Trouvé quoi ? murmuré-je en retour.

– Un moyen de te faire du mal sans abîmer ta jolie peau ?

Pour amplifier ses propos, il trace de son index les contours de mes stigmates. Un à un. Jusqu'à ce que les courbes de mes entailles n'aient plus aucun secret pour lui.

Oui. J'ai trouvé un moyen d'arrêter de martyriser ma peau quand j'ai compris qu'on n'était pas obligé de voir la douleur sur mon corps. J'ai exorcisé ma peine dans des centaines de draps, noyé mes injustices dans de la tequila...

Je hoche la tête pour lui répondre, l'esquisse d'un sourire chatouille la commissure de ses lèvres pleines en retour.

– Je peux t'aider, tu sais ? Je peux te faire mal sans marquer ton corps. Je peux déposer des entailles discrètes sur ton cœur, si tu le souhaites.

*Je veux qu'il la ferme.*

*Je veux qu'il ne se taise plus.*

Qu'il use encore du venin de ses mots durement économisés. Tentante, sa proposition malsaine tourne dans ma tête. Ses effleurements, devenus tour à tour caresses, cajoleries ou arme blanche ne m'aident pas à réfléchir correctement.

— À moins que tu cherches à ce que ça se voie, finalement, poursuit-il de sa voix tranchante de vérité. À moins que ça ne soit qu'un pathétique appel à l'aide...

Alors que je cherche à retirer ma cuisse de son emprise, il me serre plus fort, dessinant de son influence toxique une grimace sur mon visage. Mon cœur se met à battre plus vite et mon estomac noué par la peur s'apprête à déverser son contenu dans mon assiette, mais Ted saisit ma main sous la table, la pose sur son avant-bras. Et je ressens à mon tour les cicatrices, les entailles et les boursouflures qu'il cache sous l'encre noire. Du bout des doigts, j'explore sa peau meurtrie, le souffle coupé par la tragédie que me raconte chacun de ses stigmates.

*Il ne parle pas. Il n'est pas très bavard. Mais il n'en a pas besoin.*

Nos cœurs brisés s'expriment pour nous. Je le surprends à pencher la tête en arrière, à fermer les paupières pour expirer un vent de douleur. Et puis... plus rien. Ses sentiments disparaissent aussi vite qu'ils sont apparus, un sourire carnassier venant fendre son visage de mauvais garçon en deux.

— Un pathétique appel à l'aide, répète-t-il en me retirant son bras.

*En me retirant son histoire.*

— Ne tremble pas, mon cœur, on pourrait croire que tu rêves de me sauver.

*Non.*

*Oui.*

Sa main refuse de quitter ma cuisse tandis qu'on reporte notre attention sur la discussion du reste du groupe.

— Ce n'est pas si facile que ça, d'être un homme, se plaint Chris.

— Grave..., ajoute Max. Nos couilles sont si fragiles, je ne comprends pas comment on a pu décréter que les femmes étaient le sexe faible.

Sa réplique m'arrache un sourire fier, j'ai presque envie de lui taper dans la main pour le féliciter.

— M'enfin, je ne te parle pas de ça ! s'offusque Chris.

— Ah ouais ? Pourtant, ça mérite qu'on en parle. Un jour, ma mamie m'a mis un coup de pied dans les couilles. Elles sont devenues si bleues que ma mère m'a conduit aux urgences. Je t'assure, tu n'as pas envie de découvrir à quel point ton sexe est faible.

Hilare, Liam finit par demander :

— Mais, attends... pourquoi ta mamie aurait fait ça ?

— Longue histoire, balaye-t-il d'un geste de la main. Ce qu'il faut retenir, c'est qu'elle n'a pas fait exprès. *Soi-disant*.

C'est la voix d'Elisa qui perce le brouhaha formé par nos rires.

— Je t'en prie, chéri, explique-nous... En quoi il est si difficile d'être un homme, au XXIe siècle.

Chris termine de mâcher le reste de son tacos, rince sa bouche d'une rasade d'eau fraîche et s'explique :

— D'abord, on nous met toujours dans le même panier...

Le coude en appui sur la table, Ted pose sa tempe contre son poing, un sourire énigmatique flottant sur ses lèvres.

— Fais attention à ce que tu vas dire, Hawkins est prête à mordre..., déclare-t-il d'un ton sérieux, sans oublier de serrer ma cuisse de sa main puissante.

— C'est toi que je vais mordre, si tu n'arrêtes pas de me provoquer, répliqué-je, la mâchoire contractée.

— Quoi qu'on dise, quoi qu'on fasse, on subit la mauvaise réputation d'une minorité. C'est quand même lourd à porter..., reprend Chris. Enfin, quand même ! Les hommes ne sont pas tous...

Max soupire bruyamment, Ted se pince l'arête du nez, Liam, Lily et Elisa retiennent leur souffle. Quant à Stanford, il s'interrompt face à mon regard courroucé.

*Les hommes ne sont pas tous les mêmes...*

— Dis-moi... Si je mettais trois tartes au citron face à toi, en t'expliquant que seule l'une d'entre elles contient le poison qui t'enverra à la mort, tu prendrais le risque d'y goûter ?

— Non, admet-il.

— Pourquoi ? demandé-je, d'un air faussement scandalisé. Ce n'est pourtant pas toutes les mêmes tartes au citron !

— Tu ne te mets clairement pas à la place de ces pauvres pâtisseries, ajoute Liam. Vraiment, c'est injuste pour celles qui ne contiennent pas de poison.

— Ça doit être lourd à porter pour elles, renchérit Elisa.

Malgré tout, blessé dans son ego d'homme de Cro-Magnon, Chris se sent obligé de poursuivre son plaidoyer.

— On doit être grand, musclé, charismatique... Sinon, on ne vaut pas le coup !

— On ne doit être ni trop fines, ni trop en chair, ni trop vulgaires, ni trop prudes..., répliqué-je.

— Des hommes aussi se font agresser dans la rue ! s'agace-t-il.

— La faute à qui, hein ?! m'emporté-je. Dans la grande majorité, et sois honnête avec toi-même, par qui les hommes se font-ils agresser ?!

Sous la table, la prise de Greyson sur ma cuisse se fait plus ferme. Je crois d'abord à un avertissement silencieux, mais en croisant son regard, je réalise que ça ressemble plus à un... encouragement ?

Déstabilisée, je perds le fil, me racle la gorge et me détends contre le dossier de ma chaise.

Elisa éclate de rire.

— Eh bien, on dirait qu'il nous reste un bout de chemin à parcourir concernant ton éducation... Ne vous en faites pas les filles, j'y arriverai ! clame-t-elle fièrement.

Les joues rougies par la honte, le Scandinave relève la tête vers moi.

— Sans rancune, hein ?

— Laisse tomber, Stanford, réplique Liam pour moi. Ashley a réponse à tout sur le sujet, et personne sur cette terre ne saurait la faire taire quand il s'agit de défendre les femmes.

Chris bougonne dans sa barbe, dévisage ce qu'il reste de sa nourriture et... revient à la charge.

— Alors, si tu ne m'en veux pas, j'ai encore des choses à dire...

— Oh, je t'en prie ! Raconte-nous encore à quel point il est difficile de vivre avec une paire ! Vas-y, explique-nous comme c'est dur d'être mieux payé qu'une femme pour un même job, comme il est insoutenable pour vous de pouvoir vous promener en short dans la rue sans craindre de vous faire siffler ou klaxonner, comme il doit être épuisant d'avoir le droit de coucher avec n'importe qui, sans que vos réputations n'en soient jamais entachées...

Tandis que je poursuis mon discours, les doigts de Greyson remontent sur ma cuisse et trouvent le moyen de se frayer un passage sous mon short de pyjama. Effleurant ma dentelle, il conserve un air amusé, se penche à mon oreille et murmure :

— Moi, je parie que je peux te faire taire.

— ... Ou alors, vous n'écoperez que de... du surnom... de...

Je me racle la gorge, sous le regard interloqué de mes camarades.

— ... de tombeurs, ou un truc dans le genre ! achevé-je.

Chris me répond quelque chose que je ne parviens pas à entendre, trop occupée à conserver une expression neutre tandis que son coéquipier effleure mon intimité.

*Je devrais chasser sa main.*

*Je devrais l'encourager à poursuivre ses caresses tentatrices.*

J'ai tant cherché à le conquérir par le passé, je voulais m'amuser avec lui, garder son nom comme un trophée. Il n'a jamais voulu. Jusqu'à ce que je décide de me reprendre... Pourquoi maintenant ? Je n'arrive plus à savoir si je suis pour ou contre. Si je le veux ou si je ne le veux pas. J'ai soudain envie de picorer les miettes dont je m'étais juré de ne plus jamais me satisfaire, et de briser mon cœur à le faire éclater en morceaux, laissant l'orgasme se charger de tout remettre en place.

— Ash ? me questionne Lily, inquiète de me voir plongée dans un mutisme gênant.

— Euh... ouais, je disais... Jette une femme dans une pièce... remplie d'hommes et c'est... l'enfer sur terre, continué-je dans une quinte de toux. Alors qu'à l'inverse... si...

Son index se presse à présent contre mon clitoris et son regard ne perd pas une miette de l'agonie qu'il m'inflige. Amusé, et peut-être un peu excité par la situation, il se contente de me narguer d'un sourire que je semble être la seule à percevoir. Évidemment, ils ont tous les yeux rivés sur moi. Lorsqu'il frôle mon piercing, il mord discrètement dans sa lèvre inférieure et hausse un sourcil.

*Il l'ignorait ?*

Il faut croire que mon plan cul, installé face à moi, s'est montré moins bavard que je ne le pensais. D'ailleurs, en observant Max, je réalise à son expression perverse qu'il est bien trop conscient de ce qui se déroule sous la table.

*Oh, non...*

— Par tous les dieux, Ashley Hawkins, achève ta phrase ! s'agace Liam.

— Elle est toute rouge, bon sang ! Servez-lui de l'eau ! Tu es sûre de ne pas avoir la gorge qui gratte ? s'inquiète Lily.

— Pourquoi est-ce qu'elle... Tu ne penses quand même pas qu'elle est allergique ? renchérit Maël.

— Elle en a tous les symptômes ! Elle n'arrête pas de se racler la gorge, et elle est toute rouge. En plus, sans vouloir t'offenser,

Ash… Tu ne fermes jamais ta gueule, d'habitude.

Un cercle, un gémissement étouffé, une quinte de toux, une tension dans mon ventre, et je n'ai plus le contrôle de rien.

*Arrête-toi…*

*Ne t'arrête surtout pas…*

Mes jambes se crispent et frappent dans le bois de la table quand soudain, une paire de mains m'agrippe les chevilles. Le pouce de Max dessine des cercles sur ma peau dénudée tandis que celui de son pote s'active à faire grimper la tension dans mon ventre. Elle grimpe… et grimpe encore un peu… touche le sommet et…

*Qu'est-ce que je fous, putain ?!*

— Tout va bien, dis-je pour rassurer mes amis, sans manquer de foudroyer Ted d'un regard noir. J'ai simplement… avalé de travers.

— Ouf ! s'exclame Lily.

— T'en es certaine, mon cœur ? demande Greyson d'un air faussement innocent. T'as subitement interrompu ton discours. C'est dommage, t'étais si bien partie…

Prenant sa provocation comme un défi, je me mets en quête de terminer mon monologue féministe pour le moins… décousu.

— Je disais donc…

Mais les caresses ne cessent pas, et un feu agréable se réveille alors que je reconnais les prémices d'un orgasme.

— … que si tu jettes un homme… dans une pièce… remplie de femmes… c'est le…

Ted Greyson est doux et chaud, les mains de Max des menottes agréables à mes chevilles, et que le diable m'emporte, je vais jouir avec eux.

Mais le métis en décide autrement. Alors que je suis sur le point de me laisser aller, il retire sa main, me privant d'un plaisir qu'il m'a pourtant imposé. Max relâche mes chevilles et j'abrège ma phrase dans un souffle.

— … paradis.

Les lèvres de Greyson s'incurvent en un sourire carnassier, Max souffle un « Amen », et j'avale ma déception en sirotant une gorgée d'eau fraîche.

— Si seulement tu ne t'étais pas mise au champagne..., souffle le démon à mes côtés. J'aurais pu t'aider avec ton petit problème de fausse route.

Sa dernière provocation me coupe l'envie de respirer. Je suffoque dans ma frustration.

Déjà, les conversations reprennent autour de la table, mais je ne suis plus vraiment là, perdue dans des souvenirs que je n'ai pas autorisés à venir me hanter.

*Pas maintenant. Pas devant tout le monde...*

J'inspire de petites bouffées avec l'impression que l'air ne parviendra jamais à gonfler mes poumons. Mon sang se change en lave liquide, mes yeux se mouillent de larmes et, alors que cette fois, les autres ne me prêtent plus la moindre attention, je sens son regard à *lui*.

Et c'est suffisant pour me faire bondir de ma chaise. Avant que j'aie le temps de réfléchir, je me retrouve dans la salle de bains, les mains accrochées au lavabo, mon regard ancré à celui de cette fille aux mœurs légères tant détestée.

*Pute. Salope. Chienne. Fille facile.*

Toutes les insultes dont cette nana a écopé dansent sur sa peau, creusent des marques violacées sous son épiderme, imprégné à jamais de ces injures qu'elle espère ne pas avoir méritées.

J'enroule une main autour de ma gorge, mon reflet me renvoie l'image terrifiante d'une femme à l'agonie dont les larmes viennent humidifier le visage. Peut-être qu'au fond, elle les a mérités, ces surnoms disgracieux. S'envoyer en l'air dans une voiture au lycée n'avait rien de judicieux, il était évident que ça finirait par se savoir.

Si ça avait été n'importe qui d'autre, j'aurais pris sa défense. J'aurais saisi mes pancartes et clamé haut et fort que chaque femme est libre d'exploiter sa sexualité comme elle le souhaite.

J'aurais hurlé à m'en déchirer les cordes vocales : « Son corps. Son choix. »

Putain, ouais. N'importe qui d'autre aurait eu droit à mon soutien. Mais elle ? *Elle* peut crever. *Elle* me file la nausée. *Elle* me donne envie de la gifler pour la réveiller. *Elle*, elle aurait dû savoir, après tout ce qui lui est arrivé, que se faire doigter sous la table était une mauvaise idée.

Alors que je m'accroche au lavabo, un souffle brûlant caresse ma nuque, deux immenses mains recouvrent les miennes sur la céramique. Son palpitant bat si fort que le son se répercute contre mon dos, et je ferme les yeux pour chasser l'image répugnante que me renvoie le miroir.

— J'ai fait quelque chose de mal ?

Sa voix n'est qu'un murmure dans le creux de mon oreille. La peur de m'avoir vraiment blessée émane de lui et je ne peux m'empêcher d'être un peu attendrie.

— Ouais, on ne t'a pas dit ? Priver une fille d'orgasme, c'est vraiment pas cool, mec. Qu'est-ce que je regrette, putain ! reniflé-je.

Il ne rit pas et continue à observer ce reflet que je fuis en cueillant une larme traîtresse de son pouce sur ma joue rougie par un tas d'émotions que je préfère refouler.

— Tu regrettes quoi, en fait ? De ne pas avoir joui, ou de t'être laissé caresser tout court parce que... Tu ne m'as pas dit que tu ne voulais pas... hum... S'il te plaît, dis-moi que je n'ai pas mal interprété les signaux, parce que...

Je n'ai jamais vu Ted Greyson hésitant, alors le voir bégayer et perdre ses moyens suffirait presque à me faire oublier le sale coup qu'il vient de me faire. Toutefois, et parce que je ne suis pas une connasse sans cœur, je chasse ses craintes d'un geste de la main.

— Non. C'est pas ça. Écoute, t'y peux rien. J'étais plus que consentante, c'est un peu ça le problème.

Il hausse un sourcil, je prends une grande inspiration afin de dévoiler la vérité d'une traite :

— Je me dégoûte. S'il te plaît, n'en rajoute pas une couche en me rappelant à quel point je te dégoûte, toi aussi.

Il esquisse un mouvement de recul, et je regrette aussitôt la chaleur rassurante de son torse plaqué contre mon dos.

— Tu crois que tu me dégoûtes ? demande-t-il, sérieusement étonné.

Je ne réponds rien, mais il n'attend pas que je le fasse, de toute façon. Après avoir baissé les yeux sur l'énorme bosse qui déforme son pantalon, il m'adresse un sourire en coin et dit :

— Je te trouve plutôt incroyable, en fait...

La sincérité qui perce dans sa voix rauque fait battre mon cœur un peu plus vite.

— Pourquoi tu fais ça ? Me réconforter. Ça n'a jamais été comme ça, entre toi et moi. On n'est même pas amis, tu passes ton temps à me regarder de travers, d'habitude. C'est ce pari stupide, c'est ça ? Celui de me faire tomber amoureuse ?

Il fronce les sourcils, comme s'il venait de se rappeler d'un détail dérangeant, puis il soupire.

— Peut-être... ouais. J'en sais rien, admet-il en passant la main dans ses cheveux d'un air embarrassé.

— T'en sais rien ? m'agacé-je.

Il plante ses yeux charbonneux dans les miens.

— Tu devrais pas te torturer comme ça, t'as rien fait de mal. C'est ce que j'étais venu te dire avant que tu ne te mettes à pleurer.

Un rire mauvais s'échappe de ma gorge.

— Merci pour ton intervention, *Teddy*.

— Alors, je passe te prendre à quelle heure ?

— Je te demande pardon ?

— Tu viens de me rappeler que j'avais un pari à gagner, et tu admettras que ça risque d'être difficile de tomber amoureuse de moi si on ne se voit jamais. Alors, demain ? À quelle heure ?

Je reste un instant sans voix, la deuxième fois de la soirée qu'il se permet de me la voler. Mon cœur cogne contre ma poitrine, menaçant de s'envoler grâce à l'espoir ailé que ce connard vient de lui greffer.

— T'es têtu comme une mule, hein...

Il hausse les épaules, son air insolent habituel bien vite retrouvé.

Innocemment, j'enfonce mes mains dans ses poches.

Derrière la porte, les garçons lui demandent de se dépêcher, lui rappelant la soirée poker qui les attend. Presque désolé, Ted m'offre un demi-sourire avant de reculer de quelques pas et de me tourner le dos. La main figée sur la poignée de la porte, il ordonne d'une voix calme :

— Écris-moi quand tu te seras décidée, on ira où tu veux.

Lorsqu'il claque la porte derrière lui, je fourre ma trouvaille inespérée dans la propre poche de mon short, puis observe une nouvelle fois la garce démaquillée aux larmes séchées.

Et j'emmerde l'espoir.

Parce que je me sens heureuse, malgré les circonstances. Aucun homme n'a jamais pris la peine de me rappeler, encore moins de me proposer un rendez-vous. Enfin... pas après avoir mis la main dans ma culotte.

Un SMS de Max ne tarde pas à arriver :

**[Si jamais prendre une douche te fout la honte, y a des lingettes dans le deuxième tiroir de ma commode. Lily a interdiction d'entrer dans ma chambre.]**

La moiteur embarrassante qui recouvre mon intimité remercie mon ancien plan cul. Je pénètre dans l'antre du diable, ouvre le fameux tiroir et manque de me déboîter la mâchoire sur une découverte que je préférerais oublier au moment où je reçois un second message de lui.

**[À moins qu'elles ne se trouvent dans le troisième...]**

En revenant dans le salon, je me sens moins coupable, et peut-être un peu plus légère, d'autant plus que les filles ne me posent pas de questions indiscrètes.

# 13

***Ashley***

— Sérieusement ?! m'agacé-je lorsqu'une partie du cocktail de Lily termine sur le haut de ma cuisse, à la suite d'un énième sursaut provoqué par les hurlements prévisibles d'un film d'horreur de pacotille.

D'une serviette en papier, la blonde tente alors d'absorber le liquide qui imprègne le canapé.

— Merde..., grommelle-t-elle, on vient tout juste de le changer, après la bataille de lubrifiant qui avait mal tourné... Ils vont me tuer !

Je lève les yeux au ciel et essaye, moi aussi, de me débarrasser de cette substance collante et désagréable.

— Ne fais pas cette tête, meuf. Tes cuisses dégoulinaient déjà, de toute façon..., me provoque Liam.

Je la fusille du regard et camoufle mon manque de répartie derrière un vilain geste du doigt. Après le départ des garçons, j'ai subi un interrogatoire orchestré par la poupée du quarterback. Je ne tenais pas forcément à garder le secret, alors je leur ai raconté comment Ted s'était amusé à me torturer de caresses sous la table. Je n'ai pas manqué de leur dire que Max avait pris son pied aussi, ou plutôt... les miens. En bref ? Liam n'en avait pas grand-chose à foutre, Elisa a trouvé ça amusant, et Lily a adopté un air scandalisé. *Prévisible.* Elle a ensuite grommelé, sourcils froncés, que Max n'était qu'un sale pervers voyeuriste, rien que ça !

Néanmoins, je n'aime pas beaucoup parler de mes échecs et décide de détourner la conversation de manière subtile :

— Une bataille de lubrifiants ?!

En un quart de seconde, le visage de Lily vire au cramoisi. Elle grimace et agite désespérément ses mains devant elle, désireuse de chasser le malentendu.

— C'est pas ce que tu crois !

— Ce n'est pas moi qui vais te juger...

Elle soupire, sourit et admet :

— Je sais, c'est pour ça que je t'aime.

Un silence comblé par les cris horrifiés des acteurs s'abat sur la pièce, j'ouvre la bouche pour rétorquer quelque chose qui anéantira ce moment gênant, la referme aussitôt, admettant à regret que ce soir, ils semblent tous s'être ligués pour briser les ailes de mon moulin à paroles. Je déteste Lily Johnson. C'est vrai ! Elle est insupportable, *drama queen*, et ne fait clairement pas partie du genre de personnes avec lesquelles je traîne habituellement. Je la déteste, et pourtant, je ne la déteste pas. Elle et ses façons de toujours me sourire, même quand je l'insulte dans ma tête. Et voilà qu'elle se permet de me balancer les trois petits mots que j'ai rêvé d'entendre en secret. Et je ne la déteste plus du tout, mais je ne lui dirai jamais qu'en amitié, elle est mon coup de foudre inattendu.

— Oh, allez, embrassez-vous, qu'on en finisse ! Ça crève les yeux que vous vous adorez toutes les deux, s'exclame Liam, qui avale les dernières gouttes de sa boisson alcoolisée.

Consciente de mon malaise, Elisa se racle la gorge :

— Ce film est vraiment nul !

Lily soupire à regret, saisit la télécommande et éteint la télé.

— Très bien. On passe aux choses sérieuses.

Elle se tourne vers Liam, qui hoche la tête en réponse à sa question silencieuse.

— Bien. Ça fait précisément une heure qu'ils sont partis, on va se mettre en route.

Je mets un moment à percuter, mais je finis par réaliser lorsque Liam dépose un sac de sport ouvert sur des tenues noires composées de leggings et de pulls à col roulé.

— C'est pas vrai ! T'as réussi ? T'as obtenu les clefs ?!

Lily hausse un sourcil.

— Tu ne doutais tout de même pas de mes talents de persuasion ?

Liam éclate de rire et moi, je n'en reviens pas. L'adrénaline parcourt mes veines, chassant au passage les dernières traces de gêne.

— L'une d'entre vous veut bien m'expliquer ce qu'il se passe ? demande Elisa.

Une heure plus tard, nous voilà toutes les quatre transformées en Catwoman. Grâce au trousseau de clefs que Lily s'est procuré, le Eleanor Roosevelt High nous a ouvert ses portes. Déambulant au milieu des couloirs déserts éclairés par nos petites lampes de poche, je cherche à me repérer grâce au plan du lycée téléchargé sur Internet. Les fenêtres entrouvertes apportent une brise légère qui soulève une odeur particulière de livres neufs, de colle blanche et de quelque chose d'indescriptible qui nous ramène toutes, en quelques secondes, à l'époque où nous arpentions des couloirs similaires. Les casiers n'étaient pas de ce même bleu criard, le directeur ne portait pas le même nom, pourtant, l'odeur qui règne entre ces murs agit sur moi comme la madeleine sur Proust.

Enfin arrivées au secrétariat, j'observe Lily agiter son trousseau d'une main maladroite. Tremblante, elle entreprend d'insérer une première clef, cherchant à trouver celle qui nous permettra de pénétrer dans la pièce.

— Ça n'irait pas plus vite de la forcer ? demande Liam. Tu dois sûrement savoir faire ça, toi, Ash !

— Ouais, bien sûr ! Entre deux TP de mathématiques, je m'amuse avec des épingles à cheveux...

— C'est vrai ? s'enthousiasme Elisa.

Lily lui offre un regard compatissant. Un instant plus tard, la serrure émet un cliquetis qui nous annonce la victoire, et la porte s'ouvre enfin sur un bureau mal organisé qui file de l'urticaire à ma psychorigide préférée. Nous nous mettons alors à fouiller, à examiner chaque recoin de la pièce, à la recherche d'archives, de documents datant de l'époque où ma mère étudiait encore au lycée, à condition que je ne me sois pas trompée. Par chance, la secrétaire, peu à cheval sur le rangement, a collé un post-it sur l'écran de son vieil ordinateur au clavier poussiéreux. Je parviens à déchiffrer un code à quatre chiffres, et lorsque je les tape sur l'ordinateur, ce dernier se déverrouille.

— Vous croyez qu'on risque la prison ? s'inquiète soudain ma colocataire.

— Tu ne crois pas que t'aurais dû te soucier de ça avant de te procurer ce trousseau ? questionne Liam à son tour. Et puis, qu'est-ce que tu fais avec tous ces dossiers ?

Rougissante, Lily bredouille quelque chose d'incompréhensible, avant d'admettre d'une voix fluette :

— Ils ne porteront pas plainte pour effraction s'il ne manque rien, n'est-ce pas ?

— On avait dit qu'on ne toucherait à rien ! la grondé-je, tandis qu'elle entreprend de dépoussiérer un coin du bureau.

— Faire un peu de rangement ne fera de mal à personne.

Je lève les yeux au ciel, pince l'arête de mon nez.

— Tu sais quoi ? Fais ce que tu veux. J'imagine déjà les gros titres : « Une étudiante en médecine s'introduit la nuit dans des établissements scolaires pour faire du rangement ! »

— L'organisatrice compulsive..., renchérit Liam.

— La planificatrice masquée ! ajoute Elisa. Ils en feront peut-être une série Netflix, qui sait ? Tu deviendras la détenue la plus riche de tout le pays.

Les filles éclatent de rire. Quant à moi, je finis par tomber sur un dossier se nommant « archives » et tape courageusement les lettres qui composent le nom de ma mère.

« Alfieri »

— Bingo ! m'exclamé-je lorsque l'outil informatique me propose des dizaines de résultats.

Je clique sur l'onglet « données personnelles » et obtiens une adresse : la même que Lily m'a fournie, à laquelle on sait déjà qu'aucun Alfieri n'habite. Je découvre les noms des parents de l'élève : Lucia Maria et Paolo Alfieri. Il y a une ligne fixe, aussi. Liam s'empresse de composer les numéros sur son téléphone, mais après une sonnerie, la voix robotique et pré-enregistrée nous informe que la ligne est fermée.

*Pas étonnant, cela fait plus de vingt ans...*

— Ça ne nous avance à rien..., se lamente Liam.

Poussée par une curiosité qui ne m'aidera pas dans mes recherches, je clique sur l'onglet « dossier scolaire » avec l'idée d'en découvrir un peu plus sur ma génitrice.

— La vache ! Ta mère était un petit génie, me taquine Liam d'un discret coup de coude qu'elle m'administre dans les côtes.

Un sourire s'incruste sur mon visage.

La plupart des étudiants excellent dans un domaine et se focalisent dessus. Pas Rosa. Elle était bonne partout. Une colonne de A+ décore fièrement ses bulletins presque tout au long de sa scolarité.

— Il a dû se passer quelque chose, ses notes s'effondrent sur le dernier trimestre de la dernière année, constate Lily.

En effet. Les A+ de Rosa se transforment en B-, voire en C, dans certaines matières scientifiques.

— Mauvaises fréquentations ? suggère Elisa. C'est assez fréquent, non ?

— Ou relation amoureuse désastreuse..., répliqué-je, les dents serrées.

Dans un coin de ma tête, j'envisage l'éventualité que mon

père soit responsable de sa dégringolade académique. Les relations malsaines transforment parfois les bons en mauvais élèves. Pour en avoir le cœur net, j'effectue un rapide travail de recherche sur Fred Hawkins, et constate qu'il a toujours été d'une ennuyeuse constance. Mon père était un élève moyen, du début à la fin.

– Au moins, ce n'était pas un cancre..., grimace Lily, dont le cheminement suit le mien.

Je me concentre à nouveau sur le dossier de Rosa, explore l'onglet intitulé « activités extrascolaires ». Certains fichiers comportent des photos et j'hésite un instant, le cœur battant et les mains tremblantes, avant de cliquer dessus. À côté de moi, Liam, Lily, et même Elisa retiennent leur souffle. Intérieurement, je les remercie d'être aussi solidaires. J'ai trouvé mes nanas, celles qui m'accompagneraient au beau milieu de la nuit pour enterrer le cadavre d'un ex, jeté au fond d'une tranchée creusée au pot de yaourt.

– Tu lui ressembles tellement..., constate Elisa.

– Ouais, le même p'tit cul bombé, plaisante Liam en observant une photo sur laquelle on voit Rosa courir pour le club d'athlétisme auquel elle était inscrite.

J'observe ce visage que je découvre pour la première fois. Des jolis yeux en amande, d'une couleur noisette identique à celle dont j'ai hérité, des lèvres fines à l'arc de Cupidon bien défini. Je touche les miennes du bout des doigts, cherchant nos similitudes. Ses cheveux étaient longs, leurs pointes frôlant le haut de ses fesses.

J'ai l'impression de me regarder dans un miroir qui me renverrait une version de moi améliorée, une variante plus épanouie, heureuse. Elisa a raison, on se ressemble beaucoup. À l'exception du fait que sa peau est mate, d'une jolie teinte dorée, tandis que la mienne est aussi pâle qu'un clair de lune.

Je parcours les différentes photos, découvre qu'elle était inscrite à un nombre incalculable d'activités en dehors de la fac.

Du club de sciences à celui d'athlétisme, elle touchait à tout et excellait partout.

— Cette femme... Elle apparaît aux côtés de ta mère sur énormément de clichés, constate Lily, en pointant du doigt l'objet de sa réflexion.

Absorbée par Rosa, je n'avais pas fait attention aux personnes qui l'entouraient.

— T'es meilleure au Cluedo que moi, finalement, dis-je en offrant un sourire à la blonde dont le torse se bombe de fierté.

Liam m'arrache alors la souris des mains et parcourt les images sur lesquelles la femme, âgée d'une quarantaine d'années, est reconnaissable.

— Le même nom est inscrit sur toutes les photos sur lesquelles elle est présente. Ce n'était pas un parent d'élève ? questionne Liam.

*Martina Romano.*

Je tape alors son nom dans la barre de recherche et... Jackpot ! Non seulement Martina travaillait dans l'établissement à l'époque où ma mère y étudiait, mais en plus, elle y travaille toujours. À en croire le cliché sur lequel elle et Rosa posent ensemble, bras dessus, bras dessous, elles s'entendaient vraiment bien.

— On n'a plus qu'à l'interroger, sourit Elisa, fière d'avoir participé à notre enquête nocturne.

— C'est pas dit qu'elle en sache beaucoup plus... ou qu'elle se souvienne de ma mère, d'ailleurs. C'était peut-être simplement une employée qui s'était prise d'affection pour l'une des élèves ? suggéré-je, terrifiée à l'idée d'avoir raison.

Liam pose alors une main compatissante sur mon épaule.

— Au pire, tu n'as rien à perdre. Au mieux, elle t'en apprendra plus sur ta mère et saura expliquer la chute de ses notes.

*Ouais... au pire.*

La secrétaire risque d'avoir une sacrée surprise lorsqu'elle reviendra dans son bureau, lundi matin, et qu'elle découvrira que la moitié de ses dossiers ont été triés, voire quelques-unes des étagères dépoussiérées. Lily n'a pas pu s'en empêcher, mais elle jure que la propriétaire des lieux n'y verra que du feu.

*Mouais...*

Pourtant, je ne peux pas lui en vouloir, après tout, c'est grâce à elle si, pour la première fois, j'ai découvert le visage de ma maman.

— Et maintenant, qu'est-ce qu'on fait ? questionne Elisa, alors que nous pénétrons dans l'appartement.

Un sourire mesquin s'infiltre sur mes lèvres et je me remémore mon petit emprunt du début de soirée, quand Ted est venu me trouver dans la salle de bains et qu'il m'a découverte, le visage rougi.

— Ça ne vous fait pas chier, vous, que les garçons se permettent une soirée sans nous ? demandé-je d'un ton qui indique que j'ai une idée derrière la tête.

Lily et Elisa me dévisagent, interloquées. Liam, quant à elle, affiche un petit sourire insolent et, adossée contre l'îlot central de la cuisine, elle croise les bras sur sa poitrine.

— Je connais ce regard, elle a un plan.

Je lui offre un clin d'œil et explique :

— Tout à l'heure, quand Ted et moi on a... vous savez...

Lily arque un sourcil.

— Quand on s'est asticotés sous la table. Je suis partie me réfugier dans la salle de bains et il est venu me retrouver pour me dire d'une voix d'ours : « Ne t'inquiète pas, Ashley, se faire doigter sous la table, c'est tout à fait naturel ! »

Mon imitation ringarde leur provoque quelques éclats de rire.

— Et alors ? s'impatiente Liam.

— Alors, j'ai fourré ma main dans sa poche. Au cours de ces deux dernières années, combien de fois est-ce arrivé que Ted doive refaire ses papiers ou bloquer sa carte de crédit ?

— Je ne comprends rien, dit Elisa.

Liam sourit, fait mine de réfléchir.

— Je dirais que ça a dû arriver une bonne dizaine de fois, annonce-t-elle.

— Il perd souvent ses papiers ? questionne Lily.

— Il *croit* les perdre. Mais il finit toujours par les retrouver, au fond de la machine à laver, parce qu'il les oublie dans ses poches, précisé-je.

— C'est lui qui a réglé les tacos au livreur tout à l'heure, et... Ash a mis les mains dans ses poches.

Lorsque je vois l'éclair de compréhension illuminer les visages de mes nouvelles amies, j'expose fièrement l'objet de ma convoitise, coincée entre mon index et mon majeur : une carte de crédit noire, mat, aux chiffres en relief argentés.

— Mais... C'est du vol ! s'exclame Elisa.

Lily lui offre un regard courroucé.

— Tu viens de t'introduire dans un lycée pour voler des données confidentielles, meuf, tu n'es plus à ça près.

Cette dernière hausse les épaules, un air amusé collé au visage.

— Mmmh, pas faux. Alors, on fait quoi ? Du shopping en ligne ?

— Ou alors..., rectifié-je, on se commande une limo direction le casino, on s'hydrate au champagne pendant le trajet, et arrivées là-bas, on les plume lors d'une partie de poker.

— Mais... Ils vont nous détester ! lutte Elisa.

— Oh, ça va, intervient Liam. Leur truc de soirée entre mecs, c'est un prétexte pour remonter le moral de Max qui se sent abandonné pour rien. Ils ne peuvent pas se passer de nous, et je suis certaine qu'ils se font chier comme des rats morts pendant qu'on parle.

— Ouais..., soufflé-je, tentant de me débarrasser de cette culpabilité et de la petite voix dans ma tête qui me répète que ce n'est franchement pas cool de monter mes copines contre leurs mecs pour arriver à mes fins.

Mais… j'ai été humiliée, à la fois par Ted et Max, qui ne se sont pas privés de jouer avec moi dans le seul but de se divertir. J'ai droit à ma revanche.

— Et puis, leur laisser la liberté de vous jeter une fois, c'est la porte ouverte à n'importe quoi. Ça commence par une soirée poker et un jour, vous vous retrouvez à leur obéir, à attendre bien sagement qu'ils rentrent à la maison chaque fois qu'ils désirent se débarrasser de vous.

Elisa plaque une main sur ses lèvres, choquée d'envisager cette possibilité. Liam se délecte de mon plan sordide et Lily… ne se laisse pas manipuler aussi facilement. Elle lève les yeux au ciel et sirote le reste de son cocktail dilué aux glaçons.

— OK, faisons-le, déclare finalement Elisa. Mais… supposons qu'ils ne nous en veuillent pas trop et qu'ils acceptent de jouer avec nous. Perso, j'y connais rien au poker.

— Et Ted clame haut et fort qu'il ne perd jamais. Maël m'a dit un jour qu'il était imbattable, ajoute Lily.

Liam ricane.

— Ouais, ton ego se souviendra à jamais des trente-sept parties de Uno que tu as perdues contre lui ce soir-là.

La blonde la fusille du regard en réponse à sa provocation.

— Trente-six, rectifie-t-elle. Et je suis presque sûre que j'aurais pu remporter la trente-septième s'il avait continué à jouer.

Toutes deux rient de ce souvenir partagé.

— L'année dernière, je donnais des cours de maths à un collégien dont le père s'adonnait à des parties de poker. Il faisait carrément des tournois et tout le bordel, précisé-je. Un jour, il m'a révélé son secret, et il se pourrait qu'il m'ait appris à compter les cartes.

— Je crois que je suis amoureuse de toi, parfois, dit Liam.

— Ça reste du vol…, dit Elisa.

— Ouais, mais il m'a volé un orgasme. Ça lui apprendra.

Je n'ai plus qu'à commander notre moyen de locomotion

luxueux sur Internet à l'aide des numéros de la carte de crédit de Ted. Malheureusement, je n'ai pas encore trouvé le moyen de lui dérober les quatre chiffres qui composent son code confidentiel…

J'ai dû piocher quelques fringues dans la penderie de Lily, ou plutôt, dans l'armoire de Maël, qui contient désormais plus de robes que de costards cravates. J'ai opté pour ce qu'il y avait de plus sombre – à savoir, pas grand-chose. Cette meuf a une obsession malsaine pour le rose et toutes les déclinaisons aveuglantes de cette couleur.

Je me sens jolie dans cette robe bustier noire et ces hauts talons aux semelles rouges qui rappellent les mèches vives de mes cheveux.

Dans la limousine, il régnait une ambiance électrique. Euphoriques, nous avons commencé par siroter nos coupes de champagne en hurlant les paroles de *Girls, just wanna have fun* de Cyndi Lauper, pour finir éméchées sur *Bubblegum Bitch* de Marina.

J'ai toujours trouvé qu'il y avait une atmosphère particulière dans les casinos. Les bruits des machines à sous, des pièces qui dégringolent et des roulettes mécaniques contrastent avec l'air de jazz qui mène à l'antre de l'avarice, de l'élégance et de la sophistication. Les tapis rouges, les moulures dorées des murs et plafonds, les lustres en cristal et les employés, tous vêtus de costumes parfaitement repassés, donnent cet aspect luxueux à l'endroit créé pour nous rendre fous.

Pas d'horloges ni de fenêtres. Il ne faudrait surtout pas que les joueurs se souviennent qu'une vie les attend à l'extérieur, dans un univers bien réel. Peut-être est-ce pour cette raison que les accros ruinés reviennent dépenser l'argent qu'ils n'ont plus chez celui qui leur a tout pris. Tout est si flamboyant et coloré que ce qui se trouve en dehors leur paraît terne.

Les mains tremblantes, Lily tend sa fausse carte d'identité au vigile. Les moins de vingt-et-un ans ne sont autorisés que dans le restaurant, là où nous nous trouvons en ce moment. Une simple cordelette les sépare du monde des jeux, auxquels ils peuvent rêver tant qu'ils n'ont pas atteint l'âge qui leur permettra d'y goûter.

Après inspection du papier, il nous laisse accéder à l'intérieur.

Liam ne fait plus attention à nous, toute son attention dirigée vers une blonde obsédée par sa machine à sous.

— Liam…, la réprimandé-je d'un ton bourré de sous-entendus.

Sans lâcher du regard l'objet de ses fantasmes, elle affiche un petit air espiègle.

— Elle s'ennuie, la pauvre. Je ne peux quand même pas la laisser seule, se justifie-t-elle.

J'observe la jeune femme, peut-être un peu plus âgée que nous. Elle n'a absolument pas l'air de s'embêter, au contraire. Je vois dans ses yeux les symboles défiler, encore et encore, ses pupilles dilatées à chaque fois qu'elle récolte quelques pièces.

— Mesdames, c'est ici que nos chemins se séparent, annonce Liam, qui nous offre une révérence avant de se faufiler entre les joueurs pour rejoindre son caprice blond et éphémère.

Ici, les parties de poker sont privées et se déroulent dans une salle souterraine, surveillée par un employé qui vérifie les identités.

— Désolée, mais vos noms ne figurent nulle part sur la liste des invités, nous informe ce dernier.

Lily soupire, puis sort son téléphone et expose une photo d'elle et de son quarterback.

— C'est mon petit ami. Laissez-moi vous assurer qu'il ne se laisse pas embrasser par n'importe qui.

Insensible à son petit cinéma, il reste stoïque, hausse à peine son sourcil fourni de gros poils noirs.

— Et elles ? questionne-t-il.

— La blonde est la copine de Chris Stanford. Et celle qui vous regarde comme si elle était prête à vous manger, c'est le plan cul de Ted Greyson.

Je grimace au rôle qu'elle vient de m'attribuer, mais ajoute tout de même, pour entrer dans son jeu :

— Je ne crois pas que vous ayez envie de voir le genre de photos qu'on se partage...

Ma plaisanterie tombe à l'eau face au professionnel qui refuse d'esquisser l'ombre d'un sourire. Sans nous adresser une parole, il use de son oreillette pour contacter l'un de ses semblables inébranlables.

— ... elles disent les connaître. Vérifie avec eux.

Quelques secondes plus tard, il nous ouvre la porte qui donne sur des escaliers vêtus d'un énième tapis rouge et moelleux. L'ambiance est encore différente ici, créée pour offrir aux clients l'impression d'être privilégiés.

À peine arrivées au sous-sol, une odeur boisée, mélangée à celle du whisky et de la fumée de cigarette, s'infiltre dans mes narines. Tout est en parquet ciré, en bois de chêne et en dorures. Derrière le bar se tient un serveur guindé qui s'occupe de sécher quelques verres d'un chiffon plus précieux que tout ce que contient ma garde-robe. Dans l'angle, un pianiste joue une mélodie entraînante.

Les différentes tables de poker sont séparées par des murs en verre fumé, insonorisés et si propres qu'on peut se voir dedans.
Des canapés en daim rouge encerclent une table basse sur laquelle repose un cendrier qui supporte le poids de quelques cigares Davidoff. Avachi sur l'un d'entre eux, je repère un homme, la quarantaine, verre de whisky à la main, cheveux noirs indéniablement colorés et plaqués en arrière sous une couche de gel si épaisse qu'elle fait luire le dessus de sa tête. Il me mate de haut en bas d'un air suggestif qui retourne mon estomac. Ce n'est pas normal que certains mâles se permettent de nous dévisager comme ça, comme si nous n'étions qu'une étoffe à acquérir sur les étals d'un marché aux puces. Qu'ils se

permettent de se lécher les lèvres, de la bave au coin de la bouche, comme s'ils ne rêvaient que de nous goûter.

Écœurée, je détourne le regard avant de dire quelque chose qui me mènerait à l'expulsion immédiate du casino.

Notre guide nous ouvre la porte d'un salon privé, où je découvre les garçons, installés à une table préparée pour eux. Ils sont si beaux, dans leurs costumes, que je déglutis avec difficulté. Parfaitement coiffés, vêtus de manière sophistiquée, ils se prêtent au jeu et agissent comme des habitués du lieu. Munis de verres de whisky et de leur arrogance, ils me donnent l'impression de visionner un épisode inédit de *Peaky Blinders*.

La chemise gris clair de Ted contraste avec la peau brune et chaude de ses avant-bras tatoués, dont les manches relevées exposent certains de ses tatouages. Les coudes en appui sur la table et les jambes légèrement écartées, il règne sur la salle avec insolence. Lorsqu'il porte son verre à sa bouche, un sourire mesquin lui échappe, mais c'est son regard, quand il le dirige vers moi, qui me coupe le souffle et me fauche les jambes.

*Oups, je crois que je vais me faire gronder...*

Après quelques réprimandes, les garçons commencent à se faire à l'idée de nous voir débarquer ici, sans y avoir été invitées. Je m'attendais à ce que Max nous en veuille plus que les autres, c'était son idée, et il avait droit à sa soirée « entre couilles ». Je culpabilise à tel point que j'ai du mal à affronter son regard gris tempête, mais lorsque je le fais, il m'offre un sourire en coin avant de faire glisser son verre d'alcool dans ma direction pour m'en offrir une gorgée, que je ne refuse pas.

Je grimace néanmoins sous l'amertume de la vodka.

— Je le savais, pourtant ! s'exclame-t-il. Que c'était une mauvaise idée de les laisser ensemble... Vous avez bu ?

— Du champagne ! s'exclament mes complices d'une même voix chantonnante.

— Vous avez pris un taxi, j'espère ? questionne Maël, dont le paternalisme ne cessera jamais de me surprendre.

Je rive mes yeux noisette dans les billes charbonneuses de Greyson.

— Une limousine.

Ce dernier hausse un sourcil, tout en faisant tourner les glaçons dans son verre sans jamais me quitter du regard.

— Ah ouais ?

Saisissant sa carte de crédit dans ma petite pochette, je la lui fourre sous le nez. La surprise déforme ses traits tandis que mon sourire s'intensifie.

— Une chance que je sois tombée là-dessus, je n'aurais jamais pu me le permettre, sinon.

Chris affiche un air offensé, Maël se pince l'arête du nez, et Max serre ses lèvres pour réprimer son rire tandis que les filles, elles, se tiennent fièrement à mes côtés, les bras croisés sur leurs poitrines, empêchant leurs copains respectifs d'intervenir.

— Combien ? demande Ted d'un ton trop calme et mesuré à mon goût.

— Avec les deux bouteilles de champagne, les quarante-cinq minutes de trajet au tarif de nuit t'ont coûté sept cents dollars.

Il pince les lèvres, plus amusé que véritablement agacé.

— Ah... Il y avait du champagne, évidemment. J'aurais été déçu du contraire.

Normalement, je suis la meilleure lorsqu'il s'agit de rendre dingue un adversaire. N'importe qui, n'importe quand. Mais ce mec ? Putain ! Ce mec n'en a strictement rien à foutre que je vienne de le voler.

Furieuse d'avoir échoué, je le contourne. Telle une prédatrice, je laisse courir mes ongles rouges sur ses bras et remonte sur ses épaules, sur lesquelles je m'appuie légèrement.

— Tu n'es même pas un tout petit peu énervé ?

— Non, réplique-t-il d'un haussement d'épaules.

Je jette un coup d'œil à la tablée pour constater que personne ne nous prête attention, puisque Chris tente d'expliquer les règles du jeu aux nouvelles participantes, subordonné par Maël qui plaque une main sur la bouche de sa petite amie trop bavarde pour éviter ses questions incessantes.

Ma main droite à présent sur son cou, j'exerce une légère pression avant de souffler :

– Tu n'as même pas envie de m'étrangler ?

Cette fois, il penche la tête en arrière, m'offre un sourire arrogant, les yeux pétillants de malice.

– Je viens de te le dire, je m'en fous. Mais puisque t'en parles, n'hésite pas à me dire si tu kifferais que je t'étrangle un de ces soirs, ça a l'air de te trotter dans la tête, mon cœur.

Si un homme sourit quand vous avez les mains autour de son cou, croyez-moi, ce n'est pas vous qui contrôlez la situation.

Vexée par cette constatation, je fais demi-tour et me dirige vers le bar, la carte de crédit de cet idiot levée en l'air comme s'il s'agissait d'un trophée.

– Quelqu'un veut quelque chose à boire ? C'est la tournée de Greyson, craché-je.

Sans une once de remords, tout le monde me passe sa commande.

# 14

***Ted***

J'écoute à peine ce que me racontent les autres, obnubilé par ma nouvelle obsession en rouge et noir. Agacée par mon manque de réaction face à son acte de rébellion, elle fronce les sourcils tandis qu'elle discute avec le barman, qui s'active à élaborer nos commandes. Il doit lui manquer quelque chose de nécessaire à la préparation, parce qu'il s'excuse et s'en va dans la réserve.

Elle ne réalise pas que le mec de tout à l'heure n'attendait que l'occasion de se retrouver seul avec elle. La bile remonte le long de mon œsophage lorsqu'il se permet un geste déplacé. Ce n'est qu'une main velue pressée dans le bas de son dos, mais c'est suffisant pour me donner envie de lui éclater mon verre dans la gueule.

Le casino appartient à mon frère, je pourrais mettre ce porc dehors en un claquement de doigts, peu importe qu'il soit l'un des meilleurs clients et investisseurs de Kayden.

— Si t'interviens maintenant, elle t'en voudra, me dit Max, qui observe la scène avec le même dégoût que moi peint sur son visage.

— Je sais..., craché-je, les dents serrées.

Ashley est habituée à ce genre de démonstration inappropriée. C'est triste, mais quand on est serveuse dans un bar bondé d'alcooliques, on affronte ce genre de clients lourds plus souvent qu'on pourrait le penser. Mais Giovanni n'est pas un type lourd comme les autres. Ici, il a du pouvoir.

Ashley enfonce ses griffes dans la peau moite du biceps de son assaillant. Les pupilles du pervers se dilatent d'un plaisir malsain.

*Non.*

C'est ce que je lis sur les lèvres de la brune qui le fusille du regard. Il réitère son geste, mais cette fois, sa paluche se pose sur l'avant-bras de sa proie. Du pouce, il retrace l'un de ses tatouages noirs.

*Non.*

Elle répète en se dégageant de sa prise, le regard menaçant.

— Elle va se débrouiller toute seule..., insiste Max, qui tente sûrement de s'en persuader.

La pièce est insonorisée, je suis heureux de ne pas avoir à entendre les paroles dégoûtantes de Giovanni à l'égard d'Ashley Hawkins. *Contrairement à elle.*

Je jette un coup d'œil aux alentours, repère les caméras de surveillance postées à chaque coin de la pièce. Le pire, c'est que si elle se défend, c'est elle qu'ils mettront dehors. Il se permet de caresser ses cheveux, cette fois. Je remarque la détresse d'Ashley, et cette façon inconsciente qu'elle a de scanner son environnement à la recherche de quelqu'un pour lui venir en aide.

Alors que je m'apprête à me lever, Max m'encourage :

— Mais en même temps, elle te déteste déjà, non ? On s'en fout. Au pire, qu'elle t'en veuille un peu plus...

En moins de temps qu'il n'en faut pour le dire, je me retrouve derrière eux, à surprendre leur conversation.

— T'as une seconde pour retirer ta main avant que je te la broie, exige-t-elle, et je ne doute pas une seconde qu'elle mettra ses menaces à exécution.

Je sais bien qu'elle est forte et parfaitement capable de se débarrasser de lui toute seule. Ashley n'a besoin de personne. Et surtout pas de moi. Mais Giovanni est un bâtard misogyne, il n'hésitera pas à jouer de ses relations pour faire chier une femme qui n'a rien demandé. Alors, d'un timbre que je tente de maîtriser, j'interviens :

— Si j'étais toi, je ferais ce qu'elle dit.

Lorsqu'il reconnaît ma voix, il se fige, un sourire perfide plaqué sur son visage.

— J'ignorais qu'elle était à toi, petit, siffle-t-il.

Il retire tout de même sa main. Hawkins me fusille du regard.

*Ouais, ouais, je sais. On n'est plus au Moyen Âge, et tu n'as pas besoin d'être sauvée, j'ai compris.*

— Elle ne l'est pas, indiqué-je d'un ton calme. Libre comme l'air, ça ne veut pas dire que t'as le droit de le polluer de ton haleine de merde.

— Donc, elle est libre, constate-t-il avec un sourire fourbe.

Sans réfléchir, je place ma main sur l'arrière de sa nuque et lui écrase la tête contre le comptoir. Ashley plaque une main sur ses lèvres entrouvertes par la surprise, tout en jetant des coups d'œil inquiets vers la réserve où se trouve le serveur, puis vers les caméras.

Personne n'interviendra. Des trafics illégaux d'armes et de stupéfiants ont eu lieu dans ce sous-sol. J'ai vu passer des mecs plus louches les uns que les autres. Le casino de Kayden n'est qu'un moyen parmi d'autres de blanchir l'argent sale qu'il récolte, et... je porte son nom de famille. Giovanni le sait, je le sais, mais Ashley n'est pas au courant.

— Je crois qu'on ne s'est pas bien compris. Ce soir, je suis son porte-monnaie, et elle, une grande fille qui a refusé tes avances. Combien de fois t'as dit non, mon cœur ?

Elle m'assassine de son regard noir, et je jure que dans un autre contexte...

*Plus tard, les fantasmes...*

— Trois fois, mais je n'avais pas besoin de toi pour...

Le bruit du crâne de Giovanni qui se fracasse contre le bar interrompt ses objections.

Une fois.

Deux fois.

Trois fois.

— Je sais, je sais. Mais c'est juste pour éviter que tu te salisses les mains, OK ?

— OK, abdique-t-elle.

La bouche pleine de son propre sang, Giovanni a la langue douloureuse après se l'être mordue, il gémit :

— Lâche-moi, putain !

— Demande-le-moi encore. Je suis un peu sourd. Réessaye une deuxième, puis une troisième fois.

— C'est bon ! Ça suffit ! m'ordonne Ashley, le souffle court, alors que je m'apprête à le tabasser.

Je soupire, désolé de ne pas pouvoir lui refaire une beauté, et pars nettoyer mes mains tachées par ses fluides derrière le bar.

Comme si de rien n'était, je rejoins Ashley, toujours sous le choc.

— Merde..., souffle-t-elle. Mais t'es malade, hein ? Et bordel, pourquoi personne ne bouge ? T'es qui, Pablo Escobar ?!

J'arrête de justesse le rire qui remonte dans ma gorge en serrant mes lèvres l'une contre l'autre.

— Le bar appartient à Kayden, OK ? Je connais tout le monde, ici.

— Ah, bah ouais ! Ça me rassure, putain ! Dans quelles sales histoires tu t'es fourré avec lui, encore !

Je lève les yeux au ciel et adoucis ma voix pour la rassurer.

— Plus tard, les confessions, tu veux bien ? suggéré-je en dévisageant nos amis, estomaqués par ce qu'il vient de se passer.

Pour tenter de se canaliser, elle ferme les paupières et prend une grande inspiration, qu'elle recrache rapidement.

— OK, Ted. Tout ce mystère autour de toi, ça commence à bien faire.

Elle rouvre les yeux pour les planter dans les miens.

— On traîne un peu ensemble, toi et moi, en ce moment... Je

ne veux pas m'embarquer dans un truc que je ne maîtrise pas.

Je penche la tête sur le côté, attentif à la moindre de ses paroles. Pendant un instant, j'ai oublié ma mission de manipulation, et la culpabilité s'écrase sur mes épaules tandis que je discerne de l'inquiétude dans son regard.

— Tu as des ennuis ? Je sais que… Kayden est un gros poisson, OK ? Je ne sais pas précisément ce qu'il fait, mais j'en sais assez pour savoir que lui et ses amis ne sont pas fréquentables.

— Ça ne t'a pas empêchée de te fournir en calmants chez lui…, argumenté-je.

Elle m'incendie du regard en retour.

— Il te fait du chantage ? Tu lui dois quelque chose ? Est-ce que t'es en danger, Ted ?

Un rire nasal m'échappe, je contiens tout juste le sourire qui déforme mes lèvres. Mais parce qu'elle semble réellement soucieuse, je la rassure :

— Non. Pour toutes tes questions.

— Mmmh, doute-t-elle.

— Tu peux me faire confiance, je suis sérieux.

*Au moins sur ce point…*

Elle jette un regard en arrière, observe Giovanni qui tapote son arcade sourcilière à l'aide d'un torchon que le barman lui a finalement apporté.

— Tu le jures ? demande-t-elle en reportant son attention sur moi.

— Ouais, je te le promets. Tu veux qu'on se serre le petit doigt ?

Elle me scanne une seconde de la tête aux pieds, puis finit par abdiquer.

— Bien. Mais je te le répète, je n'avais pas besoin d'un garde du corps.

— Ouais ? Ça faisait pourtant partie du packaging limousine et carte de crédit.

Je lui arrache un petit rire, un seul. Pourtant, il suffit à me tordre le ventre d'une drôle de façon.

Nos boissons attendent sur un plateau déposé sur le coin du bar. Bouleversée, Ashley les a totalement oubliées. Je signifie au serveur de nous les apporter.

— OK... Allons jouer au poker, à présent, que je puisse te plumer.

À mon tour de rire. Je lui tends mon bras, à la manière d'un gentleman.

— Madame, permettez-moi de vous escorter.

Une moue satisfaite étire ses jolies lèvres peintes en rouge.

— Merci, monsieur... Désolée, j'ai oublié votre nom, tant vous m'êtes insignifiant.

— J'ai un moyen de t'aider à retrouver la mémoire, la taquiné-je.

— Ah oui, et lequel ?

Je me penche à son oreille et murmure :

— En te prenant si fort que tu seras obligée de crier mon nom pour me demander de ralentir.

Offusquée, elle ouvre la bouche. Je ris de son semblant d'innocence.

— Je plaisante, Hawkins. Tu ne me demanderais jamais ça...

Ashley n'est pas seulement bonne au poker, c'est aussi une petite tricheuse. Chris croit à la chance du débutant. Moi, je n'y crois plus lorsqu'elle rafle tout pour la cinquième fois.

Bon, elle ne triche pas vraiment, puisque compter les cartes n'est pas interdit, mais c'est tellement mal vu que le casino la mettra dehors sans hésiter si quelqu'un le réalise. Et si je m'en rends compte, les observateurs dans la salle des caméras ne tarderont pas à le remarquer à leur tour.

En vérité, je suis impressionné. J'ai essayé d'apprendre, une ou deux fois, mais je n'y arrive pas.

Tandis que les autres se lamentent de perdre à répétition, les yeux de la diablesse en noir et rouge pétillent de plus belle.

— On a découvert quelque chose, ce soir, me murmure-t-elle en battant les cartes.

— Ah ouais ?

— Oui, admet-elle d'un sourire timide qui ne lui ressemble pas. Sur ma mère. J'ai vu des photos d'elle, à dix-sept ans. Je ne sais pas pourquoi je te raconte ça, tu t'en fiches sûrement...

Une boule de la taille d'une balle de baseball se loge dans le fond de ma gorge. La culpabilité m'écrase la poitrine et garder une expression neutre me paraît soudain impossible. Je me demande ce que j'ai bien pu faire pour mériter sa confiance aussi rapidement.

— Non, raconte-moi.

Ce qui me surprend le plus, c'est que j'ai vraiment envie de savoir. Mais tous ceux qui connaissent la vérité sur mon arrangement avec son père n'y croient pas.

Une à une, elle distribue les cartes d'une main experte.

Des étoiles dans les yeux, elle conte son escapade dans l'ancien lycée de sa mère. Elle m'apprend qu'elle lui ressemble, et que quelque part, ça lui fait plaisir. Elle termine par sa découverte, ou du moins sa nouvelle piste du nom de Martina Romano. Ce nom me dit étrangement quelque chose, seulement je n'arrive pas à mettre le doigt dessus.

Elle gagne cette nouvelle partie, puis Lily distribue à nouveau les cartes d'une main maladroite, réprimandée par Max qui n'en loupe jamais une pour la faire chier. Ashley joue tapis, c'est-à-dire qu'elle mise absolument tous ses jetons.

Cette petite maligne a vite compris comment blanchir l'argent qu'elle a remporté lors de notre course illégale...

La chance me sourit, je pourrais rafler son pactole d'une quinte flush, mais...

Ça me fait vraiment chier qu'elle perde tout ce qu'elle a gagné jusqu'ici. Je réfléchis une seconde et pose mes cartes sur la table, face cachée.

— Je me couche, annoncé-je.

Les autres ne tardent pas à me suivre, leurs visages crispés de voir Hawkins nous plumer une nouvelle fois.

— Je te croyais plus mauvais perdant que ça, Monsieur Je-ne-perds-jamais, me provoque-t-elle lorsque nous atteignons la sortie du casino.

Sa réplique m'arrache un sourire.

— Crois-moi, Hawkins, intérieurement, je pleure.

Elle place ses deux poings sous ses yeux et mime un bébé en train de chouiner.

— Bouhouhou...

Je lève les yeux au ciel, néanmoins amusé par son insolence assumée.

— C'est ça. Continue à jouer la maligne et...

— Et quoi ? Qu'est-ce que tu vas faire ? me provoque-t-elle.

En moins de deux, elle atterrit sur mon épaule droite, les fesses en l'air, la tête en bas. Elle me hurle de la reposer par terre, je refuse de coopérer.

— On va voir ma culotte, abruti ! crie-t-elle entre deux éclats de rire, sans manquer de me frapper les fesses.

— On devrait l'enlever, pour éviter ce drame !

Liam nous rejoint, une blonde à son bras, qu'elle laisse échapper sous l'avertissement que Maël lui envoie avec un regard courroucé.

Mike Hudson, mon remplaçant, n'arrête pas d'envoyer des messages dans le groupe WhatsApp de l'équipe pour nous demander de le rejoindre. Je n'ai pas vraiment envie de sortir, mais étrangement, Maël a insisté en argumentant qu'il est important de tisser des liens avec nos coéquipiers en dehors des entraînements. Ma main à couper que quelqu'un lui a reproché d'être plus proche de notre trio – Chris, Max et moi – que du reste de l'équipe. Du coup, il essaye de se retirer une épine du pied et, en tant que bon capitaine, il tente de satisfaire tout le monde.

Je repose gentiment Ashley sur le sol. Puisqu'elle s'est

accommodée à sa position inhabituelle et qu'elle nous écoute, attentive, les cheveux à l'envers et le visage gorgé de sang, je ne vois plus l'intérêt de la torturer.

Les filles décident de nous accompagner et mon porte-monnaie n'est pas vraiment épargné, puisqu'il n'y a plus de place dans notre voiture. Avec un petit sourire prétentieux, Ashley commande une nouvelle limousine. Comme Chris veut rentrer se coucher, on laisse la voiture à Elisa et lui.

Je dois avouer que c'est sympa, le cuir, l'alcool à volonté, le toit ouvrant et Chase Atlantic à fond dans nos oreilles.

Ça pourrait être mieux, si Liam et Max arrêtaient de se chamailler. En même temps, il a osé lui dire, et je cite : « Je t'aime bien, même si t'es allergique aux pénis. »

Maël et Lily sont en pleine discussion, indifférents au brouhaha qui les entoure, ils se racontent leurs soirées respectives. Ashley, elle, semble perdue dans ses pensées, un petit air boudeur scotché à ses lèvres tentatrices.

— Pourquoi tu fais la gueule ?

— Je ne fais pas la gueule ! dit-elle sèchement, avant de croiser les bras sur sa poitrine.

Au même moment, Max et Liam se disputent la bouteille de champagne dont le bouchon finit par sauter sous la pression. Avant que le liquide pétillant ne m'atteigne, j'utilise Ashley comme un bouclier.

— Je vous hais, lâche-t-elle simplement, mi-exaspérée mi-amusée. Je suis trempée, maintenant.

Une lueur espiègle traverse mon regard et je l'agrippe avant de la faire passer par le toit ouvrant.

— Une chance que tu nous aies commandé une limousine avec un supplément sèche-cheveux, plaisanté-je.

Elle hurle, se débat, mais rit aux éclats, et je me dis que j'aimerais que ce moment dure dans le temps.

— J'éviterais de bouger, à ta place, tu pourrais bien finir écrasée sur la nationale...

— Grand malade ! m'insulte-t-elle.

Finalement, elle arrête de se débattre, s'appuie sur ses avant-bras et regarde le paysage de nuit défiler à toute allure. Je la rejoins rapidement, mes mains sur ses hanches pour la maintenir en sécurité, et je me laisse aller à contempler les environs.

— C'est plutôt cool, en fait, admet-elle.

— Qu'est-ce qui est cool ? demande Lily, qui passe la tête à côté de nous à son tour. Oh... waouh !

Les autres ne tardent pas à nous rejoindre.

Les minutes défilent dans un silence agréable, réconfortant. Mais je vois bien que quelque chose ne va pas chez Ashley.

— Je peux vous demander un service ? Si jamais vous me voyez un peu trop proche d'un inconnu, vous voulez bien... m'arracher à lui ?

Interloquée, Lily questionne :

— Pourquoi ? Tu n'as qu'à lui dire de dégager, t'es la championne du désagréable.

— Ouais..., mais je ne me fais pas confiance. Un verre de trop et je prends une décision que je regretterai demain, explique-t-elle en offrant un sourire complice à Max.

— On te surveillera comme le lait sur le feu, promet ce dernier.

— Ouais, c'est juré, Ash. Tu rentres avec nous, et loin de la chambre de O'Donnel, taquine Maël.

Rassurée, elle hoche la tête et sourit.

— Je garde un œil sur toi, tu peux t'amuser tranquillement.

— Tu parles ! me rétorque-t-elle. Une paire de seins généreux passe devant toi, et oubliée la petite Ashley...

Je ricane face à sa pique qui trahit sa jalousie.

— Je jure solennellement de rester à une distance respectable des grosses poitrines pour me concentrer à 100 % sur toi.

Sceptique, elle hausse un sourcil.

— Tu mérites de passer une soirée sans avoir à regretter quoi que ce soit, insisté-je.

— Je déteste ce type ! Dès qu'il revient des toilettes, je veux que tu lui dises, m'intime Max. Sérieux, tu vas lui dire que c'est moi, ton meilleur pote !

Évidemment, il parle de Mike Hudson, mon coéquipier et remplaçant lors des matchs qui, rond comme une queue de pelle, n'arrête pas de me déclarer son amitié. L'ennui, c'est que je n'en ai pas grand-chose à foutre, de Mike. Il dépense sa thune sans compter, l'utilise pour séduire des filles qu'il n'aurait jamais si ce n'est pour son statut dans l'équipe, et en plus, il se permet toujours des blagues super lourdes qui n'amusent personne.

— T'en tires, une drôle de tête, reproche Ashley à Max, en surgissant de nulle part.

— Ted ne veut pas dire à Mike qu'il me préfère à lui, j'essaye de digérer la trahison, là.

Un rire s'échappe de ma gorge. Ce petit con m'exaspère.

— Mon pauvre bichon..., le réconforte-t-elle. Vilain, Ted !

Je lève les yeux au ciel, bois une gorgée de mon diabolo grenadine. Bon sang, j'ai l'impression de fêter les huit ans d'un camarade de classe à une soirée ringarde organisée dans son garage.

— Alors ? Comment se passe ta soirée ? Tu tiens tes nouvelles résolutions ?

— Sage comme une image, annonce-t-elle fièrement. Et toi ?

Je lui offre une moue boudeuse, mais juste pour la faire chier.

— Aucune grosse poitrine à l'horizon.

Elle me rend ma taquinerie d'un méchant geste du doigt.

Elle s'apprête d'ailleurs à me rétorquer quelque chose, mais elle se fige, bégaye, et semble soudain en proie à une crise de panique.

— Ash ? s'inquiète Max.

Elle ne répond rien, le regard perdu sur quelque chose, ou plutôt, sur quelqu'un. Brun, à peu près mon âge, peut-être un peu plus vieux. Je n'ai aucune idée de qui il s'agit, cependant une chose est sûre, c'est sa présence ici qui la met dans cet état.

— Tout va bien ? interviens-je.

— Euh... ouais. Ça vous ennuie si je vous emprunte ça ? demande-t-elle en saisissant la bouteille d'alcool qui attend sur la table d'être consommée.

— Non, vas-y...

Mais elle est déjà partie.

— Elle a ses règles, ou quoi ? intervient Mike, dont la présence agaçante s'était miraculeusement fait éclipser par celle d'Ashley.

— Ferme-la, grogne Max.

Parce que je n'ai le temps de gérer aucun de ces deux grands enfants, je me lève à la poursuite de Hawkins, qui s'est enfermée dans les toilettes pour filles.

— Tes blagues sont nulles, n'essaye pas d'être O'Donnel, lâché-je pour faire plaisir à mon pote.

Je traverse la foule, ignore les corps moites de sueur, puis atteins enfin les toilettes. J'intercepte un vigile et glisse un billet de cent dans la poche de son veston.

— Ma copine est enfermée là-dedans, laisse-nous vingt minutes et ne laisse plus entrer personne !

Le sourire carnassier qu'il affiche me retourne l'estomac, mais je me fiche de ce qu'il pense. Pas le temps de lui expliquer ce que je viens foutre ici.

# 15

## *Ashley*

Les toilettes du club sont éclairées par des néons blancs qui clignotent et menacent de lâcher pour plonger la pièce dans le noir. La musique assourdissante n'est plus qu'un écho, une vague venant s'échouer sur le rivage de mes pensées. Bien qu'étouffées, je peux sentir les basses vibrer dans mes os, comme un battement de cœur lointain. Deux filles retouchent leur maquillage devant le miroir, fendu de haut en bas, qui ne reflète que les visages fatigués et les yeux cernés de ceux qui osent affronter leur image à cette heure tardive de la nuit. Le sol est collant sous mes pieds, les vestiges d'un verre brisé craquent à chacun de mes pas.

L'odeur, un mélange nauséabond de désinfectant, de tabac froid et de parfum bon marché me soulève l'estomac. J'envie ces filles de pouvoir se rafraîchir à l'eau glacée qui s'écoule de la robinetterie rouillée.

*Pute. Salope. Fille facile.*

Les rasades de vodka ne suffisent plus à faire disparaître l'écho de leurs voix. Peu importe si je les noie, mes pensées remontent toujours à la surface. Mes démons à griffes m'enserrent la gorge, m'empêchent de respirer. L'un d'entre eux porte les traits de Sean. Indifférent à ma douleur, il sourit et répète d'une voix sépulcrale ces mots qui m'ont blessée par le passé et m'atteignent encore.

« Tu le veux aussi, t'es rien qu'une bonne petite chienne. »

Mes jambes refusent de supporter le poids de ma détresse, je m'écroule, le dos contre ce mur de carrelage froid.

« T'as dit que tu me voulais, ne te défile pas maintenant. Tu m'aimes, non ? »

La pression de leurs griffes écrase ma trachée à mesure que mon ex récite sa macabre poésie, celle qui souille ma peau et m'empêche de dormir la nuit.

« Arrête de te débattre, salope ! »

Mes dents s'enfoncent dans mes lèvres, le goût métallique du sang envahit ma bouche. J'ai beau mordre, aucune douleur n'est assez forte pour chasser celle qui me paralyse en cet instant.

Je me sens *sale.*

Sale, sale, sale, sale...

*Je vous en prie, que quelqu'un le fasse taire !*

Mes ongles martyrisent mon crâne, et bon sang, je ne peux plus respirer. J'ai perdu cette capacité quelque part dans la boîte en croisant le regard de celui que je n'avais pas revu depuis six ans.

Mes cicatrices se mettent à me démanger, l'envie de les rouvrir me paraît insurmontable. Comme une camée à la recherche d'une aiguille, je tâtonne le sol de mes mains tremblantes pour récolter un morceau de verre brisé.

« T'as pris ton pied, Ashley. Ta bouche ment, mais ton corps dit la vérité. »

*Non, non, non, non. C'est faux !*

— Elle est en état de choc, non ? Tu crois qu'elle a pris une drogue bizarre ?

— Je sais pas... Je vais chercher quelqu'un.

*Non !* ai-je envie de crier à ces filles que je ne connais pas et qui s'inquiètent de mon état. Je refuse que quiconque me voie comme ça et réalise que je ne vaux pas mieux que ce sol crasseux et abîmé. Je ne veux pas qu'on se rende compte que je suis vulnérable et pleine de failles, incapable de faire quelque chose d'aussi banal que de... respirer.

« C'est pas parce que tu regrettes que tu peux raconter à qui veut l'entendre que je t'ai violée. J'ai la vidéo, mais tu sais quoi ? Laissons les autres en juger. »

Ma vision se trouble, ma tête commence à tourner. Je me mets à prier les dieux qui m'ont abandonnée, je les supplie de me sauver de moi-même, de m'achever.

En réalisant la direction inquiétante que prennent mes pensées, je secoue mon visage de droite à gauche, affronte le fantôme de Sean et le fusille du regard tout en prononçant dans mon esprit :

*Je suis Ashley Hawkins, je suis forte et je ne laisse personne m'atteindre. Et surtout pas toi !*

— Sortez, ordonne une voix rauque dans laquelle je décèle une pointe de danger.

*Non ! Pas lui, pas maintenant, pas comme ça...*

Le fantôme de Sean me murmure des promesses sordides à l'oreille, pour s'assurer que je ne trouve pas le moyen de lui échapper. Que je reste coincée dans cet état, avec lui, pour toujours.

« Je suis toujours là. Accroche-toi à moi, je ne vais nulle part. Tu sens mes griffes s'enfoncer en toi ? Là... »

*Va-t'en ! Casse-toi, putain !*

Je rapproche le morceau de verre de ma cuisse brûlante d'agonie, prête à rouvrir les stigmates qui feront fuir mes cauchemars à coup sûr. Mais une poigne ferme m'en empêche. Et je le déteste de me faire ça, de voler mon bout de liberté, de m'empêcher de m'abîmer un peu, de m'entailler la peau pour pouvoir à nouveau respirer. Je lutte, mais il est plus fort, même s'il se blesse la main en me prenant mon arme de fortune. Quelques gouttes de son sang s'échouent sur le haut de ma cuisse, je me retrouve subjuguée par le contraste saisissant entre le vermeil et la pâleur de ma peau.

— Je ne sais pas comment faire, admet-il pour nous deux. Je... je vais retenir mon souffle avec toi, d'accord ?

Je rencontre ses yeux charbonneux dans lesquels je vois danser de l'inquiétude. Étrange, je ne connais pas ce regard, il semble toujours si sûr de lui...

— Ouais, je vais juste arrêter de respirer moi aussi. Et je reprendrai quand tu seras prête à nous sortir de là.

Mes poumons crèvent de recevoir un peu d'air, ma poitrine brûle d'une douleur lancinante, insupportable. J'ai mal de l'imaginer souffrir par ma faute, mal de le forcer à sombrer pour moi.

— Et si tu n'y arrives pas... c'est pas grave. J'aimerais éviter la perte de connaissance dans les toilettes des filles, seulement, si on est coincés ici, je t'en voudrai pas. C'est rien, mon cœur.

Je réalise que le fantôme démoniaque de mon ex s'est estompé, seul son sourire perfide réside, à l'instar de celui du chat du Cheshire. Plus tout à fait présent, mais jamais totalement disparu non plus. La poitrine de Ted se gonfle pour retenir son souffle, et je lis dans ses yeux sombres qu'il le fera éternellement s'il le faut. Sa main est en suspens, proche de mon visage, néanmoins il ne me touche pas, même si ça semble lui coûter. Il se contente de m'observer, la respiration coupée.

Il saisit délicatement mon poignet et étrangement, son contact délicat ne me brûle pas la peau. D'un regard entendu, il exige ma permission avant d'aller plus loin. Incapable de prononcer le moindre mot, je consens à hocher la tête. Alors, il guide ma main sous son tee-shirt, la dirige sur sa poitrine où les battements erratiques de son cœur cognent contre la pulpe de mes doigts. Sa peau est douce, chaude, et abîmée. Des centaines de petites entailles cachées sous l'encre de ses tatouages. Son cœur accélère encore un peu. Et le mien tente de soutenir la course effrénée de son semblable.

Un, deux, quinze battements plus tard, mes doigts explorent l'histoire de Greyson seuls, et parfois, ce dernier se tend à mon contact.

*Est-ce que je lui fais du mal ?*

Cette éventualité me glace le sang. Sa peine fait écho à la mienne, je me retrouve submergée sous un océan de tristesse. C'est comme un feu brûlant qui consume mon âme, une blessure inguérissable, une douleur qu'aucune lame de rasoir, aucun éclat de verre ne saura jamais égaler.

Et alors, je me remets à respirer.

Et il respire à son tour.

Ça me fait l'effet d'un air brûlant et empoisonné, je ne parviens pas à maîtriser les quintes de toux qui succèdent à ma crise de panique. Mais je conserve ce souffle durement récupéré, même si mes inspirations sont trop rapides et désordonnées. C'est un peu comme si mon corps me faisait la leçon, cherchant à s'accaparer tout l'oxygène dont je l'ai privé, effrayé à l'idée que je recommence.

— Ma... pochette..., parviens-je à exiger de lui.

Il la récupère, abandonnée sur un coin humide du lavabo, et me la tend. Malgré mes gestes tremblants, j'arrive à saisir la petite boîte orange que Ted reconnaît aussitôt. J'enfonce deux gélules dans ma bouche, avant de les faire passer à l'aide d'une rasade de vodka, et laisse ma tête retomber en arrière contre le carrelage. Mes paupières se ferment sous le poids de la honte et alors, il prononce mon nom comme il ne l'a jamais fait.

— Ashley...

Ces six petites lettres dans sa bouche me font l'effet d'une douche froide. C'est comme si, enfin, après toutes ces années, il admettait mon existence. Là, en cet instant, je ne suis plus « Hawkins », la fille de son coach, et je ne suis plus non plus ce surnom doucereux qu'il sert à toutes celles qui ne comptent pas. Je suis Ashley, et il me voit.

Je rouvre les yeux et le dévisage comme on détaille une œuvre d'art, le genre qui ne parle qu'à nous, qui a ce je-ne-sais-quoi de plus que les autres.

Je presse le goulot contre mes lèvres, il me retire la bouteille des mains avant de s'en prendre une gorgée.

— Des problèmes pour dormir, hein…, glisse-t-il d'une voix éteinte.

Je n'ai pas menti, ce soir-là, quand il m'a demandé pourquoi j'avais besoin d'anxiolytiques et de somnifères, mais la cause n'a rien de médical.

Mes angoisses ne sont que les symptômes d'une maladie qui dure depuis trop longtemps.

— « Si tes pensées font trop de bruit… », cité-je.

Je tente de m'emparer de la bouteille, il me répond d'un regard menaçant et avale une nouvelle gorgée. Le message est clair, il ne me laissera boire que de l'eau.

— On devrait peut-être y aller, suggéré-je, alors que le silence s'éternise. Il doit y avoir des filles qui attendent désespérément de vider leur vessie…

— Elles iront en face. Ou dehors, pour ce que j'en ai à foutre.

Un sourire béat étire mes lèvres, une expression figée sur mon visage. Les médicaments font effet, le sol se transforme doucement en coton et je m'y enfonce. Petit à petit, il ne reste plus rien que le vide, et je me sens mieux, tellement mieux que j'aimerais ne jamais avoir à quitter cet état semi-léthargique.

« Tu as trouvé un moyen de te faire du mal sans abîmer ta jolie peau ? »

J'ai trouvé mon refuge dans un millier d'addictions et de mauvaises habitudes. Il y a eu l'alcool, d'abord, et les réveils douloureux, ensuite. La drogue n'a pas tardé à suivre dans de petits flacons orange. Il y a eu le sexe, aussi, et tous ces moments où je cherchais le réconfort d'une étreinte, qui se terminait immanquablement par un rejet.

À côté de moi, Ted me dévisage par dessous son épaisse rangée de cils. Comme à son habitude, il masque ses émotions et je le trouve simplement… indéchiffrable.

— Comment il s'appelait ? Celui qui t'a rendue comme ça ? demande-t-il d'une voix posée qui ne laisse rien transparaître.

*Il y a eu mon père, puis un tas d'hommes qui te*

*ressemblaient, ma mère, et puis... peut-être que je me suis fait ça toute seule, un peu, aussi.*

— Pourquoi ? rétorqué-je en reniflant les derniers signes de ma crise d'angoisse. Derrière chaque femme qui pleure se cache un homme, c'est ça ?

Il hausse les épaules et, le regard fixé à la porte fermée, il souffle :

— Non, mais les cœurs se brisent rarement seuls.

*Et toi ?* ai-je envie de demander. *Elle portait un nom ? Je sais que ton cœur existe encore, je l'ai senti sous mes doigts.*

— Ce mec, poursuit-il. Celui qui t'a poussée à venir te réfugier ici. Il faut que je l'enterre ?

— Tu ne ferais pas ça, le provoqué-je d'un sourire qui n'atteint pas mes yeux.

— Ça dépend... Est-ce qu'il le mériterait ?

*Oui.*

Mais je ne veux pas qu'il parte, je ne veux pas rester seule, et je ne veux pas qu'il se retrouve lié à Sean.

— Je t'en prie... ne va pas m'attirer des problèmes, je... Ça ne te regarde pas. Ne fais rien, je suis sérieuse.

Il m'examine quelques instants sans prononcer le moindre mot, puis finit par boire une nouvelle gorgée de vodka en hochant la tête.

— OK, Hawkins. J'ai compris.

Je suis terrifiée à l'idée de lui demander de rester avec moi. Je ne veux pas qu'il se sente obligé de s'occuper de moi, je refuse de devenir un boulet accroché à sa cheville, même le temps d'une soirée. Alors, je fais ce que je sais faire de mieux : je l'encourage à me tourner le dos. Parce que je préfère qu'on pense que je n'ai besoin de personne, et parce que la honte et l'embarras ne tarderont pas à arriver quand les médicaments cesseront de faire effet.

— Je vais mieux, tu sais ? Ce n'était rien qu'une petite crise de panique, tu peux retourner profiter.

Un rire jaune me répond à sa place, mais il ajoute tout de même :

— Pourquoi je ferais ça, alors qu'on s'amuse si bien dans les toilettes des filles ? demande-t-il d'un ton sarcastique. Je ne vais nulle part.

Les mains si serrées sur la bouteille de vodka que ses jointures blanchissent, il boit. Et le niveau d'alcool diminue à vue d'œil tandis qu'il se saoule pour m'éviter une gueule de bois.

*Chaque gorgée qu'il prend est une de plus dont il me prive, n'est-ce pas ?*

Une goutte s'échappe de ses lèvres charnues, elle dévale son menton, dégringole le long de sa mâchoire et, avant que je ne puisse réfléchir à ce que je suis en train de faire, ma langue récupère ce poison des dieux, parcourt la peau chaude de son cou, s'égratigne sur les poils drus de sa légère repousse, puis s'arrête à la commissure de sa bouche tentatrice, lorsqu'un éclair de lucidité se décide enfin à me percuter.

Je me fige à quelques centimètres de son visage, son souffle, ses yeux et ses fantasmes sur mes lèvres. Je m'imprègne de son odeur, de sa chaleur, et mon cœur dégringole dans mon estomac.

*Tant pis pour le champagne, j'ai trop soif, ce soir. J'ai trop mal, ce soir.*

Ses épaules montent et descendent doucement en rythme avec la respiration qu'il tente de contrôler. Il ferme les yeux un instant, esquissant l'ombre d'un sourire.

— C'est une très mauvaise idée, ça, Ashley.

*Putain ! Deux fois en une soirée, je dois être bénie.*

Il plonge son regard dans le mien, ne résiste pas à le faire tomber sur ma bouche que j'humidifie de la pointe de ma langue.

— Mais t'adores ça, pas vrai ? soufflé-je dans un murmure à peine perceptible. Les mauvaises idées...

Les secondes défilent, puis le temps s'arrête.

Je suis à la fois trop proche et trop loin de ma convoitise. Finalement, il chasse sa bonne conscience d'un soupir à la limite du gémissement et gronde :

— Va au diable, Hawkins !

Je souris contre lui et me demande pourquoi il ne prend pas la peine de mettre un peu de distance entre nous, s'il me déteste tant que ça.

— Tu m'accompagnes ? demandé-je en battant des cils.

J'entends sa carapace se fissurer tandis qu'il s'accorde l'absolution, et enfin :

— Et puis, merde !

Sa bouche se pose sur la mienne avec préciosité, sa langue entre en action. Il m'embrasse avec avidité, et si je n'étais pas déjà assise par terre, mes jambes se déroberaient sous l'intensité de ce baiser, infiniment plus intime que les caresses qu'il m'a prodiguées sous la table.

Je goûte les résidus de vodka dans sa salive ainsi que le goût prononcé de son chewing-gum à la menthe. C'est tellement bon que je dois résister à l'envie de le mordre. Je perds mon souffle, mais le lui cède volontiers, me demandant si je suis sous Xanax ou sous Ted Greyson, et laquelle de ces deux drogues me rongera le cerveau la première.

Je ne saurais dire lequel d'entre nous force l'autre à aller le plus loin, mais je me retrouve tout à coup les jambes enroulées autour de son bassin, les mains accrochées à ses épaules pendant qu'il dévore mon cou de baisers chauds et mouillés. Je gémis, il geint en retour, son érection plaquée contre ma féminité. Ses mains expertes retroussent ma robe et empoignent mes fesses, puis... Va-t-il finir par m'enlever ces maudites couches de tissu qui font barrière entre nous, ou me laissera-t-il me transformer en poupée de chiffon entre ses bras ?

*Les deux me vont, je me pose simplement la question...*

Le piercing qui décore mon clitoris s'accroche dans la dentelle de mon sous-vêtement.

*Aïe. Ce n'était peut-être pas une si bonne idée de me faire percer à cet endroit...*

Il rit doucement et m'offre une caresse si délicate que j'en oublie tout le reste.

— Tu me tues, putain..., admet-il contre mon cou dont l'artère palpite d'excitation.

Son sexe bandé bute encore et encore contre mon intimité, et je geins, à mi-chemin entre l'adoration et la frustration, entre le « arrêtons ça tout de suite ! » et le « au diable la capote, contente-toi de t'enfoncer en moi ! »

*Et au diable le champagne !*

Je veux sentir que j'ai le pouvoir et l'ascendant sur lui, j'ai besoin de ses mains sur moi, d'être certaine de contrôler ses gestes, la façon dont il me touche, c'est ainsi que je fonctionne. Et Ted Greyson me donne envie de baiser fort pour chasser les souvenirs visqueux des autres qui s'accrochent encore à mon corps.

Il abaisse mon bustier, dévoilant ma petite poitrine aux tétons percés, eux aussi. Je rougis un peu, consciente qu'il est plus pastèque qu'œufs au plat, mais la vision de mes seins ne semble pas le déranger, bien au contraire.

Du pouce, il en caresse la pointe, ses yeux rivés aux miens et murmure :

— T'es si belle, Ashley...

Ça fait trois fois. Je pourrais mourir après ça...

— Je te veux, maintenant ! exigé-je d'un ton suppliant.

Soudain, il se fige et je dégringole de mon petit nuage. Toujours contre moi, il pose son front sur le mien avant de reprendre son souffle. Après avoir déposé un baiser sur la commissure de mes lèvres, il dit :

— Je suis désolé...

Mes mains retombent le long de mon corps, il me repose doucement à terre. Saisissant le haut de ma robe, il prend son temps pour rhabiller tout ce qu'il considère comme indécent.

Mes seins les premiers, mes fesses ensuite, puis mes jambes, lorsqu'il tire sur le tissu pour les recouvrir. En remontant, il dépose un baiser chaud sur l'intérieur de ma cuisse, caressant l'une de mes cicatrices de la pointe de sa langue.

*Non, non, non, non ! Pourquoi s'arrêter maintenant, quand j'en ai désespérément besoin ?*

Toujours plaquée au mur, j'attends qu'il daigne me regarder, seulement il ne le fait pas.

*Je le dégoûte déjà ? Qu'est-ce que ça serait, s'il était allé au bout de ses idées ?*

Mais pourquoi y mettre un terme en si bon chemin ? Les hommes ne le font jamais, d'habitude, pas avant de m'avoir salie, pas avant d'avoir joui.

Alors, je frappe son torse de mes poings, laissant ma colère le ravager, lui aussi, puisque demain, il sera tenu pour responsable. Puisque tout est sa faute. Je voulais juste me sentir désirée et consentante, même si la suite m'aurait envoyée rendre le contenu de mon estomac.

Il saisit mon poignet et plante ses yeux charbonneux dans les miens.

— Arrête...

— Non ! Pourquoi t'as tout stoppé, hein ?! Pourquoi ?!

Il souffle, épuisé par cette soirée chaotique, comme toutes celles qu'on partage depuis qu'il m'accorde son intérêt.

— Parce que, putain ! s'énerve-t-il. Tu mérites mieux qu'une baise violente dans les toilettes d'une boîte de merde !

Il ferme les yeux, tente de maîtriser la colère qui déforme ses traits.

— Parce qu'on est trop défoncés pour penser aux conséquences de nos actes.

Il a raison, je le sais. Pourtant, son rejet creuse des tranchées dans ma poitrine et perfore mon cœur, libérant un venin familier que Ted ne tarde pas à récolter.

— C'est Max, que t'aurais dû m'envoyer !

*Dis-moi que ça te fait mal, que ça te blesse, juste un peu...*

Mais je ne lis dans son regard qu'une déception qui finit de m'achever. Seulement, je suis incapable de m'arrêter.

— Lui, il ne me dit jamais non, quand j'ai besoin de m'envoyer en l'air...

Il me dévisage de haut en bas, une expression dédaigneuse similaire à celle que me renverrait mon reflet si j'osais me regarder dans une glace.

— T'as raison, finit-il par admettre calmement. J'y penserai, la prochaine fois que tu voudras te faire plus de mal que de bien. Je l'appellerai, et je vous laisserai vous écorcher entre vous. Après tout, je m'en fiche que vos carcasses pourrissent ensemble.

À peine a-t-il ouvert la porte que le brouhaha de la boîte de nuit me percute la boîte crânienne, des dizaines de femmes font la queue, impatientes que le molosse qui gardait l'entrée des toilettes pour femmes les laisse passer. Je m'attends à voir le métis disparaître dans la foule, mais il me jette un coup d'œil par-dessus son épaule.

— Tu viens ?

Pourquoi ne m'abandonne-t-il pas ici, après toutes les horreurs qu'on vient de se jeter ?

*Qu'as-tu à y gagner ?*

Il souffle d'exaspération et finit par me tendre la main.

*Que vont penser les autres en me voyant sortir des toilettes avec le célèbre joueur de foot ?*

— Personne n'en a rien à foutre, Hawkins. Ils sont tout aussi paumés que toi, répond-il à mes angoisses silencieuses.

Je hoche la tête, anesthésiée par les médicaments, l'alcool et toutes ces émotions écrasantes. Et puis, j'agrippe sa main, comme si c'était naturel pour moi de me lier à lui de cette façon.

— Je vais passer mon bras derrière ton dos, pour te soutenir. T'es à l'aise avec ça, mon cœur ?

— Mmmh...

*Je suis au contrôle, c'est moi qui décide quelles mains me touchent.*

Je m'accroche à son bras tandis que nous avançons vers la sortie de la boîte. Il se penche à mon oreille, son sourire satisfait retrouvé, et murmure :

— Depuis le temps que je me demande quel goût tu as, et ce que ça fait de t'embrasser...

Mon cœur rate un battement.

— Et ça fait quoi ?

— Comme un *shot* d'adrénaline en plein dans le cœur. T'as le goût du paradis sur la langue.

# 16

**_Ted_**

J'ai fait des recherches sur la femme de ménage dont Hawkins m'a parlé, qui travaillait au Eleanor Roosevelt High à l'époque où sa mère y étudiait. Je savais bien que son nom me disait quelque chose, mais j'étais loin de la vérité. Par un heureux hasard, ou un drôle de coup du destin, il s'avère que Martina Romano est aussi employée dans notre immeuble depuis deux ans. C'est en regardant la photo sur le téléphone d'Ashley que j'ai fait le rapprochement.

*Tu parles d'une coïncidence...*

Je n'ai pas décidé de ce que j'allais faire de cette info. Il faut dire que je n'ai pas de nouvelles de la brune aux mèches rouges depuis cette soirée en boîte de nuit où, après lui avoir roulé la pelle de sa vie, j'ai fini par la mettre au lit. Elle était mal en point, esquintée, bousillée... et je mentirais en disant que ça ne m'a rien fait de la voir comme ça.

Je n'arrête pas de me répéter que tout se passera bien pour elle, que son père finira par me lâcher et que je pourrai revenir à ma vie d'avant, celle où je n'avais pas à me soucier des états d'âme de sa fille. Mais plus je passe de temps avec elle, plus je me montre curieux. Ce qui n'était qu'une dette à rembourser – au début – évolue doucement vers une obsession un peu déplacée. Je veux connaître le fin mot de cette histoire, savoir ce qui pousse le coach à agir de cette façon. Et surtout, je veux comprendre ce qui a fait d'elle ce qu'elle est.

Ça me pousse à faire des trucs débiles, comme attendre un lundi à sept heures du matin que la femme de ménage pointe le bout de son nez pour nettoyer la cage d'escalier. Je lutte contre le sommeil depuis une demi-heure et manque de m'assoupir lorsqu'enfin, j'entends le bruit familier d'une serpillère qu'on essore dans un seau. Dos à moi et peu habituée à avoir de la compagnie – au beau milieu de la nuit, selon mon horloge interne –, madame Romano ne remarque pas ma présence. Pire encore, elle se croit seule, à en juger par la façon dont elle gesticule sur la musique qui se joue dans ses écouteurs à fils. Un peu embarrassé, je me racle la gorge, mais elle ne réagit pas et se met à fredonner les paroles d'une chanson italienne. Alors, j'emploie les grands moyens et tapote – respectueusement – son épaule gauche. Elle sursaute aussitôt, pousse un cri à réveiller Chris Stanford et place une main sur son cœur tandis qu'elle me fait face.

— Oh, mon... Vous m'avez fait si peur !

Gêné, bien qu'un peu amusé par sa réaction apeurée, je me gratte l'arrière de la nuque et lui offre un sourire que je veux rassurant.

— Désolé... C'est un peu ma spécialité, cela dit.

La frayeur passée, elle se met à me regarder de haut en bas. C'est fou, j'ai dû la croiser une bonne vingtaine de fois depuis que je vis là, et je n'ai jamais échangé plus que de simples politesses et marques de courtoisie avec celle qui s'occupe d'entretenir le bâtiment. Martina a de belles boucles brunes, même si elles virent au gris, la cinquantaine bien entamée, et elle porte un vieux jean ainsi qu'un tee-shirt délavé qui la ferait passer pour madame Tout-le-monde, si seulement je ne la soupçonnais pas d'être une petite cachottière...

*Non, je ne me laisserai pas avoir par votre air innocent et vos yeux rieurs.*

Le truc, c'est qu'elle me dévisage de la même façon. Comme s'il n'était pas normal de se promener dans les escaliers à une heure aussi matinale...

— Un problème, monsieur Greyson ?

— Non, aucun. Depuis quand travaillez-vous ici, déjà ?

Elle hausse un sourcil interrogatif, croise les bras sur sa poitrine.

— Je vous demande pardon ?

— Mmmh... Pour qui travaillez-vous vraiment, Martina ? demandé-je d'un ton suspicieux.

Elle affiche un air choqué avant d'éclater de rire.

— Mais vous rigolez, n'est-ce pas ? Monsieur Greyson... De quoi parlez-vous ? Est-ce que tout va bien ? Vous désirez vous asseoir un peu ?

*Si elle est coupable, elle joue très bien les innocentes.*

N'y tenant plus, je crache le morceau et range mon costume d'inspecteur dans le placard.

— Je suis désolé, madame Romano. J'ai quelques questions à vous poser.

*Bon, OK... une moitié de costume seulement.*

— Vous avez des soucis de voisinage ? J'ai fait quelque chose de mal ? s'inquiète-t-elle.

— Il n'y a aucun problème de ce côté-là, madame, vous faites un travail formidable, la rassuré-je avant de me remettre dans le personnage. Cela concerne une certaine Lucia Maria Alfieri, ce nom vous dit-il quelque chose ?

J'observe son visage s'illuminer une fraction de seconde, et ne lui laisse pas le temps de m'embobiner, sors mon téléphone pour lui mettre sous le nez la preuve de sa culpabilité. C'est la photo d'elle et de Rosa, vingt-trois ans auparavant.

— Ah, ne prenez pas la peine de me mentir, je *sais* que vous l'avez connue. Vous étiez amies, n'est-ce pas ? Elle et sa famille venaient d'Italie, aussi. Vous avez forcément créé des liens, en partageant le même âge et la même langue maternelle...

— Je…

— Pas la peine ! la coupé-je encore. Allons droit au but, voulez-vous ? Vous avez obtenu ce travail il y a deux ans. Oui, tout à l'heure, c'était une question piège ! Et ne me faites pas croire que c'est un hasard si vous avez choisi d'exercer là où vivent les amis de la petite-fille de votre complice. En plus, Ashley entre ici comme dans un moulin depuis que Maël est propriétaire de l'appartement. Alors ?

Elle soupire, un sourire amusé sur les lèvres, puis pose une main compatissante sur mon épaule endolorie par l'entraînement carabiné d'hier.

— Vous êtes certain que tout va bien ? Vous êtes un garçon si réservé, d'habitude…

Je la fusille du regard, voyant qu'elle essaye de me faire tourner en bourrique. Ça l'amuse.

— Si vous aviez cessé de m'interrompre à tout-va, je vous aurais répondu tout de suite. Lucia est l'une de mes meilleures amies, déclare-t-elle d'un ton empreint de compassion à l'évocation de son nom. Et vous aviez raison, le choix de mon lieu de travail n'est pas un hasard. Vous avez une minute ?

Je n'en reviens pas. *Juste comme ça ? Il suffisait de lui poser la question ?* Je hoche vivement la tête, elle m'encourage à m'asseoir à côté d'elle sur une marche d'escalier. Impressionnée par ma taille, elle siffle d'admiration en me dévisageant de haut en bas.

— Vous mangez bien, dites-moi !

Un petit rire m'échappe, un poids que j'ignorais porter jusqu'ici s'envole et m'allège de quelques grammes. Je réalise que je m'inquiétais pour la fille du coach plus que je ne veux bien l'admettre, et je commence à me demander si Fred n'avait pas raison de lui cacher certaines vérités. Mais Martina Romano ne semble pas contenir en elle le moindre grain de méchanceté.

Elle me raconte qu'elle et Lucia sont arrivées aux États-Unis la même année et qu'elles ont noué des liens tout de suite. Liens qui ne se sont jamais rompus, puisqu'elles sont toujours amies.

Elle a connu la mère d'Ashley, mais Lucia n'a jamais évoqué les raisons de son départ, et elle admet que de toute façon, elle ne m'en parlerait pas, à sa place. Quant à la grand-mère d'Ashley, elle a toujours voulu entrer en contact avec sa petite-fille, mais Fred le lui a formellement interdit, allant même jusqu'à la menacer de la poursuivre en justice si elle essayait. Alors, elle l'a surveillée à distance, récoltant des informations sur elle grâce aux yeux et aux oreilles de Martina, à présent agent d'entretien dans notre bâtiment.

— Vous voyez, monsieur Greyson, je suis aussi inoffensive pour votre petite amie que les pâtisseries de cette bonne vieille Lucia !

Je lui offre un sourire de connivence, même si je n'ai jamais goûté à ses sucreries, et ne prends pas la peine de la corriger concernant le titre de petite amie qu'elle attribue à Ashley. Parce que ça n'a aucune importance qu'elle le pense.

— Vous pourriez me noter son adresse ? demandé-je en lui tendant mon téléphone, ouvert sur l'application « Notes ».

Elle accepte sans broncher.

— Lucia n'y croyait plus, vous savez ? Il y a tout juste une semaine, elle s'inquiétait de se faire enterrer avant d'avoir pu rencontrer sa petite-fille.

Je ressens un pincement au cœur à l'évocation de la mort. Je n'en ai jamais eu peur, même si elle m'a arraché mes parents avant que je ne sois capable de m'en rendre compte. Lorsqu'ils sont décédés, Kayden et moi devions être placés chez un tuteur légal. Le seul membre connu de notre famille a refusé. Un juge s'est alors occupé de nous placer ailleurs. Nous étions devenus les nouveaux fardeaux de la société. Avec le recul, je me demande ce qu'il se serait passé si mon frère et moi avions eu l'opportunité d'aller vivre chez mon grand-père, au Ghana.

Kayden serait-il quand même derrière les barreaux ?

Je suppose que nous ne le saurons jamais, il est mort de tristesse un an après la perte de son fils unique.

— Alors, vous allez me raconter ce qui vous met dans cet état ? me demande Martina en me rendant mon téléphone.

Dans un dernier élan de suspicion, je tape l'adresse dans mon GPS – pour vérifier qu'elle existe bel et bien – et constate qu'elle n'habite qu'à une heure et demie d'ici.

Je devrais me taire, continuer à faire ce que me dit le coach comme un bon petit toutou, mais... d'un autre côté, il y a Ashley. Et contrairement à moi, une famille l'attend peut-être quelque part.

*Et si je faisais les deux ?* Si j'aidais Ashley à retrouver sa mère tout en prétendant aider son père à la mettre sur une fausse piste ? Ça serait réalisable, non ?

— J'ai rendez-vous pour une prise de sang. Et je vais enfin pouvoir reprendre les matchs !

— J'ignorais que vous étiez malade ! s'affole-t-elle.

Je grimace en prenant conscience que cette pauvre dame a une bien meilleure estime de moi que je le mérite, en vérité...

— Ouais... Ça m'a manqué, avoué-je.

— De vous jeter sur d'autres molosses de votre gabarit ?

Un léger sourire retrousse mes lèvres.

— Ouais... On peut dire ça.

J'accélère sur la voie rapide pour ne pas manquer mon rendez-vous à l'hôpital, et parce que j'aime la sensation que me procure la vitesse, j'appuie un peu plus fort que nécessaire sur la pédale d'accélérateur. À côté de moi, Max reste étonnamment silencieux, les yeux rivés sur l'écran de son téléphone, comme s'il attendait désespérément quelque chose.

Lorsque je suis rentré prendre une douche, il était dans le salon, à cogiter sur je ne sais quoi. C'est une règle implicite qu'on a instaurée entre nous. On ne pose pas de questions. Cependant, j'ai bien vu à la pâleur de son visage que quelque chose n'allait pas. Comme à son habitude, il a souri après m'avoir raconté une blague de merde, m'encourageant à garder le silence.

— Pourquoi t'as tenu à m'accompagner ? finis-je tout de même par demander pour combler ce blanc inhabituel.

*On parle quand même de Max, bon sang !*

— Mmmh ?

Je lève les yeux au ciel.

— Laisse tomber...

Il hausse les épaules, ouvre la boîte à gants et en sort mon matériel à rouler comme s'il avait fait ça toute sa vie. Il lui est arrivé de tirer deux ou trois taffes sur mes joints dans le passé, mais jamais jusqu'à présent il ne s'était servi lui-même.

— Tu ne vas pas le fumer sur le trajet ?!

— Pourquoi ? me demande-t-il d'un air absent.

— Parce que je vais me faire dépister, là. Et j'ai tenu suffisamment longtemps pour ne pas risquer d'être positif en devenant fumeur passif !

— OK ! T'es obligé de parler aussi fort ? Ma tête va exploser, là. Je le fumerai plus tard. Je me fais chier, ça m'occupe les mains.

*Ça lui occupe les mains ? Sur quelle planète son esprit tordu s'est-il échoué ce matin ?*

Parfois, j'aimerais lui poser les questions qui nous brûlent les lèvres à tous, mais je sais qu'il m'enverrait me faire foutre avec la délicatesse dont il sait faire preuve quand on se montre un peu trop indiscrets.

— Où as-tu appris à rouler ?

— Au lycée.

— Ça fumait des joints, dans ton lycée de bourges ?

Enfin... Je sais que les fils à papa faisaient partie des clients réguliers de Kayden, mais j'ai du mal à imaginer Max, un joint à la main, ou je ne sais quelle autre connerie il faisait pour se détendre, avant de se rendre en cours d'arts plastiques.

Il m'offre un petit rire accompagné d'un regard nostalgique qui, l'espace d'un instant, semble chasser de sa tête ce qui le tracasse.

— C'est Liam qui m'a appris.

— Ah... Je comprends mieux.

Non, je capte rien, mais Max se remet à causer de cette langue que personne ne comprend, et je le préfère mille fois chiant qu'absent. Mais peut-être que c'est ça, le problème, justement...

Lily m'avait prévenu que la secrétaire n'était pas très agréable. Elle est carrément exécrable. À la seconde où elle nous a reconnus, Max et moi, elle s'est empressée de jeter son faux sourire commercial dans la broyeuse à papier pour nous servir un air dédaigneux.

— Vous êtes en retard ! crache-t-elle.

On ne le serait pas, si elle avait daigné nous calculer au lieu de nous faire poireauter pendant quinze minutes pour se limer les ongles.

— Ça ira. Pour cette fois, ajoute-t-elle sur un ton menaçant.

Je me dirige vers la petite salle indiquée, Max sur les talons, lorsque la secrétaire nous interrompt une nouvelle fois de sa voix tranchante de dédain.

— Votre ami ne peut pas vous accompagner.

— Quoi ?! s'offusque Max. Qui lui tiendra la main quand il aura bobo ?

— Comme c'est mignon..., réplique-t-elle avec un sourire hypocrite. Il ne vient pas.

Mon ami laisse échapper un soupir de frustration légèrement mélodramatique, mais finit par abdiquer.

J'attends sur un fauteuil, les deux bras posés sur les accoudoirs, plus prêt que jamais à me faire piquer, quand l'infirmière entre dans la pièce.

Son sourire éclatant suffit à faire oublier les cernes violacés qui prouvent à quel point son métier est éprouvant. Elle porte une tenue blanche, propre et nette, symbole de sa profession. Elle est vêtue d'une blouse à manches courtes, d'un pantalon ample et confortable, ainsi que de chaussures fermées pour protéger ses pieds. Sur sa poitrine, elle arbore fièrement son badge d'identification, qui indique son nom et sa fonction : Fall Davies. Ses cheveux ondulent dans une queue-de-cheval basse, leur couleur me rappelle celle des premières feuilles mortes qu'on retrouve le long des parcs en octobre. Sa peau est dorée, avec de jolis reflets chauds, et ses yeux... sont les plus clairs que j'aie jamais vus de ma vie. À vrai dire, elle aurait pu être mon style, si elle ne sentait pas aussi fort... l'innocence ? La naïveté ? Je n'arrive pas à me décider. Une chose est sûre, elle ne laisse personne indifférent, et quand je la regarde, j'ai la sensation d'admirer un coucher de soleil un soir d'été. Elle fait partie de cette catégorie de personnes qui vous font vous sentir bien par leur simple présence, un peu comme ces plaids qui vous réconfortent en automne, quand les nuits se font plus fraîches.

En résumé, son métier lui va bien, et je suis content qu'elle soit chargée de ma prise de sang.

— Pas trop stressé ? plaisante-t-elle en préparant son matériel.

Concentrée sur sa tâche, elle enfile une paire de gants, attrape les tubes à essai et vérifie que ses accessoires de torture sont stérilisés.

— Le gauche ou le droit ? demandé-je en lui proposant mes deux bras.

D'un œil intrigué, elle étudie plus qu'elle n'admire les tatouages qui recouvrent ma peau.

— Quel dommage, soupire-t-elle en tâtant mes veines. Elles sont bien trop belles pour être cachées.

— Fantasmes bizarres ?

Elle serre le garrot autour de mon bras gauche.

— Rien que les rêveries d'une infirmière épuisée.

Je lui accorde un petit rire tandis qu'elle plante son aiguille et se concentre sur sa tâche.

— Je n'ai rien senti, dis-je lorsqu'elle termine et libère mon bras.

— Vous semblez déçu..., réplique-t-elle d'une petite moue moqueuse. C'est donc vrai, ce qu'on dit à propos des Giants ?

— Quoi donc ?

— Que vous êtes des grosses brutes ! Enfin, je m'attendais à ce que vous pleurnichiez, le dernier de vos semblables à être passé entre mes mains a pratiquement tourné de l'œil.

Je me souviens de la petite scène que Maël a faite à l'hôpital, l'année dernière, lorsqu'il est venu donner son sang.

— Ça ne relève pas, genre... du secret professionnel, ce type d'info ?

Elle regarde à droite, puis à gauche, et murmure sur le ton de la confidence :

— Qui a dit que j'étais professionnelle ?

Et comme je dévisage son uniforme d'un air moqueur, elle ajoute :

— Oh, ça ? Je suis juste une grande fan de *Grey's Anatomy*. Depuis que je me suis échappée de l'asile, je me déguise tous les matins et je prétends travailler ici.

Je ris avec elle de sa plaisanterie et me dis que son humour plairait sûrement à quelqu'un que je connais...

Une idée me vient soudain à l'esprit : je troque mon costume d'inspecteur de ce matin contre celui du Dr Love.

— Ça vous dirait d'assister au prochain match des Giants ? Contre les Eagles ? Ça promet du lourd...

Elle se fige, rougit violemment et se met à danser d'un pied sur l'autre, mal à l'aise.

— Euh... Je... Vous n'avez quand même pas pris ma gentillesse pour de la drague ? Non, parce que ça m'arrive souvent et... je parle beaucoup, je sais, mais si vous avez mal interprété mon comportement, je m'en excuse, parce que... eh bien...

Je pourrais abréger son malaise, l'interrompre et la rassurer en lui avouant que moi non plus, je n'essayais pas de la draguer. Mais je préfère la regarder rougir et se confondre en excuses. Plaisir coupable.

— ... Bien que vous soyez vraiment bel homme, ne vous méprenez pas là-dessus... Je veux dire, évidemment, cela n'a rien à voir avec votre physique, mais... je ne suis pas intéressée, achève-t-elle, à bout de souffle.

*Tout ça ?* Je me retiens de pouffer de rire face à sa gêne, et mets fin à son supplice.

— Je n'étais pas en train de vous faire du rentre-dedans, la rassuré-je.

— Tant mieux ! souffle-t-elle, soulagée. En plus, je ne m'intéresse pas du tout au football. Bon, j'ai déjà regardé quelques matchs, mais seulement si les Giants jouaient. Parce que je suis une bonne New-Yorkaise !

Elle se plaque une main devant la bouche, réalisant que c'est certainement la seule chose capable de stopper son débit de parole impressionnant.

Soudain, l'éclat de rire de la secrétaire venant du bout du couloir transperce les parois des murs. Ça doit être tellement rare que tout l'hôpital a dû l'entendre.

— Ah, monsieur O'Donnel, vous m'en faites voir de toutes les couleurs !

— Max ?! s'étonne Fall.

J'arque un sourcil dans sa direction, elle rougit aussitôt, se rendant compte de son erreur.

*Max te plaît, ma jolie ?*

— Mmmh... Je comprends mieux pourquoi c'est cette équipe en particulier qui vous intéresse.

— Quoi !? Mais non, pas du tout !

— Il est célibataire..., insisté-je.

— Je m'en fiche !

— Alors comme ça, vous êtes une grande fan de notre meilleur wide receiver ?

Elle me fusille du regard.

— Il doit y avoir des vidéos de lui tout nu qui traînent sur Internet...

Elle enfouit son visage écarlate dans ses mains abîmées par les produits désinfectants et les lavages récurrents.

— Par pitié...

Je ris une nouvelle fois, et me permets d'attraper le stylo accroché à la poche de sa blouse blanche. Mon infirmière écarquille les yeux, mais ne dit rien lorsque je saisis son bras et commence à y inscrire les chiffres qui composent le numéro de Max. Un jour, il a insisté – pour ne pas dire qu'il m'a harcelé – pour que je l'apprenne par cœur. Croyez-le ou non, il avait dans l'optique que ça me serve dans ce genre de situation. Pour être honnête, je n'aurais jamais cru m'en servir, ou être capable de m'en souvenir, mais alors que j'inscris le dernier numéro, je l'entends encore chantonner les chiffres qui le composent dans ma tête.

— Je ne l'appellerai pas, tu sais ?

Je suis surpris qu'elle se permette de me parler aussi familièrement, mais décide de poursuivre sur la même lancée.

— Tu devrais. Tu lui plairais beaucoup. Et l'invitation tient toujours, si tu veux que je te procure des tickets...

*Il semble désespérément avoir besoin de quelqu'un comme toi.*

Quelqu'un qui n'est ni Maël, ni moi, ni aucun d'entre nous.

Elle remue la tête de gauche à droite.

— C'est gentil, mais je crois que je vais rester éloignée du MetLife Stadium, là où c'est plus sûr pour mon cœur.

— Sa réputation le précède ?

— On peut dire ça. Bonne journée, Ted.

Lorsque je rejoins Max, il est avachi sur le comptoir de la secrétaire qui glousse comme une dinde. Je l'attire par le bras, cherchant à l'emmener en direction de mon infirmière, mais elle a disparu...

— Je te jure mec, j'ai réussi à dérider Karen !

— Elle s'appelle Karen ?

— J'en sais rien... Je ne lui ai pas demandé, mais elle a une tronche de Karen.

— Peu importe ! Je t'ai trouvé une infirmière. Elle est belle, intelligente, vraiment drôle, et elle...

— ... est bonne ? Chaude comme la braise ?

Il ne réagit pas quand je lui assène une claque derrière la tête pour lui remettre les idées en place.

— Elle s'appelle Fall, et elle te trouve canon.

Il s'arrête un instant, je manque de percuter son dos.

— Fall..., marmonne-t-il. Comme l'automne ?

— Ouais ?

— C'est joli, admet-il simplement avant de se remettre à marcher en direction de la voiture.

C'est à cet instant que je reçois un SMS qui anéantit ma bonne humeur. Il provient d'Ashley, et elle n'a pas envie d'avouer que je lui manque.

# 17

***Ashley***

J'ai essayé de vivre avec l'idée qu'un homme ait découvert ce qui se cache sous mon armure de fer. J'ai vraiment essayé de me dire : ce n'est pas grave, tu saignes comme tout le monde, tu pourriras comme les autres, ça ne change rien. Mais ça change tout. Je me sens incapable d'affronter son regard teinté de pitié, ses gestes maîtrisés, maintenant qu'il craint de blesser la petite chose fragile qu'il pense que je suis. Finalement, « ce n'est pas grave », jusqu'à ce que ça le devienne et qu'il s'en serve contre moi. Dans un instant de faiblesse, je lui ai cédé sur un plateau d'argent les armes pour me faire du mal. C'est comme livrer ses pensées inavouables à un ami bourré au beau milieu de la nuit, et le regretter le lendemain matin.

*Il en sait trop sur moi.*

J'ai longuement réfléchi à Ted, à ce qu'on a partagé et à ce que sa compassion m'a fait ressentir. J'ai ressassé cette soirée à m'en donner envie de vomir, à m'empêcher de dormir.

C'est son silence qui m'a finalement décidée. Au fond, j'ai conscience de n'être qu'une lâche qui abandonne les autres avant qu'ils n'aient l'opportunité de le faire eux-mêmes. Je le sais, mais ça ne m'empêche pas de partir en courant quand je sais que l'autre ne rêve que de prendre la fuite.

– Ash ! Arrête de rêver et occupe-toi de ces messieurs, me

réprimande mon patron. On ferme dans une heure, et leurs chopes ne vont pas se remplir toutes seules !

Je me permets un sourire insolent, lève mon majeur à l'intention de Jazz et m'active à faire ce qu'il me demande en ignorant ses menaces de me virer.

Ici, je peux être celle qui me plaît, loin de cette coquille vide ramassée sur le sol crasseux d'une boîte de nuit. Je suis l'impertinente et exubérante Ashley, qui n'a peur de rien, et fait même un peu peur à certains, parfois.

Je m'occupe de la vaisselle, nettoie les derniers verres en prenant garde de n'en briser aucun. J'observe mes derniers clients d'un air maternel, bienveillant. Mon père m'a dit un jour que je n'avais rien à faire avec ces « déchets de la société ». La vérité, c'est que je me sens plus proche de ces âmes égarées que je ne le serai jamais de Fred.

— Eh ! Rends-moi ça ! m'exclamé-je, lorsque Jazz arrache mes lunettes de soleil. J'ai la gueule de bois, je te signale...

— Tu donnes une mauvaise image de mon bar à ma clientèle, ronchonne-t-il.

Sceptique, je fais rapidement le tour de ladite « clientèle ». Deux soûlards avachis sur le billard, un rat et deux araignées sous le plafond qui, soit dit en passant, n'ont pas bougé depuis une semaine.

*Sérieux, elles n'ont même pas touché à la mouche que j'ai jetée dans leur toile ?*

Mais Jazz insiste, je discerne de l'inquiétude dans son regard fatigué, et cette attitude paternelle suffit à faire fondre mon cœur.

— J'ai une mine affreuse. Pour le bien de la clientèle, crois-moi, il vaut mieux que je les garde.

Il soupire, me restitue l'objet qu'il vient de me voler et dit :

— Tu es très jolie sans, Ash. Et trop jeune pour te faire une cirrhose.

Un jour, Jazz m'a dit qu'il avait une fille de mon âge. Après son divorce, elle et sa mère ont déménagé dans l'Ohio, loin de mon patron. Il ne la voit plus que quelques fois dans l'année, pourtant il en parle toujours avec fierté. Elle lui manque, mais leur amour résiste à la distance.

Sur le point de fondre en larmes ou d'exploser de jalousie, je me concentre sur mon job et m'applique à nettoyer les tables avant de remonter les chaises. Je ne décolère pas, et quand je termine, je me dirige vers le couloir dans le fond, celui qui donne accès aux toilettes. J'attrape un marqueur noir et dépose ma marque, là où chaque visiteur est libre de graver une preuve de son passage dans le bar.

***À toutes celles dont le père leur a brisé le cœur avant que quiconque n'ait l'opportunité de le faire, ramassez les morceaux et jetez-les-lui à la figure !***

*Qu'ils aillent se faire foutre !*

Je reviens sur mes pas, prête à reprendre du service mais, alors que la porte d'entrée du bar claque dans mon dos dans un bruit assourdissant, faisant sursauter l'un des alcooliques sur la table de billard, un vent empreint d'électricité fouette l'arrière de ma nuque sur laquelle quelques-uns de mes cheveux se dressent d'appréhension. Son maudit parfum accélère les battements de mon cœur, sa présence me noue la gorge, et sa colère, perceptible même si je ne le vois pas, suffit à me donner envie de prendre mes jambes à mon cou. J'inspire une fois, expire lentement et me retourne pour affronter mon talon d'Achille au teint hâlé. Frappée par sa beauté brute, je me retiens de baver sur le sol poussiéreux de mon lieu de travail. Cet enfoiré a osé le *full black*. Seul l'anneau argenté de sa ceinture luxueuse se démarque des matériaux précieux qui constituent sa tenue. Est-il seulement conscient de son pouvoir de séduction quand il est habillé ainsi ? *Sûrement…*

Il pourrait me piétiner que je l'en remercierais. Consciente d'aller trop loin dans mes fantasmes déplacés, je ferme les yeux une seconde de trop pour qu'il ignore l'effet qu'il a sur moi. Ça ne le dissuade pas de me rejoindre en deux pas de géant pour me forcer à affronter ses reproches, éclairés sur le téléphone qu'il impose à quelques centimètres de mon visage.

— C'est quoi ce bordel ?

Je me racle la gorge pour gagner du temps et retrouver ma répartie légendaire.

— Allons, Teddy, je sais que tu te fais vieux, mais quand même... Au XXIe siècle, tu vas me dire que tu ne sais pas ce qu'est un texto ?

Mon sarcasme ne lui fait même pas esquisser la moitié d'un sourire.

— « Laisse tomber », cite-t-il, « ce pari de merde et tout le reste. J'ai un tas de choses à faire, et tu n'en fais pas partie. »

Il s'arrête, sourit d'un air malsain et interrompt sa lecture pour commenter :

— J'aime bien ce jeu de mots, cela dit. « Je ne fais pas partie des choses que tu as prévu de te faire ». J'avoue, ça m'a fait sourire.

— Euh... merci ?

— « Je dois retrouver ma mère, et valider mon année », reprend-il. « Sans rancune, mec ! A + »

Je me dandine d'un pied sur l'autre, aussi amusée que mal à l'aise.

— Tu as une très belle élocution, en tout cas... C'est agréable de t'écou...

— « A + » ? Tu te fous de ma gueule ? Je ne mérite même pas que tu l'orthographies correctement ? C'est pas une explication, ça, Hawkins. C'est un post-it laissé sur le frigo.

Comme si je ne me sentais pas assez mal comme ça, je remarque Kelly et Jazz, tous deux accoudés contre le bar. Sourire aux lèvres, ils se partagent un bol de cacahuètes tout en profitant du divertissement.

— Que je résume : je prends soin de toi et veille sur toi toute une soirée, parce qu'on sait tous les deux que tu n'es qu'une putain de bombe à retardement. Je t'aide à marcher, parce que t'es incapable de mettre un pied devant l'autre, puis je te dépose dans ton lit en un seul morceau par je ne sais quel miracle, et toi, pour me remercier, tu fais quoi ?

— ... je te laisse un post-it sur le frigo ?

Il me fusille d'un de ces regards noirs dont lui seul détient le secret.

— Tu me *ghostes*, et tu reviens comme une fleur pour me larguer avec un vulgaire « A+ » ?! Et le pire, c'est que j'ai l'impression que tu viens de rompre, alors qu'on n'est même pas ensemble ! C'est quoi, ton putain de problème ?!

Je reste silencieuse un instant. C'est à ce moment-là que Jazz se permet de m'enfoncer encore un peu dans le terrier de la honte.

— T'as vu ça, Kelly ? On a droit à une véritable série, ce soir. Mieux que *l'Incroyable Famille Kardashian* !

Ted leur offre un sourire charmeur avant de m'assassiner une nouvelle fois. Néanmoins, je discerne une pointe d'amusement cachée derrière son ego blessé.

— Écoute...

Il ne me laisse pas le temps de me justifier de quoi que ce soit.

— Je vais te laisser une chance de te rattraper.

— Excuse-moi ?!

— Oh, il va falloir faire mieux que ça, réplique-t-il, usant du même sarcasme que moi.

Je le dévisage, à présent exaspérée par son attitude un poil trop dominatrice à mon goût. Pour qui se prend-il ? OK, ce n'était pas cool de ma part, mais ça ne justifie certainement pas qu'il m'humilie de la sorte !

— Tu t'en remettras, t'es un bon garçon, le nargué-je avec un sourire vicieux.

Il arque un sourcil en retour.

— Ouais, je suis un bon garçon, t'as pas idée à quel point, mon petit cœur...

Il avance d'un pas, me dominant de toute sa hauteur.

— ... et parce que je suis un bon garçon, je vais te donner une chance, une seule, de me jeter comme il se doit.

Je déglutis, sa bouche se tord en un sourire narquois. Son torse frôle ma poitrine, sa voix baisse de quelques octaves.

— Tu peux me demander de partir, Hawkins. Personne ne te force à jouer avec moi, mais je mérite au moins ton honnêteté, tu ne crois pas ?

Envoûtée par les notes sucrées de son parfum, je m'empêche de respirer, en espérant ne pas avoir ingéré trop de son philtre d'amour, pour pouvoir lui résister encore un peu.

— Dis-moi la vérité, ajoute-t-il face à mon mutisme. Dis que tu ne me veux pas.

*Je te veux.*

— Dis que t'en as marre, que tu t'es lassée de nos jeux.

*Je n'ai pas envie que* tu *te lasses.*

— Ou dis-moi la vérité, admets que t'es morte de peur. Mais qu'est-ce qui te terrifie autant, putain ?!

*Que tu me brises le cœur !* ai-je envie de lui hurler.

— J'en sais rien, OK ?! nié-je lâchement à la place.

Un rire cynique plus tard, le revoilà en train de me tuer du regard.

— Non, Hawkins. Pas OK.

Il soupire.

— Parce que t'es cinglée, et que t'as le syndrome du cœur brisé, je te laisse trois secondes pour me trouver une excuse bidon, ensuite on repart sur de bonnes bases. Je te laisse une chance de mentir, alors saisis-la. Raconte-moi que t'es tombée amoureuse de quelqu'un, que ton hamster vient de crever ou que je ne suis pas ton style.

— C'est vrai qu'elle a le syndrome du cœur brisé ! intervient Jazz en s'enfilant une cacahuète.

— Et Ted est le style de tout le monde, commente cette traîtresse de Kelly.

J'inspire un grand coup, puise mon venin quelque part et attaque :

— Cette discussion commence à me taper sur les nerfs. Je me suis lassée, c'est tout. Tout ça, c'était une erreur. T'es peut-être sexy, et je ne vais pas mentir en niant te vouloir dans mon lit, mais t'as rien d'autre. T'es plat, ennuyant, et je me fais chier. À part ton joli petit cul, rien ne m'intéresse. Content ?

Il cligne des yeux, puis éclate de rire.

Quant à moi, je me déteste de réussir à débiter des mensonges aussi instinctivement que je respire. Parfois, mes mécanismes de défense me terrifient. Mais au lieu de se sentir vexé, blessé dans son ego et de me tourner le dos, Ted m'assomme de son hilarité.

— T'es vraiment... bizarre. J'en conclus que tu me kiffes et que tu meurs d'envie de passer du temps avec moi. Je te laisse te changer, et puis je t'attends dans ma voiture.

*Hein ?!*

— On peut savoir comment t'es parvenu à cette conclusion, alors que je viens de te rembarrer ?

Son sourire en coin me fait trop d'effet, je recule d'un pas pour me protéger, il avance d'un autre pour m'empêcher de lui échapper. Prudent, il cale son index sur ma poitrine et murmure d'un souffle chaud :

— Quand ton cœur s'emballe aussi fort, ça ne peut signifier que deux choses. Un : t'as peur que je te fasse du mal physiquement. Je ne crois pas me tromper en affirmant qu'on a dépassé cette étape depuis longtemps.

Non, effectivement. C'est pour ce qui bat à l'intérieur de ma poitrine que je m'inquiète.

— Deux..., reprend-il, t'es rien qu'une sale menteuse.

Écrasée par sa confiance en lui, je me défile en effectuant un pas sur le côté. Cette fois, il me laisse prendre mes distances et je récupère contenance.

— Tu veux la vérité ? Eh bien, t'es beaucoup trop secret. T'en connais trop sur moi, alors que je ne sais finalement pas grand-chose de toi.

Il croise les bras sur sa poitrine, scanne mon corps sans oublier la moindre parcelle de peau et dit :

– Rouge. Je crois que ma couleur préférée est le rouge, ou peut-être le gris, je ne me suis jamais posé la question.

– Quoi ?

– J'adore les Chase Atlantic et le reggaeton, mais à petite dose. Je n'aime pas beaucoup ces groupes de rock que t'écoutes cracher dans tes écouteurs à longueur de temps. Je trouve la déco de ton appartement à la fois immonde et unique en son genre, et je le sais parce que Lily m'a forcé à regarder des photos.

– Ted, qu'est-ce que...

– J'aime le calme, mais je préfère le chaos. Je participe parfois aux combats clandestins que t'as découverts l'autre soir, je sais que tu te posais la question. Et non, ce n'est pas une histoire d'argent, je ne suis pas immature financièrement au point de dépenser l'intégralité de mon énorme salaire de footballeur.

Je cligne des yeux, essayant d'emmagasiner un maximum d'informations sur lui. Plus il parle, plus je veux qu'il le fasse. J'avale ses paroles, encore et encore, et je n'en ai jamais assez.

– Les crêpes au Nutella de Kayden ont meilleur goût que n'importe quelle bouffe servie dans ces restaurants étoilés. Et je ne dis pas ça seulement parce qu'il s'agit de mon grand frère.

Mon cerveau bugge, je bredouille quelque chose qu'il ne me laisse pas le temps de formuler comme il se doit. Il reprend, ignorant la bombe qu'il vient de me lancer, et je n'ai d'autre choix que de m'accrocher à ses lèvres pour suivre son débit de paroles.

– Je déteste Halloween, les déguisements, les maisons hantées et les films d'horreur. Je ne crois pas aux mauvais esprits, enfin on ne sait jamais, alors dans le doute...

– Un grand gaillard comme toi ? gloussé-je.

Il me fusille du regard, mais je discerne l'ombre d'un sourire sublimer son beau visage ténébreux.

— Pour l'anecdote, j'ai emmené une fille au ciné, une fois. Elle voulait absolument qu'on regarde un film d'épouvante. Elle devait s'imaginer qu'elle pourrait se blottir dans mes bras afin que je la protège, un truc dans le genre. Mais la pauvre a dû me tenir la main tout le long du film, et je ne l'ai pas lâchée. Même dans le parking souterrain, quand j'avais peur de voir débouler la Dame blanche... Bref, à seize ans, j'étais super con.

Ces salauds de Kelly et Jazz éclatent de rire, tout en terminant les dernières miettes de leur bol d'apéritif.

— Je suis Scorpion, ascendant Scorpion. Et si je le sais, c'est parce que Cassie est passionnée d'astrologie, de pierres précieuses et de toutes ces conneries spirituelles avec lesquelles elle me bourre le crâne depuis toujours. Au fait, elle et moi, on a couché ensemble quelques fois dans le dos de mon frère. Enfin, ce n'est pas comme si on avait tenté de le cacher.

J'ouvre la bouche, ma mâchoire sur le point de s'écraser sur le sol.

— Je t'en parlerai un jour, si tu veux que je te rappelle à quel point je suis un « bon garçon », me cite-t-il. Je chante faux, tellement que tu me supplierais d'arrêter si je décidais de pousser la chansonnette. Ouais, je n'ai pas hérité du don de ma mère. Il paraît qu'elle était douée, mais je ne m'en souviens plus, elle et mon père sont morts dans un glissement de terrain quand j'étais gamin.

*Crac*, mon cœur se brise, cependant je n'ai pas le temps de ramasser les morceaux qu'il poursuit :

— Je crois bien que Max est mon meilleur ami. J'adore Maël, Chris et Kyllian, mais ce sale gosse a un truc en plus qui fait que parfois, on se comprend sans se parler. Paradoxalement, il est aussi celui que j'ai le plus de mal à supporter pour les mêmes raisons.

Je comprends ce qu'il veut dire. Il y a des jours où déballer ce qu'on a sur le cœur est trop difficile. C'est dans ces moments-là que ça fait du bien de se sentir compris. D'autres fois, on aimerait garder nos secrets enfouis pour qu'ils ne soient jamais découverts, et ceux qui nous connaissent par cœur et lisent en nous comme dans un livre ouvert deviennent nos pires ennemis.

— Et pour finir…

Il aspire sa lèvre inférieure, qu'il coince une seconde entre ses dents, l'air espiègle de celui qui s'apprête à avouer l'un de ses péchés. Ses yeux rencontrent ma bouche avant de remonter vers les miens.

— … j'aime bien quand tu me dis que je suis un « bon garçon » pour *toi*, Ashley.

Et juste comme ça, je ne rêve plus que de lui arracher ses vêtements, pour lui prouver à quel point il pourrait vraiment aimer ça.

— Ça me change, achève-t-il avec un haussement d'épaules. Tu vois, en cinq minutes, t'en sais plus sur moi que le contraire.

Il se tourne alors vers Jazz et Kelly, qui n'ont pas manqué une miette du spectacle qu'on vient de leur offrir.

— Elle a terminé ?

— Non.

— Ouiiiiii ! s'exclament en chœur ceux que je pensais être mes amis.

Un sourire satisfait se plante sur le visage de Greyson.

— Alors, je t'attends dans ma voiture, comme prévu.

*Regarde-moi prendre la fuite et ne jamais te rejoindre…*

Face à la porte de sortie, il se tourne vers moi et me défie d'un regard suffisant.

— Oh, et… n'imagine pas être en mesure de m'échapper, mon cœur. Ta moto n'est plus vraiment en état de rouler…

Le rouge me monte aux joues, de colère cette fois. Avant même qu'il n'avoue sa faute, j'anticipe ce qui va suivre et le rejoins d'un pas rapide, déterminée à perforer les yeux de cet énorme connard.

— Du calme… Je lui ai juste crevé les pneus. J'étais énervé. Non. *Tu* m'as énervé. De toute façon, ils étaient lisses, et j'ai aussi remarqué que tes plaquettes de frein devaient être changées. T'inquiète, une dépanneuse est déjà en chemin pour s'occuper de tout ça à mes frais.

Folle de rage, je n'en reviens pas qu'il s'octroie le droit de me manipuler de la sorte, de me contrôler au point de m'ôter mon unique moyen de locomotion. Je ne vois que du rouge, et ça a l'odeur de son sang. Guidée par ma haine, je lui assène une gifle suffisamment puissante pour lui déboîter la mâchoire… si seulement il n'avait pas attrapé ma main au vol avec une facilité déconcertante. Alors que je tente de la lui arracher, il la porte à ses lèvres et y dépose un chaste baiser qui ne fait qu'envenimer ma colère.

— Tu vois ? Comme je sais être un *bon garçon*, me provoque-t-il. Au fait… *à plus !*

Mes Dr. Martens compensées résonnent sur le pavé à chacun de mes pas, mon sweat-shirt à l'effigie du groupe Imagine Dragons pèse lourd sur mes épaules. Un effet secondaire de ma colère écrasante, sans doute.

— Je vais te briser les rotules ! menacé-je.

Je suis prête à broyer les deux cent six os qui composent son corps, à faire de la bouillie de son expression suffisante. J'ai relevé mes cheveux en une queue-de-cheval haute pour l'occasion.

Adossé à la carrosserie de sa BMW, Ted écarquille les yeux lorsqu'il remarque la batte de baseball que je tiens fermement dans ma main droite. Voit-il ma détermination se refléter dans le métal poli de mon arme ?

Il avance d'un pas, certainement pour éviter à sa voiture de se faire massacrer. Mais ce n'est pas elle que je vise. La pauvre n'est pas la cible de ma haine. Le coup fend l'air, Greyson l'évite de peu.

— T'es malade ?!

Je hausse une épaule, réitère. Il finira bien par s'épuiser…

— Peut-être.

Je recommence, envoie la batte de toutes mes forces, mais il parvient à m'échapper de justesse.

— Tu vises la tête, putain ! Reprends-toi, tu veux me tuer ou quoi ?

— Belle déduction, répliqué-je.

J'enchaîne les attaques, regrettant qu'il parvienne à trouver une parade à chaque fois. Je lui hurle chacun des mots inscrits dans mon dictionnaire d'insultes, et il est bien fourni ! Finalement, je m'épuise avant lui, il en profite pour me désarmer, envoyant valser ma batte sur le trottoir. Ce n'est pas grave, il me reste toujours mes mains, mes poings… et mes griffes, si jamais ça ne suffit pas. Enfin, quand je n'aurai plus rien, j'utiliserai mes dents.

— Tu. Ne. Touches. Pas. À. Ma. Moto.

Je ponctue ma phrase de coups portés à son estomac, nous faisant reculer vers sa caisse. Je crois qu'il commence à se lasser, parce qu'il saisit mes bras, les force derrière mon dos et me plaque la tête sur le capot. Il ne me fait pas mal, pas vraiment en tout cas, mais je ne décolère pas. Ma respiration sifflante forme une couche de buée sur la carrosserie.

— C'est bon, là ? T'es calmée ?

Les mouvements inutiles que j'effectue pour me débattre face à cette grosse brute répondent pour moi. Ted se penche en avant sur mon dos afin de me murmurer à l'oreille de nouvelles provocations.

— Restons comme ça un instant.

*Argh !* Mon irritation sous forme de gémissements peu féminins lui provoque un petit rire. Il desserre légèrement sa prise sur mes poignets, histoire de prendre la température.

— Tu trouves ça bizarre, si je te dis que je te trouve bandante, quand t'essayes de m'achever à la batte ? demande-t-il.

Et je perçois un sourire dans sa voix.

— Ouais, putain !

Malgré tout, je ne suis plus aussi déterminée qu'avant. Mais s'il m'en laisse l'opportunité, je lui ferai tout de même mordre la poussière.

— Ça va... Tu la retrouveras demain en meilleur état que quand tu l'as quittée, pourquoi t'en fais toute une histoire ?

Il me laisse me redresser pour lui faire face. Je pourrais prendre le temps de lui expliquer à quel point il m'est insupportable qu'un homme se permette de me piéger, comme il m'est difficile de tolérer son ascendant sur moi. La façon dont il tente de me manipuler, de me diriger pour que je réponde à ses caprices de la manière qui lui convient le mieux, mais je lui en ai déjà trop dit, et je n'éduque pas les hommes. Je préfère apprendre aux femmes à se battre, elles sont meilleures élèves que leurs semblables à queue.

Il me dévisage d'un drôle d'air, comme s'il cherchait à comprendre ce que cachent mes silences. Les mains à plat sur le capot, le cul posé sur la partie avant de sa voiture, je le laisse se placer entre mes jambes, maudissant mon organe vital de me trahir aussi souvent quand il est en sa présence. Un instant, je me demande s'il va m'embrasser. Pire, je me demande si je le laisserais faire, même après ce qu'il vient de se passer. Et enfin, je questionne ma santé mentale. Mais il se contente de placer sa main contre ma joue. Elle est si grande qu'elle enveloppe tout le côté de ma tête. Je l'interroge du regard, il frotte ma pommette de son pouce pour y récupérer le cambouis que j'ai ramassé par sa faute. Et il s'éloigne.

— Tu viens ?

*Ai-je vraiment le choix ?*

Sur le trajet, je m'entête à ignorer chacune des approches de mon chauffeur. S'il ouvre la bouche pour parler, j'augmente le volume de la musique que crachent les haut-parleurs. Quand il se plaint d'avoir mal au crâne, je bouge la tête de gauche à droite comme si je me trouvais à un putain de concert. En prime, je lui fais des doigts d'honneur.

— Puisque tu refuses de me parler, je vais chanter.

Après s'être raclé la gorge, Ted s'exécute et interprète à sa façon *Right round* de Florida. De toute ma vie, je n'ai jamais entendu de notes aussi assourdissantes. C'est tellement faux que si la musique originale ne passait pas en fond, je ne l'aurais pas reconnue. Au début, je me contiens, seulement son entêtement finit par m'arracher un rire, puis deux, et je sais qu'il a gagné lorsque je sombre dans l'hilarité. Satisfait, il me fait cadeau d'un petit sourire en coin, pas embarrassé le moins du monde.

— Si j'avais su que chanter comme une casserole me servirait un jour...

Je refuse toujours de lui parler, pourtant je ne le déteste plus tout à fait. Mon cœur et ma raison n'arrivent pas à se mettre d'accord, et je suis trop fatiguée pour trancher, alors je regarde le paysage défiler par la fenêtre à grande allure.

Bientôt, je retrouverai mon appartement vide, consciente que Lily n'y sera certainement pas. J'aime la solitude, cependant je l'exècre avec la même intensité. Je me mets à chercher des parades pour repousser le moment de rentrer, fouille mon répertoire, mais ne trouve personne pour combler le vide familier qui m'écrase la poitrine.

Je reporte mon attention vers Ted, concentré sur la route. Mon regard parcourt chaque centimètre de sa peau brune, à la recherche des cicatrices qu'il m'a laissé le privilège de découvrir du bout des doigts.

— T'en as combien ? Des tatouages, je veux dire.

Il arque un sourcil, surpris que je me remette à lui faire la causette.

— J'ai arrêté de compter après le centième. Et toi ?

J'ignore sa question, parce que je sais où j'ai envie de le mener, et il est hors de question qu'il reprenne le dessus une nouvelle fois. Ni ce soir ni jamais, je m'en fais la promesse.

— Et... ils ont tous une signification particulière ?

Il hausse les épaules.

— Ça dépend... Pas vraiment, admet-il.

Là, je retrouve le Ted Greyson que j'ai toujours connu. Celui qui ne s'éternise pas sur des sujets qu'il considère comme futiles, ne répond que par des phrases courtes et ne soutient pas les conversations.

Alors que je soupire de résignation, il me surprend en ajoutant :

— J'ai fait le premier parce que je trouvais ça stylé, m'avoue-t-il en retroussant la manche de son pull léger pour me dévoiler une petite araignée placée sur son coude. C'est une référence à un *anime* que je regardais quand j'étais gamin... Enfin, bref, pas celui dont je suis le plus fier.

Il rit doucement et enchaîne.

— Je ne sais pas qui de l'encre ou de l'aiguille m'a rendu accro le premier. Je dirais que c'est le savant mélange des deux, et la sensation de picotement sur ma peau... Certains représentent des choses qui me parlent, mais honnêtement, la plupart sont juste là pour exacerber ma beauté.

Je lève les yeux au ciel, ce qui l'amuse.

— Je n'ai pas envie que le monde s'interroge sur mon histoire, alors je ne la retranscrirai pas sur ma peau.

Je peux comprendre.

— Tu te ferais tatouer sur un coup de tête ?

— J'agis rarement de façon réfléchie...

— Tu ne réponds pas à ma question.

— Ouais. Je le ferais.

Un sourire machiavélique danse sur mes lèvres.

— Et tu veux toujours te faire pardonner ?

Il hausse un sourcil interrogateur, rit doucement, puis lève les yeux vers un ciel imaginaire.

— Alléluia, les gars ! Elle ne me déteste pas...

Je considère les salons de tatouage comme des endroits où couleurs et formes se mêlent pour créer des œuvres d'art intemporelles sur la peau. Ici, les murs sont décorés de dessins et de peintures. La journée, les artistes travaillent avec concentration pour créer des designs uniques qui reflètent la personnalité et l'individualité de chacun de leurs clients. J'aime le bruit des machines à tatouer qui bourdonnent doucement, l'odeur de l'encre qui flotte dans l'air. C'est un endroit où l'expression artistique est célébrée et où les limites de la créativité sont repoussées.

À cette heure tardive de la nuit, il n'y a que Chelsea, patronne et initiatrice de ce salon de tatouage prolifique, et accessoirement, la seule à qui j'accepte de confier ma peau. Elle vit au-dessus de sa boutique et ne dormait pas lorsque je l'ai appelée.

En plus d'être délicate avec ses clients, ses doigts de fée font des prouesses artistiques, comme l'atteste le portfolio que mon rendez-vous improvisé feuillette d'un œil admiratif. Ce n'est pas comme s'il avait le choix, néanmoins je me montre suffisamment généreuse et lui octroie le droit de contempler le travail de Chelsea, archétype de la dermographe. Cheveux rasés, tatouée de la tête aux pieds, elle porte aussi deux écarteurs qui décorent les lobes de ses oreilles, et tant de piercings que je ne saurais les compter. Un jour où on se faisait des confidences, elle m'a avoué que sa vulve ressemblait à un porte-bijoux. C'est d'ailleurs à cause d'elle si j'ai pris la douloureuse décision de me percer le clitoris. De fil en aiguille, sans mauvais jeux de mots, nous sommes devenues amies.

— T'as choisi, mon joli ? demande cette dernière.

Ted relève la tête des modèles pour rencontrer mes yeux espiègles.

— Il n'a pas besoin de choisir, tu as le modèle devant toi. Figure-toi que Teddy est tombé si follement amoureux de moi qu'il a décidé de s'offrir un souvenir permanent de mon visage. Grandeur nature, s'il te plaît.

Chelsea ricane, Ted déglutit son appréhension. D'une démarche féline, je contourne ma proie, assise sur le banc et prête à passer à la casserole. Tout en effleurant ses épaules de mes ongles, j'exige :

— Ôte ton pull en cachemire et donne-le-moi !

Docile, ma victime ne se fait pas prier pour exposer son physique avantageux. Ses gestes sont maîtrisés lorsqu'il retrousse le tissu et le fait passer au-dessus de sa tête avant de me le tendre. Son parfum m'étourdit d'une agréable façon, mais ce n'est rien à côté de son abdomen musclé, et de cette peau si douce que je rêve de goûter. Ma confiance ébranlée, je détourne le regard un instant pour reprendre mes esprits.

— Il est vraiment beau, celui-ci, complimente Chelsea, qui ne peut s'empêcher de voir l'artiste derrière chacun des tatouages du métis.

Il s'agit d'une des plus grandes pièces qui recouvrent le corps de l'apollon. Sur le haut de son bras gauche, des serpents s'emmêlent et remontent jusqu'à son épaule, où un seul reptile se démarque des autres, s'enroulant autour d'une main qui jaillit de son omoplate. À l'image du célèbre tableau de Michel-Ange, elle effleure du bout des doigts l'index de sa congénère, prisonnière de son omoplate gauche.

Ted peut me dire ce qui lui chante, je sens bien que ce tatouage-ci raconte une histoire. Je l'interroge du regard, il hoche la tête pour confirmer mes soupçons silencieux.

— Alors ? Où est-ce qu'on le tatoue ? demande Chelsea.

— Là où tu trouves de la place..., réplique Ted.

— Oh, mais ne t'inquiète pas ! Il y aura toujours un peu de peau vierge pour y inscrire une citation d'Hannah Montana.

Il me fusille du regard, mais ne parvient pas à masquer son amusement, même en pinçant sa lèvre inférieure entre ses dents.

— Fais ce qui te chante, Hawkins, mais il faudra assumer les conséquences de tes actes.

J'ignore sa dernière menace et demande à Chelsea :

— T'as de quoi lui bander les yeux ?

Cette dernière soupire, se dirige vers le tiroir d'une commode, puis en sort un bandeau en satin et me le jette.

— Croyez-le ou pas, c'est la troisième fois cette semaine, bande de pervers !

Alors que je noue le tissu derrière la tête du sportif, il inspire brusquement et demande d'une voix inquiète.

— Tu veux bien... grimper sur mes genoux ? Je n'aime pas être plongé dans le noir.

Je m'attends à ce que la tatoueuse refuse pour des raisons d'hygiène évidentes, mais attendrie, elle acquiesce d'un hochement de tête. J'hésite quelques instants, étudiant la main de Ted qui s'agrippe à mon sweat comme s'il craignait que je m'en aille, et je regrette de fondre aussi facilement. Je m'exécute, grimpe à califourchon sur lui tandis qu'une moue espiègle étire ses lèvres. Son odeur est partout autour de moi, sa peau trop loin et trop proche à la fois. Tandis que Chelsea prépare son matériel, j'en profite pour obtenir son consentement.

— T'es certain que ça ne te dérange pas, de te faire tatouer un pénis au-dessus de ton pénis ?

Il ricane dans sa barbe de trois jours.

— Non.

Prenant une grande inspiration, je retrouve mon sérieux.

— Et si j'effleure ta peau pour trouver l'endroit idéal, ça ne te gêne pas ?

Intrigué, il penche la tête sur le côté.

— Non, mon cœur, ça ne me gêne pas, tu peux y aller.

Alors je parcours chaque centimètre de son épiderme, profitant de sa chaleur pour réchauffer le bout de mes doigts gelés. Il tressaille de temps à autre, mais ne me demande jamais d'arrêter. Je laisse glisser mon index sur son torse, descends plus bas, effleurant les muscles de ses abdominaux, puis je m'arrête sur l'aine, en haut de sa cuisse gauche. Mon frôlement le force à déglutir, sa respiration s'alourdit, et moi, je suis bien contente qu'il soit rendu aveugle, incapable de remarquer mes joues qui s'échauffent.

— Ici, décidé-je.

Une cicatrice, plus épaisse que les autres, trace une parallèle à son caleçon.

— Ça te va ?

Il se contente de hocher la tête.

— Ça risque d'être douloureux à cause de sa...

Chelsea s'interrompt face à mon regard courroucé. Le message est passé, mais j'insiste tout de même :

— On fait comme si elle n'existait pas, et surtout, on n'en parle pas.

Ted me fait un petit sourire de connivence.

— Au fait, t'as peur du noir à ce point-là ? demandé-je tandis que l'artiste tatoue les premières lettres.

Son sourire se transforme en rictus insolent.

— Ne sois pas naïve, mon cœur. Je voulais simplement plaquer mon érection contre tes fesses.

Alors que Chelsea trempe son aiguille dans l'encrier, Ted en profite pour étayer son propos d'un mouvement appuyé du bassin. Je grogne, mécontente de m'être encore fait avoir.

— Pourquoi ? C'est pas comme si tu allais oser me faire quoi que ce soit ici, de toute façon.

Son sourire en coin s'élargit et, indifférent à l'aiguille qui pénètre sa peau, ou à Chelsea, qui ne manque pas une miette de notre conversation, il passe sa langue sur ses lèvres de manière suggestive et dit :

— Teste-moi.

*Quel petit con !*

De retour dans la voiture, Ted n'a pas dit un mot. En fait, il refuse même de me regarder depuis qu'il a découvert son tatouage. Pourtant, j'étais persuadée que ça lui plairait, et je m'en veux s'il se retrouve bouleversé à cause d'une toute petite phrase en italique qui se fond d'ailleurs tellement bien avec tout le reste qu'on la remarque à peine.

*Slow down*, en référence à la musique du groupe qu'il m'a avoué adorer, en lien avec son amour pour la vitesse et la vie qu'il mène à cent à l'heure.

C'est ce que j'aimerais lui dire tandis qu'il fuse sur les routes dans l'espoir que je disparaisse de sa vue.

*Ralentis. S'il te plaît, ralentis...*

Gênée par ce silence pesant qui règne dans l'habitacle, je tente de relancer la conversation.

— Alors... Kayden est ton frère, hein ?

Il soupire, resserre la pression de ses mains sur le volant.

— Ouais, c'est ce que je t'ai dit tout à l'heure.

*OK...*

— Et... il sortira bientôt ?

— Pourquoi ? T'arrives déjà à court ?

Sa pique volontairement méchante creuse un trou dans mon estomac et me donne envie de vomir. On dirait qu'il veut me faire oublier tout ce que je tirais de positif de cette soirée. Et ça fonctionne !

— Écoute, si tu le détestes tant que ça, tu n'as qu'à le recouvrir !

Il m'adresse un coup d'œil, mais détourne le regard aussitôt.

— C'est pas ça, putain ! Je... le trouve parfait, admet-il avec une sincérité qui me poignarde le cœur.

— Alors, pourquoi t'es si... mauvais, tout à coup ? C'est toi qui te comportes comme un connard en crevant les pneus de ma moto, en me faisant du chantage, et maintenant, tu... tu laisses tomber, et... va te faire foutre !

J'abrège ma réponse, tandis qu'il conduit la voiture sur le trottoir face à ma résidence. Ce que je craignais le plus est en train d'arriver et me rappelle exactement pourquoi je passe mon temps à me barricader. Je me laisse un peu aller, et bim ! On me le fait payer d'un coup de couteau dans le dos. Et j'en ai marre, moi, d'avoir mal.

Je tente d'ouvrir la portière, mais elle reste verrouillée. Ted garde les yeux fixés à son volant.

— T'y peux rien si je suis un connard.

— Alors, pourquoi tu ne me laisses pas tranquille, putain ?!

Je regrette de ne pas maîtriser ma voix qui se brise sur le dernier mot. Ça l'interpelle, il se met à me dévisager, observant d'un œil critique les larmes qui s'accumulent dans mes yeux, mais que je refuse de laisser couler.

— Ne pleure pas... s'il te plaît, je n'aime pas ça.

— À la bonne heure ! Qu'est-ce que tu crois ? Que je ruinerais mon maquillage pour un pauvre type comme toi ?! Ouvre-moi, maintenant, que je puisse me casser !

Il fait non de la tête.

— Ça commence à ressembler à un kidnapping, insisté-je.

Un rire nasal lui échappe.

— Ouais, comme si j'avais envie de supporter cette grande bouche en permanence.

— T'adores ma grande bouche, répliqué-je.

Il ne prend pas la peine de saisir la perche que je lui tends et préfère m'observer dans un silence gênant.

— Pourquoi tu t'intéressais à moi, avant ? demande-t-il sérieusement. Je veux savoir. J'étais quoi, un genre de défi ? Un nom de plus à ajouter à ta longue liste de sportifs ?

Je crois que le pire, c'est qu'il n'essaye même pas d'être blessant, là.

— Si je te donne une réponse honnête, tu m'expliqueras ton comportement ?

— Non... désolé, je ne peux pas.

Il semble sincère et paumé, deux de mes putains de talons d'Achille.

— Tu m'expliqueras pourquoi t'appelles les filles « mon cœur » ?

Intrigué, il penche la tête sur le côté et semble réfléchir.

— Il n'y a que toi que je surnomme comme ça, Hawkins.

Stupéfaite, je me demande un instant s'il n'essaye pas de m'amadouer, néanmoins je décide de le croire sur parole. Soudain, ce surnom doucereux devient un bonbon acidulé, mon préféré.

— Ouais, ça, je peux te le dire.

J'abdique alors et accède à sa demande, fuyant son regard en étalant une vérité trop honnête pour être dite les yeux dans les yeux.

— Si je m'intéressais à toi, c'est parce que t'avais l'air triste, paumé. Tu donnes l'impression d'avoir besoin de quelqu'un, même quand tu repousses la terre entière. J'ai le syndrome du sauveur, Ted. Évidemment que je voulais te sauver.

— Sauter sur ma queue aurait réparé mon cœur brisé ?

Je ris doucement et ajoute :

— Bon, d'accord. Pour ajouter un nom à ma liste, j'admets qu'il y a aussi de ça. Si ça peut faire enrager mon père, en prime... pourquoi pas ? Et franchement, le sexe, c'est cool.

Un petit sourire satisfait illumine son air sombre.

— Je suis désolé, mon cœur.

— Pour ma moto ou pour ton comportement exécrable ?

— Je suis désolé que ton père ne soit qu'une merde. Qu'il ait tellement agi comme tel qu'à vingt-deux ans, tu te demandes encore ce que ça fait d'avoir un papa.

L'entendre de vive voix me fracasse le cœur. C'est comme si on me l'arrachait de la poitrine pour l'envoyer valser contre un mur, puis que des dizaines de talons aiguilles s'amusaient à le piétiner. Tant que j'étais la seule à le penser, je pouvais prétendre que tout ceci n'était qu'un caprice de ma part, que le problème venait de moi, et non de Fred. Quelque part, j'aurais préféré que jamais personne ne constate cette vérité, parce que ça rend mon malheur trop réel.

— Déverrouille cette putain de portière ! m'agacé-je sur la poignée, pressée de m'enfuir.

Mais elle reste désespérément bloquée. Il ouvre la boîte à gants sous mon regard intrigué, en sort une enveloppe à mon nom et hésite à me la tendre.

— Je suis fatigué, ne me demande pas comment je l'ai obtenue.

Je déchiquette l'emballage et tente de déchiffrer l'objet de mon intérêt, malgré mes yeux embués. Une adresse y est inscrite à la main, et un itinéraire pour s'y rendre a été imprimé.

— Ce n'est pas celle de ta mère. Pas encore. Mais avec l'aide d'une vieille amie, j'ai déniché l'adresse de Lucia.

Mes mains tremblent, mes espérances s'envolent, je n'arrive pas à y croire. Après tout ce temps, serait-il possible que je touche enfin la vérité du bout des doigts ? Incrédule, je le dévisage, incapable de me décider quant à ce que je suis supposée ressentir pour le roi des paumés qui ne cesse de m'étourdir avec les changements de température de son humeur capricieuse.

Je me focalise sur la reconnaissance et l'admiration plutôt que sur la haine et le ressentiment, *pour l'instant*.

Je m'apprête à le remercier, mais il ne m'en laisse pas l'occasion.

— T'étais dans les vestiaires après un entraînement, tout le monde était déjà parti. Je suis revenu parce que, tu me connais, j'oublie toujours quelque chose quelque part. Je suis arrivé au milieu d'une discussion dont je n'ai pas saisi les enjeux, mais t'arrêtais pas de le provoquer, comme d'habitude. Il t'a blessée en te rabaissant une nouvelle fois, et tu l'as accusé d'être sans cœur.

Je me souviens de cette dispute comme si elle avait éclaté hier.

— Il t'a répondu que t'étais mal placée pour juger de l'état de son cœur, toi qui n'en avais pas. Il a dit que ça ne l'étonnait pas que tu sois toujours toute seule, parce que personne n'aimerait jamais quelqu'un muni d'un organe aussi pourri que le tien.

Une larme glisse sur ma joue, la seule que j'autorise.

— Bref… *mon cœur*, je me suis bêtement dit que ça t'aiderait à te rappeler que t'en as un.

Quelque chose passe dans ses yeux tandis qu'il analyse mon expression. Effrayé, il s'étonne de trouver l'espoir qu'il cherchait dans mon regard et regrette d'avoir fait naître en moi cette émotion qui le révulse tant.

— Ne te fais pas de films, Hawkins. Ne va surtout pas t'imaginer des trucs ou fantasmer quelque chose qui n'a pas existé de mon côté, et qui n'existera jamais. Je ne suis pas ton héros, et t'es pas ma demoiselle en détresse. Par-dessus tout, je suis loin d'être le prince charmant que t'attends désespérément pour te libérer de ta tour.

C'est limpide, aussi clair que de l'eau de roche. Certaines carapaces sont trop dures pour les flèches de cet incapable de Cupidon.

— Tu penses que c'est ce que j'attends ? *Spoiler alert*, Ted ! Je me suis barrée de ma tour en sautant par la fenêtre, je n'ai besoin de personne pour être sauvée.

*Personne n'a jamais voulu me sauver, en vérité.*

Exaspérée, je déverrouille moi-même la portière en appuyant sur la commande qui le permet et m'échappe pour de bon des griffes du dragon.

Il n'a fait que se montrer honnête, alors pourquoi ça me fait mal à ce point ?

# 18

***Ted***

Allongé sur un tapis d'herbe couvert de gouttelettes d'eau qu'apporte la rosée du matin, j'observe le soleil se lever derrière la Hunter Valley depuis ma colline. Après avoir déposé Ashley dans la nuit, je n'avais pas envie de dormir, et Cassie m'a écrit pour me demander si je voulais prendre l'air avec elle. Sur l'instant, j'ai pensé que parler à quelqu'un d'aussi instable que ma petite fouteuse de merde aux mèches rouges serait une bonne idée. Il nous aura fallu deux heures de route pour arriver ici, loin des buildings et de cette ville qui ne dort jamais.

J'ai toujours aimé prendre un peu de hauteur sur les problèmes qui grouillent sur le sol de notre ville. Enfant, je me réfugiais parfois dans les arbres que mon bourreau à la jambe de bois était incapable d'escalader. J'ai grandi, mais cette envie de gravir des montagnes et de parcourir des sommets ne m'a jamais quitté. Vu d'ici, le monde paraît tout petit, et les ennuis aussi.

— T'as déjà eu l'impression de sauter dans une embarcation trouée, en sachant pertinemment que tu finiras par te faire aspirer par le fond ?

Je pense à Ashley, à son père, et à tout ce qui finira indéniablement par se briser. Les fondations du bateau dans lequel nous avons embarqué ne résisteront pas à la tempête, on est voués à couler. Je le sais, et pourtant, j'y vais quand même.

Je hisse la grand-voile et j'espère qu'il se passe un miracle.

Balayés par le vent, les longs cheveux de mon amie virevoltent autour d'elle, dévoilant son regard éteint et fatigué.

— Je sors avec Kayden, alors je m'y connais, en naufrage.

Elle soupire, ses yeux bleus perdus dans le ciel.

— Parfois, je me demande pourquoi tu continues à traîner avec nous, ajoute-t-elle en tirant une taffe sur son joint. Je veux dire, t'es jeune, riche, tu réussis ta vie, pourtant tu reviens sans cesse mettre les pieds dans la merde. Tu devrais nous laisser tomber, tu sais ? Kay n'a aucune envie de s'en sortir.

Mes lèvres forment une évidence sans que j'aie besoin d'y réfléchir.

— Je ne l'abandonnerai pas, Cass.

— Je sais, gémit-elle à regret. J'ai rencontré quelqu'un.

Je me fige, abasourdi par cette nouvelle. C'est la première fois que Cassie envisage un autre homme que Kayden. Jamais elle n'avait eu cette détermination dans la voix, décidée à briser les chaînes destructrices de leur relation toxique.

— Je suis enceinte, ajoute-t-elle, sans oser affronter mon regard. De ton frère, évidemment. Et tu vois, l'autre jour, j'essayais d'imaginer à quoi ressemblerait la vie de mon enfant aux côtés de Kay.

Je grimace, visualisant ce pauvre gamin grandir avec un père violent et une mère qui se défonce à longueur de temps pour éviter de penser à cette vie dont elle n'arrive pas à s'échapper.

— Je ne veux pas de ça pour mon bébé, tu comprends ?

Cette fois, elle ose me regarder, les yeux pleins de larmes qu'elle tente de refouler en aspirant une nouvelle bouffée toxique. Je sais ce qu'elle est en train de faire, elle a besoin que je la conforte dans sa décision, parce qu'elle est incapable de décider de quoi que ce soit de son propre chef. Ce n'est pas sa faute si elle n'a jamais appris à être seule. Alors, je hoche la tête et lui sers un sourire réconfortant.

— Il habite en Floride, je l'ai rencontré par hasard sur

Internet. Il m'a payé des billets en première classe pour venir le voir dès que je lui ai appris ma grossesse, et il a peut-être un poste de secrétaire pour moi dans l'entreprise qu'il dirige. Il est gentil, dit-elle. Même si ses baisers ne me procurent pas le moindre frisson. Il se fiche que le gosse ne soit pas de lui, il a dit qu'il m'aiderait et je... J'ai besoin de...

— Ça va, Cass. T'as besoin que quelqu'un s'occupe enfin un peu de toi.

Elle hoche la tête en reniflant sa tristesse de manière disgracieuse. Je vois bien que sa peine l'écrase, que ça ne la réjouit pas de passer de sa prison familière à une cage dorée, mais elle s'est condamnée toute seule en tranchant les ailes de son indépendance il y a des années, et aussi tragique que cela puisse paraître, je sais que Cassie ne sera plus jamais capable de s'envoler. Mais pour lui, ce petit être qui grandit en elle, tout peut encore changer.

— Il me traite bien, ne juge jamais mes mauvaises manières, et il n'essaye pas de me modeler. Je crois... Oui, je crois que je pourrais me faire à l'idée d'être avec lui.

Je hoche la tête, pensif.

— Je l'aimerai toujours, tu sais ? Kayden. Il est coincé dans mon cœur à jamais. À moins que ce ne soit le mien qui soit prisonnier de ses griffes...

Ses lèvres tremblent, elle pose une main sur son ventre plat qu'elle se met à caresser, et je ne sais qui d'elle ou de la crevette elle tente de rassurer.

— Tu lui diras ? me demande-t-elle, des trémolos dans la voix. Tu lui feras comprendre pour moi ?

Ça m'aurait étonné qu'elle ne me fasse pas porter le fardeau de sa décision.

— Je ne peux pas lui dire, Ted. Putain, j'ai même pas le courage de lui rendre visite, parce que...

Elle retient ses sanglots, mordant avec force l'intérieur de sa joue.

— À la seconde où je le reverrai, je sais que je serai incapable de partir. Et s'il apprend que je suis enceinte… Il ne me laissera pas m'en aller, Ted. Il n'acceptera jamais ma décision.

Je pense qu'elle a tort. Je pense que Kayden l'aime tellement qu'il lui offrirait sa liberté, quitte à ce que son altruisme lui arrache le cœur de la poitrine. Mais je sais aussi qu'il ne l'aimera jamais assez pour prendre la décision d'arrêter ce qu'il fait. Il n'aimera jamais suffisamment personne pour se sortir de cette merde dans laquelle il s'est enfoncé jusqu'au cou.

Je ne suis même pas certain que ce soit l'argent qui le motive. Seulement, un jour, il se fera prendre pour trafic d'armes, ou pire, et personne ne lui évitera les dix ans de prison qui l'attendent.

— Je lui dirai, répété-je.

Après un silence apaisant, Cassie fait la prouesse de forcer un sourire sur son visage.

— Tu vas être tonton, mec !

Je lui ôte le joint de la bouche et le balance à plusieurs mètres de nous.

— Ouais, bah, commence par arrêter de fumer. Hors de question que mon neveu naisse avec une tête toute bizarre à cause de toi.

Elle rit un peu, je peux visualiser un poids s'échapper de sa poitrine, maintenant qu'elle a exprimé à quelqu'un ses envies de changement.

— Ton neveu, hein ? Et si c'était une fille ?

— Putain de merde ! J'espère que ce n'est pas une fille.

Elle éclate de rire.

— Avec un oncle comme toi, elle ne craint rien du tout.

— C'est ça le problème, j'ai pas envie de me retrouver dans une cellule similaire à celle de Kayden.

Elle lève les yeux au ciel. En se tournant sur le côté pour me faire face, elle me dévisage, un drôle de sourire scotché à ses lèvres.

— Et toi, alors ? Dans quelle merde tu t'es fourré ?

Instinctivement, je retrace les contours de mon nouveau tatouage préféré, choisi par une meuf qui camoufle ses blessures encore mieux que moi.

*Slow down.*

Je le trouve parfait, et ça me tue. J'arrive à un stade où je ne peux plus nier les sentiments qu'elle a pour moi, je l'ai vu dans ses yeux plusieurs fois. C'est ce qu'on récolte quand on ramasse les morceaux qui ne nous appartiennent pas. Mais tout ce qu'elle croit apprécier chez moi est né d'un mensonge, et quand elle comprendra à quel point elle a été manipulée... Je serre les poings, en proie à une rage que j'ai de plus en plus de mal à contenir.

J'ai essayé de la faire fuir en me montrant odieux avec elle, je n'ai récolté que sa peine.

— Allô, la Terre, plaisante Cass.

Ma langue se délie, je balance tout à Cassie. Du pari au chantage du coach. Je lui avoue qu'elle fait partie des personnes qu'il a menacées, un éclair de panique traverse ses iris translucides.

Je la rassure en lui disant que je trouverai un moyen de les protéger, elle et son bébé. Je lui dis que je ne le pense pas réellement capable de la dénoncer aux autorités, mais que je ne prendrai pas le risque de le vérifier.

— Je déteste jouer avec son cœur, putain ! Je déteste quand elle pleure et quand elle tombe en morceaux. Pourtant, je n'ai pas le choix.

— On a toujours le choix, tranche-t-elle. Même s'il est parfois plus facile de prétendre le contraire que de prendre une décision risquée...

Je ne réponds rien.

— Elle te plaît, hein ?

— Tu l'as vue, non ? Évidemment qu'elle me plaît, je pourrais me la faire tous les matins au petit déj' !

Cassie rit, à la fois attendrie et moqueuse.

– Mais c'est pas ça qui compte, mec. Elle se fiche de savoir que t'as envie de la manger. Elle, ce qu'elle veut, c'est savoir si ça te plairait de partager ses petits déjeuners. Tu saisis la différence ?

Ignorant une question à laquelle je ne veux pas répondre, je soupire, un sourire amusé flottant sur mes lèvres.

– Elle est complètement barge et elle a même essayé de me tuer. Pour de vrai, hein ! Elle hurle qu'elle n'a besoin de personne, mais fond dès qu'on lui apporte un peu d'aide, et prend la fuite quand on s'approche trop de ses fêlures. C'est un putain de paradoxe ambulant.

– Hmm, ça me rappelle quelqu'un, feint-elle de réfléchir.

– Le truc, c'est que je ne me serais jamais approché d'elle sans cette histoire de chantage.

C'est justement parce qu'elle me ressemble trop qu'elle me fait peur, et plus j'apprends à la connaître, plus je regrette de ne pas l'avoir fait plus tôt. Pourtant, j'ai toujours été attiré par elle. Pas dans le genre où je la voulais dans mon lit, mais d'une façon encore plus tordue.

Si elle savait le nombre de fois où j'ai assuré ses arrières, la protégeant de dangers dont elle n'était même pas consciente pour lui cracher ma haine au visage la minute d'après, elle me prendrait pour un véritable fou.

Andy a quitté l'équipe sous mes menaces, après lui avoir peloté les fesses sans y avoir été invité. La gifle qu'elle lui a assénée n'était pas suffisamment violente à mon goût. Le nez de Théo se souvient parfaitement de la fois où il a rencontré mes phalanges, après s'être vanté d'avoir sauté « la salope des Giants ». Et je ne compte plus le nombre de tocards que j'ai fait fuir en soirée ou en boîte de nuit, quand ils osaient l'approcher de manière déplacée.

Elle n'a jamais eu besoin de moi pour se défendre, mais il y avait ces fois où elle avait l'air trop seule, trop paumée et trop déchirée pour se battre. Je n'avais pas d'autre choix que de me planquer derrière son ombre, pour la protéger en secret. Je ne sais plus si je suis son héros caché, le vilain de son histoire, ou un sacré malade mental de passage dans sa vie.

Sûrement un drôle de mélange des trois.

En parlant de cette fauteuse de troubles, elle m'a envoyé – aux alentours de cinq heures du matin – un SMS alcoolisé bourré de mots mal orthographiés et de lettres manquantes, me demandant de l'accompagner rencontrer sa grand-mère avec elle, après la manifestation à laquelle elle participe aujourd'hui.

Elle a fait machine arrière plus tard ce matin, sans se douter que j'avais tout lu avant qu'elle ne prenne la décision de le supprimer.

— T'as merdé, conclut Max, après le récit que je viens de lui confier.

*Si le roi des emmerdes le dit, il a certainement raison...*

Vêtu d'un jogging gris délavé, Max est torse nu, les cheveux décoiffés comme s'il avait passé la nuit à se battre. Son teint blême et ses cernes de plus en plus prononcés agrémentent mon inquiétude.

— Je sais... Je me donne envie de gerber.

— Ça, c'est parce que tu la kiffes.

Je hausse un sourcil, tout en chassant ses doutes d'un geste de la main.

— Dis pas n'importe quoi... Je culpabilise, c'est tout.

Intrigué, il se redresse dans son lit en appui sur ses coudes et me scanne de haut en bas.

— Pourquoi t'as pas dormi ici, t'étais pas avec un autre, au moins ?

Je lève les yeux au ciel, mais décide d'entrer dans son jeu.

— Tu sais bien que je n'aime que toi, bébé.

Il sourit, satisfait.

— Enfin, tu te rends compte ? J'étais prêt à lui faire un câlin, bordel ! J'ai failli la prendre dans mes bras pour chasser ses larmes, et le pire, c'est qu'on n'a même jamais baisé.

— T'es mignon, je peux te garder ? me taquine-t-il en soulevant ses couvertures pour m'inviter à le rejoindre sous la couette.

Malgré sa plaisanterie, mes yeux se posent sur sa main tremblante. Lorsqu'il remarque ce que je constate, il serre le poing pour chasser ses secousses indésirables. Je scanne alors les alentours, découvre une bouteille de vodka entamée qui repose sur la commode et me demande s'il sera prêt à admettre un jour son problème avec l'alcool, ou s'il attend que son poison préféré gagne le premier.

— Tout va bien, O'Donnel ?

Une tempête éclate dans ses iris gris qui s'assombrissent aussitôt.

— Ouais, pourquoi ?

Je désigne la bouteille d'un geste du menton.

— Oh, je sais pas... Entre ça et ta sale gueule, je m'inquiète un peu pour toi.

Il chasse mes appréhensions de l'un de ses sourires persuasifs et me sert un mensonge auquel lui-même ne croit pas.

— J'ai passé la nuit avec quelqu'un qui ne m'a pas laissé dormir, si tu vois ce que je veux dire. Je suis crevé, là. Maximax a besoin de repos.

Il attend de voir si ça prend avec moi, mais on sait tous les deux que personne n'a partagé ses draps et que son épuisement n'a rien à voir avec cette addiction-là.

— Je m'inquiète pour toi, p'tit con...

Il feint une expression choquée.

— Mec, si tu me dis que t'es amoureux, je te jure que je vomis. Enfin bref, revenons-en à nos moutons. Le problème, c'est que t'es trop brut de décoffrage, et Ashley, même si elle le nie, elle aime bien la douceur, parfois. Le politiquement correct, tu vois ?

C'est le moment que choisit Chris pour entrer dans la chambre.

— Dites-moi que vous ne venez pas de baiser !

— On a terminé il y a cinq minutes, rétorque Max.

Chris éclate de rire.

— De quoi vous parliez ?

— D'Ashley. Greyson a merdé, il cherche à la récupérer.

— Qu'est-ce que t'as encore fait ? demande Maël, qui débarque à son tour.

Max plaque un oreiller sur sa tête et se met à gémir :

— Deux cents mètres carrés habitables, et ces connards sont tous dans ma chambre !

— T'adores ça, le contredis-je.

Il retire l'oreiller et m'envoie un clin d'œil.

— Bon, alors, t'as envie de lui dire quoi, à Ash ? Vas-y, je suis le roi du politiquement correct, m'encourage Chris.

— OK, traduis-moi : j'ai envie de te plaquer contre un mur et de te faire jouir avec mon vingt-trois centimètres.

Indifférent à ma vulgarité habituelle, Chris se racle la gorge et énonce :

— « Chère Ashley, accepterais-tu que je trempe mon biscuit dans ton thé ? »

— Il vaut mieux éviter les allusions au thé, renchérit Max. Et pourquoi pas celle-ci : « Me ferais-tu l'honneur de ranger mon gros gamos dans ton joli garage ? »

Si Ashley entendait ces conneries, je sais que ça la ferait sourire. Elle nous servirait un discours moralisateur et nous réprimanderait pour oser faire des blagues aussi ringardes, mais elle se laisserait aller à rire dès qu'on aurait le dos tourné.

Maël, dans son rôle de capitaine trop sérieux, croise les bras sur sa poitrine et fronce les sourcils, prêt à nous gronder.

— Vous devriez avoir honte de parler comme ça, les gars. Moi, Greyson, si j'étais toi, je lui dirais : « Laisse-moi brancher ma clef USB sur ton disque dur... »

Ça fait du bien de rire de nos bêtises.

— Parfois, j'ai envie de tous vous épouser, déclare Max.

*Moi aussi, mec. Moi aussi.*

Lily débarque à son tour, fusillée par le regard noir de O'Donnel qui la convainc de ne pas passer la porte. Figée à l'entrée de la chambre, elle nous ordonne de nous dépêcher pour ne pas manquer le début de la manifestation. Max bondit de son lit et les autres s'éparpillent dans l'appartement.

— Attends, lui intimé-je, alors qu'il s'apprête à rejoindre la salle de bains.

Curieux, il penche légèrement la tête sur le côté, lui donnant cet air de sale gosse pour lequel elles seraient toutes prêtes à se damner.

À contrecœur, je dépose les clefs de ma moto sur le coin de son bureau.

— Pourquoi ?

— Je veux plus jouer avec ses sentiments, c'était un pari débile. De toute façon, j'ai gagné à la seconde où elle s'est confiée. Et... ça ne me fait pas me sentir super bien. Donc, vas-y, amuse-toi bien.

Sans y toucher, il contemple sa victoire avant de m'offrir un sourire un peu triste.

— Mmmh, je vais te perdre, toi aussi.

— Pourquoi tu...

— Laisse tomber, m'interrompt-il. Je te laisse la moto. Ton air défaitiste fait mon succès.

Il me fait un clin d'œil et reprend sa route vers la salle de bains d'un pas traînant.

Une mer de corps se déplace en cadence sur Times Square, lieu de convergence des âmes où les esprits se croisent. Dans les rues bondées, les manifestants bloquent la circulation, ne laissant passer qu'un vieux tacot mauve tagué à la bombe noire d'insultes plus choquantes les unes que les autres. Comme des oiseaux revendiquant leur liberté, les pancartes s'élèvent au-dessus de la foule. Certaines bourrées d'humour, d'autres poignantes de vérité, mais toutes rédigées par des mains de femmes, fatiguées de se battre pour des droits qu'elles ne devraient pas avoir à réclamer. Je prends le temps de décrypter certaines banderoles.

***Girls just wanna have fundamental rights !***

***Stop au harcèlement politique des femmes musulmanes !***

***Ovaires et contre tous !***

***Ta main sur mon cul, la mienne dans ta gueule !***

***Moins de César, plus de Cléopâtre !***

***Pour que les femmes qui parlent de viol soient plus écoutées que les hommes qui parlent de voile !***

Le but de cette manifestation ? Permettre aux femmes, peu importent leur âge, leur ethnie, leur statut social ou leur religion, d'être entendues. Et je trouve ça fou qu'au XXIe siècle, il faille se battre pour avoir le droit de dire les choses qui ne vont pas.

Aujourd'hui, Ashley sera la porte-parole de millions de ses semblables, une responsabilité qui force l'admiration.

– LA VOILÀ ! REGARDE, REGARDE ! hurle Lily en me secouant le bras.

Comment ne pas la voir, alors que son charisme inné attire tous les regards ? Munie d'un mégaphone rose de la couleur des chewing-gums qu'elle mâche à longueur de temps, elle grimpe sur le toit de la voiture taguée qui s'est frayé un chemin afin de rejoindre le milieu de la foule. Mordues par cette rage qu'elle porte en elle depuis toujours, ses joues ont pris une teinte assortie à ses mèches et à son rouge à lèvres carmin. Elle porte une petite robe noire à manches longues sur des bas résille, eux-mêmes enfoncés dans son incontournable paire de Dr. Martens.

Elle jauge les manifestants d'un œil admiratif, et lorsqu'elle porte le mégaphone à ses lèvres, le monde retient son souffle et ne le reprend qu'une fois sa permission obtenue.

– Je ne sais même plus par quoi commencer… C'est dire à quel point les choses vont mal.

Une nuée de rires de connivence s'élèvent dans la masse.

– Je déteste être une femme, admet-elle d'une voix empreinte d'une émotion qui impose un nouveau silence. Si j'étais un homme, on ne me dirait pas à quoi je suis supposée ressembler, ou comment je dois me comporter. Depuis notre plus tendre enfance, on nous dit ce qu'on doit faire pour rentrer dans les stupides standards de beauté imposés par les hommes.

Elle s'accorde une pause, le temps de quelques acclamations, et reprend d'une voix grave qui imite celles des mâles de son espèce, qu'elle considère comme des dictateurs.

– Ne sois pas si timide, mais ne parle pas trop fort non plus. Porte une robe, mais il ne faudrait pas qu'elle soit trop courte. Sois drôle et intelligente, mais jamais plus qu'un homme, il pourrait prendre un coup dans son ego. Porte du maquillage, mais pas trop. Le manque de confiance en soi, c'est si peu sexy. Mais surtout, ne tombe pas amoureuse de toi. Je les emmerde, tous autant qu'ils sont ! crache-t-elle avec dédain.

Son regard meurtrier tombe sur moi dans la foule, je retiens mon souffle. Un tonnerre d'applaudissements plus tard, elle reprend la parole.

– Quand je dis que je suis féministe, ils se moquent, me traitent d'hystérique. À tous ceux que ça amuse, ce n'est pas de moi dont vous vous amusez. Quand vous me rabâchez que les femmes ont les mêmes droits que les hommes depuis le droit de vote, vous ne voyez pas plus loin que le bout de votre nez.

Haletante, elle reprend une grande goulée d'air frais et poursuit son monologue avec un peu plus de passion après chacune de ses phrases.

– Quand vous riez, vous oubliez les quinze millions de jeunes filles mineures qui épouseront un homme cette année.

Lily hurle avec le reste de l'assemblée, les yeux remplis de fierté lorsqu'elle admire sa colocataire.

– Vous ne vous détestiez pas, à la base ? murmuré-je pour taquiner la petite amie de mon quarterback.

Celle-ci me fusille du regard. La pauvre est coincée avec moi depuis qu'on a perdu son mec et les autres dans la foule.

— Tais-toi, et admire !

— Vous riez des 70 % de femmes en Inde victimes de violences domestiques impunies. Vous riez au nez d'une femme sur cinq aux États-Unis, victime de violences sexuelles. Vous riez au nez de celles qu'on force à se voiler, et vous vous moquez de celles à qui on refuse le droit de le porter de leur plein gré. Vous riez de celles discriminées pour leur religion, leur couleur de peau ou leur orientation sexuelle. Vous riez de celles dont le gouvernement décide du droit d'IVG !

Un tonnerre d'applaudissements, de cris et d'encouragements circule entre les rues bondées.

— Mais ça ne fait rien, parce que je ris de vous, moi aussi. Je ris de votre ignorance et de votre manque d'empathie envers une cause qui vous concerne tous ! Vous avez tous des mères, des sœurs, des cousines, des amies. Laissez-moi vous rappeler que les femmes constituent 50 % de la population mondiale ! Je ris de votre ignorance, mais vous ne me prendrez jamais à rire à l'une de vos blagues sexistes et misogynes. La souffrance de millions de femmes dans le monde ne sera jamais un prétexte pour faire des putains de blagues !

— Greyson, mon pote, me dit Max, que je n'avais même pas entendu arriver derrière moi, si Ashley me le demandait, je deviendrais son animal de compagnie.

Je lève les yeux au ciel, même si je vois ce qu'il veut dire. Elle est tellement convaincante... Et son éloquence captive l'intérêt de son auditoire à chaque putain de fois, en plus d'être pertinente.

— Je suis certaine que les insultes taguées sur cette voiture vous parlent à toutes. Nous les avons déjà entendues, qu'elles nous soient adressées, ou qu'elles visent l'une des nôtres. Elles ne nous représentent pas, dit-elle d'une voix douce. Elles ne sont que le reflet d'une société patriarcale dans laquelle il vaut mieux naître avec des couilles. Alors, la prochaine fois qu'un connard vous traitera d'hystérique parce qu'il n'approuve pas notre combat, dites-lui la vérité : nous sommes *historiques* !

Lily m'adresse un regard plein d'émotions et attrape la main de son ennemi juré, qui la laisse prendre le réconfort dont elle a besoin.

— Ouais... Elle est incroyable, murmure Max.

La blonde se tourne alors vers moi.

— Je comprends pourquoi, toi et moi, on la détestait, avant, commence-t-elle. Ashley est tellement intense qu'elle écrase tous les autres de sa simple présence. C'est violent, comme une gifle ou un seau d'eau glacée qu'on nous jetterait au visage. Elle réveille des vérités qu'on n'est pas toujours prêts à admettre.

Un petit rire lui échappe.

— Mais finalement, quand on apprend à la connaître, quand on comprend ce qu'elle représente, on n'a pas le choix que de faire comme tout le monde, admet-elle. On en tombe amoureux...

# 19

## *Ashley*

Je n'arrive pas à croire que Ted Greyson ait assisté à une manifestation féministe, qu'il m'ait écoutée parler et qu'il m'ait applaudie. J'ai conscience qu'il est certainement venu pour suivre Max, qui n'en a jamais loupé une seule, mais quand même !

Ce matin, je me suis réveillée en me souvenant de la réaction honteuse que je lui ai offerte dans la nuit, en m'échappant de sa voiture. Porter un tee-shirt avec l'inscription « Je suis attachée à toi ! » n'aurait pas été plus explicite. Ma honte a atteint son point culminant quand j'ai réalisé que je lui avais demandé de m'accompagner voir ma grand-mère. Les messages, quand on est alcoolisé, sont rarement une bonne idée, c'est pourquoi je me suis empressée de corriger ce détail avant qu'il n'ait l'opportunité de le lire.

Et heureusement ! Sinon, je ne supporterais pas de me trouver à un mètre de lui. Je tolère tout juste qu'il me regarde pendant que je m'efforce d'éviter ses yeux. J'écoute mes amis me couvrir d'éloges et complimenter mon discours, tout en espérant qu'ils me laisseront me carapater au plus vite afin d'échapper au métis. Heureusement, en leur présence, il agit comme il l'a toujours fait, c'est-à-dire en me considérant comme un nuisible qu'il se voit dans l'obligation d'endurer. Lorsque je m'éloigne, je ne m'attends absolument pas à ce qu'il salue ses colocataires et me suive, les mains dans les poches de son ensemble de sport hors de prix, un petit sourire en coin flottant sur ses lèvres.

— Qu'est-ce que tu...

— Tu voulais que je t'accompagne, non ? Alors, on y va ?

Je cligne des yeux et tente de masquer ma gêne, ma surprise, mais il reprend sans me laisser le temps de me justifier.

— Je n'ai pas beaucoup dormi, j'ai vu ton message avant que t'aies le temps de me le retirer, explique-t-il.

— Si je l'ai supprimé, c'est parce que j'ai changé d'avis. Je n'ai pas besoin de toi. Et puis, de toute façon... je n'ai que ma moto ! Et il est hors de question que tu montes derrière moi.

Il hausse un sourcil, m'assomme de l'un de ses sourires en coin capables de me mettre à genoux.

— Ah, tu vois ? T'aurais regretté de m'avoir tué, tu n'en as pas été privée bien longtemps..., me taquine-t-il. Dans ce cas, je t'emmène.

Ma résistance s'effondre comme un château de cartes balayé par une rafale du nom de Greyson. Je voudrais être plus solide, le détester encore, mais j'en suis incapable, alors que lui n'a pas hésité à répondre présent malgré ma demande désespérée. Je l'admets, j'ai une trouille bleue. Je ne suis pas préparée à rencontrer Lucia.

— On n'a pas toute la journée, Hawkins, me réprimande-t-il en constatant mon immobilité sur le trottoir.

Une éternité plus tard, nous arrivons à Tarrytown, petite ville du comté de Westchester pour le moins dépaysante. Loin de la promiscuité new-yorkaise et de l'effervescence de ma ville natale, je rencontre l'accalmie de la campagne, ce qui, au lieu de me rassurer, laisse à mes pensées effrayantes tout le loisir de s'exprimer, et aucun coup de klaxon ne vient les atténuer.

Pour masquer le bruit de mes inquiétudes, je me mets à faire la conversation, admirant du coin de l'œil l'église baroque que nous dépassons.

— Alors… Comment tu m'as trouvée, tout à l'heure ?

Un sourire s'incruste sur les lèvres de Ted.

— Tu veux la vérité, ou un mensonge qui te fera rougir ?

Je le fusille du regard, parce qu'il s'amuse à me tourmenter.

— Je t'ai trouvée exceptionnelle, admet-il avec une facilité déconcertante.

Mon cœur s'emballe aussitôt, apportant une teinte cramoisie à mes joues pâles.

— Merde, grommelé-je. Ne dis pas des choses comme ça.

Il me jauge d'un drôle de regard tandis que j'entortille mes doigts comme une collégienne timide.

— Ça te met mal à l'aise, qu'on te complimente ? T'es une jolie femme, pourtant. Tu dois en ramasser à la pelle.

J'ai l'habitude qu'on fasse l'éloge de ma beauté, mais je suis toujours un peu gênée qu'on admire ma personnalité.

— J'ai le sentiment que ce n'est pas sincère, avoué-je. Et quand ça vient de toi, j'ai juste l'impression que ça fait partie d'une stratégie merdique pour me faire tomber amoureuse.

Ses mains blanchissent sur le volant, il pince les lèvres, et je jurerais que mon aveu vient de le blesser.

— Pourtant, je le pense, je t'ai trouvée incroyable. Quand tu parles, les gens n'ont pas d'autre choix que de t'écouter. C'est rare, cette capacité, la plupart ne parviennent qu'à se faire entendre.

Il soupire, sourit d'un air espiègle et ajoute :

— Mais bon, puisque ça te pousse à te tortiller sur mon siège, laisse-moi abréger tes souffrances en te citant la liste de tes défauts.

— Ça ira, le coupé-je.

Je comprends que nous sommes arrivés à l'adresse indiquée lorsque Ted coupe le moteur, sa voiture garée sur le trottoir d'une propriété en briques rouges qui confèrent à la maison un style solide et robuste. Entouré d'une clôture blanche dont la peinture s'écaille par endroits, le jardin devient un havre de paix, loin de la ville qui ne dort jamais. Fleurs colorées, arbres fruitiers et buissons odorants encerclent un petit étang qui ajoute une couche de tranquillité à ce tableau paisible et réconfortant.

Pourtant, mon sang se met à bouillir dans mes veines, l'angoisse m'enserre la gorge et m'empêche de respirer. Le reflet terne que me renvoie le rétroviseur central m'apporte des questionnements qui ne font que multiplier mes tourments.

— On n'aurait jamais dû venir. Pourquoi tu n'as pas pris son numéro, pour la prévenir ? Si ça se trouve, elle n'a aucune envie de me rencontrer.

Après avoir scanné la maison de banlieue d'un regard intrigué, Ted lâche un soupir et reporte son attention sur mon visage crispé d'appréhension.

— Tu ne le sauras jamais si tu n'essayes pas...

Mes mains tremblent sur mes bas résille, j'enroule l'une de mes mèches rouges autour de mon index.

— J'aurais dû me changer.

— Pourquoi ? me demande-t-il d'un ton bourru. T'aurais porté quoi ? Une tenue à l'opposé de ta personnalité ? Tu penses que ça l'aurait impressionnée ? Et après ?

Je ferme les yeux et prends le temps de respirer une seconde pour me calmer.

— Personnellement, poursuit-il, je préfère être détesté pour ce que je suis, qu'être adoré pour ce que je prétends être.

— Je sais que t'as raison, mais... je n'ai pas envie qu'elle me déteste, avoué-je faiblement.

D'un geste doux et maîtrisé, il relève ma tête baissée et dégage une mèche de devant mes yeux.

— Elle serait vraiment bête, si ça devait être le cas. Et toi...

Il se racle la gorge, détourne le regard, mal à l'aise.

— ... t'es très bien comme t'es, achève-t-il.

L'espace d'un instant, j'imagine à quoi cela aurait pu ressembler, si j'avais demandé à l'une de mes amies de m'accompagner. Lily aurait fondu en larmes avant même que je n'aie atteint la sonnette de la porte d'entrée. Quant à Liam, elle m'aurait réconfortée d'une tape sur le sommet du crâne, à la manière dont on félicite un chiot. Malgré leur soutien, aucune n'aurait su trouver les mots pour me motiver, contrairement à la juste balance de calme, d'encouragements et d'honnêteté dont sait faire preuve celui à mes côtés.

— Tu comptes entrer avec moi ? demandé-je en détachant ma ceinture.

— Évidemment ! Qui te protégera, si mamie est ceinture noire de kung-fu et pas très commode ?

J'ai envie de m'échapper, mais la porte s'ouvre sur Lucia. Ses yeux fatigués s'écarquillent d'une surprise non dissimulée tandis qu'elle me découvre en personne, pour la première fois. Choquée, elle en échappe sa tasse de café qui éclate sur le perron en une centaine de morceaux de porcelaine.

— J'ai abandonné l'idée de voir ce jour arriver, souffle-t-elle d'un ton empreint d'émotion. Entre, je t'en prie. Je vais préparer du thé, ou une citronnade. Tu aimes ça ?

Amusé par notre embarras mutuel, Ted se racle bruyamment la gorge.

— Oh, tu dois être son...

— Porte-monnaie, garde du corps et punching-ball, selon ses envies, l'interrompt-il.

Je le fusille du regard.

— Ashley est plus champagne que thé, puisque vous le demandez..., ne peut-il s'empêcher d'ajouter.

*Ce n'est pas vrai, il compte me faire chier avec ça encore longtemps ?*

Je n'ai toujours pas dit un mot lorsque Lucia me tend une tasse de thé à la menthe, que Ted a fini par choisir pour moi, vu mon mutisme. Je suis contente qu'il soit là, il pose toutes les questions que je n'ose pas formuler à haute voix.

Grâce à lui, j'apprends que Lucia a eu soixante ans, fin avril. Ted, influencé par son amie d'enfance, se permet de marmonner un « taureau » qui amuse beaucoup ma grand-mère. Elle était responsable d'une boulangerie avant, et jure que personne au monde ne fait de meilleures pâtisseries. Il lui arrive encore de cuisiner, de temps en temps, mais juste pour ses proches. Elle me promet que je suis la bienvenue, si un jour il me vient l'envie d'y goûter. Grâce à ses économies, elle a pu se permettre cette immense maison, transformée en « Bed and Breakfast » qui fonctionne très bien en période touristique.

Elle est seule depuis le décès de son mari. Lorsqu'elle parle de lui, un voile de tristesse et de nostalgie s'invite sur son visage.

– Crise cardiaque ! Paolo était un bon vivant qui préférait les biscottes tartinées de beurre aux poêlées de légumes. Cet idiot a fumé le cigare toute sa vie, même si je l'entends me crier depuis l'au-delà que ça n'a rien à voir. Ce qu'il peut être têtu ! plaisante-t-elle de son fort accent italien. Et toi, *bambina* ? Parle-moi un peu de toi. Je veux tout savoir, rayonne-t-elle. Raconte-moi ce que j'ai manqué.

À la fois tellement et si peu que je ne sais pas par où commencer. Je marche en équilibre sur un fil, et le moindre faux pas peut me faire tomber. J'ai peur d'en dire trop et de la décevoir. Les mots restent coincés dans ma trachée, je ne parviens qu'à ouvrir la bouche pour la refermer juste après, enfermée dans un cercle infernal duquel je ne parviens pas à m'échapper.

– Elle termine son Bachelor of science, parce qu'elle est bonne en maths. Elle aime le rock et la provoc', faire des doigts d'honneur à tout-va, et elle ne se déplace qu'en moto, même en hiver...

Mon rire vient perturber le monologue de mon héros du jour, même s'il n'aimerait pas que je le surnomme comme ça.

Abasourdis, leurs visages se tournent dans ma direction pour m'offrir une même expression choquée, comme si je revenais d'entre les morts.

— Je ne passe pas ma vie à faire des doigts d'honneur...

Et juste comme ça, je retrouve ma voix et raconte les détails les plus insignifiants de ma vie à Lucia, plus intéressée que jamais.

— ... mais en fait, je suis ici pour parler de ça.

Je lui tends la lettre de ma mère.

*Chère Ashley,*

*J'attends de Fred qu'il te remette cette lettre le jour de tes dix-huit ans. Je compte sur lui et l'amour qu'il te porte pour honorer ma demande.*

*Ça doit être un peu spécial, de lire un message venant d'un fantôme du passé, mais crois-moi, ça ne vaut pas la bizarrerie de s'adresser à son enfant du futur.*

*À l'instant où je t'écris, tu es dans les bras de ton papa, paisiblement endormie. Je me demande ce que tu fais, au moment où tu me lis. À quoi ressembles-tu ? Quels sont tes rêves, tes aspirations ? As-tu connu le premier chagrin d'un cœur brisé ?*

*J'espère que non.*

*Je tourne en rond, je ne mange plus et ne dors plus.*

*Ils disent que je suis trop jeune pour m'occuper d'un bébé, je leur réponds que tu n'y es pour rien.*

*Ils ne savent pas que ma maladie remonte à bien avant mon accouchement.*

*Il y a des jours où la noirceur de mes pensées m'effraie, d'autres où elle me rassure, m'enveloppe dans ses ténèbres tièdes.*

*Ils disent que c'est normal, que les nouveau-nés sont épuisants les premiers mois, mais je m'occupe à peine de toi.*

*C'est ton père qui te nourrit au biberon, qui se lève pour te consoler lorsque tu pleures dans la nuit. Et moi, je ne fais que pleurer avec toi. Je me lamente si souvent que je suis surprise de ne pas avoir inondé l'appartement de mes larmes.*

*Pourtant je t'aime depuis le jour où j'ai entendu ton cœur battre pour la première fois.*

*Je dois partir, quitter cette ville et ses habitants qui m'ont tant volé.*

*Je ne m'attends pas à ce que tu comprennes, seulement j'espère que tu me le pardonneras quand même.*

*Si tu trouves la force de le faire, reviens-moi, je t'expliquerai tout.*

*Un battement de ton cœur m'a suffi à t'aimer, je t'attendrai jusqu'à ce que le mien frappe son dernier.*

*Avec tout mon amour,*

*Rosa*

— Il ne te l'a jamais remise, n'est-ce pas ? Ça ne m'étonne pas de Fred..., soupire Lucia.

Je secoue la tête.

— Non, ce n'est pas son genre. Il a préféré que je tombe dessus en venant récupérer des affaires dans son grenier. Si ça se trouve, il avait oublié qu'elle prenait la poussière, depuis le temps...

— Ou alors, c'est un acte manqué, réplique Lucia, un sourire énigmatique sur les lèvres.

— Comment ça ?

Elle souffle sur sa tasse de café, le regard perdu quelque part entre le présent et le passé dont elle ramasse les morceaux, et me confie :

— Il était tellement amoureux d'elle, ça ne m'étonnerait pas qu'il le soit toujours. Je sais qu'il nous déteste, ma fille et moi, mais je me dis que quelque part, il rêverait de la confronter pour qu'elle lui explique enfin les raisons de son abandon.

Un rire nasal venant de mon chauffeur l'interrompt dans son discours. Il lève une main devant lui, intimant à Lucia de poursuivre son récit.

— Fred est un fin stratège depuis toujours. Il sait ce qu'il veut et l'obtient coûte que coûte. Ma fille me racontait qu'au lycée, il faisait chanter certains de ses profs pour obtenir de meilleures notes, en menaçant de dévoiler des informations privées qu'il récoltait. Il ne s'est jamais fait prendre. Alors, cette lettre, laissée négligemment à l'abandon dans ce grenier comme tu me le décris... ça doit être le résultat de la bataille entre son ego et son cœur.

À travers son histoire, j'ai l'impression de découvrir un peu de celle de mon père, toujours évasif sur ce qu'il n'a pas envie de me confier. Ted, en revanche, ne semble ni surpris ni choqué par les révélations de Lucia. J'oublie parfois que les Giants le connaissent mieux que moi...

Les mains tremblantes, elle hésite un instant à saisir les miennes, puis se ravise en serrant ses lèvres l'une contre l'autre.

— Et... Tu as décidé de ce que tu voulais faire ? À propos de Rosa, précise-t-elle.

— Vous savez où elle est ? interrompt Ted, réprimandé d'un vilain regard en biais.

— C'est ma fille. Évidemment que je le sais !

Ted bondit de son siège comme si celui-ci était fait de charbons ardents. Il extirpe son téléphone de la poche de son jean et le tend à Lucia, qui le dévisage du même air interloqué que moi.

— Génial ! Entrez son adresse dans le GPS, on y va tout de suite.

Un léger rire trahissant son amusement secoue les épaules de ma grand-mère.

— J'apprécie ton enthousiasme, mais je te demanderai de te montrer un poil moins pressé, je n'ai pas encore pris ma décision, le réprimandé-je gentiment.

Je touche mon objectif du bout des doigts et pourtant, j'ai envie de faire marche arrière, de tout oublier et de ne plus jamais parler de cette histoire. Je suis morte de trouille, des dizaines de questions me martèlent le crâne, me transforment en poule mouillée.

– Quoi ? Putain... Depuis quand tu parles comme ça ? De manière aussi... Laisse tomber. On y va, lève-toi !

Mais Lucia répond à ma place, interrompant sa précipitation d'une main sur son avant-bras. Le corps de Ted se crispe de manière subtile, ses dents s'entrechoquent, mais il ne bouge pas pour autant.

– Je suis désolée, jeune homme, mais je crains que ce ne soit pas possible. Rosa s'est envolée pour la Californie il y a des années. Elle vit là-bas.

– On peut prendre l'avion ! rétorque-t-il aussitôt.

Les sourcils froncés, je prends le temps de l'observer. Malgré sa jolie couleur brune, sa peau semble un peu ternie par le manque de sommeil, et ses cernes violacés viennent le prouver. Ses muscles sont tendus sous le tee-shirt noir qu'il porte par-dessus un jogging, et le sweat, dont les manches sont nouées autour de son cou, ont l'air de peser une tonne sur ses épaules, qui portent le poids de... Eh bien, je n'en sais rien, des problèmes du monde, peut-être.

Inquiète, je me lève à mon tour, et promets à Lucia de revenir la voir très vite. Je lui demande de ne pas parler de notre entretien à Rosa, pour l'instant. Elle griffonne alors son adresse sur un bout de papier, j'ose à peine le mettre dans ma poche.

– N'hésite pas à m'appeler quand tu auras pris ta décision. Je la préviendrai de ton arrivée. À moins que tu préfères le faire toi-même ?

– Oui ! s'exclame Ted.

Je le fusille du regard.

– Non... merci. Je ne crois pas que... Je ne me sens pas prête à lui téléphoner.

À côté de moi, le cornerback se pince l'arête du nez, exaspéré et peut-être un peu inquiet, même si j'ai du mal à comprendre d'où provient sa nervosité récente.

La porte claquée derrière nous, j'expire tout l'air que contiennent mes poumons. Un tourbillon d'émotions ravage ma poitrine et je lutte contre mes yeux embués par de grosses larmes que je refuse de faire couler.

– Hum... T'es triste ? demande Ted d'une voix hésitante.

Suis-je triste ? Soulagée ? Effrayée ? J'ai l'impression de me faire ensevelir par un tsunami composé d'un mélange de tous ces sentiments.

– J'en sais rien, avoué-je, sentant une larme traîtresse dévaler ma joue gauche.

Au milieu de la route déserte, Ted m'agrippe par la manche de ma robe et me force à me tourner vers son inquiétude.

Il soupire, puis dit :

– Je te préviens, Hawkins, je suis nul pour ça.

Avant que je n'aie eu le temps de le questionner, il avale la distance entre nous d'une enjambée et m'attire d'une main puissante contre son torse. Sa seconde paluche pend d'un côté de son corps, comme s'il refusait de s'abandonner totalement à quelque chose d'aussi insignifiant qu'une accolade. Mais ça ne fait rien, j'accepte volontiers son demi-câlin, sa main dans mes cheveux, son souffle chaud sur le haut de ma tête et son odeur masculine qui me donne envie d'inspirer à pleins poumons pour me shooter. J'autorise quelques larmes brûlantes à souiller mon maquillage, le temps que ses bras me cachent du reste du monde. Après un moment, je relève la tête, rencontre son petit sourire en coin et recule, à contrecœur, de plusieurs pas.

– Je te trouve pas si nul... Disons que j'ai connu pire, le taquiné-je.

Il souffle un rire amusé et grimpe au volant de sa voiture sportive.

Mon téléphone vibre dans ma poche, et lorsque je reconnais

le numéro de Lucia, que nous venons à peine d'échanger, je me demande si elle fait partie de ces grand-mères protectrices et un peu envahissantes. Si je suis honnête, je crois que ça ne me déplairait pas.

— Ashley ? Désolée de te déranger, je viens de réaliser que l'adresse que je t'ai communiquée n'est pas la bonne.

Je fronce les sourcils.

— Ah ?

— Oui... ricane-t-elle. Je me fais vieille, mais je ne pensais pas être sénile à ce point-là !

*OK...*

— Je t'ai noté l'ancienne adresse de ma fille. Par habitude, sans doute. Elle a déménagé il y a peu. Je t'envoie la nouvelle ?

— Ne t'en fais pas, ça arrive, la rassuré-je.

À mes côtés, les jointures de Greyson blanchissent autour de son volant. Alors que je raccroche, il murmure, les yeux rivés sur la route face à lui :

— On dirait que quelqu'un retient son souffle pour que tu échoues.

— Pourquoi tu dis ça ?

Il hausse les épaules, les mâchoires crispées.

— J'en sais rien. Mais fais en sorte qu'il suffoque.

# 20

## *Ted*

Pénétrer l'appartement d'Ashley me procure le même sentiment de nostalgie que lorsqu'on explore un grenier poussiéreux qui transforme les curiosités en trésors.

C'est un kaléidoscope de couleurs, un mélange de tout ce qui est kitch et de mauvais goût, de tout ce qu'on a créé de plus affreux sur terre, et pourtant, toutes ces babioles s'harmonisent étrangement bien.

Je reconnais sa passion pour le rock dans les disques vinyle et les guitares électriques accrochées au mur, son incapacité à garder quoi que ce soit vivant plus de vingt-quatre heures dans les fausses plantes décoratives installées aux quatre coins de l'appartement, et son côté féministe dans les dizaines d'ouvrages de ce genre qui s'entassent sur la table basse.

Pour tout le reste, rien n'a de sens. Son appartement lui ressemble, finalement : il ne révèle aux intrus que ce qu'elle a envie de révéler, et démerdez-vous pour interpréter le reste !

Après sa rencontre avec Lucia, elle était si bouleversée qu'elle m'a proposé de monter avec elle. J'ai senti qu'elle était à la fois excitée et complètement paniquée d'être aussi proche du but.

Mais quelque chose cloche.

L'appel de sa grand-mère, puis cette histoire de changement d'adresse, je n'y crois pas une seconde.

D'une manière ou d'une autre, Fred se cache là-dessous.

Et ça me terrifie, putain ! Ça prouve qu'il *sait* que je lui ai caché l'avancée des recherches de sa fille, pourtant, il choisit le silence plutôt que la réprimande immédiate.

Je pense à Cassie, à ce que mes cachotteries pourraient lui coûter, elle qui a enfin décidé de changer de vie. À son bébé, aussi, et à ce qu'il deviendrait si le coach décidait de la balancer. Évidemment, je pense à Max, à son mental instable et aux conséquences catastrophiques qu'une photo compromettante révélée au grand jour pourraient avoir sur lui.

Et à Maël. Et à Lily. Ils n'ont rien demandé. Pourtant, eux aussi se trouvent en danger.

Le coach a accroché une épée à un fil de cheveux au-dessus de ma tête, et aujourd'hui plus qu'hier, je crains qu'elle ne me tranche le crâne en deux.

Je croyais qu'il aimait son équipe, mais visiblement, certains secrets méritent qu'il sacrifie tout. Qu'il *nous* sacrifie tous.

Peut-être que ce ne sont que des paroles en l'air, qu'il n'agira jamais, cependant je n'ai pas le courage de tester cette hypothèse.

Les doigts crispés autour de mon portable dans l'attente d'un signe ou d'un ordre de sa part, j'observe Ashley s'activer dans la cuisine. Inconsciente de ce qui se trame dans son dos, elle affiche un sourire victorieux, ses joues colorées d'un rouge trahissant son excitation retrouvée. Le plus triste là-dedans, c'est qu'elle ne m'a jamais paru aussi vivante.

Alors qu'elle brise les œufs dans sa préparation farineuse, je me demande ce qu'il se passerait si je lui racontais tout. Les choses ont changé entre nous, je suis presque sûr qu'on se considère comme des... *amis* ? Enfin, à notre manière, de la seule façon qu'on connaisse, un peu tordue, mais réelle tout de même.

Ça pourrait bien se passer.

*Ça serait certainement un désastre.*

Je ne suis pas prêt à tenter ce coup de poker sur une âme instable qui cherche encore à se rafistoler.

Les sourcils froncés par une concentration extrême, elle suit à la lettre sa recette de pâte à crêpes. De la poudre blanche décore le bout de son nez et la pointe de ses cheveux, lui conférant cet air innocent qui contraste avec sa personnalité délurée.

*Je la trouve adorable, putain ! Quand est-ce arrivé ?*

— Qu'est-ce que tu fous ?! s'agace-t-elle.

Une colère sourde mêlée à une panique incompréhensible dresse quelques poils sur ses avant-bras, révélés par ses manches retroussées. Furieuse, elle me barre la route, m'empêchant d'accéder au micro-ondes dans lequel j'espérais faire fondre un peu de Nutella.

*Il est meilleur comme ça, je me fous de son avis !*

Je hausse un sourcil, mon visage déformé par un mélange d'amusement et d'incompréhension.

— Je veux juste... C'est quoi, le problème ?

— Tu n'as qu'à le faire fondre au bain-marie, m'intime-t-elle.

Réellement intrigué, je fais un pas sur la gauche, puis sur la droite, essayant d'atteindre la porte du micro-ondes, mais elle me coince à chaque fois.

— Ne me dis pas que tu fabriques de la meth ou un truc dans ce genre ?!

— Un pas de plus, et je te transforme en garniture pour mes crêpes ! me menace-t-elle de son fouet dégoulinant de pâte.

— OK, comme tu veux, soufflé-je en signe d'abdication.

Évidemment, ce n'est qu'un stratagème pour lui faire baisser sa garde. Elle plisse les yeux, suspicieuse, me jauge quelques secondes, puis retourne à sa préparation tandis que je bondis pour découvrir ce qu'elle tente de me cacher. Elle hurle un « NOOOOOON !!! » mélodramatique, s'accroche à mon tee-shirt dans l'espoir d'empêcher la tragédie, mais il est trop tard.

Les lèvres pincées pour retenir mon amusement, j'attrape son vilain petit secret par la patte. Il s'agit d'un ourson en peluche vêtu d'une salopette d'un vieux rose estompé par les lavages. Le pauvre a un œil manquant, ses pattes ne tiennent plus qu'à quelques fils et ses coutures grossières témoignent des dizaines de fois où il a été rafistolé.

Honteuse, Ashley enfouit son visage dans ses mains couvertes de farine. Mon regard alterne entre la cachottière aux joues rougies et le borgne au sourire flippant.

— Il a l'air d'avoir suffisamment souffert, je ne suis pas sûr qu'il aime faire des tours dans le micro-ondes, la taquiné-je.

Elle me fusille du regard, tente de me subtiliser l'estropié que je lève si haut qu'il lui est impossible de l'atteindre. Elle finit par admettre sa défaite, croisant les bras sur sa poitrine pour affirmer son mécontentement.

Pour la torturer, je saisis la tête de l'ours en peluche, le rapproche de son visage et, à l'instar d'un marionnettiste, je prends une voix suraiguë.

— Pourquoi tu me fais ça, Ash ? Pourquoi tu continues à me torturer de la sorte ?

Exaspérée, elle me l'arrache, faisant craquer quelques coutures supplémentaires.

— Laisse-moi tranquille ! Cesse de te moquer de nous.

*De nous.*

*Elle est timbrée, putain…*

— C'est le truc le plus chelou que j'aie vu de ma vie, Hawkins. Et je traîne avec O'Donnel, alors crois-moi, j'en ai vu des bizarreries !

— Si je t'explique, tu vas encore te moquer.

— C'est déjà le cas, autant dire la vérité.

Après avoir poussé un soupir las, elle admet :

— J'aime bien la faire chauffer quelques minutes. C'est plus agréable quand je pose ma tête dessus pour m'endormir. Content ?

Si je ne mordais pas l'intérieur de ma joue, je crois que je pourrais l'embrasser, là, tout de suite.

*Ashley Hawkins, je craque un peu pour toi et ton doudou au micro-ondes.*

— Tu ne te fous pas de moi ? J'attends. Vas-y, éclate de rire.

— Je trouve ça... *mignon* ?

Elle lève les yeux au ciel, exaspérée.

— Je ne veux pas être *mignonne*, OK ? Putain ! C'est aux antipodes de ce que je suis. Et puis, tu peux parler de trucs chelous, personne ne fait cuire sa pâte à tartiner !

J'observe la frustration se manifester par ses épaules qui montent et descendent en rythme avec sa respiration laborieuse.

— Allez, raconte-moi. C'est quoi son histoire ? Le cadeau d'un ex dont tu n'arrives pas à te débarrasser ? Un achat compulsif dans une brocante ? Non... Tu l'as gagné à la fête foraine dans l'une de ces attractions douteuses ?

— Pourquoi ça t'intéresse, d'abord ?

Je fais mine de réfléchir, ne parvenant pas à masquer l'amusement qui déforme mes traits.

— Je m'inquiète pour *elle*. Un ours en peluche qui se fait griller les neurones à 850W chaque soir mérite qu'on s'intéresse à son passé.

— J'ai trouvé Britney à la gare. J'étais seule et un peu triste, elle était abandonnée, on était contentes de se rencontrer. Il n'y a pas d'histoire !

Je cligne des yeux, à la fois attendri et inquiet. Je me demande si je ne devrais pas contacter quelqu'un, pour un examen psychologique ou un truc dans le genre.

— Tu l'as sûrement volée à un gosse, tu le sais ?

— Je n'ai pas... Et puis, peu importe ! Il n'avait qu'à en prendre soin. Elle est plus heureuse avec moi. Lâche-moi, maintenant, dit-elle en déposant de la pâte dans la poêle chaude. Tu sais les faire sauter ?

Je pince mes lèvres. En échange, elle me sert un regard courroucé.

— Les crêpes, précise-t-elle.

— Oui. T'as un peu de farine, ici… Attends.

Sans que je puisse contrôler mon geste, je me retrouve à ôter la nourriture qui macule sa joue avec mon pouce. Nos yeux se rencontrent, la paume de ma main figée sur sa pommette. Elle déglutit et je reprends mes esprits, rompant ce contact inattendu avant qu'elle n'ait le temps de l'interpréter. Mais c'est trop tard, je vois bien à son expression adoucie qu'elle se fait des idées.

*Merde.*

— Je ne te crois pas, me dit Ashley.

Je lui offre un sourire en coin, attrape le manche de la poêle et réussis la prouesse de retourner la crêpe d'un mouvement maîtrisé du poignet.

— Impressionnant, je sais. Ne change pas de sujet. Le gamin a sûrement pleuré toute la nuit la perte de son amie en peluche.

Elle rit doucement, mais je discerne un peu de tristesse quelque part derrière son sourire.

— Je m'en fous, Ted. Elle et moi, on se comprend. Entre rejetées, précise-t-elle.

*Il est contagieux, son syndrome du sauveur ?*

— J'en reviens pas que tu l'aies appelée Britney…

— J'étais jeune, et fan de la chanteuse. Ça te pose un problème ? me demande-t-elle d'une voix menaçante, tandis qu'elle entasse notre dîner sur une assiette.

Elle tient une poêle brûlante entre les mains, je n'ai pas envie de la contrarier.

— Aucun ! répliqué-je avec un grand sourire. J'adore ! T'as l'air tendue, tu ne voudrais pas que je te chante un petit truc, pour t'apaiser ?

— Surtout pas…

Assise en tailleur sur son canapé, Ashley étudie et compare les prix des billets d'avion pour la Californie. Elle a troqué sa robe et ses bas résille contre un vieux tee-shirt lui retombant sur le haut des cuisses. Les crêpes chaudes reposent sur la table basse et n'attendent que d'être mangées. Comme j'en ai marre d'être poli, je me sers d'abord et manque de m'étouffer.

C'est horrible, c'est infâme, c'est... beaucoup trop salé.

— T'as raté mon plat préféré..., grogné-je.

— Quoi ? demande-t-elle en relevant la tête de l'écran de son ordinateur portable. Impossible, je fais les meilleures crêpes de tout l'univers...

Elle s'interrompt, son visage déformé par une grimace.

— Je ne comprends pas... J'ai pourtant mis une pincée de sel... Oh, non !

— Ouais. T'as confondu le gros sel avec le sucre. Si c'est un moyen de me faire comprendre que ta place n'est pas derrière les fourneaux, c'est réussi.

Vexée, elle dépose son ordinateur sur la table basse et l'échange contre le pot de Nutella fondu dans lequel elle trempe ses doigts.

— Ne l'envisage même...

Trop tard. Elle rit en me recouvrant de chocolat, et je la laisse faire quelques secondes. Elle me saoule. J'intercepte son poignet, puis lèche la pâte à tartiner qui recouvre le dos de sa main, accrochant mon regard au sien.

— Mmmh, c'est bien meilleur que tes crêpes.

Comme elle ne semble pas prête à arrêter ses assauts intempestifs, je finis par la bloquer entre le canapé et moi, mon poids étalé sur son corps, ses poignets maintenus ensemble au-dessus de sa tête. Je prends soudain conscience des battements erratiques de son cœur, de sa poitrine soulevée par sa respiration laborieuse, de son souffle chaud, de notre proximité dangereuse, et de ce putain de tee-shirt retroussé sur ses cuisses.

— Tu bandes ?! s'offusque-t-elle, les yeux arrondis par la surprise.

Je lève les yeux au ciel.

— Non, je me promène souvent avec un sabre laser dans la poche !

Au moins, ça la fait rire.

J'attends qu'elle me demande de la libérer, qu'elle m'ordonne de la laisser respirer, de dégager le plus loin possible. J'attends que l'un de nous se montre raisonnable...

Mais elle ne le fait pas.

Et chaque seconde qui passe rend son silence plus difficile à rompre, c'est pourquoi je suis soulagé quand elle me demande d'une voix éreintée :

— Je n'ai plus de quoi faire une nouvelle pâte. Qu'est-ce que tu veux manger ?

Ses yeux glissent sur mes lèvres à plusieurs reprises, mais elle n'ose jamais franchir la limite qu'elle s'est imposée. Je libère ses poignets, elle n'essaye pas de se relever. Je n'ai envie de rien d'autre que de vanille et de bubble-gum, de tatouages et de piercings sous ma langue, de mèches rouges et d'insolence. Alors, je réponds avec honnêteté, espérant qu'elle me rejette, priant pour qu'elle ne le fasse pas.

— Toi.

Elle ouvre la bouche sans parvenir à prononcer le moindre mot. Son cœur loupe un battement contre mon torse, je me demande si elle est effrayée, ou si ça la tente un peu. Je fixe ses lèvres entrouvertes, descends sur sa poitrine, sur ses tétons percés visibles à travers le tissu fin de son tee-shirt.

— Tu vas me laisser te manger, mon cœur ?

Elle semble réfléchir, tourmentée par ses nouvelles résolutions et ses anciens démons qui se livrent bataille dans sa tête. Je veux juste qu'elle choisisse. Je ne lui en voudrai jamais de me dire non.

— Si je te dis oui, je m'en remettrai ?

Un petit sourire s'invite sur mes lèvres affamées. Je suis incapable de lui avouer la vérité à voix haute, je me contente de faire non de la tête.

Elle soupire, son souffle brûlant se mêlant au mien.

— Tant pis, j'ai l'habitude de recoller les morceaux.

— Non. Je ne veux pas être responsable de ça. Si t'en as envie, prends la décision toute seule.

On était trop saouls en boîte, la dernière fois que c'est arrivé, un prétexte bien trouvé pour faire comme si rien ne s'était passé. Elle parle souvent de regrets, je me demande lesquels dansaient dans sa petite tête après cette soirée. Si ça lui a laissé un goût amer dans la bouche, ou si, à l'image d'une camée, elle n'attendait que d'avoir l'occasion d'y goûter encore. Sobre, cette fois.

C'est effrayant de prendre ce genre de décision, quand on n'a ni alcool ni drogues derrière lesquelles se cacher.

Alors, elle me repousse, ses deux mains plaquées contre mon torse. Je la laisse me guider contre le dossier du canapé, puis me chevaucher avec une hésitation qui lui ressemble à peine.

— Qu'est-ce que tu me veux à la fin, Greyson ? me demande-t-elle.

Elle retrace les contours de ma mâchoire du bout des doigts, observe ma pomme d'Adam monter, puis descendre.

Moi aussi, j'ai peur d'être honnête. Mais je lui avoue quand même :

— Je veux continuer à te faire rire, parce que j'aime bien la manière dont ça réchauffe mon ventre. Je veux t'écouter me raconter tes journées, même quand elles se finissent mal. Je veux être l'épaule sur laquelle tu sèches tes larmes, et je ne sais même pas pourquoi. Je veux...

Elle me dévisage, les yeux brillants d'une émotion qui me transperce l'estomac. Je n'aime pas quand l'espoir annihile sa raison.

— Je veux que tu ôtes ça, dis-je en désignant son tee-shirt délavé. Parce que t'en as envie, pas parce que je te l'ai demandé. Pas parce que tu penses que ça me fera rester un peu plus longtemps.

Son visage se crispe, ça ne lui plaît pas que je l'aie aussi bien cernée.

Je me permets de poser les paumes de mes mains sur ses cuisses dénudées. Elle tremble un peu, mais ne me demande pas d'arrêter. Je caresse quelques-unes de ses entailles, et déglutis.

— Je veux que tu me racontes pourquoi celles-là, et pourquoi les autres ? Je veux que tu m'expliques chacune de tes cicatrices.

— Pourquoi ?

Je souffle.

— J'en sais rien. Mais je sais que tu finiras par me détester pour de bon. Parce que je te veux, mais je ne tombe pas amoureux. Je suis égoïste, Ashley. Je veux tout savoir de toi, te connaître par cœur, seulement ça ne mènera jamais à rien. Tu comprends ?

Elle hoche la tête, un sourire timide accroché à ses lèvres de menteuse et répond :

— T'es tellement prétentieux que t'as décidé tout seul que c'était ce que je voulais ?

Je lui rends son sourire écorché.

— Au fond, mon cœur, on s'en fout de ce que je souhaite. Dis-moi ce que *toi*, tu veux.

Une étincelle de défi traverse son regard noisette.

— Moi ? Je désire simplement qu'on me rende l'orgasme qu'on m'a refusé sous la table, la dernière fois.

Demandé si gentiment, je suis incapable de décliner.

— Écarte les cuisses pour moi, mon cœur.

Je l'allonge sur le dos, sa respiration s'accélère. Je me glisse entre ses cuisses brûlantes, elle inspire brusquement. Je fais doucement remonter son tee-shirt sur sa peau, et mets tellement de retenue dans mes gestes que des veines gorgées de sang apparaissent sur mes mains, sous ma couche de peau brune. Je découvre le diamant sur son nombril, et celui, plus discret, sous sa dentelle noire.

Mon téléphone vibre dans ma poche, m'indiquant un appel. Elle me supplie de l'ignorer d'un regard entendu.

— Garde ça en tête, ordonné-je en saisissant l'objet venu interrompre notre moment de complicité.

La surprise et le mécontentement doivent se lire sur mon visage lorsque le nom du responsable s'affiche sur mon écran tactile. Une idée malsaine germe alors dans ma tête.

— C'est ton père, annoncé-je avec un petit sourire en coin. Si j'étais toi, je me ferais discrète...

— Quoi ?! Non !

Mais c'est trop tard.

— Coach ! Ça fait longtemps que je n'ai pas eu de vos nouvelles, ironisé-je.

— Greyson..., grince-t-il. As-tu la moindre idée de ce que tes cachotteries m'ont coûté ? À quoi tu joues, putain ?!

J'écarte le tissu de ses chairs, découvre ses lèvres, et attends d'observer chez elle une réaction qui me signifierait que je dois m'arrêter. Mais elle n'arrive pas.

— Je suis d'accord avec vous, cette petite pause imposée m'aura permis de réfléchir et d'améliorer mes performances, dis-je.

Fred gronde son incompréhension, mon sourire s'élargit.

— Qu'est-ce que tu me chantes ? Tu crois pas que j'avais autre chose à foutre que de l'envoyer en Californie vers un traquenard ?! On aurait pu lui éviter un voyage inutile, si seulement t'avais fait ce que je t'avais demandé ! Ça va lui briser le cœur, putain !

*J'y crois pas. Fred est le roi des hypocrites.*

Je mordille l'intérieur de la cuisse de sa fille, un gémissement étouffé s'échappe de sa bouche entrouverte.

— Pas la peine d'être désobligeant, Coach ! Tout le monde commet des fautes sur le terrain.

— T'es complètement défoncé, ou quoi ?! Je te préviens, je ne pourrai pas t'aider, la prochaine fois. Ils se doutent de quelque chose, on risque de subir des contrôles plus souvent, maintenant.

Je lève les yeux au ciel, caresse Ashley qui se cambre sous mes effleurements.

— Vous trouvez que je manque de concentration pendant les entraînements ? Alors là, je ne vous permets pas.

Le coach soupire, puis comprend :

— T'es avec elle, c'est ça ?

— Ashley ? Ouais, elle est... pas loin.

Cette dernière écarquille les yeux, me suppliant de ne pas aller au bout de mes idées. Je dépose un baiser sur son ventre, sa peau se couvre de chair de poule.

— Vous savez quoi ? Je vous la passe !

— Non ! s'exclament-ils en chœur.

J'éloigne alors l'appareil de mon oreille et souffle ma justification d'un ton espiègle :

— J'ai besoin de mes deux mains ! Et de ma bouche. Contente-toi de respirer et de lui répondre, si tu t'en sens capable...

Elle me fusille du regard, mais accepte de récupérer le téléphone et, les mâchoires serrées, elle dit :

— Ouais... c'est moi. Salut, Papa.

Mon envie de pouffer de rire face à la galère dans laquelle je la mets se fait étouffer par mon désir pour elle, provoqué par son excitation sous mes doigts.

D'abord sous la table, maintenant au téléphone, je vais commencer à me dire qu'elle aime bien avoir un public.

— ... Ah bon ? demande-t-elle, visiblement surprise par les révélations de son père. Tu as... *changé d'avis* ?

Elle mord dans sa lèvre inférieure pour réprimer un gémissement lorsque je m'insère en elle. Elle se contracte autour de moi, j'en viens à me demander si elle serait capable de supporter ce que j'ai entre les jambes. L'idée même de lui faire du mal me retourne l'estomac.

Ashley est consciente de ma taille depuis le jour où elle m'a surpris avec une autre dans ma chambre à coucher. Je ne sais pas ce qu'elle venait y faire, mais je me souviens qu'elle avait mis un moment avant de refermer la porte. Elle ne s'était pas excusée et moi, je n'avais pas arrêté ce que je faisais pour autant, la fusillant du regard jusqu'à ce qu'elle décide d'abandonner la première. J'ai l'impression que ça fait des siècles et pourtant, c'était il y a peu de temps que je faisais semblant de la haïr.

La voilà qui se tortille sous ma langue, luttant contre son excitation.

— Oui, oui, je suis là... Je suis juste surprise par ce revirement de situation... Ne quitte pas.

Elle coupe le micro de mon téléphone et s'adresse directement à moi.

— Il a changé d'avis, par rapport à... tu sais. Il aimerait que quelqu'un m'accompagne en Californie.

Je hausse un sourcil.

— Et alors ?

Ses joues rosissent d'embarras. C'est fou, demander de l'aide la met plus mal à l'aise que ma langue sur son intimité pendant son entretien téléphonique.

Je la goûte encore, savourant les gémissements qu'elle s'autorise à pousser, maintenant qu'elle est hors de danger.

— Tu... tu veux bien m'accompagner ?

Mes doigts s'enfoncent dans ses cuisses, martyrisent sa peau.

— Je ne peux pas, le coach n'acceptera jamais que je compromette l'équipe, tenté-je de me justifier. J'ai déjà assez manqué.

— Tu n'as raté aucun entraînement, me contredit-elle.

Face à mon manque d'intérêt, elle soupire, déçue, puis hoche la tête.

— Je comprends...

Je mords dans ma lèvre inférieure, pèse le pour et le contre. Je suis déjà trop impliqué dans cette supercherie, qu'est-ce que ça changerait, finalement, que j'y prenne part encore un peu ?

— OK. J'aime bien me faire désirer, alors supplie-moi encore un peu..., la provoqué-je.

Un sourire carnassier étire ses jolies lèvres.

— S'il te plaît, Ted... Accompagne-moi... en Californie.

Je souris à mon tour, avant de dessiner des cercles, des courbes, des spirales et des arabesques de ma langue sur son clitoris.

— Encore un peu..., exigé-je.

— S'il te plaît, s'il te plaît, s'il te...

Elle s'interrompt, le souffle coupé par le plaisir que je lui procure. Ses yeux noisette sondent les miens.

— Fais-le pour moi, parce que je te le demande et que t'es un *bon garçon.*

Je réprime un rire. Je me demande ce que son père pense de l'attente interminable dans laquelle elle vient de le plonger et si elle ne l'a pas oublié. Tant mieux, j'aime autant qu'Ashley ne pense pas à lui dans ces moments-là.

— D'accord, mon cœur. Je ferai tout ce que tu veux.

Ma soumission semble la satisfaire. Elle agrippe une poignée de mes cheveux et me plaque contre son intimité pour m'ordonner de continuer. Elle récupère le téléphone, puis reprend courageusement sa conversation.

— Ted a accepté de m'accompagner, annonce-t-elle. Ça ne te dérange pas ? On ne partira que pour deux jours. Le dimanche, c'est son jour de repos. Ça lui permettrait de ne louper qu'un seul entraînement, celui du lundi matin ?

Elle serre les dents, attendant que tombe la sentence. Son sourire m'indique la réponse du coach.

*Évidemment, il veut que son indic' accompagne Ashley, ça l'arrange bien.*

Enfin, ça m'étonne qu'elle ne se pose pas de questions. Dans d'autres circonstances, Fred n'aurait jamais accepté un truc pareil.

On dit que l'amour rend aveugle, moi je pense que ça vient de l'espoir.

Elle éloigne le téléphone de son visage pour que son père ne l'entende pas.

— Il a dit que… que tu devais prendre soin de « sa petite fille chérie », répète-t-elle en mimant les guillemets.

Malgré mon agacement, je lui offre un clin d'œil et continue à la pousser au bord du précipice.

— Rassure-le sur ce point.

Elle rit, puis :

— Écoute, j'ai quelque chose sur le feu. On se donne des nouvelles, d'accord ?

Elle raccroche et jette mon téléphone, qui rebondit sur un coussin avant de s'écraser sur le sol en produisant un bruit qui indique que l'écran n'a pas été épargné. Elle plisse les yeux et me dit :

— Je t'en dois un neuf…

*Évidemment.*

Ashley finit par se contracter sous mes assauts répétés et jouit contre ma bouche. Seulement, elle bondit du canapé juste après, des larmes au bord des yeux.

J'essaye de l'intercepter avant qu'elle ne m'échappe, mais elle lève une main entre nous pour m'empêcher de l'approcher.

— C'est pas ta faute, il m'arrive souvent de pleurer… après.

Les paroles de Max me reviennent alors en mémoire, quand il me parlait des habitudes d'Ashley, qui fuyait le lit après avoir couché.

Et j'ai peur de ne pas supporter ce qui explique son comportement.

# 21

***Ashley***

Je ne me suis jamais sentie unique ou différente des autres petites filles. Comme toutes celles à qui on impose des idéaux inatteignables, je voulais être une princesse, belle, élégante, gracieuse et raffinée. Je rêvais inconsciemment d'incarner l'idéal de la féminité, du point de vue d'un homme.

Mais ce que je voulais vraiment, en vérité, c'était rencontrer le prince charmant.

*Beurk, je sais.*

Heureusement, j'ai lu les versions originales des contes de fées adaptés au cinéma. Peut-être un peu trop tard, cela dit. Si j'avais su plus tôt que les sœurs de Cendrillon s'étaient amputé les doigts de pieds pour rentrer dans ce maudit soulier, dans le seul but de plaire à un prince aveugle, je me serais certainement teint les cheveux avant d'avoir l'âge de me faire briser le cœur.

J'aurais envoyé le monde se faire foutre avant qu'il ne vienne à l'esprit de quiconque de me dire que j'étais jolie.

Voilà ce que j'apprendrai à ma fille, un jour : « Les princesses n'ont pas à être belles ou distinguées. Elles doivent être fortes, courageuses et déterminées. Capables de se battre, aussi. Mais surtout, n'attends pas le prince charmant, la majorité d'entre eux sont loin d'être « charmants », justement. En fait, la plupart ne sont que des enfoirés. »

Je lui expliquerai la vérité sur les relations amoureuses hétéro, sur la façon dont fonctionnent les hommes, quand elle sera en âge de l'entendre. Je lui dirai : « Ceux qui rêvent de partager ton samedi soir se bousculent à ta porte, à toi de dénicher le seul d'entre eux qui s'intéressera au brunch du dimanche matin. »

En fait, je lui dirai tout ce qui la dissuadera de finir comme moi. J'empêcherai un homme de lui prendre ce que Sean m'a volé. Le droit d'avoir un orgasme sans se faire ensevelir sous une vague de culpabilité juste après.

Je dégage la buée de mon miroir, révélant les traînées de mascara qui dévalent à présent mes joues pâles. La couleur de ma serviette de bain se confond avec ma peau d'albâtre. Je me renvoie l'image d'une tâche informe, mélange de rouge, de noir et de blanc.

Je me demande si Ted a pris la fuite tout de suite, ou s'il a hésité quelques instants avant de quitter mon appartement, mais la réponse m'apparaît dès que j'ouvre la porte de ma salle de bains. Allongé sur mon lit, il se divertit sur les pages d'un vieux journal dans lequel je marquais mes fantasmes les plus embarrassants, la plupart mettant en scène Tony Stark ou les Avengers en général...

— Quand tu te fais l'incroyable Hulk, rassure-moi, c'est pas sous sa forme de gros monstre tout vert, hein ? me questionne-t-il sans abandonner sa lecture une seconde.

— T'as fouillé dans mes affaires ?! m'écrié-je, folle de rage, juste avant de lui arracher des mains mes rêveries d'adolescente.

*T'es resté ?* crie mon traître de cœur rempli d'espoirs vains.

— J'allais arriver à la meilleure partie ! se lamente-t-il, une expression boudeuse sur le visage.

— Fais attention, Greyson, je pourrais bien décider que j'ai envie de te punir.

Il pince ses lèvres, comme il le fait à chaque fois qu'il réprime un rire.

— Ça inclut une paire de menottes, un déguisement Iron Man et un fouet ? m'interroge-t-il, en citant l'un des passages du journal qui me donne franchement envie de me cacher sous un oreiller.

— Toi, t'as honte de rien, hein ?

Il penche la tête sur le côté, un sourire énigmatique flottant sur ses lèvres.

— Je résume : tu t'invites dans mon lit, tu fouines dans mes affaires, tu lis des trucs sordides qui ne devraient jamais être révélés à personne, et tu te siffles une bouteille de... c'est à moi, ça ?

Il observe l'étiquette à moitié effacée et hausse les épaules.

— Ça a un goût de rhum brun, je l'ai trouvée là-dedans, explique-t-il en désignant ma réserve d'alcool.

Je me pince l'arête du nez et remue la tête, amusée par son comportement.

Choquée qu'il soit resté, honteuse de le découvrir en train de lire les histoires d'Ashley et de l'incroyable Hulk, je n'avais même pas remarqué que mes couvertures et oreillers avaient disparu.

— Mais qu'est-ce que tu...

— Ça te dit de noyer tes problèmes avec moi ?

Je reste abasourdie, stoïque, incapable de suivre le cheminement de ses pensées. Il faut dire que je n'ai pas l'habitude de discuter après avoir... Mais de toute façon, avec lui, je ne fais rien comme d'habitude.

— Laisse-moi enfiler quelque chose.

Nous voilà tous les deux sur le toit-terrasse de mon immeuble, accessible par l'échelle de secours que seuls les plus audacieux gravissent pour prendre de la hauteur sur la ville qui ne dort jamais.

C'était mon échappatoire, avant. Mon endroit unique et mon havre de paix. Je venais confier mes pensées vagabondes à la lune silencieuse, l'effervescence de New York à mes pieds.

Contre le muret en briques, Ted a construit une cabane de couvertures. Au lieu de me guider à l'intérieur, il ne me laisse pas le temps de l'interroger et s'installe sur le muret en béton, entre les pots de fleurs flétries que mes prédécesseurs entretenaient visiblement mieux que moi. Les pieds dans le vide, il contemple l'horizon.

— Tu viens souvent, ici ? me questionne-t-il en me tendant une main que j'hésite à saisir.

Face à mon hésitation, il ajoute :

— Je croyais que tu voulais que je le fasse battre plus vite. Ton cœur.

C'est son petit sourire en coin qui me convainc de le rejoindre et d'imiter sa position. Mon vertige jette aussitôt une faiblesse dans mes jambes.

— Non, j'admets. Ça remonte à... Max.

Les souvenirs écorchés de l'une de nos soirées de débauche viennent me marteler le crâne. Ils arrivent par rafales, d'abord dans le désordre et un peu flous, puis ils s'éclaircissent.

Je plaque une main sur ma bouche, affolée d'avoir réussi à occulter cette soirée jusqu'ici, et je me souviens, du moins en partie :

*Je déteste les hommes, leur ego démesuré et les soupirs satisfaits qu'ils poussent après avoir joui, la façon qu'ils ont de nous considérer comme si on ne servait qu'à apaiser leur instinct animal, puisque c'est ainsi qu'ils le perçoivent.*

*Je déteste leur haleine chaude et leurs lèvres prédatrices.*

*Mais je ne déteste pas Max.*

*Il n'est pas tout à fait comme les autres. Je crois qu'il voit nos étreintes comme un échange de bons procédés, plutôt qu'un moyen d'évacuer.*

*Je crois que je suis son égal et qu'il voit les choses ainsi.*

*Il ne me donne pas d'amour, pourtant il ne me jette pas non plus. Avec lui, je n'ai pas le sentiment d'être une capote usagée.*

*C'est pour ça que cette fois, je l'ai autorisé à venir ici. Je le renvoie chez lui tout de suite après, d'habitude, mais ce soir, j'avais besoin de prendre l'air avec un ami.*

*J'ai la tête qui tourne, je sais que lui aussi.*

*— Pourquoi on est là, Ash ?*

*Je hausse les épaules, contemplant les lumières de la ville que je prends parfois pour des étoiles.*

*Je l'étudie à mon tour. Ses yeux gris et vitreux, son regard dans le vague, perdu dans des souvenirs que l'alcool se charge d'embrumer.*

*Ses pensées sont-elles aussi confuses que les miennes ? Dans un brouillard ? Les images de ses cauchemars défilent-elles dans sa tête, là, maintenant ?*

*— Comment elle va ? demandé-je.*

*Il hausse un sourcil, prétend ne pas comprendre.*

*— Ta mère, Max.*

*Il me transmet toute sa colère, déçu que je m'aventure sur le terrain qu'il cherchait justement à fuir en venant ici. Voilà ce qu'on est l'un pour l'autre, finalement : une échappatoire.*

*— Et la tienne ?*

*Je me fige, un peu troublée, mais pas surprise qu'il se soit permis de me rappeler qu'elle était morte. Ce n'est pas grave, je sais qu'il ne le pensait pas. Il cherche à me faire mal pour oublier que lui aussi...*

*— Je t'aime bien, Ash. Genre, vraiment, vraiment bien. Mais si tu veux qu'on reste potes, toi et moi, il va falloir que t'apprennes à te taire quand je n'ai pas envie de parler.*

*Comment fait-il pour avoir une telle éloquence avec tout ce qu'on a bu ? Son seuil de tolérance ne cesse jamais de me surprendre, sûrement parce qu'il ne cesse jamais d'augmenter...*

*— Les potes, comme tu dis, ils se parlent quand ça ne va pas.*

*Un rire nasal, un sourire mesquin, une idée noire...*

*Il se tourne vers moi, et l'ange devient démon.*

*— Ah ouais ? Alors vas-y, parle !*

*J'ai envie de lui révéler le secret que je garde et qui pèse trop lourd sur ma poitrine.*

*— C'est dur de le dire à voix haute, hein ? Souffle-le-moi dans l'oreille, insiste-t-il.*

*Il se penche, mais ma bouche reste scellée. Enfin, je crois, je n'ai plus les pensées très claires. Lorsqu'il se redresse, il contemple à nouveau la ville. Le soleil qui se lève derrière les bâtiments se reflète dans ses beaux yeux gris.*

*— Si un jour tu veux me parler…, l'encouragé-je, interrompue par son regard courroucé.*

*— Toi et moi, on sait tous les deux que je ne t'appellerai pas. Tu le ferais, toi ?*

*Brusquée par la soudaine honnêteté du roi des menteurs, je recule d'un pas et rétorque :*

*— Non. Je voudrais compter sur moi-même. Mais… faisons-nous une promesse.*

*— Je n'aime pas les pro…*

*— Si un jour nos cauchemars nous écrasent au point qu'on a plus que des idées noires, on mettra notre foutue fierté de côté et on demandera de l'aide. Je t'appellerai. Je le jure !*

*L'esquisse d'un sourire illumine son visage angélique.*

*— Tu le jures sur le* bro code *?*

*— Solennellement !*

*Il me jauge d'un drôle de regard, comme s'il cherchait à peser le poids de cette promesse.*

*— D'accord, soupire-t-il. Je promets de t'appeler si un jour j'ai envie de me faire sauter la cervelle.*

*Mon soulagement s'échappe dans une nuée de condensation qui s'élève au-dessus de ma tête.*

*— Tu me fais peur, parfois.*

*— Pourquoi ?*

*— J'en sais rien. Tu joues si bien le rôle du sale gosse trop gâté et capricieux qu'on finit par y croire. Tes sourires forcés ne se remarquent même plus. J'oublie souvent que t'es brisé.*

*Il se remet à me fuir, à me tourner le dos, admirant l'aube et la nuit se disputer le ciel.*

*— Venant d'une meuf qui a le cœur rafistolé...*

*Je ne réponds rien.*

*— Tu viens ? On rentre, proposé-je.*

*— Je vais rester encore un peu. J'aime bien, être ici.*

*Je réfléchis une seconde et décide de lui offrir un morceau de ma porte de sortie.*

*— Tiens, je te le donne...*

*Le double de mes clefs retombe dans ses mains tandis que l'interrogation déforme ses traits.*

*— Mon échappatoire, expliqué-je. Tu peux l'avoir, je te le laisse. Viens, quand t'en as envie.*

De retour dans le présent, je tangue et menace de tomber dans le vide, rattrapée de justesse par Ted qui nous propulse en arrière. Ma chute est amortie par son torse et ses bras se resserrent sur moi. L'espace d'un instant, je sens son cœur s'affoler dans sa poitrine, se répercuter contre mon dos.

— Merde, ça va ? me demande-t-il.

— Ouais. J'ai eu une absence, je crois...

— Putain ! souffle-t-il, m'infligeant le manque de sa chaleur lorsqu'il prend à nouveau ses distances.

Il me tend ensuite la main, que j'accepte pour m'aider à me redresser.

— La prochaine fois que je te propose de monter là-dessus, rappelle-moi que c'est une mauvaise idée.

Je ris doucement.

En silence, il m'observe. Ça dure longtemps, peut-être une fraction d'éternité. Son regard est doux, un peu triste, surtout perdu lorsqu'il dit :

— Ça fait longtemps que tu t'accroches comme ça ?

Je comprends le sous-entendu et déteste la métaphore.

Au lieu de lui répondre, je désigne les couvertures qui

n'attendent qu'une chose : que l'on se réfugie en dessous.

— C'est quoi, ça ?

— C'est une cabane à secrets.

Il pouffe, la nostalgie dans l'âme lorsqu'il explique :

— Tu m'as révélé Britney, puis les Avengers… Alors, je te confie un truc honteux sur moi, à mon tour.

Je hausse un sourcil, intriguée.

Il agrippe alors ma main et me tire à l'intérieur de sa cachette improvisée, s'installe à même le sol, les genoux relevés et la tête penchée en arrière contre le mur de briques.

— C'est Kayden qui a inventé ce concept débile, m'avoue-t-il.

*Son frère – slash mon dealer en prison – slash l'inventeur de la cabane à secrets, donc.*

— J'étais bien parti dans la vie, tu sais ? Mes parents s'aimaient, gagnaient pas mal d'argent, d'après ce que me raconte Kay, et le peu de souvenirs que j'en garde, ils étaient heureux. Rien ne présageait que j'aurais une enfance de merde, mais on ne choisit pas quand on va tout perdre.

C'était un accident, une catastrophe naturelle de grande ampleur. Pendant des semaines, les journalistes et les reporters ont partagé des images de ce glissement de terrain qui avait détruit tout un village au Ghana, ravageant familles, habitations et végétations environnantes.

Ted en a parlé une ou deux fois, brièvement. Pas à moi, évidemment, mais je suis assez curieuse pour tendre l'oreille si ça me semble important.

— Quand c'est comme ça, poursuit-il, les services sociaux essayent de contacter la famille, les proches, un tuteur légal… Ils ont fait le tour de tous ceux susceptibles de bien vouloir accueillir deux mineurs. Personne n'a voulu de nous, conclut-il d'un haussement d'épaules détaché.

Une brise souffle sur le toit de notre refuge, les draps et couvertures caressés par la fraîcheur annonçant le début de l'automne.

— On a été séparés. Mon frère et moi, je veux dire. On a été baladés dans pas mal d'endroits différents, avant d'être placés. Lui en foyer, moi en famille d'accueil.

Une grimace déforme ses traits masculins quand il reprend :

— Je te passe les détails, OK ? Pour faire court, j'ai vécu des trucs un peu traumatisants qui ont poussé les services sociaux à me mettre en foyer, des années plus tard. C'est là que j'ai retrouvé Kay.

Son expression s'assombrit, ses lèvres naturellement rosées blanchissent lorsqu'il les pince, comme pour retenir le souvenir douloureux qui s'apprête à s'en échapper.

— Je ne sais pas ce qui l'a poussé à fréquenter ces sales types, qui l'ont doucement formé au crime organisé. Peut-être qu'il avait déjà ça dans le sang. En tout cas, il trempait dans de sales trucs quand je l'ai retrouvé. Au début, à cause de mes... *traumas*, je ne parlais pas. Littéralement. Pas un mot jusqu'à mes onze ans.

Abasourdie, je tente d'atténuer le choc qui se dessine doucement sur mon visage.

— Kayden a quitté le foyer à ses dix-huit ans, c'est là qu'est arrivée Cassie, m'apprend-il avec nostalgie. Elle n'a jamais cessé d'essayer de me faire parler, et un beau jour, elle a réussi. Je crois que ça a fait peur à mon grand frère, que je sois capable de le dénoncer. C'est comme ça que lui est venue l'idée de la cabane à secrets.

Incapable de l'interrompre, je hoche la tête pour l'encourager à poursuivre.

— J'étais déjà trop vieux pour ce genre de gamineries, mais j'aimais passer du temps avec lui, l'écouter me raconter ses histoires. On pouvait tout se dire, là-dedans, même les trucs les plus sordides. Kayden avait instauré une règle d'or : si je voulais en savoir plus sur lui, je devais d'abord lui confier quelque chose sur moi.

Mon cœur accélère, roule en boule, se casse la gueule dans

mon estomac et remonte avec la bile que je menace de cracher dans sa putain de cabane à secrets. *Cabane à pièges, ouais !* J'aurais dû me douter qu'il voudrait m'interroger sur mon comportement de tout à l'heure, que je ne m'en sortirais pas aussi facilement, et...

— Respire, Hawkins, m'intime-t-il lorsqu'il semble comprendre la direction prise par mes inquiétudes. Je n'ai pas prévu de te poser la moindre question. Je te raconte ma vie, c'est tout.

— Pourquoi ? demandé-je, sincèrement curieuse.

Il hausse les épaules, fourre ses grandes mains dans les poches du sweat qu'il a enfilé pour se protéger du froid.

— Parce que je te fais confiance, admet-il en détournant le regard, embarrassé.

Un petit sourire attendri s'invite sur mon visage après cette révélation pour le moins inattendue. Venant de lui, qui n'aime personne et compte les mots sortant de sa bouche... ça me touche.

Je m'autorise à le contempler un instant. Sous ces couvertures, il semble régner sur son royaume, sa prestance et son charisme ne sont plus à prouver depuis longtemps. Ses yeux, aussi noirs que le charbon, fixent un point invisible derrière moi. Pour fuir mon regard, sans doute.

J'aimerais savoir s'il rougit. Il fait noir et sa peau est sombre, mais je veux en avoir le cœur net, alors j'approche doucement les paumes de mes mains vers ses pommettes, le laisse esquisser un mouvement de recul, puis m'étudier avec appréhension. Il finit par me laisser faire, et je sens ses joues échauffées par la honte sous ma peau glacée.

— Tu rougis, dis-je, victorieuse.

Il lève les yeux au ciel, un sourire amusé collé à ses lèvres. Et puis, il me regarde. *Vraiment.* D'une intensité qui me fauche les jambes et me fait apprécier la chute. Je crois qu'il tombe avec moi dans le gouffre sans fond où je plongeais seule depuis tout ce temps, perdue dans le noir jusqu'à ce qu'il me rattrape.

Et il souffle :

— Viens là.

Je ne me fais pas prier pour m'inviter entre ses jambes et laisser ma tête retomber contre son torse, où je peux sentir les battements puissants de son cœur. Je me dis qu'il ne fait plus si noir, maintenant qu'il est là, à m'offrir des morceaux de lui dans notre cabane à secrets.

Son menton repose à présent sur le sommet de ma tête, et il encercle ma taille de ses bras puissants après avoir demandé, presque timidement :

— Je peux faire ça ?

Une seconde ou un million d'années s'écoulent dans un silence apaisant, du genre que je n'ai pas connu depuis mille ans.

— Tes cicatrices... Je veux savoir, moi aussi, d'où elles viennent.

Il se tend perceptiblement, et pendant un instant, j'ai peur qu'il s'envole, mais il conserve notre position réconfortante et soupire.

— Mmmh, tu veux beaucoup, mais tu ne donnes pas grand-chose.

— Je t'ai donné ma confiance, le contredis-je.

— C'est vrai...

— Alors ?

— Alors, si tu veux que je te confie un secret, tu dois me confier un des tiens, exige-t-il d'un ton posé m'indiquant qu'il sait pertinemment ce qu'il fait.

Je pèse le pour et le contre, consciente que je pourrai toujours sortir un mensonge de ma casquette si je n'ai pas envie de répondre.

— D'accord.

— Qu'est-ce que tu détestes le plus au monde ? finit-il par demander après un instant de réflexion silencieuse.

Je n'ai pas besoin d'y penser bien longtemps avant que la réponse ne m'apparaisse comme une évidence.

— Les mensonges. Et les légumes, ajouté-je avec humour, pour alléger le poids de mes aveux.

Il se contracte contre moi, comme s'il ne s'attendait pas à mon honnêteté, ou que celle-ci lui déplaisait.

— Je pensais que tu répondrais « les hommes », admet-il en haussant les épaules.

— Oh, il y a *ça*, aussi. Ils sont si insignifiants que je les avais oubliés, plaisanté-je.

Un petit rire secoue son torse, puis il poursuit :

— Je suis le pire ami que t'aies jamais eu, Ash, et je suis trop égoïste pour ne pas en profiter encore un peu.

Mon surnom dans sa bouche est aussi délectable qu'une pâtisserie fruitée. Pour autant, je ne comprends pas ce qu'il veut dire. Aussi amère que soit cette vérité, Ted Greyson est devenu l'ami sur lequel je peux compter. Il est honnête, et un peu brut de décoffrage, parfois. Il m'a aidée dans mes recherches sans rien avoir à y gagner, si ce n'est ma satisfaction d'enfin trouver des réponses, et il ne m'oblige jamais à parler de mes réactions lorsque mes démons deviennent trop difficiles à cacher.

— Je ne te trouve pas si terrible...

Un rire nasal plus tard, il resserre ses bras autour de ma taille. Je me demande si le Giant n'a pas un peu peur que je lui échappe.

— Tu peux me raconter, tu sais ? insisté-je face à son mutisme. Je te promets que je ne dirai rien à personne et que je ne te jugerai pas.

J'essaye de me tourner vers son visage, dans l'espoir de l'attendrir d'un sourire, mais il m'en empêche en resserrant encore ses bras autour de moi. Je crois bien que c'était le but de la manœuvre, m'interdire de voir ses expressions torturées.

*Oh, comme je te comprends.*

— La famille dans laquelle ils m'ont placé, après la mort de mes parents, me mettait mal à l'aise. Monsieur Jaxon avait une jambe de bois. Un ancien militaire, blessé à la guerre. Quand il marchait, ça faisait le genre de bruit qui te file des cauchemars, quand t'es gosse.

Je hoche la tête, espérant qu'il comprenne mon encouragement silencieux.

— Quant à sa femme, elle était trésorière. Ils avaient bonne réputation, tu vois, ajoute-t-il avec un haussement d'épaules. Tant que personne ne regardait ce qu'il se passait derrière les rideaux, je suppose qu'ils avaient l'air heureux, avec leur petite fille parfaite et leur bienfaisance.

— Ils ne l'étaient pas ?

— Il était alcoolique et il hurlait tout le temps. Il n'a jamais été violent avec eux, cependant.

— Mais avec toi, oui ? m'inquiété-je.

— Il ne m'a jamais frappé.

— Mais il hurlait tout le temps.

— Il criait vraiment beaucoup, admet-il d'une voix douloureuse, de celle du petit garçon traumatisé qui sommeille encore en lui.

Pendant un moment, il ne dit rien. Et j'écoute le tapage familier de la ville au-dessous, les battements de son cœur et le vent qui froisse les draps au-dessus de nos têtes. Et puis, il reprend :

— Paradoxalement, il détestait les bruits. Surtout les miens. Je n'avais le droit de rester que dans ma chambre, et si j'avais le malheur de jouer un peu fort, il montait les escaliers et me gueulait dessus jusqu'à ce que je me bouche les oreilles. À chaque fois que j'entendais sa jambe de bois frapper contre le parquet, à l'étage, je savais que c'était pour moi. J'avais développé une putain de phobie, j'en dormais plus la nuit.

J'ai tellement de peine pour lui que je me retourne, luttant contre la force de ses bras. Et j'observe son visage, torturé par un millier de souvenirs qu'il préférerait oublier.

Je sais ce qu'on ressent, lorsqu'on a envie d'être n'importe où ailleurs que dans sa tête, quand elle fait trop de bruit et que le seul moyen de lui échapper se trouve dans une petite boîte de comprimés.

Ted baisse les yeux sur moi, m'observe par-dessous sa rangée épaisse de cils noirs et m'offre un sourire timide.

— Si je pleurais, il menaçait de me donner une bonne raison de le faire. Je n'avais le droit que d'être invisible, alors je le suis devenu. Un jour, j'ai tout simplement arrêté de parler. Chez eux, d'abord. Puis à l'école. Et j'ai fini par ne plus parler à personne.

Il pince les lèvres, et baisse la tête. Alors je lui relève le menton pour qu'il sache qu'il n'a plus à se cacher de quoi que ce soit.

— J'ai honte, admet-il. D'avoir été aussi faible.

Et puis, il boit une gorgée de cette bouteille dont j'avais oublié l'existence.

— Tu avais peur, c'est tout.

Il m'offre un sourire timide qui m'indique qu'il n'assimile pas, ou du moins qu'il refuse de l'admettre. Donc, je persiste :

— T'étais qu'un gamin qui venait de tout perdre. Et ta famille d'accueil était négligente. N'importe qui aurait été terrorisé.

— Il y avait un grand chêne dans le jardin. Parfois, quand il criait, je me réfugiais en hauteur, là où je savais qu'il ne pouvait pas grimper. Ça l'énervait beaucoup, du coup je me bouchais les oreilles et j'attendais que la nuit tombe pour qu'il aille se coucher. J'en redescendais seulement quand je tombais de fatigue ou que j'avais soif.

Je réalise que je mords dans ma lèvre quand un goût métallique envahit ma bouche.

Greyson interrompt alors son récit et me dévisage d'un drôle d'air. De son index brûlant, il frôle mon menton et m'empêche de maltraiter ma bouche en tirant doucement dessus avec son pouce. Il plonge ses yeux dans les miens, puis demande :

— Je peux ?

*Tout ce que tu veux.*

Mais je suis incapable de le dire. Je hoche la tête en le laissant approcher doucement mon visage du sien et s'emparer de mes lèvres. Son baiser est aussi léger qu'une plume, aussi doux que de la soie. Je ferme les paupières, savourant sa chaleur et la pointe de sa langue qui caresse la mienne. Je respire son odeur et laisse échapper une plainte, une prière, une supplication.

Et puis il arrête de m'embrasser, et d'un geste maladroit qui prouve qu'il n'a pas vraiment l'habitude d'être délicat, il remet une mèche de cheveux derrière mon oreille.

Je passe une main sous son sweat, effleure ses cicatrices.

— Ah ouais, ça. Tu jures de le garder pour toi ?

— Je le jure sur le foutu *bro code* de Max.

Il m'étudie encore, cherchant à savoir s'il peut m'accorder sa confiance, puis il m'attire à lui, mon oreille à un souffle de sa bouche, et murmure :

— Je me les suis faites moi-même. Quand ça devenait trop dur de ne pas parler.

Je tombe plus bas et je l'entraîne avec moi.

Alors je comprends un peu, les centaines et les centaines de mots restés coincés dans sa trachée. Ils essayaient de se frayer un chemin sous sa peau, criaient à l'aide pour lui.

Je me souviens du regard qu'il portait sur mes entailles, ce soir-là, où il les caressait sur ma cuisse.

« T'as trouvé ? Un moyen de te faire du mal sans abîmer ta jolie peau ? »

Je le questionne à mon tour, la gorge serrée d'émotion :

— Et toi, t'as trouvé ?

On se comprend parfois tellement bien qu'il saisit tout de suite à quoi je fais référence et hoche la tête.

— L'adrénaline. Celle qui te pousse à te dépasser, à aller toujours plus loin, parfois même un peu trop. Celle qui te donne des ailes. C'est ça, ma drogue à moi.

— Et le football ?

— Aussi, admet-il. La plupart du temps, quand ton père n'est pas un enfoi...

Il s'interrompt, je hausse les épaules.

— Ouais, je sais. Comment tu t'en es sorti ? Tu m'as dit que t'avais fini par rejoindre le foyer de Kayden.

Il lève alors son pull et saisit mon index qu'il fait glisser sur une cicatrice plus grosse et plus profonde que les autres, cachée sous l'encre noire d'un de ses tatouages.

— Je suis tombé de l'arbre un jour, et je me suis blessé. Ils avaient peur que je parle aux médecins, alors ils ne m'ont pas emmené à l'hôpital. Elle a essayé de me recoudre elle-même. Parfois, j'entends encore le cri que j'ai poussé quand elle m'a « soigné ».

Un sanglot, aussitôt étouffé par la paume de ma main, m'échappe. Avec douceur, toujours, il essuie une larme sur ma joue que je ne m'étais pas rendu compte d'avoir laissé échapper.

— Ne pleure pas...

Je hoche la tête, mais je ne parviens pas à chasser l'émotion de mes yeux.

— Ça me brise le cœur, quand tu pleures, me confie-t-il. Ça fait des trucs dans mon ventre...

— Ne t'arrête pas de me parler, s'il te plaît.

Alors il poursuit, étudiant chacune de mes réactions.

— Ça s'est infecté. La maîtresse l'a remarqué et les services sociaux s'en sont mêlés. Finalement, ils ont dit que je m'étais fait ça tout seul et qu'ils n'en avaient aucune idée. Comme je ne parlais pas...

— J'ai compris.

— Après, tout s'est arrangé. J'étais assez bon en cours pour obtenir une bourse. C'est comme ça que j'ai pu passer pro.

— T'as réussi.

— Mmmh, mais je ne joue que pour gagner, tu te rappelles ?

— Comme quand tu joues à gagner mon cœur ? le taquiné-je.

Il m'examine un instant, puis souffle sur le ton de la confession :

— J'essayerai de ne pas le briser en morceaux, quand je l'aurai. Je te le promets.

Dans ces moments-là, quand Ted me fait des promesses et dit des choses comme « ça fait des trucs dans mon ventre », je crois qu'il l'a déjà, mon foutu cœur. Seulement, je refuse de le lui dire.

Je m'apprête à lui poser un million de questions sur son passé, mais suis interrompue par la sonnerie de son téléphone.

Il l'ignore une première, puis une deuxième, et une troisième fois.

Je crois que la quatrième commence à l'inquiéter, parce que finalement, il décroche et je n'entends pas ce que dit son interlocuteur, mais lorsque Ted se lève d'un bond, je comprends que c'est grave.

Gêné, il passe la main dans ses cheveux.

— Je suis désolé, il faut vraiment que j'y aille.

— Qu'est-ce qu'il se passe ?

— C'est Max, m'avoue-t-il.

— Quelque chose de grave ? m'inquiété-je.

Il hausse les épaules.

— J'en sais rien, Chris dit qu'il faut que je vienne.

Je me redresse sur mes jambes à mon tour.

— Je viens avec toi. Non, tu sais quoi ? Je t'emmène. Tu as bu, précisé-je.

Il arque un sourcil, mais ne se bat pas pour me faire changer d'avis.

# 22

***Ashley***

— Vous en avez mis du temps à rappliquer, bordel ! nous gronde Chris.

Avec ses cheveux en bataille et son air paniqué, il semble dans un état second.

Depuis le parking souterrain, on entendait les basses tambouriner, mais ce n'était rien à côté de la cacophonie qui nous force à hurler pour nous adresser la parole. Un miracle qu'aucun de leurs voisins n'ait encore appelé la police.

Le penthouse est si bondé qu'il semble aussi étroit qu'une cage à souris de laboratoire.

C'est la pagaille, un véritable capharnaüm. Des gobelets s'entassent sur les tables, le sol est recouvert d'alcool et de débris de verre, des bouteilles de bière ont été transformées en cendriers, de la fumée s'agglutine sous le plafond.

Pourtant, ça ne dérange ni les inconnus qui se déhanchent en rythme sur le canapé ni les deux nanas qui boivent des shooters de tequila dans le nombril de leur troisième copine.

J'ai pourtant déjà assisté à certaines de leurs soirées, aucune ne m'a jamais semblé si délurée.

— T'as l'air à cran, se moque Ted en scannant les environs.

Chris, lui, ne trouve pas ça drôle. Il lui renvoie un regard courroucé.

— Ouais, désolé d'être un peu nerveux, alors que J'ESSAYE DE SAUVER NOTRE APPART' ! hurle-t-il à s'en décrocher les poumons.

— Elle est où ta copine ? demande Ted.

— Elisa ? Elle s'est barrée chez elle parce qu'elle n'arrivait pas à dormir. Comme la moitié de la ville, si tu veux mon avis.

— Tu m'as appelé au secours parce qu'Elisa n'arrivait pas à dormir ? s'agace Ted.

Les joues rouges de colère, Chris fronce les sourcils et souffle par les narines comme un taureau qui s'apprête à charger.

— Il nous a envoyés nous faire foutre, c'est littéralement ce qu'il a dit lorsqu'on lui a demandé de virer tout le monde. Quand O'Donnel a organisé cette fête pour célébrer l'un de ses nouveaux contrats de je ne sais quoi, j'ai pensé : cool ! On va rencontrer de nouveaux potes ! Tu vois ? Mais ils sont en train de saccager notre maison, et...

Son regard dérive vers un couple qui avale, à tour de rôle, la langue de l'autre.

— Et je ne veux pas être responsable de la MST que ces deux-là vont choper.

En observant les deux amoureux, Ted penche la tête sur le côté, les lèvres pincées pour masquer son amusement. Il avance d'un pas vers eux, sort un... préservatif de sa poche, et le glisse dans la main de son nouvel ami, qui le remercie d'un hochement de tête.

— Problème de MST résolu, déclare-t-il lorsqu'il revient vers nous.

Mais Chris ne rigole toujours pas. Alors, après avoir soupiré un grand coup, Ted se dirige vers le disjoncteur et fait sauter les plombs, avant que ceux de son ami au chignon défait ne sautent pour de bon.

De mon côté, je monte sur une table en essayant d'éviter les débris et autres réjouissances et hurle :

— LA FÊTE EST FINIE, MERCI D'ÊTRE PASSÉS !

Nous utilisons les quinze minutes suivantes à mettre tout le monde dehors et remplissons les poches des compagnies de taxis puisque nous appelons une bonne dizaine d'entre eux.

Une fois l'appartement débarrassé des intrus, nous constatons les dégâts.

— Maël et Lily vont être furieux, quand ils rentreront demain..., déclare Chris avec une grimace éloquente.

Lily m'a dit qu'ils passaient la nuit chez les parents de Maël. Un repas de famille, ou un truc dans le genre.

— On fera en sorte que tout soit en ordre d'ici là..., réplique Ted.

Furibond, la version brouillonne de Thor fusille son ami décontracté du regard.

— Tu vois, Greyson, c'est ça ton problème. T'as toujours réponse à tout, et rien n'a jamais d'importance. Donc, c'est pas grave si Max pète son câble de temps en temps, tant qu'on est là pour nettoyer derrière lui ?

— C'est que du matériel, tu devrais vraiment te calmer.

Un vilain rire sarcastique s'échappe de la bouche déformée par l'agacement de Chris.

— Ouais, bien sûr. Mais tu vois, on n'est plus des adolescents. J'ai une copine, et j'aimerais bien la garder, celle-là, en fait. Elle n'a pas à tomber sur un copain de Max qui se fait tailler une pipe dans le couloir au beau milieu de la nuit.

Exaspéré, Ted indique la porte à son ami.

— Personne ne te retient.

— Mais t'es trop con, putain ! Je m'inquiète pour lui. Il est à la masse et... Laisse tomber, je vais appeler Maël.

— Pourquoi ? Je suis là, maintenant.

— Ouais, mais t'as pas l'air de t'en soucier plus que ça.

Chris balaye alors ce qu'il reste de son appartement, puis s'adresse à moi :

— Je sais que c'est rock, le chaos et tout ça, mais tu devrais rentrer chez toi, Ashley. Je n'ai pas envie qu'il soit méchant avec toi.

Je hausse les épaules.

— Je peux gérer, t'inquiète.

— Mieux que toi, apparemment..., ajoute Ted, qui compte bien jeter un peu d'huile sur le feu.

Chris semble à deux doigts de la rupture d'anévrisme, si on en juge la rougeur de ses joues.

— Écoute, ajoute Greyson, va rejoindre Elisa, je vais m'occuper de Max et tout ranger, OK ? Essaye de revoir tes valeurs en amitié, en attendant.

Tandis qu'il se dirige vers l'ascenseur, Chris se fige, les épaules tendues.

— C'est ce que je fais, justement. Passer l'éponge sur ses comportements, ce n'est pas lui rendre service. C'est pas *ça*, l'amitié. On ne ferme pas les yeux. Mais c'est pas grave, continuez à me faire passer pour le pote aigri et méchant, moi j'en ai ma claque de ces conneries ! Oh, et tant que vous y êtes, vous n'oublierez pas de faire les aveugles et les sourds, quand il aura insulté tout votre arbre généalogique et qu'il vous aura jeté les débris de son âme damnée au visage !

*Jamais dans l'excès, celui-là...*

À moins qu'il ait raison, plus que n'importe qui, mais que personne n'accepte de le croire.

— Il s'enferme dans sa chambre à une soirée qu'il a lui-même organisée ? demandé-je pendant que nous longeons le couloir.

— Faut croire...

Ted se fige sur la poignée de la porte et demande :

— T'es sûre de ne pas vouloir attendre ici ?

— Pourquoi tout le monde me traite comme si j'étais en sucre, soudainement ? m'agacé-je. Ouvre cette putain de porte !

Plongée dans l'obscurité, la chambre est à peine éclairée d'une lumière vacillante. Rideaux et draps en soie, meubles en acajou, lit king size, fauteuils en velours, dressing somptueux et pourtant, l'habitant des lieux semble pourrir de l'intérieur.

Allongé sur son lit, Max contemple son reflet sombrer au

cœur d'un abîme sans fond dans le miroir accroché à son plafond. Une femme est avec lui, pourtant, mais même en bonne compagnie, je jurerais qu'il se sent seul.

Heureusement, ils semblent avoir terminé ce qu'ils faisaient. À moins qu'ils ne l'aient jamais fait. Je refuse de le savoir.

J'observe la brune, sa dentelle rouge contraste avec sa peau noire. À ses côtés, elle fume un joint dont la fumée gâche l'odeur rafraîchissante de pin frais qui émane toujours des draps de Max.

L'air absent et les yeux rougis, ce dernier souffle sans nous accorder un regard :

— Continue à faire comme s'ils n'existaient pas, bébé. Ils finiront peut-être par s'en aller...

Alors, je m'avance avec prudence et m'installe sur le lit à côté de sa nouvelle amie.

— Oui, bébé. Surtout, fais comme si on n'était pas là, déclaré-je avec insolence.

Ted ricane doucement, puis m'imite et s'allonge juste à côté de Max, le regard rivé sur le miroir, comme s'il allait y déloger la « bonne personnalité » de notre ami.

— Max... Je devrais peut-être, hum..., bredouille sa compagne d'un soir.

— Tu veux partir ? l'interrompt-il.

— Non, mais...

— Alors, tu ne vas nulle part ! déclare-t-il sèchement.

Elle semble mal à l'aise, je capte son attention et lui demande :

— Où sont tes vêtements ?

Elle hésite à me répondre et se tourne vers Max, à la recherche de son approbation. C'est ce qu'il fait à ses conquêtes. Il devient leur dieu vivant, exige leurs prières, expie leurs péchés. Il se les approprie et elles se revendiquent siennes avec fierté, comme s'il en avait quelque chose à foutre.

Mais quelque part, au fond de lui, si on regarde avec attention, il reste un peu de bon.

Attentif à sa pauvre victime, il réalise qu'elle n'est pas à l'aise et, malgré ce que ça lui coûte de s'avouer vaincu face à nous, il soupire et souffle :

– Vas-y. Prends ce que tu veux dans mon dressing et rentre chez toi.

Je lis quelque chose de familier dans les yeux de son amie. Quelque chose qui ressemble à la crainte d'être abandonnée, et mon cœur se serre.

– Mais... je n'ai pas de voiture. Je suis venue avec une copine et ils l'ont mise dehors. Elle est rentrée sans moi, maintenant, explique-t-elle en nous fusillant du regard.

On vient d'interrompre la chance de sa vie, elle ne nous le pardonnera jamais.

Max souffle encore, une étincelle de pitié résidant dans son regard absent.

– Je vais t'appeler un taxi, dit-il.

Une dizaine de minutes plus tard, j'accompagne la belle sur le trottoir.

Elle s'est fait plaisir dans la penderie de Max en lui dérobant des pièces de haute couture dont il n'a finalement pas grand-chose à faire.

– Tu lui diras ? De m'appeler ? me demande-t-elle timidement en montant dans la voiture.

Une brèche que je pensais fermée à tout jamais s'ouvre dans mon cœur. J'ai été cette fille, pleine d'un espoir qui la laissera déçue. Pourtant, on sait toutes les deux que Max ne l'appellera pas. Comme pour Ted et moi, elle restera pour lui un joli visage sans nom qu'on oublie un peu vite.

Alors je lui mens, parce qu'elle n'a pas envie d'entendre la vérité :

– Oui. Je lui dirai.

En revenant dans la chambre, je retrouve les garçons dans une position similaire à celle qu'ils avaient lorsque je les ai quittés. Max ne m'a toujours pas adressé la parole.

— Il a pris quelque chose ? demandé-je à Ted, tandis que je m'avance prudemment.

— Ce connard a dû s'enfiler l'armoire à pharmacie et le reste, réplique ce dernier.

Max roule des yeux en réponse.

Et enfin, il me regarde, tandis que je prends sa main avec prudence, comme on manipule un objet fragile. Il me dévisage avec ce sourire odieux que je déteste et penche la tête sur le côté.

— T'es venue me sucer pour te rappeler le bon vieux temps, Hawkins ?

Son venin est efficace, mais je ravale mon amertume et refuse de me laisser atteindre plus que ça par sa méchanceté gratuite.

— C'est trop facile, déclare Ted d'un ton détaché.

Il capte l'attention de Max, dont la colère transperce son regard haineux.

— De t'en prendre à elle, c'est une cible trop facile. Tu ne fais que ça, de toute façon : t'en prendre à plus faible que toi. Chris, Elisa, Maël, Lily, et même Ashley... Ils s'inquiètent pour toi, et ça te plaît, parce que c'est trop simple de leur faire mal.

Max hausse un sourcil provocateur.

— Mais toi, non ? Parce que tu n'as rien à perdre, c'est ça ? Ton frère est en taule, t'as personne sur qui compter, personne à qui tu tiens, hein ?

Son regard malsain rencontre le mien et je me surprends à agripper les draps, me préparant mentalement pour le prochain coup qu'il s'apprête à me donner.

— Mmmh... Je me demande vraiment quelle arme je détiens contre toi, Ô Tout-Puissant Greyson.

Ted semble suivre le cheminement des pensées de son ami tandis que leur sous-entendu m'échappe complètement.

— T'as pas vraiment envie de la blesser. Tu te détesteras demain.

Pour la première fois, Max regarde son ami en face. D'une voix enrouée, il admet :

— Entre toi et moi... je me déteste déjà.

Il empoigne alors la mâchoire de Ted, le force à me regarder.

— Comme elle est belle, déclare-t-il. Toujours prête à se faire sauter, dans tous les sens du terme.

*Tu me bousilles le cœur, Max.*

La gifle que je lui assène est si puissante que sa tête dévie sur le côté. Il ferme alors les yeux pour canaliser sa colère, mais lorsqu'il les rouvre, c'est encore pire.

— Regarde comme elle est belle, répète-t-il. Elle s'accroche à son cœur comme s'il allait résister à l'impact. Tu sais que la chute va faire mal, ma belle ?

— Mais qu'est-ce que tu racontes, putain ?! m'énervé-je.

Un sourire mesquin déforme ses lèvres à l'arc de Cupidon parfait.

— C'est vrai ça, Ted. Qu'est-ce que je raconte ?

— De la merde, réplique ce dernier. Parce que t'es paumé.

Ils se fusillent du regard, se cherchent, se provoquent et se lancent dans une bataille de laquelle je me sens exclue. Finalement, Ted reprend la parole :

— Allez, à la douche !

Le temps de faire couler un bain à mon ami sous influence, je les ai laissés seuls tous les deux.

Je ne sais pas ce qu'ils se sont confié dans l'antre du diable, mais lorsque Max réapparaît, il semble changé. Moins mauvais, plus enclin à parler.

— Vous allez vraiment jouer au papa et à la maman, tous les deux ?

*Mais il ne faut pas rêver, c'est toujours le même petit con !*

— Ouais, et si t'es sage, on t'emmènera même à Disney, connard !

Les yeux de Max s'illuminent comme si l'idée lui était réellement plaisante. Il ôte ce qu'il reste de ses vêtements avant de se planquer sous la mousse.

— Au lieu de rougir, rejoins-moi..., me provoque-t-il.

Ted empoigne alors mon bras avec une telle force que je grimace.

— Tu sors, Hawkins.

— Quoi ?!

— J'ai dit : tu sors ! répète-t-il, les poings serrés.

— Et moi, je t'ai dit que je n'étais pas en porcelaine ! Je gère.

Amusé par notre scène de ménage, Max laisse reposer sa tête sur son poing, puis souffle un peu de mousse qui retombe sur le carrelage.

— J'ai compris, Hawkins. T'es super forte, t'as peur de rien. Tu veux une médaille ? Maintenant, attends-nous ailleurs.

S'il croit qu'il peut me donner des ordres comme ça, quand ça lui chante, il se fourre le doigt dans l'œil ! Enfance traumatisante ou pas, je ne vais pas m'asseoir sur mes principes.

— Mais non, Ashley, reste... Teddy est méchant avec moi, chouine Max.

Ted se pince l'arête du nez, exaspéré.

— Peut-être que si tu n'arrives pas à gérer ta jalousie, c'est toi qui devrais nous laisser, déclaré-je finalement.

Sa colère laisse place à la stupéfaction.

— Ma *quoi* ?!

— Ta jalousie. C'est bien de ça qu'il est question, non ?

— Ça n'a rien à voir, putain !

La panique écrase tout le reste.

*Ah, les hommes...*

— Il le fait exprès, reprend-il en adressant un regard en biais au diable dont le sourire carnassier reste accroché aux lèvres. Il veut me faire péter les plombs, c'est tout.

— Raison de plus pour que tu t'en ailles, insisté-je.

Agacé par la justesse de mon répondant, il quitte la pièce en admettant sa défaite. Derrière la porte, je l'entends grommeler :

— Je ne suis pas jaloux !

Max m'adresse un clin d'œil complice tandis que nous rions

tous les deux de son attitude puérile. Et ça fait du bien. J'ai le cœur soudain plus léger, mais je n'oublie pas que le diablotin en tenue d'Ève n'a d'angélique que l'apparence.

— À nous deux..., commencé-je, m'agenouillant près de la baignoire pour que mon visage soit au même niveau que le sien.

— J'ai mérité la gifle, me dit-il. Et tout le reste. Je mériterais sûrement que tu me fasses la leçon, aussi, si c'est ce que t'as en tête. Mais... s'il te plaît, pas ce soir.

Je cligne des yeux, surprise par cet élan d'honnêteté qui ne lui ressemble pas. Et je me laisse avoir. Par la sincérité dans son regard, la cassure dans sa voix, la tristesse au coin de ses yeux.

— Tu n'es qu'un crétin, dis-je quand même, pour la forme.

— Je sais...

Il encercle de ses bras ses genoux à présent relevés contre son torse. Prostré comme un être sans défense, il tourne la tête pour m'empêcher de voir les larmes qui dévalent soudain ses joues pour se mélanger à l'eau du bain.

Je ne résiste pas, pose ma main à plat contre son dos et le caresse doucement.

— Hey... Ça va aller, OK ?

Non, ça n'ira pas juste parce que je lui ai dit. Il traîne sa dépression depuis si longtemps que mes paroles réconfortantes ne sont pour lui que du vent. Mais je ne sais pas quoi lui dire, et je déteste le voir comme ça, torturé.

À la fois bourreau et condamné.

— J'en peux plus, Ash...

Je ne réponds rien, me contentant de lui offrir des caresses que je veux réconfortantes et qui ne font que l'encourager à pleurer en silence. Quand je me dis qu'il ne s'arrêtera plus jamais d'être triste et que je vais m'y mettre avec lui, il me confie un secret. Sale, répugnant, monstrueux et vilain.

Il me fait promettre de n'en parler à personne.

Je pleure avec lui, et les rôles changent.

Il se met à me réconforter en retour.

— Ma mère ne va pas tarder à mourir, dit-il lorsque ma respiration s'apaise. Je ne sais pas ce qui me rend le plus triste : que je ne la reverrai plus, ou que la mort qui l'attend soit plus douce que sa vie ne l'a jamais été.

— Je suis désolée… Tellement, tellement désolée.

— Je crois qu'en fait, ce qui me désole réellement, c'est que je n'ai jamais su la faire sourire pour de vrai.

— Non, je ne t'emmène pas vraiment à Disney, putain ! grogne Ted.

Max court derrière lui, réclamant un câlin que son ami ronchon refuse de lui donner.

— T'as dit que si j'étais sage…

— Lâche-moi, bon sang ! se plaint Greyson, son pote collé à son dos, les bras autour de sa taille.

— Je peux dormir avec toi, gros nounours ?

— Certainement pas !

— Allez, quoi ! Notre bromance était pourtant bien partie…, geint Max.

Ted continue à l'ignorer, son agacement comme masque. Mais je vois bien au petit sourire qu'il réprime que lui aussi est content de retrouver son meilleur ami.

— Notre quoi ? demande-t-il en entrant dans sa chambre, avant de s'avachir sur le lit.

— Une putain de romance, mais entre bro ! Entre frères, quoi…, explique Max en s'allongeant à côté de son « frère ».

— Tu me fais chier, O'Donnel.

— Non, tu me kiffes ! Alors, Ash ? Tu veux la place de droite ou celle du milieu ?

— Ashley ne dort pas avec…

Il s'interrompt, scannant mon corps de haut en bas. Brosse à dents dans la bouche et coiffure défaite, je ne dois pas ressembler à grand-chose. Mais tout de même, il fait une fixette sur le tee-shirt que je lui ai chipé et semble l'accepter mieux que prévu.

— Vous me fatiguez, tous les deux. Au dodo !

Évidemment, Max insiste pour que je me retrouve au milieu, comme si j'avais besoin de son aide pour jouer les entremetteurs. Mais ça me fait rire, alors je laisse faire.

Tant que ça lui change les idées...

— Bon, alors, Disney, on y va quand ?

— Dans tes rêves, maintenant, dors !

— Tu m'avais promis ! Mes parents n'ont jamais voulu m'emmener...

Je sais très bien ce qu'il fait, à attiser la pitié pour obtenir ce qu'il veut. Mais au fond, c'est quand même un peu mignon.

Ted soupire, puis s'avoue vaincu.

— Envoie tes excuses à tous ceux que t'as traités comme de la merde, et je t'emmènerai.

C'est un coup bas, parce que Max ne s'excuse pas et Ted le sait. Le capricieux finit par s'endormir, sans discuter les conditions de son ami.

— Greyson..., murmuré-je, quelques instants plus tard. Tu dors ?!

— Non. Je m'entraîne à simuler ma mort. Qu'est-ce que tu me veux ?

— J'ai besoin de Britney..., me plains-je.

— Tu te fous de ma gueule ? On ne va pas retourner chez toi maintenant ! T'as qu'à foutre O'Donnel au micro-ondes.

Un petit rire m'échappe, je touche ses lèvres pour y trouver un sourire.

J'aimerais lui confier à quel point cette journée a été éprouvante, à quel point je suis excitée de rencontrer ma mère, et heureuse qu'il vienne avec moi. Mais il y a une part de moi qui me rappelle que je dois me protéger et que partager ce genre de sentiments avec lui me mettrait en danger. Alors, je me tais et enroule mon bras autour de lui, caressant ses abdominaux. Il se tend à mon contact, je crois qu'il va m'ordonner de dégager, mais finalement, ses épaules se détendent, et même s'il ne me rend pas mon étreinte, il me laisse me blottir contre lui.

— Bonne nuit, Ashley.

— Bonne nuit, Ted.

*Et bonne nuit à toi aussi, traître de cœur emballé.*

# 23

### *Ted*

Furibonde, Lily tourne dans l'appartement comme un lion dans sa cage trop étroite, faisant claquer ses talons à chacun de ses pas furieux. En long, en large et en travers, elle parcourt l'espace vide qu'occupait le canapé dont on s'est débarrassés dans la matinée.

Malgré un rangement et un nettoyage intensif effectués par Max et Ashley avant qu'elle ne rejoigne la faculté, rien n'a pu venir à bout des trous de cigarettes.

— Donc, vous avez décidé de refaire la déco et vous avez jugé que le sofa était superflu ? C'est bien ce que vous m'expliquez ?

Chris, Max et moi hochons la tête, en tâchant d'éviter le regard de Maël, qui comprendrait à coup sûr que nous avons fait des bêtises.

Lily semble sur le point d'exploser. Mains sur les hanches, elle frappe son pied sur le carrelage.

— J'attends ! exige-t-elle. De vraies explications.

Je me souviens de nos discussions nocturnes quand elle squattait le canapé et que je lui faisais encore un peu peur. Je comprends que son vieil ami lui manquera.

— Bon, commence Max, qui se racle la gorge en adoptant une attitude faussement gênée. Je te laisse, alors... Ça a l'air de te prendre pas mal de temps... d'attendre.

Comme une mère fâchée, elle attrape son garnement par l'oreille. Il gémit aussitôt, plus amusé que réellement torturé.

— Qu'est-il arrivé à notre canapé ?

— Vous êtes sûrs qu'on en a déjà eu un ? interviens-je, essayant de sauver l'oreille de mon pote. Comment va Mila, au fait ?

Maël m'adresse son faux air furieux et réplique entre ses dents serrées :

— Elle va bien, toujours avec Garrett.

J'aime bien le faire chier, mais je ne vais pas mentir, sa mère est méga bien conservée...

— Tu ne peux pas nier qu'il y a un truc entre elle et moi, insisté-je.

— Le truc, entre elle et toi, comme tu dis, c'est moi, putain ! Espèce de trou du cul, réplique-t-il comme il a l'habitude de le faire.

Lily soupire, plus amusée que vraiment agacée par nos conneries, puis annonce d'un ton solennel :

— Puisque vous jouez aux cons, il n'y aura plus jamais de canapé. C'est fini, on regardera la télé à même le sol.

— Quand est-ce qu'on l'a acceptée ici, déjà ? demande Chris.

— Et tu ne vis pas chez Ashley, d'ailleurs ? ajouté-je.

— Mais surtout, de quel droit disposes-tu pour jouer au petit chef ? intervient Max.

— Je suce le proprio, déclare-t-elle comme on annonce qu'il pleuvra demain. Ça me donne des droits que tu n'as pas.

J'ouvre la bouche, ma mâchoire sur le point de se décrocher. Jamais de toute ma vie je n'aurais pensé entendre Lily s'exprimer de cette façon. Il faut croire que traîner avec O'Donnel ne lui réussit pas. Maël étire son fameux petit sourire en coin, celui qui fait fondre les nanas.

— Quelqu'un d'autre désire obtenir plus de droits ? demande-t-il, insolent.

— Ne t'avise même pas de répondre par l'affirmative, O'Donnel, prévient Lily.

Ce dernier hausse un sourcil provocateur et nous éclatons tous de rire, l'incident du canapé rapidement oublié.

On dit souvent qu'on ne choisit pas sa famille, mais si on venait à me poser la question, si on m'imposait le dilemme de ma vie, je les choisirais toujours. J'échangerais le reste du monde contre tous ces idiots qui illuminent ma vie de leurs conneries.

J'aime bien prendre des douches. L'eau chaude qui délie mes muscles, mes pensées qui s'évaporent, et Max, assis en tailleur sur le tapis, qui m'attend comme un vaillant labrador.

*Ça va devenir une habitude, putain !*

— Il faut que tu lui dises, déclare-t-il d'un air sérieux. Ashley est amoureuse de toi.

Sa constatation me fout un coup dans l'estomac. Au fond, je m'étais bien rendu compte que ses sentiments à mon égard avaient changé. Je ne suis pas aveugle, je vois les regards qu'elle me lance et les promesses silencieuses que son cœur me murmure pour elle. Mais l'entendre de la bouche d'un autre, c'est comme me prendre une vérité en pleine face, comme un uppercut dans le creux de l'estomac.

— N'importe quoi, nié-je tout de même.

— Ah ouais ? Et ça, c'est quoi ?

Sans prévenir, il tend son téléphone pour me dévoiler une photo, prise dans la nuit à notre insu.

Dans la pénombre, le visage d'Ashley est éclairé à la lumière du jour, filtrée par les volets. Sa jambe sous la mienne, elle est serrée contre mon dos, ses mains sur mes abdominaux. C'est son expression apaisée qui me surprend le plus, comme si dans mes bras, elle avait choisi de délaisser la colère qui l'anime depuis toujours.

Je déglutis ma culpabilité et détourne lâchement le regard de la preuve imagée de ses sentiments ambigus.

— Tu nous regardais dormir ? T'as un gros problème, mec !

Pas offensé le moins du monde, Max lève les yeux au ciel.

— Je vous trouvais mignons ! se justifie-t-il. Je voulais immortaliser le moment que vos deux têtes brûlées nieraient toutes les deux si je n'avais pas une preuve.

— Je sais que je devrais tout lui dire. C'était une mauvaise idée, et ça ne peut que mal finir, mais c'est plus compliqué que ça, OK ? Il n'y a pas que ma carrière qui est en jeu.

Je décide de tout lui avouer, parce que je me dis qu'il comprendra que je ne peux pas risquer de mettre les personnes que j'aime le plus au monde dans la merde. Cassie est enceinte, et à mesure que je lui raconte ce que le coach a contre lui, je réalise bien que lui non plus, il n'est pas prêt à sacrifier quoi que ce soit.

— OK... On est dans la merde, conclut-il.

— On s'envole pour Los Angeles samedi prochain. Après ça, elle risque d'être tellement déçue que tout sera fini. Et si tu ne lui racontes pas tout, la prochaine fois que tu te défonces, elle pourrait même ne jamais l'apprendre...

Max me sert son air coupable, doublé d'une moue de chiot innocent à laquelle personne ne résiste.

— J'ai tenu ma langue, finalement. On a frôlé la catastrophe, mais je ne t'ai pas trahi ! Et malgré ça, t'as jamais entendu parler du proverbe sur le mensonge et l'escalier ?

Je lève les yeux au ciel.

— On cassera l'escalier pour qu'elle ne l'apprenne jamais. Et l'ascenseur aussi, juste pour être sûrs.

Il pouffe.

— Et si elle l'apprenait quand même ? Ça va la briser, tu sais ?

Songer aux conséquences de mes actions me file la gerbe. Parfois, j'ai l'impression qu'Ashley n'est qu'un sale virus qui me file des problèmes gastriques. Sérieux, j'ai envie de vomir à chaque fois que je pense à elle, ce n'est pas normal !

— Elle recollera les morceaux comme une diva ! Tu peux arrêter de jouer ma conscience ? Ça me fait mal au ventre...

Un sourire mesquin s'invite sur son visage d'ange, il baisse les yeux plus bas, sur mon entrejambe.

— Tu préfères qu'on parle de ta...

— Nope ! Et si tu me racontais pourquoi t'as pété les plombs, hier ?

— Pour quoi faire ?

— Je m'inquiète pour toi.

— Pourquoi ?

— Parce que... Tu me fais chier, avec tes pourquoi ! Parce que t'es mon petit frère, c'est tout !

— Je suis plus âgé que toi, réplique-t-il.

— Mais tu te comportes comme un gamin ! Tes yeux s'illuminent à chaque fois que je mentionne Disney.

— On y va quand, d'ailleurs ?

J'abandonne, parce que je connais par cœur le petit jeu auquel il s'adonne, et je comprends qu'il ne me confiera rien. Je ne peux pas vraiment lui en vouloir, ce n'est pas comme si on avait souvent des discussions à cœur ouvert. On n'en a même jamais eu, d'ailleurs. On devrait peut-être, ça m'a fait du bien, de parler avec Ashley...

*Coup de poing dans le ventre.*

Il va vraiment falloir que ça cesse.

— RÉUNION ! hurle Lily depuis le salon.

Intrigués, les mecs et moi rentrons tout juste de la salle de sport lorsqu'on rencontre Belle, la cinquantaine bien entamée, les cheveux grisonnants mais un corps tonique dans son legging de sport. Prof de yoga, elle est venue rééquilibrer nos chakras. Je vous laisse deviner de qui vient cette idée de merde.

— Ta meuf est intenable, souffle Max à l'intention de Maël, qui hausse les épaules, amusé.

— Lily et moi avons installé des tapis. Vous pouvez dès à présent ôter vos chaussettes pour sentir leur texture douce et moelleuse sous vos pieds.

Une odeur de patchouli chatouille mes narines et me monte illico à la tête. Je repère les fautives qui brûlent tout autour des coussins, tapis et couvertures.

Est-ce que je préférerais être partout ailleurs qu'ici ? *Ouais.*

Est-ce que j'enlève mes putains de chaussettes ? *Évidemment...*

Est-ce que j'ai envie de raconter ça à Ashley ? *Carrément.*

— Petit Ours m'a confié qu'il y avait pas mal de tensions entre vous, en ce moment. Nous allons donc tenter de vous débarrasser de ces vilaines énergies négatives. Asseyez-vous en tailleur.

Alors que je m'exécute comme l'élève studieux que je suis, j'entends Maël pouffer de rire.

— Lily ? C'est Lily, Petit Ours ?

— J'aurais plutôt dit Gros Grizzly, ouais ! surenchérit Max, aussitôt réprimandé par notre prof de yoga.

Sourire aux lèvres, je ne pense qu'à une chose : raconter mes dernières aventures à ma cinglée préférée.

Je ne m'explique pas ce que je ressens pour Ashley, à la fois rose et épine. Elle me fait penser à ces fleurs sauvages qui poussent malgré les difficultés et...

*Putain ! C'est moi qui pense à ces conneries ?*

**[Tu ne devineras jamais ce que je suis en train de faire.]**

Je tape le texto sans réfléchir. La réponse d'Ashley ne se fait pas attendre.

**[Mmmh... Un truc illégal ?]**

Une musique douce et relaxante s'élève dans les airs tandis que Belle nous demande d'inspirer par le nez et d'expirer par la bouche. J'ai du mal à saisir l'intérêt des oiseaux qui gazouillent en arrière-plan, mais ça semble fonctionner sur mes potes qui se prêtent plutôt bien au jeu.

— ... Sentez vos muscles se relâcher, inspirez... et expirez... Laissez les énergies positives vous pénétrer.

Belle se déplace entre nous, je cache mon téléphone de justesse, convaincu qu'elle n'hésitera pas à me réprimander si elle me surprend. Elle s'arrête derrière Max, qui lui révèle ses grands yeux gris, qui n'ont d'innocent que l'apparence.

– Je sens énormément d'énergie négative par ici, déclare Belle. Beaucoup de noirceur, aussi.

– Ah, ça, je sais d'où ça vient ! Satan est parmi nous, réplique Max en pointant Petit Ours du doigt.

**[Je me fais pénétrer par des énergies positives. Et toi ?]**

**[C'est un truc sexuel ? Je révise.]**

**[Pour Max, sûrement. Pour moi, je ne suis pas sûr...]**

– Les ondes de votre téléphone perturbent les énergies ! me gronde Belle, qui m'a finalement démasqué.

Je m'excuse, le range discrètement dans ma poche et reporte mon attention sur mes putains de chakras.

*Mais, d'ailleurs...*

– Ça se trouve à quel niveau, un chakra ?

Ravie que je m'intéresse un peu à son cours, Belle m'offre un sourire resplendissant, avant de répondre à ma question d'une voix douce :

– Nous en avons sept. D'abord, celui de la couronne, sur votre crâne.

Elle pose sa main sur le sommet de ma tête.

– Celui-ci est en totale connexion avec votre système nerveux. Ensuite, il y a le troisième œil, qui se trouve...

– Pas la peine d'utiliser le troisième œil, quand on a le chakra de la troisième jambe comme Greyson.

Chris et Maël pouffent sur la dernière réplique de Max, qui n'amuse pas du tout notre prof. Je profite de sa seconde d'inattention pour lire le message d'Ashley.

**[Au moins, il y en a un de nous deux qui se fait pénétrer. Ça fait si longtemps, que je ne sais plus comment faire, même par des ondes positives !]**

**[C'est comme faire du vélo, mon cœur. Ça ne s'oublie pas.]**

**[Je n'ai jamais appris...]**

Choqué, j'hésite un instant à lui demander si elle est sérieuse. Mais elle ne mentirait pas sur un truc aussi bête, non ?

Je n'arrive pas à y croire.

*Ashley fait de la moto, mais n'est jamais montée sur un vélo ?*

**[Comment c'est possible ?]**

Elle ne répond rien, mais ouvre mon message, alors j'insiste.

**[Même à l'école ?]**

**[Non. Les autres apprenaient avec leurs parents, et Papa... n'avait jamais le temps. Bref. Ça se passe bien, avec les ondes positives ?]**

Je ressens encore cette lourdeur dans mon ventre, similaire à celle que j'éprouve quand elle me touche, mais en plus désagréable.

Je ne sais pas pourquoi, je lui promets sans réfléchir :

**[On va apprendre à faire du vélo.]**

Belle, qui semble s'être prise d'attachement pour son plus mauvais élève, attrape les épaules de Max et déclare :

— Nous allons nous débarrasser de toute cette noirceur.

Ce dernier se met à trembler. D'ici, on dirait presque qu'il subit une crise d'épilepsie, ou un exorcisme...

— Je sens le démon s'échapper de mon cooooorps !

Alors j'éclate de rire, très vite rejoint par les autres, y compris Lily – qui ne l'admettra jamais.

# 24

***Ashley***

S'il y a bien une chose que je déteste chez ma colocataire, c'est son obsession pour les listes. Surtout quand il est quatre heures du matin et que checker des cases est bien la dernière chose dont j'ai envie.

— Passeport ?

— *Check.*

— Aspirine, au cas où ?

— *Check.*

Mais je le fais quand même, parce que c'est bien pratique d'avoir une Lily. C'est moins drôle quand elle ouvre ma valise et me foudroie d'un regard accusateur, parce qu'elle considère que tout est en boule, et se met à plier les vêtements de manière frénétique.

— Tu m'as menti ! Tu n'as pas pris d'aspirine, constate-t-elle en fouillant ma petite trousse de toilette.

Je la laisse rajouter tout ce qu'elle trouve utile à mes affaires.

— Capotes ?

— Pourquoi aurais-je besoin de préservatifs pour rencontrer ma mère ?! demandé-je, faussement scandalisée.

Ses lèvres s'étirent en un sourire équivoque.

— Je pensais plutôt au séducteur qui t'accompagne, en fait. Et à son tronc d'arbre.

Paume plaquée sur sa bouche pour cacher son sourire narquois, elle rit de sa bêtise.

Je me suis fait une promesse, le prochain avec qui je coucherai sera amoureux de moi, et je refuse de la rompre. Les préliminaires, même si sa langue était douce et ses lèvres chaudes, ça ne compte pas vraiment.

*Ça suffit les conneries !*

– Je ne couche pas avec mes amis, moi, Princesse, rétorqué-je.

Elle lève les yeux au ciel.

*Amis.* Peut-être que c'est ce qu'on est devenus. J'ai l'impression que ça nous convient bien, pour l'instant.

Je jette justement un œil au texto que je viens de recevoir de Ted :

**[Je t'attends dans la voiture.]**

Je lui réponds :

**[Bouge tes fesses et viens m'aider à porter ma valise.]**

**[Mes fesses sont très bien là où elles sont, posées sur le siège chauffant.]**

**[Bravo pour ta galanterie !]**

**[Ça n'existe pas entre amis.]**

**[Les pipes entre amis n'existent pas non plus...]**

**[J'arrive !]**

– Comment tu te sens ? me demande Lily, qui ferme ma valise bien plus aisément que la première fois, maintenant que tout est en ordre.

*Comment je me sens ?* Nerveuse et excitée, avec l'impression qu'on va me jeter dans la fosse aux lions, moi, pauvre proie sans défense. Je me pose mille questions, me demande si elle me ressemble encore comme elle me ressemblait au lycée. Si on partage des passions, si on a les mêmes goûts. Si on écoute la même musique, ou si elle n'aime pas ça. Si elle est plutôt du style extravertie ou si elle est timide. Si elle aime l'humour et les films à l'eau de rose. Je me demande surtout, en vérité, si je ne vais pas être une énorme déception.

C'est exactement pour ça que ma valise est pleine à craquer. Je n'arrivais pas à me décider, alors j'ai presque tout emporté.

J'admets que je me demande aussi si je trouverai le courage de lui pardonner son abandon, mais comme l'a dit Ted, je ne le saurai jamais si je n'essaye pas.

— Complètement stressée ? finis-je par avouer. Je crois que je ne vais rien avaler pendant deux jours.

— Mmmh, j'en serais pas si sûre, à ta place.

Lily et moi nous tournons d'un même mouvement vers le nouvel arrivant. Son parfum embaume la pièce et je fais de mon mieux pour ne pas lui courir dans les bras.

Adossé contre le chambranle de la porte d'entrée, Ted Greyson est plus sexy que jamais dans son cargo kaki et son large tee-shirt assorti.

J'aime bien son look streetwear, peu d'hommes savent le porter. Ça prouve qu'il a du goût, et un style assumé.

— C'est ton ego que je vais finir par avaler, petit con.

Il place une main sur sa poitrine, comme si je venais de le blesser au cœur.

— Outch ! Je crois que je vais te regarder traîner ton âne mort dans les escaliers, me provoque-t-il.

Je termine de boucler mes affaires tandis que Lily étudie Ted sous toutes les coutures, les yeux exagérément plissés pour ne rien lui cacher de ses suspicions.

— Quelles sont tes intentions envers Ashley ? demande la blonde.

— Toutes mauvaises, je le jure, la taquine-t-il.

— Fais attention à ma garce préférée, d'accord ? ajoute-t-elle plus sérieusement.

Ted hoche la tête et, armé d'un sourire ravageur, il plante ses yeux de la couleur du charbon dans les miens.

Mon cœur rate un battement.

Lorsque j'atteins la dernière marche des escaliers, j'essuie une goutte de sueur qui perle sur mon front. Ted, quant à lui, a conservé une main dans sa poche, l'autre autour de son café glacé de chez Starbucks. Décontracté, il s'amuse de mon épuisement.

— Il fallait le dire, si t'avais besoin d'aide, mon cœur..., me provoque-t-il en empoignant ma valise pour lui faire descendre la dernière marche.

*Quelle infâme créature !*

Dans l'aéroport, j'ai l'impression que tout le monde me dévisage. Je ne me sens pas à ma place et je n'arrête pas de grignoter les petites peaux autour de mes ongles. Ted, fidèle à lui-même, s'en fout de tout. Il déambule entre les passagers stressés, son sac de sport sur l'épaule. Il ne remarque pas les regards appuyés de certaines affamées, ignore les personnes qui le reconnaissent dans la foule, les yeux rivés sur l'écran de son téléphone.

— T'as de grandes jambes, dis-je pour rompre le silence et masquer mon anxiété. T'as déjà pensé à être mannequin ?

Il hausse un sourcil interrogateur.

— C'est drôle que tu me dises ça. Betty, la manageuse de Max, n'arrête pas de me tanner pour que je signe un contrat avec son agence.

— Et ça ne t'intéresse pas ?

L'imaginer poser en sous-vêtements ne me laisse pas indifférente.

Il hausse les épaules, comme d'habitude...

— Allez, tu n'y as jamais pensé ? Imagine toutes les jolies mannequins que tu pourrais côtoyer...

— Je n'ai pas besoin de poser devant l'objectif pour me faire des top models, admet-il, avant de réaliser mon expression déconfite. Qui est jalouse, maintenant, Hawkins ?

Je serre les dents, à deux doigts de me briser une molaire.

— Pas de jalousie entre amis, craché-je.

Notre vol est retardé d'une heure et Greyson n'arrête pas de souffler, plus ronchon que jamais.

L'horloge collée au mur me nargue de ses tic-tac incessants. Je commence à me dire que la poisse me colle à la peau et que nous n'arriverons jamais à destination.

Sur les bancs de l'aéroport, j'observe les passants, les retrouvailles et les disputes, les enfants qui pleurent et les retardataires qui paniquent.

Je me souviens d'une fois, avec Papa, où on avait attendu plus de quatre heures, coincés dans l'aéroport à cause d'une tempête. J'étais petite et pleine d'énergie, il avait bien été obligé de m'occuper. On avait inventé un jeu, celui d'imaginer de quoi était faite la vie de ceux qui passaient devant nous.

Finalement, notre vol avait été annulé, mais c'est l'un des moments les plus heureux que j'ai partagés avec Fred. L'un des seuls, maintenant que j'y pense.

Une boule de la taille d'une balle de golf se loge dans ma gorge, alors je tente de dissiper mon malaise.

— Je m'ennuie... On fait des bêtises ?

Il relève enfin les yeux de son téléphone pour m'étudier avec attention, puis penche la tête sur le côté, le coin de sa lèvre coincée entre ses dents, comme s'il réfléchissait à comment nous occuper.

Je sursaute lorsque sa main se pose sur ma cuisse. Elle est si grande qu'il pourrait en faire le tour sans difficulté.

— Qu'est-ce que tu...

— Je te montre à quel point je suis ton ami.

Visiblement, il a du mal à assimiler notre amitié.

Sa main se glisse sous ma jupe écossaise, par-dessus mon collant en laine. Il trace des cercles et des arabesques de son pouce, remonte un peu plus haut, toujours plus haut, et je m'inquiète de ce que penseront les autres passagers s'ils nous surprennent.

Le feu aux joues, je dis :

— Ça n'a pas l'air de te plaire, d'être ami avec moi, *Teddy*.

Un sourire narquois se dessine sur ses lèvres voluptueuses. Il exerce une pression sur ma cuisse et je serre les jambes pour soulager la tension qu'il fait naître entre elles.

— Oh si, au contraire, ça me plaît beaucoup, dit-il d'un ton taquin. Mais tu sais ce que j'aimerais encore plus ?

Incapable de prononcer le moindre mot sans gémir ma frustration, je fais non de la tête. Il m'effleure, mais ne me touche jamais, et j'ai l'impression d'en mourir.

Son visage s'approche dangereusement du mien, mes lèvres à un souffle brûlant des siennes. De sa main libre, celle qui ne fait rien d'indécent sous le coton de ma jupe, il écarte une mèche de mes cheveux pour me murmurer à l'oreille :

— Foutre en l'air notre amitié.

Parce qu'il sent bon, qu'il est trop chaud, trop mon style et trop doué avec ses mots, je me lève d'un bond pour me soustraire à son emprise. Amusé, il laisse échapper un rire moqueur qui me conforte dans ma décision.

Je refuse qu'il joue avec moi, je suis celle qui dicte les règles.

— T'es trop dangereux pour moi, Greyson. Mais je ne craquerai pas.

— Ça serait si grave que ça ? murmure-t-il avec envie.

*Oui.*

— Je vais faire un tour pour m'occuper, réponds-je à la place. Je n'ai rien de mieux à faire, et t'es trop aigri pour moi.

Il se contente de hocher la tête, néanmoins diverti par mon petit cinéma, et replonge sur son portable.

Dans le duty free, je lorgne sur les produits de beauté que je n'ai pas les moyens d'acheter, et j'essaye quelques parfums. Un flacon en particulier attire mon attention : *Dior Sauvage*.

Comme une enfant qui s'apprête à faire une bêtise, je regarde autour de moi, sors Britney de mon sac à dos et la parfume, ni vu ni connu !

Et puis je réalise ce que je viens de faire et la nausée s'empare de mon estomac.

*Regarde-toi, Ash. T'es pathétique. Tu tombes si fort pour un homme qui te laissera en miettes.*

La voix de Sean retentit dans ma tête pour me rappeler mon erreur et se moquer de mon geste puéril. C'est trop tard, ma peluche sent comme Ted Greyson.

Lorsque je rejoins la salle d'attente, je réalise que Ted n'est plus du tout décontracté. Paniqué, il scanne les alentours et ses yeux s'arrondissent quand ils tombent sur moi.

— T'étais où, putain ?! m'agresse-t-il en avalant la distance entre nous.

— Euh... dans les boutiques. J'ai croisé une nana qui portait un tee-shirt qui disait « Toujours en retard, mais je vaux l'attente ! ». J'ai trouvé ça tellement cool, je suis à *ça* de me le faire tatouer...

Il fronce les sourcils, comme si ce que je lui racontais n'avait pas le moindre sens, et dit :

— J'ai trouvé une crevette.

Cette fois, c'est moi qui le dévisage comme s'il venait de lui pousser une troisième tête. Face à mon incompréhension, il pousse un soupir exaspéré et se décale de quelques centimètres sur la droite pour révéler une toute petite fille, cachée derrière les grandes jambes musclées du joueur. Petite brune, deux couettes asymétriques attachées haut sur sa tête, deux trous à la place des dents du bas, mais surtout, les yeux rougis de larmes. Elle s'accroche à la jambe de Ted comme si sa vie en dépendait, les deux doigts du footballeur coincés dans sa main.

— On la dépose aux objets trouvés ? me demande-t-il.

— C'est une enfant, Ted. Pas une batterie externe...

Je m'accroupis et approche mon visage de la « crevette » qui se réfugie un peu plus derrière son mur de muscles.

— Tu lui fais peur, putain ! me réprimande-t-il.

Un sourire attendri étire mes lèvres.

Je lui demande comment elle s'appelle, elle refuse de me répondre. Je la questionne sur ses parents, idem. Je finis même par m'interroger sur sa langue maternelle, pourtant lorsque je m'éloigne de quelques pas en scannant les alentours pour trouver de l'aide, elle tire doucement sur le bras de Ted et lui fait signe de se pencher. Il s'exécute et la laisse lui murmurer un secret à l'oreille, qu'il écoute attentivement, sourcils froncés pour ne pas en manquer une miette.

— Elle dit qu'on devrait attendre ici, car sa mère lui a appris à ne pas bouger, si jamais elle se perdait.

Quand le métis se relève, la gamine s'accroche à son cou et il la soulève dans ses bras.

Et voilà, il ne manquait plus que ça pour me faire fondre ! Je vous le dis, le ciel est contre moi.

La petite se met à pleurer à chaudes larmes contre son cou, et le grand gaillard courageux se raidit.

— Ça me brise le cœur, putain !

Je n'en reviens pas qu'elle ait eu confiance en lui, qui jure à tout bout de champ...

— Je te préviens, on n'embarque pas tant qu'on n'a pas retrouvé ses parents ! ajoute-t-il.

Je pose une main réconfortante sur son bras et acquiesce d'un hochement de tête.

— D'accord.

Quelques minutes plus tard, une femme âgée d'une trentaine d'années bouscule d'autres passagers pour venir à notre rencontre. Le soulagement sur son visage lorsqu'elle repère sa petite fille le réconforte aussitôt, et la gamine quitte Ted pour se jeter dans les bras de sa mère.

Elle nous remercie mille fois tandis que Greyson ne manque pas de la réprimander pour son inattention. Je dois même intervenir pour l'empêcher de cracher son venin sur cette pauvre femme qui a fait une toute petite erreur, impardonnable aux yeux du Giants.

Malgré tout, son expression s'adoucit lorsque la petite dépose un baiser sur sa joue pour le saluer.

Quand la maman le reconnaît, elle demande à prendre une photo. Je vois bien à la tête que fait Ted qu'il n'en a pas envie, mais il finit par accepter.

Pendant l'embarquement, il ne dit pas un mot, le visage fermé et l'air tourmenté par quelque chose dont il ne veut pas parler, puisqu'il a enfoncé ses écouteurs dans ses oreilles. Il les retire, puis étire ses jambes entre les sièges spacieux de la première classe – que je n'aurais jamais pu me permettre s'il n'avait pas payé les billets. Alors, je ravale mon amertume et lui pardonne son attitude bougonne, même si je ne la comprends pas.

Après le décollage, je fixe les écrans et la carte de navigation en me disant que six heures de vol sans se parler, ça risque d'être long.

— Tu n'aimes pas qu'on te demande de prendre des photos avec toi ? le questionné-je pour rompre le silence.

— Non, répond-il simplement avant de tourner la tête vers le hublot.

*OK, il ne veut pas parler, le message est passé.*

Mais bon sang, ce que je déteste quand il est de mauvais poil !

Comme je n'ai rien de mieux à faire que de bouder dans mon coin, j'enfile le masque de nuit fourni par l'hôtesse, en espérant dormir un peu, et je sors Britney de mon sac pour m'en servir comme d'un oreiller.

Un instant plus tard, Ted retire mon bandeau pour me taquiner. Mais c'est trop tard, je fais la gueule et je veux qu'il le sache.

— Je m'ennuie… dit-il. On fait des bêtises ?

Je réprime le sourire qui chatouille la commissure de mes lèvres et me force à conserver une expression agacée.

Comme je ne lui réponds pas, il insiste et tire à nouveau sur le bandeau qu'on n'arrête pas de se disputer.

— Pourquoi le cul de Britney sent comme moi ? murmure-t-il à quelques centimètres de mon visage.

Je me sens rougir jusqu'à la racine de mes cheveux, et m'enflamme deux fois plus vite quand je constate son petit sourire en coin qui m'indique qu'il a remarqué ma gêne.

— Pourquoi tu n'es qu'un connard ?

Il rit doucement en posant sa grande main sur ma tête pour me caresser le cuir chevelu.

— Je sais. Tu dois te dire que je ne suis qu'un vieux mec condescendant qui prend ses fans de haut.

Je relève la tête pour affronter la sincérité dans son regard, celle qui annonce une vraie discussion.

— Je te jure que ça n'a rien à voir, OK ? C'est juste... que j'ai du mal à comprendre qu'on idolâtre quelqu'un au point d'en être fan, tu vois ? Je suis persuadé que la moitié de ceux qui me demandent des photos ne m'ont même jamais vu jouer.

— Et alors ? T'es une star, c'est cool de rencontrer une star.

— Ouais, mais hier, je n'étais rien, et on m'aura oublié demain. Ils m'aiment, mais ils ne me connaissent pas. Je trouve juste ça... *bizarre*.

— Et avant, pourquoi t'as pété les plombs ? Avec la gamine.

— J'en sais rien. Je n'aime pas voir les enfants malheureux. Une vie peut si vite changer, tu comprends ?

Un peu. En tout cas, je comprends que perdre ses parents a changé sa vie, pour le pire, et qu'il a du mal à accepter cette vérité.

— Ça arrive de perdre son gosse, parfois...

*Enfin, je crois ?*

Après un petit sourire de connivence, son expression change du tout au tout. De morose, il devient tout excité, comme lorsqu'on promet d'emmener Max à Disney.

— Je vais être tonton ! Je n'arrive pas à croire qu'on n'en ait pas encore parlé.

Il me raconte pour Cassie, son bébé et la nouvelle vie qu'elle veut s'offrir. Je lui dis que je suis d'accord avec sa décision, qu'elle ne devrait pas rester avec un homme qui la tire vers le bas, même si ce dernier s'avère être le frère de Ted.

Parfois, l'amour ne suffit plus à rendre une femme heureuse. Il y a tout le reste, et Kayden échoue partout où sa copine l'attend. Mais je trouve ça triste, il n'y a rien de plus douloureux que de se séparer de quelqu'un qu'on aime encore, et qu'on aimera peut-être toujours.

Mon père me vient en tête, et même s'il ne s'agit pas du même amour, la situation est similaire. Je l'aime, même s'il ne m'aime jamais comme il faudrait en retour.

*Parfois, l'amour ne suffit plus.*

L'hôtesse nous apporte deux coupes de champagne, puis referme les rideaux qui nous séparent des autres passagers. Je soupçonne Ted d'avoir commandé un Dom Pérignon pour la blague, mais je trinque avec lui quand même en appréciant les petites bulles quand elles éclatent sur ma langue.

Une turbulence de ciel clair fait chuter l'appareil de quelques mètres. La moitié de ma coupe finit sur l'entrejambe de mon ami qui grimace de mécontentement.

— Merde, attends !

J'attrape une serviette en papier, tapote rapidement pour absorber le liquide et culpabilise d'avoir taché son pantalon, quand je réalise que tout ceci ferait une super intro dans un film pour adultes.

Vu le sourire narquois que Ted tente de cacher derrière ses lèvres pincées, je suis presque sûre que la même idée perverse lui a traversé l'esprit.

Cependant, au lieu de dire quoi que ce soit, il laisse retomber sa tête en arrière contre son siège, dévoilant sa pomme d'Adam, et me laisse continuer.

Je suis certaine que si je touchais ses pommettes, je sentirais la chaleur de ses joues rougies par l'embarras et l'excitation. D'ailleurs, une énorme bosse déforme l'avant de son cargo.

— Tu n'as pas l'air très à l'aise..., le taquiné-je.

Il me dévisage par-dessous ses cils, une expression dangereuse collée au visage, et je déglutis de frustration.

— J'ai *vraiment très envie* de faire des bêtises avec toi, mon cœur.

Pour le provoquer et lui montrer qui est aux commandes, je m'approche de ses lèvres, les frôle des miennes et recule dès qu'il tente de s'en emparer.

— De quel genre ? soufflé-je.

Il saisit ma mâchoire à une main pour me maintenir en place de sa poigne d'acier. Il ne me fait pas mal, mais bon sang ! Entend-il mon cœur s'emballer ?

— Le genre qui inclut ta bouche.

Nos souffles erratiques se mêlent, la température grimpe de quelques milliers de degrés.

Mes doigts habiles, qui ont fait ça trop de fois pour les compter, glissent sur sa ceinture que je défais sans difficulté. Encouragée par son petit sourire, je m'aventure à la lisière de son pantalon, sans jamais vraiment oser aller plus loin.

— Le genre qui inclut tes mains, et ta langue...

Et puis, je m'en fiche, personne n'ouvrira ces rideaux, Ted sera silencieux et ça restera entre nous, pas vrai ?

J'en ai trop envie, alors je me glisse à l'intérieur de son caleçon, et Greyson sourit contre mes lèvres tandis qu'il m'attire sur ses genoux pour me faciliter l'accès.

Ma bouche s'assèche quand je la sens sous mes mains, brûlante, dure et énorme. *Putain !* J'arrive tout juste à en faire le tour.

Paralysée par la peur de me faire surprendre, je me fige à l'intérieur de son sous-vêtement, les joues cramoisies.

Alors, il pose sa main sur la mienne et me guide, se caressant de haut en bas avec une lenteur affolante.

Il mordille ses lèvres pleines pour étouffer son plaisir, je murmure à son oreille :

— Je veux savoir à quoi ressemblent tes gémissements quand tu ne dois pas faire de bruit.

Il accélère la cadence et ma conscience s'envole, comme à chaque fois que je suis avec lui.

— Dis-moi, mon cœur…, commence-t-il d'une voix étouffée. On la fout en l'air, cette amitié, ou on continue à se torturer ?

Il cherche encore à me voler un baiser que je lui refuse et grogne presque sa frustration.

Je réalise que je le caresse toute seule à présent, ça ne me dérange pas. Je sais ce que je fais, je sais comment faire du bien à un homme. C'est les garder qui me pose problème…

— Je suis fatigué, mon cœur, admet-il. De me battre avec toi. Si tu me veux, prends-moi.

Galvanisée, je me laisse glisser et atterris sur les genoux, entre ses jambes écartées. Il soulève les hanches et me révèle son sexe bandé.

Un petit rire lui échappe face à mes yeux écarquillés.

Il m'encourage en empoignant mes cheveux avec une délicatesse paradoxale.

— J'ai envie de baiser ta bouche depuis que j'ai posé les yeux sur toi.

Mon ventre se tord d'appréhension, une chaleur diffuse s'écoule le long de mes cuisses. Malgré mes doutes, et stimulée par ses gémissements rauques étouffés entre ses dents serrées, je me lance. Quand je crois que je n'y arriverai plus, il souffle :

— Comme ça, mon cœur. Centimètre par centimètre, on n'est pas pressés.

Mes yeux rencontrent les siens.

— Tu me tues, putain ! admet-il en rejetant la tête en arrière contre son siège.

Des larmes perlent au coin de mes yeux, mais je refuse de m'arrêter, j'ai déjà retenu ma respiration plus longtemps que ça. Je veux qu'il m'encourage encore, qu'il me félicite, qu'il me dise à quel point je fais ça bien pour lui, et je sais que quelque chose ne tourne pas rond chez moi, mais je m'en fiche, tant qu'il prend son pied.

Ma main s'enroule à la base de sa queue, pour accompagner les va-et-vient de ma bouche qui devient douloureuse.

Chaque gémissement qu'il pousse est un encouragement qui enflamme ma petite culotte, et lorsqu'il halète :

— Tu… me… rends… fou.

Là, je suis sûre d'être aux commandes.

Je suis à genoux devant lui, pourtant c'est à moi qu'il adresse ses prières, et c'est moi qu'il vénère.

Il tire sur mes cheveux quand il s'apprête à jouir pour me préserver, mais je ne bouge pas et l'avale tout entier, parce qu'avec lui, je ne trouve même pas ça dégueulasse.

Il retrouve son souffle et je récupère le mien tandis qu'il remet ses vêtements en place. Mes mauvaises habitudes reviennent au galop, je me demande soudain si je n'en ai pas fait trop, s'il n'a pas envie que je le laisse tranquille, maintenant qu'il s'est servi de moi.

J'ai à peine le temps d'y penser.

— Tu fais ça tellement bien, Ashley…

Il m'attire à lui et pose ses lèvres brûlantes sur les miennes. Et ça me surprend tant que j'ai un mouvement de recul avant de le laisser faire.

Une grande première chez les messieurs qui considèrent que ce qui vient de leur propre corps n'est bon que pour les autres.

Lui, il s'en fiche.

Ça ne devrait pas être une corvée, mais une pratique qu'on partage à deux, parce qu'on meurt d'envie de faire plaisir à l'autre et de se faire plaisir un peu, aussi. Alors, je l'autorise à m'embrasser, et lorsqu'il s'arrête, il me fait fondre avec ses mots, ceux qu'il compte et qu'il calcule, ceux qu'il ne balance jamais au hasard. Les mots qu'il pense vraiment.

— Je ne me passerai plus jamais de ta façon de me sucer, mon cœur.

*Mais à la Ted Greyson…*

Je ris sans vraiment savoir pourquoi. Peut-être parce que pour la première fois, je n'ai pas envie de me foutre en l'air après avoir donné du plaisir à un homme.

Il me prend dans ses bras, et je m'y sens tellement bien que j'oublie tous mes soucis.

— T'aimes bien quand je te félicite, on dirait, se moque-t-il tandis que j'enfouis ma tête dans son cou pour renifler son parfum.

— Mmmh, je crois, ouais…

Il pouffe dans mes cheveux, et je reste là, dans les bras de Ted qui ne me rejette pas.

# 25

***Ashley***

Le soleil de la Californie me semble différent de celui de la côte Est auquel je suis habituée. Ses rayons passent au travers de la baie vitrée pour venir colorer mes draps en satin d'orange et de doré.

J'observe encore cette chambre d'hôtel, son écran plat gigantesque, ses serviettes épaisses et moelleuses, ses produits de beauté miniatures et luxueux. Les meubles en bois se confondent avec le parquet poli et brillant, la salle de bains est spacieuse et les miroirs étincelants de propreté. Il y a même une douche à effet pluie, et ça, ça n'a pas de prix ! Disons plutôt que ça en a un, mais que je n'ai rien eu à débourser.

Et ce soleil ! Bon sang, ce soleil semble annonciateur d'une bonne journée.

En arrivant sur la côte Ouest, Ted a insisté pour qu'on se repose un peu en rejoignant nos chambres respectives. Évidemment, je n'ai pas fermé l'œil, bien trop excitée à l'idée de rencontrer celle qui m'a donné la vie. Peut-être aussi que je n'arrivais pas à dormir parce que je pensais à lui. À Ted, et à ce qu'on a partagé tout à l'heure.

Je ne peux pas admettre que c'était juste du sexe, comme ça, comme une poussière emportée par le vent. Ça signifiait quelque chose, j'en suis certaine.

*Et ça me fout les jetons, putain !*

C'est mon cœur, désespéré d'être aimé, qui refuse de se calmer. J'ai la désagréable sensation d'avoir été piégée, comme si on venait de m'attacher un poids d'une tonne à la cheville pour me faire couler dans l'océan de secrets de Ted Greyson.

Le pire, c'est que je ne m'en plains pas.

Je le veux.

*Je le veux. À moi.*

Si fort que ça me fait mal à la poitrine, mais il y a une différence notable entre ce que l'on désire et ce que l'on mérite. Et plus le temps passe, plus c'est difficile de me rappeler pourquoi il n'est pas fait pour moi. La liste des « contre » s'allège de seconde en seconde tandis que celle des « pour » s'allonge.

Grâce au décalage horaire, il est seulement treize heures quand je décide d'étaler mes vêtements sur le lit.

Une douche et un maquillage express plus tard, je ne sais toujours pas comment m'habiller. Je m'interroge un instant, me demande si la princesse du penthouse serait objective si je l'appelais pour lui demander conseil.

*Sûrement pas.*

Liam, quant à elle, doit encore dormir pour récupérer de sa dernière soirée bien arrosée, si j'en crois les photos qu'elle m'a partagées.

C'est comme ça que je me retrouve devant sa chambre à *lui*, persuadée qu'il saura faire preuve de cette honnêteté que je déteste un jour sur deux.

Je toque une fois, sans obtenir de réponse. Frappe une deuxième, puis une troisième fois. Quand je pense que c'est peine perdue, prête à rebrousser chemin vers ma chambre, la porte s'ouvre à la volée sur un Ted en boxer, le visage encore ensommeillé, les cheveux en pagaille et cette moue grognon que je trouve adorable.

— Dis-moi que t'es venue baiser, ça expliquerait que tu me réveilles au beau milieu de la nuit, grommelle-t-il.

— Il est bientôt quatorze heures ! me justifié-je, un sourire amusé flottant sur mes lèvres.

Il grogne. Littéralement. Comme un ours mal léché.

Il m'attire à l'intérieur, me pousse sur le matelas moelleux et s'allonge sur moi en m'écrasant de tout son poids, tandis qu'il ferme les yeux pour se rendormir.

Amusée, je gigote sous son corps, tape doucement son dos et m'écrie :

— Debout, mon petit rayon de soleil !

Il gémit son mécontentement, resserre ses bras autour de moi.

— Tu joues avec ta vie, Hawkins. Le monde n'existe pas avant midi si je n'ai pas d'entraînement, se plaint-il, le visage enfoui entre l'oreiller et mes cheveux.

— Il est quatorze heures ! répété-je.

Je n'hésite qu'une seconde avant de le secouer une nouvelle fois.

— J'ai besoin de ton avis, et de tes conseils, pour choisir ma tenue, avoué-je.

Il relève son visage du coussin pour me dévisager, muni d'un petit sourire amusé. Puis il s'installe en tailleur sur le lit et lance :

— Vas-y, défile pour moi.

— C'est super important, je veux que tu sois honnête, promis ?

Il hoche la tête, puis remonte les volets électriques avant de placer deux mains derrière sa tête, prêt à me regarder faire le show.

— Croix de bois, croix de fer, si je mens, je me fous en l'air.

La première tenue que je lui propose est une robe patineuse bleu nuit, décorée de grosses fleurs multicolores.

Les joues de Ted se gonflent d'air alors qu'il se retient de pouffer de rire.

Face à mon air interrogateur, il s'explique :

— Non, vraiment, c'est parfait ! Si t'as prévu de nous emmener boire le thé à Buckingham Palace.

— C'est Lily qui me l'a offerte...

— Ouais, eh bah, je me suis trompé. Lily ne t'aime toujours pas.

Je lui assène une tape sur l'épaule et réapparais dans une nouvelle robe. Il me compare à une grosse meringue, alors j'imagine que ça ne convient toujours pas. Je désespère un peu sur la troisième tenue quand il éclate de rire, puis me demande si on a prévu un après-midi champêtre, et je suis carrément vexée lorsqu'il me prend en photo pour la partager avec Lily.

— Bon, et celle-là ?

C'est une robe simple, en coton noir. La plus moulante que je possède, cela dit. Elle laisse entrevoir mes piercings.

Ses yeux glissent sur mon corps. Je remarque sa pomme d'Adam qui monte et descend tandis qu'il déglutit.

— T'es belle, mon cœur. Mais à moins que le projet ne soit de te dénicher un *sugar daddy*, il en est hors de question, putain !

Il se lève alors d'un bond, réclame la carte électronique qui permet d'ouvrir ma chambre et revient avec des vêtements.

J'enfile le short en jean et le tee-shirt *oversize* sur une paire de Converse blanches montantes, puis observe le résultat dans le miroir.

— On dirait une skateuse.

— Ouaip ! Y a que ça, ici. Tu te fondras dans le décor, comme ça.

Il m'attrape par la main, me fait tourner sur moi-même, et je joue le rôle de la princesse que personne ne m'avait jamais donné avant lui.

Presque satisfait, il sort une grande veste en jean de sa propre valise et me la jette au visage.

— Essaye ça, me lance-t-il avec un clin d'œil.

Je l'enfile, retrousse les manches et admire mon reflet une nouvelle fois, ravie par ce nouveau look qui ne dénature pas ma personnalité. Comblée, je hoche la tête et affiche un sourire mi-fier mi-paniqué.

– Tu vois ? T'es parfaite, dit-il avant de se racler la gorge.

*Boum-boum, boum-boum.*

– Bon, on y va ? Prêt à rencontrer ma mère, Greyson ?

Il grimace, je me demande si ma plaisanterie ne lui a pas fait peur.

– T'as pas envie de faire un truc cool, d'abord ?

J'ai l'impression que Ted cherche à repousser le moment inévitable. D'abord, il nous emmène louer une décapotable, qu'il me laisse choisir, puis conduire. Une Corvette de collection qui décoiffe !

Ensuite, tout en dégustant une glace, on se balade sur la promenade de Santa Monica, là où les vagues caressent la plage, où les artistes de rue se bousculent et où les restos semblent tous accueillants.

C'est vraiment incroyable.

Mais l'heure tourne, et même si ça me touche qu'il veuille profiter du voyage avec moi, je n'ai pas envie de perdre mon objectif de vue.

– C'est une façon de te moquer de moi parce que je n'ai jamais appris, c'est ça ?

Ted lève les yeux au ciel, puis penche la tête sur le côté, l'air à la fois amusé et – peut-être – un peu attendri.

Quant à moi, je dévisage le vélo avec appréhension.

– Tu te balades à moto même quand il neige ! Tu ne vas pas faire ta poule mouillée maintenant ?

*C'est stupide, je sais.*

Petite, j'étais jalouse des autres. De celles qui apprenaient avec leur père. J'ai patiemment attendu que le mien se décide à m'en offrir un, et j'étais si heureuse lorsque je l'ai découvert sous le sapin. Un joli vélo noir décoré de belles et grosses flammes rouges.

Mais il ne m'a jamais appris, il n'avait ni le temps ni l'envie. Et moi, je ne me voyais pas le faire avec quelqu'un d'autre, alors j'ai tout simplement abandonné mes rêves et le vélo au grenier.

— Personne ne m'a jamais montré comment faire non plus, tu sais ? C'est pas la honte pour toi. Monte dessus et c'est tout.

Je prends une grande inspiration que je bloque dans mes poumons, puis expire lentement, prête à gravir des montagnes.

Je sais que ce n'est pas grand-chose, mais j'ai l'impression de franchir un cap, de briser une malédiction, de rompre avec mon père.

J'enfourche l'objet de ma tentation et agrippe le guidon, les pieds fermement ancrés sur le sol.

— Tu me fais confiance ? insiste-t-il.

Il m'a posé la question, il n'y a pas si longtemps que ça. La réponse m'est apparue de manière évidente : je ne fais pas confiance aux hommes. Je serais une menteuse de nier que tout a changé.

— Tu ne te moqueras pas ? Tu promets ?

— Non... Je vais sûrement me moquer, mais je t'emmènerai manger une nouvelle glace si tu te débrouilles bien, OK ?

Je lâche un petit rire en le laissant attacher le fermoir de mon casque.

— J'ai enfin l'impression d'avoir un papa ! m'exclamé-je avec ironie, et aussi une pointe d'amertume.

— Tu peux m'appeler *daddy*, si ça te chante, réplique-t-il pour me faire chier.

Il y a des choses que je veux, des envies qui me prennent aux tripes et sur lesquelles je n'ai aucun contrôle. Je veux l'égalité des sexes... Non, je veux la supériorité des femmes. Qu'elles prennent le pouvoir et écrasent les hommes, et tant pis si on me juge pour ça. Je veux éradiquer les maladies, qu'il ne reste que les rhumes. Je veux que les enfants seuls et abandonnés n'existent plus. Et pareil pour les chiens.

Surtout les chiens, en vérité. Je veux la paix dans le monde, les psys au chômage et les pédophiles à l'abattoir. Je veux l'incroyable et l'improbable.

Mais là, tout de suite, je veux juste que mon cœur se calme, parce que ses battements me font peur quand je suis près de lui.

Au début, je suis très concentrée, instable sur l'engin qui tangue de droite à gauche, malgré le soutien de Ted qui m'accompagne tout du long.

— Ça se conduit pas avec des petites roues, quand on monte dessus pour la première fois ? demandé-je.

Il éclate de rire.

— Ils n'en avaient pas des comme ça à ta taille… Tu te débrouilles bien, je te lâche ?

— Non ! paniqué-je.

Le vent se lève, aggravant mon instabilité. Il fait virevolter les grandes feuilles de palmiers qui longent la piste cyclable.

Tout est tellement plus vaste qu'à New York. L'air est empreint d'une odeur de liberté qu'on ne connaît pas dans la ville qui ne dort jamais.

— Ça fait cinq minutes que tu pédales toute seule, Hawkins.

En jetant un coup d'œil derrière mon épaule, je remarque qu'il ne me tient plus et…

*BAM !*

Je me fracasse sur le bitume, écrasant ma fierté et mon flanc gauche au passage.

Hilare, Ted me rejoint en trois enjambées et m'aide à me remettre sur mes pieds.

— Pourquoi t'as arrêté de pédaler ? demande-t-il entre deux éclats de rire.

— J'ai paniqué, merde !

Je tombe sept fois supplémentaires avant d'être à l'aise. Sans vouloir me vanter, je deviens vite super forte. Je n'ai même plus peur de me casser la gueule, les gamelles précédentes m'ont vaccinée.

— Regarde, sans les mains ! me vanté-je.

Nouvelle chute, peut-être un peu méritée. Mais je ne sens pas la douleur de mes genoux écorchés.

Je prends en assurance, réitère et parviens même à rouler sans tenir le guidon. Je lève deux majeurs en l'air à l'attention de Ted, qui fait mine d'être ému.

— Ça monte à combien, tu crois ? 80, 90 ?

— Au moins, ouais..., se moque-t-il en me regardant me pavaner.

— Youhouuuu !

Quand il est l'heure de descendre, je suis un peu triste que ça se termine. Je ne me souviens pas d'avoir été un jour aussi insouciante.

Malgré ma voix qui me hurle que c'est une mauvaise idée, que je vais finir par me casser la gueule, je n'arrive plus à lutter contre mes sentiments. Je suis tombée amoureuse une bonne dizaine de fois, mais je n'ai jamais rien ressenti d'aussi fort que ce que je ressens pour Ted.

— Tout ça... ce que tu fais pour moi, c'est encore cette histoire de pari ? demandé-je en m'installant derrière le volant.

Il reste silencieux un instant, entre l'adresse dans le GPS et finit par dire :

— Quel pari, déjà ?

Mon estomac se contracte, les papillons s'envolent.

*Alors, c'est pour de vrai ?*

— Ça fait un petit moment que je ne joue plus, ajoute-t-il, le regard fuyant.

*Pourquoi je craque toujours pour les causes perdues, moi ?*

— Je n'ai pas de réponses à t'apporter, reprend-il tandis que je me gare à la station-service pour mettre un peu d'essence. Aucune qui te satisferait.

Je hausse un sourcil et fouille dans la boîte à gants pour en extirper ma carte de crédit, mais il m'en empêche.

— J'ai de l'argent, tu sais ? Il se pourrait même qu'une certaine partie de poker m'ait rendue plus riche que je ne l'ai jamais été ! le taquiné-je. J'ai plumé un type, y a pas si longtemps...

Son rictus amusé adoucit ses traits.

— Peut-être qu'il t'a laissé gagner...

— Mauvais perdant ! rétorqué-je.

Il lève les yeux au ciel et ordonne :

— Range ta carte, Ashley. Moi aussi, j'ai de l'argent.

— D'accord. Mais uniquement si tu termines ce que tu voulais me dire.

Son soupir s'écrase sur mon visage.

— Tu me fous la trouille, admet-il. Parce que tu me dévisages avec des yeux qui attendent une réponse, et que je n'en ai pas à te donner. Et je vois bien que ça te déçoit, mais...

Il secoue la tête, amusé par son charabia, puis reprend d'une voix plus assurée.

— On n'est pas amis, mon cœur. On n'est pas amants non plus. On est trop différents pour mettre des mots sur notre relation, tu ne crois pas ?

Je hoche la tête.

— Mais c'est sincère. *Je* suis sincère avec toi, et je te jure que je ne joue pas. J'aime vraiment quand tu ris, et je déteste quand tu pleures. Je te trouve canon quand tu défiles pour moi, même dans cette horrible robe à fleurs. Et je me sens fier quand tu pédales sans les petites roues ! plaisante-t-il. Je crois que ce que j'essaye de te dire, c'est que... peu importe, finalement. Quoi qu'il arrive, je suis là pour toi.

Le bec cloué par la sincérité de son discours, je suis presque certaine qu'il remarque aux rougeurs sur mes joues que je suis touchée. Mon souffle court, mes pommettes empourprées et mon palpitant affolé racontent ce que ma bouche refuse d'admettre :

*Je tombe amoureuse de toi, Ted Greyson.*

*Et j'ai comme l'impression que je ne m'en remettrai pas.*

Gêné par mon silence, le métis se racle la gorge et insiste pour s'occuper de faire le plein.

Alors qu'il se dirige vers la caisse du magasin, la sonnerie de son téléphone m'interpelle. Je suis trop curieuse pour ne pas jeter un œil, et me demande si je devrais décrocher lorsque je lis : *Rikers Island Prison.*

J'essaye d'interpeller Ted, en pleine discussion avec le gérant, mais il refuse de regarder dans ma direction. Ça doit être compliqué de passer des appels depuis le centre de détention, et ça doit surtout être important, sinon Kayden n'insisterait pas en appelant une seconde fois. Alors je décroche.

Un silence me répond, je me décide à engager la conversation la première.

— Hum... Salut. Si tu cherches à joindre Ted, il est à la station essence.

Un soupir de soulagement et un petit rire plus tard de la part de mon interlocuteur, je me détends un peu.

— Ashley, hein ? Je me souviens de toi. La petite meuf aux cheveux rouges, c'est ça ?

Je cligne des yeux, surprise que mon nom lui soit resté en tête. Pourtant, j'ai l'habitude de marquer les esprits.

— Il sera là dans une minute, si tu peux patienter un instant...

— Je n'ai que ça, du temps, m'interrompt-il. Et je m'ennuie. Beaucoup.

Kayden est de ces personnes qui vous écrasent de leur charisme.

— Tu veux bien me dire où vous êtes, Ashley ?

Malheureusement pour lui, je ne suis pas du genre à me laisser écraser, même par lui. Et je refuse qu'un homme se croie capable de me manipuler.

— Va droit au but. Si tu veux savoir quelque chose, pose simplement ta question.

— Ouais... Je me souviens bien de ça, aussi. De ton énorme grande gueule.

— Ce n'est pas comme si tu pouvais me menacer de quoi que ce soit depuis là où tu te trouves, rétorqué-je.

Son rire rauque fait dresser quelques cheveux à l'arrière de ma nuque.

— C'est un défi, Ashley ?

Il faut parfois choisir ses combats, et je suis à peu près persuadée que le provoquer davantage me précipiterait tout droit vers de nouveaux ennuis.

Kayden ne plaisante pas.

— Je voulais simplement m'assurer qu'il allait bien, lâche-t-il face à mon mutisme. Mais je n'ai pas à m'inquiéter, puisqu'il est avec toi.

— Tu avais des raisons de t'inquiéter ?

— Il devait participer à la Cannonball Run, me dit-il comme si ça expliquait tout. Et il ne l'a pas fait.

— Pourquoi ça t'importe ?

Il expire un nouveau soupir qui me rappelle son petit frère, lorsqu'il cherche ses mots.

— Il se passe des choses chez moi.

— En prison ?

Un rire caustique plus tard...

— Ne sois pas naïve. Je parle de... mes affaires. Il a une fâcheuse tendance à fourrer son nez dans la merde que j'ai créée pour protéger les gens qui m'appartiennent, m'explique-t-il avec amertume. Bref, Cassie et moi, on cherchait à l'éloigner quelque temps. La CBR n'était qu'un prétexte. Je pensais que raviver sa nostalgie suffirait, mais il faut croire que j'aurais dû t'appeler.

— Qu'est-ce qu'il se passe avec ton gang, Kayden ?

— Des trucs de méchants. C'est bien, s'il est avec toi... Essaye de le tenir loin de tout ça.

Dans le fond, j'entends la voix d'un garde qui le prévient qu'il est temps de passer le téléphone au suivant.

— Je lui dirai que t'as appelé, le rassuré-je en comprenant qu'ils n'auront pas le temps de discuter.

— Pas la peine ! Laisse tomber...

— OK...

— J'ai hâte de te croiser à la prochaine réunion de famille, Hawkins, me taquine-t-il avant de raccrocher sans politesse.

On y est. La fin du voyage. L'aboutissement de ma quête. Le tout réuni dans une grande maison de banlieue.

Bizarrement, je n'ai plus peur. Peut-être parce que l'adrénaline court dans mes veines et qu'il est trop tard pour faire marche arrière.

À côté de moi, Ted semble tendu. Il me jette des coups d'œil paniqués, les poings crispés sur ses grandes jambes.

La lettre de ma mère entre les mains, je l'étudie une nouvelle fois pour m'imprégner de son écriture italique.

— Tu veux bien que je la lise ? me demande-t-il timidement.

Alors je la lui tends et lui laisse découvrir un passé que moi non plus, je ne comprends pas bien.

— HAWKINS ! me hurle-t-il tandis que je m'éloigne de la décapotable.

En appui contre la carrosserie, il plonge son inquiétude dans mes yeux noisette, passe une main nerveuse dans ses cheveux, puis fuit mon regard avant d'y revenir l'instant d'après. Il ouvre la bouche, la referme.

— Tout va bien ?

Il hoche la tête, mais je n'y crois pas une seconde.

Ses épaules s'affaissent sous le poids de sa résignation. Quel que soit le combat qu'il vient de se livrer, Greyson a perdu, lui qui ne joue et ne se bat que pour gagner.

— Quoi qu'il arrive, cette journée, elle est à nous.

*Boum-boum, boum-boum.*

# 26

***Ted***

Elle n'entrera jamais dans la maison qu'elle pense être celle de sa mère. Son père m'a confié le plan : du grand cinéma, à quelques pas d'Hollywood.

Elle ne rencontrera ni la Rosa de sa lettre, ni l'actrice qui restera planquée à l'intérieur. C'est son faux petit ami qui ouvrira la porte, mais il n'aura pas besoin de dire un mot.

Quand Ashley se présentera d'une voix hésitante, il répondra qu'elle ne veut pas la voir.

Et c'est tout.

Fred compte sur la déception de sa fille pour ne pas y pénétrer, et je suis censé m'assurer du bon déroulement du scénario.

Je ne l'en empêcherai pas, si elle décide d'entrer quand même, mais je sais que son anéantissement ne lui permettra pas une autre désillusion.

*Je t'en supplie, mon cœur, ne te laisse pas abattre.*

Si je suis passé à un cheveu de tout lui dire, je me suis lâchement ravisé au dernier moment. Ashley ne mérite pas ça. Peut-être que celle que je pensais qu'elle était m'aurait causé moins de remords, mais celle que j'ai découverte, elle, me force à goûter mes erreurs.

Et elles ont un goût de merde.

Je repense à nos moments, à ses lèvres sur les miennes, à son impertinence, à ce côté mignon qu'elle essaye de cacher au monde comme s'il s'agissait d'une infection.

Ouais, cette meuf-là, elle mérite carrément mieux.

Cette meuf qui me demande de l'aide pour choisir ses tenues, qui apprend à faire du vélo, qui a décidé d'un de mes tatouages...

Cette meuf qui fait battre mon cœur un peu plus vite.

D'ailleurs, je serais prêt à le lui donner. Juste pour éviter au sien de se briser.

Elle finit par serrer les poings sur le perron, et si on est attentifs, on peut voir son visage s'affaisser sous le poids de l'abattement.

Elle a les joues cramoisies, mais elle ne pleure pas, et quand elle me rejoint, elle arrache la lettre de sa mère de mes doigts, puis sort un briquet de sa poche.

— Ne fais pas ça, dis-je calmement.

Intriguée, elle relève ses yeux ternes et fatigués vers moi.

La pâleur de sa peau contraste avec ses mèches flamboyantes soulevées par le vent. Son regard est dur, furieux, mais surtout épuisé. La flamme de son briquet vacille et menace de réduire ses espoirs rédigés à la main en poussière.

Je ne peux pas le nier, il y a quelque chose de beau dans la colère d'Ashley.

— Combien de fois peut-on être déçu avant de péter les plombs ? demande-t-elle d'une voix blanche.

Je hausse les épaules, habitué à me foutre de tout, mais surtout de la philo et des états d'âme des autres. Pourtant, je m'entends lui avouer :

— Ça dépend. Une déception suffit à transformer un lâche. Mais toi... je dirais que t'as les épaules pour en supporter une bonne centaine. Tant que t'es capable de te relever...

Il faudrait lui trancher les ligaments pour qu'elle reste sur les rotules.

*Alors je t'en prie, relève-toi, relève-toi, relève-toi...*

Elle finit par éteindre la flamme de son briquet et range la lettre dans la poche intérieure de la veste en jean qui repose sur ses épaules.

— Je vais rester à terre un petit bout de temps, me confie-t-elle, les yeux embués. J'en ai un peu marre de me casser la gueule.

Sans un mot, elle me fait comprendre qu'elle n'est pas en état de conduire et on échange nos places.

À peine assise, elle enfile une énorme paire de lunettes de soleil. L'instant d'après, une larme traîtresse dévale sa joue, prouvant encore une fois que les gens les plus tristes pleurent sans bruit.

Mains crispées sur le volant, mâchoire contractée par la culpabilité, je demande entre mes dents serrées :

— Tu veux me raconter ?

Elle hésite, puis me fait signe que non.

— Je sais que tu n'es pas du genre câlin et tout, mais...

Sa voix part dans les aigus sur le dernier mot, Ashley ne parvient pas à achever sa phrase.

Et ça me fait l'effet d'un coup de poing dans l'estomac.

C'est comme ça que je réalise qu'elle n'a jamais été responsable de mes maux de ventre. C'est sa tristesse qui me fait aussi mal.

— Dis-moi, mon cœur... Je t'ai déjà empêchée de me toucher ?

Sans se faire prier, elle s'invite sur mes genoux. Je recule le siège conducteur pour lui laisser la place d'enrouler ses bras autour de mon cou et de pleurer en silence contre moi.

— Elle n'a même pas voulu me voir, murmure-t-elle. Elle a dit que c'était une erreur... d'être venue jusqu'ici. Qu'elle avait refait sa vie et qu'elle ne voulait pas me découvrir. Elle a avoué qu'elle me connaissait, par les réseaux sociaux, et que j'avais le même air de raté que Fred... Elle...

Ashley mord dans sa lèvre inférieure pour réprimer ses

sanglots et moi, je ne peux rien faire d'autre que la serrer plus fort, comme si je n'étais pas responsable de ce massacre.

— J'ai le même air de raté que mon père ? me demande-t-elle. Putain !

Elle renifle de manière disgracieuse et se détache de moi, regagnant le siège passager.

— Emmène-nous loin d'ici.

— On va où, Ash ?

— Noyer mes putains de problèmes, et ôter la pitié de ton regard. Je déteste ça.

Je n'ai jamais autant regretté d'avoir pondu cette devise.

Mais je ne peux rien lui refuser, alors je nous conduis au bar le plus proche, espérant qu'elle luttera encore un peu pour maintenir tous les morceaux brisés ensemble.

— SI TES PENSÉES FONT TROP DE BRUIT…, hurle-t-elle.

— Noie-les ! répondent tous les autres.

Elle a toujours été du genre qu'on remarque, de celles sur qui on se retourne. Ce soir, elle se sert de son pouvoir d'attraction pour se faire des amis avec qui boire comme s'il n'y avait pas de lendemain. Peut-être qu'il n'y en a pas pour cette Ashley-là. Celle qui croyait encore un peu en l'espoir se fait enterrer vivante par son vilain sosie au goût prononcé pour les shooters de vodka.

Vacillante, elle trébuche à chacun de ses pas, alors je la soutiens sous le bras.

— Tu n'es pas très drôle, ce soir, me reproche-t-elle, la moue boudeuse et la voix pâteuse.

— On va rentrer, maintenant…

— Non ! proteste-t-elle. Je suis bien, ici. Entourée de mes nouveaux amis.

Je souffle mon exaspération, mais ma colère ne lui est pas vraiment adressée. C'est à moi que j'en veux, à son père et à la vie. Peut-être même que j'en veux à sa mère, qui n'aurait jamais dû partir.

— J'ai changé d'avis, me murmure-t-elle à l'oreille, de son haleine alcoolisée qui se mélange aux chewing-gums qu'elle mâche.

— À propos de quoi ?

Elle me pousse en arrière jusqu'à me coller à un tabouret de bar sur lequel je m'assieds pour ne pas perdre l'équilibre. Ensuite, elle se glisse entre mes jambes, puis enroule une main autour de mon cou et presse légèrement ma trachée.

De ses longs ongles, elle retrace mes tatouages et dit :

— Tu sais... Ce truc que j'avais juré de ne plus faire avec n'importe qui. Je m'en fous, maintenant.

J'agrippe son poignet d'une main ferme pour faire cesser ses gestes suggestifs.

— On ne baise pas quand on est triste et bourrée, Ash. T'as envie de faire de moi un putain de détraqué sexuel, ou quoi ?!

Ses yeux s'écarquillent, elle recule d'un pas, choquée par mon honnêteté.

— Quand est-ce arrivé ? demande-t-elle. Quand as-tu décidé de laisser tomber les Hawkins impersonnels et les « mon cœur » prétentieux ?

Quand j'ai compris que rien n'égalerait jamais Ash, la battante. Mais je serre les mâchoires et ne réponds rien.

— Embrasse-moi, me supplie-t-elle. Je me fous de ce que ça fait de toi. Touche-moi jusqu'à ce que j'oublie comment je m'appelle. Jusqu'à ce que j'en ai la nausée.

— Non. Qu'est-ce que tu me fais, putain ?! T'es pas bousillée, merde ! T'es pas Max O'Donnel...

*Je t'en supplie, ne sois pas O'Donnel.*

Ses jolies lèvres se tordent en un sourire mauvais, malsain, presque démoniaque.

— Pourquoi tu crois que ça ne me fait rien de le voir s'effondrer ? ment-elle. Parce que lui et moi, on est pareils.

— T'es plus forte que ça...

— Tu crois que je suis forte ? Je suis pire que lui ! Atteinte de la même maladie.

Vexée que je ne rentre pas dans son jeu, elle me repousse violemment et m'impose ses conditions.

— Puisque je ne suis bonne qu'à te sucer quand ça te chante et que tu refuses de baiser, je vais trouver quelqu'un d'autre !

Choqué par sa véhémence, j'ai un temps de latence. Elle profite de cet instant pour attraper un type au hasard et fourre sa langue dans sa bouche en moins de temps qu'il n'en faut pour le dire. Le mec réagit plus vite que moi et agrippe ma furie par les hanches.

J'expire ma frustration, l'adrénaline fusant dans mes veines, et je fais preuve d'un self-control hors du commun pour ne pas défoncer un mec innocent, probablement aussi alcoolisé qu'Ashley.

— Je n'avais pas prévu de me battre, ce soir, Hawkins.

Je repousse le gars d'un coup d'épaule qui suffit à le faire vaciller, puis agrippe Ashley, que je balance sur mon épaule comme un vulgaire sac à patates.

— T'as l'air en colère, me nargue-t-elle. Tu vas me punir ?

— Ouais, craché-je, à deux doigts de me briser une molaire. Et tu vas détester ça.

Malgré ses protestations et sa force insoupçonnée lorsqu'elle se débat, je parviens à la coincer contre moi, le dos contre mon torse.

L'eau glacée imbibe nos vêtements, qui se mettent à nous coller à la peau de manière désagréable.

— Va te faire foutre, Ted putain de Greyson ! JE TE HAIS ! JE TE HAIS ! JE TE HAIS ! hurle-t-elle, tentant encore de m'échapper.

Elle mord et griffe mes poignets, mais ce n'est rien comparé à ce que ça me fait quand elle tombe en lambeaux.

Elle finit par se calmer.

Ashley ne le sait pas, mais quand on prend une douche glacée, notre cerveau lutte pour réchauffer nos organes vitaux. L'hypothermie est si effrayante pour un cerveau humain qu'il oublie tout le reste. Et le subterfuge fonctionne à merveille, puisque ses épaules s'affaissent et je la sens grelotter contre moi.

Bientôt, je n'entends plus que ses lourdes respirations, ses dents qui claquent et le bruit de l'eau qui ruisselle sur nous.

Abattu, je laisse ma tête tomber en arrière contre le marbre et déglutis tandis que la sienne repose sur mon épaule.

Égoïstement, j'en profite pour humer l'odeur familière qui se dégage de ses cheveux et caresse lentement son dos.

— Je suis désolé, mon cœur. Tellement, tellement désolé...

— Pour... la... douche froide ? demande-t-elle en tremblant.

Si seulement il n'y avait que ça.

— Pour tout, avoué-je.

— OK... répond-elle simplement, le ton empreint d'incompréhension.

— Pardonne-moi, s'il te plaît.

— OK... répète-t-elle de la même façon.

Quelques instants passent durant lesquels aucun de nous n'ose interrompre le silence et l'étrange sérénité qui se dégage de ce moment hors du temps.

— Je vais... te chercher une serviette, dis-je, m'apprêtant à couper l'eau.

Mais elle me retient par le bras, la tête tournée dans ma direction pour m'offrir un regard désespéré.

— Reste..., me supplie-t-elle d'une voix enrouée.

Elle se tourne pour m'affronter, les genoux douloureux à cause de ses chutes à vélo. Presque timidement, elle glisse ses doigts sous mon tee-shirt et tente de me l'ôter. Je l'interroge du regard et elle répond simplement.

— Ta peau est toujours brûlante, ça me réchauffe.

— On pourrait juste...

Sortir d'ici, ou augmenter la température. Mais je me tais face à son expression implorante.

— D'accord, mon cœur, abdiqué-je en levant les bras pour qu'elle me passe mon tee-shirt au-dessus de la tête.

Elle contemple mon torse, et moi le contraste de sa peau pâle avec la mienne lorsqu'elle m'effleure de ses doigts. Et puis, sans que je m'y attende, elle dépose ses lèvres sur l'une de mes cicatrices. Pas pour m'allumer, je ne l'aurais pas laissé faire.

C'est tellement doux et tellement... *réconfortant.* Elle est juste si apaisante.

Et elle recommence, en embrasse une autre, puis une autre, et finalement, elle murmure :

– J'aurais dû te le dire. Quand tu m'as confié les cauchemars de ton passé, dans cette cabane à secrets. J'aurais dû te dire que ce n'est pas grave et que tu n'avais pas à les cacher. Les hommes forts aussi ont le droit de pleurer.

Je retiens mon souffle, bouleversé par sa compassion, et la serre plus fort contre moi, à l'instar d'une bouée de sauvetage.

Il y a des secrets que je n'avouerai jamais à Ashley, des choses que je ne lui dirai pas. Pas parce que je n'ai pas confiance, mais parce qu'il serait égoïste de lui confier des vérités qui la mettraient plus mal en point qu'elle ne l'est déjà.

Peut-être qu'un jour, quand elle sera solidifiée, je lui dirai que mes malheurs ne se sont pas arrêtés là. Je lui dirai comment mon frère a pris la relève, à ses vingt-et-un ans. Je lui dirai que ce n'était pas toujours facile et que son éducation se faisait parfois dans la violence, parce qu'une claque n'a jamais tué personne. Je lui parlerai des choses que j'ai vues, de Cassie et de son désespoir.

Peut-être qu'un jour, j'aurai le courage de lui dire ce que j'ai fait quand, des années plus tard, j'ai trouvé mon premier tuteur baignant dans son vomi. Je lui confierai que j'ai attendu une dizaine de minutes, le temps que son cœur cesse de battre, pour appeler les secours.

Ashley ne me jugera pas. Mais elle n'a pas besoin d'entendre toute cette merde. Elle a besoin de se consolider.

– Tu vas recoller les morceaux, affirmé-je. Comme les os qui se brisent et se réparent, tu deviendras plus solide.

— Ouais. Je me suis remise de pire, admet-elle en retirant ses vêtements.

Seins nus devant moi, et la seule chose à laquelle je pense, c'est au cœur brisé qui se cache en dessous, à sa peau douce contre la mienne.

Elle se laisse aller contre moi et me demande encore :

— Je ne suis plus sous l'emprise de l'alcool, et j'aimerais vraiment qu'on...

— Pourquoi ?

— Là où tu noies tes problèmes dans l'alcool, je les exorcise dans la douleur. Et rien ne me fait plus mal que de baiser à en dégueuler mes tripes.

Progressivement, j'augmente la température de l'eau et attrape ma bouteille de shampoing pour masser les cheveux d'Ashley, qui gémit de contentement.

— T'arrêtes pas de dire que le sexe te donne la nausée. Et tu pleures quand tu... Enfin, tu sais que ce n'est pas le but, hein ?

— Je sais..., avoue-t-elle d'un haussement d'épaules.

Elle ferme les yeux et me laisse rincer la mousse qui dégouline sur nos corps enlacés.

— ... que je suis malade, reprend-elle. Je le sais, que ce n'est pas normal. Mais je ne peux rien y faire. J'aime juste qu'on me fasse mal. Tu m'as demandé un jour si j'avais trouvé le moyen de ne pas me scarifier. C'est ça, ma parade.

Sa tête repose à présent sur mon épaule, et elle attrape ma main qu'elle dépose sur son ventre.

— Mais moi, je ne veux pas te faire mal, Ash. J'en suis incapable.

*Menteur, menteur, menteur,* hurle ma conscience. Je ne fais que ça, repousser l'inévitable en lui mentant, tout le temps.

— Je t'ai vu un jour, en pleins ébats. Tu te souviens ? Tu n'avais pas l'air de vouloir y aller douce...

Je plaque ma main sur sa bouche, interrompant son flot de paroles malsaines.

*Tu me fais mal, là.*

— Ça n'a rien à voir, putain ! Elle ne menaçait pas de tomber en morceaux !

On finit par sortir de la douche et je la laisse s'allonger dans mon lit. Elle refuse le tee-shirt que je lui propose, proclamant qu'elle s'en fiche, si ça ne me gêne pas non plus.

— Alors, tu veux me faire l'amour ? demande-t-elle, les yeux rivés au plafond, pensive. Ça serait inédit, je crois que je ne l'ai jamais fait. Mais je crois surtout que j'en suis incapable. Ça finit toujours par se transformer en quelque chose de dégoûtant.

Je m'allonge à ses côtés, relevant la couverture pour recouvrir nos corps.

J'ai tellement peur de sa réponse que j'hésite à poser la question. Mais je le fais quand même, parce que je ne supporterais pas de refuser ses confessions par lâcheté.

— Pourquoi ?

Mais au fond, je le sais déjà, même si je refuse de l'entendre. Ashley pleure après un orgasme, comme si prendre du plaisir la culpabilisait. Le sexe lui donne envie de vomir, pourtant, elle l'exige avec un besoin viscéral. Elle ne se laisse approcher que si elle le décide et refuse tout contact indésirable, allant même jusqu'à se montrer violente.

Alors, je m'accroche au drap et attends que ses aveux me percutent le ventre et me défoncent le cœur.

— Parce que mon ex m'a violée.

# 27

***Ashley***

Il m'arrive de me demander si les choses auraient été différentes si je n'avais pas été affamée d'amour. Si mon père avait connu ma couleur préférée, mes notes en chimie et le nom de ma meilleure amie, aurais-je été si désespérée d'obtenir un peu d'attention ?

Sean était plus âgé.

Quatre ans d'écart, ce n'est pas grand-chose sur le papier, mais c'est un gouffre quand on a quinze ans.

Quoique, je ne suis pas certaine qu'il était plus mature.

Manipulateur, ça, c'est sûr.

J'ai eu du mal à admettre que j'étais juste son jouet préféré.

Ces types-là, ils vous préfèrent cassée. Parce qu'ils peuvent recoller les morceaux pour vous façonner, vous rendre plus docile.

Le plus dur, c'est de se rendre compte que le premier amour auquel vous avez goûté était empoisonné. C'est de réaliser qu'il n'en avait rien à foutre de votre personnalité.

C'est tellement compliqué...

Mais soyons honnêtes une seconde : pourquoi un homme à qui tout réussit s'intéresserait à une fille de l'âge de sa petite sœur ?

Je disais que j'étais mature à quinze ans. J'étais persuadée d'avoir raison. Les autres se trompaient, il n'y avait que Sean qui comprenait.

C'est ce qui l'avait séduit chez moi.

Il gagnait un peu d'argent grâce à des jobs étudiants qu'il faisait en parallèle de ses études. Sa détermination m'impressionnait et je l'admets, j'aimais bien qu'il m'offre des cadeaux. Ce n'était parfois pas grand-chose, juste des babioles que mon père ne m'achetait pas.

J'aimais aussi quand il me récupérait devant le lycée, je me sentais si haute dans sa Jeep Wrangler que son père lui avait achetée pour fêter son entrée à la fac.

Je me souviens de notre premier baiser. Ça s'était passé lors d'une soirée dans l'appart' d'un de ses potes plus âgé. Sean était doux, tendre, et tellement patient avec moi qu'il ne voulait rien précipiter. J'avais le vertige à cause des joints qui tournaient et que je n'osais pas refuser, au risque de passer pour une gamine coincée. J'avais tellement peur qu'il change d'avis sur ma maturité.

Les mâchoires crispées de Greyson m'effraient. J'ai l'impression de le dégoûter, maintenant que je lui ai craché ma vérité.

— Désolée, soufflé-je, en prenant soin d'éviter son regard. T'as vu le pire de moi, ce soir.

D'une délicatesse dont je ne l'aurais pas cru capable quelque temps plus tôt, il saisit mon menton pour m'encourager à plonger dans ses beaux yeux charbonneux.

— Ça ne me fait pas peur.

— Je me mets la tête à l'envers à chaque fois que quelque chose ne va pas, et je t'ai quasiment forcé à me baiser, ce qui est, si tu veux mon avis, vraiment putain de scandaleux !

Il continue à me dévisager de son regard doux et je fonds pour chacune de ses réactions.

— Dis-moi tout ce que tu détestes, parle-moi de ce que tu trouves horrible chez toi, et laisse-moi rester quand même.

Mon cœur explose dans ma poitrine, je suis à deux doigts de pleurer. Ma propre mère n'a pas voulu de moi, mais lui, il ne me repousse pas.

C'est parfois difficile d'être moi. Je doute de la sincérité de mes sentiments, me demande si je l'aime vraiment, ou si je suis amoureuse de l'attention qu'on ne m'a jamais donnée.

— Je peux te prendre dans mes bras ? demande-t-il.

Je hoche la tête. Il me tourne sur le côté, face à lui, les couvertures comme seule barrière entre nos corps brûlants.

— Et te caresser ?

Il glisse une main derrière mon dos.

— Ça te met mal à l'aise quand je fais ça ? Ça te donne envie de vomir ? Il faut que tu me dises, Ashley. Il faut que je sache si tu te sens bien contre moi, ou si tout ce que je te fais depuis le début te donne envie de t'ouvrir les veines.

Je perçois son inquiétude et le rassure, sentant une larme rouler sur ma joue tandis que je réalise que je suis foutue, à genoux pour lui s'il me le demandait.

— Non, tu ne me fais pas mal. Ça me fait peur, d'ailleurs.

Je le sens se détendre contre moi.

— D'accord… OK… Tu me brises en mille morceaux, constate-t-il en essuyant une larme sur ma joue. Raconte-moi, s'il te plaît.

— À quoi bon ?

— Je veux juste… je veux juste t'aider, putain ! Tu mérites que quelqu'un se batte à tes côtés.

Je hoche la tête, mords dans ma lèvre inférieure pour réprimer mes sanglots.

— Je vais fermer les yeux pour éviter la pitié que je décèle dans ton regard, annoncé-je.

Mais il dépose un baiser sur le bout de mon nez et dit :

— Tu confonds pitié et admiration. Je te regarde comme on s'incline face à sa reine. Je me prosterne comme on le fait devant sa déesse. Tu veux que je m'agenouille pour te le prouver ?

Il n'y a pas si longtemps, je lui promettais sur le ton de la taquinerie qu'il serait à genoux devant moi. Et il me répliquait que ça n'arriverait que si je lui tirais dans les jambes.

C'est fou, ce que nous a fait le temps.

*Je t'en supplie, ne me brise pas le cœur...*

Alors, je lui raconte tout depuis le début. Je lui explique comment mon ex m'a manipulée pour obtenir de moi ce qu'il voulait. Je lui raconte tout de notre relation malsaine dans les moindres détails, de notre premier rendez-vous à notre premier baiser.

Alors, j'ose le regarder en face tout en lui contant mon pire cauchemar.

Et Ted se contente de m'écouter, sans jamais m'interrompre. Il me caresse le dos, le ventre, et hoche parfois la tête pour me prouver qu'il est encore là, lui qui est tellement silencieux.

– Le temps a passé, il a commencé à se montrer distant. Du jour au lendemain. Parfois, il était même méchant et... Aïe, tu me fais mal ! me plains-je, alors qu'il écrase mes doigts enlacés avec les siens.

Il réalise ce qu'il vient de faire, desserre sa prise et amène nos doigts à sa bouche pour déposer de petits baisers sur mes phalanges.

– Excuse-moi, continue.

– Je craignais tellement qu'il finisse par me quitter. Je croyais être amoureuse, tu comprends ?

– Oui, mon cœur. Je comprends.

– Quand je lui ai demandé ce qui n'allait pas, il m'a dit que j'étais peut-être trop jeune, finalement. Qu'il avait des besoins. Des besoins d'homme que les jeunes filles ne peuvent pas comprendre.

– Le fils de pute !

– Hey ! Sa mère n'y est pour rien.

– Son père, alors. Quelqu'un a bien élevé cette ordure !

– Bref. J'ai réfléchi toute la journée, après ça. J'ai pleuré, aussi. J'étais vraiment terrifiée, je ne savais pas ce que je ferais, si jamais il décidait de me jeter. Et puis, j'ai pris une décision. Je n'étais pas une gamine ! J'étais mature pour mon âge, et j'allais le lui montrer. Je voulais qu'il me voie comme une femme et qu'il... qu'il me désire comme une femme, achevé-je dans un souffle, avant que la honte ne m'interrompe.

— Ashley..., m'intime-t-il. Regarde-moi...

J'accepte de lui faire face, affronte son expression bienveillante.

Il caresse mes cheveux, mon cou, mes épaules, attentif à la moindre de mes réactions.

— Tu n'as pas à te sentir coupable, c'est lui qui t'a amenée à penser comme ça. Être une femme pour un homme, à quinze ans, ça n'aurait jamais dû te traverser l'esprit.

— Je sais... Mais c'est toujours plus facile de le remarquer chez les autres.

Il hoche la tête, compréhensif.

— Je lui ai dit que j'étais prête. J'avais sorti le grand jeu en enfilant des sous-vêtements assortis, ce jour-là. Tu sais que mon père m'a demandé où j'allais dans cette mini-jupe et ces bottes à talons ? Je me demande ce qui se serait passé s'il n'avait pas cru à mon mensonge. S'il en avait eu quelque chose à faire...

— Je le déteste, admet-il.

— Moi aussi..., murmuré-je en retour. Quand j'étais avec Sean, je n'arrêtais pas de me poser des questions idiotes. Suis-je assez bien pour lui ? Vais-je un jour le décevoir ? Et s'il décidait de me quitter, du jour au lendemain ? Oh, mon Dieu ! Qu'est-ce que je ferais, s'il décidait de me quitter ? J'étais très différente, à l'époque. Avec lui, je me sentais toujours inférieure, réduite, minuscule, remplaçable... Heureusement, cette Ashley est morte et enterrée !

Ted déglutit.

— On a commencé à s'embrasser dans la voiture. Au début, c'était comme d'habitude. Puis ses mains sont devenues plus pressantes et elles sont remontées sous mon tee-shirt. Mon cœur s'est mis à battre plus fort, mais pas de la manière qu'on aime. Toutes ses caresses sont devenues des tortures, mais je n'osais pas... Je ne voulais pas dire non. Mais il a compris. Il a remarqué que je ne bougeais plus et n'a pas aimé que je ne réponde pas à ses baisers.

Ted se remet à me broyer les mains, mais je le laisse faire, cette fois. C'est égoïste, mais j'aime qu'il ait mal pour moi. Je me sens un peu moins seule dans ma bulle de détresse.

— Il était furieux. Je me souviens qu'il a même frappé son volant à m'en faire sursauter, tout en me traitant d'allumeuse. Il m'a dit qu'il valait mieux qu'on se sépare, que je n'étais pas son style, qu'il préférait les femmes qui prenaient les devants, celles qui n'avaient pas froid aux yeux. Je ne voulais pas faire ça dans sa voiture, alors je lui ai demandé si on pouvait au moins monter dans sa chambre, mais il m'a foudroyée du regard. J'ai fondu en larmes et je l'ai supplié de me garder. Ouais, je sais. Ashley Hawkins, qui supplie un homme ? Pas sur cette planète ! Et pourtant...

J'aurais juré que ma plaisanterie le ferait rire, mais Ted n'a pas l'air d'avoir envie de blaguer.

Et moi, je lutte contre les flashbacks et mon envie de vomir.

— J'ai toute la nuit, me dit Ted. J'attendrai même mille ans, si c'est le temps dont tu as besoin pour parler.

— Non ! Il faut que ça sorte maintenant, que je le dise d'un coup. C'est plus facile.

— D'accord, mon cœur...

— Il m'a demandé de lui prouver que j'étais bien son genre de femme. Et je l'ai fait, en pleurant. Il m'a prise si violemment, j'ai cru qu'il allait me déchirer. Puis il m'a demandé d'arrêter de geindre, parce que j'aimais ça, au fond. Je ne sais pas par quel mal, mais j'ai fini par jouir. Ça m'a brisée de ne pas parvenir à contrôler mon corps. Il y est allé deux fois plus vite, après ça.

J'épargne à Ted les horreurs que Sean me balançait.

« Tu le veux aussi, t'es rien qu'une bonne petite chienne. »

« T'as dit que tu me voulais, ne te défile pas... »

« Tu m'aimes, non ? »

J'ai envie de vomir, et je crois que Ted aussi. À moins qu'il n'ait des envies de meurtre, si j'en juge par son expression assombrie.

Peu de temps après, j'ai lu un article sur les réseaux sociaux qui traitait d'une jeune femme avouant subir des violences sexuelles de la part de son mari. Courageusement, elle racontait dans une interview comment elle avait cédé à son chantage, à chaque fois.

Je m'attendais à trouver des commentaires de soutien, je n'aurais pas pu être plus loin de la vérité. Celui qui m'a le plus choquée venait d'une autre femme, et ça m'aurait peut-être fait moins mal si cela sortait de la bouche d'un homme.

Voilà ce qu'il disait : « Ouais, enfin, elle n'avait pas les pieds et poings liés. Si elle ne le voulait tellement pas, elle n'avait qu'à dire non ! Elle a choisi de se coucher dans le même lit que son mari. Pour moi, ce n'est pas du viol, si elle cède à ses caprices... »

D'abord, je l'ai détestée. Je trouvais ça immonde, cette façon de penser. Et puis, j'ai compris. Certains monstres veulent vous faire croire qu'il s'agit d'un viol uniquement si vous vous faites prendre par surprise dans une ruelle, sur un parking, la nuit... et qu'on vous frappe à mort.

Plutôt que de me battre, j'ai voulu éduquer les femmes comme elle, qui n'y comprennent rien et balancent des sottises de cette ampleur. Parce qu'elle n'est pas seule dans ce cas, et elles sont toutes dangereuses. Pour leurs filles, pour leurs sœurs, pour leurs amies...

Je me suis intéressée au féminisme et j'ai découvert un tas de choses. Finalement, être une femme qui se bat pour les femmes, ça m'a sauvée.

J'avais un nouveau but, dans la vie.

— J'ai mis du temps à admettre que c'était un viol, et pas une erreur de ma part, avoué-je.

Ted me serre dans ses bras, encore, et je m'y sens aussi bien que dans notre cabane à secrets.

— Je suis rentrée en train et j'ai trouvé Britney, abandonnée à la gare. Je l'ai serrée contre moi pour réconforter la Ashley que je laissais là, et je me suis endormie avec elle. J'ai quitté Sean le lendemain, mais ça ne s'est pas très bien passé. Il a raconté à qui voulait bien l'entendre que j'étais une pute, une salope, une fille facile, et qu'il m'avait baisée. Mes copines m'ont tourné le dos. Elles ne voulaient pas que je salisse leur réputation. Les mecs, eux, se sont tous intéressés à moi, et... comme je n'avais plus personne, je les ai laissé faire. Mais cette fois, je n'étais plus manipulée. Je prenais ce que j'avais envie de prendre et je me fichais de ce qu'on pensait de moi. En fin de compte, c'était pas si grave de baiser avec la terre entière...

Ted ne me juge pas un instant, et j'apprécie qu'on puisse partager le pire de nous-mêmes sans craindre la réaction de l'autre.

— Parfois, j'aimais ça, avoué-je, honteuse. Sentir que mon corps m'appartenait de nouveau, que je contrôlais les mains qui le touchaient. Je pleure toujours après l'orgasme, sûrement parce que la culpabilité est trop lourde à porter. Je n'arrive pas à m'en débarrasser, même si je sais bien que ce n'est pas justifié. C'est comme ça, je suis maudite, c'est tout.

Greyson me dévisage d'un air triste et pose la question dont il connaît déjà la réponse :

— Combien de temps ça a duré ?

*Trop longtemps.*

— Jusqu'à ce que je décide de me mettre au champagne, avoué-je.

Cette fois, j'ai l'impression qu'il va vomir pour de vrai. Au lieu de quoi, il enfouit son visage dans mon cou et je sens soudain une larme chaude rouler sur ma peau. Je sais que je pleure, mais cette larme-là, elle ne m'appartient pas.

— Et tu voulais faire ça, avec moi... comme ça ? s'offusque-t-il sans relever le visage.

Il embrasse ma peau doucement, pour s'assurer que je tiens encore en un seul morceau. Et il me caresse, me serre fort dans ses bras comme s'il redoutait que je m'effondre.

— Ne me fais jamais ça, s'il te plaît. Ne m'utilise pas de cette façon. Ne baise pas avec moi pour te faire du mal, promets-le.

— Je...

— C'est tellement malsain, putain ! Comment on peut... Ça te détruit à chaque fois, Ash. C'est un mensonge quand tu dis que ça te fait du bien.

— Je sais...

— Et ça me détruirait au passage, si tu te servais de moi comme ça. Utilise-moi comme tu veux, mais pas ça...

— D'accord, le rassuré-je face à sa détresse évidente. Je te le promets. Je jure de ne faire avec toi que ce dont j'ai vraiment envie et de ne jamais rompre cette promesse, à moins que tu ne me fasses du mal à hauteur de ce que j'ai ressenti ce jour-là.

Il hoche la tête, puis murmure sans relâche :

— Je suis tellement désolé. Que le sexe soit comme ça pour toi. Qu'il ait réussi à tout gâcher, et...

— Il ne m'a pas tout pris. J'en ai souvent envie, et je prends parfois du plaisir, mais... il y a toujours ces mains qui font irruption dans ma tête.

Soudain, c'est comme si je sentais la brûlure du contact de Sean sur ma peau. Je ferme les yeux pour me débarrasser de son emprise fantôme.

Greyson me renverse sur le dos, puis, en appui sur ses mains pour ne pas m'écraser, il se redresse au-dessus de moi et exige d'un air sérieux :

— Montre-moi. Partout où il a posé ses mains sur toi.

Comprenant à peu près où il veut en venir, je désigne ma clavicule d'un geste mal assuré.

— Tu me fais confiance ? demande-t-il avec hésitation.

Je hoche la tête sans en éprouver une once.

— Tu me laisses faire ?

Nouvel hochement de tête, un petit sourire de connivence étire ses lèvres pleines avant qu'il ne les appuie contre ma peau à l'endroit désigné. Baiser après baiser, il fait disparaître la brûlure insoutenable que Sean a laissée dans son sillage.

*Mais je suis toujours là,* me nargue-t-il d'une voix étouffée par un nouveau baiser de mon ange guérisseur.

— Montre-moi encore, implore-t-il.

*Tu ne peux pas m'effacer !*

Je désigne la base de mon cou, le creux derrière mon oreille, mon épaule... et Ted n'épargne pas un seul millimètre de ma peau, prouvant à mon démon qu'il a tort et que parfois, avec du temps, de la douceur et la bonne personne, on peut réapprendre à aimer son corps.

Je descends le drap qui recouvre ma chair, dévoile ma poitrine nue, pendant que Ted me supplie du regard, me demande de ne pas faire n'importe quoi, mais je le rassure en disant :

— J'ai envie d'oublier ses mains ici, aussi.

— Mais je...

— S'il te plaît.

À bien y réfléchir, ce mec cède à mes caprices sans broncher depuis le début. Ça me plaît, de n'avoir qu'un mot à dire pour qu'il s'exécute.

Alors il embrasse ma poitrine, effleure mes pointes, remonte vers mon cou, qu'il lape doucement de sa langue, embrasse les dernières traces de larmes séchées sur mes pommettes et plonge ses yeux dans les miens pour s'assurer que tout va bien.

Je crois que je souris bêtement.

Je suis certaine d'apprécier ce qui se passe.

Je redoute que ça s'arrête.

Il dépose des traînées de baisers partout où je le lui indique : sur mes bras, mes poignets, le bout de mes doigts, et il n'hésite qu'un instant avant de descendre sur mon ventre, embrasser le petit diamant sur mon nombril et ordonner :

— Je veux savoir. Montre-moi partout où ça fait mal, et j'essayerai de chasser ta douleur. J'y passerai la nuit, s'il le faut. Je le ferai jusqu'à ce que tu t'endormes paisiblement.

Audacieuse, j'abaisse encore les draps, désigne l'intérieur de ma jambe, lui dévoile les cicatrices qui n'auront bientôt plus aucun secret pour lui.

Et j'admets que ça me plairait bien, qu'il connaisse mes blessures par cœur.

— Et je le ferai tous les soirs, s'il le faut, Ashley, souffle-t-il contre ma peau.

J'ingère ses promesses, la lune et les étoiles pour témoins.

— Tu n'as jamais dit autant de mots, le taquiné-je.

— C'est comme les baisers. Avec toi, je ne les compte pas.

Mon ventre se contracte, une chaleur diffuse se répand entre mes cuisses.

L'espace d'un instant, je me demande si quelque chose cloche chez moi, si c'est malsain de sentir mon intimité se lubrifier sous ses caresses et ses lèvres toujours plus douces sur ma peau.

— Je veux que tu m'embrasses en bas, aussi, avoué-je.

Il se fige au-dessus de mon ventre et me dévisage avec appréhension.

— Ce n'est pas pour ça que je...

— Je sais, murmuré-je en prenant son visage en coupe, sa barbe de trois jours rugueuse sous la pulpe de mes doigts. Mais je le veux vraiment. Ça fait tellement longtemps que je n'ai pas voulu quelque chose aussi fort... s'il te plaît.

Il aspire sa lèvre inférieure entre ses dents, torturé par ses principes, et finit par hocher la tête. Et alors qu'il m'embrasse là où je le désire, j'ai l'impression de retrouver un peu de celle que j'avais laissée sur le quai de cette gare, à la place de ma peluche.

— Tu veux bien, essayer de... Comment j'ai dit déjà ? Me faire l'amour ? demandé-je avec un sourire pour masquer ma maladresse.

— Je ne veux pas qu'on se précipite. Ni t'emmener là où ça

n'irait plus. On n'est pas obligés de sauter, mon cœur. On peut rester au bord encore un peu.

— Mais je suis prête, insisté-je. Ça fait longtemps que je n'ai plus peur du vide.

Il hésite encore.

— J'ai peur de te faire mal.

Comment peut-il dire ça, alors qu'il porte mon désir pressant sur les lèvres ?

J'attrape sa main délicatement, la pose sur la preuve de mon envie.

— Tu ne me fais que du bien, Ted. J'ai besoin de toi, avoué-je avec une sincérité dont je n'ai pas fait preuve depuis des années.

Je ferme les yeux et je crois voir la jeune Ashley, seule dans cette gare. Cheveux au vent, elle me sourit, m'encourage d'un mouvement de tête.

*Ça ne peut pas mal se passer.*

Ted se penche à mon oreille et admet d'une voix éraillée :

— Je crois que moi aussi, j'ai besoin de toi.

Son érection bute contre mon intimité. Et il échange nos positions en s'allongeant sur le dos avant de m'entraîner avec lui.

J'arque un sourcil interrogateur, il pince les lèvres en retour.

— Les filles aiment bien...

Il s'interrompt, chuchote un « merde », puis :

— Enfin, c'est plus facile si tu veux gérer euh...

— OK, troisième jambe, ne sois pas prétentieux, le taquiné-je en le chevauchant avec fierté.

Et il m'embrasse avec un petit sourire tandis que je le prends en moi, franchissant les marches qui nous mèneront à coup sûr au paradis.

Je pince les lèvres, tâchant de m'habituer à lui. Peut-être est-ce mon appréhension qui me rend la manœuvre plus difficile.

— Ça va aller ? me questionne-t-il d'un regard qui trahit son inquiétude. On arrête quand tu veux, tu sais ?

Je secoue rapidement la tête, paniquée à l'idée qu'il s'interrompe.

Je veux exorciser mes démons une bonne fois pour toutes, chasser mes angoisses et gravir ces fichues montagnes dont tout le monde me parle pour atteindre l'orgasme qui n'engendrera ni larmes ni nausées.

Pour une fois dans ma vie, je veux le faire sans avoir à le regretter.

— OK..., souffle-t-il, tiraillé entre son envie de me baiser et celle de me faire l'amour.

Son cœur tranche pour lui.

Ses mains, imposantes et puissantes, se posent sur mes hanches pour m'aider à garder l'équilibre et amoindrir les tremblements de mes cuisses, qui ne m'ont jamais semblé aussi fragiles.

J'ai l'impression que raconter ce qu'il m'est arrivé m'a bouleversée au point de ne plus pouvoir rien supporter. Délestée de ma carapace, je suis terrifiée par les sentiments contradictoires et bouleversants qui m'assaillent et se bousculent sous ma peau.

Mon cœur crie qu'il est amoureux.

Ma tête l'implore de ne pas me démolir.

— Repose-toi sur moi, mon cœur.

Je me demande s'il parle uniquement de ma position, espère ne pas me tromper en y voyant un sens caché.

Je me laisse retomber sur mes avant-bras, de part et d'autre de son visage, le mien enfoui dans son cou.

Il pourrait me blesser, mais il ne le fait pas, soulevant doucement les hanches afin que je sente toute sa longueur.

— Regarde-moi, m'implore-t-il, autoritaire.

Je lui obéis sans réfléchir.

— Je ne veux pas baiser avec ton corps, Ash. Je veux faire ça bien, avec toi. Alors, regarde-moi, pour que je puisse voir dans tes yeux quand ça ne va pas.

Une chaleur diffuse se répand entre mes cuisses, mon intimité lubrifiée par mon désir pour lui.

Je compte ses coups de reins, priant pour que ça ne s'arrête plus jamais, me maudissant de ne pas lui avoir cédé la victoire plus vite.

*Un…*

J'ai des papillons dans le ventre.

*Deux…*

Les papillons ont migré plus bas, c'est normal, ça ?

*Trois…*

Mes gémissements s'échappent à présent, et ma peur d'être jugée – si elle a un jour existé avec lui – s'envole.

J'arrête de compter quand il m'assène un vingt-et-unième coup de boutoir qui me fait perdre ce qu'il reste de ma tête.

Ça aussi, je suis prête à lui céder.

Il accélère la cadence, un grognement rauque et étouffé trahit le plaisir de mon amant venu s'échouer sur mes lèvres.

Il m'emmène au bord du précipice, et je me réjouis d'enfin sentir mon corps se soulager de cette tension accumulée au fil des semaines, mais il ralentit d'un coup, un sourire mesquin plaqué sur son visage.

Je l'implore du regard, il murmure à mon oreille en retour.

— Je refuse que tu viennes sans moi.

Je mords dans sa lèvre inférieure, il aspire mes gémissements dans sa bouche, se délectant de ce qu'il fait naître en moi.

C'est à la fois une torture et une bénédiction.

Sa possessivité – du moins, ce que j'imagine en être – ne m'aide pas à ralentir le rythme, au contraire. Je réalise que je bouge mon bassin pour le pousser à me prendre toujours plus profondément.

Et tandis que j'atteins le septième ciel, ses pupilles sombres analysent chacune de mes réactions.

*Bon sang, la recherche perpétuelle de consentement chez son partenaire, c'est sexy !*

Mon cœur tambourine contre ma cage thoracique.

Ou peut-être que c'est le sien, je ne sais plus très bien quel corps appartient à qui, et je me fiche de le savoir.

Je pourrais tout aussi bien lui offrir mon âme.

Nos yeux se rencontrent. L'air ne parvient plus dans mes poumons, Ted me le dérobe en m'embrassant comme je ne l'ai jamais été. C'est presque comme s'il me confiait les mots qu'on ne m'a jamais dits.

Je me remets à compter.

*Huit...*

Je me perds dans l'intensité de l'instant, oubliant le reste du monde.

*Douze...*

Je me laisse emporter par le rythme effréné de nos mouvements, sentant que chaque seconde nous rapproche du Graal.

*Quinze...*

Tandis que nous jouissons, je me dis qu'à partir de maintenant, moi aussi, je refuse qu'il vienne sans moi.

— Je n'arrive pas à comprendre comment tu peux être aussi bonne, alors que...

La réalisation lui coupe la parole, nos regards se croisent, la panique nous gagne.

— La capote ! s'écrie-t-on d'une même voix.

— Je fais des tests régulièrement, je dois même avoir une prise de sang quelque part dans mon téléphone, s'active-t-il.

— Je ne couche jamais sans protection, ajouté-je. Je te le jure ! Je n'y ai même pas pensé. Et je prends la pilule contraceptive.

Nous expirons tous deux notre soulagement en nous laissant retomber sur le dos, et nous éclatons de rire.

Je réalise que je n'ai pas été aussi heureuse depuis... jamais, en fait.

Nous restons un moment dans cette position, jusqu'à ce que son téléphone vibre. Ses sourcils se froncent en observant l'écran et tout change à partir de ce moment-là.

Il ne dit plus un mot, nous entraîne à la douche – chaude, cette fois – puis dans le lit.

J'ignore à quoi il est en train de penser, mais ça me fout une trouille bleue !

Il m'attire contre lui et pose sa tête sur ma poitrine en fermant les yeux.

— Qu'est-ce que tu...

— Chhhuuuttt ! J'écoute les battements de ton cœur brisé.

Il parvient, malgré l'angoisse, à m'arracher un petit sourire. Alors, je m'autorise à caresser ses cheveux et dis :

— Mais je n'ai plus de cœur...

J'ai répété ce mensonge tant de fois que j'ai fini par y croire. Les mots glissent de ma bouche, vides de sens.

À tous ceux qui prétendent avoir fait une croix sur les sentiments, qui jouent les gros durs et les insensibles, moi je ne vous crois pas. Mais je vous comprends. Il est tellement plus facile de faire avaler qu'on ne ressent rien, plutôt que d'admettre que certains ont le pouvoir de nous détruire.

Ted finit par s'endormir sous mes caresses.

Et revoilà ce sentiment dégoûtant annonciateur du rejet qui m'attend au petit matin.

J'ai rompu ma promesse, et je n'ai pas le courage d'affronter son regard après ce qu'il vient de se passer, surtout si c'est pour me faire rejeter.

Alors, je m'accroche à ma fierté, lui prends la main et compte jusqu'à dix. Dix secondes durant lesquelles je m'autorise à observer les traits détendus de l'homme à mes côtés.

Je ramasse mes vêtements trempés sur le sol, une horrible sensation de déjà-vu, un goût amer sur la langue. J'avale ma salive empoisonnée, cette vieille amie dont j'avais oublié l'âcre saveur parfumée aux regrets.

— Tu t'en vas ?

Je sursaute, surprise par la voix rauque, encore ensommeillée de mon interlocuteur dans mon dos.

— Pourquoi ? insiste-t-il face à mon silence.

Je n'ose même pas me retourner pour affronter son regard.

— C'est mieux comme ça.

— Tu prends la fuite, Hawkins ?

*Aïe.*

— Non, je...

— T'allais partir en douce ?

— Tout à l'heure, j'ai cru que tu regrettais, et je... enfin...

— Viens-là ! m'ordonne-t-il.

Alors, je lui fais face, la tête baissée vers mes pieds nus. J'étais prête à franchir la porte dans ma tenue d'Ève...

— Plus près, ordonne-t-il d'un petit sourire. Là... voilà.

Je m'installe à côté de lui, sur le bord du lit.

— J'ai reçu un message qui m'a agacé. Rien à voir avec ce qu'on a fait.

— Mais tu...

— Ferme-la. T'es bête, parfois. Ton cerveau est cassé, tu t'es imaginé des choses.

*Uppercut.*

Je prends mon courage à deux mains et me montre honnête.

— Je suis terrifiée, Ted. J'ai peur que tu te réveilles un matin et que tu décides que tu ne me veux plus. Terrifiée à l'idée que mon besoin d'être constamment rassurée te donne envie de partir en courant. Que tu ne supportes plus les crises d'angoisse et les montagnes russes de mes émotions.

*Plus que tout, j'ai peur qu'un jour, tu me voies comme je suis vraiment. Comme je me vois...*

La tête penchée sur le côté, il attrape ma main et la pose sur son torse, là où bat son cœur.

— Tu sens ça ?

Je hoche la tête.

— Ça, c'est ce que ça me fait quand tu me fuis. Et ça...

Il me vole un baiser, appuyant ses lèvres charnues sur les miennes.

— Quand il loupe un battement de ce genre, c'est ce que ça me fait quand tu m'embrasses.

Il ébouriffe mes cheveux et, l'expression amusée, me plaque la tête contre sa poitrine.

— T'entends ce qu'il te raconte ? Dis-moi si t'y comprends quelque chose, toi, quand il pompe aussi fort. On dirait qu'il court un marathon dans ma poitrine, le con !

Malgré les larmes qui s'accumulent sous mes cils, il parvient à me faire sourire. Alors, Ted redresse délicatement mon menton pour me rassurer.

— J'ai couru après l'adrénaline toute ma vie pour me rendre compte que rien au monde ne fait battre mon cœur comme toi. S'il te plaît, ne prends pas la fuite.

# 28

***Ted***

Un cornerback doit être rapide, agile et travailler ses compétences en couverture. Pour simplifier, je suis le dernier rempart du château, l'ultime chance de sauver les Giants.

Sur le terrain, je deviens un vilain obstacle pour mes adversaires. Je suis la gomme qui colle à la semelle de leurs crampons, le garnement qui se met en travers de leur chemin, le bulldozer qui fonce dans le tas, s'il le faut.

Avant chaque entraînement, je me vide la tête et me concentre sur la lecture du jeu, j'anticipe et réfléchis.

Je me sens parfois comme un visionnaire, capable de prédire les mouvements de mes rivaux. C'est ça, mon kiff.

– O'DONNEL ! PROTÈGE LE BALLON ! LE BALLON, BON SANG ! hurle le coach Hawkins.

Là où je suis le plus rapide, Max est l'agilité en personne. Quand il joue sérieusement, concentré sur ce qu'il fait, personne ne devine où il cherche à se faufiler.

Le numéro 87 le plus craint de l'histoire, et j'exagère à peine.

Le truc, avec Max, c'est qu'il ne prend jamais les entraînements au sérieux.

D'un air distrait et amusé, il zigzague entre les défenseurs, mais j'anticipe chacun de ses mouvements en suivant son regard. Je sais où il posera le pied avant même qu'il ne l'ait décidé.

Et je suis rapide.

Le ballon calé sous le bras, il fait un pas sur la gauche, je le coince avec fierté.

– Et moi, je lui dis : « Chacun ses délires, tu vois ? Mais je n'ai pas vraiment envie de lécher tes pieds. »

Il continue à me raconter son histoire tandis que j'intercepte le ballon avec facilité. Le coach met fin à l'action d'un coup de sifflet, le visage rougi par l'agacement.

– Elle n'avait pas l'air de kiffer ce genre de choses..., achève-t-il avec une grimace.

– Parce que tu crois que ça se voit, pour toi ? Que t'es complètement perché ?

Je lève une main entre nous pour interrompre sa répartie.

– Laisse tomber, je n'ai rien dit. C'est écrit en capitales sur ton front.

L'entraînement s'achève enfin, on a droit aux réprimandes de l'entraîneur, qui passe son temps à pointer du doigt chacun de nos défauts.

Après une douche bien méritée, j'épluche le web sur mon portable à la recherche d'une réponse que je ne trouverai pas dans les articles de presse, mais je les lis quand même, désespéré de comprendre.

– ... et c'est comme ça que le cul de Lily s'est retrouvé collé à la cuvette des toilettes. Tu m'écoutes ?! se plaint Max.

– Quoi ? Ouais... tu disais ?

Mécontent, il croise les bras sur son torse et me toise d'un regard mauvais.

– J'aime bien qu'on m'accorde l'attention que je mérite, Greyson. Pourquoi personne ne me traite jamais comme le roi que ma mère a forgé dans ses entrailles ? Enfin, bref. J'ai fait une blague à Lily, et maintenant, Gellman me fait la gueule parce qu'il a passé la soirée à ôter des résidus de colle du derrière de sa meuf.

Comme je ne l'écoute que d'une oreille, il m'arrache mon téléphone des mains.

— « Comment savoir si on est amoureux ? »

Il éclate d'un rire sincère.

— Ah, putain, t'es trop mignon…

Je le fusille du regard, il me répond d'un petit sourire en coin.

— Tu sais, mec… Quand on pose ce genre de questions sur Internet, en général, on a déjà la réponse, me dit-il.

— Depuis quand t'es expert dans le domaine ? Je t'ai jamais entendu parler d'amour autrement que comme d'un truc fait pour les autres.

— C'est pas parce qu'on n'en souffre pas qu'on ne connaît pas les symptômes de la maladie, m'explique-t-il de cette philosophie qui n'appartient qu'à lui.

Les yeux rivés sur mon écran, il sourit lorsqu'il trouve quelque chose.

— Il y a un genre de quizz, tu veux qu'on le fasse ?

— Au point où j'en suis, soupiré-je, abattu.

Alors que la moitié des joueurs ont déjà quitté les vestiaires, Max reste près de moi, sur le banc en bois.

— « Vous pensez à cette personne… »

A. Tout le temps.
B. Parfois.
C. Jamais.

— Tout le temps, avoué-je en grimaçant cette réalité.

Un sourire compatissant étire la bouche de Max, il coche la réponse que je viens de lui donner.

— « Lequel de ces énoncés correspond le mieux à cette personne ? »

A. Cette personne est bourrée de défauts.
B. Je ne lui trouve que des qualités.
C. Je ne me pose pas la question.

Je fais mine de réfléchir, ne reconnaissant Ashley dans aucun de ces énoncés dénués de sens.

— Réponse D : J'aime même quand elle cherche à me broyer la mâchoire avec sa batte de baseball.

Les yeux de Max s'arrondissent en signe d'incompréhension, je lui promets de revenir là-dessus plus tard.

— « Ressentez-vous de la jalousie envers ceux qui sont proches de cette personne ? »

A. Oui.

B. Non.

C. Parfois.

— Non, réponds-je rapidement.

— Ah… t'es sûr ? me provoque Max, taquin. Donc, ça ne te dérange pas, si je tente ma chance ?

Je serre les mâchoires, le fusille du regard, mais il refuse de se taire.

— Je m'imagine la pencher sur mon bureau, poursuit-il. Je la prendrais par derrière et je tirerais sur ses cheveux pour la forcer à admirer le reflet de nos péchés dans mon miroir plafonnier, et je…

— Je vais te faire avaler ta langue bien trop pendue si tu continues ! l'avertis-je.

Il rit, ravi d'avoir enfin trouvé comment me faire mal.

Lui qui cherchait un point sensible sur lequel appuyer, je réalise qu'on vient tous deux de trouver mon talon d'Achille.

— Extrêmement jaloux, donc, conclut-il. Comment ça s'est passé, là-bas ?

Dans les méandres de mon âme torturée, je me confesse, le cœur alourdi par la culpabilité.

Je la revois, effondrée dans mes bras impuissants, abattue, et finalement endormie sur ma poitrine, apaisée par mes respirations régulières.

Mes remords s'élèvent telles des flammes amères, transforment mon sang en lave, et tout me brûle, comme la bile qui remonte le long de mon œsophage.

— Je dois souffrir de problèmes cardiaques, c'est sûr.

Max pose une main sur mon cœur.

— Allez, ça va aller. Si tu l'aimes, dis-lui, et c'est tout.

— Et si je me trompais ? Si je la faisais souffrir plus qu'elle n'a déjà souffert ? Je ne peux pas le risquer.

— C'est vrai, admet mon ami. Ça serait dommage que je doive la réconforter...

Mon poing s'enfonce dans son épaule, il gémit. Mais je sais que je ne lui ai pas vraiment fait mal.

— Quand est-ce que tu la revois ?

Au même moment, le coach entre dans les vestiaires, sa fureur provoquant le claquement de la porte contre le mur.

— GREYSON, O'DONNEL, DANS MON BUREAU ! hurle-t-il.

Nos regards coupables se trouvent, et soudain, la parole devient inutile, nous n'en avons plus besoin pour comprendre : on est dans la merde !

Furieux, Fred Hawkins fait les cent pas. Incapable de masquer son angoisse, il passe ses mains abîmées dans ses cheveux poivre et sel.

— Qu'est-ce que vous lui avez révélé, bon sang ?

Mon estomac se tord d'appréhension, le visage de Max s'affaisse sous la culpabilité.

— De qui et de quoi vous parlez ? demande-t-il, feignant celui qui ne comprend pas.

Mais on le sait, au fond.

Les remords me montent à la gorge, menacent de me faire gerber sur la moquette de Hawkins.

Incapable de parler, il nous expose le message de sa fille.

**[Max, Ted et toi, au penthouse après l'entraînement. J'ai déjà prévenu Lily, personne ne viendra nous déranger.]**

— Elle est peut-être juste agacée ? Ashley est souvent de mauvaise humeur pour pas grand-chose...

Le coach tente de se rassurer en se cachant derrière une montagne de déni.

Comme lors d'un match, j'anticipe. J'entends les pleurs d'Ashley, sa colère sourde expulsée dans des cris accusateurs.

Je vois son visage horrifié, sa déception gorger ses yeux de larmes.

Je prédis ma rédemption qui n'arrivera jamais, parce qu'il est trop tard pour faire les bons choix.

Je présage un cœur brisé.

J'envisage une mise à mort.

La mienne, peut-être celle de son père, sûrement celle de Max.

Elle est d'une beauté ensorcelante, c'est la première chose que je me dis en la repérant, assise sur la chaise de bar, les coudes posés sur le plan de travail de l'îlot central. Ses cheveux de jais contrastent avec sa peau pâle, presque translucide. Des mèches rouges et audacieuses, assorties au liquide qui tapisse le fond de son verre à vin, s'emmêlent dans sa crinière rebelle.

Le ding produit par l'arrivée de l'ascenseur la force à relever les yeux vers nous, lentement, comme si elle était au ralenti.

Son regard triste, souligné d'un trait d'eye-liner, croise le mien. Alors mon cœur se serre, réalisant l'ampleur de ma trahison, et je me demande si je pourrai un jour réparer les dégâts que j'ai causés.

Elle ne dit rien, mais je sais que ses pensées se bousculent, sa déception cachée derrière un calme qui ne lui ressemble pas.

Face à elle, une boîte en carton contenant quelques pâtisseries, et les miettes d'un donut avalé au préalable dont elle porte encore le sucre sur ses lèvres ourlées d'un rouge profond.

— J'avais pris ça pour vous, explique-t-elle d'une voix traînante, nous offrant un sourire faux, forcé, figé, le genre de sourire mélancolique empreint de tristesse et de regrets. Juste comme ça, parce que je suis tellement conne que je pensais qu'on était amis.

Elle déglutit, puis termine son verre avant de reporter son attention sur Max.

— Je pensais qu'entre barrés, on se comprenait.

Son regard dévie vers moi.

— Entre écorchés, aussi.

— Ashley..., la supplié-je d'une voix enrouée par la pénitence.

— Ne fais pas un pas de plus ! me prévient-t-elle.

Mais je n'écoute pas ses mises en garde et me trouve forcé de lever les mains lorsqu'elle sort un pistolet de la poche arrière de son jean.

*Bon sang ! Mais où a-t-elle trouvé ça ?*

Si j'avais été seul, je me la serais peut-être joué ninja, pour tenter de la désarmer. Mais il y a Max, cet imbécile de Fred, et dans l'état où elle est, je suis incapable de dire si oui ou non, elle oserait tirer.

— Je n'y comprends rien..., se lamente son père. Qu'est-ce qui te prend ?

Les jambes de notre coach tremblent, et je me demande s'il a peur d'elle ou si, comme moi, il craint seulement de la perdre.

— Le cœur d'Ashley vient de sauter du haut de l'Empire State Building, déclaré-je, les yeux plantés sur mon amour démoli.

Mon œuvre d'art captivante et abîmée.

— Et personne ne se remet d'une chute pareille, complète Max.

Dire que ce soir-là, Fred m'a envoyé un message me demandant de couper tout contact avec sa fille en rentrant de notre voyage. C'est ce qui m'a rendu furieux : alors que je venais de faire l'amour avec Ashley, j'ai réalisé que la perdre serait pire que tout.

Les mains de la furie ne tremblent pas, elle nous désigne les trois chaises face à elle et, d'un geste de la tête, nous force à nous asseoir. Alors on s'exécute, conscients qu'on risque de se faire tirer dessus parce qu'elle est détruite pour de bon, et comme l'a si justement fait remarquer mon agaçant coéquipier : personne ne se remet d'une chute pareille.

# 29

***Ashley***

*Quelques heures plus tôt...*

— Tu n’as pas l’air contente de me revoir, constaté-je face à la moue surprise de Lucia en me découvrant sur le pas de sa porte.

— Entre, je t’en prie, finit-elle par dire d’une voix tremblante. Mais qu’est-ce que tu fais ici ?

Hésitante, je hausse les épaules, presque embarrassée d’avoir fait tout ce chemin pour retrouver l’unique personne qui ne m’a pas déçue dans ma quête de renouer avec mon passé.

Alors, je tente de trouver un prétexte, une excuse, quelque chose qui expliquerait que j’aie fait le déplacement. N’importe quoi qui ne me donne pas l’air désespérée.

— Tu m’avais promis quelques pâtisseries, si un jour ça me tentait. Et, hum... mes amis jouent au foot !

Un sourire compatissant retrousse ses lèvres, de petites rides d’expression creusent ses joues.

— Ah... *Il modo per conquistare il cuore di un uomo è attraverso lo stomaco. « Pour gagner le cœur d’un homme, il faut passer par son estomac »*, traduit-elle. Alors, dis-moi, de qui es-tu amoureuse ?

Je voudrais nier l’évidence, secouer la tête et écrabouiller mon cœur pour le punir. Pourtant, étrangement, je n’ai plus peur.

*Bon, peut-être un tout petit peu...*

— Malheureusement, je crains que préparer des gâteaux ne me prenne plus de temps qu'un des entraînements de Fred... Mais ma pâtisserie existe toujours, elle est encore en activité et ce sont mes recettes. Tu veux y faire un tour ?

Je hoche rapidement la tête et accepte sa main tendue.

Elle a la peau douce, malgré quelques callosités. Je me dis que son cœur est pareil.

Nous revenons chez elle une trentaine de minutes plus tard, les bras chargés de gâteaux que mes amis se feront un plaisir d'avaler avec gourmandise.

Lucia a insisté pour me les offrir. Elle m'a demandé comment mon voyage s'était passé, je lui ai répondu que sa fille n'était pas ce à quoi je m'attendais. Étrangement, elle a hoché la tête et serré les poings, comme agacée par cette vérité.

Je m'apprête à m'en aller lorsque ma grand-mère m'attrape par le bras et fond sur moi pour m'offrir un câlin qui sent le sucre et la crème Nivea.

— *Cazzo* ! grogne-t-elle en me maintenant plus fort contre elle. Fred peut aller se faire voir !

La vue brouillée par les larmes, elle essuie son émotion d'un revers de la manche et renifle bruyamment.

— Je ne comprends pas.

Elle me dévisage d'un air coupable, les épaules affaissées sous le poids d'une culpabilité que je ne saisis pas encore.

— Tu devrais peut-être t'asseoir, me suggère-t-elle.

Mon cœur se met à battre de manière désordonnée, traduisant une panique à laquelle je menace de céder.

*Boum-boum, boum-boum.*

— Dis-moi simplement ce qui se passe ! exigé-je.

Elle déglutit puis recule d'un pas face à mon regard courroucé, du genre qu'on n'imagine jamais percevoir chez sa petite-fille. Mais Lucia ne me connaît pas, elle ignore tout de mon instabilité.

— Je t'ai menti, Ashley. Tout le monde t'a menti.

Les fêlures se rouvrent, mon cœur se craquelle.

*Boum-crac, boum-crac.*

C'est comme si le monde tremblait sous mes pieds, comme s'il s'ouvrait en deux et que je luttais encore pour ne pas tomber.

*Mais à quoi bon ?*

— Tu n'es jamais allée au bon endroit. Ce jour où je t'ai appelée pour te communiquer ce changement d'adresse, je t'ai menti, répète-t-elle, des trémolos dans la voix.

Les morceaux qui tenaient tout juste ensemble se désolidarisent, ils chutent, s'écrasent, et je n'entends plus rien que l'écho intarissable de cette tristesse qui me déchire de l'intérieur.

— Je ne cherche pas à ce que tu comprennes, ni même à me faire pardonner, Ashley. Ton père, il sait des choses sur moi, il a découvert que j'avais eu des ennuis avec la justice à l'époque où je tenais ma pâtisserie. Il sait aussi que j'ai menti pour m'en sortir, et il voulait... Enfin, si cette histoire sort au grand jour, je peux dire au revoir à mon activité de *bed and breakfast*. Ils me prendront tout pour éponger mes dettes...

Je ne ressens pas une once, pas même un semblant de pitié, mais je ne crois pas qu'un cœur qui se brise soit capable de ressentir autre chose que la douleur de sa chair qui se fend en deux.

— Alors j'ai menti, répète-t-elle encore. Quand il m'a demandé de le faire, je t'ai menti.

Je continue de tomber dans ce gouffre sans fin et réalise que je m'étais trompée. Il y a bien un fond, et je ne tarderai pas à m'écraser. Seulement, pour l'instant, il me reste tout juste assez de force pour me relever, et Fred Hawkins doit payer le prix de la colère qu'il a plantée en moi.

— Je suis vraiment désolée, se lamente-t-elle.

Je hausse les épaules, mes émotions écrasées par ma lourde carapace.

— Ça ne fait rien, j'ai l'habitude qu'on me déçoive.

Il y a des vérités qu'on aurait préféré ignorer, mais combien de temps peut-on vivre heureux dans le mensonge ? Je ne crois pas qu'il existe d'histoire qui se termine par un « Elle vécut heureuse, dans la tromperie, la supercherie, la duperie, la fausseté, la dissimulation et la fourberie ».

Et s'il en existe une, je refuse d'être son personnage principal.

Je déglutis, puis sors mon téléphone, prête à affronter mon père, le bourreau de mon âme. Mais comme une mauvaise nouvelle n'arrive jamais seule, une vérité me rattrape, dissimulée tout ce temps derrière des collines de mensonges.

Je plaque une main sur mes lèvres tremblantes, refusant de vomir la trahison de l'homme que j'aime aux pieds de ma grand-mère.

*C'était là, sous mon nez, et je n'ai pas voulu le voir...*

Mon téléphone m'échappe, se brise sur le carrelage. Mes jambes flageolantes se mettent à trembler et je ne parviens plus à tenir debout. Cette fois, je m'écroule.

Chacun de *ses* mots doux, chacune de *ses* promesses, chacun de *ses* je t'aime silencieux, tout ça se transforme en imposture, et je crois que je regarde la scène en dehors de mon corps, devenu trop douloureux pour que je m'y cache.

Alors je dévisage cette pauvre cruche, effondrée d'avoir encore été dupée.

*Comment j'ai pu croire qu'on tombait amoureux ?*

Ted Greyson, celui qui ne me montrait qu'un profond désintérêt, parfois enrobé de mépris... Pourquoi, tout à coup ?

Ted Greyson, qui a cherché à tout connaître de moi, celui qui a voulu me dissuader de retrouver ma mère, qui m'a finalement accompagnée partout.

Ted Greyson, qui a échappé à un contrôle grâce à un arrangement avec son coach. C'est ce qu'il a dit, ce soir-là, quand il était au téléphone avec Maël. Je m'en souviens bien, maintenant.

*Comment j'ai pu être aussi stupide ?!*

Il était là, tout le temps, à chaque putain de fois !

Comme lorsqu'il repoussait l'inévitable, en Californie. Quand il avait l'air si nerveux vis-à-vis de ma rencontre.

— Il faut que tu respires ! Oh mon Dieu, respire...

« Regarde comme elle est belle, répète-t-il. Elle s'accroche à son cœur comme s'il allait résister à l'impact. Tu sais que la chute va faire mal, ma belle ? »

Je ne comprenais rien au charabia de Max, pourtant, aujourd'hui, je réalise qu'il essayait de m'avertir.

Il savait.

Il savait, et il n'a rien dit.

Mes ongles s'enfoncent dans les paumes de mes mains.

*J'ai mal à en crever, putain !*

— J'ai... besoin... d'air..., supplié-je, à l'agonie.

Affolée, Lucia ouvre la porte d'entrée, mais l'air frais de ce début d'automne ne suffit pas à réparer ce qui vient de se briser en moi.

Je salue leur jeu d'acteur autant qu'il me désole.

*Comment un cœur en parfaite santé peut-il faire mal à ce point ? Comment peut-il battre aussi vite, alors qu'il tombe en lambeaux ?*

Je revois ses mains sur mon corps, pour obtenir ce que personne n'a jamais eu avant lui.

*Pourquoi ? Pourquoi ? Pourquoi ? Pourquoi ?!*

Il savait que j'étais fragile.

J'ai l'impression d'en mourir.

On ne m'aime jamais assez, et j'ai été bête de penser que ce serait différent, cette fois. Les cœurs affamés sont vraiment prêts à avaler n'importe quoi.

Et je tombe, encore, un million de fois plus vite et plus fort, même si je n'ai plus aucune branche à laquelle me raccrocher, et il me semble que je meurs.

*Ici gît Ashley Hawkins, brisée, inconsolable, irréparable.*

*Que son âme repose en paix, que la suite soit plus agréable.*

Max et Papa semblent paniqués, mais Ted, lui, me dévisage avec de la pitié dans le regard. Je me perds dans ses yeux tristes, mes mains tremblent sur l'arme dérobée au *Jazz* un peu plus tôt. Elle n'est pas chargée, mais ils n'ont pas besoin de le savoir.

J'aime voir la peur déformer leurs visages, les regrets coudre leurs lèvres.

– Je veux entendre la vérité, sommé-je d'une voix faussement assurée. Si tant est que vous soyez capables d'articuler autre chose qu'un mensonge.

Mon père baisse les yeux sur ses poings serrés, Max tente de m'amadouer de son éternel petit air de garçon perdu.

*Mais je m'en fiche, son âme pourrait se briser à mes pieds que j'en piétinerais les morceaux !*

– La vérité, tu la connais déjà. Sinon, tu ne serais pas là, me dit Ted, dont j'ose à peine affronter le regard.

– Dis-moi, O'Donnel, commencé-je, me perdant dans le gris de ses jolis yeux, l'arme factice dirigée sur son front. Comment t'es devenu méchant ? Égoïste ? Le genre de type qui ne pense qu'à lui ?

Il penche la tête sur le côté, mais je ne lui laisse pas le temps de me répondre.

– C'est une véritable question, tu sais ? T'es né comme ça, ou la déception de trop t'a ôté toute trace de compassion ? Et bon sang, pourquoi tout le monde t'aime ?

Un sourire triste fend son visage d'ange en deux.

– Je me le demande, Ash. Tous les jours.

Je soupire, fatiguée de ne jamais obtenir de réponses, et baisse le canon de mon flingue, parce que même s'il contenait une balle, ce connard n'en aurait pas grand-chose à foutre. Il se soucierait sans doute plus de l'état de sa cervelle sur le comptoir que de l'après...

– Je suppose que je ne dois pas t'en vouloir, hein ? Tu ne

pouvais quand même pas enfreindre l'une des précieuses règles de ton *bro code*, ajouté-je.

Il hoche les épaules, et rétorque avec impertinence :

– Numéro 33 : « Tu ne trahiras pas les secrets de ton pote, surtout lorsqu'il le fait pour te protéger. »

Les visages de Ted et de Fred se tournent simultanément vers Max, qui ignore leur surprise.

– Mais si ça peut te soulager, je n'ai jamais voulu te blesser, explique-t-il, puisqu'il est tout bonnement incapable de s'excuser. Je ne suis qu'un homme, pas vrai ?

Je voudrais l'étrangler, là, tout de suite.

– J'imagine que tu ne veux plus de mon amitié ? ajoute-t-il face à mon mutisme.

Mon rire sarcastique meurt dans ma gorge serrée, finit par s'échapper en un drôle de gémissement, à mi-chemin entre la douleur et le plaisir de le voir un peu torturé.

Je vacille en descendant de mon tabouret, mais ne trébuche pas, m'accrochant à la plateforme pour contourner l'îlot et le rejoindre.

À quelques millimètres de son visage, je perçois son odeur, autrefois réconfortante. Parce qu'il était toujours agréable d'avoir quelqu'un comme lui, qui écoutait et ne jugeait jamais.

Max m'a confié un jour que sa misère aime avoir de la compagnie. Je comprends aujourd'hui ce qu'il voulait dire, et rien ne me ferait plus plaisir que de les voir se détruire, tous les trois.

Comme lui et moi, on se connaît par cœur, comme on s'est confié nos secrets, je sais comment lui faire mal. D'ailleurs, je me souviens de l'une des choses qu'il m'avait chuchotées à l'oreille, il n'y a pas si longtemps de ça, quand je lui donnais son putain de bain.

« Parfois, je pense au suicide, Ashley. Et plus je vieillis, plus je me terrifie. »

Alors, j'utilise les mêmes armes que lui et crache mon venin, quitte à m'empoisonner en chemin :

— On n'est plus amis, Max, soufflé-je tout bas.

Mon index glisse sous son menton, je griffe sa peau.

— Et si, finalement, tu décidais de te foutre en l'air parce que tu ne supportes plus ton passé d'enfant martyr, sache que je te regarderai agoniser, un verre à la main.

Ses regrets se changent en colère.

Tant mieux, c'est plus facile de le détester ainsi.

— T'es mort pour moi, achevé-je.

*Ici repose Max O'Donnel, qui a bien failli être un ami.*

C'est le reniflement disgracieux de mon père qui me pousse à lui accorder l'attention qu'il ne mérite définitivement plus – et qu'il n'a finalement jamais méritée. Pour autant, je n'y peux rien, je souffre à un niveau fondamental de le sentir si proche, et d'avoir pourtant à m'en séparer. Ça a beau être caché derrière mon masque d'indifférence, les blessures d'enfance sont profondes et mettent plus de temps à guérir que les autres.

— Je suis...

— Je t'en prie, tu n'es désolé que d'avoir été démasqué. Ne me sers pas ton beau discours, ça ne servirait à rien.

— Tu restes ma petite fille... mon unique trésor, se lamente-t-il, la larme à l'œil.

Et l'espace d'un instant, j'y crois. Je gobe ses belles paroles et tombe dans le piège. Je m'imagine avoir reçu l'amour que je méritais, de la façon dont je le méritais.

— Tu me fais du mal, Papa, avoué-je. Je t'assure que je n'en ai pas envie, mais je dois te dire adieu. Je dois le faire, parce que si je ne m'éloigne pas de toi, je vais finir par en crever, tu comprends ?

Je n'ai presque jamais vu mon père pleurer, alors quand une unique larme échappe à son contrôle pour s'écraser sur le carrelage, ça fait fondre une partie de ma carapace et c'est aussi efficace que de l'acide.

Cependant, je résiste et tiens le choc par je ne sais quel miracle. Peut-être qu'à force de me prendre des coups, j'ai fini par m'endurcir.

— Dis, ça valait le coup ? Les mensonges, les coups montés et les manipulations, est-ce qu'au moins, tu me perds pour une cause importante ?

Après un moment d'hésitation, il secoue finalement la tête négativement.

*Non, évidemment.*

J'aurais préféré que ça n'ait pas été pour rien.

Puisque l'occasion ne se représentera plus, je lui pose la question qui me brûle les lèvres et dont l'absence de réponse m'empoisonne l'existence depuis toujours.

*Si tu veux me mentir, c'est maintenant.*

— Est-ce que tu m'as vraiment aimée ? Parce que j'ai l'impression que tu m'as détestée toute ta vie.

Son souffle se coupe, ses yeux me fuient.

— Je n'ai jamais aimé que toi, Ashley.

Je pensais que ces mots agiraient comme un remède antipoison, qu'ils guériraient tout...

Je me trompais.

Je me permets de lui offrir un baiser d'adieu. Un unique, pour le remercier de m'avoir élevée et d'avoir résisté à l'envie de m'abandonner.

Je dépose mes lèvres sur sa pommette glacée, là où son unique larme a creusé un sillon de tristesse dont je ne vérifierai jamais l'authenticité.

— Dommage que tu sois mort pour moi, toi aussi, achevé-je avant de me détacher.

*Ici repose Fred Hawkins, qui aurait pu être un père s'il avait vraiment essayé, mais qui ne l'a jamais été.*

Je refuse d'affronter le dernier porteur de mes regrets, presque certaine qu'il ne manque qu'un geste de sa part pour que je m'effondre. Mais je le connais, maintenant, Ted ne pense qu'à lui et agit comme il l'entend.

— Je t'interdis d'avancer, menacé-je, tandis qu'il avale la distance malgré l'arme entre nous.

Il avance encore, jusqu'à m'acculer contre les portes automatiques de l'ascenseur.

Ma respiration se coince dans mes poumons, je lutte contre l'envie de fondre en larmes.

— Je ne sais même pas quoi te dire. Je suis tombée amoureuse d'un mensonge.

Il attrape mon arme, la pose contre son front, comme s'il ne redoutait pas que ma main tremblante appuie sur la gâchette.

Mon souffle se coupe, et c'est alors que je croise ses yeux tristes. Si tristes...

— Tire-moi dessus. Tue-moi. Putain de merde, crible mon corps de balles ! Parce que je ne pourrai pas supporter ton petit discours, et je préfère être enterré que de t'entendre me dire de vive voix que je n'existe plus pour toi !

— Tu es ma plus grosse déception, Ted Greyson, et je t'interdis de recroiser un jour mon chemin.

Il.

Tombe.

À.

Genoux.

— Je t'en supplie, ne fuis pas...

Je tourne les talons, ravale mes larmes et m'échappe de l'appartement.

— Il faut croire que t'avais raison : les cœurs se brisent rarement seuls. Tu es mort pour moi, Ted, sangloté-je, alors que les portes de l'ascenseur se referment sur moi.

*Ici repose Ted Greyson, l'homme que j'ai cru amoureux et qui aurait bien pu me changer, mais qui m'a arraché le cœur.*

# 30

***Ashley***

Tout le monde parle de l'amour avec un grand A, des papillons dans le ventre et des fins heureuses. Personne ne parle jamais de ce qu'il devient quand il tombe entre de mauvaises mains. Ni des nuits blanches, des larmes intarissables, et des coups de couteau dans le ventre quand nos rêves deviennent cauchemars.

J'ai passé les six derniers jours à me morfondre au fond de mon canapé, à regarder les bières s'entasser sur ma table basse en ignorant les appels manqués.

Même si je lui ai demandé de me laisser le temps de me remettre en m'accordant un peu d'espace, Lily tient le record avec une moyenne de cinquante-huit messages journaliers auxquels je ne réponds jamais.

Aujourd'hui, j'ai choisi la haine pour aller mieux.

La colère, c'est facile. Elle appelle la vengeance, coule dans mes veines comme un jet tiède qui me donne la force de tenir sur mes deux jambes.

Elle m'oblige à oublier que je ne les déteste pas, et voilà l'abominable vérité dont j'essaye de me cacher : ils me manquent. Et je les aime toujours.

Tout serait tellement plus simple si nos sentiments s'envolaient avec les trahisons.

Ce qui me tue réellement, c'est *son* silence. Max m'a envoyé des messages, mon père m'a laissé des notes vocales, mais *lui* joue son rôle à la perfection.

*Tu es mort pour moi, Ted Greyson.*

Mes habitudes toxiques, celles qui ont la vie dure, me poussent à espérer qu'il me coure après, qu'il rampe à mes pieds en me suppliant de lui pardonner, qu'il campe devant ma porte dans l'attente que je finisse par lui ouvrir, un jour, si je me sens prête à l'écouter.

*Je voudrais qu'il me montre que j'ai compté, même un tout petit peu, même si c'est un énième mensonge...*

Mais il règne par son absence, et mon esprit tordu continue de me souffler des espoirs incohérents.

C'est l'histoire d'un homme qui savait manier les mots, et d'une femme prête à avaler n'importe quoi pour combler le vide de son existence.

Je veux leur faire bouffer de force la rage qui m'anime, parce que la vengeance allègera peut-être mon cœur meurtri.

Et si ce n'est pas le cas, tant pis.

Je crois que j'en ai marre de me sentir comme un déchet humain.

Je termine de nettoyer les dernières traces de ma déception, entassant les canettes de bière et les repas préparés dans de gros sacs poubelles, lorsqu'on toque à ma porte.

Je jette un œil au judas et manque de me casser la gueule, tabassée par le choc, puis l'angoisse qui me serre la gorge.

– Je t'avais dit qu'elle ne voudrait pas te voir. T'aurais dû attendre devant l'immeuble comme un bon chien de garde, dit Rosa.

J'envisage un instant de me frapper le crâne contre le mur à en perdre connaissance, mais le fantôme de mon ex est remplacé par un autre et pose une main encourageante sur mon épaule.

Celui-ci n'est pas Sean, mais sa présence imaginaire ne me fait pas du bien pour autant.

Il a les traits de Ted Greyson, et il est tous les mensonges auxquels il m'a fait croire. Muni d'un sourire réconfortant, il murmure à l'oreille de l'enfant aux rêves brisés :

*— Ça va aller, mon cœur. Tu peux le faire.*

Et je le crois, parce que ce Ted-là ne m'a jamais déçue ni trahie.

— Je veux juste qu'on me laisse une chance d'être heureuse, dis-je suffisamment bas pour qu'aucun de mes parents ne puisse m'entendre.

— Ashley, ouvre-nous. On veut juste discuter, je t'en prie…, me supplie Fred.

Les yeux de mon père sont gorgés de larmes, les traits de son visage affaissés par la fatigue.

Le voir dans cet état de détresse émotionnelle réveille mon empathie à son égard, et l'espace d'un instant, je deviens la petite fille qui le réconfortait d'un baiser sur la joue.

*— Tu ne peux pas les fuir indéfiniment, mon cœur. Ils ne s'en iront pas comme par magie.*

Je prends une grande inspiration, exige de mon fantôme qu'il disparaisse, et enfile une paire de chaussures ainsi qu'un pull confortable.

Quand j'ouvre la porte, je ne leur laisse pas le temps de parler et exige :

— On va discuter ailleurs !

Rosa a la peau dorée par le soleil californien. Son sourire est éclatant de blancheur, ses yeux noisette semblables aux miens, bien qu'aucun désespoir ne vienne les ternir.

Assis sur un canapé d'angle de mon enseigne préférée, elle et mon père sont à une distance raisonnable pour me permettre de respirer.

Mal à l'aise, elle baisse les yeux sur son gobelet Starbucks, ou plus précisément sur son nom, écorché par le barista.

« Rose »

— Mon père vous a tout raconté, alors..., conclus-je après son explication.

Il l'aurait contactée le lendemain de notre confrontation, au penthouse. Elle a accepté tout de suite de me rencontrer.

— Je t'en prie, ne me vouvoie pas, c'est tellement... *impersonnel.*

— Je ne vous connais pas, c'est impersonnel.

Ses doigts se resserrent autour de son verre en carton, puis elle relève les yeux sur moi. Une mèche de ses cheveux bruns retombe sur son visage. J'aime bien sa coupe à la garçonne.

— Mais moi, je te connais un peu, argumente-t-elle. Du moins, je connais celle que tu es sur les réseaux sociaux.

— Depuis quand ? demandé-je, choquée.

— Depuis la création de ton compte Instagram, admet-elle, gênée. Je voulais être certaine que t'allais bien. Et oui, je sais, c'est hypocrite de ma part. Mais je n'ai pas pu m'en empêcher. Je voulais comprendre qui tu étais, même si tu ne voulais pas de moi. Et avant que tu ne me poses la question, évidemment que j'ai pensé à te contacter. Un nombre incalculable de fois. Néanmoins, il faut que tu comprennes, Ashley. Ce n'était pas à moi de prendre cette décision. Tu ne peux pas blesser les autres et revenir leur infliger ton poison. J'ai acquis cette leçon à mes dépens.

Depuis la découverte de cette lettre, je n'avais qu'une idée en tête : comprendre. Et je l'admets, je crevais d'envie de la rencontrer. Mais entretemps, on m'a fait si mal que j'ai abandonné l'idée à une personne de mon passé : donner le bâton pour me faire battre. J'en ai assez des fantômes.

Alors, je me mens à moi-même en prétendant que je ne m'ouvrirai jamais plus, et j'entre dans le cercle vicieux du mensonge qu'on se raconte pour aller mieux. Je souffre, donc je me ferme aux autres pour éviter de souffrir davantage, même si ça me tue d'être seule.

Il y a quelque chose de rassurant dans la douleur qu'on

connaît bien, parce qu'elle ne peut plus nous surprendre.

— Tu dois avoir un million de questions à lui poser, intervient mon père. Je ferai en sorte qu'elle y réponde.

Fred n'a pas touché à son café, les bras croisés sur son torse, sa moue aigrie habituelle, son sourire inexistant.

J'ai tellement de choses à dire, et si peu à la fois.

— Racontez-moi votre histoire.

Tous deux se jettent un regard empreint d'animosité, leur haine mutuelle transparaît sur leurs visages.

C'est une question innocente, et si ça les met mal à l'aise, tant pis pour eux. Je ne suis pas encore prête à aborder l'abandon de cette génitrice que je ne connais pas.

C'est assez drôle de les voir se plonger dans un passé que j'ignore, perdus dans des souvenirs qui ne m'appartiennent pas, mais que je veux connaître quand même.

Ils se sont détestés au lycée. À l'époque, Fred cherchait à obtenir une bourse pour être joueur professionnel, donc il voulait être le meilleur. Rosa était naturellement douée, ça agaçait mon père de la voir réussir sans effort, là où lui se tuait pour obtenir les meilleures notes.

Ils me racontent les coups bas, les traîtrises et les anecdotes amusantes. Parfois, ils échangent même un sourire avant de se foudroyer d'un regard mauvais quand ils réalisent ce qu'ils sont devenus.

C'est un projet commun qui les a rapprochés, un devoir d'anglais sur la guerre de Sécession.

— Je suis tombé amoureux le premier, admet mon père. J'aurais tout fait pour qu'on ne perde jamais ce qu'on avait. Je voulais qu'elle me déclare la guerre pour toujours. Pour la première fois de ma vie, ma carrière passait au second plan.

— Qu'est-ce qui s'est passé, alors ?

— Elle m'a trompé, réplique-t-il sèchement. Elle aimait faire la fête, et moi, j'étais le con qui préférait étudier les étoiles.

Sa lèvre inférieure frémit, je me demande s'il sera un jour

capable de digérer. Je me demande si le poison de Rosa ne l'a pas rendu malade pour toujours, et je la déteste pour ça.

Lorsque je la dévisage, elle baisse la tête sur ses mains tremblantes.

— Je ne t'ai pas trompé, le contredit-elle.

Mais Fred lève la main pour l'empêcher de poursuivre.

— Je m'en fiche, maintenant. Je lui ai trop menti, Rosa. À tel point que le prochain bobard qui franchira mes lèvres pourrait bien me les coudre pour toujours. Je n'ai pas la force de lui dire, c'est pour ça que t'es là.

Rosa le supplie du regard, mais il refuse de céder, malgré le désespoir qu'il décèle sur le visage de son ex.

— Je t'en prie..., pas comme ça. Pas alors qu'on n'a rien réglé entre nous et que...

— Me dire quoi ?

Je les dévisage à tour de rôle, affolée d'apprendre une nouvelle dévastatrice.

— Tu vois ? s'énerve mon père. C'est exactement pour *ça* que je ne lui ai jamais donné ta stupide lettre ! Pour ce regard-là, et celui qui suivra quand elle l'apprendra. Tu m'imposes ton bébé et tu viens me le reprendre comme si de rien n'était !

Rosa mord dans sa lèvre, tâchant de réprimer ses sanglots, incapable de cacher les larmes qui maculent ses joues.

— Je n'ai jamais voulu te la reprendre, je ne t'aurais jamais fait ça...

— Brise-lui le cœur, je t'en prie. Tu n'as jamais su faire que ça.

— FRED N'EST PAS TON PÈRE ! hurle-t-elle, au bord de la crise d'angoisse. Voilà, c'est dit. Maintenant, explique-moi ce que ça change ?!

Un horrible silence s'installe entre nous. Mes mains tremblent, mon cœur s'affole, mes pensées fusent à toute vitesse.

— Quoi ?!

C'est tout ce qui parvient à franchir mes lèvres. Ce n'est pas vers Rosa que je me tourne, mais vers mon père, qui m'a offert quelques souvenirs heureux et qui, je le sais, m'a aimée à sa façon maladroite.

Et là, tout de suite, je me fiche qu'on partage ou non le même ADN. Je veux juste qu'il me soutienne, pour une fois dans sa vie, qu'il me laisse m'écrouler sur son épaule.

Il se lève du canapé, avale la distance entre nous et s'accroupit devant moi. Hésitant, il me tend la main, mais je suis incapable de la saisir, alors que mon univers s'écroule une nouvelle fois.

Je plante mes yeux dans les siens, qui ne me ressemblent pas, et pince mes lèvres pour ne pas fondre en larmes.

– J'ai été le pire père de la planète, Ashley. Je t'ai même détestée.

Il ferme les yeux, comme pour chasser cette vérité dégoûtante.

– Je t'ai détestée, reprend-il. Quand j'ai appris que Rosa était enceinte d'un autre. Parce que je voulais la quitter, mais on ne quitte pas une femme enceinte... Je t'ai détestée quand elle a arrêté de se nourrir et qu'elle ne répondait que par monosyllabes parce que tout le reste était trop dur. Que Dieu me pardonne, j'ai cru que tout était ta faute, et je t'ai détestée.

*Boum-crac, boum-crac.*

– Mais quand tu es née, quand on t'a mise dans mes bras, enveloppée d'un petit drap, et que t'as posé tes yeux sur moi, alors j'ai su. J'ai compris que rien d'autre n'avait d'importance. Que j'avais trouvé ma raison d'exister. C'était comme tenir un petit morceau d'univers entre mes mains, et j'avais tellement peur que ta mère me le prenne. Quand elle est partie en me laissant cette lettre, je me suis juré qu'elle ne reviendrait jamais. Mais...

Il prend une inspiration douloureuse, une larme roule sur sa joue.

– ... mais je vivais avec une épée de Damoclès au-dessus de la tête. J'avais la peur au ventre et je me disais qu'elle pourrait changer d'avis, revenir un beau matin avec *ce type*, et crier sur tous les toits que tu n'étais pas ma fille. Alors… je refusais de t'aimer trop fort. Et ça t'a brisée, je le sais, parce que ta mère n'est jamais revenue, et toi, tu as manqué d'un père. Je suis désolé, Ashley. Pourtant, je te le jure, je n'ai jamais aimé que toi.

Et je le crois, tellement que mon palpitant explose, et je fonds dans ses bras. Papa me serre fort, le corps tremblant d'une tristesse infinie.

À l'intérieur de ma poitrine, il y a une mini-moi, désespérée de déambuler entre les morceaux sanguinolents de mon cœur. Mais quand mon père me laisse pleurer contre lui, elle soupire et puise dans sa force pour réaliser l'impensable : elle ramasse les morceaux pour les recoller entre eux.

– Je vais te pardonner, Papa. Encore une fois. Parce que je suis incapable de vivre sans toi, et peu importe si je n'ai pas cinquante pour cent de toi, je n'en veux pas un autre.

*Je veux mon imbécile de grognon de père.*

Alors que je voudrais figer le temps pour rester en sécurité dans ses bras à tout jamais, la voix de Rosa me ramène à la réalité pour chambouler mes vérités une nouvelle fois.

– Je n'ai pas bu une goutte d'alcool à cette soirée. Je sais que tu ne m'as jamais crue. Pourtant, on était nombreuses à se réveiller dans un brouillard opaque, le lendemain matin.

Mon cœur se fait dysfonctionnel, tout à coup, et je me demande s'il existe des personnes capables de le faire marcher correctement.

– Je ne me souviens de rien, Fred. Je ne sais même pas lequel est responsable. Je n'ai rien dit, parce que j'étais terrifiée. Je vivais dans une époque où on écoutait encore moins les femmes, et j'étais choquée de me réveiller nue.

Mon père plaque une main sur sa bouche et moi, je tombe, encore un peu plus bas, toujours un peu plus vite.

Je me souviens que ça n'arrive pas qu'aux autres, que ça n'arrive pas qu'à moi, et je me demande quelle malédiction on a jetée sur notre famille pour subir autant de malheurs.

— Moi, je te crois, finis-je par dire, parce qu'avant d'être une mère, Rosa est une femme qui n'a jamais été entendue.

Elle m'adresse un sourire presque timide, puis reprend :

— Je n'avais plus la force de rester près de toi, Fred. J'ai essayé de t'en parler, mais tu étais si têtu et énervé, t'étais persuadé d'avoir été trahi. Et moi, je n'avais plus le courage de me battre pour que tu me croies. Alors ouais, je m'excuse de t'avoir laissé. Désolée d'avoir contribué à faire de toi un homme aigri et seul qui n'accorde plus sa confiance à personne. Mais je ne m'excuserai jamais d'avoir été dépressive aussi jeune, d'avoir pensé à mettre fin à mes jours plus d'une fois. J'avais besoin de partir, de quitter cette ville et ceux qui m'avaient fait tant de mal.

Je repère les cassures sur son masque de femme forte, et me reconnais dans les larmes qu'elle refuse de laisser couler, dans l'inspiration qu'elle prend pour se donner le courage de continuer lorsqu'elle s'adresse à moi.

— Je suis désolée de t'avoir abandonnée, Ashley. Aucun mot ne saura jamais réparer ce que j'ai cassé en toi. Tout était devenu trop lourd à porter, *tu* étais trop lourde à porter, mais ce n'était pas ta faute. Ça n'a jamais été ta faute, si ma grossesse me rappelait sans cesse ce que j'avais vécu. Aucun acte ne suffira jamais à faire de moi la maman qui a tant manqué à ta vie. J'essaye de l'être aujourd'hui, pour Léo.

Malgré son discours et le poids qui s'échappe de mes épaules pour me libérer de quelques regrets, mon cerveau décide de se focaliser sur une seule et même information.

— J'ai un petit frère ?!

Ses yeux s'arrondissent sous la surprise, puis un sourire chasse toute tristesse de son visage, la rajeunissant de quelques années.

— Une petite sœur, en vérité. J'aurais dû commencer par ça. Léo meurt d'envie de te rencontrer, mais comme je ne savais pas comment tu allais prendre mon retour, j'ai décidé de la laisser avec... sa grand-mère.

*Son retour. Comme si elle avait prévu de rester...* Et je ne sais pas si je meurs d'envie qu'elle le fasse, ou si je veux qu'elle disparaisse.

Son histoire est tragique, je comprends sa peine, la douleur qu'elle a ressentie, alors je compatis. Mais l'enfant abandonnée en moi a du mal à pardonner. Pire, elle est un peu jalouse de savoir qu'une autre a eu ce à quoi je n'ai jamais eu droit.

*Je m'en veux tellement pour ça...*

Pourtant, une part de moi, plus grande que le reste, rêve de rencontrer cette petite sœur dont j'ignorais l'existence il y a de ça une minute.

Je me mets à appréhender notre rencontre, me demande si je serai à la hauteur de ses attentes.

– Elle va t'adorer, me rassure mon père, qui lit en moi comme je ne l'en aurais jamais cru capable. Tout le monde t'adore, Ashley.

Mon téléphone sonne pour la troisième fois de la journée, c'est encore Max.

Et j'en ai marre de ses conneries, alors j'ignore son appel, le cœur serré.

# 31

## *Ted*

C'est d'une cruauté presque risible ! Découvrir ce que veut dire l'amour au moment de le perdre...

Terrifié à l'idée d'oublier sa complexité, je pourrais répéter son nom à l'infini pour me rappeler à jamais de cette femme douce-amère, parfois difficile à appréhender, mais impossible à effacer.

Ashley Hawkins, je me souviendrai du feu au creux de ton ventre, de ta langue aiguisée, de ton refus de courber l'échine et de te taire, peu importe ce que la société pense de toi, et je chérirai pour toujours ta personnalité : mi-soie, mi-katana.

*Combien de temps ça fait mal à en crever ?*

J'ai le cerveau embrouillé par le manque de sommeil, je passe mes nuits sur les toits à confier aux étoiles à quel point elle me manque, jusqu'à ce que je m'écroule de fatigue.

Les gars ont remarqué que ça n'allait pas, ils font ce qu'ils peuvent pour me remonter le moral. Lily m'a concocté une putain de playlist spéciale rupture amoureuse, Maël me dope aux endorphines en me traînant chaque jour à la salle de sport et Max, fidèle à lui-même, m'impose des diaporamas intitulés « dix bonnes raisons de rester célibataire ». Ce qui m'impressionne, c'est qu'il le renouvelle chaque jour. Chris, quant à lui, me force à avaler les plats qu'il me prépare.

À croire qu'Ashley et moi étions les seuls à ne pas nous rendre compte qu'on formait un « nous ».

Avoir des potes comme eux, ça me donne des super-pouvoirs. Grâce à mes colocs, je trouve la force de me battre pour réparer mes erreurs. Même si ça veut dire que je dois jouer au baby-sitter avec une enfant de huit ans qui n'était clairement pas prévue au programme.

À travers le rétroviseur, Léo me dévisage de ses yeux noisette, brillants d'une curiosité qui n'anime que les moins de dix-huit ans – et Max O'Donnel.

— Alors, comme ça, t'as brisé le cœur de ma grande sœur ? me questionne-t-elle d'un air accusateur, les bras croisés pour exprimer son mécontentement.

*Aïe, Mini Cœur me déteste déjà.*

Rosa m'a bien eu, sur ce coup-là. J'ai été surpris en découvrant la gamine cachée derrière sa grosse valise, et malgré mes protestations, je n'ai pas pu refuser quand elle m'a demandé de garder sa petite le temps de son entrevue avec Ashley, qui ne saura jamais que ça vient de moi. C'était ma condition, je ne veux pas qu'elle pense que je fais ça pour la séduire ou pour me faire pardonner. Tout ce que je veux, moi, c'est rafistoler son cœur brisé depuis trop longtemps. Cependant, pour que ça fonctionne, j'ai dû raconter à sa mère une partie de notre histoire, et apparemment, cette dernière s'est empressée de le répéter à la version miniature et agaçante de la femme pour qui je fais tout ça.

*— Tu n'es pas un inconnu, a protesté Rosa. Tu es son tonton new-yorkais qui va l'emmener passer une super journée* !

Super, mais je n'ai pas la moindre idée de ce qu'on est censé faire pour divertir une enfant de huit ans. Il n'y a rien que je refuserais pour le bien d'Ashley, et c'est effrayant. Elle veut sa mère ? *Je la lui livre à domicile.* Elle me veut à genoux ? *Putain, aucun problème.* Un rein ? Un poumon ? Les deux ? *Prends tout ce que tu veux.* Mais elle ne veut rien de moi, si ce n'est que je disparaisse, alors je disparais, même si ça me tue.

Malgré tout, Ashley a aussi besoin de son père, peu importe à quel point elle lui en veut. Après une discussion musclée, j'ai donc organisé cette petite réunion de famille.

Alors que je démarre pour m'éloigner de la résidence, je prie pour que Fred ne fasse pas tout foirer.

— Qu'est-ce qu'on fait, maintenant ? demandé-je à la gamine, qui fait mine de réfléchir.

Sa réponse est interrompue par l'appel de Max, à qui je réponds tout de suite, persuadé qu'il m'aidera à échapper à cette situation embarrassante.

— Tu tombes bien, O'Donnel.

— Ah... vraiment ?

Sa voix traînante m'inquiète un peu, je lui demande si tout se passe bien.

— Ouais... En fait, non, pas vraiment. Je crois que j'ai besoin d'aide.

Max crie à l'aide silencieusement depuis toujours, mais jamais il n'avait encore franchi le cap de le demander à voix haute. Je jette un coup d'œil à Mini Cœur, qui me tire la langue de façon insolente, et lui adresse un sourire en coin.

— Tu t'es encore retrouvé tout nu et à la porte d'une de tes conquêtes ? tenté-je de plaisanter.

J'entends un vilain reniflement de son côté et sens une lourdeur s'abattre sur mon estomac.

— Si seulement... Je sais pas trop de quoi j'ai besoin, en fait. Je crois que j'ai envie de sortir, et Gellman n'est pas là.

*Merde. Merde. Merde !*

— Je suis occupé, là, mec. Ça peut attendre ce soir ?

Je lui raconte pour la mère d'Ashley, pour sa petite sœur. Il se montre curieux, comme à chaque fois que les problèmes des autres lui permettent d'oublier ce qui lui pèse.

— Tu veux me parler de ce qui t'arrive ?

Il fait traîner le silence, si bien que je crois un instant qu'il a raccroché, mais il finit par répondre :

— Rien de grave, t'inquiète. Je me fais chier, c'est tout. Tu me connais, je vais juste trouver quelqu'un d'autre pour me divertir !

— Max...

— Ça va, je te jure. C'est bien ce que tu fais pour elle. Je suis content si tu vas mieux. Sérieux, l'amour, ça craint ! N'oublie pas la règle numéro 123 du *bro code*, Greyson.

— Laquelle ?

— La mère d'Ashley. T'as le devoir de me la présenter si c'est une *milf*.

Et il raccroche, comme si de rien n'était, me laissant avec le petit démon qui n'a pas loupé une miette de notre conversation sur haut-parleurs.

— C'est quoi, une *milf* ?

Parfois, je déteste Max.

— Putain..., grommelé-je, comme une mauvaise habitude.

— Ça veut dire la même chose que « putain » ?

— Non ! Merde, fait chier !

Je me pince l'arête du nez, agacé par ma vulgarité si habituelle que je n'arrive plus à m'en débarrasser. Je soupire ma frustration avant de négocier :

— Qu'est-ce que tu veux en échange de ton silence ?

Un sourire mesquin étire les lèvres de Léo, et comme si elle avait prévu de me manipuler depuis le début, sa réponse coule de source :

— Apprends-moi à conduire.

— T'es folle ?! Tu ne touches même pas les pédales !

Vexée par mon rejet, elle contracte la mâchoire. C'est au travers de son attitude que je réalise que, peut-être, Rosa a tenté de rattraper ses erreurs en cédant un peu trop souvent aux caprices de Léo.

Mais ce ne sont que des spéculations...

— Tant pis pour toi, *Teddy*.

Pourquoi faut-il qu'elle lui ressemble autant ? Je deviens

faible face à cette moue boudeuse qui me rappelle trop franchement sa version plus âgée aux mèches rouges.

Je me gare alors sur le parking désert d'une supérette et soupire ma résignation.

— OK, Mini Cœur. Grimpe sur mes genoux.

La gamine ôte sa ceinture, un sourire triomphant sur les lèvres. Tandis qu'elle s'installe sur mes jambes et qu'elle attrape le volant de ses petits doigts incertains, la panique gagne son visage.

— Si jamais je l'enfonce dans un mur, je ne pourrai pas te rembourser.

D'abord surpris par son inquiétude, j'éclate de rire.

— Ça ne paye plus, le trafic de cartes Pokémon ?

Elle hausse les épaules, la tête penchée sur le côté comme si j'étais un extraterrestre.

— C'est pas grave, t'en fais pas, la rassuré-je. Je ne nous laisserai pas aller dans le décor.

Étonnamment, elle se débrouille plutôt bien avec le volant, même s'il lui manque encore une bonne dizaine de centimètres pour atteindre les pédales.

Après une trentaine de tours de parking, j'en ai ma claque, contrairement à Mini Cœur, qui semble ne jamais se lasser de la vue monotone.

— On change d'activité ? proposé-je.

Elle hoche la tête.

— Parle-moi d'Ashley. Comment elle est ? Tu crois qu'elle m'aimera bien ? Ses yeux sont vraiment de la même couleur que les miens ? Et pourquoi Maman refuse de me montrer son Instagram ?

*Parce que ta sœur a une fâcheuse tendance à publier des photos provocantes, majeur en l'air, avec « fuck les hommes » brodé sur ses tee-shirts.*

Pour faire taire ses questions incessantes, je fais défiler les photos dans ma galerie sous son œil attentif. Je lui dévoile celle que Max a pris d'elle à notre insu, endormie dans mes bras.

— On dirait une princesse endormie.

*La version trash de Blanche-Neige, sûrement !*

Acceptant finalement de quitter la photo des yeux, Léo soupire :

— Les hommes sont tous cons, c'est Maman qui le dit.

— Mmmh, elle a raison.

— Sauf mon papa. Enfin, c'était un con avec Maman, lui aussi ! Mais avec moi, il est gentil. T'es amoureux de ma grande sœur, Ted ?

J'ai du mal à suivre le cheminement de ses pensées, et comment elle en est arrivée à cette conclusion.

— J'en sais rien. Ça fait quoi, quand on est amoureux ?

Plongée dans une réflexion profonde, elle finit par me souffler sa définition de l'amour.

— Comme les montagnes russes.

— Et tu penses qu'on peut être plus qu'amoureux ? Un stade au-dessus ?

— Ouais ! Ça s'appelle être fou, mon vieux !

Sa réplique me fait sourire.

— Alors, je crois bien que c'est ça, qu'elle me fait. Tu promets de garder le secret ?

— Pourquoi ?

— Parce que je lui ai fait du mal, et je suis presque sûr de lui en faire à nouveau si je la retrouve. Je suis comme ça, je garde jamais longtemps ce qui m'arrive de bien.

Avant elle, tout ce que je goûtais finissait par perdre sa saveur. Ashley n'a jamais arrêté d'être délicieuse, on m'a simplement privé de mon plat préféré.

Léo hoche la tête, et durant une fraction de seconde, je me mets à penser que cette enfant de huit ans me comprend. Lorsqu'elle me demande ce qu'il s'est passé entre nous, je lui raconte, de façon honnête et à peine détournée, comment je l'ai brisée. J'omets volontairement les passages moins de dix-huit ans, que je remplace par des « on s'est embrassés » qui font naître de petites étoiles dans les yeux de Mini Cœur.

Quand je termine mon récit, elle me tend son petit doigt et promet :

— Je ne dirai rien si tu m'emmènes faire des mèches rouges !

Je lève les yeux au ciel, amusé par sa rapidité d'esprit. Cette gamine ne perd jamais le nord. Si elle continue comme ça, elle règnera en tyran sur tout le continent avant de fêter ses dix ans.

— Putain, non !

— Pourquoi tu dis toujours des gros mots ?

— Parce que je suis une grande personne, j'ai eu le temps de perdre des neurones. Ceux qui sont intelligents ne jurent pas.

Elle m'observe, amusée par ma piètre tentative de manipulation.

— Allez, emmène-moi chez le coiffeur.

— Ta mère accepterait ?

— Oui...

— Tu me mens, hein ?

Ses joues s'empourprent, elle hoche honteusement la tête, ce qui m'amuse.

— Tu sais, Mini Cœur, je n'ai jamais été un grand fan des règles.

*Et puisque ta mère m'a piégé, autant que ça lui serve de leçon !*

C'est ainsi que Léo réapparaît une heure et demie plus tard, des mèches rouges dans sa chevelure noire.

Quand je la dépose à sa mère, un peu plus tard, cette dernière me foudroie du regard en découvrant la nouvelle coiffure de sa petite fille.

Néanmoins, je remarque son sourire attendri quand Léo me claque un bisou sur la joue, ses petits bras enroulés derrière ma nuque.

— Je te trouve cool, meuf, avoué-je.

Quand elle rejoint Rosa, je prie pour qu'elle et Ashley s'entendent bien, même si je n'en doute pas vraiment.

— Maman..., demande-t-elle tandis que je remets le contact. C'est quoi, une *milf* ?

Je démarre alors en trombe avant que les représailles ne me tombent dessus.

*Foutu Max O'Donnel !*

L'orage gronde ce soir et les éclairs déchirent le ciel. L'averse est si violente que mes essuie-glaces ne tiennent plus le rythme, et le manque de sommeil ne m'aide pas à me concentrer sur la route. D'ailleurs, je crois avoir une hallucination lorsqu'une moto que je reconnais bien se gare devant le penthouse au même moment que moi.

Ses cheveux collent à son visage inquiet quand elle retire précipitamment son casque, et je comprends, à la minute où je perçois sa détresse, qu'il se passe quelque chose de grave.

Sans réfléchir, je bondis hors de mon véhicule pour la rejoindre en trois enjambées.

La colère déforme ses traits dès qu'elle me voit et, sans me laisser le temps de dire le moindre mot, elle exige :

— J'ai besoin de parler à Maël !

Ses mains tremblent, et je n'ai qu'une envie : les glisser dans la poche centrale de mon sweat pour les réchauffer.

— Il n'est pas là, dis-je d'une voix maîtrisée, malgré le nœud qui me comprime la trachée. Lily et lui sont de sortie.

— Merde..., souffle-t-elle en passant une main nerveuse dans sa tignasse emmêlée. OK... putain !

Elle fait les cent pas, les yeux rivés sur son téléphone.

— Raconte-moi ce qui t'arrive, je peux peut-être... *t'aider* ?

J'ai beau m'approcher inconsciemment de la chaleur de son corps, elle ne cesse de reculer, mettant un maximum de distance entre nous. Ses yeux coléreux glissent sur mon corps, qu'elle scanne de haut en bas d'un air dédaigneux.

— Il m'a appelée, finit-elle par dire, désespérée de trouver de l'aide. Il m'a appelée et je n'ai pas répondu.

— De qui est-ce que tu...

— MAX ! me hurle-t-elle, comme s'il s'agissait d'une évidence. Je l'ai ignoré parce que je suis une idiote et que je n'avais pas les idées claires. Et maintenant, il ne répond plus.

Face à sa panique, je tente de rester stable. L'un de nous doit faire preuve de calme.

— OK... Je l'ai eu au téléphone dans l'après-midi. Il allait... bien ? tenté-je de me convaincre.

J'essaye de l'appeler, mais tombe directement sur sa messagerie.

— C'est Max, ajouté-je. Il est sûrement arrivé à court de batterie. Si ça se trouve, il se fait lécher les abdos par des top models et on s'en fait pour rien.

Ashley mord dans sa lèvre tremblante, le regard désespéré.

— J'ai tout sauf envie de faire équipe avec toi, mais je n'ai pas le choix. Il faut qu'on le trouve. Tu ne comprends pas ?! Il faut qu'on le trouve, maintenant ! s'écrie-t-elle, avant de se diriger vers ma voiture dont le moteur tourne encore.

Je ne réfléchis pas et m'installe au volant, réfléchissant à tous les endroits dans lesquels il aurait décidé de se planquer.

— Il voulait sortir, ce soir. Il a certainement trouvé un partenaire plus enclin à faire la fête que nous deux, continué-je, dans l'espoir de chasser mon inquiétude.

— Tu ne comprends pas, répète-t-elle. Max et moi, on ne s'appelle jamais. Lui et moi, on s'est fait une promesse...

Son souffle se rompt tandis qu'elle réprime ses sanglots.

— On s'est juré de s'appeler si l'un de nous avait des idées noires. Et je l'ai ignoré.

Sa détresse rencontre la mienne. Alors les insomnies, les regrets, notre histoire, tout s'efface pour laisser place à notre objectif commun : retrouver Max O'Donnel.

Je zigzague entre les voitures, l'adrénaline dans mes veines, et téléphone aux clubs de striptease, aux bars ainsi qu'aux boîtes dans lesquels il va parfois.

Ashley téléphone à Maël, qui se met à fouiller la ville de son côté, à la recherche de son meilleur ami.

Lily et Elisa se chargent d'appeler les hôpitaux et les postes de police.

Liam téléphone à ses proches.

Mais rien. Pas la moindre trace de lui.

Je réalise qu'aucun de nous n'a jamais vraiment été un ami pour Max, sinon on n'aurait pas fermé les yeux ni prétendu que tout allait bien, juste parce qu'il nous demandait d'y croire.

J'irai le chercher en enfer, je m'en fais la promesse.

– Je crois que je sais où il est ! Putain, si c'est ça, je vais le tuer ! s'exclame Ashley.

# 32

***Ashley***

La chose la plus effrayante au monde, c'est qu'on ne sait jamais, avant de perdre quelqu'un, que le dernier moment partagé a été le dernier pour toujours.

Tandis que Ted fusait sur les routes glissantes, son aura étouffante me ramenant à des souvenirs douloureux, je priais pour que Max s'accroche encore un peu en espérant que mon dernier moment avec lui n'ait pas été celui où je lui crachais ma rancœur.

Aussi vite que la BMW sur les routes dangereuses, la culpabilité s'est insinuée en moi, et je me suis demandé si répondre à mon téléphone aurait changé quoi que ce soit.

Peut-être que non.

Peut-être que sa respiration aurait suffi à m'alerter.

Peut-être aurais-je entendu son appel à l'aide dans les silences dont il fait preuve quand il n'ose pas crier au secours.

Au fond, je crois que c'était inévitable, qu'il finirait par péter les plombs.

Mais j'étais loin d'imaginer à quel point ça allait être douloureux.

Dans l'obscurité de la nuit, sur mon toit-terrasse, il se tient en équilibre précaire, tel un funambule solitaire sur le muret. Les éclairs zèbrent le ciel, révélant sa silhouette débraillée, à la fois vulnérable et magnifique dans sa détresse. Il tient dans sa main gauche une bouteille de whisky, symbole amer de ses tourments intérieurs.

Ses cheveux châtains, mouillés par la pluie battante, s'éparpillent autour de son visage angélique.

Je ne vois plus que sa vulnérabilité et ses failles, révélées pour la première fois, qui menacent de le faire chuter à tout instant.

Il tangue, mon cœur rate un battement. Je n'ose pas crier son nom, de peur de l'effrayer et qu'il s'écrase, trente mètres plus bas.

— J'vais pas sauter tout de suite, nous informe-t-il, comme si on n'était pas pétrifiés de le voir comme ça.

— Descends de là, ordonne Ted, dont l'inquiétude transperce la voix.

La tête penchée sur le côté, le sourire fou de Max collé à ses lèvres nous renvoie nos erreurs en pleine face.

— De quel côté ? provoque-t-il.

Ted avance d'un pas, Max l'arrête d'un geste de la main.

— Je ne ferais pas ça, si j'étais toi...

Je veux le sauver de lui-même, lui trouver une échappatoire, mais je suis impuissante, démunie face au chaos qui l'habite. Je n'arrive plus à trouver les mots pour allumer sa lumière.

Et je me dis que tout ce temps, je n'étais pas la seule à tomber dans le vide.

Alors, j'avance à mon tour d'un pas prudent, l'expression la plus neutre possible pour ne pas le brusquer, pour ne pas qu'il s'écroule, putain !

Mais c'est moi qui menace de tomber à genoux lorsque les fenêtres de son âme tourmentée rencontrent mon regard apeuré. Comme des braises ardentes, les flammes de la souffrance dansent dans ses iris. Elles vacillent, emportées par le vent de ses émotions déchaînées. Les reflets dorés de l'alcool mêlés à la tristesse qui les inonde créent la teinte de son appel à l'aide silencieux.

Mais le pire, c'est sa voix, transformée en une supplique déchirante lorsqu'il me souffle :

— Je t'ai appelée, Ashley. T'as jamais répondu.

Mon cœur dégringole dans mon estomac. Il boit une gorgée de ce liquide ambré dans lequel il a choisi de noyer ses soucis.

La haine envahit son regard lorsqu'il le pose sur Ted, dont le désespoir et les poings serrés trahissent son impuissance.

Ses grandes jambes paraissent moins solides, tout à coup, et je discerne dans son regard la certitude que si Max s'écrase, il le rejoindra, lui aussi.

— Je suis désolée, tellement désolée... Mais je suis là, maintenant. Je t'ai trouvé.

Le dédain qu'il me transmet fait éclater les derniers morceaux de mon cœur.

Au fond, je ne sais plus qui il déteste.

Lui-même, c'est une certitude.

Le monde qui l'entoure, bien sûr.

La solitude.

— Si tu sautes, moi aussi, dit Ted.

J'entends son assurance qui s'envole, puis s'échappe de son timbre de voix écorché. Et je me demande comment je vais faire pour les sauver tous les deux.

*Pour nous sauver tous les trois.*

— C'est un pari ?

Ted secoue la tête.

— Un avertissement.

Un rire nasal répond à sa place, et après avoir bu une énième gorgée de ce poison qui finira réellement par le tuer, Max souffle d'une voix éteinte :

— Je déteste le whisky, putain ! Ça sent comme lui. Comme quand je volais cette merde à six cents dollars dans ses placards.

J'y comprends que dalle, mais Ted tend une main devant lui et demande :

— Je peux essayer ?

— Je sais ce que t'essayes de faire, Greyson. Je ne me laisserai pas manipuler.

Sa voix se brise à peine, parce qu'il conserve ce ton froid et détaché, un peu absent, comme s'il regardait la scène de loin.

— J'ai juste envie de boire avec toi, insiste Ted, tentant de contrôler ses émotions. Comme au bon vieux temps.

Intoxiqué par la substance ambrée qu'il tient entre ses mains tremblantes, notre ami laisse Ted s'approcher suffisamment près pour lui voler la bouteille. L'expression de Max témoigne de son inquiétude, qui disparaît aussitôt que le métis avale une gorgée avant de le rejoindre sur le muret, où ils s'installent tous les deux, les jambes pendantes dans le vide. Après m'avoir jeté un coup d'œil sournois par-dessus son épaule, il tapote de ses longs doigts l'espace vide à sa droite.

— Tu devrais nous rejoindre, Ash, m'intime-t-il de cet air qui montre qu'une idée malsaine vient de lui traverser la tête.

Terrifiée, je lui obéis, les membres tremblants.

J'ai beau être courageuse, mes jambes se transforment en coton chaque fois que je regarde en bas.

Il se penche alors à mon oreille, un sourire mesquin sur les lèvres pour narguer Ted, dont les poings se serrent.

— Tu devrais sauter avec moi, Ash, me murmure-t-il si bas qu'il est impossible que son ami ait entendu, sa cruauté emportée par la pluie. T'as une vie de merde, toi aussi.

*J'ai mal.*

Tellement que je suis incapable de lui répondre.

Il récupère alors la bouteille des mains de Ted et boit une nouvelle gorgée de whisky en fixant l'horizon. Il est tellement bourré qu'il titube en arrière, en avant, et je le retiens par son pull trempé alors que mon cœur s'est arrêté.

— Tu peux faire semblant si tu veux, ajoute-t-il de ce sourire cruel qui me tord le ventre. Mais depuis ton viol, t'as qu'une envie, c'est de te jeter dans le vide.

Le coup que je me prends dans l'abdomen est d'une violence

telle que je m'accroche au rebord du muret pour ne pas m'effondrer.

— Qu'est-ce que... Ted t'a parlé... de...

J'imagine que sa trahison ultime ne devrait plus me surprendre, mais lorsque j'ose affronter le regard de Greyson, je jure n'y déceler aucun mensonge.

— Je n'aurais jamais fait ça, Ashley. Tu dois me croire.

Mais Max attrape mon menton de ses doigts gelés par le vent et la pluie, pour me forcer à me concentrer sur lui.

Je me demande si je vais lui survivre, ce soir. Je ne crois pas qu'il en ait vraiment envie.

— C'est toi qui me l'as murmuré, Ash. Un soir où on... comment tu disais, déjà ? On était *à moitié conscients* ?

Je me souviens de cette fois où je lui ai révélé la vérité. Mon secret pesait trop lourd sur mes épaules, j'avais besoin de le libérer, juste une fois, à quelqu'un qui, comme moi, aurait oublié le lendemain.

Mais Max n'oublie jamais rien.

— Alors, on saute ?

Sa main se glisse dans le bas de mon dos, j'ai honte de dire que l'espace d'un instant, j'envisage l'impact. La collision entre mon corps et le béton me paraît soudain tentante, pourtant je me ressaisis, malgré les atrocités qu'il me jette au visage, parce que *je sais*, moi aussi... Je connais son secret, et ce n'est pas à moi que Max adresse ces paroles empoisonnées.

— Réveille-toi ! Les gens comme nous n'ont pas droit au bonheur, au fond tu le sais, que tu ne guériras jamais...

Les gens brisés sont dangereux, parce qu'ils vous persuadent que l'enfer est un petit bout de paradis.

— Si tu ne voulais pas qu'on te sauve, tu ne serais pas sur le toit de mon appartement, dis-je finalement.

J'essaye d'oublier que celui que je tente d'aider est le même qui a contribué à me briser, il n'y a pas si longtemps.

— J'ai jamais voulu me foutre en l'air. J'avais juste besoin d'un ami. Mais mon meilleur pote peut plus me voir en peinture, Greyson était occupé… et toi, tu ne tiens pas tes promesses.

– Mais toi non plus, intervient Ted, dont la froideur me rappelle celle de nos débuts, quand il ne laissait transparaître que la haine qu'il ressentait à mon égard. Tu dis que tu vas changer, et tu ne changes jamais. T'attends des autres qu'ils soient là pour toi, et tu les descends dès que tu te sens trop seul dans ton malheur. Quand je veux t'aider, tu me détestes, et quand je ne t'aide pas, tu me détestes aussi. T'es le roi des hypocrites !

Ses vérités me coupent le souffle, je le hais à mon tour, de parvenir à maîtriser ses émotions dans un moment pareil. Et je me déteste ensuite, de vouloir chercher le réconfort que je ne trouverai plus jamais entre ses bras.

– Et toi, rien ne t'atteint jamais, hein ? La vérité a éclaté, alors plus rien ne peut te faire du mal, c'est ça ? Putain de menteur ! crache Max.

Il presse la bouteille d'alcool contre le torse de Ted, qui la saisit volontiers dans l'espoir de noyer sa peur, et ses pensées.

Parfois, quand les émotions nous submergent et que tout devient trop dur à gérer, il suffit de se concentrer sur une seule.

Ce soir, Ted, Max et moi, on se synchronise sur la même.

La colère, c'est toujours mieux que la tristesse.

Je meurs de froid sous la pluie qui s'acharne à me glacer les os, et je ne sens plus les extrémités de mes doigts, jusqu'à ce que Max saisisse ma main et la cale dans la sienne.

– Arrête, demande Ted, la tête baissée.

Finalement, son mètre quatre-vingt-dix ne lui sert pas à grand-chose, quand sa fragilité perce sa carapace d'acier.

– T'as peur de quoi ? Que je la pousse ?

Il y a une pointe d'amertume dans la voix de Max.

Je ne me demande pas s'il en serait capable, je sais qu'il est assez malheureux pour commettre ce genre de geste irréparable.

Et le pire, c'est que je ne lui en veux même pas pour ça.

Il finit par descendre du muret et se tourne vers moi, avant de s'inviter entre mes cuisses. Il ne me demande pas l'autorisation pour poser ses mains sur mes hanches. Sa délicatesse contraste avec ses traits contrariés, perdus...

– C'est dommage, pour toi et moi, admet-il d'un air absent. Ça aurait été génial.

Je le surprends à jeter un regard provocateur à son ami.

– Ça aurait été catastrophique, corrigé-je d'un timbre brisé.

Son sourire amusé et perfide distrait mon empathie quelques instants.

À la manière du serpent qui murmurait à Ève dans le jardin d'Eden, il tente de me séduire de sa perversion, pressant toujours un peu plus fort son corps contre le mien.

Il est vrai qu'avec lui, la chute serait magique avant d'être mortelle.

– On aurait été épiques, comme toutes les fins tragiques.

Je hoche la tête, acquiesçant à sa version.

Mes cheveux dégoulinent, il écarte une mèche collée à mon front, et sans jamais me quitter des yeux, il poursuit :

– Tu te souviens de ce que tu m'as dit, une de ces nuits où on écrivait notre histoire avortée ?

– Je ne me souviens pas de grand-chose, avoué-je, le cœur battant plus fort à cause de l'appréhension.

Mes os glacés font claquer mes dents entre elles.

– Tu m'as dit que tu voulais juste être aimée. Que t'étais désespérée d'être à quelqu'un. À n'importe qui.

Si certaines féministes entendaient ça, elles barreraient mon contact de leur calepin.

Évidemment, je fais partie de celles qui rêvaient du grand amour. *La honte.* Mais ça ne devrait pas l'être. Qu'on soit une Mulan ou une Cendrillon, on n'en sera jamais moins une femme. Et chacune de nous mérite le soutien que nos convictions réclament.

– Et alors ? demandé-je.

— Et alors, précise-t-il d'un affreux petit sourire en coin, t'as dit que tu serais même prête à me prendre *moi*. Ça m'a un peu vexé.

L'eau froide, telle une cascade, dévale ma peau. Mes vêtements détrempés deviennent une prison de glace.

La température avoisine les quatre degrés, et déjà, je sens les symptômes d'une hypothermie m'emporter.

Lourds, mes cheveux trempés dégoulinent. Mes membres engourdis ne répondent plus à mes ordres, je parviens tout juste à frotter mes bras pour essayer de me réchauffer.

— Il y a de la beauté dans ton désespoir, achève-t-il d'un souffle tiède sur mon visage figé. T'es *désespérément* belle.

C'est trop pour ce que mon corps et mon cœur peuvent supporter, les deux expriment qu'ils en ont assez et m'abandonnent doucement. Ma tête se met à tourner, je suis presque certaine que je vacille face au vide.

L'inquiétude se reflète dans le regard profond et intense du porteur de mes regrets et de mes plus grandes déceptions.

*Quand est-il descendu de son perchoir pour me regarder en face ?*

Il tend sa main vers moi, dans l'espoir d'anéantir la distance qui nous sépare, et je m'écrie :

— Non !

Max concentre son attention sur Ted, figé par mon refus.

— Je ne veux pas qu'il me touche, ajouté-je à l'intention de Max, qui hoche la tête et m'aide à descendre du muret avec une facilité déconcertante pour quelqu'un qui a avalé un demi-litre de whisky.

J'ai peur que le contact de la peau brûlante de Greyson avec la mienne rouvre les cicatrices trop fraîches de sa récente trahison. Je crains de me laisser avoir par de nouvelles promesses vides, et je n'en peux plus de me faire briser.

C'est peut-être hypocrite de ma part, de pardonner à Max, de préférer sa langue de rasoir meurtrière au toucher amoureux de

Ted, mais je sais exactement le genre de douleur que je suis capable d'endurer.

— Pourquoi elle a si froid ? demande Max, un résidu de préoccupation dans la voix.

— Parce qu'elle ne porte qu'un pull. Parce qu'elle a roulé à moto sous la pluie pour te retrouver. Parce qu'il fait moins de dix degrés et qu'elle est trempée.

Max hoche la tête, soucieux.

— On devrait rentrer pour se réchauffer.

— Si seulement t'avais eu cette idée de génie il y a trois quarts d'heure, réplique Ted, sarcastique.

Assise sur le rebord de mon lit, je frissonne encore quand Max m'aide à ôter mes vêtements, et plus tard, quand il me passe l'un de mes tee-shirts, m'habillant avec autant de facilité qu'il m'a déshabillée par le passé.

Ted apparaît avec une tasse de café fumant. Je me fais ainsi la réflexion qu'ils connaissent trop bien mon appartement.

J'observe le breuvage avec appréhension.

— Déteste-moi tant que tu veux, tu sais bien que je ne l'ai pas empoisonné.

Alors, j'en bois une gorgée.

— J'étais venue te sauver, dis-je en m'adressant à Max avec un petit sourire, tandis qu'il sèche mes cheveux à la serviette. Ce n'est pas à toi de prendre soin de moi.

Il me sourit en retour, tristement.

— Crois-le ou non, j'ai fait ça toute ma putain de vie d'enfant martyr.

*Aïe.*

— T'es glacé, constaté-je lorsque l'un de ses doigts frôle ma joue. Tu devrais prendre une douche.

Il m'observe en silence quelques secondes, une émotion indescriptible collée au visage.

— D'accord.

Je l'attire dans ma salle de bains, annexée à ma chambre. Ted ne dit rien, trop silencieux pour que ce ne soit pas inquiétant.

— OK... Tu devrais t'en sortir tout seul, maintenant, déclaré-je.

Mais Max m'empêche de le quitter en enroulant ses doigts autour de mon poignet.

— Qu'est-ce que tu...

Il me pousse, me forçant à reculer jusqu'à ce que mes fesses butent contre le bord du lavabo. Ses bras tendus de chaque côté de mes hanches, il me coince avec son corps.

— Tu peux pas t'en empêcher, hein ? souffle-t-il de son haleine alcoolisée. Tu veux sauver le monde.

La porte ouverte sur ma chambre, j'observe le regard inquiet de Ted, dans une posture qui m'indique qu'il serait prêt à étrangler Max si je lui demandais de m'aider.

Mais je ne le fais pas, ni avec ma voix ni avec mon regard.

Je ne crie pas à l'aide, je hurle mon besoin de vengeance et n'hésite plus à saisir l'opportunité de lui faire mal.

*Au moins autant qu'il m'a bousillée.*

— Si tu fais ça, tu me détruis, me dit Ted d'une voix étranglée.

Max lorgne sur ma bouche, le regard affamé. Je sais qu'il n'oserait pas me voler un baiser que je lui refuse, néanmoins je suis consciente de ses arguments de persuasion.

— Mais c'est exactement ce que tu veux, Ash : le détruire.

Je perds le souffle, mon cœur en tachycardie, mon ventre contracté d'une douleur lancinante.

— Je veux juste que tu m'aides à oublier toute cette merde, ajoute-t-il.

Max est un ami terrible.

Tant pis.

Jetant un coup d'œil par-dessus son épaule pour vérifier que son poison agit bien sur sa victime, il sourit, satisfait.

Et puis il échange nos positions, mon dos contre son torse, son bras en travers de ma poitrine pour me maintenir fermement contre lui.

*J'ai oublié comment respirer.*

Surtout lorsqu'il me glisse à l'oreille d'un ton méprisant :

— À quel point ça le fera souffrir, si je t'embrasse ?

Sa perfidie réveille mes pires démons, qui s'échappent de mes entrailles et provoquent mes vices cachés.

— C'est comme ça qu'on a toujours fonctionné, toi et moi. Quelque chose a changé ?

*Tout, absolument tout.*

— Rien, rien n'a changé, murmuré-je, le regard ancré dans celui de Ted.

Max souffle son sourire sur ma joue.

— T'es qu'une menteuse, mais j'ai trop besoin de toi pour ne pas en profiter.

Mes lèvres à quelques millimètres des siennes, j'attends que mon amour avorté interrompe notre petit jeu malsain, d'une façon ou d'une autre.

S'il pétait les plombs, ça me suffirait.

Mais il ne le fait pas.

Son air indifférent pourrait me tuer, si je n'avais pas appris à lire dans son corps ce que sa bouche ne dit pas.

Souffle court, poings serrés et regard noir ne trompent personne.

— Vas-y, mon cœur. Commets l'irréparable. T'en crèves d'envie.

— Vous n'êtes même pas crédibles, souffle Max, ennuyé, peut-être même agacé, avant de m'embrasser.

Il plaque ses lèvres sur les miennes et me donne un second souffle dans son baiser. Sa langue joue avec la mienne avec une dextérité dont seul le dieu du vice saurait faire preuve. Elle est chaude et habile, comme ses mains qui parcourent mon corps.

Un goût amer de déjà-vu envahit ma bouche quand je rencontre le regard meurtrier de Ted, comme cette fois où il embrassait cette fille, en boîte, et qu'il refusait de détourner les yeux le premier.

Le baiser de Max échauffe mon ventre, même s'il ne s'agit pas d'un brasier ou du feu de joie que me procuraient ceux de son ami – qui ne le sera plus après ça.

Et je me dis : *puisque tu m'as tout pris, moi, je peux prendre ton meilleur ami. Au sens propre et au sens figuré. Pour le meilleur, mais surtout pour le pire.*

Les mains de Max se glissent sous mon tee-shirt, il caresse la peau de mon ventre, faisant naître de délicieux frissons sur ma peau. Et il me rassure, comme toujours.

— Je ne vais pas te blesser, je te le promets. Il n'y a qu'à lui que j'ai vraiment envie de faire du mal, ce soir. Détends-toi, et fais-moi confiance.

Comme s'il venait de me souffler une formule magique, mes épaules s'affaissent et je me laisse aller contre son corps, la tête penchée en arrière sur son épaule tandis qu'il continue à me caresser.

— Pourquoi ? demande Ted, les dents serrées, une tristesse infinie dans le regard.

Les mains exploratrices de mon partenaire du vice se figent sur mon ventre.

— Parce que j'avais besoin de toi, répond-il avec une honnêteté déconcertante qui rend sa voix chevrotante. Et je t'en veux, de l'aimer plus que moi.

Parce que Max ne supporte pas s'il n'est pas le centre de l'attention, si chacun de ses amis ne lui appartient pas, corps et âme. Il voudrait que son nom soit une religion, que le monde vive par, et pour lui.

— Et je t'en veux, à toi aussi, me murmure-t-il avant de me mordre doucement le lobe de l'oreille, m'arrachant un gémissement, à mi-chemin entre la douleur et le plaisir. Mais j'ai promis de ne pas te faire de mal, je te laisse t'abîmer seule.

Ses mains baladeuses remontent sur mon sein, dont il effleure la pointe percée, et parce que je ne sais jamais quand m'arrêter, je gémis encore, un peu plus fort que nécessaire, espérant que ma voix perce des trous dans le cœur de Greyson.

Alors, il réagit enfin, avale la distance entre nous et mon cœur chute dans mon estomac dès que je reconnais son parfum. Son souffle est brûlant sur ma peau glacée.

Ses yeux cruels me transpercent la peau.

Les baisers de Max finissent par enflammer le brasier dans mon ventre, mais je sais que c'est la présence de Ted qui fait naître cette moiteur honteuse entre mes cuisses.

Ses mains puissantes saisissent mon menton, m'arrachant à la bouche de son nouvel ennemi.

— Tu m'avais promis, me souffle-t-il dans un désespoir qui me fauche les jambes. Que tu ne ferais plus jamais ça, que tu n'utiliserais plus le sexe pour exprimer ton mal-être.

Je déglutis ma culpabilité et enfile mon masque de pétasse perfide.

— Et toi, t'avais promis de prendre soin de mon cœur. Mais nos promesses ne valent plus grand-chose.

Les mains de Max s'aventurent sur mes cuisses, remontent là où je le veux, même si je ne le devrais pas. J'admets, je ferme les yeux en imaginant celles de Greyson à la place, et je suis certaine d'être tordue quand, d'un regard lubrique, je le supplie de le faire.

— Je suis content que vous n'ayez pas les couilles de régler vos problèmes, dit Max. Si c'était ta copine, tu ne me laisserais pas la toucher comme ça...

Ted le fusille du regard, et je prends un peu peur lorsque sa main s'enroule autour du cou de mon tentateur.

Ce n'est pas le cas de Max, qui sourit de sentir ses doigts sur lui, même si c'est pour lui faire du mal.

*Mon Dieu, ce qu'on est cassés...*

Il poursuit ses caresses, sans jamais quitter Greyson du regard.

Ce dernier m'ordonne :

— Enlève ton tee-shirt, mon cœur, si tu veux voir à quel point ça me fait mal.

Max s'immobilise, lui-même surpris qu'il prenne ce chemin. Mais ce diable-là ne se laisse pas avoir bien longtemps, et j'imagine tout à fait le petit air satisfait qu'il affiche dans mon dos.

Je m'exécute, les mains tremblantes, parce qu'aucun des deux ne prend le risque de m'aider à me dévêtir. J'apprendrai ma leçon à la dure, puis m'endormirai ce soir en me disant :

*T'aurais pu arrêter ça à tout instant, et tu ne l'as pas fait.*

Et c'est ce qu'ils veulent, évidemment.

Ted se penche sur mes lèvres, mon cœur bat bien trop vite, bien trop fort.

Mon corps va m'abandonner s'il continue à me dévisager avec cette intensité dans le regard.

– T'aimes vraiment ce qu'il te fait ? demande-t-il, de l'inquiétude dans la voix.

J'hésite à hocher la tête. Parce que j'apprécie vraiment ses caresses, même si elles cachent les pires intentions. Pourtant, je baisse le regard et fixe mes pieds, honteuse d'avouer cette vérité.

– Non, me réprimande Max en pinçant l'un de mes tétons. Jamais ça, Ash. Tu ne baisses pas la tête, avec nous. Personne n'a le droit d'avoir honte de ressentir du plaisir.

Ted force un sourire encourageant sur ses lèvres et hoche la tête pour approuver.

– En tout cas, pas toi, mon cœur, s'adresse-t-il à Max.

Et juste comme ça, j'oublie tout ce qui devrait compter. Mon corps et ses sensations sont les seules choses à exister, alors que Ted fond sur ma bouche pour avaler mes gémissements qui s'éteignent dans la sienne.

Je ne ressens plus que leurs souffles chauds, leurs mains brûlantes. Mes jambes ne me supportent plus, mais personne ne s'en soucie, ils sont assez forts pour me tenir debout.

*Pourquoi ma punition semble-t-elle si douce quand je suis entre les quatre mains des mecs les plus chauds de la planète ?*

– Tu veux jouer, O'Donnel ? Alors joue jusqu'au bout, le défie Ted.

— C'est un pari, Greyson ?

Le pull de Max s'envole au-dessus de sa tête, le jogging de Ted tombe à ses pieds. Nous ne sommes plus que corps brûlants, salives, souffles courts et griffes acérées. Difficile de dire quelle main appartient à qui, quelle bouche me torture, quel gémissement résonne le plus fort...

On m'entraîne sous la douche.

— Ça te fait mal à quel point ? demande Max pour torturer celui qui me tient dans ses bras.

— Comme si j'allais en mourir, souffle-t-il.

Mon regard croise le sien, mais il ne me laisse pas le temps d'exprimer mon inquiétude à voix haute.

— Mais j'aime trop être à toi pour m'en soucier. Si c'est la dernière fois, je veux qu'elle compte.

Je suis si tordue que mon ventre se contracte de plaisir.

— Et toi, qu'est-ce que tu veux ? me demande-t-il.

Je ne réfléchis qu'un instant.

— Je veux qu'il se mette à genoux et qu'il s'excuse comme il se doit, puisqu'il est incapable de le dire avec sa voix.

Max hausse un sourcil amusé, provocateur.

Pourtant, il s'exécute sans résister, non sans s'assurer de mon consentement, me dévisageant de ses yeux faussement innocents tandis qu'il descend sur mon intimité.

Je me tortille quand il m'offre un premier coup de langue, volontairement long et appuyé, Ted plaque une main sur mon ventre pour me presser contre lui et limiter mes mouvements.

Je crois que Max change d'équipe et que les deux se liguent contre moi. Pour être honnête, ça ne me dérange pas.

— C'est pour moi que t'es trempée comme ça ? Ou pour lui ?

Comme un avertissement, Ted empoigne l'une de mes cuisses. Si fort que je le sens y creuser la marque de ses doigts.

Max a la langue entre mes plis, mais Ted contrôle chaque sursaut de plaisir que je m'autorise à ressentir.

La vilaine preuve de mon excitation fait briller les lèvres de celui qui torturait les miennes il y a un instant, et je crois être plongée dans un rêve bizarre quand il plaque Ted contre le mur, un sourire mesquin collé au visage.

— Tu joues, ou tu ne joues pas ? le provoque-t-il.

Ted hésite, mais finit par lever les yeux au ciel et le laisser l'embrasser. Je crève de jalousie, même si je m'endormirai sur cette image carrément sexy.

*À quelle température je risque de cuire en enfer si je dis que c'est le truc le plus chaud que j'aie jamais vécu ?*

Max s'éloigne un instant, déposant des traces de pas mouillés sur mon parquet. Lorsqu'il revient, c'est avec un seul préservatif.

Son caleçon trempé toujours sur lui, il hésite avant de le faire tomber à ses pieds. Son regard passe de Ted à moi, descend plus bas, puis remonte sur mes yeux.

— Tu ne peux pas, grogne Ted, me serrant plus fort contre lui, comme s'il cherchait à me préserver. Même si elle dit oui, ne le fais pas. Elle est vierge de ce côté-là, et je ne veux pas que… s'il te plaît.

Amusé de voir son pote torturé par l'éventualité de ce qui pourrait arriver, il penche la tête sur le côté, son insolence comme seconde peau.

— Je sais, admet-il. Pourquoi tu crois que je n'en ai pris qu'un ?

Il balance alors le préservatif, que Ted rattrape en vol, et je me fais soulever dans des bras puissants pour me retrouver sur mon matelas l'instant d'après.

J'ai l'impression de voler, mais je sens que l'atterrissage forcé me fera plus de mal que prévu.

Je me retrouve à quatre pattes, Ted dans mon dos, Max à genoux face à moi alors qu'il m'expose son érection.

— Attends ! ordonne Ted.

La main de Max se fige dans mes cheveux ; il arque un sourcil interrogateur à l'intention de Ted.

— C'est vraiment ce que tu veux, mon cœur ? Nous prendre tous les deux, comme ça ?

Je hoche la tête. Si je n'avais qu'une certitude, ce serait celle-ci. Ici, maintenant. Je le regretterai plus tard, quand je les aurai mis à la porte.

— Oui, confirmé-je à voix haute, parce qu'aucun d'eux n'ira plus loin sans en être certain.

— Alors, suce-moi, Ashley. Rappelle-moi comme t'es douée avec ta bouche.

Un sourire fier s'insinue sur mon visage, tandis que je m'exécute sans rechigner. C'est si simple, avec eux. Je les connais par cœur. Et pour ce qui est du sexe, je leur fais confiance. Pire, je voue un véritable culte aux deux adeptes du péché de la luxure.

Les mains de Ted agrippent mes hanches avec possessivité.

Je n'ai jamais été revendiquée comme ça.

*Bon sang, ce que c'est bon !*

— C'est bien, mon cœur… T'es parfaite, m'encourage Ted, tandis qu'il s'enfonce, centimètre après centimètre, m'imposant sa grosseur.

— Parfaite, ajoute Max, en plongeant plus loin dans ma bouche. Je vais y aller doucement, OK ? Ce n'est pas que je rêve de te ménager, mais j'ai envie que ça dure longtemps.

Les doigts habiles de Ted trouvent mon clitoris, qu'il caresse tout en me pénétrant, pendant que ceux de Max effleurent mes cheveux, sur lesquels il tire doucement, me guidant pour trouver un rythme qui nous convienne à tous les deux.

Je me sens vénérée, tellement précieuse et importante à leurs yeux que mon nom n'a de signification que s'il est gémi par eux. Je me laisse emporter par le plaisir, ils me rejoignent rapidement.

Mais après l'orgasme… vient la réalité.

Je regrette, comme prévu. Pas l'acte en lui-même, mais de les avoir laissés me toucher comme si tout le reste n'avait pas compté, comme s'*il* ne m'avait pas manipulée.

Je leur ordonne de partir, le souffle encore éreinté, les joues rougies par notre partie de jambes en l'air improvisée.

Et je ne pleure qu'une fois certaine qu'ils sont loin.
On ne se réconcilie pas avec des plans à trois.
*Ça ferait un joli slogan, tiens !*

# 33

***Ted***

Je le jure devant Dieu, si ce connard toque à ma porte une fois de plus, sa tête décapitée servira de ballon au prochain match.

L'envie de lui arracher les membres un à un – plus particulièrement celui dont il se vante les trois quarts du temps – se fait presque aussi pressante que celle de vomir mes tripes sur mes draps de satin.

Mon désir de le tailler en pièces est si puissant que je ferme les paupières afin de chasser ma pulsion.

En vain.

— Allez, ouvre-moi. Tu ne vas pas me faire la gueule à vie… si ?

Le semblant d'inquiétude qui perce dans sa voix suscite en moi l'envie de lui trancher les cordes vocales. Je ne supporte même plus qu'il respire le même air que le mien.

C'est décidé, je déménage loin de ce fauteur de troubles.

— Greyson, je… j'étais simplement…

— Dégage, O'Donnel. Maintenant.

J'entends ses soupirs, je repense aux râles de plaisir qu'il a arrachés à Ashley.

Cette fois, c'est certain, je vais vomir.

Il s'éloigne et je ne me détends – à peine – que lorsque je

n'entends plus ses horripilantes excuses, qui n'en sont jamais vraiment.

Mort d'inquiétude après nos appels, Maël attendait son meilleur ami dans le salon. Son visage blême ne s'est illuminé qu'à l'instant où il nous a vus rentrer, Max et moi.

Mais je me suis précipité dans ma chambre, et au lieu de rassurer celui qui a passé la nuit à le chercher, Max a préféré me suivre pour tenter de régler à sa manière le nouveau désastre dont il est responsable.

Ce connard égoïste.

Mes pensées meurtrières jettent une espèce de culpabilité dont je me passerais bien, pourtant je n'y peux rien.

Je revois ses mains sur *son* corps, j'en viens à me demander s'il n'aurait pas mieux valu le laisser sauter, finalement.

Je me déteste aussitôt, évidemment.

Et je le déteste un peu plus fort juste après, de me forcer à ressentir un cocktail d'émotions paradoxales à son égard.

Je ne veux même pas savoir ce qui l'a poussé au bord du gouffre.

Je le hais.

*Putain !*

À mesure que les heures passent, je dessaoule tandis que les regrets pèsent toujours un peu lourd sur mon estomac.

J'ai tout gâché.

Je ne parle pas seulement de ma relation avec Ashley, celle-ci était destinée à mal finir.

Je me demande ce qu'elle pense à l'heure qu'il est, si elle se déteste pour ce qu'on a fait, si nos actions irréfléchies ont contribué à détruire un peu plus l'image ternie qu'elle avait d'elle-même.

Je repense à Max, à notre amitié gâchée parce que je suis persuadé de ne jamais lui pardonner.

— Il faut être trois, pour faire ce que vous avez fait, intervient Maël derrière ma porte close. À moins que Max m'ait raconté des conneries, tu n'as été ni contraint ni forcé.

Je prends une profonde inspiration afin de ne pas lui cracher ma haine dans des insultes que mon capitaine ne mérite certainement pas.

— Il est désolé, insiste-t-il.

— Top ! On devrait fêter ça autour d'une bière, tous les deux..., répliqué-je avec sarcasme.

— Tu le penses, vraiment ? intervient l'objet de mon mépris.

— T'es vraiment qu'un connard, rétorque la voix grave de mon quarterback, accompagnée d'un bruit sourd que j'imagine provenir du taquet asséné à l'arrière du crâne de son meilleur ami.

Max souffle son mécontentement, puis, à ma grande surprise :

— Je sais. Mais si tu me laissais entrer, je pourrais peut-être te dire à quel point je suis désolé.

Je me fige, perturbé, à la fois par cette honnêteté à laquelle il ne m'a pas habitué et par ces trois petits mots que je ne l'ai jamais entendu prononcer.

— Ça ne change rien, putain ! J'ai toujours envie de te défoncer...

— Bien, intervient Maël. Ouvre la porte, c'est exactement ce qu'il va se passer.

— Quoi ?! nous étonnons-nous d'une même voix, Max et moi.

— Ouvre cette putain de porte, vieux ronchon ! insiste le quarterback.

Après réflexion, je ne vois plus d'intérêt à réprimer mes pulsions.

Lui casser la gueule me semble être la meilleure idée que mon ami ait eue depuis des siècles, alors je bondis de mon lit, déverrouille la barrière qui se dresse entre moi et mon punching-ball, et m'apprête à lui envoyer une droite bien méritée. Mais Maël s'interpose aussitôt entre nous.

— Je te conseille de te décaler sur la gauche, suggéré-je.

— Tu t'entends ? Ah, putain... Je vous laisse seuls cinq

minutes, et vous foutez la merde ! Je savais que votre duo était une mauvaise idée, mais j'ai laissé faire quand même...

Désabusé, il se pince l'arête du nez tandis que j'évite soigneusement le regard de Max, sous peine de réellement le cogner.

— OK, reprend-il. Il n'y a pas quinze solutions pour régler ce problème. Max, tu as le choix : prosterne-toi à ses pieds jusqu'à la fin de tes jours, ou laisse-le t'en coller une bonne.

Je penche la tête sur le côté, envisageant ces deux possibilités. Je ne lui laisse pas le temps de réfléchir que mon poing s'abat avec force sur son visage. Mes phalanges craquent sous l'impact. Du sang frais dégouline de l'arcade sourcilière de Max, qui me sourit d'un air mauvais. Ou détraqué, selon le point de vue.

Une goutte d'hémoglobine s'échoue sur ses lèvres, il l'essuie du dos de la main sans jamais me quitter de son regard furieux.

— Et moi qui pensais que notre bromance venait de prendre une tout autre tournure..., me provoque-t-il.

Je pense à lui donner un deuxième coup qui n'arrangera rien, mais qui me fera un bien fou, putain !

— Ça suffit ! réprimande Maël, qui s'interpose à nouveau. C'est bon, c'est fini.

Il pose une main sur mon épaule.

— Je sais que tu t'en veux, mais c'est terminé, maintenant.

Après de longues secondes à tenter de calmer ma respiration, je finis par hocher la tête, admettant en mon for intérieur que j'aurais pu arrêter ce massacre et que je ne l'ai pas fait. Maël a raison, il fallait être trois.

Et je suis responsable, moi aussi.

*Pourquoi ? Pour me prouver quoi, au juste ? Que je n'en ai rien à foutre, de la fille ?* Tout le monde sait bien que c'est faux.

Je suis tombé amoureux et j'ai perdu l'équilibre quand elle s'est effondrée. Je ne peux pas en vouloir à Max d'avoir agi comme il l'a toujours fait.

D'être ce qu'il a toujours été.

De ceux qui tendraient un verre d'alcool à un ancien alcoolique, rien que parce qu'ils refusent de boire seuls... Alors, et parce que je sais qu'il se flagelle suffisamment toute l'année, j'envisage de lui pardonner. Les traits de mon quarterback s'illuminent, ses lèvres étirées en un sourire en coin.

– C'est fou, j'ai vraiment les capacités d'être un leader. Je devrais être votre chef à tous. D'ailleurs, à partir de maintenant, appelez-moi « Maître ». « Papa » est réservé à mes préférés, et vos comportements immatures viennent de vous faire perdre ce privilège.

Intérieurement, je ris à sa plaisanterie tandis que la bouche de Max s'étire en une grimace approximativement amusée.

– Tu devrais mettre de la glace, ça me ferait chier que tu ne puisses plus être top model à cause de moi, lancé-je.

Cette fois, il sourit, presque timidement, l'expression figée par les remords.

– Ouais, moi aussi.

– Bon, et maintenant, tu vas me dire ce que t'as foutu de ta soirée ? exige Maël. C'était le deal, mec. Je vous réconcilie, et tu me racontes tout.

Les yeux de Max s'écarquillent pour lui transmettre une expression paniquée.

– Si vous le permettez, je vais aller me pendre afin d'éviter cette conversation. Bonne journée, hein ! Je vous aime ! lâche ce dernier en s'éclipsant.

– Tu vas le laisser partir comme ça ? Sans la moindre explication ? demandé-je, interloqué par la réaction de mon capitaine, qui observe son ami s'éloigner, les bras croisés et l'expression amusée.

– Je sais déjà ce qui lui arrive, m'avoue-t-il dans un murmure. J'espérais juste que cette fois, il en parlerait. Si je m'effondre avec lui, on est foutus.

Je hoche la tête, tout en soufflant un reproche que je retenais depuis trop longtemps.

— Tu le délaisses.

Maël secoue négativement la tête.

— J'ai connu sa mère, tu sais ? J'ai grandi avec lui, alors, quand j'ai appris pour son cancer, moi aussi, ça m'a fait de la peine. Mais tu sais ce qui me brise encore plus ?

Je lui signale que non.

— C'est que Max n'est pas allé la voir une seule fois. Et je ne pense pas qu'il ira avant... tu sais. Il se limite aux appels, prétextant avoir toujours autre chose à faire.

— Mais toi, tu y vas, deviné-je.

— Il n'y a rien de pire que d'enterrer quelqu'un avec des regrets. Je me dis que ça le soulagera, de savoir qu'au moins l'un de nous lui a tenu la main.

Tout est tellement compliqué pour Max que j'envisage d'arrêter de le haïr plus rapidement que prévu.

J'attendrai qu'il me fasse rire pour lui accorder une seconde chance.

En revanche, je ne sais pas encore quoi faire pour me pardonner, à moi...

# 34

***Ashley***

Je savais que je n'aurais pas dû venir. Je le savais, mais je suis venue quand même, motivée par Liam qui insistait pour dire qu'on soigne le mal par le mal.

— Je te jure que j'ignorais qu'il serait là. Max devait être seul, il ne m'a rien dit.

Mon regard croise celui de Ted, rougi par la fatigue, terni par les remords.

Durant cet instant, une connexion fugace s'établit entre nos deux êtres, et mon cœur fonctionne au ralenti. Le monde s'évanouit autour de nous, il devient le centre de mon univers.

— Ça fait rien, t'inquiète, la rassuré-je d'un faux sourire.

Peu de choses ont changé, finalement. Après tout ce qu'on a vécu, tout est rentré dans l'ordre, je fais semblant d'aller bien, il prétend que je n'existe pas.

Mais il me scanne avec intensité. Il me *voit*, de la façon dont j'ai toujours voulu être vue, et j'ai la certitude que même si le monde s'ouvrait sous nos pieds, il refuserait de cligner des yeux, au risque de me perdre.

Lui aussi, il est surpris de me voir. Il ne s'y attendait pas.

Mon moment de flottement ne dure qu'un instant, mon cœur fragile se remet en marche, réalisant que les morceaux de cette relation sont trop petits et trop nombreux pour être ramassés.

— On peut rentrer tout de suite, si c'est trop dur pour toi.

J'ignore quand le monde a cessé de me voir comme la femme forte que j'avais mis des années à construire. Je déteste cette fragilité que mes amis discernent maintenant.

— Hors de question, putain ! C'est ta soirée, on reste jusqu'au bout.

Liam fête sa signature dans une grosse agence : Model Management. À sa tête, Betty, la plus fourbe des sorcières que cette terre ait portées. Néanmoins, elle décroche des contrats avec les plus grosses enseignes de mode, alors je suis contente pour Liam. Max fait aussi partie de l'agence. Mais je me demande ce que Ted fabrique, accroché au bras de cette sublime mannequin.

*Bon sang ! Comment peuvent-ils continuer à être amis après ce qu'il s'est passé entre nous ?*

Il faut croire que je ne comptais pas tant que ça.

Liam suit mon regard jusqu'au nouveau couple formé par Ted et miss Victoria's Secret. En vérité, je ne sais même pas pour qui elle travaille, et je m'en fiche. Si elle est à son bras et qu'elle parvient à le faire rire comme il y a un instant, c'est forcément une connasse.

— Tu sais, je ne crois pas qu'on soit supposées se battre pour être aimées.

Je la dévisage, intriguée. Pour une meuf qui ne parle jamais d'amour qu'à la troisième personne, je suis curieuse de savoir ce qu'elle a à me dire.

— Ça ne devrait pas être une guerre, ou un champ de bataille.

*Ted Greyson m'a ravagée.*

— Ouais, je sais.

*Lui, il va bien.*

Apprêté pour l'occasion, il porte une chemise noire et un pantalon assorti qui mettent en valeur sa silhouette svelte et bien entretenue.

Il rit, plaisante avec ses amis, flirte, et je me demande si moi, je tournerai la page un jour.

— Liam Kohl, c'est ça ? nous surprend une jolie rousse coiffée d'un chignon de danseuse.

D'une humeur enjouée contagieuse, elle nous serre la main.

— Je suis Savannah, reprend-elle. On risque de pas mal se croiser, je m'occupe de te coiffer. J'ai hâte de sublimer tes belles boucles.

— OK..., réplique Liam, un sourire forcé sur ses lèvres. Cool ?

*Bon sang ! Que quelqu'un lui ôte le balai qu'elle s'est enfoncée dans le...*

Et le bandeau qu'elle a noué sur ses yeux : il est évident que Miss Aigrie ne remarque pas les appels de phares de Savannah, carrément canon, si vous voulez mon avis.

La déception se lit d'ailleurs sur le visage de la coiffeuse, qui tente de faire bonne figure. Parce que je suis d'humeur à foutre la merde, je file un coup de pouce à mon amie.

— Lui en veut pas trop, Liam ne remarque jamais quand elle plaît à une jolie fille.

Savannah éclate de rire.

— Merci ! J'hésitais à me faire maquiller un arc-en-ciel sur le front, juste pour être sûre qu'elle me remarque. J'en serais capable, ne me tentez pas.

Liam croise les bras sur sa poitrine, ses longues mèches bouclées lui retombant sur le visage tandis qu'elle détaille sa nouvelle coiffeuse avec gourmandise, un sourire espiègle sur ses lèvres rouge cerise.

Savannah dégage un mélange d'innocence, de candeur et de sincérité qui ferait du bien à son âme corrompue.

On échange un regard, conscientes de partager la même pensée : Liam n'en ferait qu'une bouchée.

Mais l'amour ne devrait pas être un champ de bataille, c'est elle qui l'a dit. Et au pire, la seule chose qu'elle risque de perdre avec ce genre de fille, c'est sa petite culotte.

— Alors... euh, tu veux venir visiter les loges ? demande timidement la rousse au visage délicat.

Liam me dévisage, jette un coup d'œil vers Ted et fait non de la tête.

— Peine de cœur, explique-t-elle. Je ne peux pas la laisser seule, c'est la règle. Max me tuerait d'avoir rompu celle-ci.

Je lève les yeux au ciel, ma coupe de champagne levée pour leur porter un toast.

— Allez-y, je préfère me crever les yeux plutôt que d'assister à vos niaiseries naissantes.

Ouais, peu de choses ont changé.

Je me réfugie près des petits fours, consciente d'avoir l'air un peu folle à tourner autour du buffet depuis une demi-heure.

La vérité, c'est que j'ai perdu Ted et sa nouvelle amie dans la foule, et je n'arrête pas de me demander s'il l'a déjà ramenée chez lui pour reprendre ses habitudes.

Soudain, sa présence écrasante apparaît dans mon dos, je me plaque une main sur la bouche pour ne pas pousser un cri désespéré lorsqu'il murmure à mon oreille :

— Qu'est-ce que tu fais ici toute seule, mon cœur ?

Le mien dégringole dans mon estomac, alors je fais appel à cette mini-moi, qui ramasse les morceaux comme personne depuis le départ de Ted et plaque un air indifférent sur mon visage, sans jamais oser me retourner pour l'affronter du regard.

Sa chaleur est étouffante.

Alors, pourquoi je meurs d'envie d'étouffer ?

Pour ne pas avoir l'air ridicule, je picore un amuse-gueule que je fourre dans ma bouche en léchant le sel sur le bout de mes doigts.

J'avance de quelques pas, contournant le buffet pour la énième fois, jusqu'à me déplacer vers un couloir à la lumière tamisée pour masquer le trouble qui colore mes joues.

— J'ai comme une impression de déjà-vu, pas toi ? Serions-nous coincés dans une boucle spatio-temporelle ?

Il saisit ma main avec délicatesse, la dépose sur son avant-bras pour me guider.

Innocemment, il dégage une mèche échappée de mon chignon et dépose ses lèvres brûlantes dans le creux de mon oreille.

— J'ai hâte d'en arriver à la partie où ton corps entre en collision avec le mien.

Je déglutis, troublée, et continue d'avancer, offrant de faux sourires à ceux que je croise.

Ted, lui, ne se donne pas la peine d'avoir l'air sociable.

— Je vois que toi et Max êtes à nouveau amis, c'est bien. Ça m'aurait ennuyée d'avoir brisé quelque chose entre vous.

Il se fige un instant, avant de reprendre son chemin, l'air de rien.

— Ça a été difficile de lui pardonner les cinq premières minutes. Et puis, tu le connais, il s'est mis à me raconter des conneries et...

Un sourire attendri vient sublimer ses lèvres naturellement pulpeuses.

— Il m'a dit que notre bromance prenait une tournure qu'il n'avait pas vue venir. Ça m'a presque amusé.

Arrivés dans le couloir, il m'accule contre le mur, me forçant à affronter ses yeux charbonneux, auréolés d'une affreuse couleur rouge qui atteste de son manque de sommeil, ou de sa surconsommation d'alcool durant la soirée.

— Comment je fais, pour t'oublier, si tu te mets toujours en travers de mon chemin ? demande Ted.

En appui contre le mur, il se penche vers moi, se rapprochant dangereusement de mon visage. De sa main libre, il caresse mon bras nu, faisant naître une ribambelle de frissons sur ma peau.

*Encore... un tout petit peu... une dernière fois...*

— J'ai demandé à Max de m'empêcher de t'approcher, parce que je refuse de te faire du mal encore une fois... Mais c'est tellement, tellement dur... de rester... loin de toi...

Il ponctue chaque mot de baisers dans mon cou.

— J'ai besoin de te détester, Ted. Ça ne m'aide pas à t'oublier, si t'es aussi doux avec moi, avoué-je en fermant les yeux pour chasser la tentation en costard, qui me domine par sa hauteur. Dis-moi que tu vis super bien ce qui s'est passé entre nous, que tu ne t'es jamais autant amusé que depuis notre « rupture », que je n'étais que de passage et que tu m'as déjà oubliée.

Il bloque sa respiration dans ses poumons avant de souffler sa résignation sur mon visage, si proche de mes lèvres que je salive de le goûter.

— Je n'ai jamais été aussi heureux, Hawkins. Tu n'as jamais compté. Je voulais voir si ce qu'on disait de toi était vrai, si t'étais aussi facile à baiser.

*Mmmh, rien ne vaut la douleur de se faire déchirer par la cruauté de celui qu'on aime !*

J'ouvre les yeux pour le gifler, mais me fige avant d'atteindre ma cible lorsque je réalise les larmes qui ruissellent silencieusement sur ses joues.

Mon cœur est une ruine.

Sa deuxième main prend appui sur le mur, m'emprisonnant de son corps et il dit :

— Déteste-moi, Hawkins, je t'en supplie.

— Je ne te déteste pas, tu n'es pas assez important pour ça.

*Mensonges, mensonges, mensonges !*

Il fixe ma bouche, effleure ma lèvre inférieure de son pouce, en retrace la courbe, comme s'il voulait la mémoriser sous ses doigts pour toujours.

— C'est bien, me murmure-t-il, satisfait.

Il s'apprête à me tourner le dos, mais je le retiens par le bras, incapable d'expliquer ce que je suis en train de faire.

— Enfin, juste pour en être certaine, embrasse-moi !

Je n'ai jamais rien goûté d'aussi exquis que le désespoir qui tapisse sa langue. Mélangé à l'alcool et à sa salive, mon poison préféré.

Je voudrais qu'il m'intoxique encore, mais Ted est plus raisonnable que moi et sépare nos lèvres, le souffle court.

Tourner la page d'un livre, c'est facile. Je trouve la métaphore très mal choisie.

Repousser celui qu'on aime parce qu'il nous fait du mal, c'est comme arracher son propre cœur pour en faire de la marmelade. Ça n'a certainement rien à voir avec une page à tourner.

— Je ne comprends pas ce que tu veux de moi, avoué-je.

La main sur ma joue, il pose son front contre le mien et ferme les yeux.

— J'aurais dû te le dire la première fois où tu m'as posé la question, admet-il. Si je pouvais remonter le temps, voilà ce que je te dirais : je veux être celui à qui tu penses juste avant de t'endormir, et pourquoi pas celui qui te maintient éveillée toute la nuit. Je veux être celui que tu ne devrais pas apprécier, mais dont tu tombes amoureuse quand même.

Mes plaies, trop fraîches et mal suturées, se rouvrent et se remettent à saigner.

— Je te dirais : je ne serai certainement pas le dernier, parce que je n'arrive pas à garder quoi que ce soit suffisamment longtemps pour avoir le temps de les apprécier, mais peu importe ! Parce que je veux être celui dont le nom fera toujours battre ton cœur un peu plus vite. Un peu *trop* vite. Je veux mordre ta peau et y laisser l'empreinte de mes dents. Je veux que tu me veuilles tellement fort que ça te fera mal.

Il m'étudie, la tristesse et les regrets dévorant ses traits masculins.

— Mais je t'aurais menti quand même. Pour ton père. Et ça n'aurait rien changé. Parce qu'il y a des personnes que je ne suis pas prêt à sacrifier.

— Qu'est-ce que tu veux dire ?

— Tu ne sais pas ? s'étonne-t-il.

Je fais non de la tête.

Un rire nerveux lui échappe.

— C'est vrai... On a jamais trop su parler, toi et moi. J'étais trop occupé à tomber amoureux de ce que tu ne disais pas.

J'ai tellement mal. Tellement mal que je ne parviens plus à répondre quoi que ce soit de cohérent.

– Ça changerait quelque chose, si je te parlais de son chantage ?

Je n'en sais rien.

*Putain, je ne sais pas !*

– Non, nié-je pour préserver ma fierté.

Il hoche la tête.

– Dommage qu'on ne puisse pas vraiment revenir en arrière, mon cœur.

Et il disparaît, me laissant le souffle coupé et la poitrine toujours un peu plus lourde.

# 35

***Ashley***

– À chaque fois que quelqu'un prononce le nom de Ted Greyson, on s'enfile un shooter, annonce Lily.

– Shooter..., réprimande Liam, qui remplit son petit verre de tequila.

Je ne m'attendais pas à voir débarquer mes amis au beau milieu de la nuit, mais j'apprécie de les avoir avec moi, même si je ne comprends pas bien ce que fait Max...

D'abord, il a mis Britney au micro-ondes, en me révélant que Ted lui avait donné des consignes bien précises pour me remettre d'aplomb. C'est l'unique raison pour laquelle Max est le seul invité de cette soirée entre filles. Une soirée qu'il aurait dû quitter dès l'arrivée de mes amies, d'ailleurs.

Mais... c'est Max, et pour être tout à fait honnête, je ne suis pas certaine d'avoir envie qu'il parte.

Mes copines sont intervenues, armées de bouteilles de tequila, de pyjamas et d'une liste intitulée : « Comment se remettre d'une rupture amoureuse ? »

– Je parie que c'était ton idée, ça. Pas vrai, princesse ?

Lily m'envoie un clin d'œil.

– Même pas ! C'était celle de Ted. Enfin, je l'ai un peu aidé avec la liste et... shooter ! Ah, putain ! Plus ça va, plus je m'abrutis.

J'éclate d'un petit rire.

Lily a installé les Sims sur mon ordinateur portable, et voilà que nous jouons aux mille et une façons de torturer Max, Fred et Ted. Du moins, les personnages à leur image.

— Ça, c'était l'idée de Chris. Tu sais combien il kiffe les jeux vidéo, m'explique Max. Tu manques à tout le monde, Ash.

Je lui offre un sourire timide, peu à l'aise avec les démonstrations d'affection, mais parce que ces petits cons me manquent, à moi aussi, j'évite d'être une garce.

Quarante-cinq minutes plus tard, j'ai noyé Max dans la piscine en le privant d'échelle, forcé Papa à sauter d'une falaise, et j'accélère la temporalité pour regarder Ted mourir de faim, enfermé dans sa chambre.

Une fumée verte s'échappe de sa tête et... Oh, je crois qu'il a des puces !

— Maintenant, à nous les films dramatiques ! s'exclame Max. Ted et moi avons assez souffert.

— Shooter ! réprimande encore Liam.

— Vous ne voulez pas entendre ma théorie sur les films dramatiques ?

— Non, c'est bon, dis-je.

— Pas vraiment..., ajoute Liam.

— Absolument pas ! conclut Lily.

Max me fusille du regard.

— Je croyais qu'on était coéquipiers ! T'étais à fond avec moi, quand il s'agissait de piéger Lily pour qu'elle finisse bourrée.

C'est à ma colocataire de me fusiller du regard.

— Je vais quand même vous faire part de ma théorie, bande de connasses ! Regarder des films tristes, ça aide à relativiser. Genre, OK, Ted est un connard.

Liam se pince l'arête du nez, exaspérée.

— Shooter...

Et je me demande si ce petit con ne le fait pas exprès.

— Mais ça aurait pu être piiiiiiire ! Il aurait pu être atteint d'un cancer, envoyé à la guerre, ou imagine s'il avait eu la personnalité de Lily ? Tu vois, on relativise !

Lily lève son majeur pour répondre à sa provocation.

— Donc : à nous les films les plus crève-cœur du monde. Chialons nos âmes par les yeux !

Il saisit la télécommande et lance une première vidéo.

— Je vous préviens, c'est une heure trente de pure souffrance. Accrochez-vous bien...

Il n'avait pas menti. Lorsque le générique de fin défile, nous dévoilant le casting ainsi que toutes les personnes ayant travaillé sur l'œuvre, je réalise qu'un morceau de mon âme a été arraché.

Lily sanglote contre moi, le visage baigné de larmes intarissables. Liam renifle bruyamment les dernières traces de son agonie. Et Max... n'a absolument aucune émotion, putain !

— Mais, c'est horrible ! se lamente Lily. Comment peut-on vivre comme ça ?

— On ne peut pas. C'est bien pour ça qu'il meurt, à la fin. T'as pas suivi ? réplique Max.

J'ai rarement été aussi saoule. Personne dans cette pièce ne semble capable d'éviter le prénom de Ted ne serait-ce qu'une soirée et putain, mon foie ne nous remercie pas !

Vers quatre heures du matin, on part tous se coucher dans mon petit lit deux places, enlacés les uns contre les autres.

Rêveuse, Lily fixe le plafond, la tête reposant sur le ventre de Max.

— Tu sais... J'ai vraiment eu peur de te perdre, l'autre fois.

Max se crispe, les doigts emmêlés dans les cheveux de sa protégée, même s'il ne l'admettra jamais.

— Je ne m'en remettrais jamais s'il t'arrivait quelque chose.

Comme il ne répond rien, elle se retourne sur le ventre, pour observer le visage de Max qui refuse de la regarder en face.

— Je t'aime.

— T'es complètement cinglée, ou quoi ?!

Elle éclate de rire.

— Tu n'as qu'à arrêter de m'ignorer ! Mais c'est vrai, je t'aime ! Voilà, c'est dit. Bonne nuit.

Il prétend souffrir d'agacement, seulement je discerne le petit sourire en coin qui soulève sa lèvre, et comme si de rien n'était, il se remet à caresser les cheveux de Lily.

— Enfin, heureusement que vous avez tous couché ensemble pour lui remonter le moral, ajoute Lily, taquine.

J'écarquille les yeux, foudroyant Max du regard juste après.

— Quoi ?! J'y peux rien, si Gellman est une vraie commère...

Le silence retombe, la respiration de Liam nous prouve qu'elle s'est endormie.

— Eh, princesse ? Désolée de laisser traîner mes chaussettes dans le seul but de te regarder les ramasser, avoué-je.

— C'est pas si grave..., grommelle-t-elle.

— Et désolée de planquer tes affaires parce que j'adore te faire chier.

Elle serre les dents.

— Si tu ne souffrais pas du cœur, je te jure que je te tuerais, me dit-elle d'une voix douce qui contraste avec ses menaces.

Max et moi ne dormons pas, mais on ne parle pas pour autant, perdus dans nos pensées chaotiques respectives.

— Tu vas me raconter ce qui t'a mis dans cet état, la dernière fois ?

Il penche la tête sur le côté, m'adresse un sourire qui me montre qu'il n'est pas fermé à la discussion.

— Je suis allé choisir la tombe de ma mère. Pour elle. Elle tenait à la voir avant d'y passer, et elle ne voulait pas que mon père puisse choisir à sa place. J'aurais aimé ne pas avoir à faire ça seul, en FaceTime avec une cancéreuse consciente de ce qui l'attend.

Mon cœur tombe en poussière.

— Mais c'est bon, c'est fait. J'attends qu'elle s'envole, maintenant.

Parce que je n'ai jamais été bonne avec les mots, je glisse ma main dans la sienne, et parce qu'il comprend, il l'accepte et dépose un baiser sur nos doigts entremêlés.

*Bon sang, ce que je les aime !*

— Pourquoi ne pas en avoir parlé à Maël ?

Il m'offre un haussement d'épaules gêné.

— Tu crois que je n'ai pas essayé ? Peu importe ce que je lui propose, il a toujours mieux à faire, en ce moment... À croire que ses promesses ont une date de péremption.

— Et les autres ?

Il secoue la tête, les lèvres pincées.

— Je ne peux pas leur en vouloir, je passe mon temps à faire de la merde.

— C'est ça le truc, Max. On ne sait plus faire la différence entre tes appels à l'aide et les moments où tu vas nous embarquer dans une connerie. Même ton meilleur pote ne te suit plus.

Son silence me dit tout ce qu'il refuse d'admettre à voix haute : il ne changera rien, parce qu'il faudrait alors qu'il soit prêt à se mettre le coup de pied aux fesses que personne n'a jamais osé lui donner.

— Bonne nuit, Ash.

Les rayons du soleil percent déjà à travers mes volets, je passerai une « bonne nuit » une prochaine fois.

— T'es obligée d'aller travailler, ce soir ? me demande Léo.

— Ouaip ! Et si je ne me dépêche pas, je vais être en retard, putain !

Tant que Rosa et Léo sont en ville, on passe tous les samedis ensemble. Le matin, Papa nous ramène des pâtisseries, depuis la boulangerie de chez Lucia, avant de partir donner ses entraînements ou d'emmener ses joueurs à la victoire lors d'un match.

Comment lui en vouloir d'en faire trop quand il a passé la majorité de sa vie à ne jamais en faire assez ?

Mon père nous rejoint ensuite le soir, où nous apprenons aux filles mes mauvaises habitudes d'enfant : les dîners glacés.

Je rechignais à manger mes légumes, avant. Du coup, Fred me donnait de la glace.

Logique.

Avoir une famille, c'est éreintant.

Mais c'est plutôt cool, même si j'ai encore un peu de mal à trouver ma place aux côtés de Rosa. Ça viendra peut-être, ou pas, le temps nous le dira.

— Tu dis beaucoup « putain », toi aussi.

Dans la salle de bains, je me dandine pour enfiler mon pantalon, sous le regard mécontent de Léo.

— Ravalement de façade, et on y va !

Jazz me tuera si j'arrive en retard au boulot une fois de plus ce mois-ci.

Agacée, ma petite sœur soupire pour exprimer sa frustration, tout en me regardant appliquer les paillettes – volées dans la chambre de Lily – sur mes paupières.

— Je t'en prie, dis-moi ce qui t'arrive.

— Tu ne m'écoutes pas, et ça m'énerve.

— Mais si, je t'écoute ! Tu veux bien me passer un tee-shirt ? Non, l'autre, celui qui est en boule sur la chaise.

Elle revient dans la salle de bains en frappant des pieds sur le sol.

— Et… Tu n'as pas envie de savoir qui d'autre dit des gros mots à tout bout de champ ?

— Tout le monde dit des gros mots.

Elle me jette mon tee-shirt au visage.

*Je l'adore ! Pourquoi faut-il qu'elle rentre chez elle ?*

J'essaye d'en profiter un maximum, alors je l'invite à faire des soirées pyjama dès que j'en ai l'occasion. Je lui pose un million de questions et me délecte de sa personnalité bien affirmée, tout en affûtant son sens de la répartie.

Elle me fait penser à moi, au même âge, mais en plus chipie.

— Mamie Lucia dit beaucoup de gros mots. Tu sais, la même mamie qui m'a emmenée teindre mes cheveux comme toi...

Je fais mine de réfléchir, mon mascara coincé dans ma bouche.

— Ah ouais ? Je n'ai jamais remarqué.

— T'es vraiment nulle, Mini Cœur.

Ça fait des jours qu'elle me surnomme comme ça.

— Je pensais que tu m'adorais ?

Elle souffle encore, faisant claquer la semelle de ses chaussons sur le parquet de ma chambre, ouvre la porte pour rejoindre le salon, puis la referme brusquement.

— Bah, quoi ? demandé-je, amusée.

Le dos contre la porte, les joues cramoisies et la respiration hachée, elle m'apprend :

— Ton père... et ma mère... se sont embrassés.

*Putain de merde !*

Il faut dire qu'en acceptant de leur prêter sa chambre d'amis inoccupée, Fred leur a offert l'occasion de se rapprocher. J'ai la famille la plus dysfonctionnelle de l'univers et de la galaxie.

— J'ai envie de vomir, se plaint Léo.

— Moi aussi, chérie, moi aussi...

— Tu ne les as pas vus, toi ! C'est comme ça que tu fais avec Teddy ?

Mon bâton de rouge à lèvres m'échappe des mains et s'écrase sur le sol.

— Qu'est-ce que t'as dit ?

Elle m'offre ce sourire espiègle que j'apprends à connaître, à adorer et à détester selon les jours.

— T'as très bien entendu.

— Pourquoi tu me parles de lui maintenant ? Tu ne le connais même pas !

Vexée, elle fronce les sourcils et quitte définitivement la salle de bains, puis la chambre, après avoir toqué pour signaler sa présence à nos parents.

Enfin prête à partir, je les rejoins. Mon père m'ouvre ses bras pour m'inviter à m'y blottir.

— Vous allez rester ici jusqu'à ce que je termine mon service ?

— Ça te dérange ?

Je jette un coup d'œil à Rosa : ses joues rougissent sous mon inspection, son brushing est décoiffé et son regard fuyant.

— Non, finis-je par dire. Amusez-vous bien, mettez une capote et ne prenez pas de drogue ! plaisanté-je.

J'ai hâte que Léo me demande de lui expliquer ce qu'est une « capote », puis je lui raconterai un bobard, pour être certaine qu'elle le répète à l'école. Ça me donnera l'impression qu'on partage nos bêtises, quand elle rentrera chez elle dans quelques jours. Vu les circonstances particulières, la maîtresse de Léo a accepté de fournir à Rosa le programme scolaire sur deux semaines. Exceptionnellement, elle fait école à la maison. Malheureusement, cette situation est provisoire, et ça m'ennuie plus que je ne l'admettrai jamais.

J'ai craqué pour ma petite sœur dès l'instant où elle a passé la porte de mon appartement, paradant fièrement pour nous exposer sa nouvelle coupe de cheveux.

Je m'attendais à subir le malaise de la première rencontre, mais elle s'est précipitée dans mes bras et s'est mise à me bombarder de questions juste après.

On s'est ensuite isolées dans ma chambre pour qu'elle me confie tous ses petits secrets, et croyez-moi, les enfants de huit ans ne manquent pas de « dramas » ! Par exemple, après s'être disputée avec Stacy, une camarade de classe pas commode, elle s'est vengée en lui coupant une mèche de cheveux qu'elle a collée sur sa poupée Barbie pour exécuter un rituel vaudou.

*J'ai déjà dit que j'adorais cette gosse ?*

Je jette un coup d'œil à l'écran de mon téléphone portable avant de soupirer en constatant l'ampleur de mon retard. Puis je me précipite vers la sortie, plantant mon regard dans celui de Fred.

— Merci, soufflé-je, reconnaissante, pour avoir fait venir Léo dans ma vie.

— Ouais, merci Fred ! insiste Léo d'un ton gorgé de venin.

Mon père se racle la gorge, visiblement mal à l'aise.

— De rien...

— Mensonges, mensonges, ton nez s'allonge, réplique Léo.

*Mais qu'est-ce qui lui prend ce soir, à la fin ?*

Fred laisse échapper un rire en observant ma petite sœur.

— Vas-y, dis-lui. Je sais que t'en as marre, toi aussi, de lui mentir.

Une lourdeur pèse sur ma poitrine, mon cœur palpite et soudain, des sueurs froides dévalent ma colonne vertébrale.

*Pitié, pas encore !*

— C'est sa décision, tu ne peux pas lui enlever ça..., intervient Rosa.

— Ça fait souffrir la petite, et je ne crois pas que ça soit une bonne idée.

Je n'en peux plus de me rafistoler de l'intérieur. Mini-moi est épuisée de recoller les morceaux, encore et encore.

Rosa dévisage mon père avec le regard attendri d'une femme amoureuse.

— Putain de Greyson ! plaisante mon père. Je hais ce sale gosse, si tu savais...

Ma bouche s'assèche, mes battements se dérèglent.

— C'est lui qui a tout organisé, m'explique Rosa. Notre rencontre, notre voyage, la réunion avec ton père... Tout. Oh, et laisse-moi te dire qu'il a enquêté sur moi aussi bien que s'il était agent au fisc dans la section fraudes. Il m'a posé tellement de questions. Mais il a répondu aux miennes, aussi. Il connaît tout de toi, ma belle. J'adore ce gamin !

— Évidemment, grogne mon père.

Je n'ai pas le temps de m'en remettre qu'une nouvelle information me tombe dessus, échappée de la bouche de ma petite sœur.

— Il m'a appris à conduire ! Et il m'a emmenée chez le coiffeur, explique-t-elle en entortillant fièrement l'une de ses mèches rouges autour de son index.

— Ted putain de Greyson, souffle ma mère, néanmoins amusée.

*Mini Cœur. Qui d'autre ? Évidemment que c'est lui !*

Je me préparais à l'impact, mais finalement, j'atterris sur un petit nuage. C'est la première vérité qui me fait du bien en réparant un petit morceau que les mensonges ont sali.

Cette vérité, tout autant que lui, fait battre mon cœur un peu plus vite. Mais qu'est-ce que je suis censée faire de cette information, quand l'homme qui m'a brisé le cœur est également celui qui l'a réparé ?

— Tu vas bien ? s'inquiète Rosa.

— Mmmh. Combien de révélations vais-je encore devoir endurer ?

— C'est terminé, Ashley. Je te le jure.

Je hoche la tête.

— Alors, réponds-moi : tu lui as fait du chantage ? Quand tu lui as demandé de... de me manipuler.

Il pince les lèvres et admet :

— Un nombre incalculable de fois. J'ai menacé toutes les personnes qui l'entourent. Au fond, je te le jure, je n'aurais fait de mal à personne, mais je connais mes joueurs, et Ted est du genre à protéger ce qui lui appartient. Je le respecte pour ça. Mais ça faisait de lui quelqu'un de facile à manipuler.

— Et tout ça pour quoi ?

Je secoue la tête, refusant d'entendre une réponse toute faite et dénuée de sens, de toute façon.

— Je suis en retard.

Kelly me fait la gueule.

— Allez ! Ce n'est qu'une toute petite demi-heure de retard, argumenté-je.

— Trois quarts d'heure, Ash ! En plein rush ! se plaint-elle encore, tout en préparant les commandes que je m'empresse de distribuer aux clients.

À force de parcourir la salle dans tous les sens, mes pieds enflent dans mes talons aiguilles. L'heure tourne, les visages défilent, les commandes s'accumulent, et Kelly fait encore la gueule.

— N'essaye pas de m'amadouer, avec tes yeux de chat !

— Eh, Kel, tu veux rire ?

— Non, je ne veux plus rire avec toi, puisque je te hais.

— Mes orteils ressemblent à des saucisses OGM ! Regarde... Mais regarde, je te dis !

Discrètement, j'ôte mon talon, cachée derrière le bar.

Ma collègue éclate aussitôt d'un rire de gorge, et je sais qu'elle m'a pardonnée.

— Compte quand même sur moi pour te balancer à Jazz, m'informe-t-elle.

— Allez, sois cool ! Je te laisse mes pourboires de la semaine.

— Deux semaines. Je veux tes pourboires des deux dernières semaines.

Je pince les lèvres, hésite un instant.

— Ah, t'es dure en affaires ! *Deal* !

Elle m'offre un clin d'œil.

— Va t'occuper des clients, maintenant.

Je me tiens derrière le bar, observant attentivement la foule qui se presse autour de moi. Le brouhaha des conversations remplit l'air, se mêle à la musique entraînante qui résonne dans l'établissement. Mon regard se pose sur un jeune homme, debout près du comptoir. Visiblement nerveux, il n'arrête pas de passer la main dans ses cheveux blonds humides de transpiration.

— Deux vodka orange, s'il te plaît.

Mon attention se porte immédiatement sur la jeune fille qui l'accompagne. Son apparence juvénile et son comportement agité me font douter de son âge légal pour consommer de l'alcool.

— Je peux voir vos papiers ?

Le blond esquisse un sourire narquois, comme s'il savait que sa supercherie était sur le point d'être découverte.

Soupirant de mécontentement, il fait glisser sa carte d'identité sur le comptoir.

— Et celle de ta copine ?

Elle est déjà tellement éméchée qu'elle louche lorsqu'elle me regarde, son souffle alcoolisé s'échoue sur mon visage.

— Tu sais quoi ? Je ne vous sers plus d'alcool.

Son air de défi ne fait que renforcer mes soupçons.

— Qu'est-il arrivé à la devise du client roi ?

— Je suis la reine, ici. Et j'ai dit, c'est fini l'alcool !

Il y a quelque chose dans son sourire mesquin, dans ses yeux bleus injectés de sang, qui ne m'inspire pas confiance. Méfiante, je sers un verre d'eau à la demoiselle dont je me fiche à présent de l'âge sur la carte d'identité.

— Deux jus d'orange, dans ce cas.

Je le fusille d'un regard mauvais et m'adresse directement à l'adolescente qui l'accompagne :

— Tout va bien, ma belle ?

Elle hoche la tête, m'offrant un sourire alcoolisé, du genre un peu fou.

— T'as quel âge ?

Quand elle se renfrogne et demande l'aide de son ami, je devine qu'elle n'a pas les vingt-et-un ans requis pour consommer.

— Ton job, c'est de nous servir. On se fout de ta conversation ! me réprimande le blond.

*Inspire... Expire...*

Dommage que frapper les clients insolents ne fasse pas partie de mon travail. Oui, dommage.

Je tourne les talons et prépare leurs deux verres de jus d'orange que je dépose sur le comptoir.

L'heure défile, les clients quittent le bar qui se vide peu à peu. Kelly me dit quelque chose, mais mon attention est focalisée sur ce couple.

— J'ai dit que j'avais terminé mon service ! Tu vas gérer pour mettre les derniers clients dehors ?

Je hoche la tête, peu attentive, la salue à peine.

Je déteste faire la fermeture, quand le beau monde s'enfuit pour laisser la place à la misère. Quand les illusions se dissipent et que les masques tombent, révélant la fragilité de l'âme humaine dans toute sa splendeur déchue. Ne reste qu'une poignée de personnes aux destins brisés. Des hommes solitaires, les yeux vitreux, consomment un dernier verre pour oublier leurs douleurs passées. Des femmes au regard dur cherchent à capturer l'attention fugace d'un inconnu pour échapper à leur solitude.

Et ce couple dans le fond, le blond et sa copine éméchée.

Le son mélancolique d'une chanson d'amour démodée flotte dans l'air, accompagné du cliquetis des verres vides qui s'entrechoquent, comme des échos d'espoirs brisés. Les conversations murmurées s'entremêlent avec les rires forcés, créant une symphonie discordante de drames et d'illusions perdues.

Dans le fond du bar, j'observe sous les lumières rouges le blond qui pose sa main sur la cuisse de sa copine. Malgré son état d'ébriété, je la vois qui tente de le repousser en riant de manière si peu naturelle que mon cœur éclate.

Je le vois lorsqu'il se penche discrètement, attrape une fiole dans la poche de sa veste et verse un peu de poudre dans la boisson de sa copine, tandis qu'il remet une de ses mèches folles derrière son oreille.

Mes jambes le rejoignent avant que mon cerveau n'ait réalisé ce que je fais.

— C'est pas ton pote, lui ?

Le blond se retourne un instant, croisant le regard de Ross, un motard alcoolique, mais un habitué inoffensif.

— Qu'est-ce que tu racontes ?

— J'ai dû me tromper, dis-je innocemment.

— Vraiment de la merde, ce bar ! On finit nos verres et on se casse d'ici, déclare-t-il.

Mais quoi qu'il ait jeté dans son verre, ça se trouve maintenant dans le sien.

Mon sang bout à l'intérieur de mes veines et, telle la sorcière observant Blanche-Neige croquer dans sa pomme empoisonnée, je les observe, jusqu'à ce qu'ils avalent la dernière goutte.

Lorsque je lui demande où elle habite, la jeune fille me communique son adresse, ce qui contrarie grandement monsieur Le-client-est-roi, qui se met soudainement à se tenir la tête.

— Qu'est-ce que tu racontes ? Tu rentres avec moi, ronchonne-t-il.

Je traîne Ross à l'extérieur, et bientôt, il ne reste plus que le couple. Quand le blond se lève, il titube, instable sur ses jambes. Il essaye tant bien que mal de s'agripper à sa chaise, mais tombe de sa hauteur.

— Ma tête... va exploser..., geint-il d'une voix pâteuse.

— Oh, mon Dieu, qu'est-ce qui lui arrive ? demande sa copine.

— Je n'en sais rien. Je vais m'occuper de lui, ne t'inquiète pas. Tu le connais bien ?

Paniquée, elle me fait signe que non.

— Pas vraiment...

Mon cœur produit un vacarme pas possible dans ma poitrine, et quand je l'installe dans le taxi, je suis soulagée qu'elle ne le connaisse pas plus que ça.

En refermant la porte du bar derrière moi, je m'y adosse, le cœur battant.

*Qu'est-ce que j'ai fait, putain ?*

Le type se tient la tête, accroupi sur le sol, gémissant sa douleur. Ce n'est pas la première fois que je surprends ce genre de mec en train d'essayer de droguer une fille. Mais quoi qu'il ait tenté de lui faire avaler, ça n'a rien à voir avec ce que j'ai déjà vu passer ici.

— Qu'est-ce que t'as mis dans son verre ? Réponds-moi ! attaqué-je, ma batte de baseball sous son menton en guise de menace pour le forcer à parler.

Un sourire perfide déforme ses lèvres sèches, de la salive blanche coule le long de son menton. Soudain, il s'écroule, son corps souffrant de convulsions.

Il se cogne la tête. Plusieurs fois. Du sang s'écoule de l'arrière de son crâne, tachant ses cheveux platine.

Et puis, il ne bouge plus.

*C'est moi qui lui ai fait ça ?*

J'essaye de compter jusqu'à dix, tâchant de maîtriser mon stress. Impossible.

Je n'ai pas pu me résoudre à le laisser faire, je n'ai jamais su. En général, j'échange leurs verres, ils s'endorment, et je les dénonce à la police.

*Bon Dieu, est-ce qu'il respire ?!*

Je tremble et panique, mais parviens à le traîner par les chevilles pour le planquer derrière le comptoir, priant pour que personne ne vienne interrompre… quoi, au juste ? Mon homicide volontaire ?

Et je tombe par terre, mes jambes refusant de soutenir le poids de mes péchés.

*Qu'est-ce que je fais ? Qu'est-ce que j'ai fait ?*

*Et voilà, on y est…*

Toutes ces années à tirer dessus auront finalement eu raison de la corde.

Je ne tombe pas, je me fracasse la gueule et brise les deux cent six os de mon corps, les réduisant en poussière.

— Je ne raccrocherai pas, mon cœur. Je reste avec toi.

J'appelle à l'aide, parce que je n'ai plus le choix. Et je lui avoue d'une voix fébrile :

— Je crois… je crois que j'ai tué quelqu'un.

Son silence me fait flipper, et je prie pour qu'il ne se mette pas en tête de me dénoncer.

Et après tous les *boum* et les *crac*, je suis incapable de dire quel son produit mon cœur.

Je crois que lui et moi, on est juste fatigués.

— Je suis là…

— Je sais, sangloté-je.

Un petit rire lui échappe.

Je me demande comment il peut s'amuser dans un moment pareil.

— Non, je veux dire, *je suis là*. Devant le bar. Il faut que tu m'ouvres.

Mon cœur chute de quelques étages supplémentaires et, malgré ce que je viens de lui confesser, Ted me dévisage comme si j'étais la plus belle chose qu'il ait vue de sa vie.

Je craque.

Et je lâche tout.

Le visage enfoui dans mes mains, je pleure toutes les larmes que j'ai refusé de laisser tomber.

Je me sens cassée.

Irréparable.

Il s'accroupit pour se mettre à ma hauteur, la main en suspens comme s'il avait peur de me toucher.

— Ted putain de Greyson…, sangloté-je.

Des semaines sans lui, et le retrouver me fait l'effet d'une bulle d'oxygène. Je me demande si je respirais vraiment, avant ce soir.

— Plus tard les retrouvailles, mon cœur, dit-il avec un petit sourire. Merde, faut qu'on enterre un corps ?

Il semble en meilleure forme que la dernière fois qu'on s'est vus. Encore plus sûr de lui, toujours arrogant, mais il n'arrête jamais de me dévisager avec tendresse.

— C'est pas le moment de plaisanter !

Il mord dans sa lèvre inférieure, me tend la main pour m'aider à me redresser sur mes jambes tremblantes.

— Derrière le bar, dis-je en reniflant.

Il se penche alors sur le corps inerte et place deux doigts sur sa carotide.

*Pourvu que ça batte, là-dessous...*

— Juste pour être sûr, commence-t-il, tu ne me réserves pas le même sort, hein ?

— Ted, putain de merde !

Il m'offre ce petit sourire que j'ai appris à aimer.

— Il respire, Ashley. Tout va bien. T'aurais pu commencer par là, cela dit.

J'expire mon soulagement et cours me réfugier dans ses bras. D'abord surpris, il ne bouge pas, puis il finit par me rendre mon étreinte, et j'inspire sa peau à pleins poumons, me shootant à son odeur comme on se shoote à l'héroïne.

*Il me manque, putain !*

Comme le soleil manque au ciel de minuit,
Comme le murmure des vagues manque à la plage,
Comme la chaleur manque à l'hiver,
Comme l'air manque à mes poumons,
Comme les rêves manquent à mes insomnies,
Comme les battements manquent à mon cœur affamé.

— Le moment est certainement mal choisi pour te dire à quel point je te trouve sexy, quand tu te la joues criminelle ?

— Très mal choisi, acquiescé-je.

— OK, rit-il doucement, resserrant son étreinte comme si lui aussi n'en pouvait plus d'être loin de moi.

J'agrippe le tissu de son tee-shirt et m'accroche à lui, terrifiée à l'idée qu'il me relâche.

— Tu ne peux pas me faire ça, Ted. Il faut choisir : le héros ou le bourreau, pas les deux. Soit tu me brises, soit tu me répares. Je suis perdue, maintenant. Je ne sais plus ce que tu es. Tu me mens, et ensuite tu cherches ma mère. T'emmènes ma petite sœur se faire teindre les cheveux, et tu demandes à Max de mettre ma peluche au micro-ondes.

Il me serre soudain si fort que je ne peux rien faire d'autre que de me concentrer sur ses battements indisciplinés.

— Mon gigantesque désastre...

— Je ne peux plus faire ça, mon cœur, admet-il après un long moment. Toi contre moi, quand tu vas mal, te sentir entre mes bras et savoir que tu vas me quitter après, c'est trop douloureux, Ash. Je ne peux plus faire ça.

Finalement, je me fiche du sort du blond.

Quelle importance, que je vienne ou non de commettre un meurtre, tant que Ted est là pour recoller les morceaux...

— Je mourrais pour toi, s'il le fallait. Et appelle-moi chaque fois que tu manques d'assassiner quelqu'un, je serai là. Mais ça, dit-il en désignant nos deux corps entrelacés, ça, c'est trop pour moi.

Je déglutis, cherche à capter quelque chose dans son regard, dans les mots qu'il ne dit pas. Il prend une grande inspiration, rive ses yeux noirs dans les miens et me soulève du sol alors que mes jambes s'enroulent autour de ses hanches.

Il me dépose sur le comptoir du bar et me confie :

— Je veux pas être ton héros, Ashley. Je veux même pas que tu me pardonnes. Et j'essaye vraiment de rester loin de toi, mais mon palpitant s'emballe à chaque fois que t'es dans les parages...

Il place ses mains sur mes hanches, et j'écarte les jambes pour le laisser se positionner entre elles.

— Je ne suis pas un bon garçon, mon cœur, alors arrête de me dévisager avec ces yeux-là, qui racontent mille et une histoires. Mille et un mensonges qui me disent que, peut-être, un jour, je pourrai me faire pardonner. C'est juste cruel de me donner tant d'espoir.

Il s'approche de mon visage, et mon cœur rate environ huit battements, alors qu'il souffle contre ma bouche.

— Si tu me nourris d'espoir, je vais décider de ne plus te laisser l'espace dont t'as besoin.

Un sourire timide, une supplique et des centaines de mots qu'il ne compte pas.

— Si tu poses tes lèvres sur les miennes, c'est pour toujours, tu comprends ?

— Je suis partagée, Greyson, chuchoté-je contre sa bouche que je me retiens d'embrasser.

Il hausse un sourcil interrogateur.

— Je sais pas quoi te dire. Merci ? Va te faire foutre ? Ou aime-moi toute ta putain de vie ?

*Bon sang, on a complètement oublié le corps qui gît juste à côté de nous.*

— Fais-moi mal..., murmure-t-il tout contre mes lèvres.

— Comment ?

— Fais-moi encore des promesses que tu ne pourras pas tenir.

Je suis éperdument amoureuse de lui.

Ma bouche s'écrase sur la sienne.

Je lui promets l'éternité.

Et il souffle :

— Je suis tellement amoureux de toi, j'ai l'impression d'en crever.

Il replace l'une de mes mèches de cheveux derrière mon oreille, prend mon visage en coupe entre ses mains puissantes et dépose un seul baiser sur mes lèvres, alors que j'en réclame des milliers pour rattraper le temps perdu à essayer de le détester en vain.

Les mots que j'ai toujours rêvé d'entendre n'ont pas la même saveur dans la bouche de Ted Greyson. Ils sonnent comme une évidence qui dépasse mes rêves les plus fous.

— Depuis quand ?

Il m'embrasse un million de fois, m'empêche de parler, et refuse de répondre à mes questions.

— J'ai... envie... de... savoir..., réclamé-je chaque trois mille baisers.

— Depuis que tu m'as sucé, plaisante-t-il.

Je le foudroie du regard.

— D'accord, d'accord... Ça date du jour où t'as essayé de me tuer avec ça, dit-il en désignant la batte de baseball. Ou alors, c'est le coup des crêpes trop salées.

— Ted putain de Greyson ! le réprimandé-je. J'ai besoin d'entendre encore et encore que tu m'aimes, je t'ai attendu trop longtemps.

Il rit contre mes lèvres, son sourire comme le plus beau des trophées.

— En tout cas, t'avais pas l'air d'en avoir tant besoin que ça quand tu te faisais caresser par mon pote, grimace-t-il.

— Ça n'avait pas l'air de te déranger quand vous échangiez vos salives...

Il ouvre la bouche, la referme, cache son visage dans le creux de mon cou, relève la tête et me dit d'un air sérieux :

— Je le pense, Ash : Max, plus jamais !

Je hoche la tête.

— OK... Il ne le fait clairement pas aussi bien que toi, de toute façon.

Il plaque une main sur ma bouche.

— Je ne veux même plus en entendre parler.

J'acquiesce, mes mots étouffés dans la paume de sa main.

— Depuis toujours, mon cœur. Je suis amoureux de toi depuis toujours.

— Ma tête..., gémit le blond qui me fait sursauter.

Ted lève les yeux au ciel.

— T'as loupé ton coup, Hawkins. Tu ne veux pas qu'on l'achève pour de bon ?

Je l'assassine du regard.

— Qu'est-ce que t'as bien pu lui faire pour l'énerver ? demande-t-il en penchant la tête sur le côté.

Ma victime affiche un air paniqué.

*C'est l'effet Ted Greyson, mon pote.*

Moi, je ne veux être aimée que de la façon dont Ted est capable de le faire.

Avec maladresse.

Et pourtant, avec une justesse imparable.

# 36

***Ashley***

Pour la première fois, je me réveille dans la chambre de Ted, la conscience tranquille.

Dans la nuit, j'ai téléphoné à la police pour signaler la tentative d'agression sexuelle. Évidemment, il m'était impossible de prouver ses intentions, même si elles m'ont semblé évidentes.

Cependant, Ted a mis la main sur ce qu'il restait de drogue. Nous n'avons rien pu faire de plus et ne connaîtrons sûrement jamais la finalité de cette histoire.

Il sera certainement relâché et ça me débecte.

C'est comme si on lui offrait une nouvelle chance de ne pas se louper.

— Allez, pousse-toi ! exigé-je, ravie d'être coincée entre quatre-vingt-dix kilos de muscles et le matelas le plus confortable sur lequel je n'aie jamais dormi.

Tout en grognant sa désapprobation dans une plainte incompréhensible, il resserre ses bras autour de ma taille.

J'adore qu'il soit grognon le matin. Ça me donne envie de lui arracher un sourire. Sa peau brune contraste avec le blanc immaculé de ses draps qui nous recouvrent jusqu'à la taille.

Curieuse de voir sa réaction d'ours mal léché, je caresse l'arête de son nez de mon index. Ses sourcils noirs se froncent en réaction. Je souris tellement que je découvre des muscles cachés dans mes joues. Mes yeux affamés tombent sur ses lèvres entrouvertes, je meurs d'envie d'y goûter.

*Ce canon m'appartient pour de vrai ?*

J'ose m'approcher de ma convoitise, que je frôle de ma bouche, réveillant son sourire insolent.

Il m'attire aussitôt à lui et nous renverse sur le côté pour finalement me plaquer contre son érection matinale.

— Tu ne vas nulle part.

Je fixe les chiffres sur l'écran de mon téléphone. Il est bientôt dix heures, mon père s'inquiétera si je ne lui donne pas de nouvelles.

— Fred m'attend...

— Dommage pour lui, tu es à moi pour la journée.

*S'il te plaît, dis-le-moi encore.*

— Mais tu peux toujours essayer de me sortir du lit en t'asseyant sur ma queue.

Faisant l'impasse sur sa vulgarité, une chaleur familière se réveille entre mes cuisses à l'éventuelle hypothèse que j'accède à sa demande. Je pensais franchement qu'on se sauterait dessus, à peine arrivés dans sa chambre. Honnêtement, j'en crevais d'envie, je le voulais tout entier et de la meilleure façon qui soit.

Mais Ted a repoussé mes avances, me serrant dans ses bras, et il m'a avoué d'une voix timide :

— J'ai toujours envie de toi, mon cœur, crois-moi. Mais je ne dors plus depuis des semaines, depuis que je t'ai perdue. Tu veux bien qu'on remette ça à demain ?

Je l'ai trouvé tellement adorable que je n'ai pas pu refuser.

— Tu ne veux pas être une mauvaise fille et te planquer un peu avec moi sous les draps ? Le reste du monde attendra. T'avais pas vu une meuf avec un tee-shirt qui disait...

— ... « toujours en retard, mais je vaux l'attente ». Je ne pensais pas que tu m'écoutais.

Mais c'est l'une des qualités que je préfère chez lui, il écoute toujours, même quand on pense qu'il s'en fout.

— Et donc, ajouté-je, comment t'as prévu de me motiver à rester ?

À présent bien réveillé, il me dévoile un sourire entendu.

— À quatre pattes.

Je n'ai pas le temps de faire semblant de m'offusquer qu'il parvient à me mettre dans la position souhaitée, son short de sport emprunté la veille rabaissé sous mes fesses. Penché au-dessus de moi, il dépose un millier de baisers humides dans mon cou qui me donnent envie de faire des choses et d'aller les confesser juste après.

— Tu sais te montrer obéissante quand tu veux, me taquine-t-il.

Je pourrais fondre entre ses mains, surtout quand, d'un souffle chaud près de mon oreille, il ajoute :

— Je suis tellement fier de toi, mon cœur.

— Tu dis ça pour me chauffer ?

Il rit contre ma joue, ça me fait complètement craquer.

Que quelqu'un me fournisse un nouveau cerveau, maintenant que mon cœur est réparé.

— Non, je voulais juste te le dire. Je suis fier de toi, parce que t'as géré l'enfer comme une putain de reine, et je t'avais dit que je serais capable de me mettre à genoux pour toi. Tu... mets... le... monde... à.... genoux, articule-t-il entre ses baisers.

Sa langue brûlante trace des chemins sur ma peau. Je ferme les yeux, me délectant de ses mains sur mon corps, des pressions qu'il exerce au bon endroit et au bon moment.

Je compte ses respirations, les apprends par cœur.

— T'es le seul que je veux à genoux, avoué-je.

Je lui jette un regard par-dessus mon épaule, appréciant le sourire qui flotte sur sa bouche parfaite.

— Ah ouais ?

Je hoche vivement la tête.

Je teste sa fierté, me venge un peu, pour tout ce qu'il m'a fait et le reste, mais il ne semble pas détester la torture tant que ça puisqu'il m'attire au bord du lit, ses grandes mains emprisonnant mes chevilles. Sans se défaire de son petit air satisfait, il se laisse tomber sur les genoux et embrasse l'intérieur de ma cuisse.

– Et maintenant ? demande-t-il, la tête penchée sur le côté.

– Maintenant, tu me supplies pour avoir ce que tu veux.

Un rire lui échappe, stoppé dans la foulée par mon air sérieux.

– Tu le sais, que t'es cinglée ?

Je le fusille du regard.

Mais au fond, peu importe si je suis folle, puisque je suis parvenue à mettre cet homme à genoux devant moi. Deux fois.

Ses rejets passés perdent en importance.

– Je t'en supplie, Ashley, ne me quitte plus jamais, demande-t-il d'un air suppliant.

Il embrasse l'intérieur de ma cheville, son regard ancré dans le mien.

– Je ne suis pas seulement amoureux, m'avoue-t-il, je te vénère, toi et la terre que tu foules de tes pieds. T'es mon obsession malsaine.

Je suis incapable de répondre quoi que ce soit, quand tous mes fantasmes sont réunis en une seule personne. Il me dit toutes ces choses que je rêvais d'entendre, et je n'ai même pas besoin de les lui extorquer.

Le pire dans tout ça, c'est que je le crois.

Lui et moi, j'y crois.

– Tu veux bien qu'on baise, maintenant ? me provoque-t-il de son arrogance légendaire.

Il m'aide à ôter mon sous-vêtement et poursuit :

– Ce piercing, c'est la deuxième meilleure chose que tu te sois faite.

– Ah oui ? demandé-je, la tête penchée sur le côté, la douleur de son acquisition réveillée dans mes souvenirs. Et c'est quoi, la première ?

— C’est moi, réplique-t-il avec un clin d’œil.

— Rappelle-le-moi, dans ce cas...

Alors, dans l’intimité de nos corps enlacés, je deviens adoratrice.

Je me laisse emporter par les mots doux qu’il murmure à mon oreille comme des psaumes envoûtants qui résonnent dans ma chair.

Ses caresses deviennent prières exquises.

Mon amant, le prophète de ma nouvelle foi charnelle.

Nos corps se répondent, s’unissent avec une harmonie divine, créant une symphonie de plaisir et de dévotion.

Le sexe avec lui est différent du sexe avec les autres. Je me perds dans ses yeux étincelants où brûle la flamme de notre passion, prête à écrire un nouveau chapitre sacré avec lui.

Il touche mon corps comme s’il s’agissait d’une relique inestimable et s’enfonce en moi lentement, pour qu’on ne devienne plus qu’un.

Et il souffle :

— Tu la prends tellement bien, mon cœur.

Avec sa langue, et sa bouche, et ses lèvres, et ses doigts, je lui demande d’écrire son texte sur ma peau, de graver nos moments d’extase dans la mémoire de mon corps.

Je le retrouve, le perds, le retrouve encore, prie pour que ça ne s’arrête jamais.

Je suis la plus grande fidèle d’un amour qui défie les limites, de cette nouvelle religion qui transcende les conventions.

Mon corps se liquéfie sur sa peau, je formule ma prière à voix haute :

— S’il te plaît, sois celui qui me veut aussi le dimanche, pas juste les samedis soir...

Il sourit dans mon cou, je cambre le dos et creuse mes reins pour le prendre plus loin.

— Je te réserve tous mes dimanches, et tous les autres jours de la semaine, si ça te chante.

Ses mots se mêlent à ses caresses exquises. Ensemble, nous avons traversé l'enfer. Ensemble, nous créons notre propre paradis où le plaisir est révéré.

Je me laisse guider par lui, il est mon nouveau dieu et il m'apprend que l'orgasme mène à l'extase, pas aux larmes et aux regrets, parce que la honte et la peur n'existent pas dans le livre que nous écrivons.

Ses coups de reins sont maîtrisés, parfaits.

Je ne me sens bénie, divine et complète que lorsque nous ne formons qu'un.

— Viens pour moi, mon cœur.

Je laisse nos ébats devenir notre religion, notre culte secret et interdit.

Puis j'explose en mille morceaux, secouée par un orgasme.

Il me rejoint dans la foulée, mordant doucement mon épaule pour étouffer un gémissement rauque.

Les draps froissés entre mes doigts attestent de ce que nous venons de partager. Nos souffles se mélangent à la perfection, nos ébats ne laissent pas le moindre regret sur ma peau, au contraire.

Je prends tous les draps dans lesquels je me suis sentie salie, toutes ces mains qui m'ont refilé la nausée, toutes les pensées impures et tout le reste, pour les jeter dans le feu de l'enfer de mon passé.

Il caresse mes cheveux, dépose un baiser sur mes lèvres.

— Comment j'ai fait, pour vivre sans toi ? C'est dangereux comme je t'aime, Hawkins.

J'ouvre la bouche, puis la referme, peu habituée à ce qu'on me chérisse après.

— Si tu le dis trop souvent, ça va finir par ne plus avoir le moindre sens…

— Ah ouais ? demande-t-il en inclinant la tête sur le côté.

— Mmmh, c'est pour les grandes occasions, tu vois ?

Un sourire en coin, un regard amoureux, une caresse sur ma

joue et il se penche à mon oreille pour me murmurer sa promesse :

— Je te le dirai jusqu'à ce que tu y croies.

La porte de la chambre de Ted s'ouvre à la volée, j'ai tout juste le temps de rabattre les draps sur nos corps nus que Max et Lily entrent dans notre intimité en hurlant :

— BRIGADE ANTI-PÉTASSES !

Mais ils se figent en découvrant mon visage, et Lily pousse un cri étranglé, cachant sa gêne entre ses mains pour ne pas avoir à nous regarder en face.

Max pince les lèvres pour ne pas éclater de rire pendant que Ted enfile son caleçon, peu embarrassé par ce qui vient de se passer.

— On pensait que... tu faisais le con avec une autre fille, confie Lily.

— Ah..., réplique Ted, comme s'il était tout à fait normal que ces abrutis débarquent dans sa chambre à l'improviste.

N'en pouvant plus, Max pouffe.

— Bon bah, on est rassurés. Faut quand même que je vous dise, tout le penthouse vous a entendus baiser, et absolument tout le monde attend de savoir qui va franchir la porte de ta chambre, mec.

Je ne suis pas du genre à m'empourprer pour si peu, mais putain, quand même !

— Tu finiras par t'y faire, me promet Ted, amusé par mes joues cramoisies.

— C'est faux, le contredit Lily.

Max et Ted lèvent les yeux au ciel.

— Bon, eh bah... n'hésitez pas à faire appel à la BAP en cas de besoin.

Et ils s'en vont, comme si de rien n'était.

Dans la cuisine, Max et Maël semblent en pleine conversation houleuse face à un public hilare.

— Je ne comprends pas, commence Maël. Je pensais que c'était de l'histoire ancienne et qu'on était d'accord pour dire que j'avais gagné ?

— Tu n'as pas gagné !

Exaspéré, Maël se pince l'arête du nez, un léger sourire flottant sur ses lèvres.

— OK, faisons-le, abdique-t-il. Postons nos fesses sur Internet.

Lily écarquille les yeux.

— Il en est absolument hors de question ! grogne-t-elle. Ces fesses-là sont à moi. Et désolée de te le dire, Max, mais les siennes sont plus rebondies.

De son air dramatique habituel, O'Donnel explose :

— Tu rigoles ?! Gellman a le cul carré ! Un cube, je te dis !

Ted me tend une tasse de café, le corps encore trempé après la douche dans laquelle nous l'avons fait une deuxième, puis une troisième fois.

Ça confirme les rumeurs : Ted Greyson a un cardio incroyable.

— On peut savoir ce qui se passe ? demande ce dernier.

— Oh, tu sais, encore un jour comme un autre où Max et Maël se disputent pour savoir lequel d'entre eux a le fessier le plus impressionnant.

Ted éclate de rire.

— Attends, c'est pour ça que tu fais des squats, en ce moment ? Pour remettre cette vieille histoire sur le tapis ?

Max le fusille du regard, Ted lève les mains en signe de capitulation.

— Moi, je préfère tes fesses, révèle-t-il avec un petit sourire en coin.

— Merci, bébé. Ça me va droit au c... cœur.

— Je dois m'inquiéter ? le taquiné-je.

— Évidemment ! On parle de Max ! Il ne se passe pas un jour sans que je me fasse du souci. Autant les femmes qui tournent autour de mon mec, ça ne me fait plus rien, mais lui ?! éclate Lily en pointant son inquiétude d'un doigt accusateur.

Max rit, victorieux.

— Bon, et c'est quoi cette histoire ? m'intéressé-je en dégustant une gorgée de café.

Max me raconte alors sa version. Au lycée, les filles avaient créé une liste sur laquelle elles notaient les noms des mecs populaires et leur attribuaient une note en fonction de plusieurs critères.

C'est le genre de choses qui me révoltent, mais passons.

Max et Maël partageaient la même note. Pourtant, c'est l'esprit de compétition de O'Donnel qui les a poussés à entretenir le vice. De fil en aiguille – et je n'ai pas tout compris – ils en sont arrivés à organiser un vote dans l'enceinte du lycée.

— Et du coup, qui a gagné ?

— On ne sait pas ! La principale a confisqué les enveloppes contenant les résultats. Puis je me suis fait coller, grimace Max. Rien que pour ça, je mérite de gagner. Tu n'étais jamais puni, toi !

— Bien sûr, réplique Maël. Parce que tout le monde sait que cette idée venait de moi, hein ?

— Et donc... vous allez poster vos fesses sur Internet ? questionné-je. Genre... pour faire un sondage ?

— Oui ! dit Max.

— C'est toujours non ! le contredit Lily.

# 37

***Ted***

Sean Connor vit toujours chez ses parents, son travail à temps partiel dans un fast-food situé sur une aire d'autoroute ne lui permettant pas d'acquérir un logement.

Il a une petite amie du nom de Michelle, une Française.

Ça me fout la gerbe.

Cette fille appelle ce mec « chéri », sans savoir ce qu'il a fait à Ashley. Pour elle, il est son monde et son univers. Mais Sean a été le monstre d'Ashley.

Comment peut-on être le cauchemar d'une personne en étant le rêve d'une autre ?

Peu importe qu'il soit devenu un parfait gentleman, le monstre, lui, n'a jamais été puni et a laissé des séquelles dans le cœur de la fille que j'ai envie de réparer.

Je me gare devant la maison de ses parents, nerveux de constater la réaction d'Ashley, qui ne s'attendait pas à ce que je l'emmène ici.

— Qu'est-ce qu'on fout là, Greyson ? demande-t-elle, paniquée.

Je pince mes lèvres, tends ma main pour qu'elle l'attrape, mais elle se colle le dos contre la portière pour mettre un maximum de distance entre elle et moi.

— Pourquoi on est garés devant la maison des parents de mon ex, putain ?!

Sa respiration saccadée, ses mains tremblantes et ses yeux noisette qui se remplissent de larmes me laminent le cœur.

— Tu me fais confiance ?

— Je croyais que je pouvais, ouais... De toute évidence, t'as décidé de me torturer ! C'est quoi, ton problème ? Laisse-moi sortir d'ici, je vais appeler un taxi.

*Cette habitude fracassante qu'ont les gens comme nous de prendre la fuite...*

— Je ne vais t'obliger à rien, tu sais. Mais tu devrais m'écouter.

Sa poitrine monte et descend en rythme avec sa respiration saccadée. Néanmoins, Ashley est forte et elle accepte d'entendre ce que j'ai à dire.

— J'ai envie de le tuer depuis que tu m'en as parlé. Si je m'écoutais, j'irais lui casser la gueule...

Rien que de l'envisager, je serre les poings, prêt à changer d'avis.

— ... mais s'il y a bien une chose que tu m'as apprise, c'est que certains combats ne sont pas les miens. Même si ça me soulagerait, t'as pas idée.

Elle me dévisage sans un mot, refuse de me laisser la toucher lorsque je tente une approche.

*Cette habitude qu'ont les gens comme nous, de repousser ceux qui leur veulent du bien...*

— Je t'ai promis de me battre à tes côtés, OK ? Si tu veux qu'on s'en aille, je le respecterai. Si tu veux que j'aille lui casser la gueule, franchement, plutôt deux fois qu'une. Mais dans le premier cas, j'accepte que tu abandonnes, et dans le deuxième, je me bats à ta place. Je veux juste... commencer ma nouvelle vie avec toi en étant certain que tout ira bien.

Ses yeux s'illuminent malgré elle à l'évocation de notre avenir ensemble.

Il m'arrive de me demander si Ashley est réellement amoureuse de moi, ou juste de ce que j'ai à lui offrir.

Au fond, ça n'a pas d'importance.

Son bonheur est la seule chose qui compte à mes yeux, et si je ne suis que le pansement passager sur son cœur, qu'il en soit ainsi.

— Je te trouve tellement forte, ajouté-je.

— Ah oui ? demande-t-elle, pleine d'espoir.

Ce n'est pas la jeune femme qui se trouve devant moi, mais la petite fille abandonnée et l'adolescente brisée, réunies en une seule et même personne.

— Le monde à genoux pour toi, mon cœur, répliqué-je d'un sourire encourageant.

— Qu'est-ce que je fais, maintenant ?

— Il t'attend à l'intérieur. Ses parents sont là pour te rassurer, et oui, je leur ai tout raconté. Non, ce n'était pas à moi de le faire, mais je ne supportais pas de le voir vivre sa vie comme s'il ne t'avait pas détruite.

Elle hausse un sourcil interrogateur.

— Et il a tout simplement accepté... de me parler ? Il a avoué ?

Il se pourrait que Kayden ait envoyé certains de ses amis lui rendre une petite visite, je n'aurais pas supporté de l'avoir en face de moi.

Apparemment, ils lui ont foutu une trouille bleue, plus que d'éventuelles représailles judiciaires.

Je me racle la gorge, hausse les épaules.

— Je sais me montrer persuasif.

Elle hoche la tête, le regard perdu dans des souvenirs douloureux.

— Tu n'es obligée à rien mon cœur, mais je pense que t'as besoin de ça. De l'affronter, de lui dire ce que tu penses, ou juste de lui casser la gueule. J'ai promis de recoller tous les morceaux de ton cœur brisé.

Je m'attends à ce qu'elle me traite de fou, qu'elle parte en courant, ou qu'elle s'effondre, je ne lui en voudrais pas. Mais Ashley sèche ses larmes et prend une grande inspiration.

— OK. T'as raison.

Cette fille est meilleure qu'un *shot* d'adrénaline ou qu'un rail de cocaïne. Meilleure qu'un matin de Noël et que tout ce qui pousse sur cette putain de planète. Meilleure que tout ce qui existe ou n'existe pas, et tout le reste.

— Tu m'attends devant l'entrée et tu cours si tu m'entends crier à l'aide, m'ordonne-t-elle.

*Cette mauvaise habitude qu'ont les gens comme nous, à ne jamais compter sur personne*... prend fin aujourd'hui !

Parce qu'elle et moi, on s'est trouvés.

La mère de Sean ouvre la porte et pleure en prenant Ashley dans ses bras. Cette dernière se crispe, mais ne refuse pas son étreinte.

Madame Connor reporte ensuite son attention sur moi, et écarquille les yeux lorsqu'elle me reconnaît.

— Vous êtes...

— ... mon porte-monnaie, mon garde du corps ou mon punching-ball, selon mon humeur, l'interrompt-elle.

— Tu m'attends là, alors ?

Il vaut mieux pour lui, ouais.

— Je ne bouge pas, je ne vais nulle part, mon cœur.

Elle hoche la tête, pénètre dans la maison tandis que j'oublie comment respirer.

Parce que je veux qu'elle fasse ça seule, mais qu'elle ait quelqu'un sur qui se reposer lorsqu'elle en sortira. Parce que je me suis juré de réparer son cœur, et même si ses cicatrices ne guériront jamais vraiment, je peux faire en sorte qu'elles fassent un peu moins mal.

Il y a des traumatismes dont on ne se remet pas, qui vivent en nous pour toujours et nous changent à jamais. Mais si on ne peut pas les effacer, on peut en amputer une partie, les rendre plus légers.

— Conduis-moi loin d'ici, m'intime Ashley en bouclant sa ceinture.

Je hoche la tête et démarre sans un mot.

– Je vais pleurer un bon coup, mais ça sera la dernière fois que je le ferai pour lui, m'annonce-t-elle.

– Bien, mon cœur.

Elle s'effondre, littéralement. Elle hurle à s'en faire éclater un poumon, et lorsqu'elle se calme enfin, elle me dit :

– Les excuses, ça n'excuse rien, mais ça soulage. Juste... de l'entendre admettre que c'était vrai, alors qu'il niait en bloc... Parfois, j'avais l'impression de devenir folle, et je me disais de temps en temps que j'avais peut-être exagéré la situation. Je me demandais si le viol dont je l'accusais avait réellement existé. Mais...

– ... mais il s'est excusé, complété-je.

J'hésite un instant avant de poser ma main sur sa joue mouillée, et je suis soulagé lorsqu'elle s'appuie contre ma paume.

– Ça me fait mal comme une vieille plaie infectée qu'on ne peut pas s'empêcher de gratter et qui ne cicatrise jamais, parce qu'on ne lui en laisse pas le temps. Je n'ai pas envie de porter plainte, Ted. Je n'ai pas le courage d'affronter un procès, des avocats, et tout le reste. Je ne suis ni forte ni courageuse, je veux juste mettre tout ça derrière moi, et je me déteste, putain !

Comment quelqu'un pourrait juger la victime ? J'ai parfois l'impression qu'on sous-estime la légitimité de leurs sentiments.

Elles doivent avoir une ligne de conduite, faire ce qui doit être fait. Comme s'il était facile de se rendre dans un poste de police pour raconter un viol auquel on ne croira peut-être même pas. Comme s'il était facile d'affronter son agresseur devant un tribunal, si toutefois l'affaire n'est pas classée sans suite.

Et il faut faire face à la famille et aux amis de l'agresseur, ainsi qu'à ceux qui disent : « Elle ment, c'est certain. Je le connais bien, il n'aurait jamais fait ça ! »

Il faut être en accord avec le fait que punir le monstre revient à briser la vie de l'homme, du fils, du frère d'un autre.

Les plus grosses raclures de cette planète fréquentent des gens géniaux.

Oui, Sean mérite de crever.

Oui, je voudrais qu'elle passe le cap, parce que je ne supporte pas de le savoir en liberté, potentiellement heureux après ce qu'il lui a fait.

Mais non, je ne la juge pas de ne pas en avoir envie, je ne la condamne pas de simplement vouloir passer à autre chose, de penser à elle avant tout.

Elle a tellement souffert en silence, je refuse que son courage se transforme en douleur.

Peut-être un jour, peut-être plus tard, peut-être jamais.

Je serai là.

Demain, dans dix ans, et le siècle prochain.

Et je n'invaliderai jamais ses sentiments, même s'ils lui donnent l'impression d'être pourrie, quelquefois.

— Je suis fier de toi, mon cœur, répété-je encore.

— Je suis amoureuse de toi.

Je ressens tout ce qui se passe dans mon corps à ce moment-là, les papillons qui s'envolent dans mon ventre, mon palpitant qui s'emballe, mon sang qui pulse dans mes veines.

— S'il te plaît..., me dit-elle, tandis que je me gare. Ne me brise pas le cœur encore une fois.

— Mmmh, j'ai un autre truc douloureux à te faire faire.

— Tu te fous de moi ?

— Je refuse d'abandonner Britney !

Incorruptible, elle croise les bras sur sa poitrine, sa peluche calée sous le coude.

— Tu l'as volée à un enfant !

— Qui l'avait abandonnée !

Sourire en coin face à ma mauvaise blague, je poursuis la comédie, même si je persiste à penser que les traumatismes de cet ourson en peluche sont clairement sous-estimés.

— Combien d'années de torture comptes-tu encore lui faire subir ? Si elle était capable de parler, Britney te supplierait de l'abandonner sur le trottoir plutôt que d'endurer un nouveau tour au micro-ondes.

J'ai du mal à masquer mon hilarité face au regard meurtrier qu'elle me sert.

— À ton avis, d'où vient le hashtag #freeBritney ? insisté-je.

— C'est bon, je te hais, lâche-t-elle, un sourire collé à ses lèvres.

À ma grande surprise, elle agrippe sa peluche par la patte et s'installe sur un banc, prête à l'abandonner.

Merde ! Je commence à avoir des remords, maintenant. C'était juste une blague. J'y ai pensé en me souvenant que je devais renouveler mon abonnement de train.

Elle lève son majeur dans ma direction, quitte le hall bondé d'un pas furibond pour rejoindre la sortie principale sans m'accorder un regard et... fait demi-tour en courant pour venir récupérer sa peluche, qu'elle serre contre sa poitrine.

Elle lève Britney devant elle, regarde dans ce qu'il reste de ses yeux synthétiques.

— Tu veux bien nous laisser une seconde d'intimité ?

— T'es pas sérieuse ?

Face à son regard insistant, je recule de quelques pas.

— Plus loin ! Encore... un peu... Bon sang, attends-moi dans la voiture !

J'en profite pour récupérer mon abonnement avant de rejoindre ma voiture. Quand Ashley réapparaît, son pull est déformé à l'avant d'une grosse bosse.

— Je viens de faire mes adieux à ma meilleure amie, t'as intérêt à me remonter le moral, me souffle cette petite menteuse.

Je fais semblant de la croire et me promets de ne jamais la dénoncer à l'association défendant les droits des oursons en peluche.

Je suis persuadé que ça existe.

# 38

***Ashley***

— Et que penses-tu du féminisme ?

Assis en tailleur dans ma chambre sous une cabane de couvertures, Ted et moi parlons de tout et de rien, une coupe de champagne à la main.

— Je ne suis qu'un homme, je n'ai pas mon mot à dire, c'est ça ? Pas d'utérus, pas d'opinion ? hésite-t-il.

Je frappe dans mes mains, excitée comme une puce.

— C'est un sans-faute, mec ! Vingt sur vingt.

Ted fait mine d'essuyer une goutte de sueur sur son front. Je lui caresse les cheveux pour féliciter mon nouvel élève.

— Ah, je t'ai si bien éduqué ! ajouté-je, émue. T'es un bon garçon.

Ted et moi, on fait beaucoup l'amour. Mais ce que je préfère dans notre relation, ce sont les cabanes à secrets, dans lesquelles on se raconte tout jusqu'au lever du soleil.

Terminé, les plans cul qui finissent par des regards gênés. Adieu, les marches de la honte. Envolées, les miettes d'amour.

*J'ai trouvé ma coupe de champagne !*

— Qu'est-ce que tu penses de nous ? me demande-t-il un peu timidement.

— De nous ?

Il hoche la tête et explique :

— J'ai jamais fait ça. Être en couple, tomber amoureux, prendre ma copine par la main… Tu crois qu'on va devenir chiants ?

Je cligne des yeux plusieurs fois et mords dans ma lèvre inférieure pour ne pas éclater de rire.

— Comme Maël et Lily ? Ou pire… comme Elisa et Chris ? ajoute-t-il.

Je réfléchis pour de vrai en étudiant la question.

— Ça dépend comment tu réponds : me laisserais-tu te maquiller, si ça m'amusait ? Et si je te demandais d'enfiler le costume d'Iron Man, tu le ferais ? Non, attends, si je te demandais de garder ton casque de moto pendant qu'on… Tu vois, juste comme ça, pour l'expérience, tu te plierais à mes exigences ?

Au lieu de sombrer dans l'hilarité, il s'effondre sur mes genoux en faisant mine de pleurer.

— Je suis faible, mon cœur…

— Ça veut dire que tu ferais tout ça pour moi ?

Il me dévisage avec un petit sourire.

— Meuf, je ferais même les trois en même temps, et je te laisse imaginer.

J'éclate de rire.

*Mon gigantesque désastre…*

— On n'est pas obligés de le dire à tout le monde, tu sais ? Les cabanes à secrets, c'est comme Vegas : ce qui se dit ici, reste ici. Je continuerai à te faire passer pour un gros dur devant tes amis.

— Merci, mon cœur. En retour, je me garderai de leur parler de ton penchant pour la domination.

— Quoi ?!

On se fixe un instant avant de pouffer de rire.

J'aime bien quand il m'appelle « mon cœur », surtout « pour me rappeler que j'en ai un. »

Et quand il me regarde avec amour, la tête posée sur mes genoux, pendant que je caresse ses cheveux.

Et quand on se dispute, pour mieux se réconcilier sous la couette.

Bon, j'admets, j'aime quand il se soumet à mes quatre volontés, mais non, je ne fantasme pas sur un fouet ou des bottes en cuir, peu importe ce qu'il essaye de faire croire, cet abruti !

Pourtant, ce que je préfère par-dessus tout, c'est quand il fait décoller mon cœur, parce qu'il sait exactement comment le faire battre un peu plus vite.

– Il faut qu'on aille dormir, je récupère Rosa et Léo à l'aéroport dans... deux heures, se lamente-t-il. Ton père aurait pu faire le taxi, puisqu'il a décidé de les accueillir pendant les vacances.

– Non, il a promis de passer la journée avec moi. Juste tous les deux. Il va me raconter comment lui et ma mère ont décidé de se laisser une seconde chance...

– D'ailleurs, ton père n'avait pas une copine, avant elle ?

– Mon père a eu des tas de copines, Ted. Il ne les a jamais gardées bien longtemps...

– Tu m'étonnes, c'est un con !

Je lui tire un peu les cheveux.

– Pardon, mon cœur, j'adore Papa Hawkins.

*Menteur.*

Je ne peux pas lui en vouloir, au fond. Papa est un grand con. Il a fait chanter Ted, Max, Cassie... Il a même menacé Mamie Lucia ! Moi, je l'aime toujours un peu trop fort, et je crois qu'il essaye enfin de m'aimer comme il faut. De toute façon, je ne peux rien y faire, j'aime notre relation cassée.

– J'apprécie vraiment bien « Mini Cœur », par contre.

– C'est gentil à toi de t'être proposé pour la garder demain soir, d'ailleurs. Pour que Rosa et Papa puissent... se retrouver. Je l'aurais fait avec plaisir, mais je travaille.

– Je n'ai rien proposé, putain ! Ta mère me l'a imposée. Et si tu veux mon avis, c'est une très mauvaise idée que sa fille se mette à traîner avec moi et les autres.

Ça me plaît qu'il s'entende aussi bien avec ma petite sœur.

Je soupçonne cette dernière d'être un peu amoureuse de mon copain, d'ailleurs.

— Tu me présenteras à ton frère ?

Ted hausse un sourcil interrogateur.

— Tu le connais déjà.

— Mais pas en tant que beau-frère, argumenté-je en jouant des sourcils.

— C'est le même connard.

Je sais que je suis ridicule, pourtant ça me vexe qu'il ne veuille pas me présenter au seul membre de sa famille qu'il lui reste. Même s'il le fait pour me préserver.

Devant mon air boudeur, il soupire, se redresse sur ses genoux et caresse doucement ma joue de son pouce.

Quand ses yeux rencontrent les miens, mes inquiétudes disparaissent et le monde s'évanouit. Ses lèvres à un souffle des miennes, il me sourit avec bienveillance et murmure :

— Existe-t-il quelque chose que je sois en mesure de te refuser, mon cœur ?

*Boum-boum, putain !*

Je me dis que c'est ça, le secret pour réparer les cœurs brisés. Il leur manque simplement une moitié.

— Si tu n'en as pas envie, je ne veux pas que tu te forces.

— Kayden est à mon âme ce que Fred est à la tienne, tu comprends ? Parfois, ce n'est pas une bonne personne. La différence, c'est que ton père essaye de changer. Pour mon frère, je pense qu'il est trop tard. Mais je n'ai rien contre le fait de te le présenter, même si je préférerais que tu patientes jusqu'à sa sortie.

— Je veux bien faire ce compromis, dis-je avant de déposer un baiser sur sa pommette qui s'échauffe à mon contact.

Je le trouve craquant, quand il rougit sous sa peau brune.

— Allez, file ! Ton super copain t'attend, me dit Kelly.

Mon service ne se termine que dans une heure, mais cette super collègue dont je ne vante pas assez les mérites accepte de me couvrir.

— T'es la meilleure du monde !

— C'est ça...

— Si, si, je te jure ! T'es une bête de meuf, la flatté-je, tout en troquant mes talons hauts contre mes cuissardes.

Ma moto enfourchée, je préviens Ted que je quitte le *Jazz* pour les rejoindre, lui et ma sœur.

J'ai hâte de savoir quelles bêtises il lui a encore fait faire, ou l'inverse ! Je lui envoie un texto :

**[Tout va bien ?]**

**[Je vais faire exploser Max avec ma baguette magique, et Léo est un dictateur. A+]**

Je range mon téléphone dans ma poche et mets le contact, faisant rugir le moteur de ma bécane.

L'atmosphère douce et dorée de l'automne lorsque je roule à moto me procure un sentiment de liberté inexplicable. Le soleil couchant teinte le ciel d'une palette de couleurs vibrantes, les tons orangés et rouges se fondent harmonieusement avec le bleu profond du ciel, créant un tableau céleste magnifique.

Le vent caresse mon visage, faisant virevolter mes cheveux. La fraîcheur de l'air me rappelle que l'été est loin derrière nous et que les températures ont sacrément chuté ces dernières semaines. Ils prévoient même de la neige !

La légère morsure que je ressens sur mes joues en atteste.

Chris Stanford, Max O'Donnel, Maël Gellman et Ted Greyson ont profité de mon absence pour se changer en Winx.

Je crois que le plus drôle, c'est qu'ils ont enfilé leurs robes à paillettes par-dessus leurs vêtements.

— Où ont-ils trouvé ces ailes et ces baguettes magiques ? demandé-je à Lily et Elisa qui se tiennent le ventre, hilares.

— Léo nous a emmenés faire du shopping, explique Maël, qui

agite sa baguette avec fierté, ses longues ailes violettes virevoltant dans son dos.

Ma petite fée préférée court dans mes bras pour venir à ma rencontre. Je hume son odeur et la presse contre moi.

*Ah, Léo, t'es juste mon point faible.*

J'éclate de rire en rencontrant les visages boudeurs des grosses fées dans son dos.

— Comment t'es parvenue à cet exploit ? questionné-je.

— C'est simple, j'ai menacé Ted de répéter tous les gros mots que j'avais entendus ici s'il refusait de jouer avec moi.

— Ça coûte plus cher que je le pensais, de devenir une putain de fée, réplique la victime du chantage de ma petite sœur.

— Surveille ton langage, fée grossière ! le réprimande Léo.

Elle se dirige ensuite vers Chris, qui porte une longue robe verte à paillettes.

— Voici la fée de la nature. Elle peut faire pousser les plantes, même les cactus, m'explique-t-elle d'un air très sérieux.

Chris effectue une petite révérence.

— Maël est ma fée préférée, nous annonce-t-elle en se dirigeant vers ce dernier.

— Elles disent toutes ça, réplique le quarterback.

— Il a un peu du mal à gérer ses pouvoirs. Mais je lui apprendrai. Pas vrai, fée du vent ?

Lily ne parvient pas à maîtriser son hilarité et bombarde nos pauvres amis de photos.

— Teddy... c'est... Viens par là, qu'on t'admire, fée du feu !

Il lève les yeux au ciel, se redresse, tourne sur lui-même dans son costume rouge et orange. Ses petites ailes remuent dans son dos et j'ai vraiment du mal à ne pas pouffer.

— C'est mon bras droit, il gère tout ce qui est paperasse.

— J'en ai de la chance ! réplique mon petit ami, la fée du feu.

— Moi, je suis la reine des fées, évidemment. Tous ensemble, on essaye de combattre la fée du mal, la maléfique et sombre fée : Max ! explique-t-elle en montrant mon ami du doigt.

C'est vrai que dans cette mini-jupe pailletée, Max a l'air en effet très vilain.

— Mouah, ah, ah, réplique-t-il d'un ton plat. Je ne comprends toujours pas pourquoi je n'ai pas le droit d'être une gentille fée. C'est dingue !

— Parce que tu es méchant ! Et ta copine était méchante, aussi.

Max lève les yeux au ciel.

— Pour la millième fois, elle n'était pas « méchante » ! Elle n'a juste pas aimé qu'on la force à partir, c'est tout. Et si la fée du feu avait géré ça correctement, elle n'aurait jamais été là du tout en présence d'une enfant de huit ans ! s'étrangle-t-il.

— Quelle copine ? demandé-je.

— Bah, tu sais bien, l'une des copines de Max.

Face à l'air désemparé de mon ami en vilaine fée, un sourire reconnaissant étire mes lèvres.

— Merci. De l'avoir mise dehors.

— Oh, mais tu me le revaudras, meuf.

— Ouf, tu m'as fait peur. J'ai cru que tes nouveaux pouvoirs étaient fournis avec une morale !

— Au fait, qu'est-ce que tu veux manger, ce soir ? demande la vilaine fée à sa cheffe.

— Toi, tu mangeras des rats !

Il se lance alors à sa poursuite, projetant leurs éclats de rire contre les murs de l'appartement.

Je sais qu'elle adore Max lorsqu'ils reviennent parmi nous, main dans la main, en se jetant des sourires complices.

Au fond, l'innocence d'un enfant qui n'a pour seule préoccupation que de trouver un nouveau divertissement lui fait plus de bien au moral que cette « amie » qu'il a finalement mise à la porte.

*Peut-être y a-t-il encore quelque chose à tirer de lui, finalement ?*

La chute n'a pas d'importance si l'atterrissage en vaut la peine.

Je suis tombée une bonne centaine de fois, et c'est vrai, je me suis parfois fait beaucoup de mal.

Mais je reste persuadée que c'était pour quelque chose. Se briser pour mieux se reconstruire, voilà ma nouvelle devise.

On a besoin de se casser la gueule pour se rendre compte qu'on ne tiendra jamais aussi bien sur nos deux jambes que lorsqu'on est tous les deux.

Je passe la nuit dans la chambre de Ted, entourée des gens que j'aime aussi et qu'il considère comme sa famille.

Allongée sur le matelas, je fixe le plafond, profitant de cet état de béatitude, priant pour que ça dure.

— Hawkins ? m'appelle-t-il avant d'attraper ma main.

Je me tourne sur le côté pour lui faire face dans la pénombre, et observe ses traits parfaits dont je m'autorise à tracer les contours. Sa mâchoire, son cou, son torse, je dessine ses tatouages du bout des doigts, comme j'ai l'habitude de le faire, jusqu'à atteindre mon favori :

*Slow down.*

— Oui ?

— T'es mon battement de cœur préféré, murmure-t-il.

Dans sa bouche, ça veut dire quelque chose comme : « Je t'aime plus que les mots ne pourront jamais l'exprimer. »

Alors je réponds :

— Je t'aime aussi.

# Bonus

***Ted***

L'eau détrempe le costume de Minnie, dont la position contrariée dénote avec le sourire figé sur son énorme tête en mousse sculptée. Bras croisés sur son torse, elle se tient aux côtés d'un des employés aux allures de videur de boîte de nuit. Ce dernier nous toise de haut, le sourcil relevé dans l'attente d'une explication.

— Pour la dernière fois, déclare-t-il d'un ton sans appel, lequel d'entre vous a agressé Minnie ?

Alignés les uns à côté des autres dans un ordre plus ou moins décroissant, mes amis et moi ressemblons à s'y méprendre aux Dalton. C'est sûrement ce qui réveille les inquiétudes de Lily, d'ailleurs.

— Vous n'allez tout de même pas nous jeter en prison ?! panique-t-elle.

— Mais non, bébé..., la rassure Maël, un brin exaspéré.

— Ça, vous n'en savez rien, je ne l'ai pas encore décidé, l'interrompt la doublure de Dwayne Johnson, le côté sympathique en moins. Racontez-moi ce qu'il s'est passé, et je choisirai ou non de prévenir les autorités.

L'air est irrespirable dans cette pièce qui fait la taille d'un placard à balais. Des produits ménagers s'entassent dans un coin, créant une figure d'un mètre de haut. L'odeur nauséabonde de l'eau de javel mêlée à celle de la transpiration et du renfermé me soulève l'estomac. Je vérifie la fenêtre ouverte en battant et le peu d'aération qu'elle nous prodigue.

— Tout ça, c'est ta faute ! s'emporte Lily, montrant son petit ami d'un doigt accusateur. Si tu n'étais pas allergique aux cacahuètes...

— Ça suffit ! intervient Minnie, dont le véritable visage nous est révélé à l'instant où elle jette la tête du personnage qu'elle incarne par terre. C'est la troisième fois ce mois-ci que je finis dans la fontaine enchantée. Je raccroche ! En plus, à force de câliner des mioches mal élevés, je n'arrête pas d'attraper des poux ! Je démissionne !

Notre investigateur semble aussi surpris que nous par l'éclat de voix de notre victime collatérale. Minnie tape du pied pour affirmer son ras-le-bol, avant de quitter la pièce en faisant claquer ses chaussures cirées aux énormes nœuds roses à pois blancs.

Plongés dans un silence embarrassant, quelques secondes s'écoulent sans que personne ne dise rien, le calme rapidement remplacé par un brouhaha composé de justifications, mais surtout d'accusations.

*Eh bah, on peut vraiment compter les uns sur les autres, cette solidarité entre nous est belle à constater !*

— Si Ted avait relevé la tête de son téléphone, on n'en serait pas là, m'accuse Elisa.

Sur la défensive, je croise les bras sur mon torse en la toisant d'un regard mauvais.

— C'est ma faute si on ne peut pas vous laisser sans surveillance une minute ? m'indigné-je. Et puis, tu peux parler ! Je ne t'ai pas vue prêter beaucoup d'attention au groupe, quand ta langue fouillait le gosier de Chris !

— Ouais, enfin, tout vient quand même d'Ashley et de son incapacité à fermer sa grande bouche ! renchérit Liam.

— Si seulement Lily avait commandé les glaces, au lieu de se mêler de tes histoires ! ajoute Max.

— Tu te fiches de moi ?! Tout part de toi et de tes neurones qui grillent face à une paire de seins !

— C'est *moi* qui ai failli mourir ! intervient Maël.

Exaspéré et rouge de colère, le « vigile », qui prend son rôle un peu trop au sérieux, nous hurle de garder le silence.

— Je veux juste savoir ce qu'il s'est passé. Chacun son tour ! insiste-t-il.

Lily prend une grande inspiration, s'avance d'un pas et déclare :

— J'ai une trouille bleue dans les manèges. Vraiment, je n'aime pas ça. Donc, quand tous ces congelés du ciboulot cherchent les sensations fortes, moi, je garde leurs affaires, et puisqu'il fait chaud, on me charge de faire la queue chez le glacier.

— J'attendais avec elle, explique Max. C'était à mon tour de l'accompagner.

— Il y avait tellement de monde, poursuit Lily, que les autres nous ont rapidement rejoints. C'est là qu'Ashley s'est disputée avec un jeune couple.

— Ce connard était en train d'expliquer à sa copine qu'elle devrait s'habiller de manière plus appropriée, intervient cette dernière.

— Donc, moi, je me dis : et si on immortalisait notre sortie à Disney, avant qu'on soit vieux et ridés, avec une photo ? ajoute Maël. Mais absolument personne ne m'écoute ! Ted ne lâche pas son téléphone, Elisa et Chris se bécotent comme des adolescents, Ash et Lily se disputent avec ce pauvre type, tandis que Max et Liam draguent la meuf qui tient le stand de glace.

— Donc, Monsieur part bouder près de la fontaine enchantée, là où Minnie se fait prendre en photo, expliqué-je d'une moue amusée.

— J'adore le beurre de cacahuète, déclare Chris. Et Maël, le coulis de caramel. Il faut croire que Max et Liam ne savent pas faire la différence, parce que quand je croque dans ma glace, ça n'a pas le goût de la cacahuète !

Le vigile tente de nous interrompre, certainement pour nous demander d'expliquer le rapport entre nos préférences en topping et Minnie, mais il se fait royalement ignorer.

— Maël gonfle comme un ballon de baudruche s'il en mange ! Je l'ai déjà vu, et c'est pas beau à voir..., ajoute Max.

— Comme je n'ai pas envie de passer le reste de l'après-midi aux urgences, je cours vers mon mec, le regard paniqué, tandis que la glace touche le bord de ses lèvres, explique Lily.

— Elle m'a fait tomber. On ne croirait pas comme ça, mais elle a de la force, quand elle s'y met. Malheureusement pour Minnie, elle se trouvait juste derrière et... vous voyez... l'effet domino...

— Voilà, c'est comme ça qu'elle a terminé dans la fontaine enchantée, achève Elisa.

Ébahi, celui qui se prend pour un inspecteur nous dévisage tour à tour. Il s'apprête à annoncer sa sentence, lorsque la sonnerie de son talkie-walkie l'interrompt.

— Ne bougez pas, je reviens, ordonne-t-il.

Le silence retombe et j'observe une nouvelle fois la fenêtre avec une impression de déjà-vu.

— N'y pense pas, m'avertit Lily.

— T'es pas obligée de me suivre, tu sais ?

Je m'échappe le premier, puis aide les autres à m'imiter en les réceptionnant de l'autre côté. Ashley saute dans mes bras au moment où le vigile réapparaît.

— REVENEZ ICI TOUT DE SUITE ! hurle-t-il.

— On se casse ! dit ma copine, un sourire éclatant sur le visage tandis qu'elle m'attire par la main.

On détale tous tellement vite qu'on finit par se perdre de vue. Pourtant, Ashley ne me lâche pas. Elle nous entraîne dans le couloir sombre d'un bâtiment aux murs ornés de sculptures gothiques et de gargouilles menaçantes, avant de nous faire grimper dans un wagon en marche.

— Le train fantôme ?! T'es sérieuse ?! m'indigné-je, tandis qu'une odeur de cire brûlée s'infiltre par mes narines.

— T'en fais pas, Teddy, tu ne risques rien, me rassure-t-elle d'une tape sur le bras.

— Parce que t'es là pour me protéger ?

— Non, murmure-t-elle en posant sa tête sur mon épaule. Parce que les zombies s'en prennent aux cerveaux. Tu devrais être tranquille.

*Quelle garce !*

Tout le long du voyage, je prétends être terrifié par les décors plus ou moins réussis en me réfugiant dans les seins de ma copine.

— On a réussi à le semer, me murmure-t-elle. Eh ! N'en profite pas !

Nous passons le reste de la journée à rire, à nous taquiner et à manger de la barbe à papa.

Le soleil se couche sur Disney, les mèches d'Ashley sont soulevées par la brise lorsqu'elle contemple le paysage, avant de me jeter un regard complice par-dessus son épaule.

— Tu penses réussir à faire sauter mon cœur combien de temps ? questionné-je.

Elle rit et lève les yeux au ciel.

— Jusqu'à ce qu'il s'arrête, mon pote, j'y compte bien.

Un sourire niais, du genre de ceux dont je me serais moqué il y a quelque temps, s'invite sur mon visage. Je lui tends une main qu'elle attrape et l'attire à moi. Repoussant les cheveux de son visage, je dépose un baiser sur sa bouche. Recouvertes de sucre, ses lèvres ont encore meilleur goût. Surtout depuis qu'elle m'appartient, même si je ne lui dirai jamais à voix haute, de peur de me faire réprimander par son côté féministe indépendante.

— Ashley Hawkins, je veux que tu fasses battre mon cœur un peu plus vite pour toujours.

— C'est une demande officielle ? plaisante-t-elle, espiègle.

Je ris, même si finalement, l'idée de m'engager pour toute la vie ne me dérangerait pas.

Mais elle m'a déjà mis trop de fois à genoux. La prochaine attendra.

# Épilogue

***Max O'Donnel***

La tempête fait virevolter les feuilles jaunissantes des chênes qui bordent le chemin de terre. J'écrase de mes chaussures celles qui n'ont pas résisté à venir tapisser le sol à l'arrivée de l'automne.

— Range ça, me réprimande Maël d'un murmure qui n'enlève rien à sa sévérité.

Je lui souris bêtement, portant la fiole de vodka à mes lèvres, indifférent à son regard courroucé.

Il peut me faire la morale, je n'avais pas envie d'être ici. S'il a honte de mon manque de tenue, il n'avait qu'à me laisser chez nous, comme je le lui avais demandé. Mais même vos meilleurs amis se soucient peu de ce dont vous avez besoin, dans ce genre de situation. Il faut faire ce qui est convenable, et manquer l'enterrement de sa mère ne l'est apparemment pas.

L'odeur âcre et nauséabonde qui flotte dans l'air, mélange de terre humide, de fleurs fanées et de putréfaction, me rappelle que j'aurais préféré passer la journée à me réfugier sous la couette tout en me foutant des conventions.

— Je vous présente toutes mes condoléances, me dit une femme que je n'avais jamais vue auparavant.

Je me fiche de sa fausse compassion, presque autant que je me soucie des larmes hypocrites qui dévalent les joues des gens réunis autour de l'amas de terre sous lequel repose la défunte.

J'aime bien l'expression « reposer en paix ». Comme si la mort n'était qu'un sommeil éternel, et non un processus qui transforme la chair en nourriture pour les vers.

Tout le monde préfère la poésie à la réalité scientifique. C'est ainsi que l'humain se nourrit de mensonges depuis sa création.

Alors, je serre la tige de la rose que je tiens dans mon poing avant de l'offrir à ma mère pour accompagner son voyage dans l'au-delà, auquel personne ne croit.

Accroupi face à sa pierre tombale, je lui offre un dernier sourire, comme elle m'en a toujours réclamé.

*Sourire un peu.*

*Sourire tout le temps.*

*Sourire pour faire sourire maman.*

Je me redresse et recule d'un pas titubant, ma vision embuée par l'alcool. Maël vient à ma rescousse, comme toujours. Je peux compter sur lui quand je m'effondre.

Il passe mon bras derrière sa nuque et me soutient d'une main dans le dos avant de nous éloigner derrière la foule composée de ceux qui assistent à ma dégringolade métaphorique.

Je sens le regard de mon père me perforer le dos, mais décide de ne pas lui accorder un seul coup d'œil, au risque de lui dévoiler la peur qui court sous ma peau.

— Tiens-toi encore quelques minutes et ça sera terminé, d'accord ? m'intime mon meilleur ami, dont l'inquiétude déforme le visage, chassant l'expression réconfortante qu'il essaye de se donner depuis le début de cette mascarade.

Une brume épaisse et froide serpente entre les tombes, la pluie se mêle à mes larmes silencieuses pour chasser la tristesse que je refuse de montrer.

Je devrais trouver quelque chose à dire, n'importe quoi qui ne serait ni lugubre ni triste, un truc amusant qui apporterait une touche de couleur à ce décor en noir et blanc.

Mais ça fait quelque temps déjà que je vois le monde comme un abominable nuancier de gris.

— Comment peux-tu me faire ça ? l'accusé-je d'une voix éteinte et enrouée par la colère. Pour que tous ces gens dont je n'ai rien à foutre pensent que je suis une bonne personne ? C'est tout ce qui compte ?

Les épaules de Maël s'affaissent sous le désespoir, son visage se tord de douleur. Il saisit doucement ma cravate pour en refaire le nœud, comme si ça allait sauver mon apparence négligée.

— Si je t'ai forcé à venir, commence-t-il de ce ton rassurant dont lui seul a le secret, c'est pour toi. Pour que tu ne te détestes pas un jour d'avoir merdé. Tu me remercieras quand ça ira mieux et que tu seras à nouveau capable de penser.

Mais je pense trop, et tout le temps. C'est bien ça le problème, j'ai l'impression que ça ne s'arrête jamais.

Je porte le goulot de ma fiole de poison à mes lèvres une nouvelle fois, l'œsophage anesthésié au point de ne plus sentir la brûlure de l'alcool.

— J'ai dit à Ashley qu'elle ferait mieux de sauter, avoué-je en avalant une énième gorgée. Je lui ai dit que les gens comme nous n'avaient pas le droit au bonheur.

Maël penche la tête sur le côté, tentant de cacher la déception que font naître en lui mes aveux abjects.

— Pourquoi tu me dis ça maintenant ?

Je hausse les épaules, pas certain de connaître la réponse à sa question.

— Je pensais à la tonne de regrets que je traîne derrière moi.

Sa pomme d'Adam s'active lorsqu'il déglutit.

— OK. T'es pas un monstre, Max. Je suis sûr qu'elle sait que tu ne le pensais pas. Arrête de ressasser le passé et va de l'avant, pour une fois. Putain, juste... Reviens-moi !

Sa voix se brise et sa main tremble sur mon épaule tandis que des larmes s'accumulent sous ses paupières.

Je hoche la tête, indifférent à l'idée de lui mentir en le regardant droit dans les yeux, encore une fois.

— Vous en êtes certain ? me demande Loïs, la voix chevrotante.

J'observe le regard éteint et fatigué de la gouvernante qui travaille pour ma famille depuis toujours.

À la fois femme de maison, nourrice et chauffeuse pour mon père, Loïs est employée à tout faire. Elle est aussi excellente pour fermer les yeux et garder les secrets, raison pour laquelle elle continue à travailler pour Richard O'Donnel depuis toutes ces années.

*Après tout, elle gardait aussi les miens.*

De tous ceux ici présents, elle est peut-être la seule à éprouver une tristesse sincère face à la disparition de ma mère.

Et lorsqu'elle me dévisage avec empathie, je *sais* que j'obtiendrai les clefs qu'elle garde précieusement dans sa poche.

— Oui. Il m'a demandé d'aller chercher sa voiture. Tu peux disposer, Loïs, nous n'avons plus besoin de toi.

— Mais, il... Et vous n'êtes pas en état de conduire.

Je hausse un sourcil et jette un coup d'œil à Maël, qui serre la main de certains membres de ma famille en présentant ses condoléances et ne me prête, heureusement, aucune attention pour le moment.

Il fait un bien meilleur fils éploré que moi.

— Libre à toi d'aller questionner mon père, l'encouragé-je, parfaitement conscient de jouer sur la terreur qu'il lui inspire, à elle aussi.

Elle hésite un instant avant de détacher la clef de la Mercedes de son trousseau.

— Je suis désolée, me confie-t-elle, des sanglots dans la voix.

Je la dévisage de haut en bas, un insidieux mélange de pitié et de dédain dans le regard.

— Pour ma mère ? C'est à elle qu'il aurait fallu le dire. Présenter tes excuses à sa pierre tombale n'y changera plus rien, maintenant.

Je m'éloigne sur ces dernières paroles tranchantes.

La pluie martèle le toit et les vitres. Je mets un moment à saisir comment faire marcher les essuie-glaces, qui peinent à chasser l'eau du pare-brise. Mes mains tremblent sur le volant, mes jambes aussi, lorsque j'embraye pour passer la première.

Mon père et moi partageons au moins l'amour des voitures à conduite manuelle.

Je relève la tête, me fige en le repérant sur le trottoir. D'un stoïcisme légendaire, il me dévisage de cet air haineux qu'il m'a toujours servi. Ma peau se met à me brûler tandis que je soutiens son regard.

Je me demande si l'écraser serait suffisant pour me soulager.

J'avais oublié le gris de ses yeux, héritage génétique dont je me serais bien passé. Si je ressemblais à ma mère, peut-être me serais-je moins détesté.

Son costume trois-pièces parfaitement repassé est à l'abri du moindre pli, de la moindre saleté, protégé par ce parapluie gigantesque.

Immobile, il me laisse effectuer une marche arrière et me regarde voler sa voiture sans émettre la moindre objection.

Une demi-heure plus tard, alors que son véhicule coule dans l'Hudson River et que l'eau s'infiltre dans l'habitacle, je me demande si mon père savait ce que j'avais en tête.

Mes membres s'engourdissent, ma respiration se fait laborieuse, hachée par la température glacée de la rivière qui nous engloutit peu à peu.

Et soudain, tout s'apaise.

J'aime bien l'expression « reposer en paix », parce que la vie est un interminable combat.

Et je suis tellement fatigué de tout ça.

Qu'on me laisse dormir un peu.

Une petite éternité me contenterait.

# Remerciements

J'aimerais citer tous vos noms, mais il me faudrait écrire un deuxième livre pour tous vous remercier…

Néanmoins, je voudrais dédier ce tome à Chiara et Jade, merci d'avoir donné vie à mes personnages préférés au monde.

À mes copines de livre, vous vous reconnaîtrez.

À ma famille, à son soutien sans faille.

À mon ex, parce que vivre une rupture tout en écrivant celle d'Ashley et Ted m'a permis de moins te détester. T'es toujours un petit con, mais merci pour l'inspiration !

À toute l'équipe Plumes du Web, et aux commentaires de Nico. (Je souffre encore)

Mais surtout, et avant tout : aux femmes. À celles qui se battent contre la société dans laquelle on vit. À celles qui en ont ras le bol.

À celles et ceux qui ont l'impression de ne jamais être le premier choix.

À celles et ceux qui désespèrent de sentir leur cœur s'emballer pour quelqu'un un jour, et d'obtenir un battement de cœur en retour…

Moi, je vous aime.
Comme toujours.

Alice

Profitez d'offres exclusives et d'infos en avant-première
en vous inscrivant à notre newsletter :
**www.plumesduweb.com/newsletter**

Retrouvez toute l'actualité de Plumes du Web
sur notre site et sur les réseaux sociaux :
**www.plumesduweb.com**

**www.facebook.com/PlumesduWeb**
**www.instagram.com/plumesduweb**
**twitter.com/PlumesduWeb**
**www.tiktok.com/@plumesduweb**

ET

Découvrez dès maintenant de nouveaux horizons
avec quatre autres histoires de notre

COLLECTION
RUBIS

# L'ART DU TROMPE-L'ŒIL

OCÉANE GHANEM
JENN GUERRIERI

***Romance psychologique***

Une passion : l'art. Une école : les Beaux-Arts.

Jin, artiste taciturne et marginal, puise son inspiration dans la noirceur humaine, tandis que Carmen, jolie rose des villes, ne s'épanouit qu'au travers du regard des autres. Ils n'ont qu'une seule chose en commun : l'amour de l'art. En dehors de ça, c'est simple, ils se détestent.

Et lorsque l'occasion se présente pour Jin de percer à jour celle qui excelle dans l'art du paraître et qu'il considère comme un mystère irrésistible, il n'hésite pas. Tous les coups sont permis pour faire voler en éclats le masque de la jeune femme et, au passage, rafler le prix artistique qu'il convoite depuis des années.

Jeu de dupes et dangereuses illusions tissent alors une toile inextricable autour d'une Carmen... pas si innocente que les apparences le laissent supposer. Et bien moins superficielle que ses réseaux sociaux ne le font croire.

Piégé dans la spirale du mensonge, de la compétition et des faux-semblants, Jin l'ignore encore, mais Carmen est passée maître dans l'art du trompe-l'œil...

# LES OISEAUX DE LA LIBERTÉ

OCÉANE GHANEM

***Dark Romance (3 one shots)***

L'enfer de la prison, Wolfgang Müller connaît. Il y a passé les six dernières années de sa vie pour complicité lors d'un braquage à main armée qui a extrêmement mal tourné.

Et maintenant ? Deux choix s'offrent à lui : reprendre ses anciennes activités en croisant les doigts pour passer entre les mailles du filet de la justice, ou se bâtir une nouvelle vie grâce à un boulot honnête, tout en veillant à rester loin des problèmes.

Malheureusement, le crime a toujours collé à la peau tatouée de Wolfgang. Comment pourrait-il se défaire de lui-même ? D'autant plus que les erreurs de son passé risquent de l'amener à recroiser la route de sa plus grande folie, de son plus bel échec...

Et ce n'est pas son ex-petite amie, Tempérance Kingsley Clark – ou King, pour les intimes – qui pourrait affirmer le contraire !

À cause de Wolf, et même après tant d'années de séparation, la voilà obligée de replonger dans les eaux sombres et tumultueuses d'Albuquerque.

Si certains secrets valent de l'or... d'autres sont prêts à faire couler le sang.

AURORE PAYELLE

# RED FALCON

***Romance contemporaine***

Weston Parker, attaquant de l'équipe de hockey de son université, est un paria parmi les étudiants. Depuis qu'il a été mis en cause pour l'agression de l'un de ses coéquipiers, plus personne n'ose l'approcher, sa réputation le précède.

Charlie, la petite sœur du capitaine des Huskies, vient rejoindre son frère Bill à Seattle pour sa troisième année d'école d'infirmière. Il est temps pour elle de faire table rase du passé, et de se reconstruire dans cette nouvelle ville. Pour Bill, une seule condition : qu'elle reste loin des membres de son équipe... et surtout loin de Weston.

Mais la curiosité, ce vilain défaut, pousse Charlie à braver tous les interdits pour découvrir ce que cache le hockeyeur.

Weston, impulsif et secret ? Charlie n'y croit pas un instant. Attirée par lui comme un papillon par une flamme, elle ignore les mises en garde.

Pourtant, fréquenter Weston pourrait s'avérer plus dangereux qu'il n'y paraît.

Autant pour son cœur que pour sa sécurité...

# OPÉRATION REDDITION

AMANDINE MATAGA

***Romance militaire***

Il la déteste. Mais c'est aussi le seul à pouvoir la sauver…

Gabrielle revient dans sa ville natale après plus de dix ans d'absence. C'est l'occasion pour elle de se libérer de son passé et des secrets qu'il renferme, ceux qu'elle dissimule depuis tant d'années.

Lors de ce séjour, elle revoit Alec, son ami d'enfance et aussi son premier amour. La rencontre s'avère explosive, emplie de non-dits, de sentiments guère oubliés. S'ils se sont aimés par le passé, désormais, c'est la haine qui prédomine.

Ils se séparent, pensant ne plus jamais se revoir. C'était sans compter sur le destin…

Alors quand ils se retrouvent plongés en milieu hostile, ce soldat aguerri appartenant aux navy SEALs est sa seule chance de survie. Aucune échappatoire, aucun moyen de fuir.

Mais est-il prêt à affronter la vérité ?

*Imprimé en France par*
CPI Bussière
en janvier 2024
N° d'impression : 2076074
Dépôt légal : janvier 2024